Sylvester Mahrs

Die Erinnerung des Blutes

Roman

FSC
www.fsc.org
MIX
Papier aus verantwortungsvollen Quellen
Paper from responsible sources
FSC® C105338

Bibliografische Information der Deutschen Nationalbibliothek:
Die Deutsche Nationalbibliothek verzeichnet diese Publikation in der Deutschen Nationalbibliografie; detaillierte bibliografische Daten sind im Internet über dnb.dnb.de abrufbar.

Verlag: BoD · Books on Demand GmbH, In de Tarpen 42,
22848 Norderstedt, bod@bod.de
Druck: Libri Plureos GmbH, Friedensallee 273, 22763 Hamburg

ISBN: 978-3-7597-6661-8

Für alle, die sich in dieser Welt nicht Zuhause fühlen können.
Für die Freaks, die Outsider und die Looser.
Für die Gebrochenen, die Kaputten und die Zurückgezogenen.

Der Klang ihrer Stimme

1

Als Junge war Lars oft krank und immer, wenn er im Bett lag um sich aus zu kurieren, da hörte er eine weibliche, liebevolle Stimme wie aus großer Ferne zu sich sprechen. Sie beruhigte ihn, tröstete ihn und versprach ihm, dass er eines Tages nie wieder krank sein würde. Sanft sprach dieses unbekannte Wesen auf ihn ein und es war beinahe so, als könnte er die Wärme, welche in dieser Stimme lag, körperlich fühlen. Diese Begebenheit machte auch die schlimmsten Bauchkrämpfe, Schüttelfrostanfälle und Übelkeitsattacken zumindest erträglich.

Lars musste ungefähr acht Jahre alt gewesen sein, als er diese Stimme das erste Mal hörte. Wie so oft lag er in seinem Bett und wurde von Fieber geplagt. Da hörte er auf einmal, zunächst sehr leise, aber dann nach und nach lauter werdend, eine liebliche Stimme singen. Es war ein Lied, das wahrscheinlich jedes Kind schon einmal gehört hat:

»Twinkle twinkle little star, how I wonder what you are...«
Nach und nach wurde die Stimme lauter und war so klarer zu hören. Es war der schönste Gesang, dem Lars je gelauscht hatte. In keinem Moment hätte er auch nur daran denken können, Furcht zu empfinden – und wieso auch? Die fremde Stimme klang alles andere als bedrohlich. Im Gegenteil: Sie war so sanft und weich, dass sie nur von einem Engel selbst herstammen konnte. – Wie sehr er sich mit diesem kindlichen Vergleich irren sollte, wurde ihm erst viel später klar. In jenem Augenblick, da er dieses Lied zum ersten Mal, in dieser lieblichsten aller Formen, zu hören bekam fühlte er sich, trotz seiner Erkrankung, so geborgen wie noch

nie zuvor. Kurz darauf schlief er, getragen von den Klängen jenes vermeintlichen Engels ein und träumte von den Sternen. Er blieb noch fünf weitere Tage in seinem Bett liegen und jede Nacht sang diese fremde Frau ihn wieder in den Schlaf.

Bald darauf musste er wieder in die Schule zurück. Jene glich für ihn einer verfluchten Strafanstalt, welche Grund für die meisten seiner Verletzungen war. Natürlich handelte es sich nicht wirklich um eine Strafanstalt, sondern um eine ganz normale Regelschule, aber für einen »Outsider«, einen »Loser«, ein »Opfer« lässt sich zwischen diesen Dingen kein nennenswerter Unterschied feststellen. Er war nun einmal bei den meisten seiner Klassenkameraden nicht gerade sehr beliebt – und das ließen sie ihn auch spüren. Tag für Tag. Egal was Lars tat, oder auch nicht tat, was er sagte, oder verschwieg, sie fanden immer einen Grund um ihn zu hänseln. Kinder können nun einmal grausam sein und die Meisten kommen irgendwann einmal in die Position des Verlierers – zumindest hatte man ihm das einmal zum Trost gesagt. Man bräuchte nur einen großen Bruder, der einen nicht mag oder eine besonders fiese Nachhilfelehrerin. Letztere Beispiele sind Lars allerdings glücklicherweise erspart geblieben. Er war ein Einzelkind, dass trotz seiner häufigen Fehltage gut in der Schule blieb und in einer gesunden Ehe der Eltern aufwuchs. Damals trafen ihn die Hänseleien der Anderen dennoch hart. Sich alleine gegen eine ganze Horde zur Wehr zu setzen fiel Lars schwer. Dazu kam auch noch, dass er nicht sonderlich sportlich war und so blieb auch jeglicher Fluchtversuch aussichtslos. Das Einzige was er tun konnte war abzuwarten bis es vorbeigehen würde und zu hoffen, dass dies sehr bald der Fall sein möge.

Eines Tages lauerten ihm die Jungen auf dem Heimweg auf, um sich daran zu rächen, dass sie tags zuvor von einer Lehrerin für ihre Tyrannei an ihm gerügt wurden. Dieses Treffen sollte nicht so bald vorbei gehen – so sehr Lars auch darauf hoffte.

Mit blutender Lippe, Nase und einigen anderen Blessuren schleppte er sich nach Hause. Seine Eltern waren beide noch bei ihren jeweiligen Arbeitsstellen und so blieb ihm Zeit die Wunden ungesehen zu versorgen. Sie ganz zu kaschieren gelang ihm zwar nicht, aber es reichte dennoch aus um den Eltern weiß zu machen, dass es Sportverletzungen seien. Sie hätten heute in der Schule Bockspringen gehabt, tischte er seiner besorgten Mutter beim Abendessen auf, und er wäre mit viel zu viel Anlauf auf das Trampolin gesprungen, sodass er beim Aufkommen gestürzt sei. Lars verbrachte den restlichen Abend in seinem Zimmer und ging zeitig zu Bett. Sein Selbstwertgefühl war am Boden zerstört und er konnte nicht verhindern, dass ihm die Tränen übers Gesicht liefen. In jener Nacht hörte er wieder diesen wunderbaren Gesang:

»...up above the world so high, like a diamond in the sky... «
Sie sang bis in seinen Traum hinein – und es war ein sonderbarer Traum den er hatte: Er war von Schatten umgeben. Trotz dieser vielleicht furchteinflößenden Atmosphäre fühlte er aber keine Angst. Im Gegenteil: ihm war es als würde ihn die Dunkelheit beschützen – ihn verstecken. Da hörte er plötzlich aus einigen Metern hinter ihm die Stimme jener trostspendenden Frau: »Du musst dich gegen sie wehren«, forderte sie ihn sanft sprechend auf.

»Aber«, entgegnete Lars ohne sich umzudrehen, »sie sind doch viel mehr und stärker als ich. «

»Hast du nicht eine Waffe, die du benutzen kannst? «, fragte sie in völlig unschuldig klingendem Tonfall. Tatsächlich hatte Lars etwas in der Art: Sein Vater hatte ihm ein Messer zum Geburtstag geschenkt. Es war ein kleines, rotes Schweizer Taschenmesser.

»Und wenn sie auch eines haben, oder es mir wegnehmen?« fragte er zögerlich.

»Dann werde ich dir helfen«, gab sie sanft zurück und der Traum verblasste noch bevor er eine weitere Frage stellen konnte.

Gleich am nächsten Morgen verstaute Lars das Messer in seiner rechten Hosentasche und schmuggelte es hinaus. In der Schule erwarteten ihn bereits seine Peiniger. Seine Faust lag fest um die Waffe geschlossen. Den roten Plastikgriff in seiner Hand zu spüren gab ihm Mut. Er hatte sich vor einiger Zeit beim Schnitzen geschnitten und wusste somit wozu das Messer in der Lage war. Dieses Mal würden sie an seiner Stelle bluten! Voller Wut schritt er auf die Jungen zu und wartete nur darauf, dass sie ihn aufzuhalten versuchten – aber es geschah nichts. Anstelle davon, dass sie zu Schlägen ausholten, kommentierten sie sein Erscheinen nur mit einer Beleidigung. Der Grund dafür war einfach: Sie befanden sich in direkter Sichtlinie der Lehrerin.

Lars kam eine weitere volle Woche aus, in der er eine erneute Konfrontation mit den Jungen umgehen konnte – dann aber lauerten sie ihm wieder auf. Sie warfen ihre üblichen Beleidigungen nach ihm und er ließ es über sich ergehen – bis einer von ihnen ihn schuppste. Blitzschnell zog er das Messer aus der Hosentasche und klappte es auf. Erschrocken wichen seine Widersacher zurück und sahen ihn entsetzt an. Allerdings nur für einen Moment, dann lachten sie und ihr Anführer fragte spöttisch: »Was willst du denn mit dem Messer?«

»Ich werde euch damit verletzen, wenn ihr mich angreift«, gab Lars etwas eingeschüchtert zurück. Wieder lachten sie:

»Ich glaube nicht, dass du das tust«, spottete der Junge, »wirf das Messer weg, dann lassen wir dich auch gehen.« Lars musste kein Hellseher sein um zu wissen, dass das gelogen war.

»Nein«, antwortete er mit schon etwas festerer Stimme, »ich werde mich gegen euch wehren!«

»Ich werde mich gegen euch wehren«, äffte ihn der Anführer nach und erntete Gejohle von seinen Freunden. Bei all dem Durcheinander war Lars nicht aufgefallen, wie sich einer der Jungen von der Gruppe entfernte hatte, um sich dann von hinten an ihn heran zu schleichen. Erst als er seine Arme packte fiel es ihm auf.

»Ich hab ihn«, schrie der Junge triumphierend, »macht ihn alle!« Panisch versuchte sich Lars los zu reißen – und kurz bevor ihm der Anführer den ersten Schlag verpassen konnte, gelang es ihm. Lars entwand sich mit einem Ruck aus dem Griff des Jungen. Von dem Schwung vorwärts getragen stolperte er auf den Angreifer zu – und das Messer glitt in dessen linke Schulter. Voller Überraschung musste Lars feststellen, dass sich menschliches Gewebe genau so leicht durchstoßen lies wie ein gegrilltes Stück Fleisch. Sein Widersacher sah ihn an, als hätte er gar nicht begriffen was soeben geschehen war – dann schrie er los. Von einer neuen Welle der Panik erfasst, zog Lars das Messer zurück und rannte davon.

2

Den ganzen Tag über klingelte das Telefon und auch an der Haustür läutete es, aber weder öffnete Lars die Tür noch hob er den Hörer ab. Er wusste, dass er in Schwierigkeiten steckte – und er wusste auch, dass er diesen nur für eine sehr begrenzte Zeit ausweichen konnte. Er nutzte die Zeit, die ihm noch blieb, bis seine Eltern von der Arbeit zurückkamen, um das Messer zu reinigen. Es war erstaunlich wenig Blut daran zurückgeblieben und es ließ sich ganz einfach abwischen. Hinterher verstaute er es ganz tief, möglichst weit hinten, in einer der Schreibtischschubladen. Seine

Eltern kamen an diesem Tag früher von der Arbeit nach Hause. Sie zitierten ihn ins Wohnzimmer. Dort stellten sie ihn zur Rede. Natürlich leugnete er alles, aber es hatte keinen Zweck. Immerhin gab es neben dem eigentlichen Opfer noch vier Augenzeugen, die alle das Gleiche ausgesagt hatten. Seine Bemühungen, ihnen vorzugaukeln, dass die Jungen ihm nur wieder einmal eins auswischen wollten und ihm deshalb die Schuld zuschoben, scheiterten auf ganzer Linie.

Lars wurde vier Wochen lang vom Unterricht ausgeschlossen, seine Eltern nahmen ihm das Messer weg und gaben ihm strenges Hausarrest, sowie Fernseh- und Malverbot. Aber das Schlimmste für ihn war, dass sie ihn dazu verdammten, zwei Mal in der Woche einen Heilpraktiker für Kinder- und Jugendpsychologie namens Herr Seibert aufzusuchen. Da Lars bei der Geschichte seiner Unschuld geblieben war, lag es nun an dem Heilpraktiker die Wahrheit aus ihm heraus zu bringen. Die Entscheidung von Lars Eltern keinen richtigen Kinderpsychologen für das Gespräch zu wählen, hatte zwei miteinander zusammenhängende Gründe. Zum einen war es ihnen wichtig, dass sie keine Zeit damit verloren und zum anderen, gab es im gesamten Großraum keine freien Plätze in der ambulanten psychischen Versorgung für Kinder und Jugendliche. Welchen Schaden dieser Heilpraktiker anrichten würde, konnten die Eltern jedoch nicht erahnen.

Bei ihrem ersten Treffen sagte Lars kein Wort. Nicht einmal »Hallo« oder »auf Wiedersehen«. Er starrte den Heilpraktiker einfach nur so trotzig wie möglich an und wartete darauf, dass die Zeit vorüberging. Der Mann war sehr freundlich, dass stand außer Frage und seine Motive schienen Lars auch ehrlicher Natur zu sein. In der zweiten Sitzung bekam er Lars schließlich doch zum Reden. Zwar nicht über den Vorfall, der zu dem sehr zweifelhaften

Vergnügen ihrer Bekanntschaft geführt hatte, aber immerhin sprachen sie miteinander. Der Heilpraktiker lobte Lars für seine Leistungen in der Schule und fragte welches Fach denn sein liebstes sei.

»Kunst«, antwortete er ihm und so kam eines zum anderen. Lars verriet ihm wie gerne er malte, aber dass dies gerade nicht möglich sei, denn seine Eltern hätten es ihm doch zur Strafe verboten. Herr Seibert versprach ihm daraufhin, sich für ihn einzusetzen und seine Eltern davon zu überzeugen dieses Verbot ein wenig aufzulockern. Das tat er dann auch: Gleich als Lars von seiner Mutter abgeholt wurde, nahm der Heilpraktiker sie bei Seite und erklärte ihr, wie überaus wichtig das Malen für Lars sei und dass Kinder in dieser Form der Kunst ihre Erlebnisse widerspiegeln und so vergangene Ereignisse verarbeiten könnten. Während des ganzen Gesprächs stand Lars nur ein paar Meter von ihnen entfernt und so war es ihm ein Leichtes jedes Wort zu verstehen. Zuhause gab ihm seine Mutter dann auch tatsächlich die Stifte zurück. Seit diesem Zeitpunkt hatte der Heilpraktiker Lars Vertrauen gewonnen und auch der Hausarrest fühlte sich für ihn nicht mehr ganz so schlimm an. Lars setzte sich sofort an seinen Schreibtisch und begann zu malen. Er versuchte die Frau zu zeichnen, die ihm immer vorgesungen hatte und von der er zwar eigentlich nur die Stimme kannte – aber aus seiner Phantasie und der Erinnerung an seinen Traum formte sich ein Bild daraus. Er gab ihr lange, schwarze Haare, die sich mit den Schatten rings um sie herum verbanden, blutrote Lippen, dunkle Augen und eine helle Hautfarbe. Letztendlich erinnerte sie ihn ein wenig an Schneewittchen und er war sich auch ziemlich sicher, dass sie ihr in ihrer Schönheit mindestens ebenbürtig sein müsste.

Während des nächsten Besuches bei dem Heilpraktiker, bat er Lars darum, ihm beim folgenden Mal eines seiner Bilder mitzubringen. Selbstverständlich stimmte er zu. Immerhin hatte Herr Seibert dafür gesorgt, dass er wieder zeichnen durfte, also schien es Lars nur fair, wenn er ihm seine Bilder dann auch zeigen würde. Wie sich herausstellen sollte, war das ein naiver Gedanke.

»Wer ist das?« fragte der Heilpraktiker höflich, als sie sich wiedersahen und Lars ihm das Bild zeigte.

»Die Frau aus meinen Träumen«, antwortete er wahrheitsgemäß. Herr Seibert lächelte:

»Aus deinen Träumen, wie?«

»Ja, also...«, Lars zögerte, »eigentlich habe ich bisher nur einmal von ihr geträumt. Sonst singt sie mich immer nur in den Schlaf, wenn ich traurig bin, oder es mir schlecht geht. « Zum ersten Mal seit sie sich kannten, sah Lars wie sich der Heilpraktiker etwas auf seinem Block notierte: »Was singt sie denn so?«

»Naja meistens ist es Twinkle twinkle little star«, gab Lars zurück.

»Und in deinem Traum«, hakte Herr Seibert weiter nach und begutachtete nachdenklich das Bild, »hat sie da auch gesungen?«

»Nein das hat sie da nicht«, versuchte Lars auszuweichen.

»Sondern?«, wollte der Heilpraktiker weiterwissen.

»Wir haben geredet.« Wieder notierte er sich etwas auf seinem Block:

»Worüber denn?«

»Das weiß ich nicht mehr«, log Lars. In diesem Moment, kippte das Bild der Person vor ihm: Aus dem gutmütigen Mann, mit der Lesebrille und dem Wollpullover wurde ein gemeiner Kauz, der alles was Lars ihm bereits anvertraut hatte plötzlich gegen ihn verwendete. Trotz allem blieb seine Stimme höflich – es lag nur einfach ein falscher Klang in ihr: »Und es könnte nicht zufällig sein, dass sie dich dazu angestiftet hat ein gewisses Messer mit in die Schule zu nehmen?«

»Nein«, log Lars weiter und begriff seinen damit begangenen Fehler im selben Moment, denn mit der Verneinung hatte er unabsichtlich zugegeben das Messer mitgenommen zu haben. Nun war es zu spät.

»Und du bist dir da auch ganz sicher?«, fragte der Heilpraktiker weiter. Es wäre vollkommen egal gewesen was Lars als nächstes gesagt hätte, also entschied er sich dafür wieder zu seiner ursprünglichen Taktik zurück zu kehren und den Heilpraktiker anzuschweigen – und damit machte er es nur noch schlimmer.

»Ich denke«, fuhr Herr Seiber nach einer kurzen Pause fort, »dass sie das sehr wohl getan haben könnte. Und ich denke auch, dass du bereits zu alt bist, um dich hinter unsichtbaren Freunden zu verstecken.« Er hatte sehr sanft gesprochen, aber dennoch – oder vielleicht auch genau deshalb – traf Lars jedes Wort wie ein Hieb und er begann zu weinen. In jenem Augenblick, fühlte er sich der Welt und allen Menschen die sie beheimatete, so fremd wie noch nie zuvor. Weder in- noch außerhalb der Schule hatte Lars Freunde gefunden. Das Einzige was ihm Trost und Kraft spendete war die Frau die so herrlich singen konnte und nun, da er gedacht hatte einem Menschen vertrauen zu können, verlangte eben dieser von ihm *sie* aufzugeben.

Es war bereits spät am Abend als Lars wieder nach Hause kam. Auch mit seiner Mutter hatte er kein Wort gesprochen. Auf ihre übliche Frage, wie es denn gewesen sei, zuckte Lars nur mit den Schultern. In seinem Zimmer angekommen setzte er sich an seinen Schreibtisch und wollte ein weiteres Bild malen – dann aber erinnerte er sich daran, dass ihm das nur dank des Heilpraktikers möglich war und ihm verging alle Lust darauf. Nun hatte ihm die

Welt also auch das noch genommen – dafür, aber kehrte das Gefühl des »hier-fremd-seins« in neuer Intensität zurück.

»When the blazing sun is gone, when he´s nothing shines upon, then you show your little light, twinkle twinkle all the night«, sang sie wieder für Lars als er im Bett lag und versuchte einzuschlafen. Auch in dieser Nacht fand er sich von diesen merkwürdigen, Schutz spendenden, Schatten umringt. Er wanderte eine Weile in der Dunkelheit umher und versuchte dem aus der Ferne widerhallenden Gesang zu folgen. Dann endete das Lied und eine Sekunde später erschien die Stimme wieder hinter ihm:

»Gefällt es dir, wenn ich für dich singe?«

»Ja sehr«, antwortete Lars und drehte sich um. Sie sah tatsächlich genau so aus, wie er sie sich vorgestellt hatte. Sogar noch ein bisschen schöner – aber älter. Lars hatte erwartet, dass sie etwa in seinem Alter sei, aber sie erschien ihm hier als junge Erwachsene: »Das freut mich, Laaz.« Sie nannte ihn Laaz – und nicht *Lars* wie ihn seine Eltern immer riefen. Auch seine Lehrerin in der Schule bestand darauf, dass er seinen Namen doch endlich einmal *richtig* schreiben sollte – aber er hatte ihre Belehrungen immer ignoriert. »Laaz« gefiel ihm nun einmal besser und dass die Frau aus seinen Träumen ihn jetzt so nannte, machte sie ihm nur noch sympathischer.

»Wie heißt du?«, fragte er und machte einen halben Schritt auf sie zu.

»Serine«, gab sie zurück und tat dasselbe. Sie waren jetzt nur noch einen knappen Meter voneinander entfernt.

»Das ist ein schöner Name.« Lars versuchte ihr ein Kompliment zu machen und er meinte es auch wirklich so. Daraufhin lächelte sie:

»Laaz gefällt mir auch ganz gut.«

»Ich habe getan was du gesagt hast«, führte Lars das Gespräch nach einer kurzen Pause zögerlich fort, »ich habe mich gegen sie gewehrt, aber jetzt ist alles nur noch schlimmer geworden.« Es lag keinerlei Vorwurf in seiner Stimme und das, da war er sich ganz sicher, spürte sie auch. Vielmehr glichen seine Worte einer indirekt gestellten Frage.

»Du magst diesen Mann nicht zu dem du jede Woche gehen musst, oder?« forschte sie in besorgtem Tonfall nach.

»Ich glaube er will nicht, dass du mir vorsingst, oder mit mir sprichst«, antwortete Lars verlegen.

»Und wie siehst du das?«, fragte sie vorsichtig weiter.

»Ich liebe es, wenn du singst und mit dir zu reden ist großartig. Es ist mir egal was Herr Seibert will! Am liebsten«, fügte Lars wieder zögernd hinzu, »würde ich für immer bei dir sein.«

»Für immer«, wiederholte sie sanft, »für immer…« Mit diesen Worten endete der Traum und Lars fand sich zurück in der Realität. Alleine in seinem Bett.

Am nächsten Morgen klingelte das Telefon, Lars Mutter hob ab, führte ein kurzes Gespräch und kam dann auf sein Zimmer: »Du hast Glück«, sagte sie mit einem leicht vorwurfsvollen Unterton, den er sich nicht erklären konnte, »Dein nächster Termin bei Herr Seibert fällt aus. Er scheint krank geworden zu sein.«

»Danke, Serine«, flüsterte Lars als die Mutter den Raum wieder verlassen hatte und setzte sich an seinen Schreibtisch um ein neues Bild zu malen.

Lars musste nie wieder zu dem Heilpraktiker gehen. Es hieß, er hätte einen Schlaganfall erlitten und könnte seither seinen Beruf nicht mehr ausführen. Symptomatisch zeigte sich den behandelnden Ärzten auch genau dieses Bild: Ein Schlaganfall von besonders hohem Schweregrad. Nicht mehr und nicht weniger.

3

Lars bestand den Übertritt aufs Gymnasium im nächsten Jahr ohne Schwierigkeiten. Jetzt, so hatten es ihm seine Eltern versprochen, könnten ihn die Jungen nicht mehr ärgern. Damit lagen sie zwar richtig – denn *diese* Jungen konnten das tatsächlich nicht mehr, aber sie wichen eben anderen, die genau so grausam waren. Dennoch war nicht alles schlecht an seiner neuen »Strafanstalt«. Die Unterrichtsinhalte, an der musischen Schule die er gewählt hatte, waren wesentlich interessanter und auch fordernder. Lars lernte als Pflichtinstrument Geige und hatte auch viel Freude daran, aber sein Lieblingsfach blieb weiterhin der Kunstunterricht. In seiner Freizeit bemühte er sich immer und immer wieder darum, die Frau aus seinen Träumen angemessen aufs Papier bringen zu können. Was mit Wachsmalkreide begonnen hatte, führte über Wasserfarben, Filz- und Buntstifte schließlich zu Zeichnungen aus Blei und Kohle.

Lars fühlte sich in seiner neuen Klasse, trotz so mancher Querköpfe, im Grunde ganz wohl. Zumindest wohler als in seiner alten Klasse – mit Ausnahme davon, wenn jemand Geburtstag hatte und einen Kuchen mitbrachte. Das lag daran, dass sich dann alle versammelten, den Kuchen aßen und davon sprachen wie lecker er sei. Lars konnte diesem Ritual nie beiwohnen. Die Gründe dafür waren einfach: Er hatte eine Allergie gegen Haselnüsse, eine ausgeprägte Laktoseintoleranz und zu allem Übel litt er auch noch von Geburt an unter Diabetes Mellitus. Dazu gesellte sich ein Reiz-Darm-Syndrom und eine Glutamat Unverträglichkeit. Er wurde mehr als nur einmal gefragt, was er denn überhaupt essen könne ohne, dass ihm entweder übel wurde, oder man ihn gleich ins Krankenhaus einliefern müsse – die Antwort darauf kannte er selbst nicht einmal. Nur eines war klar: Lars musste peinlichst genau darauf achten *was* er aß, oder trank. Glücklicherweise aber kamen diese Geburtstage nicht allzu häufig vor und so war es ihm ein leichtes sich in die Rolle einzufügen, die ihm die Klasse zugedacht hatte: Er war der, den man am besten in Ruhe ließ – und bis auf besagte Querköpfe hielten sich auch alle daran. Selbst die Lehrer gaben es irgendwann auf ihn in ihren Unterricht integrieren zu wollen, wenn ihn das Thema nicht interessierte. Lars nutzte die Zeit in den Deutsch- und Erdkundestunden weiter dazu Serine zu malen. Wenn ihn ein Lehrer darauf ansprach ignorierte er ihn einfach. Er hatte sich nur einmal auf eine Argumentation darüber eingelassen – mit dem Ergebnis, dass ihn der »erfahrene« Pädagoge anschließend »diskret« zum Schulpsychologen verwies. Wie Lars mit Angehörigen dieser Profession umgehen konnte wusste er ja bereits: Er schwieg sie an.

Lars Schwachstelle, im bestehen jeder Woche, war der Sportunterricht. Dort versuchte er Bällen auszuweichen, die auf sein Gesicht zielten, über Beine zu springen die ihm gestellt wurden und Remplern zu entgehen, die ihn aus dem Gleichgewicht bringen wollten. In den Pausen lief Lars in möglichst unregelmäßigen Mustern durch die Halle und über den Hof. Er achtete stets darauf größeren Grüppchen aus dem Weg zu gehen und auch sonst möglichst von niemanden bemerkt zu werden.

Seit dem Vorfall mit dem Messer in der Regelschule, war Lars' Verhältnis zu seinen Eltern ins Schwanken geraten. Zwar stritten sie nicht, aber sie kamen dennoch nicht sonderlich gut miteinander aus. Es schien als wäre zwischen ihnen eine Mauer errichtet worden. Sie sprachen kaum noch miteinander und wenn doch, dann ging es ausschließlich um irgendwelche Banalitäten: »Wie war die Schule heute?«, oder »Hast du nächste Woche irgendwelche Proben zu schreiben?« Natürlich hatten die Eltern einige male versucht ein vernünftiges Gespräch mit ihm anzufangen und die Dinge wieder ins Reine zu bringen, aber letzten Endes blockte Lars sie immer ab. Eines Abends hörte er seine Eltern sogar darüber diskutieren ob sie ihn nicht wieder zu einem Heilpraktiker oder vielleicht auch zu einem richtigen Psychologen bringen sollten – sie entschieden sich jedoch schlussendlich dagegen. Immerhin hatte damit der Ärger nur begonnen. Lars wollte nie wieder zu einem dieser sogenannten Heiler oder anderweitigen Pseudoexperten. Er hatte allgemein *alle* Ärzte, Ernährungsberater und sonstige Therapeuten mit ihren ständigen Untersuchungen und nutzlosen Ratschlägen satt. Was er wollte war ein ganz normales Leben führen zu können: Freunde finden, bei einem Fast-Food Restaurant essen, Cola trinken, wenn ihm danach war und sich in die Sonne legen, ohne beinahe augenblicklich einen roten, schmerzhaften Stich abzubekommen. Es war frustrierend für ihn zu sehen, dass alle anderen und ganz besonders die, die gemein zu ihm waren, diese Probleme nicht hatten.

Eines Abends, Lars lag wieder einmal mit Fieber im Bett, fragte er sich, zum hundertsten Mal, womit er dieses Schicksal wohl verdient hatte – dann aber, als Serine zu singen begann dachte er daran, dass wenigstens das etwas war, was die Anderen, im Gegensatz zu ihm, niemals haben könnten: Eine Freundin die ihnen *immer* in solchen Zeiten beisteht. Es war ein tröstender Gedanke der ihn in den Schlaf geleitete.

Wieder träumte er von den behütenden Schatten und wieder lauschte er dem Lied bis zum Ende:

»In the dark blue sky you keep, and through my curtains you often peep - For you never shut your eye, till the sun is in the sky...« In seinen Träumen ging es ihm gut – ganz besonders, wenn er bei Serine war.

»Ich habe dich vermisst«, begrüßte Lars sie, als er ihre Anwesenheit hinter ihm spürte. Sie nahm ihn in den Arm und strich durch sein Haar:

»Ich dich auch, Laaz«

»Wo sind wir hier«, fragte er nach einigen Minuten.

»Das weiß ich nicht so genau«, gab sie zurück, »du hast diesen Ort hier erschaffen. Ich bin nur zu Besuch.«

»Ich?«, wunderte sich Lars laut, »aber wie? Ich bin doch nur...«

»...eingeschlafen«, beendete sie seinen Satz, »du träumst – und ich träume mit dir.«

»Das heißt du schläfst auch gerade?«, vergewisserte er sich.

»Ja – ich schlafe schon sehr lange«, sagte sie und fügte nach einer kurzen Pause hinzu, »und wenn du das auch tust, dann kann ich manchmal bei dir sein.«

»Ich finde es schade, dass ich dich nur hier treffen kann«, bemerkte Lars traurig, »ich würde dich auch gerne in der richtigen Welt sehen.« Serine löste ihre Umarmung und sah ihn ernst an:

»Das kannst du, wenn du willst – du musst mir nur einen Gefallen tun.«

»Ja! Jeden!«, stimmte Lars sofort zu, »was soll ich für dich tun?«

»Ich will, dass du mich weckst, wenn du mich gefunden hast«, forderte sie und Lars willigte auf der Stelle ein:

»Aber natürlich! Sag mir nur wo ich dich finden kann und ich gehe los sobald ich wieder gesund bin.«

»Es ist nicht ganz so einfach«, erklärte sie weich, »kennst du die alte Villa Largaretta?«

»Klar«, gab Lars zurück. Jeder kannte dieses alte, verfallene Haus. Es gab dutzende Geschichten darüber. Die meisten dienten dazu um Kindern Angst ein zu jagen und sie von dem baufälligen

Anwesen fern zu halten. Lars war ein Kind. Die Geschichten handelten überwiegend von Geistern, die das Gebäude heimsuchten. Andere beschrieben einen schrecklichen Mord, der in diesem Haus stattgefunden haben sollte und in manchen Fassungen sei sogar beides wahr. Auf jeden Fall war die Largaretta-Villa kein Ort, den Kinder in Lars‘ Alter freiwillig aufsuchten. Nur ein paar Wenige wagte sich hinein, aber meist nur um eine Mutprobe zu bestehen – und selbst dann auch nur ganz kurz. Mutproben musste Lars in seiner gesamten Kindheit nie nachgehen. Auch die Erwachsenen mieden dieses Haus. Irgendwer hatte es irgendwann einmal unter Denkmalschutz gestellt und das Betreten war aufgrund der Baufälligkeit strengstens verboten. Man wollte es eigentlich schon längst restaurieren, aber der Stadt fehlte dafür das Geld und so war es obendrein auch noch hochgradig einsturzgefährdet. Nein, dort hinein zu gehen war wirklich nicht ratsam – aber Lars war das egal. Er würde es trotzdem tun. Für Serine, dachte er, würde er alles tun.

»Du musst dort hineingehen«, fuhr sie fort, »und dann die Tür in den Keller nehmen. Dort ist ein Gang und hinter der zweiten Tür, auf der linken Seite kannst du mich finden.« Sie stoppte, zog eine Nähnadel aus ihrem Kleid und griff sachte nach Lars Hand. Er ließ es ohne Gegenwehr geschehen. Sie stach mit der Nadel in seinen Zeigefinger und bedeckte die kleine Wunde, eine Sekunde später mit ihren Lippen. Der Stich war kaum zu spüren gewesen, dennoch fragte er verwundert:

»Warum hast du das getan?«

»Damit du mich wecken kannst«, antwortete sie lächelnd, »Wenn du jetzt in der wirklichen Welt, einen Tropfen von deinem Blut auf meine Lippen gibst, dann weiß ich, dass du es bist und wache auf.«

4

Am nächsten Morgen fühlte Lars sich schon viel besser. Das Fieber war so gut wie verschwunden und er wusste, dass er bald wieder in die Schule gehen könnte. Somit würde er auch eine Gelegenheit finden, die Villa-Largaretta auf zu suchen. Am Freitag hatte er nur vier Stunden, seine Eltern aber mussten ihre normale Arbeitszeit ableisten. Das wollte er ausnutzen, um sein Vorhaben unbemerkt in die Tat umzusetzen: Nach der Schule wollte er schnell nach Hause, den bereits mit Wasserflasche, Taschenlampe, zur Sicherheit noch Streichhölzer und Nähnadel gepackten Rucksack abholen, sich auf sein Fahrrad schwingen und zur Villa hinausfahren. Dort anschließend in den Keller einbrechen, Serine wecken, ein bisschen Zeit mit ihr verbringen und vor halb sieben wieder zu Hause sein, um so zu tun als wäre er gar nicht weg gewesen.

So einfach, wie Lars sich das vorgestellt hatte kam es natürlich nicht: Die Zeit in der Schule verging unendlich langsam. Die vier Stunden kamen ihm vor wie ein ganzer Tag. Er konnte sich auf nichts konzentrieren und verpatzte sogar das Vorspielen mit der Geige. Als der Unterricht endlich vorbei und er zu Hause angekommen war, bemerkte er, dass die Reifen seines Fahrrades Luft benötigten – das war auch nicht weiter verwunderlich, denn er hatte es seit einer Ewigkeit nicht mehr benutzt.

Ungeduldig pumpte er sie auf, schwang sich aufs Rad und fuhr sofort los – nur um nach einem Kilometer noch einmal um zu kehren, damit er seinen Rucksack holen konnte, den er in der Eile vergessen hatte. Sein zweiter Versuch lief etwas erfolgreicher und endlich bog er in die Goethestraße ein. Von dort aus musste er in Richtung Hauptfriedhof und dann an der Gabelung nach rechts in den Wald hinein. Der Weg führte etwa achthundert Meter weit und endete direkt vor dem verfallenen Haus.

Allein der Anblick ließ Lars einen Schauer über den Rücken laufen. Widersinnigerweise hatte er aber auch irgendwie etwas Vertrautes an sich: Das Steingebäude war über und über mit Moos bewachsen. Sämtliche Fenster waren entweder zerschlagen, oder mit morschen Brettern zugenagelt und an den Wänden hatten Jugendliche mit Spraydosen Nachrichten hinterlassen. Große rote Buchstaben überdeckten die geschmierten Beleidigungen: »Achtung Lebensgefahr!« Vor dem Gatter des verwitterten Zaunes war ein Schild mit »Betreten verboten!« angebracht. Lars ignorierte es und schritt über das raschelnde Laub, auf die steinerne Treppe zu. Eine zerbrochene Löwenstatue lag unter dem Sockel auf der sie einst gethront hatte. Auf der anderen Seite stand dessen Duplikat noch weitestgehend unberührt an der gedachten Stelle – wenn auch von der Witterung etwas deformiert.

Die Haustür war verschlossen, aber es gelang Lars einige der Bretter von einem Fenster zu entfernen und hindurch zu klettern. In der Villa war es vollkommen still – fast zu still. Lars dachte, man müsste doch zumindest den Wind von draußen hören, wie er durch das Laub wehte, aber das war nicht der Fall. Die Wände schienen jedes Geräusch zu verschlucken.

»Hallo?«, rief Lars verunsichert in die Leere, aber natürlich bekam er keine Antwort. Die Luft roch modrig und es knirschte als er über die morschen Dielen schritt. Er öffnete den Reißverschluss seines Rucksacks und suchte nach der Taschenlampe. Es hätte ihn kaum gewundert, wenn die Batterien plötzlich leer, oder verschwunden gewesen wären. Zitternd suchten seine Finger nach dem Einschalter: Sie funktionierte! Der Lichtstrahl fuhr über den von Staub bedeckten, verwahrlosten Boden.

»Die Kellertür finden«, erinnerte er sich selbst und begann zu suchen.

Je weiter er in das Haus vordrang umso bewusster wurde ihm die Angst, die in ihm heranwuchs. Er hatte Angst davor, dass die Geschichten vielleicht doch wahr wären und dass es hier drinnen tatsächlich spukte. In jeder Ecke dachte er Schatten zu sehen, die sich bewegten und von überall glaubte er nach einiger Zeit auch ein leises rascheln wahrzunehmen. Dann bildete er sich sogar ein, flüsternde Stimmen zu hören – aber sobald er innehielt, um genauer danach zu lauschen, waren sie verschwunden.

»Das Haus ist verlassen«, redete er sich ein, »hier ist niemand.«

Die Eingangshalle hatte er bereits hinter sich gelassen. Lars schritt einen Gang entlang an dessen Ende sich eine hölzerne Tür befand. Zitternd tastete er nach dem Knauf und drückte ihn hinunter. Sie war verschlossen. Missmutig drehte er sich um – und erstarrte. Es war nur für den Bruchteil einer Sekunde gewesen, aber er hatte es gesehen: Am Anfang des Ganges hatte eine Gestalt gestanden und ihn beobachtet. Dann als er sich umdrehte war sie hinter der Wand verschwunden. Sein Herz schlug wild gegen seinen Brustkorb. Vor Furcht ließ Lars sich auf den Boden sinken und kauerte in der Ecke.

»Serine«, flüsterte er, »bitte hilf mir.« Es dauerte nur einen Moment, bis er tatsächlich wieder ihre Stimme vernahm:

»...Then the traveler in the dark, Thanks you for your little spark. He could not see which way to go, if you did not twinkle so...« Wieder verfehlte der Gesang seine Wirkung nicht und beruhigte ihn. Zumindest ein bisschen. Natürlich verspürte er noch immer eine heftige Angst, aber er fand nun doch den Mut, wieder aufzustehen und seine Suche fortzusetzen.

Vorsichtig näherte Lars sich der Stelle an der er die Gestalt gesehen hatte.

»Hallo?« rief er noch einmal, aber er bekam auch jetzt keine Antwort. Lars trat aus dem Gang heraus und spähte um die Ecke: Es war niemand da. Auch auf dem staubigen Boden zeichneten sich nur die Fußspuren ab, die er selbst verursacht hatte.

»Vielleicht war es doch nur eine Einbildung«, überlegte er und trat auf eine andere Tür in der Halle zu. Sie war offen und führte in einen kleinen Raum, der früher wahrscheinlich einmal so etwas wie ein Arbeitszimmer oder ein Büro gewesen sein mochte. Es waren allerhand Schränke darin und ein Schreibtisch, mit dem dazu gehörigen Stuhl. Lars durchsuchte die einzelnen Fächer und Schubladen in der Hoffnung einen Schlüssel zu finden, aber bis auf noch mehr Staub und eine leere Bierflasche fand er nichts. Er wollte den Raum gerade wieder verlassen, als er einen kühlen Luftzug im Nacken spürte. Sofort steigerte sich seine Angst wieder ins unermessliche, da er fürchtete, dass die unheimliche Gestalt zurückgekehrt sein könnte. Vorsichtig drehte er sich in Richtung der Tür – aber auch jetzt war niemand da. Erleichtert atmete er aus.

Es gab neben der Treppe, welche aber nach oben führte, nur noch eine letzte Möglichkeit, die Lars noch nicht ausprobiert hatte, um die Halle zu verlassen: Eine weitere Tür, die gegenüber jener lag, aus welcher er gerade kam. Sie war zwar nicht abgeschlossen, dafür aber verklemmt. Lars holte Schwung und warf sich dagegen. Polternd krachte sie auf und um ein Haar wäre Lars in die tiefe Dunkelheit gestürzt die ihn dahinter erwartete. Im letzten Moment konnte er am Griff halt finden. Als Lars sich wieder gesammelt hatte, leuchtete er die steinerne Treppe hinunter. Es war, als würde das Licht von den Wänden verschluckt, so dass er nur erkennen konnte, was sich unmittelbar im Lichtkegel seiner

Lampe befand. Er zögerte, tat dann aber doch den ersten Schritt nach unten. Nach unten in diese alles verschlingende Dunkelheit. Die Treppe führte kreisförmig und ungewöhnlich lange in die Tiefe. Schließlich aber erreichte Lars das Ende und trat in einen breiten, etwa zehn Meter langen Gang. Es war unverkennbar, dass hier unten schon seit einer sehr langen Zeit niemand mehr gewesen sein konnte. Langsam schlich er durch den Keller. Wieder glaubte er ein Flüstern, oder zumindest ein rascheln zu hören, aber wie schon oben verschwand es auch hier sobald er stehen blieb, um sich danach zu vergewissern. Zur linken und zur rechten führten weitere Türen in angrenzende Räume. Welche Lars nehmen musste, hatte er nicht vergessen. Mit klopfendem Herzen trat er auf die zweite Tür der linken Seite zu und drückte die Klinke hinunter. Mit einem leisem klicken entriegelte sich das Schloss und die hölzerne Barriere schwang fast wie von selbst auf. Der Schein seiner Taschenlampe glitt über, an der Wand angelehnte, Schränke, Kommoden und Regale. Überall waren erloschene Kerzen aufgestellt und dunkle, schwere Vorhänge verdeckten jede Ecke in diesem Zimmer. Das unheimlichste aber war, dass sich in der Mitte kein, so wie Lars eigentlich erwartet hatte, Bett sondern ein Sarg befand. Lars wollte schon umdrehen und eine andere Tür ausprobieren, denn er dachte, dass ihm Serine vielleicht aus Versehen einen verkehrten Weg genannt hatte, oder er sich nicht richtig daran erinnerte. Dann aber hörte er sie noch einmal in seinem Kopf singen:

»Don't I know not what you are, twinkle twinkle little star.« Und da wusste Lars, dass er im richtigen Raum angekommen war. Was hatte sie in seinem Traum zu ihm gesagt?

»Ich schlafe schon sehr lange.« Lars fragte sich, ob sie damit gemeint hatte, dass sie tot wäre?

»Unsinn«, ermahnte er sich selbst, »Wenn sie tot wäre, könnte sie ja wohl kaum singen – oder mit mir reden.« Mit neuem Mut trat er in das Zimmer, schloss die Tür und suchte in seinem Rucksack nach den Streichhölzern. Er zündete alle Kerzen an, die er finden konnte, wobei er sorgsam darauf Acht gab, dass sie sich nicht in der Nähe eines der Vorhänge befanden. Sie spendeten ihm überraschend viel Licht und so konnte er seine Taschenlampe vorerst bei Seite legen. Auch die Angst, welche er empfunden hatte, wich mit der Dunkelheit.

Vorsichtig ging er neben dem Sarg in die Hocke und strich behutsam über den Deckel. Staub blieb an seinen Fingern haften, doch er beachtete es kaum. Seine Finger suchten nach der Rinne im Holz, wo sich der Deckel vom Rest des Gebildes trennte. Ganz sachte schob er ihn bei Seite und blickte auf Serine hinab.

Die Familie Largaretta

1

Es war keine, wie Lars anfangs befürchtet hatte, vermoderte Leiche die er fand. Serine lag genauso da, wie er sie aus seinen Träumen in Erinnerung hatte. Vielleicht ein bisschen blasser und auch ihre Lippen waren nicht ganz so rot wie sonst. Außerdem fühlte sich ihre Wange, über die Lars mit dem Handrücken sanft gestrichen hatte, deutlich kühler an, als er es gewohnt war. Aber das lag – wie er sich zu erklären versuchte – bestimmt nur an dem langen Schlaf, von dem sie gesprochen hatte. Ihre Hände waren auf dem Bauch übereinandergelegt und in ihrem Gesicht lag ein Ausdruck von reiner, tiefer Entspannung. In dem flackernden Kerzenschein, fiel es Lars schwer Atembewegungen erkennen zu können. Vorsichtshalber stellte er aber keine weiteren Nachforschungen darüber an, sondern kramte nach der Nähnadel, die er mitgebracht hatte. Er rieb sich den übrigen Staub von den Fingern und machte sich dann daran Serines Bitte weiter zu folgen. Von seinen endlosen, dem Diabetes zu verdankenden Zuckertests war er es bereits gewohnt einen kleinen Stich in den Finger zu bekommen. So fiel es ihm nicht schwer sich selbst so zu verletzen, dass es leicht blutete. Lars drückte mit der anderen Hand seitlich an seine Fingerkuppe, um das Blut heraus zu pressen – dann legte er die kleine Verletzung auf Serines Lippen.

Zuerst bewegten sich leicht ihre Finger, dann öffnete Serine ganz langsam die Augen und sah ihn an.

»Du bist wirklich zu mir gekommen«, flüsterte sie gleichermaßen müde, wie auch erleichtert, »es war nicht nur ein Traum.«

»Natürlich!«, antwortete Lars freudestrahlend, »Ich bin froh, dass ich dich endlich gefunden habe. Dieses Haus hier ist so unheimlich.« Seufzend zog sie sich hoch, so dass ihre Gesichter auf Augenhöhe waren:

»Gib mir deine Hand.« Lars tat es und Serine führte, wie schon in seinem Traum, die verletzte Stelle an ihre Lippen. Er spürte ihre Zunge auf der, noch immer leicht blutenden Stelle. Eine Sekunde später ließ sie seinen Arm wieder los und er bemerkte verwundert, dass die Wunde aufgehört hatte zu bluten:

»Wie hast du das gemacht?« Sie lächelte:

»Nur zu singen ist nicht das Einzige was ich kann.« Sie schwiegen einen Moment. Dann fragte Lars, eigentlich nur um die Stille zu beenden:

»Wieso liegst du denn in einem Sarg?«

»In meiner Familie ist es so Brauch, wenn man sich lange zur Ruhe legt«, antwortete sie in noch immer müdem Tonfall. Lars half ihr aus der Kiste heraus. Eigentlich hätte er sie noch mehr gefragt, aber er wollte sie – jetzt wo sie gerade erst aufgestanden war – auch nicht bedrängen. Serine legte den Deckel wieder zurück auf den Sarg und setzte sich kurzerhand darauf. Es war ein merkwürdiger Anblick. Allerdings nicht merkwürdig genug, dass Lars den Platz, welchen sie ihm an ihrer Seite anbot nicht angenommen hätte. Serine legte ihren Arm um Lars und zog ihn zu sich heran. Er mochte das. Es fühlte sich irgendwie richtig an – anders als wenn jemand aus seiner Familie das tat. Zum ersten Mal, seit seinem letzten Gespräch mit Herr Seibert war ihm die Welt wieder ein *echtes* zu Hause geworden.

Lars konnte eine Stunde zusammen mit Serine verbringen, bevor er den Heimweg antreten musste, sodass er noch vor seinen Eltern zu Hause ankam. Diese Stunde war – bis dahin – die schönste in seinem Leben. Sie sprachen wenig miteinander, denn auch wenn noch viele Fragen in ihm brannten, spürte er doch, dass jetzt nicht der Moment war, um sie zu stellen. Serine brauchte Zeit, um sich zu erholen. Sie saßen einfach nur dicht beieinander und genossen die Friedfertigkeit des Moments. Später brachte Serine ihn nach oben, wo Lars ihr versprach, gleich am nächsten Tag wieder zu kommen. Sie geleitete ihn noch bis zum Fenster, durch das er geklettert war und welches er auch jetzt wieder nutzte, um das Haus zu verlassen. Dann schwang er sich, mit einem letzten, wehmütigen Blick in ihre Richtung, auf sein Fahrrad und fuhr zurück nach Hause.

Lars ging früh zu Bett, denn der Tag war für ihn sehr anstrengend gewesen. Außerdem wollte er am nächsten Morgen ausgeruht sein, um sobald wie möglich zurück zur Largaretta-Villa fahren zu können. Er stand kurz nach neun auf, frühstückte, packte seinen Rucksack. Die Nähnadel nahm er sicherheitshalber noch einmal mit – für den Fall, dass Serine wieder eingeschlafen war. Er eröffnete seiner Mutter, dass er draußen sei, um zu spielen. Sie sah ihn zwar etwas skeptisch an, denn sonst verbrachte Lars seine Samstage niemals draußen, aber nickte dann seine indirekt gestellte Frage wortlos ab.

So schnell er konnte, fuhr er zurück zur Villa, lehnte sein Fahrrad gegen einen Baum und ging auf das Haus zu. Er kletterte wieder durch das Fenster, um hinein zu gelangen. Lars fiel auf, dass die angsteinflößende Atmosphäre der Villa nachgelassen hatte. Die verfallenen Gänge, Türen, Decken und Wände erschienen ihm nun schon etwas vertrauter, als bei seinem ersten Besuch.

»Serine!«, rief er, als er in der Halle angekommen war.

»Ich bin hier«, antwortete sie und kam die Treppe, welche zum Obergeschoss führte hinab, »es ist schön dich zu sehen, Laaz.« Heute sah sie schon nicht mehr so bleich wie am vergangenen Tag aus und auch ihre Lippen hatten an Farbe gewonnen. Lars ging auf sie zu und fiel ihr in die Arme, so als wären Jahre seit ihrem letzten Treffen vergangen. Minutenlang standen sie einfach nur so da und umarmten einander. Als sie sich wieder voneinander lösten, reichte sie ihm ihre Hand:

»Komm mit. Ich möchte dir etwas zeigen.« Lars folgte ihr die Treppe hinauf. Sie gelangten zu einem Flur, an dessen Ende eine Tür in ein geräumiges Zimmer führte.

»Dies hier«, sagte Serine mit verhaltenem Stolz in der Stimme, »war einmal mein Zimmer.«

»War?«, fragte Lars und sie verbesserte sich lächelnd:

»Das *ist* es natürlich immer noch.« Neugierig sah sich Lars um: Das große Bett und der riesige Holzschrank an der Wand füllten den größten Teil des Raumes. In einer Ecke stand ein altmodischer, verstaubter Vogelkäfig, der von einem sehr wackelig wirkenden Gestell herunterbaumelte. Die Fenster waren, wie die meisten anderen des Hauses auch, mit Brettern vernagelt, aber Serine hatte bereits ein paar Kerzen entzündet, um den fehlenden Sonnenschein ein wenig auszugleichen.

»Es gefällt mir«, urteilte Lars wahrheitsgemäß.

»Ich habe hier früher viel Zeit verbracht«, erklärte Serine in nostalgischem Tonfall, »In dem Käfig pflegte ich einmal ein verletztes Rotkehlchen.« Sie ging wie in Trace zur Kommode und zog einen verschnörkelten Schlüssel hervor, der an einer ledernen Kette um ihren Hals hing. Sie öffnete eine Schublade und nahm eine kleine Schatulle heraus – dann kehrte sie zum Bett zurück, setzte sich und bot Lars den Platz neben ihr an. Die Matratze und das Bettzeug wirkten, als seien sie erst vor kurzem erneuert worden und bildeten damit einen gewissen Kontrast zum restlichen Raum. Die Polsterung war so weich, dass er einen Moment ernsthaft gegen das Verlangen ankämpfen musste, sich nicht einfach hinein fallen zu lassen. Serine öffnete die Schatulle und Lars erkannte, dass es ein kleines Schmuckkästchen war. Es hatte sogar eine Miniatur-Ballerina, die sich zu einer blechern klingenden Melodie um die eigene Achse drehte. Außerdem war ein Spiegel an der Innenseite des Deckels befestigt. Serines Finger durchstrichen behutsam den Inhalt der Schachtel, bis sie bei einem dunklen, in sich selbst verdrehtem Ring innehielten. Vorsichtig nahm sie ihn heraus, begutachtete ihn kurz und hielt ihn Lars schließlich auffordernd unter die Augen:

»Hier – der ist für dich«, erklärte sie freudestrahlend, »wenn du ihn trägst, kennzeichnet er dich als einen Freund, der Largaretta, meiner Familie. Ich habe auch so einen.« Mit diesen Worten, deutete sie auf den Ringfinger ihrer rechten Hand, wo sich tatsächlich ein Duplikat des Ringes befand, den sie Lars gerade in die Hand gedrückt hatte.

»Wenn ich ihn anstecke sind wir dann verlobt?«, scherzte Lars und begutachtete noch einmal genauer das Geschenk: Es waren zwei Ringe aus dunklem Material, welche sich gegenseitig umschlungen, wie es Würgeschlangen in einem Kampf um Leben und Tod taten.

»Wenn du das so möchtest«, stieg sie in den Spaß ein und lächelte.

»Ja«, flüsterte er, in mehr oder weniger unabsichtlich wieder ernst gewordenem Ton und schob sich den Ring auf den vierten Finger. Er passte so gut, als ob er eigens für ihn angefertigt worden wäre.

»Erzähl mir von deiner Familie, den Largaretta«, bat Lars, als die Ballerina angehalten hatte und es wieder still wurde.

»Was willst du denn von ihnen wissen?«, fragte sie, schloss die Schatulle und legte sie bei Seite.

»Naja einfach alles«, gab er zurück, »zum Beispiel wo der Brauch mit den Särgen herkommt. Ist das nicht ein bisschen seltsam?« Serine legte ihren Arm um ihn und er griff nach ihrer Hand. Sie war viel wärmer als am Tag zuvor, doch trotzdem blieb sie auch jetzt weiterhin, auf seltsame Weise angenehm kühl:

»Findest du das wirklich? Die Menschen legen sich doch alle in Särge, wenn sie lange schlafen gehen.« Es dauerte eine Weile bis Lars eine Antwort fand:

»Dann betrachtet ihr den Tod nur als einen langen Schlaf?« Für Lars war es ein merkwürdiges Gefühl diesem Gedanken zu folgen, denn aus dieser Sichtweise heraus unterhielt er sich gerade mit einer Toten. Außerdem wusste er nicht was sie mit *»Die Menschen«* gemeint hatte. War sie denn nicht auch ein Mensch? Serine schien zu wissen was in seinem Kopf vor sich ging, tat aber nichts um dem zu widersprechen.

»Ist es nicht eine tröstende Vorstellung, dass jene die gestorben sind vielleicht einfach nur schlafen?«

»Und von was *träumen* die Toten?«, fragte Lars ehrlich interessiert. Serine ließ sich langsam, nach hinten fallen und zog ihn sanft mit ihr. Sie lagen nebeneinander auf der weichen Matratze als sie antwortete:

»Ich glaube die meisten träumen vom Leben, oder von einem himmlischen Paradies. Ich aber habe von einem Jungen geträumt, dem ich vorsingen konnte und der mich eines Tages wieder aufwecken würde – und das«, fügte sie nach einer kurzen Pause hinzu, »hat er auch getan.« Dann beugte sie sich nach vorne und küsste seine Stirn. Ihre Lippen fühlten sich sehr weich an und ihn überkam eine tiefe Entspannung. Ohne dass er es gewollt, oder etwas dagegen hätte tun könnte, fielen ihm die Augen zu und er schlief ein.

Lars hatte einen schwer einzuordnenden, metallischen Geschmack im Mund als er wiedererwachte. Serine lag noch immer neben ihm und sah ihn lächelnd an:

»Na, hast du gut geschlafen?« Gähnend versuchte er sich auf zu richten. Es gelang ihm zwar, aber er fühlte noch immer eine starke Müdigkeit, die er sich jedoch nicht erklären konnte. Ihm wurde sogar für einen Moment schwarz vor Augen, bis er sich kopfschüttelnd wieder gefasst hatte:

»Wie lange war ich weg?«

»Nicht lange«, sagte Serine beruhigend, setzte sich hinter ihn und stützte seinen Oberkörper mit dem ihren, »nur für ein paar Minuten.« Sie strich ihm wieder einmal durchs Haar, als er verstohlen auf seine Armbanduhr sah. Es war nicht so, dass er die Geste an sich verbergen wollte – vielmehr war ihm nur das Motiv seiner Uhr peinlich. Das Ziffernblatt, stellte eine urzeitliche Landschaft dar und die Zeiger bestanden aus diversen Dinosaurier-Extremitäten. Früher einmal war Lars sehr stolz auf diese Uhr gewesen, aber jetzt hielt er sie für kindisch. Er wollte nicht, dass Serine sie sah:

»Normalerweise schlafe ich nicht so schnell ein«, versuchte er ein Gespräch zu beginnen und unterdrückte ein erneutes Gähnen.

»Der gestrige Tag war für dich bestimmt sehr kräftezehrend. Es ist doch nur natürlich, dass man da ein wenig Schlaf nachholen muss.«

»Das muss es wohl sein«, seufzte Lars und genoss das wohlige Gefühl ihrer Nähe.

»Willst du noch immer etwas von meiner Familie wissen?«, knüpfte sie an ihre vorangegangene Unterhaltung an.

»Ja, aber natürlich«, entgegnete Lars ein wenig überrascht davon, dass sie es war die den Vorschlag machte.

»Was würdest du davon halten, sie ganz einfach kennen zu lernen?«, flüsterte sie und berührte mit ihren Lippen sachte seinen Kopf.

»Geht das denn?«, fragte Lars und drehte sich in ihre Richtung, »ich dachte sie würden alle schlafen?«

»Das haben sie auch«, erklärte Serine, »zumindest die meisten, aber jetzt sind sie wieder aufgewacht. Sie wollen hierherkommen und mich besuchen.« Einerseits wollte Lars diese Familie tatsächlich kennen lernen, andererseits hatte er aber auch ein wenig Angst davor. Schließlich entschied er sich aber dafür, denn wenn sie alle auch nur ein bisschen so waren wie Serine, dann gäbe es nichts vor dem er sich fürchten müsste.

»Ja, sehr gerne«, antwortete Lars schließlich und deutete auf den Ring an seiner Hand, »ich habe ja immerhin den hier. «

»Und den hast du dir auch verdient«, lobte sie, »mach dir keine Sorgen – ich bin mir ganz sicher, dass sie dich mögen werden. « Ihre Worte beruhigten ihn und festigten seinen Entschluss:

»Wann werden sie denn hier ankommen?«, wollte Lars wissen und Serine blinzelte ihn fröhlich an:

»Gleich morgen Abend.« Es war unverkennbar und auch sehr gut nachzuvollziehen, dass sie sich auf das Wiedersehen freute. Immerhin schienen sie sich eine ganze Weile lang nicht mehr gesehen zu haben. Das Problem für Lars war nur, dass er nicht so lange wegbleiben durfte:

»Ich muss morgen für die Schule lernen«, teilte er Serine traurig mit, »und abends darf ich nie aus dem Haus gehen.«

»Aber das macht doch nichts«, tröstete sie ihn, »sie werden länger hierbleiben. Du kannst nächstes Wochenende wiederkommen und sie dann kennen lernen.«

»Sie bleiben so lange?«, fragte Lars erfreut von der guten Nachricht.

»Ja. Sogar noch viel länger«, gab sie zurück, »Wir wollen die Villa restaurieren. Schließlich ist sie unser zu Hause.«

Lars blieb noch zwei Stunden bei Serine, bevor er wieder zu seinen Eltern zurückkehrte. Der Heimweg mit dem Fahrrad fiel ihm überraschend leicht: Es war so als hätte er ununterbrochen Rückenwind und auch sonst fühlte er sich so gesund und so stark wie noch nie zuvor. Einzig und allein die Sonne blendete ihn etwas mehr als sonst, aber das erklärte er sich damit, dass es in der Villa sehr dunkel gewesen war und sich seine Augen noch nicht wieder an das vergleichsweise grelle Licht gewöhnt hatten. Den Ring steckte er, um eventuellen Fragen auszuweichen, vorsorglich in seine Tasche, bevor er ankam. Auch seiner Mutter war eine Veränderung an ihm aufgefallen, denn sie begrüßte ihn mit:

»Die frische Luft scheint dir ja richtig gut zu tun. Wo bist du denn gewesen?«

»Ich war ein bisschen im Wald«, gab Lars knapp, und aus seiner Perspektive immerhin nicht ganz und gar gelogen zurück. Schließlich lag die Villa Largaretta ja tatsächlich im Wald. Dann ging er auf sein Zimmer und übte das Geigenspiel, bis es das Abendessen gab. Es war eine einfache Brotzeit. Diese Mahlzeit stellte zwar auch sonst kein außergewöhnliches Fest für seinen Gaumen dar, aber an diesem Abend schmeckte alles irgendwie fade. So als hätte es zu lange im Kühlschrank gelegen. Lars sprach seine Eltern darauf an, aber sie erklärten nur verständnislos, dass für sie alles wie sonst auch schmecken würde: »Das bildest du dir nur ein, Lars. Stell dich nicht so an.« *Lars* – Wie viel lieber wäre er jetzt bei Serine gewesen.

2

Es war diese Nacht, in der Lars das erste Mal von einem Traum heimgesucht wurde, der ihn noch lange verfolgen sollte. Schlimmer noch, der Traum nahm in den kommenden Wochen und Monaten sogar noch an Schrecken zu. Lars fand sich in der Rolle eines unsichtbaren Beobachters im Thronsaal einer Burg wieder. Es gab nur sehr dünne Schlitze in dem massiven Mauerwerk. Gerade so dünn, dass ein Bogenschütze mit Pfeilen hinausschießen könnte. Doch aktuell schien sich die Burg nicht unter Belagerung zu befinden. Das meiste Licht kam von Fackeln, die an den Wänden flackerten und knisterten. Trotzdem wurde der Raum dadurch nicht vollständig beleuchtet. Unnatürliche Schatten lagen wie unheilverbergende, schwere Vorhänge über dem Saal. Es schien als saugten sie solange an allem Lebenden, bis jegliche Hoffnung, jegliches Glück und alle Freude genommen wäre. Auf dem schlichten, kantigen Thron saß ein Mann, den Lars nicht vollständig erkennen konnte. Um ihn herum waren die Schatten derart verdichtet, dass es unmöglich war sein Gesicht auszumachen. Diese Hoffnung aussaugende Schatten, verhielten sich gegenüber dem Mann auf dem Thron jedoch anders. Sie wirkten wie loyale Hunde. Hunde, die nur ihm gehorchten und sonst niemanden.

Etwa fünf Meter vor dem Thron lag ein anderer Mann, in lumpiger, zerfetzter Kleidung am Boden. Er war von Schmutz bedeckt und in schwere Ketten gelegt. Er kniete und flehte in Richtung des unheimlichen Herrschers. Seine Stimme zitterte voller Furcht und auch seine Hände konnte er nicht ruhig halten. Hinter dieser elendigen Gestalt standen drei weitere Männer. Es waren Soldaten, die grimmig ins Leere blickten. Sie trugen dicke, engmaschig gewebte Stoffkleidungen, welche die Wucht eines

Schwerthiebes auffangen konnten. Dazu kamen schlicht gefertigte Eisenhelme und an ihren Gürteln baumelten Schwerter. Nur der Soldat, der direkt hinter der flehenden Gestalt Stellung bezogen hatte, trug kein Schwert. Er hielt in der Hand etwas, das zunächst aussah wie eine Art Spieß, oder Lanze. Bei näherer Betrachtung war jedoch erkennbar, dass es sich nicht um eine Waffe handelte. Es war zu lang und auch der Durchmesser entsprach nicht dem einer Waffe. In den verschwommenen Trugbildern seines Traumes erkannte Lars schließlich, dass es sich um eine Art Zelt- oder Bannerstange handeln musste. Seltsam fand er nur, dass diese etwa fünf Meter lange Stange am oberen Ende angespitzt worden war.

Der Mann auf dem Thron hob seinen Arm und gab damit wortlos einen Befehl, indem er auf den knieenden Gefangenen deutete. Sofort packten die beiden Soldaten, welche zu seinen Seiten standen, nach dem Geschundenen und zerrten ihn in die Höhe. Der Mann schrie und zappelte. Er flehte nun noch lauter, versuchte sich zu befreien und dann... Dann erwachte Lars voller Angst und mit klopfendem Herzen.

Dieser Traum kehrte in den verschiedensten Variationen wieder: Mal war die flehende Person eine Frau, mal ein Kind. Manchmal waren sie nicht in einer Burg, sondern auf einem freien Feld, oder auf einem Marktplatz. Hin und wieder gab es Zuschauer, die die Szenerie schweigend beobachteten. Doch es gab auch Dinge, die sich nicht veränderten: Der unnatürliche Schleier, der das Gesicht des Mannes auf dem Thron verhüllte, blieb immer gleich, sodass Lars sein Gesicht nie erkennen konnte. Der Herrscher gab auch nie einen Laut von sich, sondern nutzte lediglich eine einzelne, knappe Geste, um die Verurteilung auszuführen. Es waren auch stets drei Soldaten. Nicht mehr und nicht weniger.

3

Die ganze Woche über freute er sich darauf, wieder zur Villa zurück kehren zu können und die Familie zu treffen. In der Schule glänzte er mit Höchstleistungen. Erstaunlicherweise sogar im Sportunterricht, wo er den Tausend-Meter-Lauf entgegen jeder Erwartung nur als Drittschlechtester abschloss. In Kunst fühlte er sich besonders kreativ und malte einen langen Tisch in einem großen Saal, zu dessen Kopf ein mächtiger König saß, um zu regieren – auch wenn das Thema eigentlich »Der Weltraum« lautete. In Musik spielte er alle Noten fehlerfrei und seine Lehrerin in Französisch lobte sogar seine Aussprache, die sonst immer seinen Schwachpunkt in diesem Fach darstellte. Dann war endlich wieder Freitag und Lars machte sich sofort nach der Schule auf den Weg zurück zur Villa. An der Weggabelung steckte er sich den Ring der Largaretta auf den Finger. Er hatte ihn die Woche über nur sehr selten getragen und fühlte sich auch ein klein wenig schuldig deswegen. Immerhin war es ein Geschenk von Serine und sicherlich würde sie nicht wollen, dass es nur in seiner Hosentasche verweilte. Lars wollte das zwar auch nicht, aber das Risiko darauf angesprochen zu werden und keine passende Ausrede zu finden war ihm einfach zu groß. Am Ende hätte man ihm den Ring vielleicht noch weggenommen. Es wäre ja schließlich nicht das erste Mal gewesen, dass man ihm etwas, was ihm Freude bereitete wegnahm. Nein. Der Ring war für ihn viel zu wertvoll, um verloren zu gehen.

Die letzten hundert Meter ging Lars zu Fuß. Er wollte ein wenig Zeit schinden, um seine Nervosität unter Kontrolle zu bekommen, aber diese Bemühungen verkehrten sich nur in das genaue Gegenteil. Mit jedem Schritt wuchs die Anspannung ein klein wenig an. Was, wenn sie ihn doch nicht mochten? Was wenn er etwas

Falsches sagen würde? Oder etwas Dummes? Lars atmete noch einmal tief durch, bevor er das Grundstück betrat und auf das Haus zu ging. Verwundert bemerkte er, dass die Restaurationsarbeiten an der Fassade bereits begonnen hatten und die Türen der Villa dieses Mal einladend offenstanden. Vorsichtshalber klopfte er dennoch, um sein Erscheinen anzukündigen, gegen das Holz und wartete einen Moment ab. Als dann aber nichts geschah, wagte er sich schließlich doch zögerlich hinein.

»Hallo«, rief er, als er die verlassene Eingangshalle erreicht hatte. Es dauerte nicht lange bis Serine die Treppe hinabstieg und ihn zur Begrüßung in die Arme nahm. Die angenehme Kühle ihrer Berührung ließ die angesammelte Anspannung innerhalb von Sekunden vergehen. Mit ihr an seiner Seite fühlte sich Lars sicher, gelassen und mutig.

»Es ist immer wieder schön dich zu sehen«, flüsterte sie ihm ins Ohr und sagte dann etwas lauter, »Komm mit. Die Anderen warten bereits auf dich.« Als sie auf den Gang zutraten, in dem er bei seinem ersten Besuch dieser Villa vor einer verschlossenen Tür kehrtmachen musste, stockte er.

»Was ist mit dir?«, fragte Serine in besorgtem Tonfall.

»Ich glaube, ich habe hier einmal einen Geist gesehen«, antwortete Lars und wurde sich erst in der Sekunde, als er die Worte aussprach darüber, bewusst wie lächerlich das eigentlich klingen musste. Serine streichelte ihn jedoch nur sanft über die Schulter, während sie ihn leise beruhigte:

»Du brauchst keine Angst vor den Geistern an diesem Ort zu haben. Sie wissen jetzt, dass du hier willkommen bist und werden dir nichts tun.«

»Dann habe ich mir das also nicht nur eingebildet?«, wollte er wissen, aber sie schmunzelte nur zu Antwort und sagte nichts dazu. Die Tür ließ sich dieses Mal ohne Schwierigkeiten öffnen und der Gang führte noch etwas weiter. Links und rechts gab es jeweils zwei andere Räume, an denen sie aber vorbeigingen. Schließlich gelangten sie zu einem Saal. In dessen Mitte stand ein ähnlich langer Tisch, wie jener den Lars im Kunstunterricht gezeichnet hatte. Der wesentlichste Unterschied zu seiner Zeichnung bestand darin, dass nicht nur eine Person an diesem Tisch saß. Es waren fünf. Noch bevor Lars etwas sagen konnte ergriff Serine das Wort:

»Liebe Familie. Darf ich euch vorstellen: Das ist Laaz, der Junge dem ich meine Erweckung verdanke.« Alle sahen sie ihn an. Der Mann am Kopf des Tisches erhob sich und kam auf Lars zu. Er war sehr groß und trug einen schwarzen Anzug, der, wenn auch säuberlich geschneidert, irgendwie nicht in diese Zeit zu passen schien. Anstelle einer Krawatte, oder Fliege prangte ein verschnörkeltes Schmuckstück vor seiner Brust, das an einer ledernen Kette befestigt war. Seine dunklen Haare hatte er zu einem ordentlichen Zopf gebunden, der bis zum unteren Rücken fiel. Er reichte Lars die an jedem Finger mit einem anderen Ring besetzte Hand. Lars fühlte den festen Druck seiner Begrüßung, als er sie schüttelte.

»Serine hat uns schon so viel von dir erzählt«, gestand der Mann freundlich, als sich ihre Hände wieder lösten, »Ich denke ich spreche für die ganze Familie, wenn ich sage, dass wir uns sehr darauf freuen, dich endlich persönlich kennen zu lernen.« Seine Stimme hatte etwas Geheimnisvolles, dennoch konnte Lars spüren, dass seine Worte ehrlich gemeint waren.

»Ich freue mich auch schon darauf euch alle kennenzulernen«, erwiderte Lars wahrheitsgemäß.

»Bitte erlaube mir, dir den Rest unserer Sippe vorzustellen«, fuhr der Gastgeber fort und bewegte seinen Arm in einer halbkreisförmigen, anmutig wirkenden Bewegung um die noch am

Tisch sitzende Versammlung. Er deutete auf den Mann der ganz rechts saß. Dieser hatte langes, verwildertes schwarzes Haar, trug stark verschlissene, lederne Kleidung und hinter seinem bärtigen Lächeln konnte man den ein, oder anderen vergoldeten Zahn erkennen. Lars fiel erst jetzt auf, dass er einen riesigen, Wolf mit grauweißem Fell tätschelte, welcher gehorsam zu seiner linken hockte und ihn neugierig beäugte:

»Dies ist Valdim Abridor, ein treuer Freund und fester Bestandteil unserer Familie. Selbiges gilt natürlich auch für Auri«, fügte er hinzu und deutete dabei auf den Wolf. Dann führte er seine Geste weiter zu den noch verbliebenen Damen im Raum: »Das ist meine Cousine, Synelle«, stellte er Lars die erste der Dreien vor, welche ihn verspielt anlächelte. Sie hatte unnatürlich blonde, lockige Haare und eine sehr bleiche Gesichtsfarbe, welche das starke Rot ihrer Lippen in heftigen Kontrast setzte. Sie trug eine gewagte Mischung aus Ballettkleid und Feenkostüm. Ihr übermäßig zierlicher Körperbau unterstützte das Bild einer Feengestalt zusätzlich. Auf Lars wirkte sie, wenn sie auch mindestens schon fünfundzwanzig Jahre alt sein musste, wie ein Mädchen das nie so richtig erwachsen geworden war. Als sie ihn begrüßte, fühlte er ihr gegenüber augenblicklich eine kompromisslose Sympathie.

»Meine Gefährtin Carolin«, setzte der Mann erneut an, als seine Handbewegung die dunkelhaarige Frau, welche ein edles, tiefrotes Abendkleid trug und am linken Ende des Tisches saß erreichte, »und unser aller Großmutter Lydia von Largaretta.« Lars wagte es nicht einmal ansatzweise zu schätzen, *wie* alt diese letzte Frau tatsächlich sein musste: Sie hatte weiß-gräuliche, dünne Haare die in einem unordentlichen Zopf zusammengebunden waren, sodass seitlich einige Strähnen herausfielen. Ihre Haut schimmerte fahl und war von zahllosen Falten überdeckt. Das schwarze, staubige Festkleid und die schiefe Nase machten das Bild einer Märchenhexe komplett. Als auch sie Lars freundlich anlächelte bemerkte er ihre noch tadellosen Zahnreihen. Sie gaben ihrer Erscheinung zwar etwas Milde, ließen ihn aber dennoch stutzen. Irgendetwas stimmte damit nicht. Er verdrängte den Gedanken, mit der ihm am schlüssigsten erscheinenden Erklärung: Nämlich der, dass es wahrscheinlich nur ein künstliches Gebiss sein würde. Eines, dass ein vielleicht nicht ganz so talentierter Zahntechniker angefertigt haben musste...

»Zuletzt«, durchbrach der Gastgeber nach einer kurzen Pause Lars Gedanken, »bleibe nur noch ich übrig. Ich bin Baron Marek von Largaretta. Aber bitte lass dich von meinem Titel nicht einschüchtern. Er ist ohne hin nur noch eine Förmlichkeit.«

Lars setzte sich auf den Platz, der ihm angeboten wurde. Es war der gegenüber Valdims, welcher ihn mehr und mehr an einen Rockmusiker, oder einen Motorradfahrer erinnerte. Dankbar erkannte Lars, dass der Stuhl zu seiner linken frei und der zu seiner rechten von Serine besetzt wurde. Auch der Baron war zu seinem Platz, an der Spitze des Tisches zurückgekehrt:

»Nun, dann erzähl uns doch einmal«, forderte er Lars freundlich auf, »was du gerne tust. Serine hat uns bereits erzählt, dass du einiges Interesse an der Kunst gefunden hast.«

»Ja, das stimmt«, bestätigte Lars, »ich male sehr gerne und spiele Geige.«

»Geige«, wiederholte der Baron überrascht, »das ist ein wunderbares Instrument.« Und Carolin stimmte zu:

»Ich habe früher selbst auch einmal Geige gespielt. Wenn ich wieder ein wenig übe, könnten wir ja einmal zusammenspielen.«

»Ein kleines Duett für die Familie!«, trällerte Synelle glücklich. Nickend ging Lars auf den Vorschlag ein:

»Ich würde gerne mit Ihnen zusammenspielen.«

»Sehr schön«, antwortete Carolin und Marek erklärte:

»Du musst uns wirklich nicht mit der Höflichkeitsform ansprechen. Das einfache du ist vollkommen ausreichend. Immerhin trägst du ja bereits das Symbol unserer Freundschaft.« Mit dem letzten Satz deutete er auf den Ring an seinem Finger. Erst jetzt bemerkte Lars, dass der Baron und auch alle anderen hier an diesem Tisch, weitere Ausführungen des gleichen Ringes trugen, wie er selbst. Diese und die Tatsache, dass der Baron Serines Geschenk an ihn akzeptierte und sogar befürwortete, weckte in Lars das wohlige Gefühl ein Teil von etwas sein zu können. Und von was er da gerade *genau* ein Teil geworden war, würde er in nicht allzu ferner Zukunft erfahren.

Sie saßen noch einige Stunden lang versammelt um den Tisch und unterhielten sich. Schließlich aber, entschuldigte sich einer nach dem anderen und verließ den Saal. Am Ende blieben nur noch Serine und Lars übrig. Sie beschlossen wieder in ihr Zimmer zu gehen, da sie es sich dort etwas gemütlicher machen konnten.

»Was hältst du von ihnen?«, fragte sie als sie wieder auf dem Bett lagen und einander ansahen.

»Ich finde sie großartig«, erwiderte Lars ohne zu zögern, »sie sind so *anders* als alle, die ich bisher kennen gelernt habe und sie behandeln mich auch nicht wie ein kleines Kind.«

»Es freut mich, dass sie dir gefallen und dass ihr euch so gut versteht«, gab sie zurück, »als ich sie das erste Mal traf, da ging es mir genauso wie dir und daran hat sich bis heute auch noch nichts geändert.«

»Wie hast du sie denn kennen gelernt?«, wollte Lars wissen, »ich dachte immer du wärst mit ihnen verwandt.« Sie schüttelte den Kopf:

»Nein. Verwandt bin ich mit ihnen nicht. Meine Eltern und ich mussten vor einem schlimmen Krieg fliehen. Ich hatte damals dieselben Probleme wie du, was meine Verträglichkeit der verschiedenen Speisen anging, musst du wissen, und so hatten sie es noch schwerer, mich während der Flucht am Leben zu erhalten.« Ihre Augen spiegelten die Trauer der Erinnerung wider als sie sprach. Es musste eine furchtbare Zeit gewesen sein dachte Lars, auch wenn er sich fragte, vor welchem Krieg genau sie geflohen war. Die einzigen Kriege der letzten Jahrzehnte von denen er wusste, hatten weit entfernt stattgefunden. Irgendwo im Irak und vielleicht ein paar Bürgerkriege in Asien und Afrika, aber Serines Erscheinung wirkte im Wesentlichen eher westlich. Doch er schwieg, um sie nicht zu unterbrechen.

»Eines Morgens dann, geschah das, was geschehen musste«, erzählte Serine weiter, »ich erwachte und war allein. Meine Eltern hatten mich – den Klotz an ihrem Bein – zurückgelassen, um sich selbst retten zu können.« Sie stockte und brach ab. Es waren keine Tränen auf ihrem Gesicht zu erkennen, doch Lars fühlte, dass sie innerlich zerbrochen war. Behutsam legte er ihr eine Hand auf die Wange und strich ihr Haar bei Seite. Die Bewegung kam ganz ohne sein Zutun und er ließ sie einfach geschehen. Als sie ihn wieder ansah bemerkte er, dass sie lächelte. Ein freudloses Lächeln. Dann erzählte sie weiter:

»Ich irrte in einem Land umher, dass mir fremder nicht hätte sein können. Nicht einmal die Sprache konnte ich verstehen. Eine Bauernfamilie nahm mich schließlich auf. Es waren herzensgute Leute. Sie lehrten mich ein paar Grundbegriffe und versuchten mich in ihrem Leben aufzunehmen. Sie scheiterten, denn ihre eigene Tochter verstand sich nicht allzu gut mit mir und dazu kam auch noch, dass sie unentwegt den Arzt rufen mussten, da ich wieder und wieder auf ihr mit Liebe zubereitetes Essen hatte brechen müssen. Ich erinnere mich noch sehr gut an den Tag, an dem sie mich in ein katholisches Waisenhaus gaben. Dort erging es mir etwa so, wie es dir heute in der Schule ergeht. Die anderen Mädchen wollten nie etwas mit mir zu tun haben und wenn doch dann… naja du weißt ja wie das ist.« Unweigerlich musste Lars an die Kinder in der Grundschule denken. An ihre Gemeinheiten und wie es ihm dabei ergangen war. Ja, er wusste genau wie sich das anfühlte.

»Hin und wieder«, setzte Serine erneut an, »kamen reiche Leute vorbei, um eines der Mädchen mitzunehmen, aber mich schienen sie immer zu übersehen. Bis eines Abends der Baron das Waisenhaus betrat. Wir mussten uns alle, wie üblich, in einer Reihe aufstellen. Marek schritt sie entlang und überflog die Gesichter mit flüchtigen Blicken. Bei meinem verharrte er, ließ sich dann auf ein Knie sinken, sodass wir uns auf Augenhöhe befanden und fragte nach meinem Namen. Als ich ihm Antwort gab, bemerkte er meinen ausländischen Akzent und sprach dann plötzlich in meiner Muttersprache mit mir. Er sagte, dass ihm mein Name gefiele und dass er nach mir gesucht hätte. Wenn ich wollte könnte ich mit ihm kommen und er würde mir dann alles erklären. Selbstverständlich ging ich auf sein Angebot ein und so brachte er mich zur Familie Largaretta. Seither lebe ich ein anderes, besseres Leben als zuvor und du Laaz«, fügte sie nach einer kurzen Pause hinzu, »kannst das nun auch tun, wenn du willst.«

Es dauerte eine Weile bis er auf ihren letzten Satz reagieren konnte. Lars versuchte seine Bedeutung zu verstehen, als es ihm jedoch nicht gelang fragte er vorsichtig nach:

»Wie meinst du das?«

»So wie ich es gesagt habe«, antwortete sie lächelnd – und dieses Mal lag wieder Freude darin, »du kannst dein bisheriges Leben hinter dir lassen und fortan mit uns leben. Du würdest nie wieder krank werden, oder Übelkeit verspüren. Wir könnten so viel mehr Zeit miteinander verbringen als bisher. Ist es nicht all das, was du dir schon immer gewünscht hast?« Das war es tatsächlich – und zwar *genau* all das. Dennoch zögerte Lars, denn er war sich auf einmal nicht mehr sicher, was er nun eigentlich wollte. Serine hatte all seine Wünsche vor ihm ausgebreitet und bot nun an sie zu erfüllen, doch er konnte ihr nicht antworten. Serine bemerkte Lars inneren Konflikt, denn sie durchbrach das Schweigen in beruhigendem Tonfall:

»Du musst dich nicht jetzt sofort entscheiden. Lass dir so viel Zeit wie du möchtest. Wir sind noch *sehr* lange hier.« Dankbar nickte Lars ihr zu, doch tief in seinem Innersten wusste er bereits, wie er sich letztlich entscheiden würde und Serine wusste es auch.

Als er nach Hause zurückgekehrt, ließ sich Lars noch einmal Serines Worte durch den Kopf gehen. Er könnte alles hinter sich lassen, müsste nie wieder in die Schule, nie wieder wäre er Hänseleien ausgesetzt und trotzdem… irgendetwas band ihn an sein Leben. So schlecht es ihm auch erscheinen mochte, alles zurück zu lassen würde ihm schwerfallen. Seine Eltern wären bestimmt sehr traurig, wenn er von ihnen wegginge. Andererseits fragte sich Lars, ob er das nicht schon längst getan hatte. Also ob er innerlich nicht bereits weggegangen war. So drehten sich seine Gedanken im Kreis und ihm war, als hätte er die ganze Nacht lang keinen Schlaf gefunden.

Um das ohnehin schon geweckte Misstrauen seiner Eltern nicht noch zu verstärken, entschied sich Lars schweren Herzens dafür dieses Wochenende nicht noch einmal zur Villa zurückzukehren. So sehr er Serine und die Familie auch wieder sehen wollte, wusste er doch, dass wenn es herauskam, wo und vor allem bei wem er war, nur entsetzlicher Ärger die Folge sein konnte. Es fiel ihm schwer, sich diesen Samstag und Sonntag auf die

Schularbeiten zu konzentrieren. Das Einzige was ihm gelingen wollte, waren seine Übungen mit der Geige.

Ein Zuhause ohne Schmerz

1

Auf der gesamten Woche schien ein Fluch zu liegen. Keines von Lars üblichen Verhaltensmuster erfüllte seinen Zweck. Sein Deutschlehrer nahm ihm seinen Zeichenblock weg, um ihn dazu zu bewegen dem Unterricht zu folgen. Als Lars daraufhin kurzerhand in seinem Schulheft zu malen begann, wurde er laut und verkündete, einen Hinweis an die Eltern zu verfassen. Schweigend deutete Lars ein Schulterzucken an und wollte seine Bemühungen, Serine endlich vernünftig zeichnen zu können, weiter fortsetzten, doch dann nahm ihm der Lehrer auch noch das Heft weg. Lars bemerkte genauso wie der Lehrer erst zu diesem Zeitpunkt, die mit einem Permanentmarker hinterlassene Beleidigung auf seinem Tisch. Ohne eine Gelegenheit sich rechtfertigen zu können, wurde er erneut zum Schulpsychologen geschickt. Dieser schien einen ähnlich schlechten Tag gehabt zu haben wie Lars. Auf seine übliche Strategie, nämlich sich in absolut keinerlei Gespräch verwickeln zu lassen, reagierte er mit allerhand Drohungen: Er würde seine Eltern benachrichtigen, Lars müsse erneut zu einem seiner Kollegen außerhalb der Schule und er käme nicht umhin etwas in seiner Schülerakte zu vermerken. Lars hatte währenddessen seine Hände in den Hosentaschen zu Fäusten geballt. Seine Linke umgriff den Ring der Largaretta – so als wäre er ein rettendes Tau, welches ihn vor einem Sturz in endlose Tiefe bewahrte

Dies war Lars erster Besuch bei dem Schulpsychologen, in jener für ihn so schicksalhaften Woche. Der zweite folgte nach einer Auseinandersetzung mit einem Mitschüler im Sportunterricht.

Wieder einmal versuchte ihn jemand mit einem Rempler aus dem Gleichgewicht zu bringen, doch dieses Mal beließ es Lars nicht dabei einfach nur auszuweichen. Die Gelegenheit einen Sieg davonzutragen war einfach zu verlockend. Von seinem Fehlversuch ihn zu schubsen, stolperte der Junge weiter vorwärts und ruderte mit den Armen. Lars genügte ein sanfter Stoß, um ihn schmerzhaft gegen eine Wand prallen zu lassen. Sein Zutun kam wie von selbst. Lars war beinahe überrascht davon, wie leicht ihm das alles gefallen war. Der Sportlehrer, Herr Roux, hatte von diesem Vorfall leider nur die Hälfte mitbekommen, sodass es so schien, als hätte Lars den Streit angefangen. Anstelle davon zu schweigen und die Rüge zu ertragen, versuchte er sein Verhalten zu verteidigen. Es stellte sich jedoch heraus, dass es ihm nicht gelingen sollte. Herr Roux war eigentlich ein guter Lehrer. Wenn die Schüler im Sommer draußen auf den Sportplatz gingen, wurde dort fast immer nur Fußball gespielt. Die Wenigen, die genau wie Lars an diesem Spiel nichts fanden, durften stattdessen auf der um den Platz herumführenden Bahn laufen. Dabei gab es auch keine Beanstandungen, wenn jemand einmal etwas zu langsam lief. Hauptsache war, dass die Beschäftigung als Sport bezeichnet werden konnte. Auch wenn sich viele Schüler, hauptsächlich hinter dem Rücken des Lehrers, über den französischen Akzent lustig machten, behielt er darüber immer die Ruhe. Womit er nicht so gut umgehen konnte war es, wenn jemand tatsächlich seine Autorität in Frage stellte – so wie es Lars an diesem Tag getan hatte.

Lars wich keinen Zentimeter von seinem Standpunkt ab. Wahrscheinlich führten er und der Spotlehrer einen Streit mit unterschiedlichen Schwerpunkten. Es schien Herr Roux mehr darum zu gehen die Situation kontrollieren zu können. Er musste wissen, dass Lars nicht gerade dafür bekannt war Prügeleien anzufangen. Und trotzdem beachtete er seine Rechtfertigung nicht. Herr Roux beharrte auf dem Punkt, dass er eben nur das eine gesehen hätte und dem entsprechend nur so darauf reagieren könnte. Lars wusste hinterher nicht mehr was er zur Strafe hätte tun sollen. Es wäre nichts Nennenswertes gewesen: Vielleicht ein paar Liegestützen oder Sit-ups, etwas in dieser Art. Wahrscheinlich wäre hinterher auch alles wieder in den üblichen, geregelten Bahnen verlaufen. Aber heute konnte Lars diese Ungerechtigkeit nicht ertragen. Dieses Ereignis war nur die Spitze des Eisberges, der sich sein Leben nannte. Es kam ihm in diesem Moment so vor, als hätten ihn die Götter höchst persönlich verflucht. Wieder einmal erhielt Lars die Strafe für etwas, was ein anderer angefangen hatte. In ihm brannte diese furchtbar dunkle Flamme. Vor lauter Wut trat Lars gegen eine der Turnbänke und lief in die Umkleide. Herr Roux folgte ihm nicht sofort. Das war wohl so etwas wie ein Friedensangebot. Lars hatte sich bereits umgezogen und auch wieder etwas beruhigt, als er in die Kabine trat. In einem etwas versöhnlicherem Tonfall versuchte er noch einmal mit ihm über die Situation zu sprechen, aber Lars blockte ab. Tatsächlich sperrte er sich so sehr gegen alles was von seitens des Sportlehrers kam, dass Herr Roux fast keine andere Wahl mehr hatte, als seinen Kollegen um Hilfe zu bitten. Wahrscheinlich eilte Lars Ruf als besonders »schwieriger Schüler« bei den Lehrern bereits voraus, denn er bezweifle stark, dass irgendein anderes Kind aufgrund dieser Situation zum Schulpsychologen gemusst hätte. Eine Sache mehr die, diese dunkle Flamme in ihm zu nähren schien.

Wieder umklammerte Lars den Ring und versuchte seinen Zorn gegenüber der Ungerechtigkeit für sich zu behalten. Es gelang ihm nur, weil er Serine tröstend lächeln sehen konnte, wenn er die Augen schloss. Seinen dritten Termin bei dem Schulpsychologen, ordnete dieser selbst für den kommenden Freitag an. Er war fest entschlossen Lars endlich zum Reden zu bringen.

2

In der Nacht von Mittwoch auf Donnerstag, in dieser für Lars so schicksalhaften Woche, ging sein Alptraum schließlich in die nächste Phase über. Er erwachte also nicht mehr, nachdem die zwei Soldaten den in Ketten gelegten Gefangenen in die Höhe zwangen.

Diese Version des Traumes spielte sich auf einem, mit Menschen gefüllten, Marktplatz ab. Sie umringten eine Tribüne, vor der ein provisorisches Gericht aufgebaut worden war. Die Rolle des Richters übernahm wie gewohnt dieser von Schatten und Schemen umgebene Herrscher. Bei dem Gegeißelten handelte es sich offenbar um einen Mönch. Der Mann trug eine naturfarbene, schlichte Robe, die mit einem einfachen Seil um die Hüfte zusammengehalten wurde. Außerdem gab es an seinem Hinterkopf eine Stelle, die einmal kahl rasiert worden war, doch durch die Gefangenschaft hatte der Mönch sie nicht pflegen können. Trotz der dort nachwachsenden Haare, war diese Stelle noch erkennbar. Die Soldaten, welche den Mann gepackt hatten, rissen ihm die Roben vom Leib. Darunter war der Mönch nackt. Wie alle, die diese bedauernswerte Rolle in Lars‘ vergangenen Träumen eingenommen hatten, zappelte und flehte er um Gnade. Er rief seinen Gott an, er möge ihm beistehen, doch seine Gebete wurden nicht erhört. Seine Kraft reichte auch nicht aus, um sich aus den Griffen der Soldaten zu befreien. Sie schleiften ihn auf die Tribüne, die etwa drei Meter über dem Boden ragte. Der dritte Soldat, der die angespitzte Stange – den Pfahl – trug, platzierte diesen in einer Halterung knapp vor der Tribüne. Auf diese Weise zeigte die Spitze einen halben Meter über die Bühnendielen hinaus. Der Mönch wehrte sich noch immer verzweifelt. Er stammelte hoffnungslos seine Gebete, wobei er während dem »Vater unser« mit dem »Gegrüßet seist du Maria« durcheinandergeriet, doch er plapperte einfach weiter. Seine Augen tränten und sein Gesicht spiegelte das pure Entsetzten wider. Es war die Angst davor, was als nächstes geschehen sollte. Er wusste, was auf ihn zukam, denn er hatte genau diesen Prozess schon mehrfach mit ansehen müssen. Einer der Soldaten schlug ihn so hart ins Gesicht, dass der Mönch kurzzeitig die Orientierung verlor. Sein Widerstand erlahmte und als die Welt aufgehört hatte sich zu drehen, war es bereits zu spät. Die Soldaten hatten ihn mit einigem Geschick hochgehoben und sein Becken mittig auf dem angespitzten Pfahl platziert. Dann ließen sie ihn fallen. Von seinem eigenen Gewicht getragen, rutschte der Mann in einem Ruck fast vierzig Zentimeter nach unten. Der Pfahl bohrte sich durch seinen Unterleib. Dann stieß die Spitze von innen gegen den untersten Teil der Rippenbögen, wo sie sich verhakte. Für einen kurzen Moment wurde alles ganz ruhig. Die Menge, die zuvor noch gejohlt und gehöhnt hatte war still. Der Verurteile, der gebetet und gebettelt hatte war verstummt. Seine Gesichtszüge zeigten Orientierungslosigkeit und Unverständnis. Er war in Schock. Doch dann schien eine dunkle und eiskalte Macht nach ihm zu greifen. Sie schenkte ihm Bewusstsein und Besinnung. Einen Moment später erschien der Ausdruck des Verstehens in den Augen des Mönchs. Dann verzerrte sich seine Mimik zu einer schmerzverzerrten Fratze und er stieß einen markerschütternden Schrei aus. Der Schmerz musste unerträglich sein. Wieder und wieder hallten die gequälten Schreie des Mannes über den Marktplatz. Doch das war nicht das einzige Geräusch, welches Lars hören konnte. Der Herrscher, über dessen Lippen bisher nie auch nur ein einzelner Laut gekommen war, hatte zu lachen begonnen. Es war ein Lachen, wie es Lars noch nie zuvor gehört hatte. Darin lag eine grauenerregende Freude, die an Wahnsinn grenzte. Aber es war eben kein Wahnsinn, was da in dem Lachen mitschwang. Vielmehr schien die Freude darüber, dass ein Mensch so schreckliche Qualen erleiden musste, eine Form der Erleichterung zu schaffen. Das Lachen wurde immer intensiver, leidenschaftlicher und gelöster. Jedes Mal wenn es von neuem Ansetzte, schien das grauenhafte darin eine Spur zuzunehmen.

Lars erwachte schweißgebadet. Der Traum war derart intensiv gewesen, dass es sich angefühlt hatte, als wäre genau das wirklich passiert. Sein Atem ging schwer und nachdem er sich im Bett aufgerichtet hatte, legte er den Kopf in seine Handflächen. Warum musste er, zu all dem Elend, das ihm widerfuhr, auch noch von solchen Dingen träumen? Hätte er nicht einfach von Serine träumen können? Er dachte daran seine Eltern zu fragen, woher diese Alpträume wohl kommen mochten, doch sein Vertrauen zu ihnen reichte nicht mehr aus. Sie würden ihm entweder nicht glauben oder ihn wieder zu einem Mann schicken, der sich auf diese gekünstelt besorgte Art mit ihm unterhalten wollen würde. Dann ertrug er doch lieber die Träume. Vielleicht aber, dachte er mit einem Anflug von Hoffnung, könnte er Serine einmal fragen, ob es ein Mittel gegen diese unfreiwilligen, nächtlichen Phantasievorstellungen gab.

3

Es war dieser Donnerstag, an dem Lars‘ Entscheidung darüber, sein altes Leben hinter sich zu lassen, schließlich fiel. In der großen Pause stolperte er ein paar groben Mitschülern in die Arme. Er trat gerade um eine Ecke und da waren sie plötzlich: Fünf Achtklässler die ihn grimmig beugten. Sie faselten etwas von Respekt und Manieren beibringen. Wenig später fand sich Lars in einem

Schubs Kreis wieder. Da sein nächstes Schulfach der Musikunterricht gewesen wäre, trug er seine Geige in einem kleinen Instrumentenkoffer bei sich. Er versuchte sie vor harten Aufprallen zu bewahren und verlor dabei das Gleichgewicht. Die Achtklässler lachten, als er gegen eine Wand stieß und zu Boden fiel. Entsetzt bemerkte Lars, dass der Koffer sich geöffnet hatte und die Geige auf den Fliesen lag. In der Hoffnung sie sei noch unbeschadet, griff er hastig nach dem Instrument. Doch als er es in der Hand hielt, erkannte er den gebrochenen Hals. Er fühlte sich, als hätte er einen treuen Freund, einen geliebten Gefährten verloren. Das war seine erste Geige gewesen und die Einzige die er je gespielt hatte. Unfähig, die Tränen zurück zu halten, starrte Lars krampfhaft auf das dunkle, geschwungene Holz. Die Achtklässler wussten, dass sie zu weit gegangen waren. Instrumente waren teuer. Ihnen musste klar sein, dass es Ärger geben würde. In dem Versuch ihrer Köpfe aus der Schlinge zu ziehen, zeigten sie sich Lars von einer völlig anderen Seite. In dem vernebelten Schleier aus Trauer, Tränen und Fassungslosigkeit glitten die verschiedensten Angebote an ihm vorbei. Nichts davon interessierte ihn. Nichts davon könnte den Verlust seiner Geige entschädigen. Zitternd und mit dem letzten Rest an Selbstkontrolle legte er das zerbrochene Instrument zurück in den Koffer und stand auf.

Seine Faust umklammerte den Ring so fest, dass es weh tat. Es war der Schulpsychologe selbst gewesen, der ihn von den Achtklässlern weg und danach in sein Büro gezerrt hatte. Er hielt es, aufgrund der Umstände, offenbar für Ratsam den morgigen Termin gleich auf sofort zu verlegen. Dennoch war Lars unbegreiflich, warum *er* hier sitzen musste. Die Achtklässler hatten doch angefangen. Wegen ihnen war die Geige doch zerbrochen, aber *sie* mussten nicht zum Psychologen. Lars empfand diese Situation als so unfair, dass er geweint hätte, aber sein Zorn war noch immer nicht verebbt. Im Gegenteil, diese erneute Ungerechtigkeit fachte ihn nur noch weiter an.

»Das ist das zweite Mal in einer Woche, dass du eine Rauferei angefangen hast«, begann Doktor Steiner das Gespräch, »willst du mir erzählen was passiert ist? « Lars schwieg und der Mann fuhr fort, »Natürlich nicht. Das dachte ich mir bereits. Tja, mir bleibt wohl keine andere Wahl als deine Eltern zu benachrichtigen. Vielleicht redest du ja mit ihnen darüber.« Er tippte etwas in seinen Computer, nippte an seinem Kaffee und sah Lars dann noch einmal prüfend an: »Ich werde ihnen auch empfehlen, dass sie dir einen guten Jugendpsychologen suchen sollen. Verstehe das bitte nicht Falsch Lars, aber du brauchst professionelle Hilfe. Dein Benehmen ist deinem Alter einfach nicht angepasst. Du kannst nicht einfach alle Leute ignorieren, die dir nicht in den Kram passen. Von den Prügeleien einmal ganz abgesehen.« Sein Tonfall war freundlich als er sprach, doch Lars bemerkte, dass etwas damit nicht stimmte. Er klang nicht echt, sondern wie ein zweitklassiger Theaterschauspieler, der diese Szene hunderte Male vorher einstudiert und auswendig gelernt hatte, um sie nun vorzutragen. »Du wirst sehen, dass, wenn du dich darauf einlässt, alles besser wird.« Damit druckte er den Hinweis aus, umhüllte ihn mit einem Umschlag und gab ihn Lars in die Hand. In blauer Tinte war der Stempel der Schule darauf zu erkennen. Alles Schlechte, dass Lars an dieser Schule bis hin zum heutigen Tag erlebt hatte, schien sich auf dem weißen Umschlag, wie auf einer Kinoleinwand zu manifestieren: Bilder verschwammen mit anderen und wie Kurzfilme in Zeitraffer abgespielt, durchlebte er all die Ungerechtigkeiten erneut. Wie aus weiter Ferne fühlte Lars, dass etwas in seinem Kopf umschlug. Ohne, dass er sein Handeln begriff, oder auch nur etwas dagegen hätte tun können, bemerkte er wie er aufstand. Dann zog Lars den Ring aus seiner Tasche und streifte ihn über den Finger. Anschließend nahm er den Umschlag in beide Hände und zerriss ihn:

»Nichts wird gut!« Der Blick des Psychologen verfinsterte sich. Er war wütend und wurde laut:

»Was glaubst du eigentlich, was du hier machst! Du bist keine sieben Jahre mehr! Es wird Zeit, dass du lernst, dass dein Handeln auch Konsequenzen nach sich zieht!« Seine Drohung und sein Versuch die Kontrolle über dieses Gespräch zu bewahren verfehlten ihr Ziel. Nichts davon konnte Lars mehr beeindrucken, oder gar einschüchtern. Immer noch wie von einem anderen Bewusstsein gesteuert legte Lars ruckartig den Kopf in den Nacken und sah dem Schulpsychologen direkt in die Augen. Für den Bruchteil einer Sekunde konnte er Angst – ja beinahe Panik – in Doktor Steiners Augen erkennen. Er wich einen Schritt zurück, bevor er sich wieder sammelte:

»Setz dich.« Der scharfe Befehlston in seiner Stimme weckte noch den letzten Rest von Lars trotziger Natur:

»Nein«, zischte er und mit diesem *nein* wollte er seinerseits eine Drohung aussprechen. Ohne Dr. Steiner weiter zu beachten nahm er den Geigenkoffer vom Boden und trat auf die Tür zu.

»Wo willst du hin?« fragte Dr. Steiner noch immer mit dem gleichen befehlenden Unterton, »Du darfst hier noch nicht raus.« Sehr langsam drehte Lars den Kopf in seine Richtung und erklärte mit mühsam kontrollierter Stimme:

»Es ist mir egal, was ich Ihrer Meinung nach darf und was nicht.« Er hätte seinen Weg zur Tür fortgesetzt, doch der Psychologe war zu schnell hinter ihm und hielt ihn an der Schulter zurück. Dr. Steiners Absichten waren zwar vernünftig, denn wenn Lars in diesem aufgewühlten Zustand das Büro und das Schulgelände verlassen würde, könnte er in Gefahr geraten. Doch für Lars war die Situation bereits viel zu sehr aus dem Ruder geraten. Er wollte fort von hier. Zurück zu den Largarettas und er wollte dortbleiben. Ihm war jetzt klar, dass es für ihn in dieser Welt – der Welt der Schule, der Hänseleien und der Ungerechtigkeit – keinen Platz gab. Er wollte die Hand des Schulpsychologen wegschlagen, doch der war viel zu stark. Als Lars bemerkte, dass er sich aus eigener Kraft nicht befreien konnte kippte sein Bewusstsein erneut und er war wieder das schwache Schulkind, dass seine Emotionen in diesem Moment nur schwer unter Kontrolle halten konnte. Von dem alles um ihn herum in Gleichgültigkeit tauchenden Zorn, war nichts mehr geblieben. Alles was er fühlte war die Hand, die ihn zurückhalten wollte. Die Hand, die einfach nicht lockerließ, gleichgültig wie sehr er sich zur Wehr setzte – und dann fühlte er Panik. Lars konnte nicht fliehen. Er konnte sich nicht befreien. Unkontrolliert schlug er um sich und schrie so laut er konnte gegen Dr. Steiner an. Letzterer versuchte wieder Ruhe und Freundlichkeit in seine Stimme zu legen und damit die Situation zu entspannen, aber Lars hörte seine Worte kaum mehr. Es wurde nur noch schlimmer. Die Umgebung um ihn herum begann zu verschwimmen und sich zu drehen. Er dachte er würde das Bewusstsein verlieren, aber dann hörte er Serine in seinem Kopf:

»Ich bin jetzt da. Du bist bald in Sicherheit.« Nur eine Sekunde später wurde die Tür wie unter einem Kanonenschlag aus den Angeln gerissen und Serine stürmte hinein. Ihre Augen sprühten vor abgrundtiefem Zorn. Mit der linken Hand packte sie den Hals des Psychologen und mit der Rechten löste sie den Griff, welchen der Lehrer immer noch um Lars gelegt hatte. Sie zerrte den Mann brutal und ohne Gnade von ihm weg. Dr. Steiner stöhnte vor Schmerz, doch das schien das lodernde Feuer in ihr nur noch weiter anzufachen. In Serines Stimme lag grenzenloser Hass und Abscheu, als sie den Lehrer anfauchte:

»Du wirst Laaz nie wieder berühren!« Dann stieß sie ihn mit übermenschlicher Kraft gegen die Wand. Lars konnte deutlich etwas knacken hören. Wie ein nasser Sack sank der Mann zu Boden. Die Brille, die er getragen hatte, hing nun schief in seinem Gesicht. Seine Lippen waren halb geöffnet und es trat ein rotes Rinnsal am linken Mundwinkel aus. Offenbar hatte er sich beim Aufprall gegen die Wand auf die Zunge gebissen. Zumindest war es das, was der Pathologe einige Stunden später feststellen würde. Wie der Aufprall jedoch zustande gekommen war, konnte er nicht ausmachen.

Auch Lars war irgendwann auf den Boden gesunken. Ob nun vor oder nach Serines erscheinen wusste er hinterher nicht mehr. Woran er sich aber sehr genau erinnerte, war daran wie sie ihm aufgeholfen hatte. Ihr Blick war wieder völlig frei von Zorn und spiegelte ihre gewohnte sanfte Art wider, als sie Lars bei der Hand nahm und vorsichtig zu sich hinaufzog. Sie hielt einen Moment inne, umarmte den Jungen und presste mit ihrer Hand seinen Kopf gegen Ihren Körper:

»Ich passe auf dich auf«, flüsterte Sie. Die Worte drangen zu Lars wie durch einen Nebel. Sie gaben ihm Orientierung und langsam – ganz langsam – fand er zurück. Er sah in ihr Gesicht und fühlte, dass jetzt alles gut werden würde. Jetzt, wo Serine da war. Sie lächelte, sagte aber dann mit ernster Stimme:

»Wir müssen von hier weggehen. Es wird nicht lange dauern bis jemand kommt und bemerkt, was hier gerade passiert ist.« Rückblickend befand Lars, dass es tatsächlich fast an ein Wunder grenzte, wie bisher noch niemand auf den Lärm reagiert hatte. Es war ein Glück, dass sich Dr. Steiners Büro an einer Ecke des Schulgeländes befand und die Pause bereits seit einiger Zeit vorüber war, sodass sich die meisten Schüler und Lehrer wieder in den Klassenzimmern befanden. Serine nahm Lars bei der Hand und gemeinsam verließen sie unbemerkt das Schulgelände. Dies waren Lars ersten Schritte in ein neues und besseres Leben.

4

Der Weg zurück zur Villa Largaretta hatte sich für Lars angefühlt wie ein Traum. Ein Traum in dem alles einfach so geschah, ohne dass er selbst bewusst hätte handeln können. Sie waren mindestens eine dreiviertel Stunde langgelaufen, doch auch die Zeit lag außerhalb seiner momentanen Wahrnehmung. Lars konnte keinen klaren Gedanken fassen, sich auf nichts konzentrieren und fühlte sich gleichzeitig in dieser seltsamen Leere schwebend geborgen an Serines Seite. Die ihn schützende Trance verblasste schlagartig, als er die Villa betrat. Letztere war nun zu seinem neuen Heim und sicheren Versteck geworden. Die ganze Familie hatte sich in der Eingangshalle versammelt, um ihn zu begrüßen. Niemand sagte ein Wort, doch er konnte ihr Wohlwollen und ihr Mitgefühl deutlich spüren. Alles was er auf dem Weg hierhin verdrängt hatte, holte ihn nun in Sekundenschnelle wieder ein. So viele Gefühle und Emotionen auf einen Schlag: Angst, Panik, Verzweiflung, die Ungewissheit vor dem was als nächstes passieren würde und dann Rettung, Geborgenheit und die warm lächelnden Gesichter einer liebenden, ihn willkommen heißenden Familie. Als sie ungefähr die Mitte des Raumes erreicht hatten, überwältigten Lars all diese Eindrücke. Es war das dritte Mal am selben Tag, dass er zu Boden ging, doch jetzt trug keinerlei körperliche Gewalt dazu bei. Unfähig dazu sich gezielt, auf nur eines dieser Gefühle zu fokussieren, begann er zu weinen und er konnte sich nicht einmal erklären weshalb genau. Lars umklammerte den Koffer mit der zerbrochenen Geige, als wäre er ein verstorbener Kamerad. Wieder einmal war es Serine die sich seiner annahm, als sie sich schräg hinter ihm in die Hocke begab und seinen Kopf an ihre Schulter zog. Auch die anderen kamen nun näher zu ihnen und ließen sich ebenfalls herab. Selbst Valdims riesiger Wolf stupste Lars vorsichtig an der Schulter und sah ihn mitleidig an. Etwas hilflos und wie um seine Tränen zu rechtfertigen, öffnete Lars den Geigenkoffer und zeigte ihnen das zerbrochene Instrument. Carolin sah ihm in die Augen und nickte. In ihrem Blick lag vollkommenes Verständnis. Auch in den Augen der Übrigen lagen keinerlei Vorwurf, oder gar Spott über seine Trauer und Tränen. Sie alle standen Lars in diesem Moment bei. Es war dieser Augenblick in dem er das erste mit jeder einzelnen Faser seines Körpers fühlte, dass er zuhause war und in dem er begriff was das Wort »Familie« eigentlich bedeutete.

Serine hatte ihn später nach oben gebracht. Dort gelang es Lars schließlich mit ihrer Hilfe die Fassung wieder zu finden. Er lag die ganze Zeit über, einfach in ihren Armen und sie summte die Melodie von »Twinkle twinkle little star«. Seine Tränen vergingen sehr bald und es dauerte nicht lange, da war er auch schon wieder eingeschlafen.

Es war Nacht, als Lars zu sich kam. Serine hatte ein paar Kerzen entzündet und danach über seinen Schlaf gewacht.

»Guten Abend, Schlafmütze«, flüsterte sie freundlich, als er sie müde anblinzelte, »hast du gut geschlafen?«

»Ja, sehr gut sogar«, gab Lars gähnend zurück, »ich glaube, so gut habe ich seit langem nicht mehr geschlafen.«

»Das freut mich«, lachte Serine, »Nirgendwo kann man so gut schlafen wie zu Hause, nicht wahr?«

»Ja«, antwortete Lars und war sich der Bedeutung dieser Aussage vollkommen bewusst, »zu Hause.«

»Es freut mich sehr, dass du jetzt bei mir bleibst«, sagte sie in ernstem Tonfall.

»Ich freue mich auch darüber«, gab Lars ehrlich zurück, »Ich will nie wieder einen Tag ohne dich verbringen müssen. Danke, dass du mich in der Schule gerettet hast.« Sie setzte sich zu ihm aufs Bett und strich ihm in gewohnter Weise durchs Haar:

»Das habe ich gerne getan, Laaz.« In diesem Moment erinnerte er sich daran, mit welcher Wucht sie den Psychologen gegen die Wand geschmettert hatte und er fragte:

»Wie kommt es, dass du so stark bist?«

»Ich bin erst so stark geworden«, begann sie, »als ich zur Familie kam. Du wirst bald auch so stark sein wie ich. Sogar noch viel stärker. Niemand kann dir dann wieder so leicht weh tun, glaube mir.«

»Und wie wird man nun so stark?«, hakte Lars nach als sie nicht weitersprach.

»Das ist nicht so einfach zu erklären. Ich muss ganz von vorn anfangen, damit du es nicht falsch verstehst.« Serine machte eine kurze Pause, legte ihre Hand neben die seine und betrachtete den Largaretta Ring an ihrem und an Lars Finger. Dann fuhr sie fort: »Hast du dich je gefragt, warum du so viele Nahrungsmittel nicht verträgst und warum dir von beinahe allem Übel wird?« Natürlich hatte sich Lars das mehr als nur einmal gefragt, aber nie eine vernünftige Antwort darauf gefunden. Er versuchte es mit: Weil Gott ihn hasste, weil das Schicksal eben auch den perfekten Verlierer braucht, weil er ein Pechvogel war und vieles mehr. Nichts davon konnte oder wollte er wirklich glauben. Allerdings verstand er auch nicht was das mit Serines übermenschlicher Stärke zu tun haben sollte, also ging er darauf ein:

»Ja schon, aber niemand konnte mir das erklären. Nicht einmal die Ärzte.« Serine schmunzelte:

»Ärzte wissen auch nicht, was wir wissen. Dein Körper ist genau wie der Meine einfach nicht dazu gedacht, diese Nahrung aufzunehmen. Er kann sie nicht richtig verarbeiten, aber das ist nichts Schlimmes, wenn man weiß welchen Ersatz man dafür verwenden kann.«

»Ersatz?«, wiederholte Lars fragend, doch Serine wich seiner Frage erst einmal aus:

»Seit deiner Geburt hast du dich von den Menschen unterschieden. Sie lehnten dich aus einem Instinkt heraus ab und reagierten feindselig auf dich«, sie unterbrach sich und suchte sichtbar nach den richtigen Worten. Dann setzte sie noch einmal an, »Das ist genauso, wie wenn ein Wolfsrudel aus einem Instinkt heraus ein Bärenjunges tötet. Ihre Natur sagt ihnen, dass wenn der Bär erst ausgewachsen ist, sie ihm nicht mehr gefährlich werden können. Und genauso ist es mit den Menschen und dir auch. Unterbewusst können sie die Gefahr, das Raubtier in dir wahrnehmen. Sie fürchten dieses Raubtier. Und das mit Recht, denn es ist ihr Blut für das dein Körper gemacht ist. Ihr Blut, das dir dieselbe Stärke verleiht wie mir und allen anderen unserer Art.« Lars wusste, dass Serine mit diesen Worten nicht scherzte. Sie meinte es ernst und erst jetzt begriff er, was die ganze Zeit über so offensichtlich vor ihm gelegen hatte: Sie war ein Vampir. Deshalb konnte er sie mit einem Tropfen von seinem Blut wecken, deshalb war sie so stark und aus demselben Grund blieben die Fensterläden der Villa noch immer vernagelt oder verschlossen. Vampire mieden das Tageslicht. Zumindest glaubte Lars das so.

»Aber... aber...«, setzte er an und wusste im Grunde genommen gar nicht was er sagen sollte. Ihre Erklärung schien ihm logisch und doch lag ein kleiner Fehler darin: »Aber ich kann doch durch die Sonne gehen und du bist auch durch die Sonne gegangen, als du mich abgeholt hast.«

»Es ist Ende Herbst, Laaz«, erklärte sie sanft, »die Sonnenstrahlen haben viel an Kraft verloren. Außerdem ist es keineswegs so, dass wir uns dem Sonnenlicht überhaupt nicht aussetzen könnten. Wir tun es nur nicht allzu gerne, weil sich dadurch unsere Haut leicht entzündet und wir sind auch ganz allgemein von Natur aus eher eine nachtaktive Gesellschaft.« Nach einer kurzen Pause fragte sie: »Ist es bei dir denn nicht auch schon immer so gewesen? Immer wenn du dich im Sommer nach draußen begeben hast, begann deine Haut krankhaft rot zu werden und zu schmerzen, oder nicht?« Das stimmte und Lars hatte dieses Schicksal auch mehr als nur einmal verflucht, doch jetzt fing er langsam an es zu akzeptieren. Vorsichtig nickte er zur Antwort. Serine lächelte:

»Siehst du. Du warst schon immer ein Kind der Nacht, Laaz und nun hast du eine Familie die genau so ist wie du.«

5

Vampire gehörten für Lars von nun an also nicht mehr in das Reich der Mythen und Legenden und doch waren sie anders als er sie sich immer vorgestellt hatte. Serine erklärte ihm, dass es keineswegs möglich sei, durch einen simplen Biss verwandelt zu werden. Üblicherweise – allerdings nicht ausschließlich – wurden Vampire als »Kinder der Nacht« geboren. Sie sind den Menschen sehr viel ähnlicher, als es die meisten Geschichten über sie erahnen lassen. Serine beschrieb Lars, dass sie nicht wie alle anderen eines Tages sterben müssten. Vampire alterten auch nur bis zu einem bestimmten Grad und nur unter bestimmten Umständen. Das erste Mal alterten sie solange, bis sie die Form eines Erwachsenen erreicht hatten. Dieser Zustand war von Vampir zu Vampir unterschiedlich und konnte auch Stufenweise erfolgen. Dann alterten sie noch einmal, wenn sie sich falsch oder gar nicht ernährten. Das

Blut von sterblichen Wesen, erklärte Serine weiter, sei die einzige richtige Ernährung. Dabei kam es nicht zwangsläufig darauf an, ob das Blut von einem Tier oder einem Menschen stammte. Jedoch war es für die meisten Vampire etwas angenehmer einen Menschen zu beißen, da dabei kein störendes Fell im Weg lag. Zudem befanden im Grunde alle Vampire, dass das Blut eines Menschen bei weitem besser schmeckte, als das eines Tieres. Ob es sich bei dieser Tatsache nur um eine Einbildung handelte, blieb für Lars jedoch ungeklärt. Unter den Vampiren einigte man sich darauf, dass das Auge auch bei ihnen mitaß und beließ es dabei. So wie die Menschen brauchen auch Vampire Luft zum Atmen, sie haben einen Herzschlag und sie müssen sich erholen, wenn sie müde sind. Die Legenden über den endgültigen Tod eines Vampirs, dessen Herz mit einem Eichenpfahl durchbohrt wurde, entsprachen jedoch nur teilweise der Wahrheit. Sie starben dabei, soweit stimmte es. Nur eben nicht endgültig. Es war durchaus möglich sie mittels ehrwürdiger Rituale oder uralter Artefakte wieder zu erwecken. Bliebe eine Wiedererweckung aus, konnten sie als eine Art Geist weiterbestehen. Vampire, erläuterte Serine auf Lars' endloses Nachfragen geduldig, seien nicht lebendig. Zumindest nicht im Sinne der herkömmlichen, menschlichen Definitionen von Leben. Sie waren aber auch nicht wirklich tot, sowie sie in manchen Filmen und Geschichten beschrieben wurden. Es handelte sich bei ihnen um eine Art Zwischenglied zwischen dem Leben und dem Tod. Natürlich war das Pfählen nicht die einzige Möglichkeit einen Vampir vorläufig handlungsunfähig zu machen. Ihre Körper besaßen zwar erstaunliche Selbstheilungskräfte, aber selbst diese würden versagen, wenn man ihnen eine Kugel in den Kopf schoss. Die entsprechende Kugel müsste nicht einmal aus Silber sein. Bei diesem Gerücht angekommen erklärte Serine weiter, dass es auch keine Rolle spiele ob das Silber nun geweiht oder ungeweiht sei. Das Material an sich – also unbeachtet einer Umwandlung in Waffenform – konnte Vampire genau so wenig verletzen, wie sie von Knoblauch und Kreuzen verscheucht wurden. Dennoch, und das betonte Seirne noch einmal ausdrücklich, all diese wundersamen Eigenschaften an dem Vampir, entfalteten sich nur dann, wenn er sich auch richtig ernährte. Ohne Blut waren Vampire von kränklichen, sonnenempfindlichen Menschen nicht zu unterscheiden: Sie waren schwach und untergeordnet in der Gesellschaft. Eine Fußnote in den endlosen Karteikarten der Mediziner.

»Wenn ich also Blut trinke, wird mir nicht schlecht werden?« fragte Lars vorsichtig und versuchte den etwas widersinnigen Beigeschmack dieses Satzes zu ignorieren. Serine nickte:

»Ja. Vielleicht dauert es ein wenig bis du dich daran gewöhnt hast, aber nach ein paar Versuchen wird es dir völlig normal vorkommen.« Zweifelnd blickte er zu ihr auf:

»Aber ich habe doch gar keine Zähne, um zu beißen.«

»Die werden sich sehr bald entwickeln«, erklärte sie, »du musst nur damit beginnen Blut zu trinken und sie werden in kurzer Zeit wachsen. Willst du es einmal probieren?« Zögerlich hob Lars die Schultern.

»Hab keine Angst«, ermunterte Serine ihn weiter, »Hier. Du kannst es an mir üben.« Mit diesen Worten strich sie sich selbst die Haare zur Seite und entblößte ihren zarten, blassen Hals. Dann zog sie ein kleines Messer aus ihrem Kleid hervor, suchte die Stelle an der auch der Puls mit den Fingern gemessen werden konnte und legte die Klinge an dem Blutgefäß an. Sie lächelte Lars noch einmal aufmunternd zu:

»Na komm schon. Es wird dir guttun. Versprochen.« Immer noch verunsichert näherte Lars sich langsam der angebotenen Stelle an ihrem Hals. Auf halben Wege griff Serine sachte mit der freien Hand nach seinem Kopf und zog ihn leicht zu sich heran. Zögerlich öffnete Lars den Mund. Dann führte die Vampirin das Messer über die Arterie sodass ein etwa ein Zentimeter langer Schnitt entstand. Rasch entfernte sie die Klinge und zog Lars mit fester werdendem Griff zu sich, bis sein Mund auf die kleine Wunde gepresst wurde. Noch bevor er begriff was geschah, schmeckte er bereits den metallischen Geschmack ihres Blutes. Er kannte diesen Geschmack. Er hatte ihn schon einmal im Mund gehabt. Das war, als er letzte Woche bei Serine eingeschlafen und später wiedererwacht war. Nur dieses Mal schmeckte er ihn mit hundertfacher Intensität. Von Übelkeit oder Abscheu gegenüber dem was er da gerade tat, fehlte jede Spur. Gierig und vollkommen instinktgesteuert saugte er an der Wunde. Er tat Schluck um Schluck. Es fühlte sich überwältigend an. Er trank solange bis Serine ihn wieder sanft von sich stieß. Erstaunt darüber, dass es in seinem gesamten Leib angenehm zu prickeln begann sah er an sich herab und dann zu Serine:

»Was geschieht mit mir?« fragte Lars erwartungsvoll.

»Dein Körper reagiert auf mein Blut«, begann sie und rieb sich dabei die kleine Wunde am Hals. Als sie ihre Hand zurückzog, war der kleine Schnitt restlos verschwunden. »Es ist etwas, dass er verarbeiten und nutzen kann. Von nun an wird dir nie wieder schlecht werden, wenn du dich nährst.« Das Prickeln verebbte nur wenige Sekunden später. Zurück blieben eine angenehme, wohlige Wärme und das Gefühl unbesiegbar zu sein.

»Hat es weh getan, als du dich geschnitten hast?«, fragte Lars ernsthaft besorgt.

»Ein bisschen«, gestand Serine ein, »aber, wenn du erst einmal deine Zähne bekommen hast, dann wird es nicht mehr weh tun. Ich kann nicht erklären weshalb, aber unser Biss tut niemandem weh. Er hinterlässt nicht einmal eine Wunde.«

»Auch nicht bei normalen Menschen?«, hakte Lars nach.

»Nein, auch bei denen nicht. Wenn sie schlafen bemerken sie nicht einmal, dass sie gebissen wurden«, erklärte sie, »so können wir uns ernähren, ohne dass wir ihnen wirklichen Schaden zufügen, oder uns jemand entdeckt.« Nun war Lars klar, weshalb niemand an die Existenz der Vampire glaubte. Sie stellten sich einfach zu geschickt an, um enttarnt zu werden. Ein Leben im Verborgenen, dass einem dennoch die Möglichkeit gibt alles zu tun.

6

Serine und Lars waren in den Speisesaal zurückgekehrt. Die Großmutter saß in einem gemütlichen Ledersessel am Kamin und strickte. Valdims Wolf Auri, lag vor ihr, aber von dem »Rocker« selbst fehlte jede Spur. Sonst war nur noch der Baron im Raum. Er faltete eine Zeitung zusammen und erhob sich als Lars eintrat:

»Schön zu sehen, dass es dir nun bessergeht. Du hast einiges mitgemacht, wie?«

»Ja«, gab Lars zu, »meine Woche war ein ganz schönes durcheinander.«

»Diese schlechten Zeiten sind jetzt vorbei, kleiner Mann«, tröstete Marek, »Hier bei uns wirst du dein Glück schon bald finden können. Sieh mal«, sagte er nach einer kurzen Pause, »was in der Zeitung steht.« Damit reichte er Lars die Wochenausgabe der kleinen Stadtzeitschrift und deutete auf einen schmalen Absatz. Die Überschrift lautete: Rechtmäßige Besitzer renovieren die Largaretta Villa. Neugierig las Lars weiter:

> *»Vor wenigen Tagen meldete ein mysteriöser Mann dem Rathaus, dass er nun mit seiner Familie zurück in die Heimatstadt seiner Großeltern ziehen wolle, um deren*

altes Haus neu auf zu setzen. Überraschenderweise war er im Besitz einer notariell beglaubigten Besitzurkunde der Villa und des damit verbundenen Geländes. Diese ordentliche Besitzurkunde hatte man schon vor mehreren Jahrzehnten für verloren gegangen erklärt, woraufhin die Villa der Stadt überschrieben wurde. Die Renovierungsarbeiten sollen laut unserer Quellen aus dem Rathaus in Kürze beginnen. Damit dürften die Gruselgeschichten über diesen Ort wohl ein Ende nehmen. Im Namen der Stadt heißen wir die zugezogene Familie herzlich willkommen.«

»Ich dachte ihr würdet hier lieber heimlich wohnen wollen«, bemerkte Lars, als er dem Baron die Zeitung zurückgab, doch der schmunzelte nur:

»Nein, nein, Laaz. Je mehr Menschen davon wissen, dass wir hier wohnen, umso weniger interessiert es sie. Somit werden sie auch nie den Verdacht hegen, dass wir dich hier vor ihnen schützen, oder dass wir gar noch ganz andere Dinge im Schilde führen könnten.« Er zwinkerte Lars mit einem Auge wissend zu, klopfte ihm freundschaftlich auf die Schulter und kehrte zum Tisch zurück: »Ich glaube es wäre angebracht, ein kleines Fest zu feiern. Immerhin hat unsere Familie Zuwachs bekommen und wie oft geschieht das schon?«

»Oh ja, eine Familienfeier!«, wie aus dem nichts war Synelle in den Saal getreten und stürmte nun auf Lars zu. Sie griff nach seinen Händen und begann ihn in einen Tanz zu verwickeln. Sie führte so stürmisch und lachte dabei ebenso herzlich, dass ihm gar keine andere Wahl blieb, als selbst mit in das Lachen einzusteigen. Früher einmal wäre ihm von den vielen Drehungen bestimmt übel geworden, aber heute nicht mehr. Schwindlig wurde ihm aber dennoch und Synelle, die diese Art zu tanzen offensichtlich gewohnt war, führte ihn in einer eleganten Kurve zurück in Serines Arme. Sie stützte Lars, bis sich sein Schwindel wieder gelegt hatte, dann begaben sie sich zum Tisch und planten gemeinsam die anstehende Familienfeier.

Das Fest begann noch in der gleichen Nacht und zwar ganz genau um Punkt Null Uhr. Sie hatten dem Tisch ein weißes Tuch übergeworfen und allerhand Kerzen darauf platziert. Synelle schmückte das Ganze noch mit ein paar Zweigen aus dem Wald und Carolin dekorierte die Wände. Dann versammelte sich die gesamte Familie. Alle hießen sie Lars noch einmal persönlich willkommen und Marek hielt eine feierliche Rede. Als er geendet hatte, trat seine Gefährtin vor und überreichte Lars einen Geigenkoffer:

»Ich weiß, dass sie deine Alte nicht ersetzen kann, aber vielleicht hilft sie dir ja dabei dich hier bei uns ein wenig einzugewöhnen.« Lars öffnete den Koffer und nahm vorsichtig das Instrument heraus: Das geschwungene, weiche Holz lag perfekt in seiner Hand. Überall waren ineinander gewrungene Verzierungen angebracht. Er konnte sogar das Familienwappen erkennen. Der Geigenkopf (die Schnecke) selbst zeigte das Abbild einer Frau, die Lars stark an die heilige Maria erinnerte und war so detailreich geschnitzt, dass sie beinahe lebendig wirkte. Wie auf den Kirchenbildern, trug die Frau auch hier einen in das Holz eingearbeiteten Schleier, der übergangslos mit dem Wirbel der Geige und schließlich dem Hals des Instruments verschmolz. Das Gesicht der Maria zeigte leidende Züge, wie als ob sie große Schmerzen oder ein schlimmes Unglück ertragen musste. Überwältigt von dem vollkommenen Instrument sah Lars zu Carolin auf und wollte sich bedanken, doch die Worte blieben ihm im Halse stecken. Sie lächelte nur und verstand:

»Schön, dass sie dir gefällt. Wollen wir nun zusammenspielen.« Lars nickte eifrig zur Zustimmung und konnte es kaum erwarten, das neue Instrument zu probieren. Carolin zog einen zweiten Koffer hervor, legte ihn auf den Tisch und nahm das Instrument heraus. Es unterschied sich nur sehr wenig von dem, welches Lars in der Hand hielt. Einzig der Geigenkopf war ein anderer: Es war die Schnitzerei eines Totenschädels und auch diese war so perfekt gelungen, dass man in dem Zwielicht hätte glauben können, es sei ein echter Schädel eingearbeitet worden. Ein echter Schädel, der jedoch für einen Menschen die falsche Größe und obendrein auffällig spitze Eckzähne gehabt hätte. Sie setzten die Bögen an und ihr kleines Duett nahm seinen Lauf. Das Spiel war Lars nie leichter gefallen, als in dieser Nacht. Es fühlte sich sehr natürlich an mit Carolin im Duett zu spielen. Sie beschränkten sich zunächst auf eher leichtere Geigenstücke, wie etwa die vereinfachtere Fassung des Schostakowitschs Walzer Nr. 2, den Lars schon viele Male für die Schule geübt und gespielt hatte und auf diese Weise auch keine Notenblätter mehr dafür benötigte. Die Anderen tanzten zu ihrer Musik. Sogar die Großmutter drehte ein paar Kreise. Später in der Nacht, als sie die Instrumente wieder bei Seite gelegt und sich an den Tisch gesetzt hatten, eröffnete Marek, dass es nun an der Zeit wäre Lars die stolze Geschichte der Familie zu erzählen:

»Immerhin bist du einer von uns. Ein Largaretta«, erklärte er, »und du sollst wissen woher wir kommen und wie das alles mit unserer kleinen Sippe begann.« Damit überreichte er das Wort an Großmutter Lydia, die gutmütig in sich hinein schmunzelte bevor sie anfing zu erzählen, wie das alles begonnen hatte.

Die Geschichte der Largaretta

1

»Als ich noch ein junges Mädchen war«, begann die alte Frau mit etwas krächzender Stimme und in leicht brüchigem Tonfall zu erzählen, »lebte ich in einer einfachen Handwerkerfamilie. Wir trugen schon damals den Namen Largaretta. Mein Vater war der Schmied unserer kleinen Gemeinde. Ich hatte drei ältere Brüder, die allesamt unserem Vater nacheiferten. Es waren tüchtige junge Burschen, einer wie der andere. Als einzige Tochter aber, verbrachte ich die meiste Zeit bei meiner Mutter. Sie war wunderschön und wie alle Frauen aus dem Dorf eine talentierte Kräuterkundige. Ich war dazu bestimmt eines Tages in ihre Fußstapfen zu treten und als auserwählte Priesterin sogar noch etwas darüber hinaus. Aber dazu kommen wir später noch. Wir beteten damals noch zu den alten Göttern, musst du wissen«, erinnerte sich Lydia und sah Lars mit einem so freundlich belehrenden Blick an, den nur Großmütter auf diese herzliche Art und Weise hervorzubringen wussten, »Das war damals nichts Ungewöhnliches, denn das Christentum hatte sich zu dieser Zeit noch nicht allzu weit im Lande ausgebreitet. Sicher hatten wir alle schon einmal davon gehört, aber die Idee, dass es nur einen einzigen Gott gäbe, traf nirgendwo im Dorf auf Zustimmung. Es gab einen Gott für die Ernte, einen für das Wetter, für die Liebe und noch so viele mehr. Aber das sollte sich schon in wenigen Jahren ändern. Bis dahin waren wir ein sehr naturverbundenes Volk. Zumindest die Handwerker und Bauern unter uns. Daher beteten wir auch zu jenen Göttern und Geistern, die den Wald bewachten, das Land fruchtbar machten und es regnen ließen. Es gab für alles ein eigenes Ritual und diese funktionierten auch, denn unserem Dorf fehlte es an nichts.« Sie machte eine kurze Pause, in der sie alle erwartungsvoll ansahen. Lars kannte die Geschichte noch nicht und war gespannt darauf wie es weiterging, aber er erkannte auch die Erwartungshaltung in den Gesichtern der Übrigen. Obwohl sie diese Erzählung sicher nicht zum ersten Mal hörten.

»Eines Tages dann«, fuhr Großmutter Lydia fort, »kam ein Bote zu uns und erklärte, dass alle Familien ihre jungen Töchter bereitmachen sollten, denn König Orkow wäre auf Brautschau und würde bald bei uns eintreffen. Sofort ging alles drunter und drüber. Meine Mutter kleidete mich in das beste Gewand, flocht meine Haare und setzte mir einen frisch gearbeiteten Blumenkranz auf den Kopf. Mit Ankunft des Königs standen alle Mädchen in einer Reihe bereit, um begutachtet zu werden. Keine von uns wagte es dem König direkt in die Augen zu sehen, als er uns inspizierte. Drei der Mädchen, darunter auch ich selbst, sollten ihn auf sein Schloss begleiten. Man würde gut für uns Sorgen, versicherte er uns feierlich, bis er seine endgültige Entscheidung getroffen hätte. Den am Ende übrig gebliebenen Mädchen, stünde es dann frei, ob sie danach Magd auf dem Schloss werden, oder zu ihren Familien zurückkehren wollten. Zu diesem Zeitpunkt war er noch ein Mann, der auch zu seinem Wort stand und es einhielt. So fühlten wir drei uns stolzer als je zuvor in unserem Leben. Also stiegen wir mit freudestrahlenden Gesichtern in die Kutsche, die uns zum Schloss bringen sollte.« Wieder setzte die Großmutter eine kurze Pause ein, bevor sie weitererzählte: »Im Hochsitz des Königs angekommen, ließ man uns allen zunächst einmal ein Bad ein und hieß uns, dass wir uns waschen sollten. Es gab sogar warmes Wasser und richtige Seife. Diese Dinge waren zu jener Zeit keineswegs selbstverständlich. Nach dem Baden hüllte man uns in edelste Kleider, kämmte unsere Haare und schmückte uns mit wunderschönen Hals- und Armbändern. Als wir fertig für eine erneute Inspizierung schienen, sahen wir allesamt bereits aus wie vollendete Prinzessinnen. Es waren weitaus mehr Mädchen im Schloss, als nur die aus meinem Dorf. Wie viele kann ich heute nicht mehr sagen, aber es waren doch einige. Und von all den versammelten jungen Schönheiten, wählte der König schließlich mich, als die, die er zur Frau nehmen wollte. Nie in meinem Leben war ich glücklicher«, sie schmunzelte bei der Erinnerung und für einen kurzen Moment wirkte sie, als wäre sie weit weg von allem was sie umgab. Weit weg von der Familie, der Villa, dem Wald und der Stadt. Es dauerte ein paar Augenblicke bevor sie fortfuhr: »Es wurde ein großes Fest anlässlich unserer Vermählung gefeiert, doch der mächtigste Mann im Land hatte nur noch Augen für mich. Die Hochzeit kam sehr bald. Man hatte für mich ein eigenes Brautkleid angefertigt und gleich drei Zofen auf einmal damit beauftragt, mich angemessen vorzubereiten. Als ihre Arbeit beendet war, sah ich schöner aus, als alle Frauen die ich je gesehen hatte«, mit einem nostalgischen Lächeln blickte die Großmutter einen kurzen Moment ins Leere, bevor sie erneut ansetzte: »Es war die wohl größte Trauung, die das Volk je gesehen hatte und der schönste Tag in meinem Leben. Ich erinnere mich noch daran, dass die Sonne schien. So viel Freude und Glück dachte ich, könnte kein Mensch allein empfinden.« Lydia atmete hörbar aus. Das Erzählen strengte sie an, dennoch fuhr sie fort: »Wir wurden also im Namen der alten Götter vereint und schon nach einigen Monaten, erwartete ich bereits ein Kind. Die Hellseher versicherten mir es würde ein Junge werden und trotz der Tatsache, dass es sich bei ihnen allesamt um nichts weiter als Scharlatane handelte, sollten sie Recht behalten. Es wurde ein stattlicher Junge. Als er den sechsten Winter überlebt hatte, begann sein Vater bereits ihn im Schwertkampf zu unterrichten. Es war ihm bestimmt, dass er eines Tages gut kämpfen konnte, um seinem Land als König keine Schande zu machen. Neben der Ausbildung seines Sohnes, musste sich der König aber auch um die Regentschaft seines Reiches kümmern. Zuweilen saß ich neben ihm, wenn er Boten und Bittgesuche entgegennahm und so entging mir nicht, dass Diplomaten aus einem benachbarten Land eingetroffen waren, um mit meinem Mann in Verhandlungen zu treten. Das gesamte Nachbarland hatte sich dem Christentum angeschlossen und wollten Orkow dazu überreden es ihnen gleich zu tun. Es könne im Namen des Einen, ein mächtiges Bündnis daraus entstehen, welches die gegenseitige Sicherheit beider Länder stark erhöhen würde. Die einzige Bedingung dazu war, dass sich der König taufen ließe, so dass das Volk seinem Beispiel folgen könne«, Großmutter Lydia seufzte, nickte dann geistesabwesend wie zu sich selbst und fuhr fort: »Das Angebot schien wohl zu verlockend. Mein Mann schwor den alten Göttern ab und ließ sich im Namen des Einen taufen. Seitdem fühlte ich, wie er sich von mir entfernte. Immer häufiger trafen nun Boten und Diplomaten aus den verbündeten Ländern ein und stellten allerhand Forderungen. Mir selbst wurde es irgendwann verboten, bei den Unterredungen anwesend zu sein – und so entging mir auch *weshalb* sich mein Mann langsam von mir abwand. Erst lange Zeit danach erfuhr ich die wahren Hintergründe, aber da war es bereits zu spät.« Dieses Mal unterbrach die alte Frau ihre Geschichte nicht aus Erschöpfung oder Abwesenheit, sondern in dem Bewusstsein es auf diese Weise etwas spannender zu gestalten. Sie ließ ihren Blick offensichtlich und schauspielerhaft, dramatisierend durch die Runde laufen bevor sie die Erzählung wiederaufnahm: »Es war ein hübscher Frühlingsmorgen, an dem ich mit meinem Sohn im Burghof den Schwertkampf übte. Orkow hatte das nie gerne gesehen, denn eine Frau sollte seiner Ansicht nach keine Waffe führen. Auch dann nicht, wenn es nur zur Übung sei. Aber ich hatte mich nie an ein Verbot gehalten. So war ich nun einmal damals. Ach, und selbst wenn ich mich darangehalten hätte, so hätte es doch nicht viel geändert. Ich übte also mit meinem, nun schon sieben Jahre alten Sohn im Burghof. Er hatte bemerkenswerte Fortschritte gemacht, aber besiegen können hätte er mich noch lange nicht. Letztendes war er eben doch noch nur ein Kind. Wir beendeten die kleine Übung und als ich mich umdrehte, um das Schwert abzulegen bemerkte ich, wie der Diener, welcher unseren kleinen Kampf überwacht hatte, meinem Sohn etwas ins Ohr flüsterte. Ich dachte mir nichts dabei. Wahrscheinlich, so glaubte ich, wollte er dem jungen Herrn nur für seine Kunst gratulieren. Doch ich sollte mich irren. So furchtbar sehr irren. Denn als ich mich meinem Sohn wieder zu wand, da hielt er mir die Spitze seiner Klinge an den Hals. Noch ehe ich etwas sagen, oder tun konnte stach er zu und ich sank zu Boden.« In Lydias Augen schimmerten Tränen und sie brauchte ein paar Minuten, um diesen alten, vernichtenden Verrat zu überwinden. Auch wenn es sich nur um einen kurzen Moment handelte, fühlte es sich für Lars wie eine Ewigkeit an. Natürlich verstand er ihren Schmerz. Seine Neugier darüber wie die Geschichte nun weitergehen sollte, schien ihm im Anbetracht der Trauer der alten Dame sogar unangemessen. Aber dennoch, fragte er sich: Wie war es danach weitergegangen, wo Lydia doch eine tödliche Wunde erlitten hatte? Eine Stichverletzung durch den Hals wäre selbst für Mediziner heute nur schwer – wenn überhaupt – so zu behandeln möglich gewesen, dass sie überlebt hätte. Ein Heilkundiger aus jener Zeit in der die Menschen noch mit Schwertern kämpften, hätte das jedoch ganz Bestimmt nicht fertiggebracht.

Marek legte ihr tröstend den Arm um die Schulter und mit einem letzten gebrochenen Seufzer, fasste sich die alte Frau wieder:

»Ich erinnere mich noch sehr gut an den Tod. Es war furchtbar. Der Schmerz, die Verwirrung und das Gefühl zu ertrinken. Ich erlebte eine Panik, der ich nicht entkommen konnte. Die letzten Momente in meinem Leben waren die längsten, die ich je durchlebt habe. Irgendwann aber war es vorbei. Die Welt wurde dunkel um mich herum und die Person die ich damals war, starb. Später dann wurde ich im Namen der alten Götter beerdigt. Es war nicht das Grab einer Königin, dem ich später entstieg. Es war das Grab einer Unbekannten und lag weit außerhalb der Burgmauern. Die alten Götter aber hatten den Verrat des Königs an ihnen und an mir bemerkt.« Lydia hatte sich wieder völlig gefasst und war zurück in die Rolle der großmütterlichen Geschichtenerzählerin geschlüpft. Sie sah bedacht in die Runde und erklärte: »Wie ich vorhin schon erwähnte, war es mein ursprüngliches Schicksal später einmal eine Priesterin im Namen der alten Götter zu werden. Es war mir schon seit meiner Geburt vorbestimmt. Orkow hatte das verhindert, indem er mich zur Frau nahm und unseren Sohn später dann dazu hat bringen lassen, mich zu ermorden. Aber so leicht, lassen sich die alten Götter nicht um ihre Dienerin bringen. Sie erweckten mich aus dem Tod, heilten meine Wunden und gaben mir die Kraft mich aus dem Grab zu befreien. Es war mitten in der Nacht, als ich mich aus der Erde grub und ich war mit nichts weiter bekleidet als dem Leichentuch, dass man um meinen Körper gewickelt hatte. Der Mond und die Sterne gaben mir nur wenig Licht, aber trotzdem konnte ich sehr gut sehen. In dieser Nacht hatte ich furchtbare Angst. Aber ich lebte wieder. Und ich wollte mein neues Leben nutzen, um den alten Göttern zu dienen. In mir brannte auch der Wunsch nach Rache an meinem nun verwitweten Mann, denn obwohl ich es erst später gesagt bekommen würde, ahnte ich bereits weshalb er mich hatte töten lassen. Dennoch wagte ich es nicht mich der Burg zu nähern. Ich wusste, dass sie gut bewacht war und fürchtete den erneuten und dann vielleicht auch endgültigen Tod. Stattdessen zog ich mich in den Wald zurück und wurde so zu der ausgestoßenen Hexe, die immer noch den alten Göttern gehorchte. In dieser Zeit konnte ich mein Wissen über Kräuter, Gifte, Flüche und Magie erweitern. Die alten Götter und Geister des Waldes waren mir wohlgesonnen und gaben mir die Fähigkeit ihre Stimmen zu vernehmen. Durch ihre Lehren erlangte ich große Macht und noch größeres Wissen. So lernte ich von ihnen auch, dass sie mich nicht mehr als Menschen erweckt hatten. Sondern als Vampirin. Ich lernte alles über die Natur unserer Art, wie wir uns verhalten müssen und welche Kräfte in uns stecken. So lebte und lernte ich viele, viele Jahre. Die alten Götter waren gut zu mir. Sie hatten mir das Leben zurückgegeben und mich zum Vampir gemacht. Aber sie schenkten mir nicht die Gabe der ewigen Jugend.« Sie blickte wieder zu Lars und sprach ihn direkt an: »Du weißt bestimmt schon, dass Vampire eigentlich nicht altern. Bei mir ist das – wie du sicher schon bemerkt hast – etwas anders. Es war der Wille meiner Meister, dass ich altern sollte. So könne sich kein König mehr in mich verlieben und mich von meiner wahren Bestimmung abbringen. Im Laufe der Jahre konnte ich dem Verfall meines Körpers zusehen, aber meine Kraft dagegen, schwand nur sehr langsam dahin. Die alten Götter prophezeiten mir, dass ich eines Tages, wenn meine Aufgabe erledigt sei, wieder jung sein dürfte. Ich glaubte Ihnen und empfand Trost bei dem Gedanken daran. Bisher scheint es jedoch, dass meine Aufgabe noch nicht erfüllt ist. Aber«, und bei diesen Worten lächelte sie in sich hinein, »ich sehe mich auch heute noch als ihre Dienerin und bin der festen Überzeugung, dass sie eines Tages ihr Wort einhalten werden.« Die alte Dame rückte ihren Stuhl zurecht und setzte noch einmal an die Erzählung fortzuführen: »Ich lebte also abseits und half den Menschen aus der

Umgebung, wenn sie den Mut hatten mich aufzusuchen. Das ging so lange bis eines Tages, viele Jahre später, ein junger Mann vor meiner Tür stand. Zu diesem Zeitpunkt wusste ich noch nicht *wie* sehr unsere Schicksale bereits verflochten waren, doch ich würde es bald erfahren, denn er stellte sich mit einem Namen vor, dessen letzter Teil mir sehr wohl bekannt war: Marek *von Largaretta.*«
Mit dem letzten Satz hatte die Großmutter beide Hände um die noch Freie des Barons gelegt. Es war eine schöne Geschichte befand Lars, auch wenn noch so viele Fragen offenblieben. Glücklicherweise ließen die Antworten einiger davon nicht lange auf sich warten. Nun war es der Baron selbst, der die Geschichte weitererzählte.

2

»Synelle und ich hatten damals, in der alten Zeit, ganz ähnliche Probleme was die Verträglichkeit der verschiedenen Lebensmittel anging wie die Meisten unserer Art. Heiler und Medicus, allesamt versagten sie an der Aufgabe unser Leiden zu mildern. Keine Kur und kein Gebräu der Welt schienen uns helfen zu können. Eines Abends hörte ich wieder einmal das Gerücht von einer Hexe, die im Wald unter meinem Lehn hausen sollte. Es hieß, sie hätte schon so Manchem geholfen, auch wenn nie jemand offen zugab, sie um Rat ersucht zu haben. Einer Ketzerin und Götzenanbeterin durfte man dieser Tage nicht trauen und auch Jenen nicht, die etwas mit ihnen zu schaffen hatten. Mir aber war es egal zu wem wer betete. Sicher, ich war als Christ erzogen worden, doch auch der eine wahre Gott hatte weder mir noch meiner Cousine helfen können. Oder er hatte es eben nicht gewollt. Wie dem auch sei, ich beschloss also diese Hexe zu suchen und sie um Hilfe zu bitten. Zu dieser Zeit in meinem Leben war es mir ohnehin egal, ob mich die Menschen im Nachhinein verstoßen würden. Das Leben als Verstoßener führte ich in gewisser Weise bereits, aber dazu kommen wir gleich. Trotz meines schlechten Ansehens, hatte mein Leben einige Vorzügen, denn ich hielt schon damals den Titel des Barons inne. Zwei Nächte lang ritt ich durch den Wald, bis ich die Hütte jener Hexe endlich vor mir sah. Ich stieg von meinem Pferd und band es an einen Baum, bevor ich auf die Hütte zutrat. Noch ehe ich an der Tür klopfen konnte, wurde sie von innen heraus aufgetan.« Der Baron legte seine Hand auf Lydias Schulter bevor er weitersprach: »Eine alte aber dennoch anmutige Frau erwartete mich und fragte nach meinem Namen. Also gab ich zur Antwort, dass ich Marek von Largaretta sei und bemerkte eine Mischung aus Verwunderung und Erkenntnis im Blick der Hexe. Gleich darauf bat sie mich herein, bot mir Tee an und fragte nach dem Namen meines Vaters. Ich versuchte der Frage auszuweichen, da ich in Sorge war, sie hielte mich für einen Lügner, wenn ich ihn ihr verraten würde. Aber die alte Dame ließ nicht locker und so gestand ich ihr kurz darauf, dass ich der verstoßene Sohn des Königs sei. Die Hexe hakte weiter nach, welchen König ich denn meinte und darauf erklärte ich, dass König Orkow der Zweite mein Vater sei. Da wunderte sie sich wie ich denn dann zum Namen von Largaretta kam, denn sie wisse ganz sicher, dass dies nicht der Nachname des Königs sei. Also erklärte ich ihr, wie ich den Mädchennamen meiner Großmutter angenommen hatte, nachdem mich mein Vater von der Thronfolge entbunden und mit dem Titel des Barons ins Grenzland verbannt hatte. Aber die Hexe hakte auch jetzt noch einmal nach. Diesmal wollte sie wissen, woher ich den Mädchennamen meiner Großmutter kannte. Obwohl mir ihre Fragerei langsam merkwürdig erschien, gab ich ihr Antwort. Ich fühlte ihr gegenüber eine sonderbare Verbundenheit, die ich mir zunächst nicht erklären konnte. Also erzählte ich schließlich davon, dass mein Vater ein Trinker sei und als eines Abends wieder einmal ein Fass zu viel aufgemacht worden war, prahlte er davon, wie er seine eigene Mutter bereits im Knabenalter erstochen hätte. Diese Heldentat, wie er es nannte, diente der Glorie des Reiches, des Christentums, ja sogar der Glorie des einen wahren Gotte selbst. Das hatte meine Neugierde geweckt, weswegen ich tags darauf Nachforschungen anstellte: In alten Urkunden stand ihr Name geschrieben. Ich erinnerte mich daran, als ich mir einen Neuen wählte. Wieder fragte die alte Frau weiter. Diesmal wollte sie wissen in welcher Form der Tod meiner Großmutter dem Reich hat dienen sollen.« Marek unterbrach sich und lächelte milde. Es war ein trauriges lächeln. Dann fuhr er fort: »Ich fühlte mich etwas verunsichert und verstand nicht weshalb die Hexe das alles von mir wissen wollte. Aber ich dachte es könne keinen Schaden anrichten, wenn ich es ihr erzählte. Also erklärte ich, dass mein Großvater – König Orkow der Erste – ihren Tod nutze, um eine Christin heiraten zu können. Die Christen nahmen den Ehebund sehr ernst. Der Tod stellte die einzige Möglichkeit dar, eine Scheidung herbei zu führen. Für Orkow war es also auch die einzige Möglichkeit, um noch einmal zu heiraten. Es war die Tochter des Königs eines benachbarten Reiches. Die Ehe war arrangiert und diente lediglich dem Ausbau der Macht. Da der Sohn des Königs noch zu jung und somit vor einer Verurteilung geschützt war, sollte er den tödlichen Streich ausführen. Es war geplant, alles als einen Unfall bei den Fechtübungen erscheinen zu lassen. Orkow war jedoch vorsichtig genug und hatte es so eingefädelt, dass der Diener dem Jungen den Befehl dazu gab. So konnte ihm niemand einen Vorwurf machen, denn er war zu dem Zeitpunkt des *Unfalls*«, das letzte Wort betonte der Baron spöttisch und als er weiter sprach trieften seine Worte nur so vor Abscheu, »nicht einmal in der Nähe. Er hätte also gar nichts tun können, um das schreckliche Schicksal seiner geliebten Frau zu verhindern.« Marek hielt inne um Luft zu holen und schüttelte dabei langsam den Kopf. Die Ereignisse, die zum Tod seiner Großmutter geführt hatten, waren für ihn noch heute schwer zu fassen. Das konnte man deutlich sehen und spüren als er weitersprach:

»Dem Diener wurde kurz danach die Zunge herausgeschnitten, damit er seinen König nicht hintergehen konnte. Doch das reichte Orkow nicht, denn wenig später verurteilte er den Diener auch noch zum Tode durch den Strang. Erhängen galt damals übrigens als sehr moderne Hinrichtungsform. Die Menschen kamen von weit her, um das Spektakel zu beobachten. Einige Jahre später kam aber dann, doch noch alles ans Licht. Orkow wurde von seinen übrigen Mitverschwörern in dieser Sache verraten und er nahm sich schließlich selbst das Leben.« Wieder setzte der Baron eine Pause ein. Er lächelte und fuhr dann in etwas fröhlicherer Stimmung fort: »Damit vererbte er die Krone an seinen Erstgeborenen – meinen Vater. Daraufhin sah mich die Hexe nachdenklich an und bat um eine letzte Frage. Sie versprach, dass sie mein Leiden anschließend lindern würde. Meine Verwunderung stieg, denn ich hatte ihr bisher von meinem Leid noch gar nichts erzählt. Geduldig gewährte ich ihr auch noch ihre letzte Frage. Die Frage betraf meine Verbannung in das Grenzland und wie es dazu gekommen war. Ich erklärte, dass ich nie damit einverstanden war, wie mein Vater das Volk regierte. Er war eisern und es kümmert ihn nicht, ob einfache Männer und Frauen Hunger leiden mussten. Sein Reichtum war ihm mehr Wert, als die Menschen unter seiner Führung. Die Steuern waren hoch angesetzt und jene, die aus der Not heraus gegen das Gesetz verstießen, erwarteten schlimme Strafen. Als ich älter wurde lehnte ich mich gegen ihn auf und versuchte ihn zur Vernunft zu bringen. Eines Tages dann ging es ihm zu weit. Es ist allein die Tatsache, dass ich sein Sohn war, welche mich davor bewahrte im Verließ zu enden. So verbannte er mich ins Grenzland. Dort war es sumpfig und oft auch neblig. Es gab wenige feste und sichere Straßen für Händler. Das Leben und Bewirten von Feldern fiel den Bauern an diesem Ort sehr schwer. Er gab mir dieses Land mit der Absicht mich scheitern zu lassen. Er wollte, dass ich genau so würde wie er. Diesen Gefallen tat ich ihm jedoch nicht. Ich fristete mein Dasein in einem sehr kleinen alten Jagdschloss und verwaltete die dazugehörigen Ländereien. Ich war nie so streng mit den Bauern wie er und daher war auch der Tisch im Schloss selten gut gedeckt. Letzteres war mir jedoch gleichgültig, da mir von Speisen aller Art ohnehin nur übel wurde. Für mich wäre das edle Essen eine Verschwendung gewesen.« Der Baron unterbrach die Geschichte kurz. Gedankenverloren sah er Carolin dabei zu, wie sie die Kerzen am Tisch austauschte. Sie waren an diesem Abend schon so lange zusammen, dass die länglichen, beigen Kerzen fast völlig heruntergebrannt waren. Schließlich sammelte sich Marek wieder und setzte erneut an:

»Nachdem ich mit meiner Erzählung geendet hatte, nickte die alte Frau bedächtig. Schließlich lächelte sie freundlich und mir war für einen Moment als sähe ich spitze Zähne aufblitzen. Einen Augenblick später konnte ich sie nicht mehr sehen. Damals dachte ich, die Mühe meiner Suche wäre mir zu Kopfe gestiegen aber heute weiß ich, dass ich mich nicht geirrt hatte«, der Baron lachte leise und auch bei ihm konnte Lars nun die spitzen Zähne erkennen. Marek fuhr mit der Erzählung fort: »Die Hexe griff nach meiner Hand, sah sich ihre Fläche sehr genau an und erklärte mir schließlich, dass ich doch eigentlich von gar keinem Leid befallen sei. Da begehrte ich sofort auf. Was wäre denn mit meiner stetigen

Übelkeit nach dem Essen und meiner sonnenempfindlichen Haut? Das müsse doch als Leiden gewertet werden können. Da schmunzelte sie nur sanft und entgegnete mir, dass dem nicht so wäre. Sie erklärte, dass mein Zustand zwar sehr selten vorkomme, ich aber nicht der Erste sei, dem es da so ergehe und dass erst kürzlich eine junge Magd aus dem Dorf bei ihr gewesen wäre. In ihr hätte sie das Gleiche gesehen, was sie nun auch in mir sehe. Sie versicherte mir, dass ich gleichsam der Magd nicht krank sei, sondern, dass wir uns nur von den falschen Dingen ernährt hätten. Sie setzte mir auf, am nächsten Tag zu ihr zu gehen, denn die Magd könne mir besser erklären und vor allem zeigen was ich tun müsste. Die Hexe versprach weiter, dass ich dann auch nie mehr Übelkeit erleiden müsste. Daraufhin wollte ich natürlich wissen, weshalb sie es mir nicht einfach selbst sagen konnte. Also stellte ich eine dementsprechende Frage, denn so könnte ich mir den Weg ins Dorf schließlich sparen. Die alte Dame forderte mich jedoch nur auf, ihr in dieser Sache zu vertrauen und versicherte mir, dass es besser sei, wenn ich es von der Magd erfahren würde. Ich resignierte und fragte danach wie ich diese besondere Magd denn finden könnte. Wieder lächelte die Hexe wissend und erklärte, dass ich ins nahegelegene Dorf hinab reiten und nach Carolin fragen sollte. Man würde schon wissen wen ich meinte. Außerdem versprach sie mir, dass wenn ich Carolin von der alten Hexe aus dem Wald Grüße ausrichtete, sie mir ihr Vertrauen schenken und mir zeigen würde was zu tun war, um mein Leid zu beenden.« Der Baron unterbrach die Erzählung. Lars bemerkte, dass er genauso wie Großmutter Lydia zuvor versuchte die Geschichte gut zu erzählen. Dabei baute er an den richtigen Stellen kurze Unterbrechungen ein, damit die Spannung stieg. In Lars Augen gelang ihm das absolut perfekt.

»Ich blieb also über Nacht«, erzählte der Baron schließlich weiter, »das Wetter war mild und so konnte ich hinter der Hütte vor dem Wind geschützt ein kleines Lager aufschlagen. In den Morgenstunden machte ich mich, mit einem kleinen Proviantpäckchen, dass mir die alte Frau geschnürt hatte, auf den Weg ins Dorf. Ich wollte sobald wie möglich die Magd aufzusuchen. Das Proviantpäckchen bestand hauptsächlich aus einer Art Räucherwurst. Es war ganz erstaunlich, dass mir davon nicht übel wurde. Heute weiß ich natürlich warum.« Er grinste der Großmutter beinahe schon schelmisch zu, bevor er weitersprach: »Es war bereits spät am Nachmittag, als ich endlich eintraf. Ich stieg von meinem Pferd und führte es an den Zügeln in die kleine Gemeinde, sodass ich den Dorfbewohnern auf Augenhöhe entgegentrat. Es wurde damals als ein Zeichen von Anstand gewertet. Die, welche sich ein Pferd leisten konnten, waren zumeist angehörige des Adels und damit unter der Herrschaft von König Orkow dem Zweiten beim einfachen Volk nicht allzu gerne gesehen. Ich bestach einen der Bauern mit ein paar Kupferstücken, damit er mir verriet, wo ich Carolin finden könnte. Meine Frage schien ihn zu amüsieren, doch er zeigte mir gehorsam den Weg. Es war ein etwas abseits liegendes Haus, an dessen Tür ich schließlich klopfte und um Einlass bat. Eine etwas gesetztere Frau öffnete und erkundigte sich nach meinem Begehr. Auch sie bat ich darum, mich zu Carolin zu führen. Sie erklärte mir, dass sie Carolins Mutter sei und fragte in welcher Angelegenheit ich mit ihrer Tochter sprechen wollte. Also versuchte ich mich zu erklären. Ich erzählte davon, dass ich von Carolins schlechtem Zustand in der Vergangenheit gehört hatte und dass ich von ihrer Besserung wusste. Die Bauersfrau hörte mir geduldig zu und ich erläuterte weiter, dass mich das gleiche Leiden plagte wie jenes, welches ihre Tochter bereits überwunden hatte. Nachdem meine Erklärung geendet war – ich erinnere mich noch genau daran – trat eine Art Missbilligung auf das Gesicht der Frau. Ich spürte jedoch, dass diese Missbilligung nicht mir direkt galt. Sie ließ mich ein und gestattete es mir mein Glück zu versuchen, mahnte aber, dass ich mir keine allzu großen Hoffnungen machen sollte, denn ihre Tochter hätte weder ihr selbst noch ihrem Vater verraten, was schlussendlich geholfen hatte.« Der Baron lächelte. Der Ausdruck auf Mareks Gesicht wirkte wie der eines Mannes, der wusste was als nächstes geschehen würde und sich darauf freute. Dann wurde er jedoch noch einmal ernst, als er die Geschichte weitererzählte: »Die Frau führte mich die hölzernen Treppen des kleinen Bauernhauses hinauf. Jede einzelne der Stufen quietschte unter der Belastung. Während wir die Treppe aufstiegen lamentierte die Bauersfrau, dass das Geheimnis wohl darin läge, ganz und gar nichts mehr zu essen, denn ihr schien es, als wäre es genau das, was ihre Tochter tat. Das ginge jetzt schon seit Wochen so und sei ganz und gar unabhängig von dem was auf den Tisch kam. Die Bäuerin erklärte mir schließlich noch, dass sie sich ernsthafte Sorgen um ihr Kind mache. Am Ende könnte sie noch verhungern und sie bestand doch jetzt schon nur noch aus Haut und Knochen. Also bat sie mich ihre Tochter wieder zum Essen zu ermuntern. Endlich standen wir, nachdem wir noch einen kurzen Gang durchlaufen hatten, vor der Zimmertür. Die Bäuerin klopfte energisch dagegen und rief ihre Tochter beim Namen. Als sich die Tür dann schließlich auftat stand ich der schönsten Frau gegenüber, die ich je gesehen hatte«, schloss der Baron und sah mit einem gleichsam verliebten, als auch stolzem Blick zu seiner Gefährtin. Carolin hatte sich auf die gegenüberliegende Seite des Tisches neben Lars gesetzt und sah Marek ebenso verliebt an. Sie warf ihrem Gefährten einen Kuss zu und setzte dann die Geschichte aus ihrer Perspektive fort.

3

»Die gute Hexe hatte mir vor einigen Wochen gezeigt wie ich leben könnte, ohne unter Übelkeit leiden zu müssen. Anfangs war ich gegenüber ihrem Rat sehr erbost gewesen. Ich dachte, sie erlaube sich einen bösen Scherz mit mir. Hoffnungslos und verbittert kehrte ich ins Dorf zurück. Als ich wenige Tage später erneut krank im Bett lag, dachte ich darüber nach meinem kränklichen Leben ein Ende zu bereiten. So wollte ich nicht mehr sein. Seit ich denken konnte, ging es mir so schlecht. Auf diese Weise belastete ich meine Familie sehr und die ließ mich das auch spüren. Besonders mein Vater, denn ihm wäre ohnehin ein Junge lieber gewesen. Ein gesundes Kind, das auf dem Feld helfen konnte. Er zeigte mir oft was er von mir hielt: mit Blicken und mit Worten. Er hasste mich und das, was ich war: weiblich und krank. Zu diesem Zeitpunkt dachte ich, es sei das Beste für alle, wenn ich nicht mehr am Leben sei.« Lars konnte in Carolins Gesicht sehen, wie sehr sie das nach all der Zeit immer noch verletzte. Obwohl ihr Vater längst tot war, überdauerten die Narben, welche er auf Carolins Seele hinterlassen hatte. Lars legte ihr vorsichtig, tröstend eine Hand auf das Knie. Als sie die Berührung bemerkte, sah sie ihn an, lächelte und hatte sich im nächsten Moment wieder völlig gefasst. Carolin war eine starke Frau und eine mächtige Vampirin. Lars spürte das und die Tatsache, dass sie die Gefühle, welche bei der Erinnerung an ihre Kindheit hervorgekommen waren, so schnell wieder kontrollieren konnten, bestätigten seine Wahrnehmung. Jeglicher Schmerz war aus ihrem Blick gewichen und zurück blieb ihr gewohnt entspannter Ausdruck, als sie mit weicher Stimme fortfuhr die Geschichte zu erzählen:

»Bevor ich mir jedoch das Leben nehmen wollte, fasste ich den verzweifelten Entschluss, den Rat der alten Hexe zumindest einmal zu probieren. Sehr viel schlimmer konnte es davon schließlich auch nicht mehr werden: In die Hölle käme ich als Selbstmörderin ohnehin auf Ewigkeit. Da war es dann auch einerlei, ob ich vorher auch noch Blut getrunken hätte oder nicht. Also schlich ich mich eines nachts heraus und ging in Richtung der Gastwirtschaft. Dort gab es immer den ein oder anderen Betrunkenen, der früher oder später vom Wirt hinausgeworfen wurde und bald darauf in den Stall kroch, um seinen Rausch auszuschlafen. Das Glück war mir Hold, denn ich fand sehr schnell einen geeigneten Trunkenbold: Ein Bauersbursche aus der Nachbarschaft, der für seine Trinkerei weithin bekannt war. Er hatte sich gerade im Heu niedergelassen und nur einen Moment später lautstark das Schnarchen begonnen. In mir machte sich eine angenehme Aufregung breit, als ich mich leise an ihn heranschlich um etwas zu tun, das nicht nur verboten, sondern auch derart unmenschlich erschien, dass ich dafür wahrscheinlich direkt auf dem Scheiterhaufen gelandet wäre, hätte man mich dabei erwischt. Ich bemerkte überrascht, dass mich der Gedanke daran sein Blut zu trinken, nicht im Mindesten anekelte. Im Gegenteil, ich wurde sogar durstig davon. Noch mehr stieg meine Überraschung an, als ich plötzlich fühlte wie sich zwei meiner Zähne, zu verlängern schienen. Die Hexe hatte vorhergesagt, dass das passieren würde. Sie hatte also die Wahrheit gesprochen.«

»Ich habe damals mit dem Zahnwachstum ein wenig nachgeholfen«, unterbrach die Großmutter, »damit es die liebe Carolin etwas leichter hatte. Üblicherweise wachsen die Zähne erst, nachdem man Blut getrunken hat und nicht davor, aber es gibt da einen kleinen Trick mit dem man das beschleunigen kann.« Carolin lächelte, so als würde sie sich für diesen Gefallen auch Jahrhunderte später noch einmal bedanken. Während Lars sich noch fragte, was das wohl für ein Trick sei, von dem die Großmutter gesprochen hatte, setzte Carolin ihre Erzählung fort:

»Unendlich vorsichtig und zu allen Geistern betend, dass der Junge nicht aufwachen würde, legte ich seinen Kopf bei Seite. Ich konnte die Schlagader an seinem Hals pulsieren sehen. Sein Herz arbeitete schwer, um der Vergiftung seines Körpers, die er sich durch das viele Trinken zugezogen hatte, entgegen zu wirken. Der Junge schwitzte. Ich konnte riechen, wie sein Körper den Alkohol ausdünstete. Es war ekelerregend. Trotzdem zog mich das pulsieren der Ader an seinem Hals in den Bann. Ganz langsam bewegte ich meinen Kopf auf die Ader zu und öffnete den Mund. Ich spürte, wie meine neu gewachsenen, spitzen Zähne über die feuchte Haut des Jungen liefen und dabei winzig kleine Kratzer hinterließen. Meine Zunge folgte den Kratzern, bis sie plötzlich etwas Anderes schmeckte als salzigen Schweiß. Es war ein ganz kleiner Tropfen Blut, der durch einen der winzigen Kratzer gelaufen war. Beinahe zeitgleich fanden meine Zähne die Schlagader und mit einem völlig naturgesteuerten Ruck biss ich zu.« Carolins Stimme war während dem letzten Teil ihrer Erzählung immer erregter geworden. Aber auch jetzt bemerkte Lars, wie schnell sie die Kontrolle über sich selbst zurückgewinnen konnte. Er beneidete sie um diese Fähigkeit, als er an all die vielen Situationen in seinem Leben zurückdachte, in denen er gehänselt oder erniedrigt worden war. Diese Form der Kontrolle über sich selbst war ihm nie gegeben gewesen. Er hatte fast immer früher oder später das Weinen angefangen, oder war wütend geworden. Carolin dagegen, dachte Lars, hätte bestimmt in keiner einzigen dieser Situationen weinen müssen. Sie hätte sich ganz sicher unter Kontrolle gehabt. Ihre Stimme war nun wieder gewohnt sanft, als sie weitererzählte:

»Die Wirkung war berauschend. Ich wollte immer mehr, dachte, dass meine Sinne explodierten und nur noch Schönheit wahrnehmen konnten. Ich weiß nicht wie lange ich von dem Jungen trank, aber irgendwann ließ ich von ihm ab und ging aus der Scheune hinaus. Hinaus in eine neue Welt. Eine Welt ohne Übelkeit, ohne Angst oder Schrecken. Jegliche Gedanken an Selbstmord waren von dem Erlebnis Blut zu trinken hinfort gewischt. Gleich in der folgenden Nacht trank ich wieder. Ich wurde wagemutiger und stahl mich sogar in die Häuser der Schlafenden um ihnen nachts ein bisschen ihres Blutes zu nehmen. Ich lieh mir ein Pferd und ritt erneut die Hexe besuchen. Dieses Mal kam ich nicht um Rat zu suchen, sondern um ihr meinen Dank auszudrücken und um mich für mein Verhalten, bei unserem ersten Treffen zu entschuldigen. Sie lachte, als sie mir verzieh und zeigte Verständnis. Dann erklärte sie mir welche Bedeutung meine nun nicht mehr leidvolle Existenz noch hatte: Unsterblichkeit und Gaben, die gewöhnliche Menschen nie erhalten würden. Ich war nun ein stärkeres Wesen. Besser. Vom Schicksal wohl bedacht«, Carolin lächelte, als sie davon erzählte. Lars konnte sehr gut verstehen, wie sie sich gefühlt haben musste, denn ihm erging es in diesem Moment ja ganz genauso. Nach einer kurzen Pause fuhr sie fort:

»Dann, eines Nachmittags klopfte es an die Zimmertür und meine Mutter tat kund, dass ich Besuch hätte. Es war ein hagerer, aber dennoch stattlicher junger Mann, der offensichtlich aus gutem Hause stammte. Ich konnte es an seiner noblen Kleidung und seinem geraden Gang erkennen. Da war etwas in seinen Augen, dass eine Erinnerung in mir weckte. Die Erinnerung an ein Gefühl, an ein Elend, welches mir noch sehr gut bekannt war. Ich ahnte sofort woran er litt. Er grüßte mich und sprach dabei mit einem etwas unsicheren Unterton in der Stimme. Als meine Mutter die Treppe hinuntergegangen war und außer Hörweite schien, erklärte er, dass sein Name Marek lautete und er mir von der alten Hexe Lydia beste Grüße übermitteln sollte. Ich bedeutete ihm rasch einzutreten und schloss die Tür. Dann wiederholte ich ihren vollen Namen »Lydia Largaretta« um ganz sicher zu gehen und sah gleich darauf in sein nun überaus überraschtes Gesicht. Er wiederholte seinerseits den Nachnamen der Hexe »Largaretta« sichtlich verwundert. Ich bestätigte ihn noch einmal und fügte hinzu, dass das die gute Hexe aus dem Wald sei. Der Fremde sah nun nur noch viel verwirrter drein. Er murmelte nachdenklich ein paar Worte, fasste sich dann aber wieder und setzte schließlich noch einmal dazu an, mir die Grüße der Hexe aus dem Wald zu übermitteln. Dabei nannte er erneut ihren Namen und betonte das Largaretta deutlich. Er fügte hinzu, dass er selbst den gleichen Familiennamen trage und mit ihr vor seiner Abreise nach Hause noch einmal sprechen müsse. Seine Verwirrung darüber brachte mich zum Lachen«, auch jetzt wo sie diesen Teil der Geschichte erzählte, musste sie etwas kichern. Und auch die Großmutter und der Baron selbst schmunzelten dabei. Dieses Mal bemühte sich Carolin nicht darum ihre Gefühle zu kontrollieren, als sie etwas heiterer weitererzählte:

»Ich fragte den Fremden, ob sie ihm denn nicht verraten hatte, dass sie denselben Familiennamen tragen würden und er gestand äußerst nachdenklich, dass dem nicht so war. Nach einem Moment fasste er sich wieder und erklärte, dass die Hexe ihm dafür jedoch folgendes versichert hatte: Er sollte mir ihre Grüße ausrichten und dafür würde ich ihm einen Vertrauensvorschuss gegenüberbringen. Ich musste wieder lachen, weil er so ernst und erhaben klang, aber ich wollte ihm auch zeigen, dass die Hexe die Wahrheit gesagt hatte. Also nahm ich ihn an der Hand und zog ihn sanft tiefer in das Zimmer. Schon seit er an meiner Kammertür aufgetaucht war, hatte ich so ein Gefühl, dass uns etwas verbindet.

Als ich ihn berührte verstärkte es sich. Ich hatte geahnt weshalb er mich aufsuchte, aber jetzt war ich mir ganz sicher. Er war wie ich: Ein Vampir. Nur wusste er es noch nicht. Also sprach ich ihn, dieses Mal jedoch ohne zu lachen, direkt darauf an. Ich fragte, ob es ihm schlecht erginge sobald er Nahrung zu sich nahm und ob er sich auch sonst öfter krank fühlte. Marek bestätigte und nickte traurig. Gleichzeitig sah ich aber auch etwas Hoffnung in seinem Blick. Es war eine schwache Hoffnung, aber sie war da. Dann bat er mich direkt um Hilfe gegen sein Leid. Ich musste sofort daran denken, wie ich auf den Vorschlag der Hexe, nämlich Blut zu trinken, reagiert hatte. Ich fragte mich, wie ich ihm diesen Gedanken sanft näherbringen könnte. Obwohl ich mir diese Frage zunächst nicht beantworten konnte, versuchte ich zuversichtlich zu klingen, als ich auf ihn zutrat und ihm versprach, dass ich dabei helfen würde sein Leid zu überwinden.« Carolin setzte eine Pause ein. Im letzten Teil ihrer Erzählung hatte sie immer wieder mit verliebten Blicken zum Baron gesehen. Marek hatte diese Blicke erwidert und Lars fragte sich wie viele Jahrhunderte genau es wohl her war, als sich die beiden dort in der Kammer des Bauernhauses getroffen hatten. Trotz seiner jungen Jahre und dem eher geringen Interesse an der Liebe, erkannte Lars den schier unermesslichen Wert einer so alten Verbindung. Die beiden passten perfekt zueinander, da war er ganz sicher und nichts auf der Welt könnte sich diesen beiden Vampiren in den Weg stellen.

»Wir verabredeten uns um Mitternacht«, fuhr Carolin nach einer kurzen Weile fort, »wir wollten uns nahe des Waldrandes treffen. Dort würde ich Marek zeigen was zu tun war. Dank meiner gesteigerten Sinne fiel es mir nicht schwer ihn wieder zu finden. Ich lockte ihn ein Stück in den Wald und drückte ihn sanft gegen einen Baum. Er ließ es völlig ohne Gegenwehr geschehen, als ich ihm näherkam, sein Handgelenk umfasste und es zu meiner

Schulter führte. Ich hauchte ihm ins Ohr und fragte, ob er mir vertrauen würde. Ich spürte sein Zögern und kam ihm noch näher, sodass unsere Körper jetzt ganz eng aneinander lagen. Noch einmal hauchte ich ihm die Frage ins Ohr. Was auch immer als nächstes geschehen würde, er müsste mir nur vertrauen. Meine Lippen wanderten weiter seinen Hals hinab und als ich sein gehauchtes »Ja«, hörte biss ich zu. Sein Blut ist bis heute das edelste, dass ich je gekostet habe. Als ich einen Moment später wieder von ihm ab ließ wusste er was er tun musste. Auch er trank von meinem Blut und noch in derselben Nacht gingen wir das erste Mal zu zweit auf die Jagd. Da seine Zähne noch nicht entwickelt waren, musste ich ihm dabei ein wenig zur Hand gehen. Trotzdem war es ein berauschendes Gefühl das Vampir-sein mit jemanden zu teilen. Der mir nun nicht mehr Fremde blieb noch eine ganze Woche in unserem Dorf. In dieser Zeit hatten sich schließlich auch seine eigenen Zähne entwickelt. Wir trafen uns jedes Mal nach Sonnenuntergang, um gemeinsam Blut zu trinken. Eines kam zum anderen und wir verliebten uns ineinander. Nach Ablauf der Woche dann, nahm er mich mit auf sein Schloss, doch zuvor kehrten wir noch einmal bei der Hexe ein. Uns wurde nun klar, was Lydia schon die ganze Zeit über gewusst und Marek bereits geahnt hatte: Sie war tatsächlich seine Großmutter – die ermordete Frau des Königs, welche von den Toten zurückgekehrt war, um über ihr Blut zu wachen und dem Willen der alten Götter zu dienen. Auch ihr bot Marek einen Platz auf dem Schloss an, doch sie lehnte ab. Sie würde erst viele Jahre später zu uns stoßen.« Damit beendete Carolin ihre Erzählung und der Baron sprach das Abschlusswort:

»So begann das alles mit unserer kleinen Familie. Unser lieber, treuer Freund Valdim stieß einige Zeit später zu uns und einige Jahrhunderte danach fanden wir Serine in einem Waisenhaus und nahmen sie bei uns auf. Sie war mir von Beginn an und ist es auch bis heute noch wie eine Tochter. Und du, Laaz, bist nun auch ein Teil der Familie geworden und das erfüllt mich mit großer Freude. Von heute an bist du ganz nach unserer Tradition ein Mitglied unseres Hauses und sollst bekannt sein als Laaz von Largaretta.« Lars fühlte sich sehr geehrt, diesen neuen Namen erhalten zu haben. Er lächelte dankbar und wollte irgendetwas sagen, doch es fielen ihm keine passenden Worte ein. Der Baron lächelte nur zurück und gab Lars ebenfalls wortlos zu verstehen, dass es keine weiteren Reden brauchte. Als Lars in die Gesichter der Anderen sah, bemerkte er auch dort den Ausdruck von Glück. Sie alle teilten die Freude daran ein neues Mitglied in der Familie begrüßen zu können.

Das Ende der Geschichte und die offizielle Ernennung von Lars zu »Laaz von Largaretta« hatte auch gleichzeitig das Ende der Familienfeier eingeläutet. Draußen dämmerte es bereits und es wurde Zeit, dass sich die Vampire zur Ruhe legten. Lars übernachtete bei Serine. Sie summte die Melodie von »Twinkle twinkle little star« und kurz bevor er einschlief, flüsterte sie ihm noch leise zu:

»Und morgen Nacht zeige ich dir, wie man Menschen jagt.«

Lars‘ erste Menschenjagd

1

Es war eine leise Melodie die Lars, nach einem ausgiebigen Schlaf, schließlich wieder zu Bewusstsein kommen ließ. Die Geigentöne hallten aus dem Erdgeschoss zu ihm hinauf. Er kannte das gespielte Lied nicht, doch es war schön den aneinander gereihten Klängen zu lauschen und zu fühlen wie sie langsam die Restmüdigkeit von ihm nahmen. Mit einem letzten Gähnen streifte er die Bettdecke ab und stand auf.

Wie erwartet war es Carolin die im Speisesaal stand und ihr Instrument zum Erklingen brachte. Der Baron saß, wie schon am Abend zuvor, an dem langen Tischende und las die Zeitung. Ihm stand eine nachdenkliche, besorgte Miene ins Gesicht geschrieben, aber als Lars eintrat lächelte er und bot ihm den Platz neben sich an:

»Was hast du dir für heute vorgenommen?«, fragte er, als Lars sich setzte.

»Serine und ich wollen Menschen jagen«, antwortete er, als er sich an Serines letzten Satz vor dem Einschlafen erinnerte. Marek zwinkerte mit den Augen:

»Da hat wohl jemanden unsere kleine Familiengeschichte inspiriert, was?« Das hatte sie tatsächlich. Lars wollte mit Serine hinaus in die Nacht, um mit ihr gemeinsam ihren Durst zu stillen. Genauso wie Marek und Carolin vor all diesen Jahrhunderten. Wieder trat dieser besorgte Gesichtsausdruck in den Blick des Barons.

»Ist etwas nicht in Ordnung?«, wollte Lars wissen. Marek legte die Stirn in Falten bevor er antwortete:

»Die Zeiten haben sich geändert, Laaz. Wenn ein Junge plötzlich verschwindet, wird das nicht einfach so hingenommen. Früher hätte man nach ein paar Wochen angenommen, dass dich Wölfe oder das Moor erwischt hätten, aber heute... Man sucht dich. Die Menschen glauben, dass du entführt worden bist. Hier in der Villa bist du vor ihnen sicher, aber dort draußen auf der Straße kann es sehr gefährlich werden, wenn sie dich entdecken.« Carolins Lied hatte geendet und sie stieg in die Unterhaltung ein, als sie die Geige vorsichtig im Koffer verstaute:

»Es war schon immer gefährlich bei der Jagd. In dieser und in allen vergangenen Zeiten. Hätten sie uns damals entdeckt, wie wir mit blutroten Lippen die Gassen durchstreiften, wäre es für uns auch unangenehm geworden.« Widerwillig nickte der Baron:

»Du hast ja recht«, dann wandte er sich wieder an Lars, »ich will nur, dass ihr vorsichtig seid. Blut zu trinken lässt einen schnell übermütig werden, aber ihr solltet keine zu hohen Risiken eingehen. In Ordnung?«

»Wir werden vorsichtig sein«, versprach Lars, als Serine den Raum betrat.

»Ich werde schon auf ihn aufpassen«, sagte sie lächelnd, »bisher ist es doch immer gut gegangen, Marek. Mach dir nicht zu viele Sorgen um uns.« Noch einmal nickte der Baron. Dieses Mal wirkte die Geste schon etwas gelassener. Mit einem Blick in Lars Richtung fragte Serine schließlich: »Und bist du bereit zu gehen?«

»Was? Jetzt schon?«, gab Lars irritiert zurück. Er war davon ausgegangen, dass sie erst warten müssten bis die meisten Leute zu Bett gegangen wären.

»Aber natürlich«, antwortete Serine, »du hast die halbe Nacht verschlafen. Es ist schon 1:00 Uhr morgens. Die perfekte Zeit um auf die Jagd zu gehen.«

»Schon 1:00 Uhr morgens?«, überrascht sah Lars auf seine Armbanduhr und tatsächlich es war bereits nach Eins. Carolin lachte nachsichtig über sein Erstaunen:

»Dein Schlaf-Wach-Rhythmus passt sich gerade an, Laaz. Es ist nicht ungewöhnlich, dass du gerade viel Schlaf brauchst und dir dein Zeitgefühl abhandengekommen ist. Das pendelt sich bald wieder ein, glaube mir.« Lars flüchtete sich, noch immer leicht irritiert, in ein dankbares Lächeln und nickte dann Serine unsicher zu: »Ähm, ja. Ich bin soweit. Wir können los.« Also verabschiedeten sie sich von den Anderen und traten in die Nacht hinaus.

Eiskalte Herbstluft erwartete sie, doch obwohl Lars nur einen Pullover trug fror er nicht. Auch Serine in ihrem dunklen Kleid schien die Kälte nichts anhaben zu können. Wieder einmal antwortete sie Lars, noch bevor er die Frage aussprechen konnte: »Noch ein Vorteil unseres Blutes. Wir frieren nicht mehr so schnell.« Es gefiel Lars immer besser zu sein, was er war und freute sich darauf noch mehr über die neuen Eigenschaften seines Körpers heraus zu finden. Alleine schon auf dem Weg zum Stadtrand bemerkte er, dass er trotz der beinahe vollkommenen Dunkelheit des Waldes, alles gut erkennen konnte. Auch seine Augen hatten sich bereits angepasst.

»Lass uns die Hauptstraßen meiden«, schlug Serine schließlich vor als sie den Hauptfriedhof erreicht hatten, »wir wollen doch nicht, dass uns jemand entdeckt.« Gassen und Winkel gab es in dieser Stadt glücklicherweise zur Genüge und so fiel es ihnen nicht sonderlich schwer den stärker befahrenen Straßen auszuweichen.

Sie spazierten eine Zeit lang einigermaßen ziellos umher, ohne dass Lars wusste wonach genau sie eigentlich suchten. Trotzdem aber war ihm, als leitete ihn eine Art unsichtbarer Faden. Es war ein sehr unterschwelliges Gefühl, dass er sich in diesem Moment auch nur durch seine Aufregung erklären konnte. Schließlich berührte ihn Serine an der Schulter und deutete auf ein großes Einfamilienhaus: »Siehst du den Balkon im ersten Stock?«, fragte sie und entblößte mit einem Lächeln ihre spitzen Zähne, »sie haben die Tür offengelassen. Wollen wir versuchen hinauf zu klettern?«

»Ja«, flüsterte Lars, fuhr sich mit der Zunge über sein Gebiss und glaubte bereits zu bemerken, wie sich seine Eckzähne zu verändern begonnen hatten. Sie waren länger geworden, oder nicht? Und auch schärfer. Doch dafür sich ganz eigenständig zu nähren würde es noch nicht ausreichen. Der Umstand, dass der Balkon bei diesem Licht auf der Schattenseite lag, in Kombination mit ihrer dunklen Kleidung, bot ihnen eine gute Tarnung. Zudem war es bereits so spät, dass es ohnehin unwahrscheinlich gewesen wäre auf irgendjemanden zu stoßen, der sie hätte erwischen können. Die Gegebenheiten waren also ideal. Erst kletterte Serine hinauf. Lars bewunderte ihre Geschicklichkeit. Trotz ihres langen Kleides blieb sie nirgends hängen. Der lange schwere Stoff schien sie auch in keiner anderen Weise zu behindern. Im Gegenteil: Ihre Bewegungen waren so mühelos und eingespielt, als hätte sie das schon tausende Male gemacht. Sie erreichte schließlich den Balkon und schwang sich völlig lautlos über das Geländer. Dann war Lars an der Reihe. Vorsichtig und so leise wie möglich zog er sich Meter für Meter hinauf. Er hatte etwa die Hälfte des Weges unter sich gelassen, als wie aus dem nichts ein Auto in der Straße auftauchte. Mit betäubendem Entsetzen bemerkte Lars den Aufsatz. Es war ein Streifenwagen der Polizei. Lars presste sich so eng er konnte an die Wand. Der dort wuchernde Efeu gab ihm zusätzlichen Halt. Die Lichter des Wagens beschienen die Wand, als er um die Kurve fuhr und für einen qualvollen Moment glaubte Lars die erstaunten Blicke der Beamten hinter der Frontscheibe zu sehen. Der Wagen wurde langsamer. Wie ein Kindergartenkind das

Verstecken spielt, kniff Lars die Augen zusammen um nicht entdeckt zu werden. Und das Wunder geschah: Die Streife fuhr um die Kurve, setzte ihren Weg fort und verschwand bald darauf hinter eine Ecke. Sie hatten Lars nicht gesehen. Erleichtert setzte er seinen Weg fort. Serine hielt ihm ihre Hand entgegen als er das Geländer erreichte und half ihm hinüber.

»Das war knapp«, flüsterte sie mit der gleichen Erleichterung in der Stimme, wie Lars sie gerade in seinem Herzen verspürte. Zustimmend nickte er und versuchte die Aufregung zu überwinden. Sie ließen ein paar Minuten verstreichen, in denen sie einfach nur auf dem Balkon saßen. Der Himmel war wolkenfrei und so konnten sie zu den Sternen hinaufsehen. Mit Serine an seiner Seite fühlte sich Lars, als säße er auf einem Balkon der ihnen beiden gehörte. Der Gedanke daran, dass sie in diesem Moment streng genommen Einbrecher waren, kam in ihm dabei gar nicht auf. Als sich Lars Atmung wieder beruhigt hatte, beugte sich Serine zu ihm hinunter und flüsterte:

»Ich werde dein Opfer beißen und du kannst dann die Wunde benutzen um zu trinken. Deine Zähne sollten schon entwickelt genug sein, um sie offen zu halten. Wenn nicht, dann öffne ich dir einfach noch eine Ader.« Lars nickte und fuhr sich noch einmal mit der Zunge über die sich in der Entwicklung befindenden Zähne. Dann machten sie sich daran das Haus zu betreten. Es fiel ihm erstaunlich leicht, sich beinahe vollkommen geräuschlos über den Teppichboden zu bewegen. Das Wohnzimmer, in das sie eingestiegen waren, beinhaltete nur wenige Möbel und wirkte in seiner Ausstattung eher schlicht. Eine Tür führte zu dem dahinterliegenden, gefliesten Gang. Hier fiel es Lars schon schwieriger keine Geräusche zu verursachen. Er fühlte wie sein Herz kontinuierlich schneller zu schlagen begann. Eine angenehme Aufregung, gleich der Vorfreude eines Kindes welches ein Geschenk öffnet machte sich in ihm breit, als sie durch die nächste Tür in das Schlafzimmer gelangten. Lautlos näherten sie sich dem Bett. Ein junges Pärchen lag darin. Der Mann hatte seinen Arm um die Frau gelegt, als wolle er sie im Schlaf schützen. Aus dieser Position heraus, wäre es schwierig oder zumindest umständlich geworden, sich an einem der Beiden zu nähren. Wieder einmal bewies Serine ihr erstaunliches Geschick: Mit einer unendlich sachten, streichenden Bewegung der Rückseite ihres Fingernagels, berührte sie die offenliegende Schulter des Mannes. Er grummelte etwas Unverständliches. Für einen Sekundenbruchteil glaubte Lars er würde erwachen, doch dann drehte er sich nur auf den Rücken und gab auf diese Weise, sowohl sein Handgelenk als auch den Hals seiner Freundin frei. Und da erkannte Lars die Frau, die dort im Bett lag. Er hatte sie schon einige Male gesehen. Immer dann, wenn er mit seiner Mutter einkaufen gehen musste. Die Frau in dem Bett war eine Verkäuferin bei einem Supermarktmetzger. Sie war Lars in Erinnerung geblieben, weil sie ein auffälliges Äußeres hatte: Ihre Tattoos gingen bis zum Hals und ihre momentan dunkelrot gefärbten Haare bildeten einen Kontrast zu ihrer sonst eher bleichen Gesichtsfarbe. Das Septum in ihrer Nase rundete ihren gothic-artigen Stil ab. Lars erinnerte sich daran, dass wann immer er ihr begegnet war, er mit einem breiten Lächeln begrüßt wurde. Außerdem hatte sie ihm immer eine Scheibe Wurst einfach so gegeben, selbst dann noch als er etwas älter wurde und das eigentlich nur etwas für die kleinen Kinder war. Es war seltsam, denn Lars konnte sich nicht daran erinnern, dass ihm von dieser Wurstscheibe je übel geworden war, oder er sie auf eine andere Art nicht vertragen hatte. Aber das alles lag weit zurück. In einem anderen Leben. Heute lächelte sie nicht und würde ihm auch keine Wurstscheibe mehr anbieten. Ihre Lieder blieben ganz entspannt. Serine nickte Lars aufmunternd zu, dann näherte sie sich ihrem Hals, strich ein paar verirrte Haarsträhnen fort und biss sachte hinein. Sie tat ein paar Schlucke und übergab die Wunde dann, so wie sie es besprochen hatten, an Lars. Für ihn waren es so viele neue Eindrücke auf einmal: Sein eigener Herzschlag, dieses Brennen, ein Verlangen tief in seiner Seele, welches er noch nie zuvor gespürt hatte. Er wollte ihr Blut und nur ihr Blut. Jetzt und auf der Stelle. Es war eine völlig neue Form von Durst und dann war da noch das leise, dumpfe, aber regelmäßige pochen, welches von der schlafenden Frau ausging. Ihr Puls. Ihr wunderbarer Puls den er immer deutlicher zu fühlen begann. Ohne bewusstes Zutun näherten sich seine Lippen der kleinen Wunde. Von Instinkten geleitet öffnete Lars den Mund und setzte die kleinen spitzen Zähne an. Ganz weich und völlig ohne Schmerz zu verursachen glitten die winzigen Dolche in die, durch Serine geöffneten, Stellen der Ader. Warmes Blut berührte seine Zunge und Schluck für Schluck stillte er seinen Durst. Sein Verlangen danach war nicht mehr zu bändigen. Die Wärme die das Blut transportierte ging in seinen Körper über. Dort breitete sie sich aus und Lars fühlte sich, als sei die Energie des Lebens selbst nun Teil von ihm. Teil seiner vampirischen Macht. Als die Wärme schließlich seine Fingerspitzen erreichte verebbte sein Durst allmählich. Es dauerte dann nicht mehr lange und schließlich war es ganz vorbei. Das Verlangen, der Blutdurst versiegte und Lars ließ von der jungen Frau ab. Das wohlige Gefühl der Entspannung legte sich, wie eine behagliche Decke über sein Bewusstsein. Lars bemerkte, wie sich die kleinen Wunden am Hals der Verkäuferin fast augenblicklich wieder schlossen. Serine hatte in der Zwischenzeit das Handgelenk des jungen Mannes an ihren Mund geführt und sich so von ihm genährt. Als sie bemerkte, dass Lars genug getrunken hatte, lies auch sie von ihrem Opfer ab. Es dauerte nur wenige Sekunden, da drehte sich der Mann bereits wieder zu seiner Freundin und legte den Arm um sie. Ganz so als wäre überhaupt nichts passiert.

Sie verließen das Haus auf demselben Weg, wie sie es betreten hatten und schlenderten noch ein wenig durch die Straßen. Auch dieses Mal gaben sie darauf Acht in möglichst dunklen Gassen zu bleiben. Es war bereits vier Uhr, als sie endlich wieder in der Villa ankamen.

»Schön, dass ihr wieder heil zurückgekommen seid«, begrüßte sie der Baron sichtlich erleichtert und wand sich dann direkt an Lars, »und wie war deine erste Jagd?« Lars erzählte ihm was sie erlebt hatten und wie großartig alles für ihn gewesen war. Lediglich die Sache mit der Polizeistreife ließ er aus. Er wollte Marek keinen Grund geben sich erneut zu sorgen, wenn er morgen wieder mit Serine auf die Jagd gehen würde.

2

Das Schreien hatte endlich aufgehört und auch das grauenerregende Lachen war verklungen. Auf dem Marktplatz war wieder das normale Treiben eingekehrt. Die Menschen gingen ihren Abendgeschäften nach und achteten kaum auf den gepfählten Mönch, den man mittlerweile auf die Tribüne gehoben hatte, wo er dahinsiechen sollte. Es gab dort ein massives, aus Eisen gefertigtes Gestell, in das der Pfahl hineingelassen worden war, sodass er nicht umkippen konnte. Gleichzeitig waren dadurch fast vier des fünf Meter langen Spießes sichtbar. Auf diese Weise hatten die Menschen auf dem Marktplatz einen guten Blick auf den leidenden Mönch, der nackt an dem Pfahl hing und nur noch gequältes Stöhnen ausstoßen konnte. Man hatte seine Situation noch weiter verschlimmert, denn der Pfahl war in einem leicht schrägen Winkel fixiert worden. Auf diese Weise fand eine ebenfalls aus

Eisen geschlagene Schale unter seinem Körper Platz. Dort war ein Feuer entzündet worden. Die Flammen stachen so hoch, dass sie die Beine des Mönchs leicht ansengten, aber die meiste Hitze entstand auf Höhe seines Unterleibes und seines Bauches. Die Brandwunden würden ihn jedoch nicht töten. Auch der Rauch, der in das Gesicht des Mönches getrieben wurde und ihm das ohnehin schon beeinträchtigte Atmen weiter erschwerte, würde am Ende nicht die Todesursache sein. Das was ihn umbringen sollte, waren die inneren Verletzungen, die der Pfahl verursachte, als er sich Zentimeter für Zentimeter weiter durch seinen Leib arbeitete. Die Verhakung an der Innenseite der unteren Rippenbögen hatte sich gelöst, als man ihn auf die Tribüne gehievt hatte. Fünf Männer waren dazu nötig gewesen und als sie den Pfahl in die eiserne Halterung klemmten, gab es einen heftigen Ruck und die Spitze des Pfahls fand einen Weg in den Zwischenraum der untersten beiden Rippen. Wie ein Keil bohrte sich die hölzerne Stange in den Spalt dazwischen. Durch die enorme körperliche Belastung dieser Hinrichtung, fehlte es dem Mönch an Kraft, um der Spreizung entgegenwirken zu können. Am frühen Abend hatten die übrigen stabilisierenden Strukturen des Körpers, nämlich das Bindegewebe und die Bänder, soweit nachgelassen, dass die unterste Rippe aus dem Gelenk gehebelt wurde. Als der Pfahl diese Blockade überwunden hatte, durchstieß er die Körperdecke und der Mann rutschte einen halben Meter weiter hinunter. Die Hitze der Flammen trafen nun seinen Oberkörper und sein Gesicht. In einigen Stunden erlosch das Feuer und nur kurze Zeit später erlag der Mönch seinen inneren Verletzungen.

Doch damit endete der Traum nicht. Lars fand sich plötzlich mit dem Gesicht nach unten liegend auf einem steinernen Boden wieder. Als er aufsah erkannte er, wo er sich befand: Es war der

Thronsaal der Burg. Der Ort, welcher das erste Mal den Schauplatz dieser furchtbaren nächtlichen Bilder gestellt hatte. Als Lars den Blick weiter hob, sah er, wie der düstere Herrscher den Arm ausstreckte und das Urteil fällte. Zwei kräftige Arme packten nach ihm und rissen ihn in die Höhe.

Lars fuhr ruckartig hoch. Sein Herz raste. Wahrscheinlich hätte er vor Angst und Entsetzen über diesen, für ihn so furchtbar real wirkenden, Traum das Weinen begonnen, aber Serines sanfte Berührung tröstete ihn und gab ihm den Halt in der Realität zurück. Die Vampirin hatte sich aufgesetzt und ihm einen Arm um die Schulter gelegt:

»Was ist passiert?«, fragte sie in besorgter, aber gleichzeitig auch irgendwie beruhigender Tonlage.

»Alptraum…«, gab Lars, immer noch schwer atmend, zurück.

»Willst du mir davon erzählen«, fragte Serine und zog ihn so zu sich heran, dass ihr Oberkörper den seinen stützte. Diese Geste förderte die Beruhigung noch weiter, die Lars schon zuvor verspürt hatte. Er wollte Serine unbedingt davon erzählen. Das hatte er sich ohnehin schon einmal vorgenommen, aber irgendwie nie den richtigen Moment dafür gefunden. Jetzt aber war es ein guter Zeitpunkt und er erzählte ihr alles. Zunächst zitterte seine Stimme dabei, aber nach und nach festigte sie sich wieder. Serines Umarmung gab ihm Kraft. Er berichtete ihr davon, wie die Träume begonnen hatten und wie er immer bei einer bestimmten Stelle aufgewacht war. Er beschrieb die Verurteilten, die Soldaten und den düsteren Herrscher, der von diesen merkwürdigen, schemenhaften Schatten umgeben war und dessen Gesicht er nie hatte erkennen können. Er erläuterte, wie sie den Mönch pfählten und welch furchtbares Leid er erdulden musste, bis er endlich starb. Als Lars zu Serine aufsah, glaubte er für einen kurzen Moment etwas in ihren Augen sehen zu können. Es war etwas raubtierhaftes, gemischt mit… war es Freude über die Vorstellung darüber, was er ihr erzählt hatte? Der Ausdruck in ihren Augen verschwand allerdings so schnell, dass Lars hinterher nicht mehr sagen konnte, ob er überhaupt etwas gesehen hatte, oder ob alles nur Einbildung gewesen war. Stattdessen trat nun ein endlos warmes, liebevolles Lächeln auf Serines Gesicht.

»Am Ende habe ich geträumt, dass ich selbst verurteilt werde«, beendete Lars seine Erzählung und bei diesen Worten begann seine Stimme wieder vor Furcht zu zittern, »Ich will das nicht mehr träumen«, jammerte er, »ich will nicht, dass man mich aufspießt.«

»Schhh, schhh…«, machte Serine und strich ihm dabei durchs Haar. Der beruhigende Tonfall, indem sie diese Laute ausstieß zeigte Wirkung und als sie weiter sprach beruhigte sich Lars wieder:

»Ich hatte früher auch häufig so schlimme Alpträume, weißt du? Sie sind aber nach und nach weggegangen, seit ich bei den Largaretta bin. Vielleicht gehört das einfach dazu, wenn unser Blut erwacht.« Lars beobachtete den schwach durch die Ritzen der mit Brettern vernagelten Fenster hereinfallenden Sonnenschein. Staubkörner tanzten in dem Licht und in Serines wohliger Umarmung wurde er auf einmal wieder ganz müde. Er wollte noch fragen, was sie mit »Blut erwacht« meinte, brachte aber nur noch ein ausgedehntes Gähnen zustande. Das Letzte, was er hörte, bevor er in einen nun wieder friedfertigen Schlaf entglitt, war Serines Versprechen:

»Heute werde ich über deine Träume wachen. Es kann dir jetzt nichts mehr passieren.«

3

Einige Monate lang lebte Lars so im Kreis seiner neuen Familie. Seine Zähne hatten sich innerhalb kürzester Zeit vollständig entwickelt, sodass er ohne jegliche Hilfe Blut aufnehmen konnte. Er fühlte eine Harmonie mit der Welt, wie er sie niemals für möglich gehalten hätte. In der Villa Largaretta war ihm alles gegeben worden, wonach seine Seele es je verlangt hatte: Kunst, Musik, Erlösung, Freundschaft und ein fester Halt in einer neuen Familie. Lars ging jede Nacht mit Serine auf die Jagd, wobei sie zumeist dasselbe Muster verfolgten: Sie wanderten durch die Nacht und hielten nach offenen Fenstern Ausschau, die sie erklettern konnten. Es gab ein paar Wohnungen in denen das Fenster grundsätzlich offenstand. Serine erklärte jedoch, dass sie sich nicht zu oft von den gleichen Menschen hintereinander nähren sollten, da diese sonst schnell erkranken würden. Ihre Körper bräuchten eine Weile um das Blut zu regenerieren. Wenn sie gar kein neues, offenes Fenster in der Stadt fanden, zeigte Serine großes Geschick darin mit simplen Werkzeugen die Türen, zu etwas in die Jahre gekommenen Gebäuden, aufzuschließen. Sie erklärte Lars jeden Handgriff, sodass er es selbst probieren konnte. Seine anfänglichen Versuche scheiterten, doch irgendwann bekam er heraus, wie er vorgehen musste und konnte die Türen selbst öffnen. Manche Opfer ihrer Jagd erkannte er aus seinem früheren Leben: Eine Lehrerin, die in einer Parallelklasse unterrichtet hatte, der Mann von der Bank, die Kassiererin von der Tankstelle. Lars war es einerlei: Er nährte sich von allen und jedes Mal fühlte er diese unglaubliche Kraft und die übernatürlichen Sinne in ihm ein kleines Stück weiterwachsen. Jetzt könnte ihm keiner seiner Peiniger von früher mehr etwas anhaben, gleichgültig wie viele Klassen sie über ihm waren.

Lars fragte Serine eines morgens vor dem schlafen gehen einmal, warum sie es eigentlich immer »Menschenjagd« nannten, obwohl sie doch streng genommen gar nicht richtig jagen würden. Sie erklärte ihm, dass der Begriff aus einer längst vergangenen Zeit stammte, als weder Mensch noch Vampir in einer zivilisierten Umgebung gelebt hätten. Es war die Zeit, in der die Menschen zum ersten Mal die Angst vor der Dunkelheit entwickelten. Die Menschen lernten in jenen längst vergessenen Tagen, dass es in der Dunkelheit Schatten gab, welche sie aussaugten. Die Vampire der Urzeit waren, den Legenden nach, nicht so umsichtig mit ihrer Nahrungsquelle umgegangen, wie die Familie Largaretta es heute tat. Damals waren die Opfer fast immer gestorben. Erst viel später begannen die meisten Vampire damit, ihre Opfer am Leben zu lassen, sodass sie sich eines Nachts erneut von ihnen nähren konnten. Der Wortlaut »Menschenjagd« war das Einzige, was von ihrer ursprünglichen, brutalen Art der Ernährung noch übriggeblieben war. Serine erwähnte aber auch, dass es einige Vampirhäuser gab, die es noch heute vorzogen ihre Opfer generell zu ermorden. Dies sei aber eher vereinzelt der Fall, denn die meisten Clans, Familien und Häuser hätten sich vom generellen Wunsch bei der Jagd zu töten abgewandt. Serine gestand jedoch ein, dass sie selbst und auch alle anderen in der Familie gelegentlich einem Menschen das Leben nahmen. Dafür gab es verschiedene Gründe wie etwa, dass sie die Person nicht mochten, sie die Geschicke der Gemeinde mit einem Todesfall lenken wollten oder sich ganz einfach ihren animalischen Trieben für einen Moment hingaben. Zivilisierte Gesellschaft hin oder her, am Ende waren Vampire immer noch Raubtiere und da kam es schon einmal vor, dass die Beute starb. Lars war sehr daran interessiert, mehr über andere Vampirhäuser zu erfahren und bald schon würde sich eine Gelegenheit dazu auftun.

4

Eines Abends, kurz vor Sonnenuntergang, traf sich die Familie in dem Saal, in dem auch das Fest gefeiert worden war. Lars wusste bereits, dass der Baron etwas zu verkünden hatte und wartete gespannt darauf, dass er das Wort erheben würde. Nachdem sich Marek vergewissert hatte, dass auch wirklich alle da waren, klappte er ein altes Buch zu, in dem er seit einigen Wochen zu lesen pflegte und stellte den Grund für die Zusammenkunft vor:
»Ich habe eine Nachricht erhalten. Sie besagt, dass das Consilium Noctis stattfinden soll.«

»Das wurde aber auch Zeit«, kommentierte Synelle und Lars fragte:
»Was ist denn das Consilium Noctis?« Serine, die etwas Latein verstand übersetzte die Worte mit »Rat der Nacht«. Nur was genau dahinter steckte wusste auch sie nicht.

»Das Consilium Noctis», begann der Baron, »ist eine Zusammenkunft der großen Vampirhäuser. Die Largaretta sind ein solches Haus. Die Zusammenkunft findet in unregelmäßigen Abständen statt, um die aktuellen Geschehnisse zu besprechen.« Lars wusste nicht genau, was mit »aktuellen Geschehnissen« gemeint sein sollte, aber die Stimmlage des Barons deutete darauf hin, dass es sich um eher ernste Dinge handeln musste.

»Es ist Lydias Wunsch, daran teilzunehmen«, erklärte Marek weiter, »und für dich Laaz, wäre es eine gute Gelegenheit, andere von unserer Art außerhalb der Familie kennen zu lernen.«

»Unabhängig davon«, stieg nun auch Carolin in das Gespräch ein und setzte sich dabei zu ihrem Gefährten, »wäre es sowieso schön, wieder einmal etwas zu verreisen.« Für Lars klang es nach einem Abenteuer und solange er mit der Familie unterwegs war, würde er sich auch sicher fühlen:

»Also ich würde auch gerne daran teilnehmen«, sagte er schließlich. Serine und Valdim nickten zustimmend.
»Dann ist es beschlossen«, fasste Marek zusammen, »wir werden dem Treffen beiwohnen. Es ist mir ohnehin ganz recht, wenn wir ein wenig Abstand zu der Stadt bekommen. Du bist jetzt zwar schon eine ganze Zeit lang hier«, und dabei sah er Lars an, »aber die Menschen haben die Hoffnung dich zu finden noch nicht aufgegeben. Wenn wir für eine Zeit verreisen, dann senken wir das Risiko, dass dich doch noch jemand entdeckt.« Der Baron machte Anstalten von seinem Platz aufzustehen, zögerte aber dann doch noch einmal: »Wenn wir schon auf dem Weg zu dem Treffen sind, würde ich zuvor gerne noch einen alten Freund besuchen. Sein Grab liegt sozusagen auf dem Weg. Ich war lange nicht mehr dort.« Lars lebte nun schon lange genug bei den Vampiren, um zu wissen, dass, wenn von einem Grab die Rede war, es nicht unbedingt bedeuten musste, dass ein Verstorbener darin ruhte. So wunderte es ihn auch nicht, als Marek mit einem nachdenklichen Blick in Lars Richtung hinzufügte: »Vielleicht können wir ihn erwecken. Ich bin sicher, er würde sich auch dafür interessieren was das Consilium besprechen möchte.«
Es dauerte ein paar Nächte, um die Reise vorzubereiten. Der Baron arrangierte eine ganz besonders angenehme Art des Reisens, nämlich eine kleine Flotte von Leichenwägen. Mit Ausnahme von Valdim und seinem Wolf, die ihren eigenen Weg finden wollten, um das Ziel zu erreichen, würde jedes Familienmitglied einen eigenen Sarg und Leichenwagen erhalten. Die Fahrer wüssten nur von dem Reiseziel und würden ansonsten davon ausgehen, dass sie einen normalen Totentransport durchführten. Während der dreitägigen Fahrt könnten die Vampire einfach schlafen und so ganz bequem ihr Ziel erreichen. Der Baron erklärte Lars, dass das Ganze noch einen weiteren Vorteil hatte. Sollte irgendwer die

Särge kontrollieren, so würden sie genau das finden, was man allgemein in Särgen erwarte: Eine leichenblasse Person die aussieht als wäre sie tot. Marek erklärte weiter, dass wenn Vampire auf diese Art schliefen, sie in einen dem Tod sehr ähnlichen Zustand übergingen. Für einen Vampir war das jedoch völlig normal und Lars bräuchte sich keine Sorgen deswegen zu machen. Lars erinnerte sich daran, wie er Serines Sargdeckel bei seinem allerersten Besuch in der Villa Largaretta zur Seite geschoben hatte. Zu diesem Zeitpunkt war ihr Äußeres wirklich mit dem einer Leiche zum Verwechseln ähnlich gewesen. Einen Zollbeamten, der nach Drogen oder Waffen sucht, könnte man auf diese Weise in jedem Fall täuschen, befand Lars. Trotzdem behagte es ihm nicht bei dem Gedanken so lange zu schlafen. Er wunderte sich selbst ein bisschen darüber, dass die Vorstellung in einem verschlossenen Sarg zu liegen, in ihm keinerlei Unbehagen auslöste. Aber die Tatsache ganze drei Tage lang zu schlafen erschien ihm irgendwie unangenehm. Als er Serine darauf ansprach lächelte sie verständnisvoll und erklärte, dass sie die ganze Zeit über in ihren Träumen zusammen sein würden. Das beruhigte Lars und jetzt freute er sich sogar auf den langen Schlaf. In der Traumwelt war es noch immer etwas Besonderes mit Serine zusammen zu sein. Vielleicht lag es daran, dass sie sich dort das erste Mal begegnet waren. Oder aber es war die Tatsache, dass sich in der Traumwelt manche Dinge einfach anders verhielten, als sie es in der realen Welt taten.

»Es ist so weit«, bemerkte Serine einige Tage später, als die Särge alle vorbereitet waren. Man hatte die länglichen Holzmöbel geöffnet der Reihe nach in der Eingangshalle aufgestellt. Lars erkannte den für ihn bestimmten etwas kürzeren Sarg, als er die Halle betrat. Mit Ausnahme der Größe war es genau das gleiche Modell wie die Anderen: Dunkles glattpoliertes Holz an den Außenflächen und eine sehr bequem aussehende beige Polsterung im

Inneren. Es war ein schlichtes Design, wirkte aber dennoch edel. Der Baron schien keine Kosten gescheut zu haben. Lars erkannte, dass sich Synelle bereits einen Sarg ausgesucht hatte. Sie hüpfte auf der Polsterung herum, als sei es die federnde Matratze eines Bettes. Als Lars und Serine zu ihr stießen ließ sie sich rücklings auf die Polsterung fallen: »So bequem!«, freute sie sich und Lars musste bei dem Anblick fast ein bisschen lachen. Dann erinnerte er sich an das was Synelle gesagt hatte, nachdem sie alle vom Baron über die Zusammenkunft des Consilium Noctis informiert worden waren:

»Das wurde aber auch Zeit!« Als er Synelle darauf ansprach legte sie den Kopf auf die Seite.

»Das Consilium Noctiiiis«, das letzte Wort streckte sie in die Länge und stupste dabei Lars mit ihrem Zeigefinger auf die Nase, »Bup«, machte sie dabei und fuhr fort »trifft sich oft zu dem Zweck um die Entwicklung der Herde zu besprechen.«

»Der Herde?«, fragte Lars nach und »stahl« dabei Synelles Nase.

»So nennen sie die Gesamtheit der Menschen«, geschickt fing sie Lars Hand ein und öffnete sie um ihre »Nase« zu befreien, »und wenn die Menschen sich in eine bestimmte Richtung entwickeln, wird besprochen, ob sich diese Richtung mit den Interessen der Vampire verträgt. Wenn sie das nicht tut, ist das natürlich dumm.« Dabei gestikulierte sie mit den Armen und bewegte ihre Hände aufeinander zu, als seien sie zwei Flugzeuge die kollidierten, »es gibt da viel Gerede, aber am Ende passiert selten etwas«, fuhr sie in enttäuschtem Tonfall fort, »die Vampire schreiten nur selten ein und meistens sind die Maßnahmen blöd. Ich glaube das letzte Mal war nach dem zweiten Weltkrieg.« Lars stutzte und fragte: »Nach dem zweiten Weltkrieg? Wäre vorher nicht besser gewesen?« Synelle schmunzelte: »Den Vampiren ist es egal, wenn sich die Menschen gegenseitig umbringen. Normalerweise ist es ja sehr vorhersehbar, wo sie sich als nächstes treffen, um sich zu töten und wir können ihnen leicht ausweichen. Nur mit der Erfindung der Atombombe sind sie etwas zu weit gegangen. Sie haben damals in Nagasaki einen sehr alten Vampir getötet. Da war das Consilium auf einmal ganz entsetzt«, sie ließ sich wieder zurück in den Sarg fallen und streckte sich genüsslich, bevor sie weitererzählte: »aber im Grunde war es die Angst davor, dass sich die Herde selbst mit einem Atomkrieg vollständig auslöschen würde, die das Consilium dazu brachte einzuschreiten.« Sie gähnte herzhaft und Lars fragte: »Und was haben sie dann dagegen unternommen?«

»Sie haben ein paar Agenten in die menschlichen Regierungen eingeschleust. Ich wollte das damals auch machen, aber man entschied sich dafür mich aus dieser Sache heraus zu halten«, sie betrachtete nachdenklich ihr Feenkostüm und zupfte daran herum, bevor sie voller Ernst die Stirn in Falten legte und sagte: »Ich frage mich bis heute warum…« Lars sah Serine an und bemerkte, dass es ihr schwer fiel nicht lauthals los zu lachen. Er selbst benötigte auch einen Moment, bevor er sich wieder an Synelle wenden konnte: »Aber was hast du dann mit: Das wurde aber auch Zeit gemeint?« Sie legte den Kopf schief und zwinkerte verspielt: »Ich finde die Herde benimmt sich in letzter Zeit etwas frech. Da sollten wir schon Mal wieder ein bisschen eingreifen.« Lars konnte damit nicht viel anfangen. Er hatte noch nie wirklich die Nachrichten verfolgt und so kamen bei ihm nur selten Ereignisse aus dem aktuellen Zeitgeschehen an. Er verzichtete jedoch darauf weiter zu fragen, denn in diesem Moment betrat Carolin die Eingangshalle. Sie trug heute ein schwarzes Kleid aus schwerem Stoff und wirkte damit edler denn je.

»So wollt ihr alle in die Särge krabbeln?«, fragte sie und deutete unmissverständlich auf die Kleidung die sie alle trugen: Serine ihr übliches schwarzes, ausgeblichenes Gewand, Synelle in ihrem Balletttänzerin-Feenkostüm und bei Lars waren es seine verschlissene Jeans und der dunkle Kapuzenpulli. Sie nickten alle drei mit leicht unverständlicher, fragender Miene zur Antwort und Carolin musste bei dem Anblick lächeln: »Na gut, wie ihr meint. Wenn es denn bequem ist. Hoffen wir nur, dass die Menschen die Sargdeckel nicht öffnen. Wie Leichen seid ihr nämlich allesamt nicht angezogen.« Damit ging sie zu dem Sarg der für sie bestimmt war. Der Baron hatte sich in der Zwischenzeit auch in die Eingangshalle begeben und hielt Carolins Hand, als sie sich hineinlegte. Unter dem anderen Arm hatte er das alte Buch geklemmt, mit dem Lars ihn nun schon ein paar Male gesehen hatte. Er fragte sich was das wohl für ein Buch sein mochte, aber momentan hatte er für dieses Rätsel keine Zeit. Er war zu sehr damit beschäftigt sich explizit *keine* Sorgen zu machen und nicht darüber nachzudenken, was wohl geschehen würde, wenn ein Zollbeamter den Sarg öffnete und ihn schlafend vorfand.

»Hab keine Angst«, flüsterte Serine, die seine explizit *nicht vorhandenen* Sorgen wohl in seinem Gesicht ablesen konnte, »die Menschen werden den Sargdeckel nicht öffnen.«

»Woher weißt du das?«, fragte Lars.

»Großmutter hat es mir gesagt. Sie kann solche Dinge vorhersehen.« Lars wollte zu einer Frage ansetzen, doch Serine schüttelte nur sanft den Kopf: »Ich erkläre dir alles, wenn wir uns beim Träumen treffen. Ich glaube du kannst solche Dinge nämlich auch vorhersehen, wenn du nur weißt wie es geht.« Damit nahm sie Lars an der Hand und geleitete ihn zu dem etwas kleineren Sarg. Sie half ihm hinein und ließ sich neben dem Möbelstück in die Hocke sinken. Die Polsterung war erstaunlich bequem fand Lars, aber etwas mulmig wurde ihm nun doch. Jetzt wo der Deckel offen und Serine bei ihm war ging es, aber was, wenn er während der Fahrt aufwachte und herauswollte? Serine schien seine Gedanken erneut gelesen zu haben, denn sie strich mit ihrem Handrücken vorsichtig, seitlich über sein Gesicht und beruhigte ihn noch einmal: »Mach dir keine Sorgen, Laaz. Du wirst ganz schnell einschlafen und wenn du erwachst, dann bin ich schon wieder bei dir. Alles wird gut. Ich verspreche es dir.« Das half. Lars nickte bestätigend und schloss die Augen. Da begann Serine zu singen: »Twinkle twinkle little star, how I wonder what you are…« ihre Stimme war ganz nah bei Lars, dann entfernte sie sich etwas, als Serine aufstand. Und als sie schließlich den Sargdeckel schloss konnte er sie nur noch gedämpft durch das Holz hören. Sein Atem wurde ruhig, als sie sang: »…for you never shut your eye, till the sun is in the sky…« Dann hüllte Nebel Lars Sinne ein. Die Welt entrückte und er fiel in eine tiefe, wohlige Dunkelheit hinab. Eine sanfte, Sicherheit spendete Schwärze umfing ihn, als sein Bewusstsein vollends schwand.

Visionen Suche in der Anderswelt

1

Es war genau wie Serine gesagt hatte. Lars wurde von der Dunkelheit aufgefangen und noch ehe er sich umsehen konnte, spürte er bereits, dass Serine hinter ihn getreten war. Als er sich zu ihr wandte erkannte er, wie sich ihr Kleid verändert hatte. Sie trug noch immer ihr gewohntes schwarzes Gewand, aber es schien mit den Schatten zu verschmelzen. Teilweise wirkte es so, als sei es gar nicht vorhanden und als würde ihr Körper tatsächlich nur von Schatten umhüllt:

»Weißt du was das für ein Ort ist?«, fragte sie und nahm Lars bei der Hand.

»Nein«, antwortete er wahrheitsgemäß, »ich dachte immer, das hier sei einfach nur ein Traum.«

»Das ist es«, antwortete Serine, »und gleichzeitig ist es noch sehr viel mehr. Bevor du zu mir gekommen bist, hast du mich einmal gefragt, wo wir hier sind, erinnerst du dich noch?« Lars kramte in seinem Gedächtnis und fand die passende Erinnerung dazu:

»Ja, du sagtest du wüsstest es nicht genau.«

»Das stimmt auch. Zumindest weitestgehend«, erklärte sie, »Den genauen Ort kannte ich wirklich nicht, aber nun weiß ich es.« Serine machte eine ausschweifende Bewegung mit ihrem freien Arm und setzte dann noch einmal an:

»Dieses Traumreich ist die Anderswelt. Ich wollte es dir damals nicht sagen, weil es dich nur verwirrt hätte. Jetzt kannst du dich hier etwas freier bewegen und es so auch leichter verstehen.« Lars nickte ganz leicht verunsichert, aber auch zustimmend. Er hätte es zu dem Zeitpunkt wahrscheinlich wirklich nicht richtig begriffen. Jetzt aber war er neugierig darauf mehr darüber zu erfahren.

»Dieser Teil hier gehört uns«, erklärte Serine und machte eine halbkreisförmige Bewegung mit der linken Hand, so als würde sie auf einem großen Turm stehen und Lars das weite Land zeigen.

»Niemand«, fuhr sie fort, »kann ihn betreten, es sei denn wir erlauben es.«

»Was genau ist denn die Anderswelt?«, fragte Lars und sah sich um: Sie waren umgeben von Dunkelheit und in der Finsternis konnte er Schemen erkennen, die sich wie schwarze, schwere Vorhänge sanft mit dem Wind bewegten. Nur war es hier absolut windstill.

»Es ist ein mystischer Ort«, erklärte Serine, »den auch nicht alle Vampire einfach so betreten können. Jenen, denen es möglich ist, haben gelernt, dass sie hier besondere Fähigkeiten entfalten können.«

»Welche denn zum Beispiel?«, wollte Lars wissen, obwohl er ja schon selbst die Erfahrung gemacht hatte, dass hier andere Dinge möglich waren. Er fragte es eigentlich auch nur, weil er fühlte, dass Serine auf etwas Bestimmtes hinauswollte.

»Großmutter«, setzte Serine erneut an, »benutzt die Anderswelt, um die Zukunft vorherzusehen. Sie hat ihren ganz eigenen Ort hier und findet, dass sie dort die Nähe zu den alten Göttern ganz besonders spürt. Und dass sie durch sie zu den Visionen von der Zukunft geführt wird.«

»Sie hat ihren eigenen Ort?«, Lars war sehr erstaunt.

»Ja«, beantwortete Serine geduldig seine Frage, »die Anderswelt ist, nach allem was wir wissen, unendlich groß. Da spielt es keine Rolle, ob wir einen Teil für uns beanspruchen, denn jeder ist so gut wie der andere. Es kommt nur darauf an, was wir daraus machen. Großmutters Teil der Anderswelt ist übrigens wunderschön. Es gibt dort die friedvollsten Wälder, die ich je gesehen habe.« Das alles war für Lars ein bisschen viel. Er hatte so viele Fragen gleichzeitig. Woher kam das alles? Wie konnte man etwas in dieser Welt erschaffen? Waren alle Träume ein Teil dieser Anderswelt? Und noch so viel mehr. Aber das, was ihn in diesem Moment am meisten interessierte, waren die Visionen der Zukunft. Also stellte er diese Frage zuerst:

»Bevor ich eingeschlafen bin, da hast du gesagt, dass ich vielleicht auch die Zukunft vorhersehen könnte, wenn ich nur wüsste wie es geht.« Serine lächelte:

»Ja. Großmutter sagt, sie kann es nur mit der Hilfe der alten Götter, aber ich glaube, dass es ausreicht, wenn man selbst über mächtiges Blut verfügt.« Sie machte eine kurze Pause bevor sie hinzufügte: »So wie du, Laaz.«

»Was meinst du damit?«, fragte er, von der Behauptung er verfüge über mächtiges Blut einigermaßen überrumpelt. Lars hatte nicht das Gefühl, dass er sonderlich mächtiges Blut in sich trug. Natürlich war er, seit er angefangen hatte, sich seiner Art nach angemessen zu ernähren spürbar stärker geworden. Auch seine Sinne hatten sich erweitert, aber trotzdem war ihm nie der Gedanke gekommen, dass er über mächtigeres Blut verfügen sollte, als sonst wer aus der Familie. Im Gegenteil: Er war sich sogar sicher, dass, wenn irgendwer von ihnen besonders mächtiges Blut in sich tragen sollte, es Carolin war. Oder vielleicht der Baron, aber ganz bestimmt nicht er.

»Du bist ein außergewöhnlicher Vampir«, setzte Serine erneut an, »das ist auch der Grund, warum ich dich finden konnte, als du traurig warst oder es dir anderweitig schlecht ging und du dich schlafen gelegt hast. Vampire kommen zwar eigentlich immer in die Anderswelt, wenn sie sich für längere Zeit schlafen legen, aber ein richtiges Bewusstsein haben sie hier eher selten. Sie sind dann fast wie Geister, die ziellos umherwandern und eigentlich gar nicht richtig wissen was sie tun. Großmutter erhielt ihr Bewusstsein in der Anderswelt durch die alten Götter. Marek und Carolin haben Jahrzehnte lang üben müssen, bis auch sie hier ihr Bewusstsein finden konnten. Mir wurde es, genauso wie Synelle auch, durch die dunkle Gabe geschenkt. Du aber kamst hierher schon bevor dein Blut erweckt wurde. Du hast diesen Ort hier mit mir zusammen erschaffen. Nur ein Vampir, der außergewöhnlich mächtiges Blut in sich trägt, könnte das alles so bewerkstelligen, wie du es getan hast.« Und schon taten sich in Lars noch mehr Fragen auf:

»Was ist die dunkle Gabe? Und was meinst du mit: Mein Blut erweckt wurde?« Er erinnerte sich daran, diese Ausdrucksweise schon einmal gehört zu haben. Nachdem er das letzte Mal von dem Alptraum über die Pfählung des Mönchs heimgesucht worden war und Serine ihn tröstend an sich gezogen hatte, da waren diese Worte ebenfalls aus ihrem Mund gekommen. Zu diesem Zeitpunkt war er jedoch zu müde gewesen um nachzufragen und in der nächsten Nacht hatte er es auch schon wieder vergessen, aber jetzt erinnerte er sich daran. Lars hatte auch schon eine Vermutung, was damit gemeint sein sollte, aber er wollte trotzdem sichergehen, alles richtig verstanden zu haben. Serine antwortete weiter auf seine Fragen. Sie tat das mit einer Geduld, die so groß wie die Anderswelt selbst sein musste:

»Die dunkle Gabe, oder genauer die dunklen Gaben sind die Fähigkeiten, die wir als Vampire erhalten, sodass wir den Menschen überlegen sind. Manche Gaben erhalten alle Vampire. Andere erscheinen häufiger in bestimmten Familien oder Häusern. Die Largaretta sind, wie du ja weißt, den alten Göttern sehr nahe. Großmutter sagt, dass sie es waren, die uns besondere Fähigkeiten verliehen haben. Eine Fähigkeit davon ist die Macht der Unsichtbarkeit gegenüber technischen Apparaturen.« Das ergab Sinn befand Lars, als er kurz darüber nachdachte. Die alten Götter waren, so wie sie die Großmutter beschrieben hatte, stark an die Natur geknüpfte Wesen. Technologien zerstörten die Natur. Wenn sie die Vampire als ihre Agenten einsetzen, erschien es nur logisch, ihnen Unsichtbarkeit vor genau diesen zerstörerischen Technologien zu schenken. Dieser Gedanke stimmte Lars nachdenklich: Wenn die Largaretta die Agenten der alten Naturgötter waren, hatten sie dann nicht versagt? Schließlich waren die Menschen im letzten Jahrhundert unglaublich rücksichtslos mit der Natur umgegangen und hatten dabei einen enormen Schaden angerichtet. Er konnte aber nicht lange darüber nachdenken, denn Serine erklärte weiter: »Andere Gaben sind nur für einzelne Vampire gegeben. So wie es für mich gegeben ist, dass ich die Anderswelt betreten, darin wandern und andere Besucher darin ausmachen kann. Besucher, genauso wie du einer warst, als du dich die ersten Male hierher begeben hattest.« Lars erinnerte sich daran. Er hatte sich damals ganz instinktiv an einen Ort gewünscht, an dem ihm niemand mehr weh tun konnte und an dem es keine Übelkeit und keinen Schüttelfrost mehr gab. Zu diesem Zeitpunkt hätte er nie geglaubt, dass dieser Ort real und ein Teil von etwas so viel Größerem – der Anderswelt – hätte sein können. Serine lächelte bei der Erinnerung an ihre erste Begegnung in dieser Welt, dann setzte sie dazu an die zweite Frage zu beantworten, die Lars gestellt hatte:

»Von der Erweckung des Blutes sprechen wir, wenn ein Vampir sein menschliches Leben zurücklässt und sich das erste Mal von Blut ernährt. Normalerweise zeigen sich seine Gaben erst dann, aber bei dir war auch das anders.« Lars sah sie fragend an und Serine fuhr fort:

»Du konntest nicht nur die Anderswelt betreten, bevor dein Blut entfesselt wurde, es war dir auch möglich mich aus einem sehr langen Schlaf zu befreien. Mit nur einem einzigen Tropfen deines Blutes.«

»Aber«, setzte Lars an, doch Serine bedeute ihm, dass sie noch mehr dazu zu sagen hatte:

»Es ist völlig natürlich für Vampire sich von Zeit zu Zeit länger schlafen zu legen. Nur wann wir wieder aufwachen ist nicht immer sicher. Manche von uns können es steuern. Andere wachen nach einer Weile von alleine wieder auf und wieder andere werden durch Vampire oder Naturereignisse geweckt. Üblicherweise bedarf es sehr viel mehr als nur einen Tropfen Blut um einen Vampir, der solange geschlafen hat wie ich, wieder erwecken zu können.« Serine wischte beiläufig einen schemenhaften Schatten beiseite und sie spazierten weiter durch dieses dunkle Reich. Für Lars war das alles sehr spannend, aber es überwältigte ihn auch ein bisschen. So wusste er zunächst nicht was er dazu sagen sollte. Nach einer Weile knüpfte Serine noch einmal an ihre Erklärung an:

»Ich habe von Anfang an gespürt, dass du ein mächtiger Vampir sein würdest. Das ist auch eine meiner Gaben. Ich spüre das Blut und in gewisser Weise auch die Macht, die sich darin verbirgt. Aber das Bild, welches ich davon erhalte, ist verschwommen und deswegen kann ich diese Macht noch nicht ganz alleine beurteilen. Großmutter hat mir etwas geholfen und verraten, dass ein einziger Tropfen deines Blutes ausreichen würde.«

»Und du glaubst, ich bin stark genug um auch Visionen haben zu können?« fragte Lars immer noch etwas verunsichert.

»Ja«, gab Serine sachte zurück, »aber es ist nicht ganz ungefährlich.«

»Erklärst du mir wie es funktioniert?«, bat Lars und Serine nickte zögerlich:

»Um eine Vision zu bekommen, muss man an einen bestimmten Ort gelangen. Die Orte an denen man eine Vision erhalten kann, liegen irgendwo verborgen in der Anderswelt. Nur werden sie von Geistern bewacht, die hier zuhause sind.«

»Von Geistern?«, rief Lars erschrocken aus und erinnerte sich an das was er bei seinem ersten Besuch in der Largaretta Villa, als er auf der Suche nach Serine war, erlebt hatte. Die Erinnerung daran ließ in frösteln. Serine hatte ihm zwar später gesagt, dass er die Geister in der Villa nicht mehr fürchten brauchte, aber insgeheim war er froh darüber, dass ihm seither keiner mehr über den Weg gelaufen war. Sie machten ihm Angst. Vielleicht lag es nur daran, dass sie etwas Unbekanntes waren und er schlechte Erfahrungen mit ihnen gemacht hatte, aber es änderte nichts daran. Die Vampirin löste ihren Griff um seine Hand und legte ihren Arm stattdessen um Lars Schulter. Sie zog ihn schützend etwas zu sich heran, bevor sie weitersprach:

»Geister sind sehr unterschiedliche Wesen. Sie kommen in allen Formen und Arten. Manche sind mächtig und feindselig. Andere sind das genaue Gegenteil. Einige von ihnen sind sichtbar und andere wieder nicht. Wenn du nach einer Vision suchen möchtest, wirst du ihnen begegnen. Du kannst nur an ihnen vorbei, wenn sie dich als würdig anerkennen.« Lars war kein Feigling. Daher fasste er den Entschluss eine Vision zu suchen, obwohl er Angst vor den Geistern hatte:

»Kannst du mich denn zu dem Ort begleiten?«, fragte er einigermaßen hoffnungsvoll.

»Ja, das kann ich«, Serine lächelte, als ob sie gehofft hätte, dass Lars diese Frage stellen würde, »zumindest ein Stück des Weges. Alleine würden mich die Geister nie in die Nähe eines solchen Ortes lassen, aber mit dir, glaube ich, könnte es gehen. Vielleicht kann ich sogar die Vision durch deine Augen miterleben.«

Das gab Lars Mut. Wenn Serine bei ihm war, dann würde er alle Ängste überwinden können, auch wenn die Geister noch so schrecklich wären:

»Dann lass uns so einen Ort suchen«, beschloss er.

»Bevor wir das versuchen musst du wissen«, erklärte die Vampirin weiter, »dass das was du sehen wirst eher symbolisch sein wird. Außerdem zeigt die Vision nur eine mögliche Zukunft, aber nicht mit Sicherheit das, was wirklich geschehen wird.« Irgendwie hatte sich Lars das schon gedacht, aber er war trotzdem ein bisschen enttäuscht. Er versuchte sich das jedoch nicht anmerken zu lassen, als Serine fortfuhr:

»Es braucht eine Menge Übung, Klarheit aus den Visionen zu gewinnen. Großmutter hat Jahrhunderte lang Erfahrung gesammelt und kann das dadurch sehr gut. Für dich wird das etwas schwieriger.«

»Sollte sie uns dann nicht vielleicht besser begleiten, wenn wir nach einer Vision suchen?«, fragte Lars, denn für ihn lag dieser Gedanke nahe.

»Sie wäre vielleicht dagegen, dass wir es versuchen«, gestand Serine.

»Oh«, machte Lars und die Vampirin setzte zu einer Erklärung an:

»Sie würde es für zu gefährlich halten und sähe keine Notwendigkeit darin es zu riskieren, da sie selbst ganz gefahrlos mit Hilfe der alten Götter die Visionen erhalten kann.«

»Aber hat sie damit denn nicht recht«, wollte Lars zögerlich wissen.

»Vielleicht«, begann Serine, »aber wenn es zu gefährlich wird, können wir immer noch umkehren. Außerdem«, sie stockte kurz, als wäre es ihr etwas unangenehm weiter zu sprechen, »ich habe in die alten Götter nicht das gleiche Vertrauen wie Großmutter.

Ich glaube schon, dass sie uns wohlgesonnen sind, aber vielleicht zeigen sie Lydia auch nur das, was *sie* wollen, also das, was sie sehen *soll.* Ich würde mich wohler dabei fühlen, wenn wir noch einen zweiten Blick auf die ungeschriebene Zukunft werfen könnten.« Es war ihr immer schwerer gefallen weiter zu sprechen. Lars fühlte, dass sie damit die Großmutter nicht hintergehen wollte, sondern das ehrliche Interesse an der zweiten Perspektive hatte. Und diesen weiteren Blickwinkel zu schaffen hielt Lars auch für durchaus sinnvoll. Nach allem, was er gehört hatte blieb sein Entschluss, gemeinsam mit Serine eine Vision zu suchen, bestehen:

»Also«, fragte er nach einer kurzen Pause, so als wäre nichts weiter gewesen, »wie gehen wir vor?« Serine schmunzelte dankbar und deutete mit dem freien Arm nach vorne in die Dunkelheit:

»Du musst dich auf die Schatten konzentrieren und dir einen Weg wünschen, der dich zu einem Ort der Zukunft führt.« Lars sah vor sich, betrachtete die unwirkliche Dunkelheit um ihn herum und wünschte sich, so stark er konnte, dass er zu einem anderen Ort in der Anderswelt gelangen würde. Einen Ort der Zukunft. Nichts geschah. Er schloss die Augen und konzentrierte sich noch einmal. Er atmete mehrfach hörbar ein und aus und fühlte dann plötzlich, wie sich etwas um ihn herum veränderte. Ermutigt von dem Gefühl, wünschte er sich noch fester, dass er die Zukunft sehen könnte und dann geschah etwas Sonderbares: Die Veränderung, die Lars zuvor gefühlt hatte, wurde stärker. Er öffnete die Augen und sah, wie die Schatten und Schemen um ihn herum zu wirbeln begonnen hatten. Es war als befanden sie sich im Auge eines Wirbelsturms. Gleichzeitig war es aber auch absolut still. Kein Heulen des Windes, kein Grollen. Nur vollkommene Stille. Verunsichert sah Lars zu Serine hoch. Die Vampirin schien zu wissen, was um sie herum von statten ging und nickte nur aufmunternd. Da wanderte Lars‘ Blick weiter an ihr vorbei nach oben und er sah, dass dieser schattenhafte Wirbelsturm kein Ende nahm. Die Säule aus rotierender Dunkelheit, in der sie sich befanden, reichte weiter in das Nichts hinein, als er sehen konnte. Er deutete nach oben und Serine sah nun ebenfalls hinauf. Plötzlich ging alles ganz schnell. Lars fühlte noch wie er den Halt verlor. Seine Füße lösten sich vom Boden und er klammerte sich verzweifelt an Serine fest, doch ihr erging es genauso. Sie stürzten nach oben. Völlig unkontrolliert fielen sie mitten durch den geräuschlosen Sturm. Lars wollte aufschreien, doch die Stimme versagte ihm. Es war Serine die ihn wieder einmal beruhigte:

»Ich habe so etwas schon einmal erlebt«, begann sie während sie ihren und Lars Körper so ausrichtete, dass sie mit dem Kopf voran nach oben fielen. Sie tat das mit solcher Geschicklichkeit, dass schon nach wenigen Sekunden aus dem unkontrollierten Sturz eine Art gleiten wurde.

»Diese Schattenstürme sind wie ein Sog, aber uns kann nichts passieren.« Bei den letzten Worten klang ihre Stimme nicht ganz so sicher, also wiederholte Lars sie mit einiger Besorgnis in der Stimme:

»Uns kann nichts passieren!?«

»Der Sog selbst tut uns nichts, aber«, sie wirkte nun doch etwas angespannt, »ich weiß nicht was uns erwartet, wenn er uns wieder frei gibt. Das letzte Mal«, fügte sie mit leichtem Widerwillen hinzu, »bin ich in einem ziemlichen Alptraum gelandet.« Lars wollte fragen was sie damit meinte, aber bevor er dazu ansetzen konnte sah er etwas auf sich zukommen. Wie er es aus der Anderswelt schon gewohnt war, sah er nur etwas Schemenhaftes, aber dieses Mal konnte er scharfkantige Strukturen erkennen. So wie unzählige, längliche Klauen, die schief wuchsen und wild durcheinander angeordnet waren. Zum zweiten Mal in kurzer Zeit wollte er aufschreien, als die Krallen immer näherkamen und größer wurden, doch wieder versagte ihm die Stimme. In Panik schloss er die Augen, klammerte sich noch fester an Serine und wartete darauf, dass die Krallen ihn erreichten und seinen Körper in Stücke reißen würden. Doch es geschah nicht. Stattdessen fühlte er etwas Hartes an sich abprallen und einen Augenblick später tat es einen heftigen Ruck. Ihre Körper wirbelten auseinander und sie schlugen ungebremst auf dem Boden auf.

2

»Warum?«, fragte Lars zögerlich, als er nach einem kurzen Moment sehr, sehr vorsichtig die Augen öffnete, »warum sind wir nicht tot?« Verwundert richtete er sich auf. Er war nicht nur nicht tot, ihm fehlte auch sonst nichts. Keine gebrochenen Knochen und keine vernichtenden Schmerzen. Nur die Stelle, an der zuvor dieses harte Etwas abgeprallt war, spürte er ein wenig. Aber auch das war nicht so schlimm.

»In der Anderswelt stirbt es sich nicht so einfach«, erklärte Serine, als sie sich aufrichtete, »hier gibt es andere Gefahren.« Lars fragte vorsichtshalber nicht nach, um was für Gefahren es sich dabei genau handelte. Stattdessen sah er sich aufmerksam um. Sie waren in einem Wald aufgeschlagen. Einem düsteren und irgendwie tot wirkenden Wald. Das, was er im freien Fall als Klauen und Krallen wahrgenommen hatte, war in Wirklichkeit – wenn es in der Anderswelt so etwas wie »Wirklichkeit« gab – das blattlose Dach des Waldes gewesen, in den sie hineingestürzt waren. Rings um sie herum erhoben sich mächtige, kahle Bäume. Der Boden war sonderbar weich, doch auch hier fehlte jede Spur von Leben.

»Was sollen wir nun tun?«, fragte Lars etwas verunsichert.

»Dort«, rief Serine aus und deutete dabei in eine Richtung, die tiefer in den Wald hinein zu führen schien. »Da ist ein Pfad.« Lars tat ein paar Schritte in die Richtung, in die sie gedeutet hatte und dann konnte er es auch sehen. Der Pfad war kaum breiter als seine beiden Handflächen nebeneinandergelegt, aber er war dennoch vorhanden.

»Ich schätze wir müssen ihm folgen«, schlug Serine schließlich vor.

»Glaubst du, er bringt uns zu einem Ort der Visionen?«, fragte Lars immer noch etwas verunsichert.

»Da bin ich ganz sicher«, gab die Vampirin zurück, »dieser Wald wirkt ziemlich unheimlich auf mich. Die Geister können nicht mehr weit weg sein. Und da wo sie sind, ist auch sehr oft ein besonderer Ort in der Anderswelt.« Lars musste ihr zustimmen. Dieser Wald wirkte nicht nur unheimlich. Er war es. Aber eine Sache verstand er noch nicht:

»Warum gehen die Geister zu den Orten der Visionen?«, fragte er frei heraus.

»Ich bin nicht ganz sicher«, gestand Serine, »aber Großmutter erzählte einmal, dass nur Geister an Orten der Visionen zu finden sind, deren Leben durch ein schlimmes Unglück geprägt war. Hätten sie es vorhersehen können, wäre ihnen viel Leid erspart geblieben. Daher zieht es sie zu solchen Orten hin. Ob das aber alles stimmt, weiß ich leider auch nicht so genau. Vielleicht ist es auch nur eine Geschichte.« Lars fand nicht, dass das nur nach einer Geschichte klang, aber er sagte nichts dazu. Stattdessen bog er die Zweige, welche über dem Beginn des Pfades wucherten, beiseite sodass er und Serine den Weg betreten konnten.

Der Pfad in den Wald führte sie direkt in die Dunkelheit. Die alptraumhaften Äste der toten Bäume zu beiden Seiten des Pfades schienen nach ihnen greifen zu wollen. In der Ferne konnte man das Säuseln des Windes hören. Oder war das wirklich nur der Wind? Lars hielt inne und sah fragend zu Serine. Die Vampirin nickte bestätigend.

»Klagende Seelen«, erklärte sie, »es sind die Geister, die sich zu diesem Ort hingezogen fühlen.« Ihr Weg führte sie noch tiefer in den Wald hinein. Das vermeintliche Windsäuseln nahm noch weiter zu und Lars konnte das Klagen der Seelen nun deutlich heraushören. Und noch etwas fiel ihm auf: Die Dunkelheit um sie herum passte sich ihrem Standort an. Er konnte trotz seiner Vampiraugen immer nur etwa vier bis fünf Meter in den Wald hineinsehen. Tat er einen Schritt nach vorne, war sein Sichtfeld auf die gleiche Entfernung begrenzt. Auch wenn er nach hinten blickte, endete sein Sichtfeld genau in dieser Entfernung. Es war, als hätte sich eine Kuppel aus Schwärze über sie gelegt. Und dies war nicht die wohlige Schwärze und Dunkelheit, so wie Lars sie beim Einschlafen im Sarg erlebt hatte. Diese Form der Dunkelheit war feindselig. Sie war bedrohlich, böse und gab ihm das Gefühl eingesperrt zu sein. So, als säße er in einer Falle, aus der es kein Entrinnen mehr gab.

Die Luft wurde nun spürbar kälter. Als er mit Serine in den Nächten aus der Villa gegangen war, um zu jagen, hatten ihn seine Vampireigenschaften immer davor bewahrt zu frieren. Hier aber schützten sie ihn nicht. Auch Serine spürte die Kälte und sie schlug die Arme um ihren Oberkörper, in der Hoffnung sich davor abschirmen zu können. Lars tat es ihr gleich, doch es half nichts. Die Kälte zog erbarmungslos in ihn ein, bis er kurz davor war zu zittern. Immer tiefer drangen sie in den Wald vor. Nebel trat auf. Dichter über den Boden kriechender Nebel. Und als wäre die Situation nicht schon schlimm genug, hörte Lars aus dem Wehklagen nun noch etwas Anderes. Es war ein heiseres Flüstern, wie aus rauen Kehlen hervorgestoßen. Kehlen die zu viel geschrien hatten. Zunächst konnte Lars sie nicht verstehen, aber dann durchdrang ein einzelnes Wort den Wust aus Lauten. Erst dachte er, er hätte es sich nur eingebildet, aber es wiederholte sich. Wieder und wieder klang dieses einzelne Wort an seine Ohren:

»Laaz!« Was die unheimliche Atmosphäre nicht geschafft hatte, geschah nun doch. Seit sie in diesem toten Wald waren, hatte Lars Angst verspürt, aber bisher war es ihm möglich gewesen sie zu verbergen. Dieses heisere Flüstern aber konnte er nicht mehr ertragen. Von Furcht erfüllt sah er Serine an und stotterte:

»Sie… sie… flüstern meinen Namen.« In Serines Stimme lag keine Angst als sie antwortete, sondern etwas das Lars im ersten Moment nicht erfassen konnte:

»Ich höre nur wie sie meinen Namen flüstern. Sie spotten über mich.« Es war eine Mischung aus Trauer und Wut mit der sie die Worte aussprach. Die Stimmen der Geister verletzten sie ernsthaft. Nun wurde auch Lars wütend. Niemand durfte sich über Serine lustig machen und sie so verletzen. Niemand! Auch keine Geister in einem unheimlichen, toten, nebelbedeckten Wald. Beinahe hätte er dadurch seine Furcht vor all dem vergessen. Aber nur beinahe.

»Jetzt lachen sie sogar über mich«, stellte Serine nach einer kurzen Weile fest, »sie lachen darüber, wie schwach mein Blut ist.« Da blieb Lars stehen und nahm sie an der Hand. Die Sorge um seine Freundin gab ihm nun doch noch einmal die Kraft, die Furcht vor diesem Ort erneut zu verdrängen:

»Dein Blut ist nicht schwach, Serine. Ich habe von deinem Blut getrunken und es hat mich gesund und viel stärker gemacht, als ich früher war. Hättest du schwaches Blut, dann wäre das bestimmt nicht passiert.« Die Vampirin lächelte matt. Lars sah, dass seine Worte ihren Zweck nicht verfehlt hatten, aber den Zweifel in ihrem Herz dennoch nicht wegwischen konnten.

»Hör einfach nicht auf sie. Das sind nur blöde Geister, was wissen die schon von Blut.« Natürlich war ihm klar, dass sie seinen Rat gar nicht beflogen konnte. Es war im Grunde unmöglich dieses unheimliche Flüstern zu ignorieren, aber ihm fiel in dem Moment nichts besseres ein.
Anstelle davon auf seinen eigenen Rat zu hören, lauschte Lars nun noch aufmerksamer in die Dunkelheit hinein. Es dauerte nicht lange, da bemerkte er, dass die Stimmen noch mehr als nur seinen Namen sprachen*: »Laaz! Laaz! Laaz von Largaretta! Laaz von Largaretta ist hier!«* Aus hunderten Kehlen erklangen die Worte. Wieder und wieder. Mit einem Mal kam die Angst zurück. Nebel und Kälte zerrten an ihm. Der Wald selbst, so schien es, saugte ihm – genauso wie es ein Vampir mit den Menschen tat – langsam alle Kraft, ja sogar die Energie des Seins selbst aus. Und gerade als Lars glaubte, nicht mehr weiter gehen zu können, verstummte das unheimliche Flüstern aus dem Wald. Die Dunkelheit vor ihnen nahm plötzlich auf grauenerregende Weise Gestalt an. Lars konnte erst nicht richtig erkennen was geschah. Er sah wie sich Schemen um sie herumbewegten und sie langsam umkreisten, ohne dabei aus diesem allgegenwärtigen Schirm der Schwärze zu treten. Das Gefühl einer Bedrohung steigerte sich in ihm bis ins Unermessliche. Dann trat einer der Schemen aus der Dunkelheit hervor und versperrte ihnen den Weg. Der Geist war nicht durchscheinend, so wie sie oft in Filmen dargestellt wurden, die Lars als Kind gesehen hatte. Stattdessen stand er als Manifestation der Schatten selbst vor ihnen. Seine Umrisse waren drei Meter groß, glichen sonst aber fast derer eines Menschen. Schwarzer, in Fetzen hängender Stoff umhüllte die Gestalt. Ihre Haltung wirkte unnatürlich. Wäre es ein Mensch gewesen, hätte seine Wirbelsäule krankhaft verdreht und an mindestens drei Stellen gebrochen sein müssen, um so eine Haltung zu erzeugen. Da, wo das Gesicht der

Gestalt sein sollte, war, verborgen unter einer dunklen Kapuze, nur seelenlose Schwärze zu erkennen. Langsam trat die Gestalt auf Lars und Serine zu und röchelte dabei, als ob eine uralte Kehle eine übergroße Anstrengung ausgleichen musste. Lars war vor Furcht wie gelähmt, als das Wesen ganz langsam einen seiner übernatürlich langen Arme hob. Es deutete mit einer Hand, die zu viele und zu lange Finger hatte, direkt auf die Stelle wo Lars‘ Herz saß. Mit einer langsamen Bewegung nickte der Geist, dann schwenkte er den Arm ebenso langsam zur Seite, so dass er nun auf Serine deutete. Dieses Mal schüttelte der Geist den Kopf.

»Ich verstehe«, sagte die Vampirin traurig und ohne jegliche Furcht in der Stimme. Lars verstand auch was der Geist ausdrückte. Aber er wollte das nicht. Ohne Serine, könnte er diesen unheimlichen Wald niemals durchqueren. Sie war es, die ihm die Kraft und den Mut gegeben hatte weiter zu gehen. Sie ganz alleine. Der Gedanke daran, hier ohne sie zu sein war derart aufwühlend, dass es ihm endlich gelang aus seiner Starre herauszubrechen:

»Nein«, flüsterte er. Erst kaum hörbar und dann noch einmal mit schon festerer Stimme: »Nein. Sie muss mit mir gehen.« Der Geist drehte den Kopf, sodass die Stelle wo sein Gesicht sein sollte direkt auf Lars deutete. Wieder schüttelte er den Kopf. Das Gebaren dieser Kreatur hatte etwas Absolutes. Etwas unverhandelbar endgültiges. Er würde es nicht überzeugen können, gleichgültig was er tat. Lars spürte, wie sich Serines Hand auf seine Schulter legte und die Vampirin sich auf ein Bein ab kniete, sodass sich ihre Gesichter fast auf der gleichen Höhe befanden:

»Ich kann mich dem Willen dieses Wächters nicht wiedersetzen«, begann sie, »das, was nach diesem Weg kommt ist nicht für meine Augen bestimmt.« Lars wollte widersprechen, doch zuerst bekam er keinen Ton heraus. Nach einigen Momenten schaffte er es schließlich doch:

»Ohne dich kann ich das nicht«, jammerte er, aber Serine schüttelte nur den Kopf.:

»Natürlich kannst du das. Ich weiß, dass du Angst hast. Als ich die ersten Male in der Anderswelt umhergestreift bin, hatte ich auch noch große Angst. Wir haben diese Angst gelernt, weil wir bei den Menschen aufgewachsen sind. Aber wir sind jetzt Vampire. Wenn du dich daran erinnerst, dann kann dir nichts etwas anhaben. Wenn überhaupt, dann sind es die Anderen, die *dich* fürchten müssen. Nicht umgekehrt.« Etwas glühte in ihren Augen, als sie diese Worte aussprach. Es war das Raubtier, dass nach Blut dürstete. Wären sie gerade nicht irgendwo in der Anderswelt gestrandet, dann würden sie jetzt auf der Stelle auf die Jagd gehen. Auch Lars spürte es. Serines raubtierhafter Blick zusammen mit ihren Worten, hatten etwas in ihm geweckt. Oder hatten sie etwas Anderes in ihm, wie etwa den Schatten der Menschlichkeit, der offenbar noch immer auf im lastete, schlafen gelegt? Die große Angst vor dem Wald, dem Geist und allem anderen hier, die ihn noch vor einem Moment absolut gelähmt hatte, war wie erloschen. Alles was noch davon übriggeblieben war, war das eindringliche Gefühl an diesem Ort generell, sehr vorsichtig sein zu müssen:

»Siehst du«, sagte die Vampirin aufmunternd, »du kannst das schaffen, aber du musst trotzdem gut auf dich Acht geben. Die Gefahren an diesem Ort sind sehr wohl wahrhaftig und ich könnte es nicht ertragen, wenn dir etwas zustößt.«

»Ich werde vorsichtig sein«, versprach er. Es fiel ihm immer noch schwer zu akzeptieren, dass Serine ihn nicht weiter begleiten würde, aber zumindest empfand er diese Tatsache jetzt nicht mehr als ganz so unvorstellbar. Serine stand auf und trat einen Schritt zurück. Uralte Instinkte schienen in Lars zu erwachen und sein Handeln zu lenken. Irgendwie wusste er, was er jetzt zu tun hatte. Langsam streckte Lars die Hand aus und reichte sie dem gesichtslosen Geist, der immer noch vor ihm stand. Aus dieser Nähe betrachtet erkannte Lars, dass die Hand des Wesens zwar genauso dunkel war wie die Leere seines Gesichts, dabei aber viel rauer aussah. Sie hatte Konturen und Falten und war nicht nur ein verschwommenes schwarzes Etwas. Lars versuchte vergeblich die Finger zu zählen, als die Hand des Geistes seine eigene umschloss. Waren es neun? Oder waren es vielleicht zwölf? Er konnte es nicht sagen. Der Griff der Kreatur war fest, klamm und kalt. Es war der Griff eines Toten. Die Hand des Wesens war dabei so groß, dass sie einen Teil von Lars Unterarm gleich mit umfasste. Wie die Tentakel eines Kraken um seine Beute, lagen die Finger des Geistes nun um seinen Unterarm gelegt. Lars warf noch einen letzten Blick zurück in Seriens Richtung. Sie winkte und lächelte zum Abschied, sodass er ihre wunderschönen, spitzen Zähne sehen konnte. Dann zog ihn der Geist mit sanfter, aber dennoch keinerlei Widerspruch duldender Gewalt durch die Kuppel aus Schwärze.

Das Theater der Alpträume

1

Es war ein seltsames Gefühl durch diesen dunkeln Vorhang zu treten. Als ob er durch eine kalte Dusche gegangen wäre, aber ohne dabei nass zu werden. Das Erste, was Lars auf der anderen Seite bemerkte, war das Fehlen seines unheimlichen Begleiters. Der Geist, der ihn durch den schwarzen Vorhang gezogen hatte, war verschwunden. Die unnatürliche Dunkelheit, welche sein Sichtfeld die ganze Zeit über beschränkt hatte, war ebenfalls verschwunden. Es war immer noch dunkel in diesem Wald, aber auf Lars wirkte es so als könnten seine Vampirsinne diese Dunkelheit jetzt wieder durchdringen. Zumindest teilweise. Soweit er sehen konnte, war kein Ende des Waldes in Sicht. Er drehte sich herum, um noch einmal in die Richtung zu blicken, aus der er gekommen war und stellte ohne sonderliche Überraschung fest, dass Serine, die sich nur wenige Meter hinter ihm befinden müsste, verschwunden war. Er war allein.

Seine Vampirsinne waren zurückgekehrt. Der dichte, kalte, irgendwie kriechende Nebel bedeckte weiterhin den Boden. Lars erkannte nach einigen Schritten, dass sich der Nebel auch dicht in der Luft um ihn herum befand, sodass er trotz seiner guten Vampiraugen nicht viel weiter sehen konnte wie zuvor. Der Weg führte Lars noch tiefer in den Wald. Neben der Rückkehr seiner verbesserten Sicht, fröstelte es ihn jetzt auch nicht mehr ganz so sehr. Er spürte die Kälte zwar nach wie vor, aber seine Vampireigenschaften schienen ihn nun wieder davor zu schützen.

Eine geraume Zeit lang änderte sich am Weg und am Wald gar nichts und Lars begann sich zu fragen, ob er sein Ziel denn je erreichen würde. Dann hörte er plötzlich wieder die Stimmen, wie sie keuchend seinen Namen flüsterten:

»Laaz! Laaz! Laaz von Largaretta!« Dieses Mal konnte er die Richtung aus der sie kamen genau bestimmen: Er ging direkt darauf zu. Im ersten Moment hatte er auch keine Angst mehr vor ihnen – bis er sah was genau dieses Flüstern ausstieß: Es war, seitdem er sich im Wald alleine auf den Weg gemacht hatte, nicht das erste Mal, dass er sich einbildete im Nebel die Konturen einer Kreatur oder eines Menschen auszumachen. Doch bisher hatten ihm seine Sinne und besonders seine Phantasie immer nur etwas vorgegaukelt. Aber jetzt war es keine Täuschung mehr. Durch den Nebel war das, was Lars sah, zunächst sehr unscharf, sodass er nur die Größenverhältnisse ausmachen konnte. Sie passten zu einem Menschen. Einem Menschen, der etwa einen halben Meter über dem Boden schwebte. Er versuchte sich einzureden, dass ihm seine Phantasie nur wieder einen Streich spielte, aber dann hörte er deutlich, dass eine der flüsternden Stimmen ganz genau dort ihren Ursprung hatte:

»Laaz!«, flüsterte sie so laut, keuchend und bedrohlich, dass ihm ein eiskalter Schauer über den Rücken lief. Trotzdem ging er weiter darauf zu. Mit jedem Schritt, den er tat konnte er die Gestalt etwas besser erkennen. Bald schon war es ihm möglich, die schlaff in der Luft hängenden Arme und Beine abzugrenzen. Lars tat noch einen Schritt und nun sah er die Umrisse des Seils, welches straff gespannt von der Gestalt aus geradewegs nach oben verlief und dann im Nebel verschwand. Er tat noch zwei weitere Schritte, dann blieb er stehen und betrachtete voller Schauer den erhängten Körper, wie er direkt am Wegesrand, kaum merklich, sachte hin und her pendelte. Der Erhängte war männlich, Anfang

dreißig und hatte die Ansätze eines Dreitagebarts. Seine Haut war bleich und leicht bläulich angelaufen. Da er außer einer alten, zerrissenen und schäbigen Stoffhose nicht weiter bekleidet war, konnte Lars über seinen ganzen Körper hinweg die entstandenen dunklen Totenflecken sehen. Das Flüstern, welches er vor einem Moment gehört hatte, war exakt von dieser Stelle gekommen. Nicht hinter dem Erhängten oder neben ihm. *Von ihm!* Lars war sich da ganz sicher. Doch das Gesicht des Toten blieb reglos und seine Augen geschlossen. Lars betrachtete die Stelle, an dem das Seil die Kehle des Mannes zugeschnürt hatte. Die Struktur des Seils hatte einen dunklen, leicht rötlichen Abdruck darauf hinterlassen, bevor es während des Todeskampfes ganz leicht nach oben gerutscht war. Lars trat noch einen weiteren, sehr vorsichtigen Schritt auf den Erhängten zu und war ihm jetzt so nahe, dass er nur den Arm hätte ausstrecken müssen, um ihn berühren zu können. Da entdeckte er, dass etwas in der Hosentasche der Leiche steckte. Es sah aus wie ein sehr alter Briefumschlag. Auf dem Teil des Umschlages, der aus der Hosentasche heraushing standen geschwungene, leicht verwaschene Buchstaben. Die Tinte war so verschwommen, dass Lars die Worte aus der Entfernung nicht entziffern konnte. Wäre er nur ein kleines bisschen näher, dachte er, dann könnte es gehen. Aber er traute dem Frieden nicht. Er hatte ganz genau gehört, dass das Flüstern von hier gekommen war. »Hallo?«, fragte er seinen ganzen Mut zusammennehmend. Natürlich war ihm klar, dass Tote normalerweise keine Antwort mehr geben konnten, aber dies war die Anderswelt und er hatte erst vor sehr kurzer Zeit sehr viel mehr Sonderbares erlebt, als einen sprechenden Toten. Doch der Erhängte reagierte nicht. Mit klopfenden Herzen und allem Mut aufbringend, trat Lars noch ein bisschen näher an den Leichnam heran. Jetzt erkannte er die Worte, die auf dem Umschlag standen: »Für Laaz von…« der Rest der Zeile verschwand in der Hosentasche des Erhängten, doch es war gar nicht mehr nötig ihn weiter lesen zu können. Lars wusste genau welches Wort als nächstes auf dem Umschlag stand. In dem Schock, den die Botschaft auf dem Umschlag in ihm ausgelöst hatte, wich er einen Schritt zurück und sah instinktiv an der Leiche hinauf. Genau in diesem Moment öffnete der Tote seine Augen. Voller Schreck stolperte Lars zwei weitere Schritte zurück. Die Augen des Toten waren unheimlich. Sie schienen wie mit einer milchigen Flüssigkeit überzogen, sodass die Pupillen nur verschwommen zu sehen waren. Mühsam öffnete der Erhängte den Mund und stieß keuchend die Worte aus:

»Hallo… Laaz… von… Largaretta.« Lars war so überrascht, dass er im ersten Moment nicht einmal reagieren könnte. Und das, obwohl er genau *damit* gerechnet hatte. Glücklicherweise musste er auch nicht reagieren, denn der Tote keuchte weiter:

»Es ist gut…, dass du… gekommen bist«, zwischen den einzelnen Satzteilen röchelte der Mann und rang qualvoll nach Luft. Irgendetwas passte mit seiner Zunge nicht. Lars konnte nicht richtig erkennen was es war, aber irgendwie wirkte seine Zunge so, als säße sie am falschen Platz oder als wäre sie stark angeschwollen. Hatte er sich darauf gebissen, als er gestorben war? Es schlug sich in der Art nieder, wie der Erhängte sprach. Trotz der Pein, in der sich der Tote offensichtlich befand schien er – so widersinnig es auch wirkte – nicht wirklich zu leiden. Es war, als sei es eben die Natur des Erhängten auf diese Weise zu existieren.

»Ich…«, fuhr der Mann keuchend fort, »habe hier… etwas… für dich.« Und damit griff er, mit einer Bewegung, die größte Anstrengung vermuten ließ, nach dem Umschlag in seiner Hosentasche. Er nahm ihn heraus und versuchte dann den Arm zu heben um ihn Lars zu reichen. Die Anstrengung war so groß, dass es nur teilweise gelang. Lars hatte seinen Schrecken vor dem Erwachen des Erhängten mittlerweile überwunden. Die Schwerfälligkeit und die Mühe, die der Tote bei jeder Handlung zeigte, weckten sein Mitgefühl. Das Gefühl war so stark, dass er die Angst vor der Erscheinung fast vergaß. Trotzdem blieb er vorsichtig. Vielleicht spielte der Tote nur den Kraftlosen und wollte, dass Lars seine Achtsamkeit fahren ließ, um ihn dann blitzschnell packen zu können. Sehr aufmerksam, vorsichtig und auf jegliches Zeichen von Verrat und Tücke achtend, streckte Lars die Hand nach dem Kuvert aus. Er war bereit seine Hand sofort zurück zu ziehen, wenn der Tote versuchen sollte danach zu greifen. Doch das geschah nicht. Lars nahm den Umschlag entgegen und zog unbehelligt seinen Arm zurück.

»Danke«, begann Lars unbeholfen, »aber warum gibst du mir das?« Der Erhängte versuchte zu lächeln, doch durch den toten Zustand und der Mühe, die ihn jede Bewegung kostete, verzerrte sich seine Mimik eher zu einer Art Grimasse:

»Eine… alte… *Freundin…* hat mich… darum… *gebeten.*« Etwas passte nicht daran wie er die Worte »Freundin« und »gebeten« betont hatte, aber Lars war sich nicht sicher, ob er sich das vielleicht nur einbildete. Der Umschlag war nicht versiegelt worden und so ließ er sich leicht öffnen. Darin befand sich ein zusammengefalteter Brief und eine Karte. Lars nahm zuerst den Brief heraus und faltete ihn auf. In derselben wunderschönen, geschwungenen Schrift, die er schon auf dem Umschlag bemerkt hatte stand:

»Lieber Lars,
ich dachte mir schon, dass du und Serine vielleicht auf die Idee kommen könntet, während unserer Reise nach Visionen suchen zu wollen. Wenn du das hier liest, wird sie schon von

dir getrennt worden sein. In die Zukunft zu sehen, kann in vielerlei Hinsicht sehr gefährlich sein. Sogar die Vision selbst kann einem zum Verhängnis werden. Das oder ihre Interpretation und die Schlussfolgerungen, die man daraus zieht. Weltreiche sind aufgrund dessen entstanden und wieder zerfallen. Daher bitte ich dich inständig und von ganzem Herzen: Bitte sei vorsichtig in allem was du an diesem Ort tust und bei allem was du hier erlebst. Die Vision die du hier erfahren wirst, kannst nur du alleine erhalten. Dieser Ort, an den du dich gerade begibst, zeigt jedem der ihn besucht etwas Anderes – oder das Gleiche, aber aus einer ganz anderen Perspektive heraus. Ich weiß, dass ich dich nie aufhalten könnte, nach einer Vision zu suchen und das würde ich auch gar nicht wollen. Stattdessen möchte ich es dir etwas leichter machen. Zeige das was du in dem Umschlag findest dem Pförtner. Du wirst ihn zu gegebener Zeit schon erkennen. Nun bleibt mir nur noch dir viel Erfolg bei deiner Suche zu wünschen und verbleibe mit lieben Grüßen.

Deine Großmutter Lydia.

PS.: Ich hoffe mein Freund Eugen hat dir keinen zu großen Schrecken eingejagt.«

2

Lars faltete den Brief wieder zusammen und musste lächeln. Seit er den Entschluss gefasst hatte, eine Vision zu suchen, war es ihm so vorgekommen, als ob er es hinter dem Rücken der Großmutter täte. Streng genommen war es ja auch so. Jetzt wo herausgekommen war, dass sie wusste was er tat und ihn sogar in seinem Vorhaben förderte, fühlte er sich bedeutend besser.

Lars sah noch einmal zu dem Erhängten, von dem er jetzt wusste, dass er Eugen hieß. Der Tote war in den Zustand zurückgekehrt, indem Lars ihn ursprünglich vorgefunden hatte: Leblos und schlaff. Er war neugierig, wie es kam, dass Großmutter diesen Geist inmitten eines düsteren Waldes so gut kannte und nahm sich vor, sie darauf anzusprechen, sobald er sie das nächste Mal sah. Er pfriemelte den Brief zurück in den Umschlag und zog die Karte heraus. Es war eine Eintrittskarte. Sie war für ein Theater gedacht und wirkte, als hätte man sie bereits Ende des 19ten Jahrhunderts ausgestellt. Die Karte hatte eine leicht raue Oberfläche und war vom Grundfarbton her in ein tiefes, aber etwas verwaschenes Rot getaucht. Auf ihr standen die Worte: »Theater der Alpträume – Eintrittskarte« und in etwas kleineren Lettern war darunter zu lesen: »Diese Karte berechtigt ihren Besitzer an einer Vorstellung des Theaters teilzunehmen. Vorzuzeigen beim Pförtner.« Noch etwas tiefer stand schließlich: »Besitzer: Laaz von Largaretta.« Der Rest der Karte wirkte, mit Ausnahme des Logos, eher schlicht gehalten. Das Logo war, so wie der Text auch, auf die Karte gestempelt worden. Es saß ganz leicht schief darauf und zeigte einen spitz zulaufenden Torbogen, im gotischen Stil. Oben wo sich die beiden Säulen des Bogens trafen waren auf beiden Seiten Balken mit Querstreben eingezeichnet. An deren Ende wiederum konnte Lars die Konturen zweier erhängter Menschen erkennen. Ein Mann und eine Frau. Im Tor selbst waren die Umrisse eines Königs, mit Umhang, Zepter und Krone zu sehen. Lars betrachtete die Karte eine Weile aufmerksam, bevor er sie wieder in den Umschlag steckte, dann zu Eugen aufsah und ihn noch einmal ansprach:

»Danke, dass du mir Großmutters Brief gegeben hast«, begann Lars, »ich mache mich dann wieder auf den Weg.« Eugen reagierte nicht mehr. Er baumelte reglos an dem Seil – ganz so, wie es ein normaler, erhängter Mensch getan hätte. Lars zuckte nur mit den Schultern, riss sich von dem unheimlichen Anblick los und machte sich daran, weiter dem Pfad zu folgen.

Es war nach wie vor so neblig, dass Lars nicht weit sehen konnte. Und auch die flüsternden Stimmen, welche in den letzten Minuten etwas Ruhe gegeben hatten, waren wieder zurückgekehrt und hauchten seinen Namen. Als er weiterging stieß er nun immer öfter auf Schemen so weit abseits des Weges, dass er sie gerade so nicht richtig erkennen konnte. Sie sahen jedoch überaus verdächtig nach weiteren erhängten Personen aus. Vielleicht, versuchte Lars sich einzureden, war es nur seine Phantasie, die nachdem er Eugen gesehen hatte, nun aus allem was auch nur ansatzweise danach aussah, einen Erhängten machte. Aber in diesem Fall, führte ihn seine Phantasie nicht an der Nase herum. Allmählich lichtete sich der Nebel. Lars konnte zwar nach wie vor nur Konturen erkennen, doch jetzt waren sie eindeutig. Er befand sich in einem Wald, der übersäht war mit erhängten Menschen, die seinen Namen flüsterten. Männer, Frauen, sogar Kinder baumelten zu beiden Seiten des Weges von den Bäumen. Trotz der Tatsache, dass er die Situation mit Eugen gemeistert hatte, fühlte er wieder Angst und Kälte in sich aufkeimen. Die Konfrontation mit so viel Tod auf einmal war für Lars furchtbar beklemmend:

»Ich bin ein Vampir und ich bin mächtig«, flüsterte er zu sich selbst, um sich Mut zu machen: »die Anderen müssen sich vor mir fürchten, nicht ich mich vor ihnen.« Dabei umklammerte er den Brief der Großmutter, den er seit er ihn erhalten hatte, wie ein schützendes Schild in der Hand hielt. »Ich darf hier sein, ich habe eine Eintrittskarte«, flüsterte er weiter. Da veränderte sich plötzlich der monotone Sing-Sang aus dem Wald. Die Geister erweiterten ihn: *»Laaz von Largaretta, der mächtige Vampir, der den Wald der Gehängten passieren darf.«* Lars fühlte sich ertappt. Es war ihm unangenehm, dass die Geister seine Stimme gehört hatten. Jetzt wussten sie bestimmt, dass ihm ängstlich zumute war. Dabei hatte er doch extra leise gesprochen, damit genau das nicht passierte. Vielleicht, dachte er missmutig, hatten sie ihn auch gar nicht *gehört*. Vielleicht, hatten sie seine Gedanken gelesen. Nein. Dazu waren sie bestimmt nicht in der Lage. Sicherheitshalber gab er sich jedoch Mühe, einfach gar nichts mehr zu denken und konzentrierte sich so fest er konnte auf den Weg der vor ihm lag.

Lars wanderte noch eine halbe Stunde durch den unheimlichen Wald, mit den erhängten Menschen, bis sich endlich etwas änderte: Der Nebel wurde nun zusehends lichter und je klarer er die Umgebung um sich herum wahrnehmen konnte, umso leiser und weiter entfernt schienen die flüsternden Stimmen zu sein. Bis er sie schließlich gar nicht mehr verstehen konnte und es wieder so klang, als heulte nur der Wind durch den Wald. Als Lars endgültig aus dem Nebel trat, sah er in einigen Metern Entfernung eine Aussparung im Wald. Nach ein paar weiteren Schritten konnte er schließlich das Gebäude erkennen, welches auf der Lichtung stand. Es war ein uraltes aus Stein und Brettern errichtetes Theaterhaus. Der Stein war dunkel und in weiten Teilen mit Moos bedeckt, während die Holzbretter eine braun-gräuliche Farbe angenommen hatten und unglaublich morsch wirkten. »Theater der Alpträume« stand in großen, ebenfalls aus Holz gefertigten Lettern über der, massiv wirkenden Eingangspforte aus Eisen. Lars ging auf das Gebäude zu und bemerkte dann die zwei steinernen Skulpturen, welche links und rechts des Eingangs aufgestellt worden waren. Die Figuren zeigen ein Mann und eine Frau, die abwehrend ihre Hände erhoben hatten. Das bemerkenswerte an ihnen war die detailreiche Darstellung ihrer Gesichter. Dem Künstler war es gelungen, die Furcht und Panik so perfekt auszudrücken, dass Lars wieder einmal ein eiskalter Schauer über den Rücken lief. Als er die steinernen Stufen, die zur Pforte führten erreicht hatte, setzte er zunächst vorsichtig einen Fuß darauf und begann dann sie aufzusteigen. Bei jedem Schritt den er tat, spürte er, wie sich die Figuren ihm zu wandten. Dabei behielten sie sowohl ihre Amre in Abwehrposition, als auch ihren panischen Ausdruck auf den Gesichtern. So wirkte es, als wäre Lars der Ursprung ihrer Furcht. Oder, dachte er, wollten sie ihn vielleicht warnen? War das vielleicht die einzige Art, in der die Skulpturen kommunizieren konnten? Versuchten sie ihn auf diese Weise, vor dem was im Inneren des Theaters auf ihn warten mochte zu bewahren? Wenn es so war, dachte Lars voller Unbehagen, kam diese Warnung bei ihm mehr als deutlich an. Doch er würde sie nicht beherzigen, jetzt wo er schon so weit gekommen war. Lars rief sich noch einmal Serines Worte in Erinnerung: Er war ein Vampir. Wenn, dann waren es die Anderen, die sich vor ihm fürchten müssten. Es half. Zumindest ein bisschen. Mutig und gleichzeitig voller Kummer ob der Tatsache, dass Serine jetzt nicht bei ihm sein konnte, legte er die letzten Stufen der Treppe zurück und stand nun vor der mächtigen Eisenpforte des Theaters. Die eingearbeiteten, verschnörkelten Muster auf der dunklen Eisentür rundeten den Eindruck eines Geisterhauses ab. Neben den Mustern, war jedoch noch ein Text eingraviert. Lars brauchte einen Moment um ihn entziffern zu können, denn er war in altdeutscher Schrift verfasst: »Theater der Alpträume – Eintritt nicht für Jedermann. Nur für die, die gestorben sind.« Sonderlich tot fühlte sich

Lars nicht. Gerade die dauerhafte Anspannung im Wald der Gehängten machten ihm bewusst, wie lebendig er sich eigentlich fühlte. Auf der anderen Seite erinnerte er sich aber auch an das, was ihm Marek gesagt und an das Gefühl, welches er im Sarg während dem Einschlafen verspürt hatte. Er erinnerte sich ebenso daran was ihm durch Serine über diese Form des Schlafens vermittelt worden war und dass Vampire aus diesem Zustand manchmal geweckt werden müssten. Mit diesem Gedanken wurde ihm plötzlich klar, was ihm zuvor einfach nicht wirklich bewusst gewesen war: Der Zustand, – indem sich sein Körper, welcher in einem Sarg lag befand, –wurde *tot* genannt. Diese Erkenntnis traf ihn wie ein Schlag. Neben der Tatsache, dass er momentan offenbar tot war, fühlte er sich auf einmal auch ganz schön dumm. Wieso hatte er das eigentlich nicht eher begriffen? Er versuchte sich in Gedanken damit zu rechtfertigen, dass er ja doch noch ein sehr junger Vampir und vorher auch noch nie in diese besondere Form des Schlafens übergegangen war. Außerdem, dachte er, war er seit er die Anderswelt betreten und sich auf die Suche nach einer Vision begeben hatte, beinahe durchgehend Angst und Bedrohung ausgesetzt gewesen. Da konnte man schon einmal übersehen, dass man gestorben war. Er versuchte die tiefere Bedeutung des Todes – falls es so etwas überhaupt gab – für den Moment bei Seite zu kehren und die Sache pragmatisch zu sehen: Er war gestorben und somit durfte er auch das Theater der Alpträume betreten. Was für ein Glück.

3

Mit klopfendem Herzen streckte er den Arm nach dem verrosteten Türgriff aus. Doch bevor er ihn berühren konnte bewegte sich dieser wie von Geisterhand geführt nach unten und die riesige, eiserne Pforte schwang mit einem quietschenden Geräusch auf. Dahinter erwartete ihn Dunkelheit. Den letzten Rest an Mut zusammennehmend, den er aufbringen konnte, trat er durch die Pforte und in die Finsternis hinein. In dem von draußen hereinfallenden Lichtschein tat er einige Schritte weit nach vorne. Gerade weit genug, dass sich die mächtige Eisenpforte hinter ihm wieder schließen konnte. Lars fand sich umringt von vollkommener Schwärze. Es war so dunkel, dass er buchstäblich die Hand nicht vor den Augen sehen konnte. Da halfen ihm auch seine Vampirsinne nicht mehr weiter. Angst quoll in ihm auf. Er wusste, dass wenn er jetzt die Kontrolle verlieren würde, er sie nie wieder zurück gewinnen konnte. Mühsam, zitternd und Atemzug für Atemzug kämpfte er die aufkeimende Panik in sich nieder. Es gelang. Statt der Furcht fühlte er jetzt jedoch etwas Anderes in sich heranwachsen: Wut. Er war ein Vampir! Die Dunkelheit sollte sein wertvollster Verbündeter sein, aber sie hatte ihn nun schon zum zweiten Mal verraten. Lars schloss für einen Moment die Augen, dann – als hätte der Raum selbst seine Gedanken gelesen – entzündeten sich reihum an den Wänden der Eingangshalle Öllampen. Das flackernde Licht erhellte den Raum so weit, dass Lars sich nun wieder orientieren konnte. Die Inneneinrichtung wirkte sehr viel nobler, als es die äußere Fassade des Theaters hätte vermuten lassen. Doch gleichzeitig war auch alles hier alt und irgendwie verfallen. Die Tapete schälte sich von den Wänden, Staub lag zentimeterdick auf den sporadisch, unsortiert herumstehenden Stühlen und Tischen. Fenster gab es keine. Stattdessen waren an den Wänden uralte Ölgemälde angebracht. Sie zeigten düstere Landschaften und streng dreinblickende Aristokraten. Lars sah, dass der hintere Teil des Raumes durch eine Absperrung abgetrennt wurde. Die Absperrung bestand aus karmesinroten, an Vorhänge erinnernde Stoffbänder, welche an ehemals goldenen, ebenfalls von Staub bedeckten Sockeln befestigt waren. Sie trennte den Aufenthaltsbereich von dem Weg in den Theatersaal. In der Mitte war eine Öffnung angebracht. Genau dort, dachte Lars, müsste eigentlich der Pförtner sein. Doch die Stelle war leer. Vorsichtig ging er darauf zu:

»Hallo«, rief er in den Raum hinein, doch niemand antwortete. Lars hatte die Öffnung in der Absperrung erreicht und blieb stehen. Es fühlte sich nicht richtig an, sie zu durchschreiten, wo er doch sein Ticket noch nicht hatte vorzeigen konnte. In Großmutters Brief stand eindeutig, dass er es dem Pförtner zeigen sollte und, dass er ihn schon erkennen würde. Doch hier war niemand.

»Hallooo«, rief er erneut und diesmal tat sich etwas: Die Öllampen an den Wänden flackerten und wurden dann zusehends dunkler. Übrig blieb ein fahles, schwindendes Zwielicht. Die Schatten nahmen nun wieder an Intensität zu, besonders in den Ecken und an der Decke. Gerade an letzterer waren sie so tief, dass Lars nur noch pure Schwärze darin erkenne konnte. Direkt über dem Durchgang schien sich das Zentrum der Dunkelheit zu befinden – und aus diesem Zentrum erscholl eine heisere, krächzende Frauenstimme:

»Sieh an. So klein und schon so tot.« Etwas bewegte sich in der Finsternis über Lars, als die Stimme weitersprach: »Das sieht man selten. Oder bist du vielleicht noch gar nicht richtig tot? Lass mich dich aus der Nähe betrachten.« Und damit quoll aus der Schwärze über ihm ein Kopf aus der Decke. Nach und nach schob sich auch der Rest des Körpers aus der Dunkelheit hinaus, bis die Gestalt vollends daraus hervorgekrochen war und kopfüber vor Lars stand. Sie war etwa zweieinhalb Meter groß, trug ein langes schwarzes, irgendwie zerfetzt wirkendes Kleid mit enger Taille.

Schultern und Dekolleté waren überzogen mit einem Stoff, der Lars unangenehm stark an Spinnenfäden erinnerte. Das skurrilste an der Gestalt war jedoch ihr Kopf. Ihre Augen waren ausgekratzt. Die Verstümmelung war mit solcher Brutalität ausgeführt worden, dass nur noch schwarz-rötliches Grind von dem übrig war, was einmal ihre Augäpfel gewesen sein mussten. Getrocknetes Blut, gemischt mit verschwommenem Ruß verlief über ihr Gesicht. Das, was den Anblick jedoch am meisten verstörend machte, war ihr Mund: Er verlief riesig und umrandet von dünnen schwarzen Lippen bis dahin, wo bei einem Menschen der Wangenknochen aufhörte. Ihr breites Grinsen offenbarte zwei Reihen spitzer Zähne. Wie das Gebiss eines Haifisches, schoss es Lars durch den Kopf. Die Frau sog ruckartig die Luft durch ihre platte, ebenfalls irgendwie verkrüppelt wirkende Nase ein. Sie schnüffelte, analysierte, dachte kurz nach und grinste dann noch etwas breiter:

»Tot. Kein Zweifel. Und mehr noch sogar: Ein Diener des Todes.« Die Frau unterbrach sich, legte die linke mit blassen langen Fingern und spitzen schwarzen Nägeln besetzte Hand auf die Brust und deutete eine Verbeugung an: »Ich bin Rosamunde. Der Pförtner in diesem Haus.« Wenn das der Pförtner war, dachte Lars – wieder einmal seine Angst herunterkämpfend – wollte er nicht wissen, wie der Direktor aussah:

»Ha… Hallo«, stotterte er weiter mit seiner Furcht ringend. Dieses Mal war die Angst aber nicht mehr ganz so überwältigend. Es war, als ob er in den vergangenen Stunden schon zu viel Furcht in zu kurzer Zeit erlebt hätte und nun gegenüber diesem Gefühl wie betäubt schien. So wie Schmerz den man über lange Zeit erträgt, ein betäubendes Gefühl hinterlässt.

»Ich bin Lars von Largaretta«, sprach er weiter.

»Ich weiß«, krächzte Rosamunde, »ich habe es gerochen.«

»Gerochen?«, widerholte Lars verwirrt, »du kannst meinen Namen riechen?«

»Deinen Namen, deine Art, deine Vergangenheit und sogar deine Zukunft«, gab die Frau zurück, »und die Tatsache, dass du eine Eintrittskarte für dieses Theater hast.« Bei den letzten Worten klang sie ein bisschen enttäuscht. Lars zog es vor nicht herauszufinden warum sie dabei so klang. Was er aber wissen wollte war:

»Du hast mich gerade einen Diener des Todes genannt. Was meinst du damit?« Rosamunde legte den Kopf schief und sah ihn nachdenklich an:

»Es wird dir nicht gefallen, wenn ich es dir sage«, krächzte sie weiter, aber Lars blieb hartnäckig:

»Bitte sag es mir trotzdem. Was meinst du damit?«

»Na gut, aber nur, weil ich so ein weiches Herz habe«, gab die Frau schließlich, in einer Tonlage, die etwas furchtbar Falsches an sich hatte, breit grinsend nach, »du bist ein Mörder, Laaz von Largaretta. Oder genauer: Du wirst ein Mörder sein. Weil du existierst müssen viele Menschen sterben.« Die Worte des Pförtners trafen Lars. Allerdings nicht so hart, wie sie es hätten tun müssen. Er war ein Vampir. Natürlich würden früher oder später Menschen durch seine Hand sterben. Was ihn erschreckte war, dass ihn der Gedanke daran nicht abstieß. Er war bei den Menschen aufgewachsen und hatte dort gelernt, dass man auf gar keinen Fall töten durfte. Mörder waren immer die »Bösen«, die verachtet wurden wie sonst fast kein anders Mitglied der Gesellschaft. Er versuchte sich vorzustellen, wie er selbst einen Menschen tötete. Wahrscheinlich, dachte er, würde es geschehen, wenn er sich an einem von ihnen nährte. Was er sich noch nicht so richtig vorstellen konnte, war, dass er es mit Absicht tun würde.

»Du hast recht. Das finde ich nicht so gut«, gestand Lars schließlich ein und zog die Eintrittskarte aus dem Umschlag hervor, um sie Rosamunde zu reichen.

»Wer weiß«, hauchte sie in mysteriöser Tonlage, als sie die Karte entgegennahm, »vielleicht hast du dein Schicksal ja selbst in der Hand und kannst die Zukunft noch umschreiben.« Es klang nicht so, als würde sie an ihre eigenen Worte glauben. Sie legte den Kopf zur anderen Seite, richtete ihren Blick auf die Eintrittskarte, so als könnten die verstümmelten Augen noch etwas sehen und öffnete dann ihren Mund. Anschließend brachte sie eine unnatürlich lange, schwarze, glitschige Zunge zum Vorschein. Damit leckte sie über eine der Kartenkanten, bevor die Zunge wieder in ihrem Mund verschwand. Danach reichte sie die abgeleckte Karte zurück an Lars:

»Sie ist entwertet, du darfst eintreten.« Mit einem missmutigen Gesichtsausdruck nahm Lars die Karte entgegen. So wollte er sie nicht zu Großmutters Brief in den Umschlag stecken, also behielt er sie an dem nicht angeleckten Ende in der Hand:

»Danke«, sagte er schlicht. Rosamunde grinste ihn nur an und für einen Moment wirkte es so, als ob sie darüber nachdachte, wie es wohl wäre Lars zu fressen. Dann aber lachte sie nur und verschwand, auf die gleiche Weise wie sie erschienen war, in dem finsteren Zentrum an der Decke. Das Licht der Öllampen fand zu seiner vorherigen Intensität zurück. Leicht angeekelt betrachtete Lars noch einmal die Karte und trat dann durch die Öffnung in der Absperrung. Er sah sich noch einmal um, aber nichts hatte sich verändert. Ermutigt davon ging er auf die große, massive Holztür zu, die den Eingangsbereich abgrenzte. Der Türgriff schimmerte mattgolden und ließ sich nur mit einem sanften Ruck hinunterdrücken. Als er sie öffnete sah er in den Theatersaal hinein. Er schluckte, trat durch die Tür und wunderte sich auch schon gar nicht mehr darüber, dass sie sich hinter ihm von allein wieder schloss.

4

Lars stand in dem leeren Theatersaal. Die vergilbten Zuschauersessel mussten einmal in einem kräftigen Rotton sehr nobel und edel gewirkt haben. Jetzt aber waren die Farben verblichen. Die ebenso vergilbten, gigantischen Vorhänge waren bereits zu Seite gezogen, oder seit der letzten Benutzung einfach dort belassen worden. So hatte Lars einen guten Blick auf die Bühne, welche etwa 15 Meter vor ihm lag. Trotz der Dunkelheit, die den hinteren Teil der Bühne verbarg, konnte Lars ihren ebenso verwahrlosten Zustand erkennen. Die Dielen aus dem der Boden gefertigt war, wirkten verbogen, spröde und rissig. Zu diesem Bild passend, bröckelte ausgewaschene Farbe von den Wänden und der Decke, welche den Theatersaal umschlossen. Die Beleuchtung bestand aus etwas, das wie die Öllampen in der Halle draußen aussah. Sie waren nur teilweise in Betrieb, die Übrigen schienen so, als hätte man sie seit Jahrhunderten nicht mehr verwendet.

Lars Blick streifte durch die leeren Reihen des Theatersaals und suchte nach einem Platz, von dem er hoffte, er würde nicht zusammenbrechen, wenn er sich daraufsetzte. Als er einen Sitz gefunden hatte, der diesen Anforderungen gerecht zu werden schien, ging er darauf zu, wischte mit der Hand den gröbsten Teil des Staubes ab und setzte sich darauf. Der Sessel knirschte erbärmlich, doch er hielt der Belastung stand. Vorsichtig legte Lars die Arme auf den Sitzlehen ab. Wieder knirschte es. Dieses Mal jedoch nicht mehr ganz so schrecklich. Er atmete erleichtert aus und richtete seinen Blick dann auf die Bühne. Fast augenblicklich begann das Schauspiel: Fünf Marionetten fielen, von zwei uralten

Händen geführt, von der Decke über der Bühne herab. Außer den extrem faltigen, bleichen Händen konnte man von dem Marionettenspieler jedoch nichts erkennen. Ein ebenfalls an Fäden befestigter Tisch in passender Größe zu den Marionetten wurde herabgelassen und bildete so das Zentrum der Szenerie. Die Fünf Figuren hampelten ein paar Momente ungelenk umher, kamen dann zur Ruhe und verbeugten sich schließlich zuerst vor den leeren Theatersitzen und daran anschließen noch einmal voreinander. Bei den Marionetten handelte es sich um kunstvoll gefertigte Holzfiguren, denen man Haare aus Wolle und Kleidung aus alten Stofffetzen angefügt hatte. Lars bemerkte, dass sie alle ausschließlich dunkle Kleidung trugen. Wenn sie sich bewegten, entstand ein gedämpftes, klirrendes Geräusch von trockenem, aufeinandertreffendem Holz. Das Geräusch erinnerte Lars an Klangstäbchen. Außer diesem hölzernen Klirren gab es zunächst jedoch keine weitere Geräuschkulisse. Niemand sprach und es wurde auch keine Musik gespielt. Diese unvollkommene Stille in Kombination mit dem Zustand des Theaters tauchte die Szenerie in ein bizarres Licht. Auf Lars wirkte das alles etwas unheimlich, aber er hätte nicht erklären können was genau diesen Schrecken in ihm hervorbrachte.

In den ersten Momenten geschah nichts Außergewöhnliches. Die Marionetten hampelten herum und umkreisten den Tisch. Erst einzeln, dann in der Gruppe. Anschließend versammelten sie sich um den Tisch herum, so als betrachteten sie eine imaginäre Karte, die darauf ausgebreitet wäre. Sie gestikulierten und taten als hielten sie einen Kriegsrat. So ging das Schauspiel eine Weile zu bis Lars auf einmal etwas hörte. Etwas, das sehr weit hinter der Bühne liegen musste. Es klang wie das Grollen eines Donners. Die Marionetten erstarrten. Als hätten sie es auch gehört. Die alten

Hände, welche die Marionetten führten, zogen sich in die Dunkelheit zurück und waren kurz darauf gar nicht mehr zu sehen. Das Grollen wiederholte sich. Es schien jetzt schon viel näher. Lars konnte nun auch ein Stampfen hören. Gefolgt von einem Schleifen, so als würde etwas ungeheuer Schweres über den Boden gezogen werden. Das Theater bebte unter dem Stampfen und das Grollen wurde immer lauter. Es klang jetzt mehr nach einem Brüllen. Urzeitlich, brutal und vor allem zornig. Die Marionetten verhielten sich plötzlich sehr hektisch. Es schien, als zitterten sie vor Angst – und auch Lars spürte es: Furcht. Eine entsetzliche Furcht vor dem was da auf sie zukam. Dann wurde es plötzlich wieder ganz still. Und in dieser Stille, in der Dunkelheit im hinteren Teil der Bühne erschienen zwei rotglühende, unendlichen Hass versprühende Augen. Das Monster schnaubte und atmete rasselnd. Es klang wie schwere Kettenglieder, die durch eine eiserne Öse gezogen wurden. Erstarrt vor Angst sah Lars, wie sich die Kreatur weiter vorwärts auf die Bühne und auf ihn zu bewegte. Ein dunkles, krokodilartiges Maul, gespickt mit bösen, unterarmlangen Reißzähnen erschien. Das Wesen brüllte in Zorn auf und zerschlug mit einer gewaltigen Pranke den Tisch, die Marionetten und einen Teil der hölzernen Bühne. Triumphierend reckte sich das Monster auf, richtete den Kopf entgegen der Decke und öffnete das Maul, wie um erneut zu brüllen. Doch statt des Geräusches erschienen Flammen aus dem Rachen der Kreatur. Sie bewegte den Kopf, sodass die Flammen einen Halbkreis über der Kreatur zeichneten. Lars fühlte die erstickende Hitze dieser todbringenden Flammen. Voller Entsetzen erkannte er jetzt endlich, was das für ein Monstrum war: Ein Drache. Ein gigantischer, schwarzer Drache so groß wie ein Haus. Die Bestie stoppte den Feuerausstoß, senkte den Kopf dann nach unten und sah Lars mit tief verwurzelten, allem um sie herum geltenden Hasses an. Sie wollte ihn töten. Mehr noch: ihn vernichten, auslöschen, dafür sorgen, dass sein ganzes Sein und jegliche Erinnerung an ihn nicht mehr existieren. Lars spürte diese unkontrollierbare Abscheu ihm gegenüber so deutlich, als wären es seine eigenen Gefühle. Langsam öffnete der Drache sein Maul. Gleich würde er einen vernichtenden Feuerausstoß in seine Richtung speien, vor dem es kein Entkommen mehr gab. Doch kurz bevor das Monstrum die Bewegung beenden konnte, erklang wie aus dem Nichts ein Rauschen. Auch dieses Geräusch wirkte gewaltig, urzeitlich und wurde rasant lauter. Es erinnerte an einen reißenden Fluss, der in die Tiefe stürzte. Merklich überrascht hielt der Drache inne und im nächsten Moment schwappten gewältige Sturzbäche aus der Dunkelheit hinter und über ihm. Es war kein Wasser, was da auf das Monster rauschte, sondern etwas dunkles und dickflüssiges. Es war Blut. Die Sturzbäche schwollen rapide an und wurden zu reißenden Massen an Blut. Anstatt Feuer zu speien, brüllte der Drache und wand sich in den auf ihn einfallenden tiefroten Wasserfällen. Die Sturzbäche nahmen weiter Fahrt auf, überfluteten die Bühne und strömten schließlich in entsetzlichem Ausmaß, alles mit sich reißend auf Lars zu. Panisch hob er die Hände vor das Gesicht, wie um das Unheil abzuwenden. Kurz bevor ihn die Blutmassen erreichten und erdrücken konnten, sah der Drache noch einmal mit seinem triefenden, von endgültigem Hass erfüllten Blick in seine Richtung. Und dann griff etwas in der Anderswelt nach Lars. Etwas riss ihn aus dem Theatersaal. Lars fühlte sich von dem gleichen Sog erfasst, der ihn und Serine schon zuvor gepackt und in den unheimlichen Wald geschleudert hatte. Noch bevor ihn der Sog ganz verschlang, griff plötzlich eine weitere Macht nach ihm. Etwas Böses zerrte ihn zurück in den Theatersaal. Der Körper des Drachen wurde von den Blutmassen nach unten gedrückt, doch sein Kopf war noch frei und blickte voller Abscheu in seine Richtung. In einer unglaublich schnellen Bewegung öffnete er das Maul und schickte eine Flammenzunge auf Lars zu. Wieder griff etwas aus der Anderswelt nach ihm. Dieses Mal deutlich stärker. Flammen und Blut rasten in seine Richtung. Zwischen ihnen und Lars lag noch ein halber Meter, als ihn etwas endgültig aus dem Theater fortzog. Dunkelheit umgab ihn und er wurde durch das Nichts geschleudert. Völlig haltlos fiel er in die unendliche Finsternis der Anderswelt.

Der rote Ritter

1

Das Erste was Lars sah, als er die Augen öffnete, war Serines Lächeln. Sie stand über ihm gebeugt und streichelte sanft sein Haar nach hinten. Ihr Lächeln und ihre Berührung gaben ihm seine Orientierung zurück. Er fand sich in dem Sarg wieder, in den er in der Villa geklettert war um sich schlafen zu legen. Ein leicht metallischer Geschmack lag ihm im Mund. Er kannte diesen Geschmack. Es war Serines Blut. Lars würde ihr Blut immer erkennen. Es war das Erste, das er je getrunken hatte. Es war ihr Blut gewesen, das ihn aus einem tiefen Elend, nämlich sein sterbliches Leben, befreit hatte. Ihr Blut hatte seine Zähne zum Wachsen angeregt und nun war es ihr Blut, dass ihn aus einem sehr tiefen Schlaf, dem Zustand, der »Tod« genannt wird zurückgebracht hatte.

»Wie geht es dir?«, fragte die Vampirin und half Lars dabei, sich im Sarg aufzurichten. Er zögerte, fühlte kurz in sich hinein und antwortete dann:

»Gut, glaube ich. Aber ich bin froh, wieder aus der Anderswelt heraus zu sein.«

»Es tut mir leid, dass ich dich nicht weiter begleiten konnte«, begann Serine ernst, »aber der Wächter hätte mich niemals durchgelassen.«

»Ich weiß«, gab Lars zurück, »aber ich habe es auch so geschafft. Du hattest Recht, mit dem was du im Wald zu mir gesagt hast. Trotzdem war es noch ziemlich unheimlich. Mit dir wäre es wohl sehr viel leichter gewesen.«

»Ich möchte heute Nacht, nachdem wir uns hier eingerichtet haben, mit dir jagen gehen. Vielleicht kannst du mir aber vorher noch erzählen, wie es bei dir weitergegangen ist?«, fragte sie und Lars nickte:

»Das klingt großartig.« Dann erst sah er sich um. Der Raum in dem er erwacht war, wirkte modern. Es gab ein großes Bett, das an der Wand stand. Zu beiden Seiten befand sich ein Nachtkästchen aus hellem Holz. Auf der gegenüberliegenden Seite stand ein großer Fernsehbildschirm, der auf einer ebenfalls aus hellem Holz gefertigten Kommode platziert worden war. Das Design der Möbel war schlicht und geprägt von vielen glatten Oberflächen. Der Sarg, in dem Lars noch immer saß, wirkte absolut deplatziert. Lars erkannte, dass ein weiterer Sarg unter das Bett geschoben worden war. Daneben gab noch genug Platz um auch seinen zu verstauen.

»Wo sind wir hier?«, fragte er nach einem kurzen Moment.

»Wir sind in einem Hotel untergekommen. Es gehört der Familie«, sie zögerte kurz und fügte dann hinzu: »im Grunde genommen gehört es mir, aber ich mag es nicht besonders.«

»Es gehört dir?«, fragte Lars erstaunt, »Das ganze Hotel?«

»Ja«, begann die Vampirin zu erklären, »es war nicht immer ein Hotel weißt du. Früher einmal war es ein Waisenheim. Das gleiche Heim in dem man mich untergebracht hatte, bevor Marek und Carolin mich fanden.«

»Oh«, machte Lars betroffen. Er wusste, dass Serine keine guten Erinnerungen an diese Zeit hatte: »Wie kommt es, dass es jetzt dir gehört?«

»Als mein Blut erweckt wurde und ich meine Stärke als Vampir fand, kehrte ich noch einmal hierher zurück. Die Anderen sind sehr schlecht mit mir umgegangen, als ich bei ihnen leben musste. Noch dazu hatten es die Kindermädchen vorgezogen lieber wegzusehen, anstatt zu helfen, wenn die anderen Mädchen kamen, um mich zu quälen. Also bin ich noch einmal zurückgekehrt.« Serine zögerte erneut aber sprach dann, ohne dass ein Nachhaken nötig war, weiter: »Ich habe sie umgebracht, als sie schliefen. Aus ihnen wäre ohnehin nichts geworden. Ehrlich.« Sie unterbrach sich und sah Lars mit einem leicht sorgenvollen Gesichtsausdruck an. So als hätte sie Angst davor, dass er sie, für das was sie getan hatte, verurteilen würde. Stattdessen war Lars selbst ein wenig davon überrascht, dass ihn dieses Geständnis nicht im Mindesten schockierte. Es war ähnlich wie in der Anderswelt als Rosamunde ihm prophezeit hatte, dass er ein Mörder werden würde. Er war ein Vampir und Serine war ebenfalls ein Vampir. Natürlich töteten sie hin und wieder Menschen. Zugegeben, dachte Lars, mit dem Mehrfachmord an einem ganzen Waisenhaus hatte Serine vielleicht ein kleines bisschen über die Stränge geschlagen. Andererseits hatte er selbst auch schon darüber nachgedacht, seine alten Widersacher aufzusuchen und sich an ihnen zu rächen. An allen von ihnen und das mindestens ebenso grausam, wie es Serine mit den Ihren getan hatte. Nein, er verurteilte sie in keiner Weise. Alles was sie getan hatte, war ihrer Natur zu folgen. Also lächelte Lars und Serine erzählte mit nun wieder entspannter Miene weiter:

»Carolin und Marek wussten natürlich was ich tat. Sie warteten vor dem Heim auf mich. Als ich schließlich herauskam, war ich blutüberströmt. Ich hatte einer nach der anderen die Kehlen durchgeschnitten und mich an ihren sterbenden Körpern genährt. Aber weder Marek noch Carolin haben irgendetwas dazu gesagt. Die beiden schmunzelten nur gutmütig und dann steckten wir das Waisenhaus in Brand. Das Grundstück und die Ruine des Heims erwarb Marek später sehr günstig. Da ich eine besondere Verbindung zu diesem Ort hatte, schenkte er es mir und erklärte, dass ich frei darüber verfügen könnte. Ich entschied einige Zeit später, ein

Hotel daraus zu machen. Es schien mir sehr praktisch, da wir auf diese Weise immer einen sehr leichten Zugang zu schlafenden Menschen hätten, von denen wir uns nähren könnten. Ich habe die Betten hier sogar extra so anfertigen lassen, dass man zwei Särge darunter verstecken kann. So wird das Personal nicht misstrauisch.« Lars fand, dass das ein sehr kluger Gedankengang war. »So«, schloss Serine ab und wechselte das Thema, »aber jetzt möchte ich wissen, wie es bei dir weitergegangen ist. Hast du es noch gut durch den Wald geschafft? Hast du eine Vision erhalten?« Lars erzählte ihr alles. Er erzählte ihr von Eugen und davon, dass Großmutter ihm eine Hilfestellung geschickt hatte. Aus Serines Gesichtsausdruck konnte er lesen, dass sie die gleiche Erleichterung über Großmutters Kenntnis ihrer Unternehmung verspürte, wie er es selbst getan hatte. Er erzählte Serine weiter von dem Brief und der Eintrittskarte, davon wie er das Theater schließlich gefunden hatte und wie Rosamunde ihn prüfte. Und dann erzählte er ihr endlich von der Vision. Lars lies kein Detail aus. Als er von dem Drachen erzählte, weiteten sich Serines Augen vor Schrecken.

»Das war knapp«, kommentierte sie schließlich schockiert, »hätte ich dich nur einen Moment später aus der Anderswelt zurück geholt… Ich will mir gar nicht vorstellen was passiert wäre.« Bei diesen Worten zog sie Lars eng zu sich heran und umarmte ihn so fest, als wolle sie ihn nie wieder loslassen. Lars erwiderte die Umarmung. Nach allem, was er erlebt hatte, tat es ihm unendlich gut wieder Serines Nähe zu spüren. Das war es also gewesen, was ihn letztlich vor dem Drachenfeuer bewahrt und aus der Anderswelt hinaus gerissen hatte: Serines Blut. Sie hatte ihn wieder einmal gerettet. Nach einer Weile lösten sie ihre Umarmung.

»Wenn die Marionetten, die du gesehen hast das Consilium Noctis repräsentieren«, begann sie nachdenklich, »scheint es so als würde es von etwas anderem gelenkt oder beeinflusst werden.«

»Etwas Altem«, fügte Lars hinzu und erinnerte daran, dass es eine uralte Hand war, die die Figuren gelenkt hatte.

»Etwas Altem«, bestätigte Serine nickend, »Das ist gar nicht gut. Marek hat mir erzählt, dass die Entscheidungen, die das Consilium trifft, teilweise weltverändernd sind. Sie können zum Zerfall von ganzen Zivilisationen führen.«

»Aber was, wenn die Marionetten gar nicht das Consilium darstellen sollen?«, gab Lars zu bedenken, »Vielleicht sollten sie auch die Familie darstellen?« Nach einem kurzen Moment, indem beide nachdenklich schwiegen, fragte er weiter: »Und was ist mit dem Drachen? Was kann er bedeuten?« Serine legte die Stirn in Falten:

»Ich weiß es nicht. Ich glaube wir müssen das mit Großmutter besprechen. Sie hat am meisten Erfahrung mit solchen Dingen.« Nach einer kurzen Pause fügte sie noch hinzu: »Diese Sache ist zu groß dafür, um einen eigenen Blickwinkel außerhalb ihres Wissens aufzubauen.« Lars stimmte ihr zu. Er nickte dabei nur, fühlte aber zugleich auch erneut die Erleichterung, Großmutter mit einzubeziehen. Es erschien ihm völlig richtig, gerade wo sie ihm doch dabei geholfen hatte, die Vision überhaupt zu erhalten.

»Jetzt aber«, leitete Serine in einem viel vergnügteren Tonfall ein neues Thema ein, »gehen wir erst einmal jagen. Wir können es gleich hier im Hotel tun, wenn du magst.« Dabei zog sie, ihre spitzen Zähne entblößend, grinsend zwei Schlüsselkarten hervor: »Wir haben Zugang zu allen Zimmern.«

2

Sie streiften eine Weile durch das Hotel. Es war für etwa einhundert Besucher insgesamt ausgelegt und somit einigermaßen überschaubar. Trotzdem hatte Lars zunächst Schwierigkeiten sich zu orientieren und war somit dankbar, Serine als seine Führerin an der Seite zu wissen. Während sie in den Fluren und Gängen herumstreifen, kamen sie auch am Büro des Hotelmanagers vorbei. Serine erklärte, dass er sich um alle Angelegenheiten des Hotels kümmerte, aber sonst von den vampirischen Hintergründen nichts wusste. Um diese Uhrzeit – es war etwa drei Uhr nachts – lag er natürlich schon lange im Bett. So konnten sie sein Büro ungestört betreten. Der Schreibtisch, welcher mittig im Raum stand, befand sich in einem bemerkenswert ordentlichen Zustand. Es waren nur zwei Computerbildschirme, eine Tastatur und Maus, sowie einige sauber angeordnete Büromaterialien darauf. Serine ignorierte den Computer und trat auf einen der größeren Schränke im Büro zu. Er war verschlossen, aber das Schloss hatte eine derart miserable Qualität, dass die Vampirin es innerhalb weniger Sekunden öffnen konnte:

»Ich habe die Anweisung gegeben, dass alle Hotelgäste auf einer Liste festgehalten werden müssen«, während sie sprach fuhr ihr Zeigefinger über die sich im Schrank befindenden Ordner, »Aha«, machte sie, als sie den Ordner mit dem aktuellen Monat fand. Sie nahm ihn aus dem Schrank heraus und legte ihn auf dem Schreibtisch ab, sodass Lars mit hineinsehen konnte.

»Das sind aber sonderbare Namen«, kommentierte er, als er feststellte wie schwer es ihm fiel einige der Namen zu lesen. Manche Buchstaben hatten Zusätze, die er weder aus der deutschen, noch aus der englischen Sprache herauskannte.

»Es sind hauptsächlich rumänische Namen«, erklärte Serine, »wir sind in Țigănești, in Rumänien.«

»Oh«, machte Lars, dem es bis zu diesem Moment gar nicht bewusst gewesen war, dass sie sich so weit weg von Zuhause befanden. »Ich war noch nie in Rumänien«, schloss er schließlich.

»Das letzte Jahrhundert war nicht sonderlich gnädig mit diesem Land, aber ich glaube seit einiger Zeit geht es langsam wieder bergauf«, erläuterte Serine und zeigte dann auf zwei Namen: »Ein Pärchen in Zimmer 203. Er ist 32 und sie 27. Hast du Lust auf sie?« Lars nickte. Ihm war so sehr danach Blut zu trinken, dass er nicht im Geringsten wählerisch war. Dass es sich hier um jüngere Leute handelte, freute ihn aber umso mehr. Das Alter eines Menschen wirkte sich nicht immer auf den Geschmack seines Blutes aus, denn dieser wurde mehr vom Lebensstil beeinflusst. Für Lars war es dennoch angenehmer sich von jüngeren Menschen zu nähren. Das lag unter anderem an dem unterschiedlichen Gefühl, dass alte und junge Haut auf seinen Lippen verursachte, aber auch an den verschiedenen Gerüchen. Serine klappte den Ordner wieder zu und stellte ihn sorgsam zurück ins Regal. Sie nahm sich sogar kurz Zeit, um das Schloss wieder zu verschließen. Als sie hinterher wieder aus dem Bürozimmer traten, wirkte alles so, als ob sie es nie betreten hätten.

Sie fanden Zimmer 203 im zweiten Stockwerk, ganz in der Nähe des Treppenhauses. Serine öffnete die Zimmertür ohne ein Geräusch zu verursachen. Lautlos glitten sie über den Stoffboden des Hotels zum Doppelbett, welches sich in der Mitte des Raumes befand. Das Pärchen lag mit dem Rücken zueinander. Beide waren in eine eigene Decke eingehüllt und sie schliefen tief und fest. Wie in den meisten Fällen, wenn Serine und Lars zusammen das Blut eines Paares tranken, näherte er sich der jungen Frau und die Vampirin wandte sich dem Mann zu. Serine legte das Handgelenk des Mannes frei und umschloss es mit ihren Lippen. Ein Ausdruck von unendlichem Genuss trat auf ihr Gesicht und sie griff nun auch mit der zweiten Hand nach dem Arm des Mannes, wie als hätte sie Angst, dass er sich befreien könnte. Lars strich seinerseits das schwarze Haar der schlafenden Frau zur Seite und näherte sich ihrem Hals. Seine Zähne fanden sofort ihr Ziel. Es fühlte sich an, als sei es eine Ewigkeit her, dass er es so sehr genossen hatte Blut zu trinken. Die Zeit in der Anderswelt und der lange Schlaf hatten ihn ausgehungert. Mit jedem Schluck den er tat, kehrte seine Kraft ein bisschen mehr zurück und nach ein paar Minuten fühlte er sich ausreichend gesättigt. Er nährte sich trotzdem noch etwas weiter an der jungen Frau und sah gleichzeitig zu Serine hinüber, die den Arm des Mannes immer noch fest gepackt hielt. Die Vampirin öffnete ihre Augen und Lars sah darin wieder diese raubtierhaften Flammen. Dieses Mal sogar noch viel deutlicher als zuvor in der Anderswelt. Lars ließ von der jungen Frau ab. Ihre Wunden heilten wie gewohnt fast augenblicklich. Lautlos huschte er an dem Bett vorbei und zu Serine hin. Sie trank noch immer von ihrem Opfer. Mit einer Bewegung, die eine große innere Überwindung und Kraftanstrengung vermuten ließ, führte sie dann langsam ihren Mund weg vom Arm des Mannes. Dabei behielt sie aber ihren Griff um ihn. Mühsam beherrscht drehte sie sich zu Lars und sah ihn mit einem gierigen, aber auch beinahe etwas verzweifelten Blick an:

»Ich will ihn töten.« Sie hatte die Worte geflüstert. Kaum hörbar, aber Lars erreichten sie dennoch klar und deutlich. Er fühlte es. Serines Mordlust in diesem Moment war so präsent, dass sie ihn beinahe ansteckte.

»Ich will ihn töten«, wiederholte sie fast flehend und sah dabei Lars, so an, als wolle sie ihn um Erlaubnis bitten. Trotz dessen, dass sie weiterhin flüsterte, war die Erregung und das Verlangen in ihrer Stimme nicht zu überhören. Serines Wunsch zu töten, glich dem eines Drogenabhängigen nach seinem Suchtmittel. Lars wusste nicht, wie er sich verhalten sollte. Er musste an Rosamunde denken und daran wie sie ihm in der Anderswelt prophezeit hatte, dass er ein Mörder werden würde. Aber, dass es jetzt schon so bald geschehen sollte, damit hatte er einfach nicht gerechnet. Ihm war klar, dass, wenn sie den jungen Mann ermorden würden, sie seiner Partnerin das gleiche antun müssten. Zumindest dann, wenn sie den Mord vertuschen wollten. Nachdenklich sah er zu der schlafenden Frau, von der er sich nur vor wenigen Momenten genährt hatte. Er wollte nicht, dass ihr Leben hier endet. Langsam schüttelte er den Kopf:

»Serine, ich glaube das ist keine gute Idee.« Serine starrte ihn für einen Moment resignierend und auch etwas enttäuscht an. Dann schloss sie die Augen und atmete drei Mal hörbar ein und aus. Als sie ihre Augen wieder öffnete lag schon etwas mehr Beherrschung darin, als noch vor einem Moment. Auch die Enttäuschung war gewichen:

»Vielleicht hast du Recht«, flüsterte sie niedergeschlagen, »ihn zu töten wäre sinnlos.« Mit sichtlicher Anstrengung ließ sie den Arm des Mannes endlich los. Dann wandte sie sich wieder an Lars. Ihre Stimme klang jetzt unendlich traurig, als sie sprach: »Es ist nur… dieser Ort weckt schlechte Erinnerungen in mir. Ich kann die Zeit, die ich hier als Kind verbracht habe einfach nicht vergessen. Es tut mir leid.« Lars fühlte ihren Schmerz. Er konnte ihn deutlich nachempfinden. In seiner eigenen Zeit bei den Menschen, hatten sie ihn auch gequält und gehänselt. Der Unterschied war nur, dass er nach der Schule nach Hause gehen und dem entfliehen hatte können. Serine war damals Tag und Nacht in dem Waisenhaus und war so den Tyranneien ihrer Mitmenschen durchgehend ausgeliefert gewesen. Da nutzte es auch nichts, dass sie jetzt viel stärker war und auch grausame Rache geübt hatte. Der Schmerz war in ihrer Seele verankert und keine Zeit der Welt vermochte es ihn zu heilen.

»Es ist schon gut«, tröstete Lars mit ehrlichem Verständnis in der Stimme und nahm die Vampirin in den Arm, »komm, wir gehen in unser Zimmer zurück und ruhen uns ein bisschen aus.« Ihm war klar, dass auch das keine Heilung bringen konnte. Das Waisenhaus mochte vor vielen Jahrhunderten abgebrannt sein, doch in Serines Herz loderten die Flammen noch immer. Aber vielleicht, dachte Lars, half es ihr etwas, wenn sie Abstand zu der Situation gewinnen konnte. Sorgsam und Stück für Stück half er ihr auf und sie verließen den Raum. Rosamundes Prophezeiung mochte der Wahrheit entsprechen. Doch noch, dachte Lars zufrieden, war sie nicht eingetreten. Zu diesem Zeitpunkt wusste er noch nicht, dass sie es jedoch sehr bald werden würde.

3

Serine kämpfte noch eine Weile gegen ihr inneres Raubtier an, nachdem sie in ihr Hotelzimmer zurückgekehrt waren. Als Lars sie so sah, bedauerte er seine Entscheidung, sie vom Töten abgehalten zu haben fast ein wenig. Es ging ihr eindeutig nicht gut damit. Was war schon das Leben zweier Menschen im Vergleich zu dem unendlichen Leid, dass die Vampirin mit sich herumtragen musste. Serine gewann zwar den Kampf gegen ihren inneren Drang, aber es zerrte an ihr und so gingen sie früh schlafen. Lars war von seinem Abenteuer in der Anderswelt noch so erschöpft, dass es ihm ganz Recht war. Seltsam, dachte er als er einschlief, er hatte auf dem Weg nach Ţigăneşti so lange geschlafen, ja war in einem gewissen Sinne sogar tot gewesen und doch brauchte er immer noch mehr Schlaf. In dieser Nacht zog es ihn nicht in die

Anderswelt. Er war froh darüber diesen Ort erst einmal nicht betreten zu müssen und so erwartete ihn ein traumloser Schlaf.

Am nächsten Morgen ging es der Vampirin schon wieder viel besser. Sie strahlte Lars freudig an, als er erwachte:

»Wach auf du Schlafmütze. Die Familie wartet schon auf uns.« Lars lächelte zurück und richtete sich im Bett langsam auf. Er gähnte herzhaft, streckte die Arme und erhob sich:

»Wie geht es dir denn heute?«, fragte er, obwohl er genau sehen konnte, wie gut es um sie stand. Ihr Blick wurde ein bisschen ernster, aber sie erklärte trotzdem in einigermaßen gelassener Tonlage, dass ihr Verlangen zu Morden am vorangegangenen Abend nicht nur mit diesem Ort zu tun hatte, sondern auch mit dem, was in der Anderswelt geschehen war. Die Geister im Wald der Gehängten hatten ihr Blut als schwach bezeichnet und der Wächter wollte sie nicht passieren lassen. Das alles hatte ihr sehr zugesetzt und so war das Raubtier in ihr ungeheuer stark geworden. Jetzt aber, als sie noch eine Nacht darüber schlafen konnte, fühlte sie sich schon viel besser und gab auch nicht mehr viel auf das Geflüster der Geister:

»Es ist mir egal, ob sie oder der Wächter mein Blut für schwach halten. Ein Vampir wird durch mehr definiert, als nur sein Blut. Außerdem, hat mir mein Blut immer gute Dienste geleistet, seit es erwacht ist.« Lars lächelte. Er freute sich sehr zu sehen, wie viel besser es seiner Freundin ging und die Einstellung, die sie zu all dem entwickelt hatte war bemerkenswert. Er glaubte, dass wenn die Geister so über ihn hergezogen wären, seine Seele einen deutlich länger anhaltenden Schaden genommen hätte. Als er bei den Menschen war, hatten ihn die anderen Kinder häufig gehänselt und manchmal sogar Schlimmeres angetan. Wenn ihn jetzt als Vampir auch noch die Geister verspotten würden… Das hielte er einfach nicht aus. Für das, was Serine schon alles bei den

Menschen und auch danach erlebt hatte, war es umso beeindruckender, dass sie es jetzt dennoch fertigbrachte, eine so positive Einstellung zu entwickeln. Und es war auch inspirierend. Lars lächelte noch etwas breiter:

»Ich bin wirklich froh, dass es dir bessergeht. Ich habe mir schon Sorgen um dich gemacht.«

»Das ist lieb«, sagte sie fröhlich, »aber heute brauchst du dir keine Sorgen um mich zu machen. Komm wir gehen runter zu den Anderen.« Lars warf seiner Freundin noch einen prüfenden Blick zu, aber Serine lächelte nur bekräftigend und so ließ er es dabei bewenden.

Sie verließen das Hotelzimmer und schlenderten durch die Flure hin zum Treppenhaus. Dabei passierten sie auch Zimmer 203. Jetzt war Lars wieder froh darüber, sich für das Leben ihrer beiden Opfer eingesetzt zu haben. Die Familie erwartete sie im Erdgeschoss, in einem von den anderen Gästen abgetrennten Speisesaal. Auch Valdim und Auri waren dort. Der Baron saß am Kopfende des langen Tisches, welchen man in der Mitte des Raumes aufgestellt hatte. Vor ihm lag wieder dieses Buch, mit dem Lars ihn nun schon einige Male gesehen hatte. Carolin schloss gerade die Vorhänge an den Seiten und Synelle tanzte auf dem Tisch. Wie gewohnt trug sie dabei ihr Feen-Ballerina-Kostüm. Großmutter saß in einem Schaukelstuhl an der Seite und lächelte wissend, als Serine und Lars den Raum betraten.

»Ah, da seid ihr ja endlich«, begann der Baron, »habt ihr euch gut von der Reise erholt?« Beide nickten und setzten sich zum Rest an den Tisch. Synelle sprang davon hinunter und nahm ebenfalls Platz.

»Wir haben heute etwas Großes vor uns«, erklärte der Baron feierlich, »wir wollen einen alten Freund besuchen und im besten Falle auch wiedererwecken. Sein Name ist Gheorghe. Lars und

Serine: ihr beide kennt ihn noch nicht, da ihr zu der Zeit, als er das letzte Mal über die Erde wandelte, noch nicht geboren wart. Unter den älteren Vampiren ist er aber sehr bekannt – gleichgültig welchem Haus, Clan oder Sippe sie zugehörig sind. Die meisten haben schon von ihm gehört, wenn auch nicht immer unter seinem richtigen Namen. Er ist bei ihnen oft auch bekannt als der rote Ritter. Gheorghe war einst die rechte Hand eines sehr mächtigen Fürsten aus dieser Region.« Der Baron legte eine kurze effektbringende Pause ein, die Synelle sogleich mit einem übertrieben geschauspielerten Gruselgeräusch kommentierte:

»Wuuuhhuhu…«, machte sie und der Rest der Familie, inklusive des Barons konnte sich ein Schmunzeln nicht verkneifen.

»Als sein Herr verschwunden ist«, fuhr Marek schließlich fort, »hat er sich schlafen gelegt. Unter normalen Umständen würden wir seine Ruhe nicht stören, aber ich hatte bereits angedeutet, dass er wahrscheinlich ein großes Interesse an dem, was das Consilium Noctis zu besprechen hat, haben wird.« Wieder legte er eine kurze Pause ein und sah in die Runde, bevor er in erstem Tonfall fortfuhr: »Unsere liebe Großmutter hat über ihre Visionen erkennen können, dass die anstehende Zusammenkunft des Consilium etwas sehr Besonderes ist. Tatsächlich soll das Ergebnis so bedeutungsvoll sein, wie schon seit vielen Jahrhunderten nichtmehr. Deshalb möchte ich Gheorghe erwecken.« Carolin war hinter ihren Mann getreten und hatte ihre Hand auf seine Schulter gelegt. Gedankenverloren legte der Baron nun die seine auf ihre und erzählte weiter:

»Wir haben die Mittel und kennen die Rituale für eine Wiedererweckung, aber ich möchte ehrlich mit euch sein: wir haben niemals zuvor einen Vampir zurückgeholt, der so lange geschlafen hat wie der rote Ritter. Ich weiß nicht, ob es je versucht worden ist, jemanden, der sechs Jahrhunderte lang in einem Grab lag, zurück zu holen.« Nachdenklich sah er Lars an bevor er weitersprach: »Serine hat uns erzählt, dass du sie mit nur einem Tropfen deines Blutes wiedererweckt hast. Natürlich hat sie deutlich kürzer geschlafen als Gheorghe, aber dennoch ist das überaus beeindruckend. Einen Vampir lediglich zu wecken ist das Eine, ihn aber mit dem Blut soweit zu stärken, dass er innerhalb von kurzer Zeit wieder alleine jagen gehen kann, ist etwas Anderes. Deine Hilfe bei diesem Unterfangen wäre für uns eine enorme Erleichterung. Bist du bereit uns in dieser Sache zu unterstützen?«

»Natürlich!«, Lars zögerte keine Sekunde. Er war froh darüber der Familie endlich etwas zurückgeben zu können, nachdem sie so viel für ihn getan hatten, »Natürlich helfe ich euch dabei!« rief er noch einmal aus und der Baron lächelte zufrieden:

»Ich wusste, dass das deine Antwort sein würde und ich danke dir dafür. Das Grab des roten Ritters liegt in Izvoru. Das ist nicht weit von hier. Wir wollen noch heute Nacht dorthin fahren. Nährt euch gut, denn unser Vorhaben wird anstrengend. Aber seid vorsichtig dabei. So früh in der Nacht schlafen die Menschen oft nicht so tief wie gewohnt. Geht keine Risiken ein. Unser Vorhaben ist zu bedeutungsvoll, um von irgendwelchen Zwischenfällen aufgehalten zu werden.«

Serine und Lars gingen wieder gemeinsam auf die Jagd. Es war elf Uhr in der Nacht und sie fanden zwei Opfer in zwei verschiedenen Zimmern, von denen sie sich gleichzeitig nähren konnten. Einen Mann in mittlerem Alter und eine Frau die schon graue Haare hatte. Dieses Mal behielt die Vampirin die Kontrolle und äußerte nicht, dass sie jemanden töten wollte. Sie tranken mehr als gewohnt, genauso wie es der Baron vorgeschlagen hatte. Lars fragte Serine, als sie sich wieder auf den Weg zu den Anderen machten, wie es dazu kam, dass die Menschen nicht davon erwachten, wenn sie sich von ihnen nährten.

»Das verhält sich so wie ihre Wunden, die sich sofort wieder schließen, wenn wir von ihnen ablassen«, erklärte die Vampirin, »der Schlaf der Menschen wird fester, wenn wir uns von ihnen nähren. Diese Gaben sind aber nicht allen Vampiren gegeben. Ich habe dir doch einmal von Vampiren erzählt, die es vorziehen ihre Opfer zu töten. Bei ihnen würden die Menschen wahrscheinlich aufwachen, wenn sie sich von ihnen nähren. Und selbst, wenn sie sie nicht umbringen, glaube ich kaum, dass sich die Wunden von alleine wieder schließen. Allerdings«, fügte sie nach einer kurzen Pause nachdenklich hinzu, »Vampire können solche Gaben auch erlernen. Ich zweifle jedoch daran, dass diejenigen, die ihre Opfer töten, sich die Mühe machen würden.«

4

Sie traten vor das Hotel, wo die Anderen bereits auf sie warteten. Außer der Familie standen auch zwei baugleiche, schwarz lackierte Kastenwägen vor der Tür:

»Sehr gut«, begrüßte sie der Baron, »dann können wir auch schon los. Serine und Lars, ihr fahrt bei uns mit«, wobei er mit uns Carolin und sich selbst meinte, »und der Rest kann bei Valdim mit in den Wagen.« Genauso machten sie es auch. Das Fahrzeug, in dem sich Lars und Serine befanden, übernahm die Führung, während Valdim ihnen folgte. Sie fuhren etwa eine dreiviertel Stunde, bevor sie ihr Ziel erreichten. Lars bemerkte den schlechten Zustand der Straßen. Der Teer hatte einen helleren Grauton, als er es kannte, bröckelte an einigen Stellen und war rissig. Die weißen Markierungen an den Seiten und in der Mitte wirkten teilweise schon so verblasst, dass es einiges an Phantasie bedurfte, damit man sie noch erkennen konnte. Während der Fahrt scherzten sie über dies und das und so verging die Zeit wie im Flug. Trotz des Spaßes, den sie hatten, lag etwas Seltsames im Raum. Diese Art zu Reisen passte nicht zu ihnen. Auf diese Weise mit einem Auto zu fahren wirkte irgendwie falsch. Wahrscheinlich lag es daran, dachte Lars, dass Autos nicht zu dem Weg der alten Götter gehörten. Als er in dem Leichenwagen geschlafen hatte, hatte er jedoch nichts dergleichen gespürt. Andererseits war er in der Anderswelt auch einer sehr starken Ablenkung ausgesetzt gewesen. Oder vielleicht, überlegte Lars weiter, hatte er das Gefühl nur dann, wenn er sich nicht im Zustand des Vampirschlafes befand.

Sie stellten die Fahrzeuge nebeneinander auf dem Parkplatz eines sehr alten, verwitterten Friedhofes ab. Dabei wurde die Bezeichnung »Parkplatz« der Fläche allerdings nicht ganz gerecht. Es handelte sich eher um einen Teil Erde, der nicht völlig mit Wiese überwuchert war. Der Friedhof lag einige hundert Meter abseits der Ortschaft und wirkte, als hätte sich seit Jahrhunderten niemand mehr um ihn gekümmert. Die aus dunklen Steinen errichtete Mauer war von Moos überdeckt. Das Eingangstor wirkte so verrostet, dass es schien, als bräche es sofort in sich zusammen, wenn man es auch nur unvorsichtig ansah. Entgegen Lars Erwartung zerbrach das Tor jedoch nicht, als Serine das Schloss öffnete und das Gatter vorsichtig nach innen drückte. Der Pfad, welcher über den Friedhof führte, war gerade noch so als solcher zu erkennen. Die Grabsteine standen nicht, wie man es hätte erwarten können, in mehreren einigermaßen zurecht gelegten Reihen, sondern waren chaotisch angeordnet und scheinbar ohne Planung über das Friedhofsgelände verteilt. Auch sie waren in weiten Teilen von Moos überdeckt. Manche lagen auch umgekippt am Boden und wieder andere standen so schief, dass es nur noch eine Frage der Zeit war, bis sie ebenfalls fallen würden. Der Friedhof hatte etwa die Größe von zwei aneinandergelegten Fußballfeldern. In der Mitte stand ein verwittertes, altes, gänzlich aus Stein errichtetes Gebäude. Zu beiden Seiten davon befanden sich noch einmal zwei weitere Bauten in demselben Stil. Letztere waren jedoch etwas kleiner und unscheinbarer. Der Baron steuerte das rechtsstehende davon an und der Rest folgte ihm. Er trug dabei einen aus Leinen gefertigten Sack über der Schulter.

»Das ist der richtige Ort«, verkündete er, als sie vor dem Eingang des Bauwerkes standen, »das Mausoleum des roten Ritters. Dieses Gebäude ist sechshundert Jahre alt. Es wurde extra für ihn erbaut und stellt den Eingang zu seinem Grab dar.« Bei diesen Worten zog er einen alten und sehr großen Schlüssel hervor: »Ich habe den hier mitgebracht, auch wenn ich nicht erwarte, dass das Schloss die Zeit überstanden hat.« Und damit ging er auf die Wand zu. Lars bemerkte erst jetzt, dass das Gebäude keinen Eingang zu haben schien. Zumindest war keine Tür oder so etwas Ähnliches auf der Seite zu sehen, die sie betrachteten. Der Baron legte den Leinensack auf dem Boden ab, dann tastete er mit seiner Hand die Wand entlang. Dabei entfernte er hier und da etwas Moos.

»Aha!«, machte er nach einem Moment, als er das wonach er suchte gefunden hatte, »hier ist es.« Er säuberte die Stelle weiter mit den Fingern. Anschließend nahm er den Schlüssel und steckte ihn in das dazugehörige Loch, welches er gerade frei geräumt hatte: »Ich war dabei, als Gheorghe sich schlafen legte«, erklärte er, »deshalb kenne ich seine Grabstätte.« Damit drehte er den Schlüssel herum. Ein mahlendes Geräusch entstand und dann klickte etwas in der Wand. »Oh«, machte der Baron sichtlich überrascht, »nach all der Zeit funktioniert das Schloss doch tatsächlich noch. Das macht natürlich einiges leichter.« Er winkte sich Valdim herbei, als er weitersprach: »Wenn alles geklappt hat, dann hat der Schlüssel einen Stein im Inneren zu Seite geschoben, der die Bewegung der Wand sonst blockiert. Ein sehr simpler Mechanismus, ich weiß, aber als man dieses Grab errichtet hatte, ging es nun einmal nicht anders. Gheorghe selbst hat den Stein vor seiner Ruhe dort platziert«, dann wandte er sich an Valdim, »Wenn wir uns gemeinsam gegen die Wand lehnen, müssten wir sie jetzt nach hinten schieben können.« Valdim und der Baron stützten sich, in einem Abstand von etwa eineinhalb Metern zueinander, gegen die Wand. Beide suchten mit den Füßen festen Halt am Boden und drückten so fest sie konnten. Auch Auri kam herbei und stützte sich mit ihren Vorderpfoten gegen die Steine. Mit einem noch sehr viel stärkeren, mahlenden Geräusch setzte sich die Mauer tatsächlich in Bewegung. Dabei schoben die beiden Vampire sie nicht direkt geradeaus nach hinten, sondern leicht schräg. Zentimeter für Zentimeter bewegten sie die Steine weiter. Lars erkannte jetzt, dass dieser Teil der Mauern auf einer Art steinernen Spur angelegt war, die eben dazu gedacht war sie im Falle einer Graböffnung zu führen. Trotz ihrer übermenschlichen Stärke, brauchten die beiden Vampire ihre ganze Kraft, um die Wand bis zum Anschlag weiter zu schieben. Dann aber war es geschafft.

»Hu…«, keuchte der Baron, der etwas außer Atem geraten war, »ich bin froh, dass das geklappt hat. Wäre der Mechanismus blockiert gewesen. hätten wir die Mauer einreißen müssen.« Lars teilte seine Erleichterung darüber. Ihm war dabei auch nicht klar, *wie* der Baron die Mauer hätte einreißen wollen. Langsam wurde er etwas nervös. Er wusste, dass der Sarg des roten Ritters jetzt nicht mehr weit sein konnte. Was, wenn sein Blut bei der Wiedererweckung versagte? Was wenn er gar nicht helfen konnte? Er versuchte die Gedanken zu verscheuchen. Natürlich würde er helfen können!

5

Als er in das Mausoleum hineinsah, erkannte er, dass das Bauwerk selbst nur den eigentlichen Eingang zum Grab darstellte, denn in dem dahinterliegenden Raum befanden sich nur zwei Dinge: Eine steinerne Tafel, auf die Worte eingraviert worden waren, welche Lars jedoch nicht lesen konnte. Das Zweite war eine ebenfalls steinerne Treppe, die in die Dunkelheit hinunterführte. Die Finsternis war dabei so tief, dass selbst seine Vampirsinne im ersten Moment nicht ausreichten, um sie vollständig zu durchdringen. Für einen Moment fühlte Lars sich unangenehm an seine Erlebnisse in der Anderswelt und besonders an den Wald der Gehängten zurückerinnert, dann aber schien sich das Dunkle allmählich aufzutun und er konnte Stück für Stück verschiedene Grautöne erkennen. Und mit den Grautönen schließlich auch Konturen, bis sich schließlich eine Art klare Sicht einstellte.

»Die steinerne Tafel dort«, kommentierte der Baron schließlich und deutete mit der offenen Hand darauf, »beschreibt wer hier liegt. Also Name, Rang und Ordenszugehörigkeit. Außerdem wird darauf auch davor gewarnt weiter in das Grab vorzudringen. Wir können diese Warnung natürlich getrost ignorieren.« Mit diesen Worten trat er die Stufen hinunter. Lars und der Rest der Familie folgten ihm in kurzem Abstand zueinander, um auf der Treppe nicht aneinander zu stoßen. Die steinerne Treppe führte etwa zwanzig Meter in die Tiefe und endete in einer Kammer. Je weiter Lars hinunterstieg, desto dunkler wurde es um ihn herum. In gleichem Maß wie die Dunkelheit an Intensität zunahm, wurden auch seine Vampirsinne stärker. Das ging so weit, dass Lars‘ Wahrnehmung ihn an einen alten Schwarz-Weiß-Film erinnerte. Er konnte alles gut erkennen, doch fehlten jegliche Farben. Alles was er sah, befand sich auf einer Skala von Grau- und Schwarztönen. Auf diese Weise bemerkte er auch den riesigen, steinernen Sarkophag, der sich auf einer leichten Erhebung in der Mitte des Raumes befand. Der Sarkophag war ganz schlicht gehalten. Es gab weder Verzierung noch Text. Auch der Deckel bestand aus einer einfachen, aber massiven Steinplatte.

»Da liegt er«, kommentierte der Baron, als sie sich alle in der Grabkammer versammelt hatten, »Valdim, hilfst du mir bitte noch einmal dabei den Sarkophag zu öffnen?« Valdim nickte, trat an eine der kurzen Seiten des Sarkophags und gemeinsam schoben sie den Deckel beiseite.

»Wie hat er den Deckel überhaupt zu bekommen?«, fragte Lars ernsthaft interessiert, denn er hatte nicht vergessen, dass der rote Ritter den Stein, welcher die Eingangsmauer des Grabes verkeilte, selbst platziert hatte. Er musste also alleine im Grab gewesen sein, als der Sarkophag geschlossen worden war. Da Marek und Valdim noch mit dem Öffnen beschäftigt waren, antwortete stattdessen Carolin:

»Gheorghe ist ein sehr starker Vampir.«, nach einer kurzen Pause fügte sie noch hinzu, »im körperlichen Sinne, aber auch im Blut selbst. Das machte ihn zu einem der mächtigsten Ritter in der Geschichte dieses Landes. Die Steinplatte war schräg über dem Sarkophag platziert worden, bevor er sich selbst im Grab einschloss. Er muss es geschafft haben, sie alleine über sich zu ziehen als er schon darin lag.« Lars empfand augenblicklich eine tiefe und ehrliche Form der Ehrfurcht vor dem Mann, der sich in diesem Grab befand. Valdim und dem Baron gelang es zwar gemeinsam und mit einiger Anstrengung die steinerne Platte zu bewegen, aber Gheorghe hatte es vom inneren des Sarkophags aus bewerkstelligt und das so präzise, das man dachte, sie wäre von außerhalb darauf platziert worden. Die Platte fiel mit einem gewaltigen

Knall zu Boden und zerbrach in drei große Teile, als Valdim und der Baron sie über die Kante des Sarkophags geschoben hatten. Marek trat zurück an das Grab und sah hinein. Er machte ein nachdenkliches Geräusch als er auf den roten Ritter hinabsah:

»Du wirst dieses Mal wohl etwas mehr als nur einen Tropfen deines Blutes benötigen, um die Wiedererweckung durchzuführen.« Neugierig aber auch immer noch etwas mit seiner Nervosität kämpfend, trat Lars, auf der dem Baron gegenüberliegenden Seite, an den Sarkophag heran und blickte ebenfalls hinein. Was er sah war erschreckend. Gleichzeitig jedoch auch bemerkenswert. Der Körper des roten Ritters war mit Ausnahme des Kopfes vollkommen von einer schweren Plattenrüstung umschlossen. Letztere musste einst sehr prachtvoll gewesen sein. Jetzt aber war sie derart verrostet, dass es schien, als würde sie jeden Moment zu Staub zerfallen. Lars bemerkte, dass auf Brustharnisch, Arm- und Beinschienen etwas eingraviert worden war. Eine Form, die aber unter all dem Rost nicht mehr erkennbar schien. Seine Hände waren um ein schlichtes Schwert ohne Verzierungen gelegt. Der Griff musste einmal mit Leder umwickelt gewesen sein, bestand nun aber nur noch, so wie die Schneide selbst, aus glattem Stahl. Aber das wirklich erschreckende an dem Bild des schlafenden Vampirs, war sein Gesicht. Es wirkte wie mumifiziert. So als wäre jegliche Flüssigkeit daraus entzogen worden. Eine dünne Hautschicht spannte sich über den Schädel des Vampirs, sodass die Konturen der darunterliegenden Knochen deutlich erkennbar waren. Von dem mumifizierenden Prozess völlig unberührt geblieben, fielen seine langen, schwarz-gräulichen, welligen Haare und der dichte Vollbart. Der Kontrast der dunklen Haare zum Rest der Erscheinung gab dem Anblick etwas alptraumhaftes. Lars bemerkte auch, dass der Mund des roten Ritters leicht geöffnet war.

Mit etwas Phantasie konnte er sogar die spitzen Zähne des Vampirs ausmachen. Dort würde in wenigen Minuten Lars' Blut entlang fließen. Während er Gheorghes Leichnam inspiziert hatte, war Valdim um den Sarkophag herum auf seine Seite getreten. Er klopfte Lars freundschaftlich auf die Schulter und kommentierte den Anblick nur mit:

»Eher der rostrote Ritter, hm?« Lars schmunzelte, dann fragte er:

»Warum wird er eigentlich der rote Ritter genannt?«

»Seine Gefolgsleute und Mitstreiter haben ihm diesen Namen gegeben«, erklärte Marek, »es heißt er wäre in der Schlacht stets der grausamste aber auch ruhmreichste aller Kämpfer gewesen und dass seine Rüstung daher auch oft übermäßig mit Blut übergossen war. Daraufhin hatte man ihn so genannt. Auch um seine Feinde in Angst zu versetzen, wenn sie hörten, dass er auf dem Schlachtfeld erscheinen würde. Ich habe tatsächlich nie selbst mit ihm zusammen gekämpft, aber ich war hin und wieder dabei, wenn er aus einer Schlacht zurückkehrte. Nachdem, was ich in diesen Momenten gesehen habe, müssten die Geschichten stimmen.« Der Baron sah einen Augenblick lang nachdenklich auf seinen schlafenden Freund hinunter, dann fügte er hinzu: »Apropos Blut. Er wird bald eine Menge davon benötigen. Valdim, holst du schon Mal seine Beute?« Der Vampir nickte wortlos und machte sich zusammen mit Auri auf den Weg zurück zu den Autos. Verwundert sah Lars zu Marek hin. Er lächelte väterlich und erklärte:

»Wir haben einen Menschen mitgebracht, den er aussaugen kann. Dein Blut mag mächtig sein, aber ich möchte nicht, dass du mehr davon vergießen musst, als unbedingt notwendig. Wenn dein Blut Gheorghe erst einmal zurückgeholt und gestärkt hat, tut es für den Rest seiner Wiedererweckung auch das Blut eines Menschen.« Lars nickte zustimmend und der Baron fügte mit einem

Blick in die Runde hinzu: »Im Grunde spricht nichts dagegen, wenn wir mit der Erweckung schon einmal beginnen.« Großmutter Lydia nickte und begab sich zusammen mit Carolin an den Fuß des Sarkophags. Carolin bedeutete Serine und Lars sich auf der anderen Seite an das Kopfende zu stellen. Sie gehorchten. Gleichzeitig trat Synelle neben ihren Bruder und sah mit ihm zusammen auf den roten Ritter hinab. Dann begann das Ritual. Großmutter startete die Erweckung damit, dass sie Wörter in einer fremden Sprache rezitierte. Die Sprache war Lars dabei so fremd, dass er sie in keiner Weise einordnen konnte. Nach und nach wurde aus den Worten eine Art sich widerholender Sing-Sang. »Was sagt sie denn da?«, flüsterte Lars, um sie nicht zu unterbrechen. Carolin war weniger rücksichtsvoll, denn sie antwortete in normaler Lautstärke:

»Wenn du möchtest kann ich es übersetzen. Zumindest einigermaßen. Jedes Wort verstehe ich leider auch nicht, aber den groben Inhalt kann ich wiedergeben.« Lars bejahte mit einer knappen Geste und freute sich über das Angebot der Vampirin. Es würde ihn von der stetig zunehmenden Nervosität ablenken.

»Im tiefen Reich der Schatten rufen wir dich,« begann Carolin zu übersetzen, »Wo du dich verirrt hast, zeigen wir dir den Weg. Wo deine Seele wandelt, da wandeln auch wir. Folge unseren Stimmen, folge unserem Chor. Nimm das Blut, dass wir dir geben, lass sie deine Erinnerung beleben und erwache aus deinem Schlaf«, sie zögerte kurz und erklärte dann, »der Rest ist dann nur noch eine Wiederholung. Das Ritual ist sehr alt und wurde ursprünglich von Hexenzirkeln verwendet, um Vampire zu erwecken. Daher ist es auch in der Wir-Form geschrieben. Aber Großmutter braucht keinen Zirkel dafür. Sie ist so erfahren, dass sie das Ritual fast alleine durchführen kann. Besonders, wenn wir so mächtiges Blut wie deines als Verstärkung verwenden können.«

Sie lächelte flüchtig, wurde aber gleich wieder ernst: »Ich glaube es ist auch langsam an der Zeit dafür, dass du ihm zu trinken gibst.« Lars nickte und Serine fragte ihn in ihrer sanften Art:

»Möchtest du, dass ich dir dabei helfe?« Er drehte den Kopf zu ihr und nickte noch einmal. Dieses Mal lag Dankbarkeit in der Bewegung. Tatsächlich wusste er nicht, wie er sonst hätte vorgehen sollen. Letztes Mal war nur ein Tropfen seines Blutes notwendig, da hatte der Stich mit der Nadel gereicht, aber dieses Mal… Es war gut, dass Serine ihm Hilfe angeboten hatte. Gerade in diesem Moment kehrten Valdim und Auri zurück. Der Vampir trug einen Mann über der Schulter und in der freien Hand eine Tasche mit Wechselklamotten für den roten Ritter. Die Handgelenke und Knöchel des Mannes waren zusammengebunden. In seinem Mund befand sich ein Tuch, um ihn zu knebeln. Er war gerade noch so bei Bewusstsein und dabei so benommen, dass er kaum mitbekam was um ihn herum geschah. Valdim legte ihn, für seine Verhältnisse sanft, in einer Ecke der Grabkammer ab und begab sich dann an die linke Seite neben den Baron.

»Dann kann es ja weitergehen«, bemerkte Marek und nickte auffordernd in Lars und Serines Richtung. Die Vampirin bewegte sich so hinter Lars, dass er zwischen ihrem Körper und der Kopfseite des Sarkophags eingeklemmt wurde. Nicht unangenehm, aber er müsste schon deutlich aktiv werden, wenn er versuchen wollte sich zu befreien. Dann nahm Seirne, mit einer sachten, beinahe vorsichtig wirkenden Bewegung Lars Unterarm in die Hand:

»Ich öffne jetzt deine Ader. Ich versuche es so schmerzfrei wie möglich zu machen, aber es wird etwas wehtun, weil ich sie weiter auftun muss, als wenn ich mich nur von dir nähren würde. Danach halte ich deinen Arm so über Gheorghes Mund, dass dein Blut hineinlaufen kann. Du musst dich so stark du kannst darauf konzentrieren, deine Wunde *nicht* zu verschließen. Erst wenn der rote

Ritter genug von deinem Blut bekommen hat, darfst du sie wieder zugehen lassen.« Lars nickte wieder und schluckte den Klos, der sich in seinem Hals gebildet hatte hinunter. Dann führte Serine seinen Unterarm an ihren Mund, küsste zärtlich sein Handgelenk, legte ihre spitzen Zähne an die Ader und biss hinein. Im ersten Moment spürte Lars gar nichts. Dann aber bemerkte er ein leichtes Brennen. Es fühlte sich zunächst sogar angenehm an, bis die Intensität des Brennens zunahm, als Serines Zähne längsseitig seine Ader aufritzen. Der Schmerz nahm ein betäubendes Ausmaß an. Lars unterdrückte den Drang zu schreien. Er keuchte, als Serines Biss sich von seinem Arm löste und sie ihn langsam über den Mund des roten Ritters führte.

»Die Wunde darf sich nicht schließen«, dachte Lars so fest er nur konnte. Serine klemmte seinen Körper nun mit deutlich mehr als nur sanfter Gewalt gegen den Sarkophag. Sie streckte Lars Handgelenk nach hinten und drehte dabei gleichzeitig seinen Arm so, dass das Blut aus seiner Ader durch den geöffneten Handteller floss und dann weiter über den kleinen Finger. Dort sammelte es sich bis zu der Menge an, die ausreichte um einen Tropfen zu bilden, welcher schwer genug war, um sich lösen zu können. Mehr und mehr Blut floss diesen Weg entlang und schließlich bildete sich ein konstanter Strom, den Serine zielsicher in den leicht geöffneten Mund des schlafenden Vampirs leitete. Großmutters Sing-Sang nahm an Intensität zu und Lars dachte noch einmal trotzig gegen den heftigen Schmerz ankämpfend:

»Die Wunde darf sich nicht schließen!«

»Du machst das gut, Laaz«, lobte Carolin von der anderen Seite des Sarkophags aus und versuchte ihm Mut zu machen, »du hast es bald geschafft. Gheorghe ist fast zurück. Ich kann seine Gegenwart schon spüren.« Lars fühlte wie ihm schwindlig wurde.

Er sah nur noch verschwommen, aber er durfte jetzt nicht aufgeben. Der Schmerz nahm noch einmal zu. Dunkle Flecken erschienen in seinem Gesichtsfeld und hätte Serine ihn nicht gehalten, wäre er spätestens jetzt gestürzt.

»Du darfst nicht aufgeben, Laaz«, flüsterte sie in sein Ohr. Lars wollte nicht aufgeben. Mit aller Kraft, die er in sich noch aufbringen konnte, kämpfte er gegen die Ohnmacht an. Für einen kurzen Moment verlor er diesen Kampf. Die Anderswelt griff nach ihm. Er sah die unzähligen Schatten und Schemen und in der Mitte all dessen stand ein Mann: Es war der rote Ritter. Sein Gesicht war hier nicht ausgemergelt und seine Rüstung auch nicht verrostet. Er stand in all der Pracht da, die er vor sechshundert Jahren gehabt haben musste. Lars blinzelte und fand sich zurück in der Grabkammer. Die Welt drehte sich um ihn herum und er fühlte kalten Schweiß auf seiner Stirn. Dann hörte er den roten Ritter einatmen und Großmutters Sing-Sang erstarb. Wie ein Mann, der vor dem Ertrinken gerettet worden war, röchelte der Vampir nach Luft. Er keuchte, hustete und röchelte erneut. Serine führte Lars blutenden Arm wieder an ihren eigenen Mund zurück. Sie küsste die geöffnete Stelle und gleichzeitig führte sie Lars sanft und kontrolliert zu Boden. Sie hielt ihn in den Armen bis seine Wunde geschlossen war. Dann öffnete sie die Ader an ihrem eigenen Unterarm und gab Lars daraus zu trinken. Dankbar und mit dem Verlangen eines Verdurstenden nahm Lars ihr Blut an. Er trank, bis der Schmerz verschwunden war und bis das Schwindelgefühl aufgehört hatte. Innerhalb von wenigen Momenten, war seine Kraft wiederhergestellt. Er und der rote Ritter benötigten fast die gleiche Zeit, um sich von der Erweckung zu erholen. Als Lars und Serine schließlich wieder aufstanden zog sich Gheorghe gerade an den Seiten des Sarkophags in die Höhe. Die Bewegung kostete ihm sichtbar große Mühe. Er hatte sich verändert. Die

Haut in seinem Gesicht wirkte nicht mehr ganz so gespannt und im Allgemeinen konnte man ihm ansehen, dass er in das Reich der Lebenden zurückgekehrt war. Zumindest ein Stück weit. Etwas von Lars Blut hatte sich in dem Bart des Vampirs verfangen, wodurch sein alptraumhaftes Erscheinen weiter gestärkt wurde. Der rote Ritter stöhnte vor Anstrengung, dann keuchte er:

»Blut... Ich brauche Blut...« Valdim reagierte sofort. Er ging zu dem gefesselten Mann, packte ihn und zerrte ihn in die Höhe. Das Opfer stöhnte. Jedoch nicht vor Anstrengung, sondern aus totaler Erschöpfung heraus. Valdim schleifte den Mann an den Haaren gepackt zum Sarkophag und zwang ihn, sich so darüber zu lehnen, dass der rote Ritter seinen Hals ohne weitere Anstrengung erreichen konnte. Gheorghe zögerte keinen Moment und biss sofort zu. Sein Opfer röchelte erstickt, wollte sogar vor Schmerz und Schrecken aufschreien, doch das Tuch in seinem Mund verhinderte es. Lars sah, dass er in dem Moment als der Vampir zugebissen hatte aus seinem teilnahmslosen Zustand erwacht war. Der Biss tat weh. Ganz anders also, als wenn er und Serine sich von den Schlafenden nährten. Der Mann zappelte, wollte um sich schlagen, doch Valdims Griff war eisern und gnadenlos. Gierig entzog der rote Ritter ihm das Blut. Schluck für Schluck. Mit jedem Schluck den er tat, entwich dem Mann das Leben etwas mehr und ging in ihn über. Im gleichen Maße wie sein Opfer an Lebenskraft verlor, erstarben auch seine verzweifelten Versuche sich aus Valdims Griff zu befreien. Bis seine Gegenwehr schließlich ganz erlahmte und er sich gar nicht mehr rührte. Der rote Ritter töte sein Opfer. Lars sah dabei zu und hielt Serines Hand. Die Vampirin drückte fester zu, als sie den Mann beim Sterben beobachtete. Sie wurde unruhig. Und auch Lars fühlte es. Den Tod zu sehen weckte etwas in ihm. Etwas Altes und Ursprüngliches das Teil seiner Natur als Vampir war. Der Wunsch ein Leben zu beenden. Das musste es gewesen sein, was Serine in der Nacht zuvor empfunden hatte. Nur in viel stärkerem Ausmaß. Auch Lars schloss seine Hand fester um die Serines, als das Leben vollends aus Gheorghes Opfer wich und er die Leiche des Mannes achtlos am Sarkophag entlang zu Boden gleiten ließ. Sie würden bei ihrer nächsten Jagd zusammen töten. Und die nächste Jagd würde bald kommen. Sie brauchten keine Worte, um sich dieses Vorhaben gegenseitig mitzuteilen. Sie fühlten den jeweiligen Wunsch des Anderen einfach dadurch, wie sie ihre Hände hielten. Unterdessen war die Kraft des roten Ritters zurückgekehrt. Scheinbar mühelos richtete er sich auf, legte das Schwert beiseite und stieg aus dem Sarkophag heraus. Seine Rüstung ächzte, Teile davon lösten sich nun tatsächlich auf. Die linke Schulterplatte fiel scheppernd zu Boden und ein Teil des rechten Oberschenkelschutzes zerbrach einfach.

»Gheorghe«, begrüßte ihn der Baron feierlich und breitete dabei seine Arme aus, um den roten Ritter empfangen zu können, »es tut gut, dich nach all der Zeit endlich wieder zu sehen.«

»Marek«, gab Gheorghe mit tiefer Stimme und einem leichten rumänischen Akzent zurück. Dabei umarmte er seinerseits den Baron:

»Wie lange habe ich geschlafen?«

»Fast sechshundert Jahre, alter Freund.« Der Ritter war sichtlich überrascht:

»Sechshundert Jahre? Das ist eine sehr lange Zeit…«

»Das ist es«, bestätigte der Baron, »vieles hat sich geändert, aber bevor ich dir mehr über die Geschicke der Welt erzähle, bitte erlaube mir, dir Serine und Laaz vorzustellen. Obwohl es Laaz Blut war, welches deine Erweckung für uns so einfach gestaltet hat, hat auch Serine einen großen Teil dazu beigetragen. Ohne sie wäre all das gar nicht möglich gewesen«, der Stolz in seiner Stimme wurde immer größer als er sprach, »sie war es, die Laaz gefunden hat und sein Blut erweckte. Laaz hier ist sogar noch ein sehr, sehr junger Vampir, doch sein Blut ist bereits mächtiger als das der Meisten. Wir mussten dir nur etwa einen dreiviertel Liter davon einflößen, um dich anfänglich zurück zu holen.«

»Ahhh«, machte Gheorghe und wandte sich Lars und Serine zu, »es war also dein Blut, welches ich schmeckte. Sehr beeindruckend. Und du«, damit richtete er sich nun direkt an Serine, »ich danke dir, dass du meine Erweckung unterstützt hast.«

»Es freut mich dich kennen zu lernen«, gab Serine zurück und Lars nickte zustimmend. Anschließend drehte sich der rote Ritter den übrigen Vampiren im Raum zu und begrüßte auch sie. Vielen der Gruppe merkte man die Erschöpfung dieser Nacht an. Besonders der rote Ritter hatte sich von der Erweckung noch nicht vollständig erholt. Daher beschloss die Familie bald, dass es an der Zeit war, ins Hotel zurück zu kehren. Gerade Serine, Lars und Lydia, die maßgeblich Kraft hatten aufbringen müssen, um das Vorhaben durchzuführen, freuten sich auf die kommende Ruhe. Der Baron, Synelle und Carolin blieben jedoch noch zusammen mit Gheorghe zurück. Sie wollten ihn auf die vielen großen Änderungen der Welt vorbereiten, welche in den letzten Jahrhunderten von Statten gegangen waren. Der Rest kehrte zu den Automobilen zurück und Valdim fuhr sie ins Hotel. Lars wollte die Fahrt eigentlich dazu nutzen, um Großmutter von seiner Vision zu erzählen, fühlte sich dann aber doch zu erschöpft und so beließ er es dabei sie nur darum zu bitten sich in der nächsten Nacht dafür Zeit zu nehmen. Sie nickte lächelnd. Auch sie schien froh darüber zu sein, die Angelegenheit noch etwas aufschieben zu können. Im Hotel angekommen gingen sie direkt auf ihre jeweiligen Zimmer. Als Lars und Serine sich ins Bett legten, drehte sich die Vampirin zu ihm und strich ihm, wie schon so oft zuvor, zärtlich durchs Haar.

Sie lächelte und kurz bevor Lars einschlief flüsterte sie mit ungeteilter Vorfreude in der Stimme: »Morgen Nacht bringen wir einen Menschen um.«

Stirb Lämmlein stirb

1

Lars hatte einen merkwürdigen Traum: Er fand sich auf dem Dach eines Hauses wieder. Die einst roten Ziegel waren vergilbt, rissig und teilweise von Moos überdeckt. Um ihn herum sah er weitere Häuser und Dächer. Fachwerke, Holz, Ziegel und Steinbauten gingen ineinander über und schafften so eine fast kunstvoll anmutende Szenerie. Darüber hinaus standen die Häuser nicht nur in der Ebene, sondern waren wahllos und quer überall verteilt. Auch am Himmel über ihm standen sie. Teilweise waren sie ihm mit den Dächern zugewandt, teilweise aber auch mit Wänden und Kanten. Zwischen den Häusern lehnten altertümliche Leitern aus Holz, sodass man von einem Gebäude zum nächsten gelangen konnte, ohne dabei den Boden zu berühren. Letzterer, bemerkte Lars, schien hier ohnehin nicht zu existieren. Er fand auch eine Leiter auf seinem Dach. Neugierig ging er darauf zu und kletterte hinauf, bis er kopfüber das Dach eines anderen Hauses erreicht hatte. Mit den Armen voraus krabbelte er auf die Ziegel, bis er die Leiter vollständig verlassen hatte. Dann richtete er sich auf und blickte nach oben, wo er nun das Dach sehen konnte, von dem aus er gestartet war. Lars fand eine weitere Leiter, die zu einem nächsten Haus führte und kletterte auch an ihr hinauf. So ging es eine Weile zu: Auf Leitern folgten Dächer, Mauern und Fenster – dann wieder Leitern. Es dauerte nicht lange bis Lars sich in dem, einem Labyrinth gleichenden, Häusergewirr vollständig verirrt hatte. Hätte er das Dach wiederfinden sollen, von dem aus er gestartet war, wäre es ihm unmöglich gewesen. Er kletterte gerade wieder eine weitere Leiter entlang, als ihm da wo das Dach hätte sein sollen kein Dach, sondern eine uralte Frau erwartete. Es war Großmutter, die in der Schwärze der Anderswelt stand und ihm freundlich lächelnd die Hand entgegenstreckte:

»Na du siehst mir aber ganz schön verloren aus, mein Lieber. Komm, wir gehen ein bisschen spazieren, dann kannst du mir alles von deiner Vision erzählen. Serine wartet schon bei meiner Hütte im Wald.« Lars nahm ihre Hand entgegen und schwang seine Beine über den Kopf, sodass er neben Lydia auf der schwarzen Fläche der Anderswelt landete. Sobald seine Füße den Boden berührten, fühlte er Klarheit in seinen Geist zurückkehren. In seinem Traum war ihm der vernebelte Zustand gar nicht aufgefallen, doch jetzt empfand er es umso deutlicher.

»Wo sind wir?«, fragte er verwirrt, als er sich umblickte und feststellte, dass er sich in einem Wald befand. Er erkannte sofort, dass es nicht der Wald der Gehängten war, denn dafür schien es ihm hier viel zu schön und vor allem viel zu friedlich. Dieser Wald stand in seiner Blüte. Die Blätter der Bäume waren saftig und grün. Auffällig war jedoch, dass das Grün der Blätter sehr viel dunkler wirkte, als es Lars aus den heimischen Wäldern gewohnt war. Manche Blätter waren sogar so dunkel, dass sie fast schwarz erschienen.

»Wir sind in einem meiner Wälder«, beantwortete die Großmutter schließlich seine Frage, »ich habe ihn vor einigen Jahrhunderten angelegt und mittlerweile hat er sich auch ganz gut entwickelt.«

»Es ist wirklich sehr schön hier«, stauten Lars, »wie hast du das gemacht?«

»Wälder pflanzen funktioniert hier etwas anders, als in der Welt in der wir geboren werden«, begann Lydia, »es hat viel mit Vorstellungskraft und Konzentration zu tun. Wenn du möchtest zeige ich es dir einmal, dann kannst du zusammen mit Serine vielleicht auch in eurem Teil einen Wald pflanzen. Aber eines nach dem anderen. Lass uns heute erst einmal über deine Vision sprechen.« Lars nickte. Wenn ihre bisherige Vermutung korrekt war und das Consilium Noctis in ihrer Entscheidung beeinflusst wurde, dann musste Lydia davon erfahren. Sie spazierten eine Weile umher, als Lars wieder einfiel, was im Wald der Gehängten passiert war.

»Großmutter?«, begann er, »als ich zum Theater der Alpträume gegangen bin, da bin ich auf Eugen gestoßen, der mir deinen Brief gegeben hat«, er zögerte kurz, bis Lydia ihm mit einer freundlichen Geste dazu aufforderte weiter zu sprechen. »Also zuerst wollte ich noch danke für die Eintrittskarte sagen. Ich glaube ohne wäre ich an Rosamunde nicht vorbeigekommen.« Wieder hielt Lars inne und Großmutter entgegnete:

»Das ist nicht der Rede wert. Ich habe gerne geholfen, aber du hast Recht: Rosamunde kann eine sehr unangenehme Zeitgenossin werden. Was wolltest du noch wissen?«

»Eugen?«, fragte Lars und erinnerte sich an das Bild des erhängten Mannes im Wald, »woher kennst du ihn?«

»Eugen und meine Geschichte geht weit zurück«, erklärte die Großmutter, mit leicht traurigem Unterton in der Stimme, »Ich habe dir in der Familiengeschichte doch davon erzählt, wie mich mein Sohn auf Weisung des Dieners erstochen hatte. Der Diener, dem man anschließend die Zunge herausgeschnitten und danach noch erhängt hatte. Das war Eugen.« Lars blieb stehen:

»Das war Eugen?«, fragte er leicht schockiert, »er hat dich eine alte Freundin genannt.«

»Das hat er bestimmt nicht so gemeint«, lachte die Großmutter und fügte, als sie ihren Weg fortsetzten, hinzu, »wobei: vielleicht auch doch, wer weiß. Er hätte seine Königin im Leben schützen sollen, aber er hat mich verraten. Und das auch noch aus niederen Beweggründen. Dafür habe ich Rache an seiner Seele geübt und ihm entsetzliche Qualen durchleiden lassen. Daher sollte er mich eigentlich hassen. Vielleicht versteht er aber auch mittlerweile das Ausmaß seines Verrats und damit auch, warum ich ihn Jahrhunderte lang habe leiden lassen. Vielleicht hat er auch akzeptiert, dass er diese Bestrafung verdient. Er hat sich in den letzten Jahrzehnten etwas verändert. Außerdem«, setzte sie nach einem kurzen Moment noch einmal an, als Lars nichts darauf erwiderte, »habe ich ihm seine Zunge zurückgegeben. Ich habe sie ihm eigens wieder angenäht, weißt du? Vielleicht mag er mich ja deshalb.« Das erklärte zumindest, weshalb Lars das Gefühl gehabt hatte, dass mit Eugens Zunge etwas nicht passte und auch, dass das Wort »Freundin« aus dem Mund des Erhängten so seltsam betont worden war. Was den Rest von Großmutters Erzählung anging, wusste er nicht so richtig, was er davon halten sollte. Natürlich machte er ihr keinen Vorwurf, dass sie Eugen leiden ließ. Er hatte sie verraten und durch sein Zutun war sie gestorben. Das hätte er nicht tun dürfen, aus welchem Grund auch immer. Die Folgen gingen ganz alleine auf seine Verantwortung. Was Lars allerdings nicht verstand, war Großmutters Überlegung, dass jemand, den sie Jahrhunderte lang gequält hatte, sie mittlerweile vielleicht tatsächlich als Freundin ansehen könnte. Wie sollte es überhaupt jemanden möglich sein, der durch einen Anderen so großes Leid erfahren hatte, diese Person je als so etwas wie einen Freund anzusehen? Doch dieser Frage, sollte sich Lars erst zu einem späteren Zeitpunkt annähern können.

»Hm«, machte er schließlich, »ich glaube nicht, dass er dich mag.« Er spürte, dass hinter Lydias und Eugens Geschichte noch mehr steckte, aber er fühlte auch, dass jetzt nicht die Zeit war, um die übrigen Hintergründe zu erfahren. Trotzdem blieb er neugierig. Irgendwann wollte er herausfinden wie Großmutter seine Seele gefunden, was sie ihm angetan hatte und wie es kam, dass sie ihn mit einem Brief in den Wald der Gehängten entsenden konnte. Wenn er dann schon einmal bei diesem Thema sein würde, könnte er auch gleich fragen, was es mit dem Wald der Gehängten überhaupt auf sich hatte. Aber, dachte er sich, alles zu seiner Zeit.

»Nein«, lachte die Großmutter, »wahrscheinlich mag er mich nicht.« Einen Moment später sagte sie dann: »Wir sind da.« Lars hatte gar nicht bemerkt, dass sie auf eine Hütte zugelaufen waren. Sie standen plötzlich einfach vor dem kleinen Häuschen aus dunklen Balken, einem Strohdach und geschlossenen Fensterläden. Und auf einer kleinen hölzernen Bank davor, wartete bereits Serine auf sie.

2

»Na, hatte ich dir nicht gesagt, dass es in Großmutters Bereich wunderschöne Wälder gibt?«, grinste die Vampirin, als sie Lars erblickte, stand auf und nahm ihn zur Begrüßung in den Arm. Als sie sich wieder voneinander gelöst hatten, war die Großmutter bereits zur Tür getreten und machte eine einladende Geste hinein. Also gingen sie an ihr vorbei und traten ein. Lars fühlte sich augenblicklich wohl. Das Mobiliar bestand ausnahmslos aus Holz. Es gab eine Sitzecke mit Tisch, eine Art Küchenzeile ohne Herd oder Waschbecken und einen Schaukelstuhl, der vor einem Kamin stand und in dem bereits ein kleines Feuer brannte. Auf den freien Flächen der Kommode und Schränke, sowie auf dem Tisch bei der Sitzecke waren dutzende Kerzen aufgestellt. Obwohl es dadurch in der Hütte nicht dunkel war, öffnete die Großmutter die

Fensterläden, sodass nun auch das matte Licht der Anderswelt von draußen hineinfallen konnte. Danach bot sie Serine und Lars einen Platz in der Sitzecke an, während sie selbst zum Schaukelstuhl ging, diesen in ihre Richtung drehte und sich schließlich herzhaft hineinfallen ließ. Sie griff nach dem Strickzeug, welches auf der Kommode lag, zwinkerte Lars zu und sagte dann:

»Jetzt erzähl doch mal, was du erlebt hast.« Lars erzählte ihr alles: Von den Marionetten, der uralten Hand, die sie geführt hatte und dem Drachen. Er erzählte davon, wie etwas in der Anderswelt nach ihm gegriffen hatte, um ihn aus dem Theater der Alpträume heraus zu reißen, nur um dann von einer anderen Macht zurück gezerrt zu werden. Er endete damit, dass Serines Blut ihn geweckt und vor dem Feuer bewahrt hatte. Während der Erzählung war Großmutters Blick immer ernster geworden:

»Das war eine überaus beachtliche Vision«, kommentierte sie schließlich bevor sie zu einer weiteren Erläuterung ansetzte: »Das was du erzählt hast beunruhigt mich sehr. Deshalb möchte ich dich darum bitten, dass ich mir die Vision selbst ansehen kann.«

»Ich dachte das ist unmöglich?«, fragte Lars verwundert.

»Es ist unmöglich, dass ich die gleiche Vision erhalte wie du, das ist richtig«, begann die Großmutter, »aber, wenn du es erlaubst, dann kann ich in deinen Geist eintauchen und sehen was du gesehen hast.« Lars zögerte und Lydia fügte hinzu: »Es ist schmerzfrei und du brauchst die Vision auch nicht noch einmal miterleben. Alles was du tun musst, ist mir zu vertrauen und deinen Geist für mich zu öffnen«, sie lächelte, als sie Lars' Verunsicherung sah und setzte noch einmal an: »Ich weiß, das ist viel verlangt, aber ich würde dich nicht darum bitten, wenn es nicht so wichtig wäre. Wenn es sich wirklich um eine Beeinflussung des Consilium Noctis handelt, muss es gewarnt werden. Wir können es aber nur warnen, wenn ich mir ganz sicher bin. Meine Erfahrung mit Visionen hat dort Gewicht und man wird es berücksichtigen.« Lars nickte. Natürlich war er immer noch etwas verunsichert darüber, dass Großmutter in seinen Geist eintauchen würde, denn auch er hatte manchmal Gedanken, die nicht für jemanden anderen bestimmt waren. Seine Zustimmung hatte jedoch drei sehr viel gewichtigere Gründe als seine Verunsicherung. Erstens: Er vertraute der Großmutter. Zweitens: Er war nicht durch den Wald der Gehängten gewandelt, hatte sich unglaublichen Schrecken ausgesetzt und das Theater der Alpträume erlebt, nur um die Vision jetzt ungenutzt zu lassen und Drittens: Er wusste von Serine, dass die Entscheidungen des Consiliums über das Leben und Sterben von vielen Menschen bestimmen könnte. Und der Baron hatte gesagt, dass diese spezielle Zusammenkunft ganz besonders wichtig und somit auch der Grund für Gheorghes Wiedererweckung war. Seine Entscheidung stand also fest:

»Ich vertraue dir«, sagte er schließlich und Großmutter lächelte freudvoll und erleichtert. »Und was muss ich jetzt machen?«, fragte Lars und versuchte dabei möglichst gelassen zu klingen.

»Versuche einfach nur deinen Geist zu öffnen und dich zu entspannen. Den Rest übernehme ich.« Lars tat wie ihm geheißen. Er schloss für einen Moment die Augen, atmete tief ein und aus und konzentrierte sich dabei darauf gedanklich seinen Geist für die Großmutter zu öffnen. Dabei tastete er mit seiner Hand nach der von Serine. Ihre Berührung beruhigte ihn und half ihm so auch bei seiner Aufgabe. Als er die Augen wieder öffnete, war die Großmutter aus dem Schaukelstuhl aufgestanden und zu ihm an die Sitzecke herangetreten.

»Bist du soweit?«, fragte sie mit geduldiger Stimme. Lars nickte und Lydia streckte beide Arme aus, sodass sich sein Kopf zwischen ihren Händen befand, allerdings ohne ihn dabei zu berühren. »Hab keine Angst«, versuchte sie ihn zu beruhigen, »ich werde mir nur die Vision ansehen und sonst gar nichts. Ich verspreche es dir.« Das half Lars. Er vertraute der Großmutter zwar ohnehin, aber ihr Versprechen noch einmal von ihr zu hören, gab ihm trotzdem etwas mehr Sicherheit. Die Großmutter begann Worte zu murmeln. Wieder konnte Lars sie nicht verstehen, aber er glaubte zu erkennen, dass es sich um die gleiche Sprache handelte, die sie auch bei der Erweckung des roten Ritters verwendet hatte. Er wartete darauf etwas zu spüren. Einen Nebel der durch seinen Kopf zog, oder etwas in der Art, aber nichts geschah. Umso verwunderter war er, als die Großmutter schon nach wenigen Momenten ihre Amre wieder sinken ließ und erklärte, dass es geschafft sei. Nachdenklich legte sie die Hand vor den Mund und kehrte zu ihrem Schaukelstuhl zurück.

»Das war wirklich eine ganz außergewöhnliche Vision, Laaz«, begann sie schließlich, »ich habe keine Zweifel mehr daran, dass das Consilium in seiner Entscheidungsfindung beeinflusst wird. Es muss gewarnt werden, aber vorher sollten wir das noch mit den übrigen Familienmitgliedern besprechen. Was den Drachen angeht«, sie zögerte sichtlich in Zwiespalt mit ihren Gedanken dazu, »da bin ich mir nicht sicher. Der Drache ist ein ungeheuer starkes Symbol musst du wissen. Gleichzeitig hat er aber auch vielfältige Bedeutungen. Deswegen muss man bei der Interpretation dieses Bildes äußerst vorsichtig sein. In diesem Fall ist es nicht eindeutig. Aber«, fuhr sie fort, als sie den leicht enttäuschten Ausdruck auf Lars und Serines Gesichtern bemerkte, »oftmals ist die nahe liegende Erklärung auch die Richtige. Damit wäre es etwas einigermaßen harmloses. Der rote Ritter war ein Krieger des Fürsten, der sich das Symbol des Drachen zu eigen gemacht hatte. Diese Symbolik ging so weit, dass man den Fürsten selbst den Drachen nannte. Deine Vision zeigte dir also wahrscheinlich den Drachen als Abbild des roten Ritters. Der Angriff des Monsters auf dich, war die Darstellung der Notwendigkeit, dass du dein Blut vergießen musst um ihn wieder zu erwecken.« Damit endete Großmutters Erklärung und sie nickte abschließend noch einmal, wie um ihre Worte zu bekräftigen. Lars überlegte kurz und obwohl er ganz leichte Zweifel an dieser Interpretation empfand, wirkte die Erklärung auf ihn stimmig und er konnte sie akzeptieren. Weder er noch Serine, konnten in diesem Moment auch nur ahnen, wie furchtbar falsch Großmutters Deutung des Drachen tatsächlich war.

3

»Konntest du erkennen«, fragte nun Serine, »von was die Beeinflussung des Consilium ausgeht?«

»Leider nein«, gestand Lydia ein, »nur dass sie existiert. Die alte Hand, die zu Beginn die Marionetten geführt hat, muss nicht zwangsläufig für etwas altes stehen. Visionen zeigen in diesem Zusammenhang häufig Bilder von etwas Altem, um Verdorbenheit darzustellen.«

»So wie ein alter Apfel, der schimmelt?«, fragte Serine und die Großmutter nickte zur Bestätigung. Sie hing noch einen Moment ihren Gedanken nach und setzte dann zu einem neuen Thema an:

»Gestern Nacht war es das erste Mal, dass du dabei zugesehen hast, wie ein Mensch getötet wurde, oder nicht?« Lars nickte und die Großmutter lächelte freundlich: »Das war bestimmt eine aufregende Erfahrung. Viele, deren Blut noch nicht lange erweckt ist, schrecken davor zurück. Aber als Vampir ist es völlig natürlich hin und wieder zu töten. Es ist Teil unseres Wesens«, erklärte sie und griff nach ihrem Strickzeug, »ich spreche das an, weil ich glaube, dass es besser wäre, wenn auch du tötest bevor wir dem Consilium beitreten. Ich will dich natürlich nicht dazu drängen, aber es wäre besser, wenn du es vorher einmal ausprobierst. Vielleicht zusammen mit Serine. Sie hat da ja schon etwas Erfahrung?« Lars grinste:

»Das haben wir uns ohnehin schon vorgenommen. Wir wollen gleich heute Nacht jemanden töten.« Irgendwie fühlte es sich, trotz all der Neugierde und dem Drang danach, falsch an diese Worte auszusprechen. Das ganze Vorhaben fühlte sich für ihn ein bisschen so an, aber Lars versuchte sich einzureden, dass es nur daran lag, weil es das erste Mal sein würde. Wölfe töten auch und die Großmutter hatte völlig recht: Töten war nun einmal Teil der Natur eines Vampirs.

»Das ist gut«, rief Lydia erleichtert aus. Dabei schien ihr wirklich eine große Last von den Schultern zu fallen.

»Ich freue mich schon darauf«, lachte Serine, »es ist ewig her, dass ich mit jemandem zusammen bei der Jagd ein Leben genommen habe.«

Sie verbrachten noch eine Weile in Großmutters Hütte und sprachen über dies und das. Unter anderem auch darüber wie Lydia das erste Mal getötet hatte. Nach einigen Stunden des fröhlichen Zusammenseins erklärte sie, dass es nun Zeit zum Aufstehen sei. Sie klatschte in die Hände und als Lars die Augen öffnete, fand er sich im Hotelbett neben Serine liegend wieder.

4

Auch die Vampirin erwachte. Sie schmunzelten einander zu und machten sich dann sofort bereit für die Jagd. Gerade Serine merkte man an, wie sehr sie auf die heutige Jagd brannte. Anders als Lars erwartet hatte, gingen sie dazu aber nicht durch die Gästeliste des Hotels, sondern suchten ein Opfer außerhalb davon und in einigen Kilometern entfernt. Serine erklärte, dass sie zwar auch im Hotel jemanden geeigneten hätten finden können, sie aber nicht wussten wie lange die Familie noch bleiben würde und sie daher die menschlichen Behörden nicht unbedingt in ihre Nähe locken wollten. Außerdem wäre es schlecht für den Ruf des Hotels, auch wenn Lars das Gefühl hatte, dass das ein eher zweitrangiger Grund war. Serine mochte das Hotel wirklich nicht.

Zwischen Brânceni, welches die nächste Ortschaft zu Ţigăneşti war, und Ştorobăneasa lag ein kleines Waldstück. Serine wusste, dass es die Einheimischen oft als Abkürzung nutzen, wenn sie zwischen den Orten hin und her spazierten. Dort legten sie sich auf die Lauer. Es war bereits nach elf Uhr nachts, als sie sich etwas abseits des Weges eine gute Position suchten, um Selbigen beobachten zu können. Sie gingen in die Hocke und verschmolzen so beinahe vollkommen mit der Nacht. Nach kurzer Zeit torkelte eine Gruppe von jungen Menschen auf dem Weg an ihnen vorbei und stellten so ihr Versteck auf die Probe. Einer der Jugendlichen sah direkt in ihre Richtung, aber er konnte sie nicht entdecken. Sie ließen die Gruppe unbeschadet passieren. Lars und Serine reichte der Augenkontakt zueinander aus, um sich darüber verständigen zu können. Nach einer Weile passierte eine Frau den Weg, doch die Vampire befanden sie als zu alt und entschlossen sich noch einmal zu warten. Der nächste Passant war ein Betrunkener. Auch ihn ließen sie unbehelligt weiter gehen, da er roch als hätte er sich seit einem Monat nicht mehr gewaschen. Der darauffolgende Mann erschien kurz vor zwölf Uhr aus Richtung Brânceni. Er war etwa Ende Dreißig und schien nüchtern. Er summte eine Melodie, die Lars nicht kannte und war ausgelassener Stimmung.

»Den nehmen wir«, flüsterte Lars und Serine nickte zustimmend:

»Ich gehe vor und betöre ihn ein wenig. Wenn ich an seinem Hals bin, dann komm du auch raus. Wir bringen ihn dann zusammen vom Weg runter und hinterher trinken wir solange von ihm, bis er stirbt. Das wird großartig.« Lars stimmte zu. Er fühlte die Aufregung in sich hochkommen. Ein überwältigendes Gefühl der Spannung ergriff von ihm Besitz. Gleichzeitig freute er sich darauf Serine dabei zu beobachten, wie sie den Mann betören würde und seine Erwartungen wurden nicht enttäuscht: Die Vampirin trat auf den Weg hinaus und ging mit langsamen Schritten auf ihr Opfer zu. Dabei bewegte sie ihren ganzen Körper auf eine sonderbare, sehr dezent rhythmische Art. So als ob sie das Tanzen anfangen würde, aber eben noch nicht ganz. Der Mann bemerkte sie erst, als sie etwa fünf Meter vor ihm stand. Er gab einen leisen Laut des Erschreckens von sich, lachte dann verlegen und grüßte Serine auf Rumänisch. Sie erwiderte den Gruß und sagte noch etwas anderes, dass Lars aber nicht verstand. Dabei klang ihre Stimme unglaublich sanft und verführerisch. Sie trat näher an den Mann heran, bis nur noch etwa ein Meter zwischen ihnen lag. Er lachte verunsichert und hob sachte abwehrend die Hände nach oben. Die Vampirin griff ebenso sachte nach den Händen des Mannes und mit der nächsten Bewegung schien sie tatsächlich zu tanzen. Sie vollführte eine komplizierte Drehung, die damit endete, dass sie ihrem Opfer für eine Sekunde in den Armen lag. Dann drehte sie sich erneut und den Mann gleich mit ihr, sodass er nun ihr in den Armen lag. Sie flüsterte ihm etwas ins Ohr und legte dann, als er etwas sagen wollte, rasch ihren Zeigefinger auf seine Lippen. Serines eigene Lippen suchten unterdessen nach dem Hals des Mannes. Anschließend bedeckte sie seinen Mund mit der ganzen Handfläche. Gleichzeitig biss sie zu. Die Augen ihres Opfers weiteten sich vor Schreck, er versuchte zu schreien, aber Serines Hand erstickte den Laut. Er strampelte, schlug um sich und wollte sich befreien. Doch die Vampirin war gnadenlos. Ihr Griff war eisern. Serines Biss in den Hals des Mannes war Lars Signal gewesen. Wie ein Pfeil jagte er aus seinem Versteck hervor und schoss auf die beiden zu. Er griff blitzschnell nach dem freien Arm des Mannes, mit dem dieser immer noch versuchte nach Serine zu schlagen. Beinahe etwas überrascht bemerkte Lars, wie viel stärker er als der Mensch war. Er konnte den Arm des Mannes mühelos halten, obwohl er spürte, dass sein Opfer sich verzweifelt zu befreien versuchte. Auf diese Weise war es ihm möglich das Handgelenk zu seinem Mund führen. Lars spürte den heftigen Puls ihrer Beute, als er die Ader mit den Zähnen berührte. Er nahm die Angst, die Panik und den Schmerz der von seinem Opfer ausging wahr und fühlte die Aufregung bei dem Gedanken daran, dass er selbst ihm gleich noch mehr Schmerz zufügen würde. Denn dieses Mal, da war er sich ganz sicher, würde sein Biss weh tun. Genauso wie der Biss des roten Ritters bei seiner Erweckung, dem seinem Opfer weh getan hatte. Dann rammt Lars seine Zähne in die Ader. Binnen Sekunden setzte der Blutrausch ein. Mit dem Wissen, dass er den Fremden töten würde, war es beinahe wie das erste Mal, als er sich von einem Menschen genährt hatte. Vor einigen Monaten in seiner Heimatstadt an der jungen Frau mit den vielen Tattoos. Zudem kam noch das Gefühl von Macht, dass er nie zuvor in dieser Intensität erlebt hatte. Die Macht darüber ein Leben zu nehmen. Die *Legitimation* ein Leben zu nehmen. Er war Vampir. Er war das perfekte Raubtier und dieser Mann war seine Beute. Nichts, absolut gar nichts konnte sich ihm in den Weg stellen und so würde keine Macht der Welt diesem Mann noch das Leben retten.

»Komm, wir ziehen ihn in unser Versteck«, flüsterte Serine, als sie ihrem Opfer einige Minuten später schon so viel Blut entzogen hatten, dass seine Gegenwehr langsam erlahmte. Dabei beließ sie ihre Hand jedoch vorsichtshalber weiter auf dem Mund des Mannes, nur um sicher zu gehen, dass er nicht doch noch Kraft genug für einen Schrei hervorbringen würde. Lars nickte und unterbrach sein Mahl für den Transport. Die Wunde des Mannes schloss sich auch dieses Mal augenblicklich. Lars fand das sehr interessant, denn ursprünglich dachte er, dass die schnelle Heilung zwar durch eine dunkle Gabe eingeleitet wurde, aber die notwendige Kraft dafür vom Opfer selbst herkam. Der Mann wirkte jedoch schon zu schwach für eine so schnelle Heilung. Er verscheuchte die Gedanken daran und half Serine ihn vom Weg hinunter und in ihr Versteck zu bringen. Es fiel den beiden Vampiren aufgrund ihrer übernatürlichen Stärke sehr leicht ihr Vorhaben umzusetzen. Serine hielt dabei den Oberkörper und Lars die Beine. Der Mann war durch den hohen Blutverlust bereits zu schwach, um sich wirklich zur Wehr setzen zu können. Seine kläglichen Versuche zu strampeln und sich zu befreien scheiterten an den unbarmherzigen Griffen der beiden Vampire.

»Schhh…«, machte Serine leise und sanft in das Ohr ihres Opfers, um es dazu zu bewegen seine konstanten, keuchenden Geräusche einzustellen. Sie legten den Mann am Waldboden ab und Serine positionierte sich so, dass sie mit ihrem Oberkörper den seinen stützte. Dann näherte sie sich wieder mit ihren Lippen seinem rechten Ohr und flüsterte in unendlich besänftigender Tonlage und in rumänischer Sprache hinein. So wie eine Mutter, die ihr Kind zum Einschlafen wiegte. Lars sah dabei diesen raubtierhaften Ausdruck in ihren Augen. Die Bestie in ihr war so stark wie noch nie zuvor. Nicht einmal im Hotel, als sie das junge Pärchen töten wollte, hatte es derart intensiv in ihren Augen gelodert. Er lächelte und spürte dabei, dass dasselbe, tiefe, räuberhafte Dunkle auch in seinen Augen lag. Anschließend setzte er sich neben die Vampirin und griff vorsichtig nach dem Arm des Mannes. Serines beruhigende Worte hatten ihre Wirkung nicht verfehlt. Ihr Opfer versuchte sich nicht länger zu wehren. Wie ein Lamm, dass in die Fänge eines Luchs gegangen war, lag er da. Er blieb ruhig und fast schon entspannt als Lars seinen Arm nahm und sein Handgelenk langsam zu seinem Mund führte. Dabei hielt er den Arm mit beiden Händen fest, so wie Serine es mit dem Arm des jungen Mannes im Hotel getan hatte: Seine linke Hand an der des Mannes und seine rechte Hand an dessen oberen Unterarm. Auf diese Weise konnte Lars den Puls seines Opfers in der Ellenbeuge spüren. Er war ruhig geworden und schlug erstaunlich gleichmäßig. Ganz besonders für einen Mann der wissen musste, dass er in wenigen Minuten sterben würde. Lars ließ seine Zähne dieses Mal sehr langsam in die Ader eindringen. Ihm war klar, dass es in gewisser Weise weh tun musste und er genoss jeden Moment davon. Das Opfer keuchte, aber wehrte sich auch jetzt nicht mehr. Auch als Serine plötzlich und ruckartig zubiss brachte er zwar einen erstickten Schrei hervor, aber machte sonst keine Anstalten mehr zu kämpfen. Teils aus Kraftlosigkeit, teils aus Resignation schloss der Mann die Augen und wartete auf den Tod. Die beiden Vampire kosteten jeden Moment des Dahinsterbens ihres Opfers aus. Sie tranken jetzt langsamer als vorhin auf dem Weg, um den Tod hinauszuzögern. Lars spürte wie der Puls in der Ellenbeuge des Mannes immer schwächer wurde. Das Pochen geriet in Unregelmäßigkeit, wurde noch schwächer und erstarb dann ganz. Wie ein Kind, dass plötzlich das Interesse an seinem Spielzeug verloren hatte, ließ Lars den Arm des Toten fallen und sah zu Serine hoch. Auch sie hatte von ihrem Opfer abgelassen. Von ihrem Mund an abwärts war sie blutverschmiert. Auch Lars spürte, dass er etwas

»gekleckert« hatte. Es war eine gute Sache, dachte er, dass sie dunkle Kleidung trugen. Auf diese Weise sah man zumindest dort das Blut nicht so sehr.

»Das tat gut«, flüsterte Serine, erschöpft und mit tiefer Befriedigung in der Stimme. Sie ließ sich nach hinten fallen und achtete dabei gar nicht auf die Leiche, die noch immer an ihr lehnte. Der Körper kippte leblos mit der Vampirin und blieb dann halb auf ihr liegen. Auch Lars machte es sich auf dem Waldboden gemütlich. Dabei nutze er ein Bein ihres Opfers als improvisierte Nackenrolle. Es fiel ihm erst jetzt auf, dass es sich um eine wolkenlose Nacht handelte. Trotz des Blätterdaches, gab es genügend freie Stellen, sodass das Sternenlicht hindurchfallen konnte. Lars fühlte jetzt ebenso wie seine Freundin eine tiefe Entspannung einsetzten. Es war wie eine große Last, die er jetzt nicht mehr tragen musste. Er fühlte sich ruhig und mit der Welt im Einklang. Neugierig drehte er den Kopf zur Seite und sah auf die Stelle des Unterarms des Mannes, in die er hineingebissen hatte. Aha, dachte er, als er bemerkte, dass die Wunde nicht wieder zugegangen war. Die Kraft der schnellen Wundheilung kam also doch von den Menschen, an denen sie sich nährten und diese Wunde hatte sich nicht mehr geschlossen, weil der dazugehörige Mensch jetzt tot war.

5

Eine ganze Weile lagen Lars und Serine unter den Bäumen und sahen in den Sternenhimmel hinauf. Sie genossen das leichte Völlegefühl, dass von ihrem ausgiebigen Mahl herrührte und Lars erforschte seine Gefühle darüber, gerade einem Menschen das Leben genommen zu haben. Er fühlte keine Schuld, keine Gewissensbisse und auch sonst nichts vergleichbares. Stattdessen fühlte er sich als Vampir in seinem Wesen stärker, vollkommener und irgendwie abgeschlossener. Die Erfahrung zu töten war eine gute, sie war richtig. Auch wenn Lars wusste, dass er nicht jedes Mal töten könnte oder es gar wollte, wenn er jagen ging, freute er sich schon auf das nächste Mal. Es war etwas Besonderes.

»Und was machen wir jetzt?«, fragte er nach einer Weile.

»Hmm…«, begann Serine und stützte sich dabei auf den Armen auf. Die Leiche, welche immer noch auf ihrem Körper lag ignorierte sie weiterhin: »Wir sollten ihn hier nicht so liegen lassen. Wenn die Menschen ihn finden, könnte das unangenehme Fragen aufwerfen.« Sie überlegte kurz bevor sie fortfuhr, »Früher gab es in diesen Wäldern noch Wölfe, aber ich glaube mittlerweile ist das Waldstück zu weit abgeholzt worden, um sie zu beheimaten. Sonst hätten wir ihnen die Überreste geben können.« Das ärgerte Lars. Er mochte Wölfe und es war falsch, dass sie von den Menschen vertrieben worden waren. Außerdem mochte er Wälder und auch sie sollten von den Menschen nicht einfach so abgeholzt werden.

»Vielleicht«, setzte Serine noch einmal an, »ist Auri zufällig in der Nähe und hat etwas Appetit. Wenn nicht, können wir den Körper auch in die Vedea werfen. Sie fliest nicht weit von hier und bis der Körper gefunden wird, sollte das Flussleben die Anzeichen unseres Angriffs überdeckt haben.« Damit stieß sie einen ungeheuer hohen Pfiff aus. Der Pfiff war so hoch, dass Lars sicher war, er würde für ein menschliches Gehör nicht wahrzunehmen sein. »Lass uns ein paar Minuten warten, um zu sehen ob sie kommt«, schloss die Vampirin schließlich als der Pfiff beendet war. Dann streifte sie die Leiche von ihrem Körper, rutschte zu Lars und machte es sich neben ihm gemütlich. Es dauerte tatsächlich nur einen Moment, bis die beiden Vampire es im Gebüsch rascheln hörten. Auri sprang, wie aus dem Nichts, hervor und begrüßte sie stürmisch. Die Wölfin leckte Lars quer durchs Gesicht, wobei sie den größten Teil des Blutes darauf gleich mit abwischte. Anschließend wiederholte sie die Begrüßung, schwanzwedelnd bei Serine. Ganz war das Blut natürlich nicht verschwunden, aber es war trotzdem eine deutliche Verbesserung.

»Da bist du ja, Kleines«, lachte die Vampirin, als sich Auri wieder beruhigt hatte. Dabei war die Bezeichnung »Kleines« allerdings wirklich nur als Kosename zu verstehen. Auri war selbst für einen Wolf riesig.

»Hast du Hunger?«, fragte Serine das Tier und Auri wedelte noch etwas stärker mit ihrem Schwanz. Dabei gab sie einen bejahend klingenden Laut von sich.

»Dann iss dich satt«, forderte sie die Vampirin fröhlich auf und deutete dabei auf den Leichnam. Lars hatte sich inzwischen wieder erhoben und fuhr sich mit dem Ärmel durch das Gesicht um Wolfssabber und das übrige Blut abzuwischen. Mit mäßigem Erfolg. Unterdessen war Auri zu ihrem Opfer geschlichen und begann dessen Kleindung zu zerfetzen, sodass sie das Fleisch ungehindert erreichen konnte. Als das geschafft war stemmte sie ihre Vordertatzen gegen den Körper und biss große Stücke Fleisch heraus. Lars sah eine Weile zu. Jetzt wunderte er sich nicht mehr darüber, dass ihn solche Anblicke nicht länger abschreckten. Seine vampirische Natur überwiegte nun endgültig: Das, was das riesige Tier da so brutal zerfleischte, war Nahrung und nichts weiter. So wie die Menschen ihren bettelnden Schoßhündchen aus Mitleid manchmal etwas vom Tisch zu essen gaben, so teilten auch die Vampire ihre Beute mit dem Wolf.

Sie hatten Auri noch einige Minuten zugesehen und waren dann in westlicher Richtung weiter in den Wald gegangen. Serine erklärte auf ihrem Weg zur Vedea, bei der sie sich die Gesichter waschen wollten, bevor sie ins Hotel zurückkehren würden, dass Auri den Leichnam später tiefer in den Wald schleifen würde.

Dort könnten die Überreste dann in Ruhe verwesen. Lars bräuchte sich auch keine Sorgen darüber machen, dass ein zufälliger Passant Auri bemerken würde, denn es war nun wirklich so spät, dass weitere Spaziergänger nur noch sehr unwahrscheinlich erschienen und außerdem: selbst, wenn, dann würde das Tier sie hören, lange bevor sie sie bemerken könnten. Auri war vorsichtig. Sie käme in jedem Fall zurecht.

6

Es dauerte nicht lange, da stießen sie auch schon auf die Vedea. Der Flusslauf war etwa vier Meter breit und hatte sich fast zwei Meter tief ins Land gegraben. So mussten die beiden Vampire nur den kurzen Hang zum Wasser hinuntersteigen, bevor sie ihre Gesichter reinigen konnten. Übrig blieben die Flecken auf ihrer Kleidung. Dank des dunklen Stoffes, würden menschliche Augen diese aber nur aus nächster Nähe wahrnehmen können. Zumindest solange die Sonne noch nicht aufgegangen war.

Der Weg zurück ins Hotel gestaltete sich als einigermaßen ereignislos. Die beiden Vampire schlenderten Hand in Hand die leeren Straßen entlang, ohne viel über das Erlebte zu sprechen. Sie genossen einfach den Moment und die auslaufende Nacht. Etwa fünfhundert Meter vor dem Hotel trafen sie auf Valdim. Der Rocker kehrte seinerseits von der Jagd zurück, aber Lars entdeckte auf seinem Gesicht oder Kleidung keine Blutflecke. Sein Opfer war bestimmt noch am Leben.

»Na, ihr zwei?!«, begrüßte er die Beiden, »Wie war eure Nacht?«

»Großartig«, platzte Lars heraus, »Serine und ich haben bei der Jagd getötet. Das war etwas ganz Neues für mich.«

»Das erste Mal töten, wie? Das ist immer etwas Besonderes. Ich erinnere mich noch als ich… Momentmal«, er unterbrach sich mit offensichtlich gespielter Entrüstung, »Auri ist vorhin im Wald plötzlich wie aus dem Nichts einfach los gesprintet und irgendwo im Unterholz verschwunden. Habt ihr etwa etwas damit zu tun?«

»Schuldig«, bestätigte Serine grinsend, »ich habe sie gerufen, damit sie uns mit der Leiche hilft.«

»Und mit hilft meinst du wohl: so sehr zerfleischt, dass die Spuren eures Angriffs nicht mehr zu entdecken sind, hm?«, Valdim lachte gutmütig und Lars konnte das Funkeln der vergoldeten, hinteren Zähne sehen.

»Wieder schuldig«, gestand Serine, »sie wirkte aber auch ganz schön ausgehungert, um ehrlich zu sein.«

»Na«, kommentierte Valdim, »sie bekommt auch nicht allzu oft menschliches Fleisch zu fressen. Vielleicht war es ihr Hunger danach, was du da bemerkt hast. Es scheint einer ihrer Lieblingsspeisen zu sein«, nach einer kurzen Pause setzte er noch einmal an, »kommt jetzt. Lasst uns zurück ins Hotel gehen. Die Sonne geht bald auf.« Das taten sie dann auch. Sie schlenderten gemütlich die letzten Meter zurück und Valdim erklärte, wie sehr er Rumänien liebte. Das lag besonders daran, dass die Verriegelungen und Schlösser der meisten Häuser eine so schlechte Qualität hatten, dass er fast überall einbrechen konnte. Und selbst wenn das Haus doch ein gutes Schloss hatte, war meisten wegen der hohen Temperaturen irgendwo ein Fenster geöffnet. Gerade in diesem Landstrich, führte er aus, zeigten sich die Vorteile davon, dass die Menschen nicht an die Existenz von Vampiren glaubten.

»Aber«, mischte sich Serine ein, »ich dachte gerade in Rumänien glauben die Menschen immer noch an uns.« Eine nachdenkliche Miene legte sich auf Valdims Gesicht:

»Ach ja?«, fragte er etwas verblüfft, »hm, dann sind sie ziemlich dumm, dass sie ihre Häuser nicht besser sichern.« Mittlerweile hatten sie die Eingangspforte des Hotels erreicht. Sie wünschten sich eine gute Nacht und begaben sich auf ihre jeweiligen Zimmer.

»Fragst du dich manchmal, ob es gute oder schlechte Menschen waren, die du umgebracht hast?«, fragte Lars als sie ihr Zimmer erreicht und es sich zum Schlafen auf dem Bett gemütlich gemacht hatten. Er fragte eigentlich nur, weil ihm aufgefallen war, dass er sich selbst diese Frage nicht wirklich stellte. Irgendwie war es ihm egal und genau das verwunderte ihn ein bisschen. Sollte ihn das nicht interessieren oder war das doch nur noch ein Schatten seiner früheren Menschlichkeit?

»Nein«, gab Serine gelassen zurück, »einen Löwen interessiert es auch nicht, ob die Gazelle, die er gerissen hat in ihrem Leben gut oder schlecht war. Ich halte es für mich genauso.« Das gefiel Lars und es befand sich auch im Einklang mit dem was er selbst fühlte. Von dem Erlebten müde schloss er die Augen. Das war eine sehr schöne Nacht gewesen, dachte er, und im nächsten Moment fiel er in einen seelenruhigen Schlaf.

Das Consilium Noctis

1

Das Schloss war in einem erstaunlich guten Zustand. Über die Jahrhunderte war es durch mehrerer Wiederaufbauten, Erweiterungen und Renovierungsarbeiten geformt worden. Auch jetzt konnte man ein Baugerüst an der östlichen Mauer erkennen. Von den Arbeitern fehlte jedoch jede Spur. Die Dächer der Türme und des Hauptgebäudes waren mit roten Ziegeln bedeckt. Es konnte noch nicht lange her sein, dass man diesen Teil des Schlosses saniert hatte, denn Lars sah keine Anzeichen der Witterung an ihnen. Weder Moos, noch Verfärbung oder Risse waren erkennbar. Der Haupteingang zum Gelände war, wie es bei alten Burgen und Schlössern häufig vorkommt, über eine steinerne Brücke zu erreichen. Letztere hatte man dabei so groß bemessen, dass ein Lieferwagen sie bequem überqueren konnte. Die Familie Largaretta ging jedoch zu Fuß darüber. Sie waren ein paar Tage nachdem Lars und Serine den Mann im Wald getötet hatten hierhergefahren, um am Consilium Noctis teilzunehmen. Der Baron hatte noch einige Nächte zur Vorbereitung gebraucht. In dieser Zeit konnte Lars ihn einige Male über dem eigenartigen Buch brüten sehen, war aber immer noch nicht dazu gekommen, ihn danach zu fragen. Stattdessen hatte er sich in den letzten Nächten seit langem einmal wieder seinen Lieblingsbeschäftigungen gewidmet: Dem Zeichnen und dem Musizieren. Carolin hatte die Geigen aus der Villa ins Hotel mitgebracht und Lars damit überrascht. Ihre Duette wurden immer balancierter und waren nun schon viel mehr aufeinander abgestimmt. Beim Zeichnen versuchte er sich weiter an seinem gewohnten Motiv: Serine. Sie stand ihm dafür sogar einmal Modell. Dabei trug sie ihr übliches schwarzes Kleid und hielt einen altertümlichen Degen in der Hand, welchen sie sich für diesen Zweck von der Hoteldekoration geborgt hatten. Sie war sehr geduldig mit Lars. Während er sich an der Kunst versuchte, sie so aufs Papier zu bringen, wie er sich das vorstellte, brachte sie ihm sogar ein paar Worte in der rumänischen Sprache bei. Allerdings nur mit mäßigem Erfolg. Hinterher konnte er jedoch noch »Hallo« (Salut), »Tschüss« (Pa), und »Verschwinde, sonst bringe ich dich um« (Pleacă sau te omor) sagen. Außer dem Musizieren und dem Zeichnen verbrachte Lars auch viel Zeit auf der Jagd. Dabei ging er nicht nur mit Serine jagen, sondern auch einmal mit Valdim und Auri und einmal auch mit Carolin.

Wie Großmutter in der Anderswelt angekündigt hatte, waren sie auch noch auf die übrigen Familienmitglieder zugegangen, um ihnen von Lars Vision zu erzählen. Die Sorge war auch auf ihren Gesichtern klar erkennbar gewesen. Es brauchte keinerlei Überzeugungsarbeit, um die Gefahr deutlich zu machen. Allen war die Macht und die Bedeutung von Visionen sowie von Großmutters großem Erfahrungsschatz in diesem besonderen Themengebiet bewusst. So kam es sehr schnell zu der einstimmigen Entscheidung das Consilium zu warnen. Der Baron erklärte, dass es mehrere Gelegenheiten dazu geben werde und er gleich die erste ergreifen wollte. Lars beruhigte das. Niemand war ihm böse, dass er sich in die Gefahr der Visionen Suche begeben hatte und jetzt zeigte sich auch, dass es die Gefahr wert gewesen war. So konnte er nach all dem Guten was er durch die Familie Largaretta erfahren hatte, wieder einmal etwas zurückgeben. Auf Lars Nachfragen darüber, wie das Consilium Noctis denn vonstattenging, erklärte Carolin, dass es eine Art Debatte mit strengen Regeln sei und sie den Ort der Zusammenkunft erst nach Abschluss wieder verlassen würden. Die strengen Regeln verunsicherten Lars ein wenig, doch Carolin winkte beruhigend ab. Die Regeln seien streng im Vergleich zu menschlichen Debatten, oder solchen die innerhalb einer Familie geführt wurden. Niemandem würde gleich der Kopf abgerissen, nur, weil er gegen die Richtlinien verstieß. Valdim fügte jedoch noch hinzu, dass die strengen Regeln trotz allem wichtig wären, da es sich bei den Debattenteilnehmern um Vampire handelte. Vampire, welche allesamt von Natur aus nun einmal Raubtiere waren. Und noch dazu die mächtigsten Raubtiere, welche es je auf der Erde gegeben hatte.

2

Nach einigen Nächten, in denen sie sich alle noch etwas auf ihre Art darauf vorbereitet hatten, waren sie schließlich zum Schloss aufgebrochen, in dem das Consilium Noctis stattfinden sollte. Die mächtigen, aber dennoch schlicht gehaltenen Holztore waren mit einer Schicht dunkelgrüner Farbe bedeckt und standen weit offen, sodass Lars in den Hof sehen konnte. Der ganze innere Bereich war mit Pflasterstein ausgelegt. Nur mittig im Hof gab es eine runde, freie Fläche mit Erde, sodass ein Baum darin wachsen konnte. Der Baum war wahrscheinlich so alt wie das Schloss selbst, vermutete Lars. Anhand der sporadisch am Boden verteilt liegenden Blätter und den stachligen Fruchtbechern konnte er erkennen, dass es sich um eine Kastanie handelte. Es gab wenige Fenster, die von den beiden Gebäuden – das Haupthaus und ein kleineres Nebenhaus, welches wohl einmal für Personal gedacht gewesen war – den Blick in den Hof öffnete. Dahinter waren keine Lichter zu sehen. Der Rest des Innenhofes wurde von einer massiven Mauer eingegrenzt, deren einzigen Öffnungen in gleichmäßig angeordneten Schiesscharten bestanden. Wäre die Tür zum

Haupthaus nicht geöffnet gewesen und hätte nicht vor ihr ein hagerer Mann mit schulterlangen, leicht welligen, grauen Haaren gestanden, hätte man denken können, dass Schloss sei verlassen. Der Fremde trug einen alten, aber dennoch nobel wirkenden Frack samt Zylinder und Fliege. Sein Gesicht war ausgemergelt, aber seine Stimme klang fest, als er sie begrüßte:

»Ah, die Familie Largaretta. Mit Zuwachs wie ich sehe.« Der Baron wandte sich zuerst kurz an Lars und erklärte knapp:

»Das ist der Pförtner.« Bei dieser Bezeichnung musste Lars innerlich lächeln. Dieser Pförtner war deutlich weniger beeindruckend, als der letzte, dem er gegenübergestanden war. Trotzdem, dachte er, wirkte auch dieser ein kleines bisschen unheimlich. An den Mann im Frack gewandt antwortete der Baron: »Adam, es ist schön dich zu sehen. Wie ist der Stand der Dinge?«

»Ihr seid spät«, entgegnete der Pförtner mit einem Hauch von Vorwurf in der Stimme, »die meisten Familien, Häuser, Clans und Sippen sind bereits angekommen. Sie diskutieren auch schon eine geraume Weile.«

»Dann wollen wir keine weitere Zeit verlieren«, gab der Baron zurück, »wir machen uns gleich auf den Weg zu ihnen.« Adam nickte, trat einen Schritt bei Seite und machte eine einladende Handbewegung. Während sie nacheinander an ihm vorbeigingen, grüßte er sie noch einmal einzeln. Bei den Damen zog er sogar seinen Zylinder. Die Eingangstür führte in einen Vorsaal von dem aus eine breite, steinerne Treppe in die oberen Stockwerke weiterleitete. An den Wänden konnte Lars Gemälde von Städten, wie sie vor einigen Jahrhunderten ausgesehen haben mussten erkennen. Außerdem gab es drei Plattenrüstungen, die man so aufgestellt hatte, dass sie sich mit den schweren eisernen Handschuhen auf den Knauf ihrer Schwerter zu stützen schienen. Das alles lag in dem matten Licht der Kerzen, die sich in regelmäßigen Abständen, in an den Wänden angebrachten Halterungen befanden. Ein roter Teppich führte zu der großen, steinernen Treppe. Der Baron steuerte jedoch die, dagegen beinahe unscheinbar wirkende, Tür links davon an. Dahinter gab es einen weiteren Raum, welcher ebenfalls mit Gemälde und Rüstung verziert worden war. Das Hauptmerkmal in diesem Raum war jedoch die aus robustem Holz gefertigte Treppe, welche zum unten gelegenen Stockwerk führte. Der Baron hielt zielstrebig auf die Treppe zu und der Rest folgte ihm. Der darunter gelegene Raum wirkte wie eine Art Lager: Hier gab es keine ausgestellten Rüstungen oder Gemälde mehr. Stattdessen waren schlichte Regale aufgebaut. Momentan waren sie jedoch leer und Lars fragte sich, was sie einmal beinhaltet hatten. Nach einem Speiselager sah es hier für ihn nicht aus. Außerdem, dachte er, wozu würde eine Vampirburg auch ein Lager für menschliche Nahrung brauchen? Lars verwarf den Gedanken und folgte Marek, der auf die Wand zuging, die in Richtung Zentrum der Burg führte. Erst als er sie erreichte und mit der Hand berührte, erkannte Lars, dass dort eine Tür angebracht war. Er hatte sie trotz seiner guten Vampirsinne nicht bemerkt, so geschickt war sie in die Mauer eingearbeitet. Carolin lächelte wissend, als sie seinen überraschten Gesichtsausdruck bemerkte:

»Ich habe diese Tür das erste Mal auch nicht gesehen.«

»Diese Burg hat so manche geheimen Gänge«, erklärte die Großmutter, »viele der Geheimgänge sind sogar Geheimgänge innerhalb der geheimen Bereiche. Man sollte hier also besser nicht verloren gehen.« Lars hielt sich instinktiv dichter an Serine, als die Familie einer nach dem anderen durch die Pforte in der Wand trat. Der Gang wurde seinem Namen gerecht. Hier gab es keine Verzierungen mehr an den Wänden und das Mauerwerk wirkte, als hätte man es nur provisorisch und in großer Eile errichtet. Davon, dass es je einmal instand gehalten wurde fehlte jede Spur. Die Steine saßen schief aufeinander, waren teilweise herausgebrochen oder rissig. Hier und da waren Kerzenhalter angebracht, aber sie befanden sich in einem derart verrosteten Zustand, dass sie jeden Moment zu zerfallen drohten. In keiner der ersten Halterungen brannten die Dochte, aber Lars konnte sehen, dass weiter hinten im Gang ein schwaches Licht flackerte. Der Baron blieb plötzlich stehen und für einen Moment sah es von Lars Position so aus, als würde er in der Wand verschwinden. Auch die Großmutter schien in die Wand hinein zu gleiten. Als nach und nach der Rest der Familie folgte und Lars ein paar weitere Schritte vorwärts tun konnte, erkannte er, dass sich dort, wo der Baron und die anderen in die Wand gegangen waren, eine Abzweigung befand. Dieser angrenzende Gang war zu Beginn sehr schmal gehalten und so kunstfertig in den Felsen geschlagen, dass man ihn durch einen Zufall kaum entdecken konnte. Dadurch, dass tiefer in dem Hauptgang ein Kerzenlicht flackerte wurde der Blick zusätzlich so gelenkt, dass man die Abzweigung fast schon übersehen *musste*. Das schmale Stück des Ganges hielt nur kurz an, wurde dann deutlich breiter und mündete schließlich in einer in den Stein gehauenen Wendeltreppe, welche weiter nach unten führte. Die Stufen waren von unterschiedlicher Größe und alles andere als gerade. Glücklicherweise gab es eine schlichte, eiserne Halterung, die an der äußeren Seite der Stufen angebracht war. Auf diese Weise musste sich Lars nicht zu sehr auf sein Gleichgewicht konzentrieren. Die Wendeltreppe führte erstaunlich tief in die Erde. Lars wagte nicht zu schätzen wie tief, aber er glaubte sicher sagen zu können, dass, wenn er auf dieser Höhe aus dem Felsen treten würde, er mindestens am Fuß des kleinen Berges herauskäme, auf dem die Burg errichtet war.

»Dies war einmal ein Fluchtweg, für den Fall, dass die Festung belagert würde«, erklärte der Baron das Offensichtliche, »die Halle der Zusammenkunft, zu der wir gehen, wurde erst viel später in den Stein gegraben.« Endlich hatten sie das Ende der steinernen Wendeltreppe erreicht. Sie mündete in einem mit Fackeln und Kerzen erleuchteten, etwa vier Meter breiten Korridor. Die Wände waren hier anders als bei der Wendeltreppe nicht mehr nur nackter Stein, sondern durch Mauerwerk gestärkt. Hier und da hingen edle Wandteppiche, Banner und Wappenschilde, deren Heraldik von einer längst vergessenen Zeit Kunde tat. Ein Symbol fiel Lars dabei besonders auf. Es war eine Übereinander Lagerung mehrerer Zeichen: Ein schematisch dargestellter Sarg im Hintergrund, ein an einen Reißzahn erinnernde, dreieckige Form, ein Auge und ein auf den Kopf gedrehter Mensch. Alle Teile waren so primitiv dargestellt, dass man sie auch ganz einfach mit einem Stift hätte nachmalen können.

»Das Zeichen der Neutralen«, erklärte Carolin, die Lars Blick gefolgt war, »sie sind traditionell die Gastgeber des Consiliums. Adam, der uns oben am Eingang begrüßt hat, ist einer von ihnen.« Lars nickte, dankbar für die Erklärung und sah sich weiter um: Am Boden war ein dunkelroter Teppich ausgelegt, der ihm ganz besonders das Gefühl gab sich immer noch in einem Teil der Burg zu befinden. Er erkannte jetzt auch, dass die Wendeltreppe, über die sie diesen breiten Korridor erreicht hatten, nicht den einzigen Zubringer darstellte. Es gab noch andere, kleinere Gänge, die hier mündeten.

»Ziemlich beeindruckend, was?«, kommentierte Valdim, als er Lars staunende Augen sah. Dieser nickte erneut und klappte den Mund zu.

»Hier entlang«, forderte der Baron auf und deutete den Korridor entlang. Es waren nur wenige Meter bis zu den großen, schweren, hölzernen Flügeltüren. Lars war so sehr von den Verzierungen des Korridors abgelenkt, dass ihm der Geruch nach Rauch und dessen Verursacherin erst auffielen, als sie sie schon fast erreicht hatten. An der Wand neben den schweren Türen lehnte eine Frau. Sie hatte eine Zigarette zwischen den Fingern hängen und atmete genüsslich den Rauch aus. Es war eine Frau, deren Erscheinungsbild beinahe schrie, dass sie eine Vampirin sei: Die mysteriöse Raucherin war überaus schlank, beinahe schon dürr. Sie hatte glatte, schulterlange, weiß-gräuliche Haare. Dabei wirkte ihr Gesicht aber keineswegs alt. Im Gegenteil: Lars konnte nicht einschätzen ob es sich um das Gesicht einer Sechzehn- oder Sechsundzwanzigjährigen handelte. Die Frau war äußerst blass, hatte große, grüne mit schwarzem Kajalstift umrandete Augen, schmale Lippen und eine Stupsnase. Sie trug ein schwarzes, überaus einladendes, aber sonst eher schlicht gehaltenes Cocktail-Kleid. Als sie die Familie bemerkte wirkte ihr Blick gelangweilt, leicht herablassend und auch ein wenig abschätzend. Das änderte sich jedoch schlagartig, als sie die Großmutter sah.

»Lydia«, begrüßte die fremde Vampirin die Matriarchin der Largaretta und lächelte dabei ehrlich und freudevoll, »Es ist schön dich hier zu treffen. Es freut mich sehr, dass du es schaffen konntest.« Und damit trat sie auf die Großmutter zu und umarmte sie, wie eine alte Freundin. Lydia lächelte und man konnte die Freude über das Treffen auch in ihrem Gesicht ablesen:

»Es ist auch schön dich zu sehen.« Sie erwiderte die Umarmung und wandte sich dann, als sich die beiden Frauen wieder voneinander gelöst hatten, an die Familie:

»Dies ist Pricilla. Tochter Helsheims vom Clan aus dem Norden, Hexe des Eises, Wanderin der Anderswelt und vor allem eine liebe Freundin seit vielen Jahrhunderten.« Die Gesichtsausdrücke der übrigen Familienmitglieder waren sichtlich überrascht. Auch sie hatten, genauso wie Lars, die fremde Vampirin noch nie zuvor gesehen oder von ihr gehört, aber die Erklärung, sie sei eine Freundin reichte aus, um eine allgemeine Stimmung der Akzeptanz zu erwecken.

»Ich denke, ich spreche für alle«, begann der Baron, »wenn ich sage, dass wir uns freuen und auch gespannt darauf sind dich kennen zu lernen, Pricilla.« Pricillas Blick wirkte misstrauisch und wieder sachte abschätzig, als sie mit einem knappen Nicken auf Mareks Worte reagierte. Ihr Blick blieb auf diese Weise bestehen, als er ein Familienmitglied nach dem anderen abtastete… bis er auf Lars traf. Etwas wie »erkennen« blitze kurz in dem Gesicht der mysteriösen Frau auf. Dann lächelte sie leicht verlegen und sah schließlich wieder weg. Lars wusste nicht, wie er dieses Verhalten einordnen sollte und sah fragend zu Serine, doch sie zuckte nur genauso ahnungslos wie er mit den Schultern.

»Ja, ich freue mich auch«, wandte sich Pricilla schließlich wenig überzeugend wieder an den Baron, schnippte die Asche von ihrer Zigarette und setzte dann noch einmal an: »Aber das Kennenlernen muss noch etwas warten. Ihr geht jetzt besser in die Halle der Zusammenkunft. Das Consilium hat bereits begonnen.«

»Dann sollten wir keine weitere Zeit verlieren«, erwiderte der Baron und wirkte dabei, aufgrund Pricillas abweisender Art, tatsächlich ein wenig durcheinander. Er verabschiedete sich mit einem Kopfnicken, trat dann auf die mächtigen Flügeltüren zu und drückte eine davon auf, sodass sie die Halle betreten konnten.

3

Sie betraten einen oval geformten Saal, der etwa die Größe eines Fußballfeldes umfing. Die Türen waren an einer der kürzeren Seiten angebracht und so konnte man mit einem Blick die volle Tiefe der Halle erfassen. Der Aufbau erinnerte stark an den eines Parlamentsgebäudes. Reihe um Reihe, in der Höhe nach hinten aufsteigend versetzte Stühle, bildeten einen weitläufigen Halbkreis, dessen Öffnung auf eine Bühne zeigte. Die Decke des Saales erstreckte sich weit in die Höhe und Lars erkannte, dass auch einige Logenplätze vorhanden waren. Der Raum wurde durch zahllose Öllampen und Kerzen in ein, für die Augen der Vampire, angenehmes Zwielicht getaucht. Die Wände waren geschmückt durch Banner, die allesamt unterschiedliche Wappen trugen. Eines davon hatte einen dunkelgrünen Grund und darauf war ein in mattem Silber gestickter, in sich gewrungener Ring abgebildet. Ein Ring, der auffällige Ähnlichkeit mit eben jenem besaß, den Lars und die übrigen Familienmitglieder am Finger trugen. Lars machte Serine darauf aufmerksam und sie nickte bestätigend:

»Das Wappen der Familie Largaretta«, fügte sie flüsternd hinzu. Als sie dem Baron zu ihren Sitzplätzen folgten, ließ Lars seinen Blick über die bereits besetzten Stühle gleiten. Vampire aus allen Ländern der Erde mit den verschiedensten Kulturen und Sitten warn angereist. Sie hatten unterschiedliche Hautfarben und Körpergrößen. Auch die Art, wie sie sich kleideten war abwechslungsreich: Neben einigen, die eher feine, moderne Abendgarderobe trugen, entdeckte Lars auch ausgefallenere Kleider mit Fellkragen oder anderen Accessoires. Er sah sogar eine Gruppe dunkelhäutiger Afrikaner, deren Körper von primitiv wirkender, aber dennoch sauberer und gepflegter, Stammeskleidung aus Leder, Knochen und Holzperlen bedeckt wurden. Als sie ihre Plätze, die sich auf mittlerer Höhe, ganz am Rand befanden, erreicht hatten betrachtete Lars zum ersten Mal die Bühne etwas genauer: Obwohl sie keinerlei Ähnlichkeit zu der im Theater der Alpträume hatte, fühlte er sich kurz an diesen Ort erinnert. Und damit auch an die schreckliche Angst, die er dort erlebt hatte. Es fröstelte ihn, dann schüttelte er die Gedanken daran wieder ab. Auf der Bühne war ein Rednerpult aufgestellt und dahinter befanden sich halbkreisförmig angeordnet die Banner mit den unterschiedlichen Wappen der Vampirhäuser, so wie sie auch an den Wänden zu finden waren. Das Wappen der Largaretta war dort ebenfalls noch einmal aufgestellt. Sie hatten offenbar einen günstigen Zeitpunkt erwischt, um dem Consilium beizutreten, denn das Rednerpult war gerade unbesetzt. Es dauerte nicht lange, bis sich einer der Vampire aus den Stuhlreihen erhob und darauf zuging. Lars bemerkt auch, dass sich Pricilla wieder zurück in den Saal geschlichen hatte. Sie verschwand bei einer Gruppe, in den weiter unten gelegenen Reihen. Sie hatte wohl die Pause für ihre Zigarette genutzt. Der Mann, der auf die Bühne trat und sich hinter das Rednerpult stellte, hatte – so wie auch Pricilla – schulterlange Haare, die jedoch deutlich gräulicher ausfielen. Außerdem waren sie nicht glatt, sondern wellig. Sein Gesicht erschien als das eines Vierzigjährigen, kantig und glattrasiert. Er trug einen schwarzen Anzug, darunter ein weißes Hemd und dazu eine ebenfalls schwarze Fliege. Mit dieser Erscheinung wirkte er fast wie ein Dirigent, oder ein Moderator bei einer Preisverleihung. Als er das Pult für sich vorbereitete, lehnte sich Carolin, die rechts von Lars saß, zu ihm hinunter und erklärte:

»Das ist einer der Neutralen.« Also, dachte Lars, lag er mit der Einschätzung des Moderators gar nicht so falsch. Ihm fiel auf, dass er ein Glas Wasser auf das Pult stellte und auch davon nippte. Wasser, dachte Lars und fragte Carolin danach.

»Ja«, erklärte sie leise, »wir sind durchaus dazu in der Lage Wasser zu trinken. Blut besteht zum größten Teil aus Wasser und das vertragen wir ja auch sehr gut.« Sie zwinkerte. Lars lenkte seine Aufmerksamkeit zurück zu dem Mann auf der Bühne. Dieser räusperte sich, hauptsächlich um das Mikrofon zu testen, welches so geschickt in das Pult integriert war, dass Lars es erst jetzt bemerkte und erklärte dann mit einem leichten slawischen Akzent und mit langsamen Worten:

»Ich sehe, dass die Vertreter der Largaretta angekommen sind. Da ist es ganz passend, dass ich ohnehin vor habe noch einmal zusammenzufassen, was bisher besprochen und als gesichert festgestellt wurde. Die nächste Zusammenfassung wird es erst wieder morgen geben, also konzentrieren Sie sich bitte alle auf das, was ich zu sagen habe und erheben Sie sofort Einspruch, wenn etwas Neues dabei ist, dass Ihr Haus anders bewertet«, er ließ seinen Blick aufmerksam durch die Reihen gleiten, wie um abzuschätzen, ob bereits jetzt jemand Einspruch erheben wollte. Dann begann er seine Erklärung:

»Die Entwicklung der Herde im letzten Jahrhundert hat häuserübergreifend Sorge geweckt. Die Herde hat mit ihrer technischen Entwicklung eine Ebene erreicht, mit der sie uns einer durchaus erheblichen Gefahr aussetzen könnte. Schlimmer noch ist jedoch die Tatsache, dass die Herde zwar hohe Technologien entwickeln konnte, nicht jedoch die angemessene Verantwortung, um damit auch umzugehen. Als Grund für Letzteres wurde die kurze Lebensspanne der Menschen festgestellt«, nach einer kurzen Pause fügte er noch einigermaßen gelangweilt: »erneut«, hinzu und fuhr anschließend fort: »Das mangelnde Verantwortungsbewusstsein der Herde führt zu einem durchgehen anhaltenden Miss- und Fehlgebrauch ihrer Errungenschaften. Dadurch entsteht ein Schaden an dieser Welt, der nicht mehr zu reparieren ist und zudem jährlich weiter zunimmt. Trotz der Tatsache, dass das unzweifelhafte Wissen über diesen zunehmenden Schaden bei den Entscheidungsgewalten der menschlichen Bevölkerung vorhanden ist, gibt es keinerlei Anzeichen dafür, dass sich in naher oder auch mittlerer Zukunft etwas an dem Verhalten, dem Missbrauch ihrer Erfindungen oder allgemein dem Verantwortungsbewusstsein der Herde ändern wird. Der durch die Menschen verursachte und zunehmende Schaden widerspricht den Interessen der Mehrheit der hier anwesenden Häuser. Aus diesem Grund wollen wir eine gemeinsame Antwort auf dieses Verhalten finden, sodass der Schaden begrenzt wird«, der Neutrale machte eine kurze Pause, in der er seinen Blick, wie schon zu Beginn durch die Reihen gleiten ließ, »möchte bis hier jemand Einspruch einlegen?«, fragte er und wartete auf mögliche Reaktionen der Anwesenden. Da erhob sich der Baron und sagte in lauten und deutlichen Worten:

»Keinen Einspruch, hohes Consilium. Wohl aber einen Zusatz, der für das weitere Vorgehen von äußerster Wichtigkeit sein könnte. Ich erbitte diesen Zusatz vor dem Consilium vortragen zu dürfen.«

»Bitteschön«, erwiderte der Neutrale und bot dem Baron den Platz am Rednerpult an. Marek ging nach vorne, trat auf die Bühne und hinter das Pult. Er legte seine Arme auf die äußere Begrenzung des Gestells und begann zu erklären: »Vor einigen Monaten hat mein Haus Zuwachs bekommen. Ein junger Vampir, den meine Tochter in der Anderswelt gespürt hat und zu uns rief«, Lars fühlte sich berührt, dass der Baron ihn vor all diesen Vampiren vorstellte. Damit hatte er nicht gerechnet, aber es war ihm auch irgendwie etwas unangenehm. Er war es nicht gewohnt in den Vordergrund gestellt zu werden, irgendwie wichtig oder beliebt zu sein. Die Erlebnisse in seinem menschlichen Leben waren dafür zu einprägsam gewesen. Dennoch fühlte er auch Glück, als der Baron weitersprach:

»Sein Name ist Laaz von Largaretta und er ist Teil von diesem Consilium. Ich erkläre Ihnen das, da es Laaz durch seine besondere Verbindung zur Anderswelt bereits möglich war eine Vision zu suchen«, Marek machte eine kurze Pause und im Saal wurde ein erstauntes Getuschel laut. Als es einen Moment später wieder abklang, sprach der Baron weiter: »Wie die meisten der Anwesenden sicher wissen, ist die Visionen Suche seit vielen Jahrhunderten auch das Handwerk von Lydia von Largaretta, der Matriarchin meines Hauses. Sie konnte die von Laaz erlebte Visionen durch seinen Geist nacherleben«, er zögerte kurz. Es schien als fielen ihm die folgenden Worte nun schwerer auszusprechen. Lars konnte das sehr gut nachvollziehen. Eine solche Botschaft vor so vielen wichtigen Vampiren vorzubringen war sicherlich nicht einfach. Doch Marek blieb tapfer und fuhr fort: »Meine sehr verehrten Mitglieder des Rates der Nacht, ich stehe hier vor Ihnen allen, um Sie an der Interpretation dieser Vision teilhaben zu lassen. Bitte beachten Sie, dass Lydia von Largaretta selbst zu dieser Interpretation kam. Nach sorgfältiger Betrachtung und langer Beratung im eigenen Hause sind wir der Überzeugung, dass das Consilium Noctis in seiner Entscheidungsfähigkeit beeinflusst ist. Diese Beeinflussung hat nach dem Erkenntnisstand Lydias einen Verursacher, der eindeutig von außerhalb dieser Versammlung stammt«, der Baron setzte eine kurze Pause ein, in der er sich auf das Rednerpult stützte und setzte dann noch einmal an: »Unser jüngstes Familienmitglied hat die Vision hervorgerufen und mit unserem Ältesten geteilt. Lydia hat keinen Zweifel an der Richtigkeit ihrer Interpretation. Bei allem, was in dieser Zusammenkunft besprochen wird, bei allen Vorschlägen, die Ihre Häuser bezüglich der Abwendung der festgehaltenen Gefahr vorbringen werden: Bitte bezieht die Vision, die Interpretation sowie unsere daraus entspringende Warnung mit ein.« Damit endete Mareks Rede und er gab das Rednerpult mit einer angedeuteten Verbeugung zurück an den Neutralen, bevor er zu seinem Platz in den Reihen der Zuschauer zurückkehrte. Der Neutrale wartete bis der Baron seinen Sitz erreicht hatte und ergriff dann wieder das Wort:

»Das war ein beachtlicher *Zusatz*«, dabei betonte er das Wort »Zusatz« besonders, »ich kann mich nicht daran erinnern, dass je in einer Zusammenkunft zuvor eine solche Warnung ausgesprochen wurde. Aber wie dem auch sei«, fuhr er nach einer kurzen Pause fort, »ich bin sicher, die meisten Häuser werden diese Warnung kommentieren wollen. Bitte beachten Sie die üblichen Regeln dazu. Wir sind Vampire und somit unsterblich. Das bedeutet wir haben Zeit, um das Gesagte in Ruhe zu bewerten und angemessen darauf zu reagieren. Wenn also keine dringenden Einwände zu der Vision des Laaz von Largaretta vorliegen oder Einwände zu dem vorher gesagten, dann schlage ich folgendes vor«, der Neutrale unterbrach sich und gab den Anwesenden somit Zeit etwas vorzubringen. Dabei ließ er seinen Blick wieder durch die Reihen gleiten. Als niemand das Wort ergriff, fuhr er schließlich fort: »Ich möchte die einzelnen Häuser bitten für sich zwei Entscheidungen zu treffen. Die Erste ist die, wie Ihr Haus zu der durch die Largaretta überbrachte Warnung steht. Ich möchte anmerken, dass die hoch ehrenwerte Lydia von Largaretta dem Consilium bereits in der Vergangenheit durch ihre Einsicht der Zukunft gute Dienste erwiesen hat. Tun Sie diese Vorhersage also nicht leichtfertig ab«, wieder unterbrach er sich kurz, bevor er weitersprach: »Die zweite Entscheidung, die Sie in Ihren Häusern treffen müssen, ist die Frage nach der Reaktion auf das Fehlverhalten der Herde. Das wird der schwierige Teil dieses Consilium.

Die Vorstellung Ihrer Vorschläge und Ansichten findet wie gewohnt über einen Vertreter Ihres Hauses statt. Bitte fühlen Sie sich frei, alle Räumlichkeiten dieses Verlieses zu nutzen. Das Consilium erwartet Ihre Vertreter ab morgen um zehn Uhr. Viel Vergnügen.«

4

Lars sah verdutzt in die Runde. Er und die Anderen hatten sich doch gerade erst gesetzt und jetzt sollten sie schon wieder gehen?

»Kommt«, schlug der Baron schließlich vor, »wir gehen in die Halle der vielen Pfade, treffen ein paar alte Bekannte und beraten dann was zu tun ist.« Sie erhoben sich und folgten Marek, der sie alle über die hinteren Reihen in die, an diese Aula angrenzende, Halle führte. Der Aufbau die Halle war ein gänzlich anderer. Es war ein Festsaal. An den Wänden waren wieder die Banner und Öllampen zu sehen. Hier und da standen auch einige Rüstungen, die wie schon oben in der Burg sich auf ihre Schwerter zu stützen schienen. Doch das, was den Blick aber sofort einfing waren die Tische. Oder genauer das was sich darauf befand. Es handelte sich um aus dunklen Massivholz gefertigte Möbel, mit tief roten Tischdecken und darauf gebunden lagen Menschen. Sie alle waren nur noch mit Unterwäsche bekleidet, sodass die Vampire sich an den Stellen nähren konnten, die ihnen am liebsten waren. Mindestens zwanzig Opfer waren auf den parallel aufgestellten Tischreihen verteilt. Dazwischen fanden sich aber auch freie, mit Kerzen dekorierte Tische. Dort standen Gläser mit Wasser bereit. Die Largaretta waren mit unter den letzten Vampiren, die die Halle der vielen Pfade betraten. Die meisten Häuser hatten sich schon verteilt und waren in leise Gespräche vertieft. Hin und wieder glitten aber auch einzelne Vampire scheinbar ziellos herum. »Siehst du den

Mann dort in der feinen, schwarzen Kleidung und dem welligen Haar?«, fragte Marek, nahm Lars freundlich an der Schulter und deutete mit der freien Hand auf den Mann, den er beschrieben hatte. Lars nickte als er den schwarz gekleideten, hageren Mann sah und der Baron erklärte: »Das ist ein hohes Mitglied des Bluthauses von Ankh. Sein Name ist Mortimer de Lorelié. Er und seine Sippe machen sich seit Jahrhunderten einen Sport daraus Menschen zu jagen. Sie schießen mit ihren Methoden meiner Ansicht nach manchmal etwas über das Ziel hinaus.«

»Was meinst du damit, dass sie über das Ziel hinausschießen?«, hakte Lars nach und der Baron erklärte:

»Sie quälen die Menschen gerne und töten oft unnötig und ohne Bedacht.« Nachdenklich sah Lars Mortimer hinterher. Irgendwie, dachte er, passte der Name zu dem Vampir mit den langen, welligen, schwarzen Haaren. Die Hand des Barons fuhr weiter durch die Halle und deutete dann auf eine Frau: »Und diese große Lady dort«, Lars sah die große, blondhaarige Frau, die ein edles weißes, enganliegendes Kleid trug und über den Schultern ein ebenfalls weißes, flauschiges Fell gelegt hatte. Ihr Gesicht wirkte streng, alles beherrschend und ihre Augen funkelten wie Diamanten. Es war eine Frau, die keinerlei Wiederspruch duldete und eine solche Glorie ausstrahlte, dass es generell nur Wenige wagen würden ihr Handeln in Frage zu stellen. Ihr Haar war zu einer komplizierten Frisur um ihren Kopf geflochten und auf der Stirn trug sie ein in sich verdreht wirkendes, silbriges Diadem, was ihrem Erscheinungsbild eine noch größere Anmut verlieh. »...das ist«, fuhr der Baron fort, »Skyal Helsdottir, die Herrin des Clans aus dem Norden. Ihr Haus wird besonders für seine Stärke und Widerstandsfähigkeit bewundert, aber auch für den Gewissen Sinn über die Gerechtigkeit, den sie leben.« Wieder fuhr Mareks Hand durch den Raum und deutete dann auf einen dunkelhäutigen

Mann: »Al-Saz-Qualir«, erklärte er und Lars sah den großen, muskulösen Vampir, der eine Stammeskleidung aus Leder, Knochen und Perlen trug dabei zu, wie er zu einem der hinteren Tische in der Halle ging. Als sich der Mann kurz im Saal umsah, konnte Lars ein rundes, aber dennoch markantes Gesicht erkennen. Letzteres war mit drei vertikal verlaufenden Streifen verziert, die von der Stirn abwärts bis zum Kinn reichten.

»Ein Abgesandter des toten Hauses, auch der Stamm aus der Wüste genannt«, erklärte der Baron, »es ist ein mysteriöses Haus, von dem nicht viel bekannt ist. Sicher ist nur, dass sie ebenfalls viel mit Visionen arbeiten und über die Naturvölker Afrikas wachen. Sie ernähren sich auch hauptsächlich von ihnen. Bestimmt werden sie dafür stimmen, die Vision zu beachten« Der Baron bedeutete Lars und den Anderen zu einem der freien Tische zu gehen. Auf dem Weg kreuzte eine eher unscheinbare Vampirin ihren Pfad. Marek verbäugte sich kurz und grüßte sie mit ihrem Namen:

»Madame Raize.« Sie erwiderte den Gruß mit einem Lächeln und verbäugte sich ebenfalls kurz, bevor sie ihren Weg fortsetzte und in der Halle verschwand. An Lars gewandt erklärte Marek:

»Eine ganz außergewöhnliche, alte Bekannte. Sie hat lange Zeit als Schriftstellerin getarnt mit den Menschen gelebt. Irgendwo in den Staaten von Amerika. Sie hat ihnen sogar einen Alterungsprozess vorgegaukelt und erst ganz kürzlich ihren Tod vorgetäuscht. Schlaganfall oder etwas in der Art. Einfach unglaublich«, er lachte kurz und freundlich. Sie erreichten einen der Tische. Darauf war eine junge, japanische Frau festgeschnallt. Sie war, genauso wie die übrigen Opfer kaum bekleidet und geknebelt. Ihr Blick wirkte leer, glasig, irgendwie weit weg und wie in Trance. Lars war sich ganz sicher, dass sie auch ohne Knebel keinen Laut von sich gegeben hätte – egal was man ihr antun würde.

»Och Menno, ich will kein asiatisch«, nörgelte Synelle, fasste der gebundenen Frau durchs Haar und ließ es kurz darauf wieder abfällig fallen.

»Ich liebe asiatisch«, grinste Carolin und wand sich dann nachdenklich an Synelle, »ich dachte du magst es auch. Du warst doch sogar einige Jahre in Japan.«

»Ja schon«, erwiderte sie, »aber ich glaube, ich habe mich daran satt getrunken. Jetzt ist mir auf jeden Fall gar nicht danach.« Lars sah einigermaßen verwirrt in die Runde. Er wusste, dass das Blut von Menschen, die einem bestimmten Volk angehörten, deswegen nicht anders schmeckte. Der Geschmack des Blutes lag an anderen Faktoren, wie beispielsweise dem Lebensstil und der Ernährung. Als er eine entsprechende Frage stellte, erklärte die Großmutter:

»Die Neutralen betreiben einen hohen Aufwand, um das Consilium Noctis auszurichten. Jedes einzelne Opfer, das du hier siehst, kommt aus einem anderen Winkel dieser Erde. Dadurch werden die Menschen auch nicht neugierig, weil an einem bestimmten Ort auf einmal so viele von ihnen zeitgleich auf einmal vermisst werden. Gleichzeitig ist die Auswahl für die Teilnehmer vielfältig und von hoher Qualität. Sieh dich um«, forderte sie Lars auf und machte eine einladende Geste durch den Raum, »es sind alles junge und sportliche Leute. Und sie alle ernährten sich von den Nahrungsmitteln ihrer Kultur. Der Sommelier hat das bei der Auswahl sichergestellt.«

»Der Sommelier?« fragte Lars neugierig nach und die Großmutter erläuterte:

»Ja, ein sehr alter Vampir mit einem überaus feinen Geschmackssinn. Er ist ein Genießer bis zum letzten Tropfen. Aber er gehört selbst nicht zu den Neutralen, doch er stellt ihnen seine Fähigkeiten seit jeher zur Verfügung.« Sie setzten sich auf die

Bänke, welche zu beiden Seiten des Tisches aufgestellt waren. Lars bekam einen Platz, der so gelegen war, dass er den Unterarm der Asiatin bequem erreichen konnte. Links von ihm saß Serine und machte sich am Hals der Frau zu schaffen. Zu seiner Rechten hatte Valdim Platz genommen. Sein Blick tastete über das Bein und suchte nach einem passenden Blutgefäß. Lars näherte sich dem Unterarm und ritzte vorsichtig eine der Venen an. Er war nicht besonders durstig, wollte aber wissen wie das Blut schmeckte. Ein paar Tropfen fanden ihren Weg über seine Zunge und sofort regte sich in ihm die Lust auf mehr, das Gefühl der Euphorie und der Macht des Raubtiers. Doch dieses Mal hielt er stand und gab sich dem nicht hin. Er nahm nur ein paar Schlucke des für ihn süßlich und irgendwie auch exotisch würzigen Blutes, bevor er die Wunde wieder zugehen ließ. Er wartete bis auch der Rest der Familie von ihrem Opfer abgelassen hatte und fragte dann:

»Und was tun wir jetzt?«

»Jetzt tun wir das, was uns das Consilium aufgetragen hat«, erwiderte der Baron, der Lars gegenübersaß, »wir beraten, wie wir zu den beiden Fragen stehen. Wie wir bezüglich der Vision verfahren brauchen wir nicht mehr diskutieren. Sie muss beachtet werden. Aber«, setzte er mit einem unternehmenslustigen Gesichtsausdruck hinzu, »wie würde das Haus der Largaretta auf das Fehlverhalten der Herde reagieren?«

»Ich weiß was!«, platzte Synelle mit völlig blutverschmiertem Gesicht heraus. Offenbar hatte sie ihren Appetit für asiatisch wiedergefunden. Marek sah sie fragend an und sie erklärte: »Wir bringen fast alle um und halten uns eine Hand voll als Sklaven und als Nahrung.« Lars kannte Synelle mittlerweile gut genug, um zu wissen, dass ihr Vorschlag kein Scherz sein sollte. Der Baron blickte nachdenklich in die Runde:

»Etwas Ähnliches habe ich mir auch schon gedacht. Nur über den genauen Rahmen in dem die Herde dezimiert werden muss, bin ich mir noch nicht im Klaren. Sie alle Auszulöschen bis auf ein paar Wenige, die wir anschließend kontrollieren müssen glaube ich nicht, dass unser Weg sein soll. Das Verhältnis zwischen Vampiren und Menschen ist jedoch aus dem Gleichgewicht geraten. Vielleicht genügt es, wenn wir ein Drittel der Menschheit vernichten und ihnen gleichzeitig ihren technologischen Fortschritt nehmen.«

»Ein Drittel«, wiederholte die Großmutter langsam und konzentriert. Dann schüttelte sie den Kopf und sagte:

»Nein. Das wird nicht genügen. Wir müssen wenigstens die Hälfte von ihnen töten, aber du hast Recht mit ihrem technologischen Fortschritt. Er muss zerstört werden, sonst ist alles was wir tun umsonst.« Lars war durchaus bewusst, was sie hier besprachen. Es ging um den Tod von so vielen Menschen. Er wusste, dass niemals zuvor ein Ereignis in der Geschichte der Welt diese hohe Zahl an Opfern gefordert hatte. Er verstand die Tragweite dieser Entscheidung, die moralische Verantwortung die dahinterstand, doch fühlte er keinen Teil in sich, der das Vorhaben verurteilte oder es als intuitiv falsch wahrnahm. Serines Stimme holte ihn aus seinen Gedanken:

»Ich habe die Menschen nie gemocht. Das Einzige wozu sie taugen ist ihre Fähigkeit zu bluten. Wenn wir die Hälfte von ihnen umbringen, dann ist mir das recht.«

»Ich habe«, stieg Lars endlich in die Diskussion mit ein, »in der Schule gelernt, wie die Menschen die Umwelt zerstören. Es stimmt also was der Neutrale zusammengefasst hat: dass die Menschen genau wissen was sie tun, aber nichts an ihrem Verhalten ändern. Ich mag Wälder und ich mag Wölfe und viele andere Tiere und die Menschen machen das alles kaputt. Wenn die Hälfte von ihnen sterben muss und wir ihnen ihre Technik wegnehmen, sodass es wieder mehr Wälder und Wölfe geben kann, dann bin ich auch dafür.« Die Familie nickte anerkennend und Carolin meldete sich zu Wort:

»Es ist mir egal ob es ein Drittel oder die Hälfte der Menschen ist. Für uns macht es keinen großen Unterschied. Wir werden weiter zusammenleben, uns in der Nacht von dem Blut der Sterblichen nähren, Feste feiern und zusammen musizieren können. Ohne ihre Technik und in geringerer Anzahl wird vieles vielleicht sogar etwas einfacher werden. Ich bin also auch dafür.« Valdim nickte ebenfalls zustimmend:

»Ich vermisse die alte Zeit. Ohne Automobile, ohne Scheinwerfer und ohne Kameras. Ohne diese verdammten Telefone und ohne Computer. Diese Dinge gehören nicht in die Welt. Ich bin auch dafür. Und wenn wir das schon tun wollen, dann machen wir es gleich richtig: Wir töten die Hälfte.«

»Dann ist es beschlossen«, fasste der Baron zusammen, »Unser Vorschlag an das Consilium wird es sein, die menschliche Bevölkerung zur Hälfte auszulöschen, ihre technologischen Strukturen zu vernichten und ihre weitere Entwicklung gezielter zu beobachten.« Er zögerte kurz, dann fügte er hinzu: »Nur bleibt die Frage offen, wie wir im Consilium wissen können, dass wir die richtige Entscheidung treffen. Schließlich hat die Vision uns davor gewarnt, dass die Entscheidungskraft des Consilium beeinflusst wird. Uns muss bewusst bleiben, dass auch unser Vorschlag unter dem Mantel der Beeinflussung stehen könnte. Wir halten das, was wir besprochen haben zwar für den richtigen Weg, aber wir können uns nicht sicher sein, dass wir diesen Weg frei bestimmt haben.« Lars dachte über die Worte des Barons nach. Ihm war dieser Haken vorher bereits aufgefallen. Selbst wenn sich alle Häuser dazu entscheiden würden das zu tun, was die Largaretta vorschlugen, konnten sie nach der Vision nicht mehr sicher sein, dass dieser Weg nicht das Ergebnis der Beeinflussung war. Wichtiger als die Frage danach, was mit der Menschheit geschehen sollte, war also die Frage, wie sie ihre Entscheidungskraft sicherstellen konnten. Er wollte schon etwas dazu sagen, aber da erhob die Großmutter das Wort:

»Ich bin sicher, dass das Consilium die Vision ernst nehmen wird. In der nächsten Ratsrunde morgen Nacht wird der Neutrale den Häusern die Aufgabe geben, darüber nachzudenken, wie wir mit diesem Wissen umgehen wollen. Damit wird ein Weg gefunden werden, der eine Beeinflussung unserer Entscheidungen ausschließt.«

5

Sie saßen noch eine Weile zusammen, doch nach und nach löste sich die Gruppierung auf, bis nur noch Lars, Serine und Carolin am Tisch verblieben waren. Obwohl sich die ganze Familie an der Japanerin genährt hatte, lebte sie noch. Doch sie war sehr blass geworden und ihr Atem ging nur noch schwach. Ohne medizinische Hilfe, schätzte Lars, standen ihre Überlebenschancen schlecht. Nachdenklich sah er auf sie herab und fragte sich, während er die Spur des Sabbers verfolgte, der unter ihrem Knebel hervorgetreten war und an ihrer Wange hinablief, was wohl mit ihr geschehen würde, nachdem sie gegangen waren.

»Kommt«, unterbrach Carolin schließlich seine Gedanken, »ich zeige euch die übrigen Räumlichkeiten des Consilium. Dieses Kellergewölbe unter der Burg ist ein ganz schönes Labyrinth. Ich möchte nicht, dass ihr hier verloren geht.« Sie standen auf und gingen auf eine der Türen zu, die aus der Halle hinausführten.

»Hier findet ihr die Küche. Wenn ihr durstig seid, könnt ihr euch jederzeit an den verschiedensten Menschen nähren.« Sie gingen weiter, bis sie vor einem weiteren Zugang zur Halle standen und Carolin erklärte: »Dieser Gang führt zurück zu dem Korridor. Da wo wir diese Pricilla getroffen haben. Wenn ihr Mal an die frische Luft wollt, könnt ihr die Gewölbe von dort aus verlassen. Entweder über den Weg, den wir gekommen sind, oder ihr folgt einfach dem Korridor, dann findet ihr schon nach draußen.« Sie durchquerten die Halle der vielen Pfade, bis sie die andere Seite erreicht hatten und wieder vor einer Tür standen: »Hier geht es zu den Schlafsälen«, setzte Carolin an, »kommt mit.« Sie öffnete die Tür und machte so den Blick auf einen langen, steinernen Gang fei, an dessen Wände zu beiden Seiten weitere Türen zu sehen waren. Der Gang mündete nach etwa zwanzig Metern in einer Wendeltreppe, welche nach Oben führte. Im Vergleich zu den übrigen Hallen und Gängen, die Lars bisher gesehen hatte, war es hier noch sehr viel schwächer beleuchtet. Hätten Lars Vampirsinne ihm die Sicht nicht erheblich erleichtert, wäre es ihm nicht möglich gewesen zu erkennen, dass der Gang keine weiteren Verzierungen besaß. Carolin trat hinein und bedeutete ihnen ihr zu folgen. Sie gingen bis zur Wendeltreppe und anschließend hinauf, wo sie ein weiterer, gleichartiger Gang erwartete. Auch an dessen Ende war eine Treppe zu sehen. Dieses Mal hielt Carolin jedoch auf mittlerer Höhe an, deutete auf die Tür zu ihrer Linken und sagte:

»Hier werden wir die Tage über rasten.« Lars erkannte, dass das Wappen der Largaretta in alter, mittlerweile schon bröckelnder Farbe darauf angebracht worden war. Carolin streckte ihre Hand aus und berührte das Wappen mit ihrem langen, dünnen Zeigefinger. Wie von Zauberhand tat sich die Tür auf. Dahinter war ein kleiner Eingangsbereich zu sehen, der in eine Art Gemeinschaftsraum mündete. Hier waren mehrere Kerzen aufgestellt und die Beleuchtung dadurch auch stärker als im Gang zuvor. Die Einrichtung wirkte schlicht: Ein paar Schränke, Kommoden und mittig ein großer Tisch mit roter Decke, um den sieben gleichermaßen einfach gehaltene Stühle standen. Von dem Gemeinschaftsraum aus führten drei Türen weiter und Carolin erklärte:

»Dahinter sind unsere Särge aufgestellt. Marek und ich liegen in dem linken Raum. Valdim, Synelle und Großmutter sind rechts untergebracht und für euch zwei ist das Zimmer geradeaus vorgesehen.« Sie hielt sich die Hand vor den Mund, als sie gähnen musste. »Ich werde mich auch bald hinlegen. Habt noch eine angenehme Nacht.« Serine und Lars wünschten ihr dasselbe und begaben sich dann in den Raum der ihnen zugewiesen war, um ebenfalls schlafen zu gehen. Ihr Zimmer war genauso schlicht eingerichtet worden, wie der Vorraum: Es gab eine einfache Kommode und zwei schlichte Särge, deren Kissenbezüge jedoch unerwartet weich und bequem waren. Nachdem sie es sich in den Särgen gemütlich gemacht hatten, wünschten sie einander eine gute Ruhe und zogen dann die hölzernen Abdeckungen über sich zu. Das Holz knarzte etwas, als Lars sich umherrollte und es sich bequem machte. Eine angenehme, frische Kühle umgab ihn, als er von der absoluten Schwärze des Sarginneren sanft in einen traumlosen Schlaf begleitet wurde.

Der nächste Morgen, es war 19:00 Uhr, als Lars und Serine erwachten, gestaltete sich als äußerst angenehm. Sie gingen zusammen in die Küche und probierten sich an der großen Auswahl der Opfer satt, welche von den Neutralen bereitgestellt worden waren. Hin und wieder begegneten sie anderen Vampiren, doch sie traten gegenseitig nicht in Kontakt miteinander. Gemessen an der gestrigen Nacht waren die Hallen und Gänge unter der Burg jedoch weitestgehend leer. Lars und Serine gingen auf Erkundungstour. Neben der großen Halle, in der der Neutrale das Besprochene zusammengefasst hatte und der Halle der vielen Pfade, gab es noch viele weitere Räume. Einige davon erinnerten Lars an Klassenzimmer aus der Schule, andere schienen keinem besonderen Zweck zu dienen und einer war dabei, der offensichtlich als Folterkammer genutzt wurde. Bizarre Apparaturen, eiserne Zangen, Hämmer und andere Werkzeuge waren dort zu finden. Von einem Folterknecht oder einem Opfer fehlte jedoch jede Spur. Sie erkundeten auch den Korridor, von dem Carolin gesagt hatte, er würde aus dem Gewölbe hinausführen. Der Korridor war einige hundert Meter lang und endete an einer Flügeltür, die starke Ähnlichkeit zu der hatte, welche in die Halle der Zusammenkunft führte. Darauf folgte ein nobel gestalteter Empfangssaal und dahinter führte eine Tür nach draußen. Auch hier stand ein Vampir, der die Rolle des Pförtners übernahm. Er grüßte sie mit einem wohlwollenden Lächeln und einem Kopfnicken. Die Umgebung, in die sie der Korridor geführt hatte, war stark bewaldet. Eine marode Teerstraße führte an einen ebenfalls heruntergekommenen Parkplatz. Darauf standen die unterschiedlichsten Fahrzeuge. Vom halb verrosteten Kleinwagen bis zum auf Hochglanz polierten Sportmodell war alles vertreten. Sie machten einen kurzen Spaziergang durch das angrenzende Waldstück. Niemand begegnete ihnen und auch sonst war es auffällig ruhig. Kurz vor zehn Uhr kehrten sie in die Halle der Zusammenkunft zurück. Sie wussten, dass das Consilium bald fortgesetzt würde und die ersten Vampirfamilien waren bereits auf ihren Plätzen. Nach und nach kamen auch die übrigen Largaretta und die Halle füllte sich. Schließlich, um Punkt zehn Uhr osteuropäischer Zeit, trat der Neutrale, den sie schon in der Nacht zuvor gesehen hatten auf das Rednerpult zu und ergriff das Wort:

»Schön, dass Sie alle zurückgefunden haben. In dieser fünften Sitzung wollen wir zwei Themen bearbeiten. Erstens: Die Frage, ob wir in unserem weiteren Vorgehen die Vision berücksichtigen wollen und Zweitens: ist angedacht die Vorschläge der einzelnen Häuser zu sammeln, wie wir – zunächst losgelöst von der Warnung aus dem Hause Largaretta – mit der Herde und ihrem Fehlverhalten umgehen wollen.« Wie er es schon in der Nacht zuvor getan hatte hielt er kurz inne, um einen aufmerksamen Blick durch die Halle gleiten zu lassen. Dann setzte er wieder an: »Ich werde nun die einzelnen Häuser aufrufen. Bitte senden Sie dann Ihren Vertreter nach vorne. Dieser soll sich kurz für oder gegen die Beachtung der Vision aussprechen. Eine knappe Begründung Ihrer Entscheidung sollte genügen. Es wird erwartet, dass dies der kürzere Teil dieser Ratssitzung sein wird. Deswegen haben die Neutralen bestimmt, über dieses Thema zuerst entscheiden zu lassen. Eine Mehrheit ist erreicht, wenn sich die Hälfte Ihrer gewichteten Häuserstimmen dafür ausgesprochen haben.« Er zog eine verknitterte Liste hervor und warf einen Blick darauf: »Darf ich also zuerst den Vertreter des Clans aus dem Norden aufrufen. Bitte treten Sie vor die Ratssitzung.« Während der Ansprache des Neuralen war Lars immer nervöser geworden. Was, wenn sich das Consilium gegen eine Beachtung seiner Vision entscheiden würde? Wäre der gefährliche Pfad durch den Wald der Gehängten und der unheimliche Besuch in Rosamundes Theater der Alpträume dann nicht völlig umsonst gewesen? Was würde eine Ablehnung der Vision über die Sichtweise der anderen Häuser gegenüber ihm aussagen? Würde das nicht klar bedeuten, dass sie ihn für unwürdig hielten? Vielleicht sogar für einen Scharlatan, oder einen Wichtigtuer? Wie, dachte Lars weiter, könnten sie sich überhaupt dazu entscheiden ihm und seiner Vision zu vertrauen? Sie kannten ihn doch gar nicht. Welches Licht würde seinetwegen nun auf das

Haus der Largaretta fallen, wenn man ihn als Aufschneider abtat? Da spürte er, wie sich eine Hand sanft auf seine Schulter legte und ihn aus seiner festgefahrenen, inneren Selbstgeißelung herausholte. Es war die Großmutter, die unbemerkt hinter ihn getreten war:

»Mach dir keine Sorgen«, sage sie in beruhigendem Tonfall, so als ob sie das Chaos in Lars Gedanken gelesen hätte, »es wird alles gut werden.« Sie setzte sich in den letzten freien Platz an Mareks Seite. Natürlich halfen ihre Worte, aber ganz konnten sie ihm die Nervosität nicht nehmen. In all dem Gedankenchaos erinnerte er sich erst jetzt wieder an das was der Neutrale gesagt hatte. Die Hälfte der gewichteten Häuserstimmen ergaben eine Mehrheit? Was meinte er damit? Er zupfte Carolin am Ärmel ihres edlen, dunkelroten Kleides und stellte eine entsprechende Frage.

»Die Stimmen der einzelnen Vampirhäuser«, erklärte sie, »werden über einen relativ simplen Rechenweg gewichtet. Dadurch soll die Weisheit und Erfahrung der älteren Mitglieder mit einbezogen werden. Ich habe mir die genaue Berechnung schon lange nicht mehr angesehen, aber etwas vereinfacht kannst du dir vorstellen, dass die Lebensjahre aller Clanmitglieder zusammengezählt werden und diese Summe schließlich durch die Anzahl der Clanmitglieder geteilt wird. Es kommen noch ein paar ausgleichende Faktoren hinzu, wodurch schließlich der Wert entsteht, der gezählt wird. Je nachdem, wie viele und wie alte Mitglieder ein Haus also hat, kann ein Wert von 1,5 oder 3,2 entstehen. Dieser Wert wird dann schließlich von den Neutralen gezählt.« Die Vorgehensweise die Stimmen der Vampirhäuser nicht als absolut in Eins oder Null aufzuteilen, erschien Lars intuitiv als sinnvoll. Er hatte jedoch keine Zeit ausreichend darüber nachzudenken, denn der Vertreter des Hauses aus dem Clan des Nordens trat hervor. Es war nicht, so wie Lars ursprünglich erwartet hatte,

Skjal Helsdottir, welche ihm in der gestrigen Nacht als Matriarchin des Clans vorgestellt wurde. Ein anderer Vampir aus ihrem Haus trat hervor: Es war ein sehr großer und muskulöser Mann mit langen, leicht lockigen dunkelbraunen Haaren. Er hatte einen gepflegten Vollbart mit vereinzelt geflochtenen Strähnen. Dazu trug er feine, dunkle Kleidung, auf die nordische Muster eingestickt waren. Seine ganze Erscheinung wirkte wie eine Mischung aus gehobenem Leibwächter und Wikinger. Irgendwie erinnerte er Lars auch ein wenig an den roten Ritter. Da fragte er sich, wo dieser eigentlich steckte, denn er hatte ihn hier noch gar nicht gesehen. Hatten sie ihn denn nicht erweckt, eben, weil es so wichtig war, dass er an dem Consilium Noctis teilnahm?

»Der Clan des Nordens«, erhob der Repräsentant schließlich seine mächtige, tiefe Stimme, welche durch einen charmanten skandinavischen Akzent geprägt war und lenkte Lars Aufmerksamkeit wieder auf ihn, »spricht sich für eine Beachtung der Warnung aus dem Hause Largaretta aus. Die hochehrenvolle Lady Lydia von Largaretta ist für ihre Fähigkeiten auch bei unserem Clan bekannt. Wir haben nicht vergessen, dass sie uns damit bereits mehrfach gute Dienste erwiesen hat. Wenn sie die Vision des Jungen ernst nimmt, dann tun wir das auch.« Damit trat er von dem Pult zurück und begab sich wieder an die Seite seines Clans, wo Lars auch Pricilla sehen konnte. Der Neutrale nahm erneut seinen Platz ein und sah noch einmal auf seine Liste bevor er ausrief:

»Als nächstes bitte ich den Sprecher des edlen Hauses von Laal zu mir.« Dieses Mal trat eine junge Frau nach vorne. Es war eine Frau von geradezu überwältigender Schönheit und Eleganz. Sie trug ein einladendes, vorteilhaft geschnittenes, helles Abendkleid, welches trotz seines schlichten Designs überaus nobel wirkte. Unterstrichen wurde ihr Auftreten durch einige Schmuckgegenstände, die sie am Körper trug: Ringe an den Fingern und

Reifen an Unter- und Oberarm, eine goldene Halskette mit einem funkelnden Stein. Eine ebenso funkelnde Spange band ihr langes, glattes Haar so, dass es nicht in ihr sanftes, vollkommen symmetrisches, leicht rundes Gesicht fallen konnte. Die Vampirin bewegte sich mit buchstäblich übernatürlicher Anmut. Ein Fingerschnippen würde genügen und die Männer dieser Welt lägen ihr zu Füßen. Zu ihrer Erscheinung passend, klang ihre liebliche Stimme, als sie vor das Pult trat:

»Das Haus von Laal schließt sich der Erklärung des Vorredners an. Wir stimmen mit der gleichen Begründung zu.« Auch die nächsten Clans, Familien und Häuser entschieden sich dazu die Botschaft der Vision zu beachten. Darunter waren auch der Stamm aus der Wüste und das Bluthaus von Ankh. Es überraschte Lars sehr, dass so viele Häuser die Vision ernst nahmen. Offenbar unterhielt die Großmutter äußerst gute Beziehungen zu ihnen. Es traten jedoch auch vereinzelnd Vertreter vor das Pult, die den Vorschlag ablehnten. Jedoch war für jene, die die Stimmengewichtung der einzelnen Häuser etwas abschätzen konnten, sehr bald ersichtlich, dass sie keine Mehrheit erlangen würden. Als schließlich das letzte Haus, nämlich die Largaretta selbst, erneut vertreten durch den Baron aufgerufen wurde und der Neutrale anschließend das Ergebnis verkündete, fiel auch der Rest von Lars‘ Anspannung ab. Sein Abenteuer in der Anderswelt, der Mut, den er aufbringen hatte müssen, das Risiko, welches er eingegangen war: all das war nicht umsonst gewesen. Von allen Familienmitgliedern erhielt er leise ausgedrückte, aber dennoch herzliche Glückwunschbekundungen, als der Neutrale die überwältigende Zustimmung verkündete. Es gab keinen Applaus, so wie es in einer Halle der Menschen der Fall gewesen wäre, sondern nur ein verhaltenes, aber dennoch zufriedenes Tuscheln. Letzteres hielt kurz an, dann erhob der Neutrale wieder das Wort:

»Es ist also entschieden, dass wir die Botschaft der Vision beachten. Für die nächste Ratssitzung sollen Vorschläge gesammelt werden, wie wir sicherstellen können, dass die Entscheidung dieses Consilium nicht einer Beeinflussung von außen unterliegt. Jetzt aber«, fuhr er nach einer kurzen Pause fort, »sollen zunächst die Vorschläge vorgetragen werden, wie wir mit dem Fehlverhalten der Herde umgehen können. Die Sicherstellung der Entscheidungsfreiheit des Consilium wird in einer anderen Nacht besprochen. Ich bitte für den ersten Vorschlag nun den Vertreter der Gilde der Freien zu mir.« Der Neutrale entfernte sich vom Podium und ein Vampir mit dem äußeren eines Jugendlichen trat auf die Bühne. Er trug eine zerschlissene Jeans, einen mit Nieten besetzten Gürtel und ein dazu passendes Armband. Seine schwarzen Haare waren in wilder Form gestylt und er hatte Piercings mittig in der Unterlippe und über der linken Augenbraue. Er wirkte, rockig, punkig und irgendwie auch ein bisschen abgeschlagen. Lars konnte sich nicht daran erinnern ihn gesehen zu haben, als die Angelegenheit mit der Vision besprochen wurde, aber vielleicht, dachte er, hatte er ihn in seiner Nervosität auch einfach nicht bemerkt.

»Die Gilde der Freien«, begann der rockige Vampir mit einem leichten kratzen in der Stimme und räusperte sich, was das Kratzen jedoch nicht beeinflusste, »schlägt vor nichts zu tun. Wir sehen es nicht als unsere Aufgabe, oder die Aufgabe der gesamten Vampirgesellschaft, den Lauf der Dinge zu beeinflussen. Der Fluch der Unsterblichkeit lastet auf uns und das zu ertragen ist schon schwer genug. Wir müssen uns daher nicht auch noch mit Weltenlenkereien befassen. Durch die Errungenschaften der Menschen haben wir etwas Abwechslung in die ewige Monotonie der Existenz bekommen: Flugzeuge, die es uns erlauben innerhalb von vierundzwanzig Stunden an jeden Fleck dieser Erde zu reisen,

Rockmusik, die unseren müden Seelen neues Leben einhaucht und eine riesige Auswahl an frischem, jungem, unglaublich leicht zugänglichem Blut in allen größeren Städten. Wir sagen daher: Lasst uns die Errungenschaften der Menschheit genießen. Den Schaden, den sie anrichten, werden sie früher oder später schon alleine beheben. Einfallsreich genug sind sie ja. Das haben sie bewiesen.« Er unterbrach seine Rede, zog gedankenverloren eine Zigarette aus der Lederjacke und setzte dann noch einmal an:

»Außerdem muss man festhalten, dass die bisherigen Versuche das Wachstum der Herde einzudämmen allesamt gescheitert sind. Die Hexenverbrennung hat nicht funktioniert und die Sache mit den Zigaretten«, er hob die Zigarette in seiner Hand zur Untermauerung seiner Worte empor und fuhr fort, »hat auch nicht geklappt. Selbst dann nicht, als wir die Tabakpflanzen so gezüchtet haben, dass sie noch abhängiger machen und noch tödlicher sind. Daher fordern wir noch einmal: Lasst den Dingen einfach ihren Lauf.« Damit endete er und verschwand wieder in den Sitzreihen der Halle. Lars zupfte, so wie eben schon, an Carolins Ärmel und die Vampirin beugte sich auch jetzt wieder zu ihm hinunter.

»Die Erfindung der Zigaretten war eine Idee der Vampire?«, fragte Lars ungläubig und Carolin erklärte:

»Nicht ganz. Die Menschen sind von ganz alleine auf die Idee gekommen getrocknete Pflanzen anzuzünden und den Rauch einzuatmen. Die Vampire – und hier wieder hauptsächlich das Bluthaus von Ankh – haben diese Idee nur… wie soll ich sagen… ausgebaut.« Sie kicherte, »es ist wirklich ganz ähnlich wie mit der Hexenverbrennung. Kannst du dir vorstellen, dass ein so vernunftbegabtes Wesen wie der Mensch von ganz alleine auf die Idee käme, wissentlich ein nach und nach tödliches Mittel an seine Mitmenschen zu verkaufen? Und dieses Mittel dann auch noch so zu gestalten, dass es sehr schnell unglaublich abhängig macht? Es ist immer wieder erstaunlich, wie sehr die Menschen denken, sie würden sich das alles selbst antun. Wusstest du, dass es sogar eine Zigarettenmarke gibt, die wortwörtlich »Schwarzer Tod« heißt?« Das wusste Lars noch nicht, aber er kam auch nicht mehr dazu eine Nachfrage zu stellen, denn der Neutrale rief bereits den nächsten Vampir auf:

»Ich bitte nun den Vertreter des Bluthauses von Ankh nach vorne.« Einen Moment später trat Mortimer hervor. Er war es auch gewesen, der die Zustimmung seines Hauses zur Beachtung der Vision gegeben hatte. Mit seiner freundlichen, aber irgendwie auch gefährlich klingende Stimme verkündete er nun also den Vorschlag seines Hauses:

»Das Bluthaus schlägt wieder einmal vor die menschliche Bevölkerung drastisch zu reduzieren und die übrigen Exemplare unter strenge Richtlinien zu stellen. Wir dachten an eine Reduktion von Fünfundsiebzig Prozent.« Lars stupste Carolin an, als Mortimer die Vorteile, welche der Vorschlag seines Hauses mit sich brachte hervorhob, und fragte:

»Was meint er mit wieder einmal?« Carolin zwinkerte und erklärte dann:

»Sein Haus hat schon öfter solche Vorschläge gemacht. Die Hexenverbrennung im sechzehnten und siebzehnten Jahrhundert der Menschen in Europa wurde auch durch sie eingeleitet. Man wollte damals schon die Herde dezimieren, indem man ihnen die Quelle der Fortpflanzung nahm.« Sie zögerte kurz und fügte dann noch hinzu: »Es ist schon erstaunlich, dass die Menschen wirklich davon überzeugt sind, dass die Hexenverfolgung auf ihrem eigenen Mist gewachsen ist. Welche Gesellschaft würde es denn zulassen, dass irgendwelche Herren kommen, um ihnen die Frauen wegzunehmen, sie zu foltern und dann auch noch zu verbrennen?

Welche Gesellschaft würde dabei auch noch freiwillig helfen?« Sie musste lächeln: »Menschen sind so einfältig, aber ihre eigenen Frauen hätten sie ohne unseren Anstoß nicht der Folter und dem Feuer überlassen.« Lars hatte schon in der Schule die Inhalte des Deutsch- und Geschichtsunterrichtes über die Hexenverfolgung nicht nachvollziehen können. Die Fassung wie sie Carolin erzählte, wirkte auf ihn viel schlüssiger und auch glaubwürdiger. Immerhin war sie damals dabei und Teil des Consilium gewesen, welches die Entscheidung getroffen hatte, auf diese Weise vorzugehen.

Mortimer war inzwischen wieder auf seinen Platz zurückgekehrt und der Neutrale rief den Vertreter des Clans aus dem Norden zu sich. Der bärtige Wikinger sprach sich im Namen des Clans ebenfalls dafür aus, einen großen Teil der Menschen zu vernichten. Seine Rede beinhaltete den Vorschlag wieder Raubzüge auszuführen und so auch die Vormachtstellung der Vampire zu stärken. Es waren die Largaretta, die wie gewohnt vertreten durch den Baron, den Vorschlag machten die Menschheit nicht nur um fünfundsiebzig Prozent zu dezimieren, sondern gleichzeitig ihren technologischen Fortschritt zu zerschlagen. Marek ging dabei auch auf die genauen Stellen ein, die der Ansicht der Familie nach, zu der weltzerstörenden Situation geführt hatten und die deshalb unbedingt restlos aus menschlicher Hand genommen werden müssten. Darunter waren die Energieindustrie, durch die ganze Wälder und unzählige Arten vernichtet worden waren, der medizinische Sektor, durch dessen Fortschritt die menschliche Bevölkerung auf das aktuelle Niveau ansteigen konnte, die Nahrungsmittelindustrie, See- und Flugfahrt und der Informationssektor. Letzterer war besonders daher wichtig zu zerschlagen, damit die Lernfortschritte nicht mehr so schnell geteilt und die übrigen Bemühungen somit auch nicht nach einigen Jahrzehnten bereits wieder auf den derzeit herrschenden Stand gebracht werden konnten. Der Vorschlag der Largaretta würde neben dem des Bluthauses von Ankh mit der radikalste bleiben. Im Anschluss an die Largaretta folgten einige eher moderateren Ideen: Man könne die Führung der menschlichen Nationen manipulieren, oder anderweitig zum Handeln zwingen. Ein anderes Haus sprach sich dafür aus, ein Exempel zu statuieren, um die Menschen so zum Handeln zu bewegen und ein weiteres Haus wollte noch ein Jahrhundert abwarten bevor sie überhaupt dazu bereit wären einzugreifen. Sie alle trugen ihre Argumente mit Überzeugung und intellektuellem Fundament vor. Doch Lars war sicher, dass diese Wege allesamt wenig bis gar nichts ausrichten würden. Nein, dachte er, es bräuchte eine erheblich stärkere Maßnahme. Dennoch: Obwohl er gestern in der Familienbesprechung zugestimmt hatte, war er nicht vollkommen davon überzeugt, dass der Vorschlag der Largaretta die richtige Vorgehensweise sein würde. Als er noch unter ihnen lebte, hatte er durch die Menschen viel Leid erfahren und somit auch Grund genug sie zu hassen. Aber sie in dieser Größenordnung auszulöschen… Er dachte an jene Menschen, die immer gut zu ihm gewesen waren: An die Fleischverkäuferin, von der er sich auch das erste Mal als Vampir genährt und die ihm immer eine Scheibe Wurst einfach so geschenkt hatte. Dann dachte er an die medizinische Fachangestellte von der er, bei seinen zahllosen Arztbesuchen, immer mit einem Lächeln begrüßt worden war und er dachte an seinen Kunstlehrer aus der fünften Klasse, der ihn für seine Kreativität so oft gelobt hatte. Würden diese Menschen auch vorzeitig sterben müssen, wenn sich der Vorschlag der Largaretta durchsetzte? Und wenn ja, wie würde das von statten gehen?

Die Schönheit aus dem Hause von Laal, die auch schon die Position zur Vision vertreten hatte, riss ihn schließlich aus seinen Gedanken. Sie sprach sich mit ihrer lieblichen Stimme für eine Reduktion der Herde um ein Drittel und eine zeitgleich stattfindende, massive und nachhaltige Beeinflussung der höchsten menschlichen Führung aus. Ihre Argumentationskette wirkte mit am stichhaltigsten. Die Mitglieder des edlen Hauses von Laal waren, wie Lars hier zum ersten Mal selbst bemerkte, nicht nur verführerisch schön, sondern auch sehr intelligent. Es folgte der Stamm aus der Wüste. Auch sie sprachen sich für eine starke Dezimierung der Herde aus. Die daran anschließenden Vorschläge der übrigen Häuser waren schließlich wieder eher moderater Natur. Bald zeigte sich auch, dass auf diese Weise und ohne Berücksichtigung jeglicher Gewichtungen keine Mehrheit für eine radikale Dezimierung der Menschheit zusammenkommen würde. Einen Teil von Lars erleichterte das. Ein anderer Teil war dadurch eher besorgt, denn es musste nach wie vor etwas getan werden, um diese Form der Zerstörung zu stoppen.

6

Der Neutrale hatte sie alle zurück in die Halle der vielen Pfade geschickt. Dort war wieder eine große Auswahl an gebundenen und geknebelten, menschlichen Opfern zur Verfügung gestellt worden. Wie die Großmutter vorausgesagt hatte, war es die heutige Aufgabe über einen Weg nachzudenken, wie die Entscheidungsfreiheit des Consilium sichergestellt werden könnte. Als die Familie durch die Halle streifte, um einen guten Platz für ihre Beratung zu suchen, kamen sie zufällig an Mortimer vorbei. Er war zusammen mit seinem Haus bereits in tiefe Gespräche verwickelt und bemerkte sie nicht. Lars fiel auf, dass das Opfer, um das sie sich versammelt hatten zwar geknebelt, aber offenbar nicht sediert war. Es handelte sich um einen athletischen, jungen Mann mit dunkler Hautfarbe. Lars konnte die Panik in seinen Augen sehen und wie er vergeblich versuchte sich gegen die Fesseln zu wehren. Er zupfte Carolin erneut am Kleid und stellte flüsternd eine entsprechende Frage, als sie sich zu ihm hinunterbeugte.

»Ja«, bestätigte sie, »das ist so eine Sache mit dem Haus von Ankh. Marek hat gestern schon erklärt, dass sie die Menschen gerne quälen. Sie haben gegenüber den Neutralen darauf bestanden, dass sie ihr Opfer nicht schlafen lassen wollten, denn sonst könnten sie ihr Mahl nicht richtig genießen. Den Neutralen ist das einerlei. Nur auf den Knebel haben sie bestanden. Damit das Geschrei die Übrigen nicht ablenkt.«

Sie fanden schließlich einen geeigneten Platz. Ihr Opfer war ebenfalls männlich und trainiert, hatte aber eine deutlich hellere Hautfarbe. Außerdem war es wie gewohnt so sediert, dass es nichts mehr von seiner Umgebung wahrnehmen konnte. Lars war auch jetzt wieder nicht besonders durstig, da er sich nur wenige Stunden zuvor bereits zusammen mit Serine in der Küche satt getrunken hatte. So nahm er nur aus Neugierde gegenüber dem Geschmack ein paar Schlucke. Würzig, dachte er, nicht so stark wie die Asiatin am Abend zuvor, aber dennoch irgendwie etwas besonders. Trotz des guten Geschmacks fiel es Lars einigermaßen leicht, den Drang nach mehr zu widerstehen. Auch der Rest der Familie trank nur wenige Schlucke. Der Mann lebte noch, doch wie schon in der Nacht zuvor bei der Asiatin, war sein Puls deutlich schwächer geworden. Sie alle blickten nachdenklich in die Runde und Valdim sprach aus, was Lars schon die ganze Zeit über gedacht hatte:

»Leute. Ich habe keine Ahnung, wie wir sicherstellen können, dass unsere Entscheidungen keiner Beeinflussung unterliegen.«

Carolin, Synelle und Lars nickten zustimmend und der Baron wirkte ebenfalls etwas ratlos, als er sprach:

»Ich bin nicht sicher, aber vielleicht liegt die Antwort darauf in diesem Buch«, damit zog er das Buch aus seinem Umhang hervor, mit dem Lars ihn schon in der Villa und später im Hotel gesehen hatte. Es fiel ihm schwer die Inschrift zu entziffern, die auf dem beigen, ledrigen, leicht rissigen Umschlag eingraviert war. Sie waren in altdeutschen Buchstaben verfasst, aber nach einigen Momenten erkannte er was darauf geschrieben stand: »Erkenntnisse des unsterblichen Raubtiers und der Weg aus der selbstverschuldeten inneren Leere des Vampirs von Akrytos, Sohn des Pan«

»Dieses Exemplar ist freilich nur eine Abschrift«, erklärte der Baron weiter, »im Original – so heißt es – sind weitere Passagen verborgen. Dennoch befand ich die Lektüre bisher als sehr lehrreich. Ich erinnere mich daran, dass Akrytos etwas darübergeschrieben hat, wie ganz grundsätzlich die Wahrheit zu erkennen sei.« Er blätterte in dem Buch umher, bis er gefunden hatte wonach er suchte: »Hier steht es«, sagte er und überflog murmelnd die ersten Absätze: »Hmnh... Mehrere Pfade... hmnh... innerhalb des Blutes... hnmh... der menschliche Weg... hmnh... Ah: Erkenntnis als Folge der Disziplin. Hier. Das ist, was ich gesucht habe«, rief er aus und klopfte mit dem Zeigefinger zweimal auf die Zeile, »Akrytos schrieb von mehreren Wegen die Wahrheit zu erkennen, aber dieser hier ist mir ganz besonders in Erinnerung geblieben: Erkenntnis als Folge der Disziplin. Hm, hier ist von großen Entbehrungen die Rede: Nur das nötigste Blut, kein Vergnügen jeglicher Art, viel Meditation jedoch kein Schlaf.«

»Uhhhhh«, machte Synelle schrill, »da bin ich raus.« Valdim schloss sich ihr an. Lars fand den Gedanken auch nicht sonderlich ansprechend: Kaum Blut, keine Freuden und kein Schlaf. Und das, wo er doch erst seit einigen Monaten bei den Vampiren lebte und diese Dinge auf diese Weise so sehr zu schätzen gelernt hatte. Dennoch sagte er nichts dazu und auch Serine schwieg.

»Einer aus jedem Haus müsste diesen Pfad beschreiten und ihn mindestens eine Dekade lang ertragen, damit sichergestellt wäre, dass die Erkenntnis auch wahrhaftig ist«, fuhr der Baron unbeeindruckt fort, »Einer, der bereits eine entsprechende Weisheit gesammelt hat, also mindestens zwei Jahrhunderte lang existiert. Sollten alle Beteiligten den Pfad erfolgreich gehen, so kämen sie auf sehr vergleichbare, wenn nicht sogar exakt gleiche Ergebnisse. Auf diese Weise wäre jeglicher Zweifel ausgelöscht und wir wüssten, dass die Entscheidung des Consilium keiner Beeinflussung mehr unterläge.« Es war hörbar, dass er diesem Vorschlag selbst nicht vollständig vertraute, doch Carolin sprang ihm zur Seite:

»Ich könnte das tun«, sagte sie voller Überzeugung, »und in den meisten Häusern gibt es Mitglieder, die ebenfalls dazu bereit wären, da bin ich ganz sicher. Die übrigen Häuser werden schließlich keine Wahl haben, als sich dem zu beugen. Das mag zwar hart sein, aber auch unser Haus musste in der Vergangenheit den Willen des Consilium respektieren, obwohl wir eine gegensätzliche Position vertraten.« Lars' Bewunderung für Carolin stieg noch einmal an. Sich selbst freiwillig für ein solches Martyrium zu melden… dazu gehörte eine ganz besondere Größe. Der Baron sah sie verliebt an und flüsterte:

»Danke, für dein Vertrauen in die Idee. Ich würde dich jederzeit auf diesem Pfad begleiten. Auch wenn er für die Ewigkeit anhielte.« Auch Carolin sah nun zu ihrem Mann und blickte ihm verliebt in die Augen. Großmutters Gesichtsausdruck wirkte jedoch wenig überzeugt:

»Erkenntnis durch Disziplin«, wiederholte sie zweifelnd, »durch Entbehrung und Verzicht. Das mag alles gut und recht sein, aber wir sollten unser Argument noch auf eine zweite Stütze stellen.« Alle sahen sie Lydia erwartungsvoll an. Sie seufzte und sprach dann weiter: »Neben der Vorgehensweise, wie sie Akrytos vorschlägt, sollten wir auch in der Anderswelt um Rat suchen. Visionen, Offenbarungen, uns wohlgesonnene Geister. Alles kann helfen.« Der Rest nickte zustimmend und der Baron verkündete schließlich:

»So soll es sein. Ich werde das in der nächsten Ratssitzung mit anführen. Bis dahin haben wir noch eine Stunde Zeit. Ich schlage vor, dass wir uns ein wenig Entspannung gönnen und uns dann wieder in der Halle der Zusammenkunft treffen.«

Lars und Serine nutzten die Zeit, um etwas durch die Gewölbe zu schlendern. Allmählich entwickelten sie einen Orientierungssinn für die zahllosen Gänge. Die meisten Vampire waren in der Halle der vielen Pfade geblieben und berieten sich weiter. Doch hin und wieder begegneten sie einem ebenfalls umherstreichenden Schwärmer. Sie grüßten einander distanziert mit einem Kopfnicken, einem angedeuteten Knicks oder einer Verbeugung. Mit dieser Vorgehensweise konnten sie nähre Kontaktaufnahmen vermeiden, bis ihnen, scheinbar wie aus dem Nichts erscheinend, ein Mann über den Weg lief, den sie aus der Ferne bereits vorgestellt bekommen hatten. Es war Mortimer, der genau wie sie umherspazierte und zufällig im selben Moment an einem kreuzenden Gang vorbeikam. Als er sie entdeckte hielt der Vampir inne, drehte seinen Körper schließlich in ihre Richtung und lächelte. Lars hatte Schwierigkeiten dieses Lächeln einzuordnen. War es ein freundliches Lächeln als Resultat des Zufalls, sie hier zu treffen? Oder war es eher das Lächeln, wie es ein Raubtier wohl hätte, wenn es sich seiner Beute sicher sein könnte? Oder vielleicht auch eine

Mischung aus beidem? Was es auch war, Lars würde sich nicht einschüchtern lassen. Er war keine Beute. Außerdem hatte er Serine an seiner Seite und er wusste ganz genau, dass sie ebenfalls keine Beute war.

»Oh«, machte Mortimer langsam und offensichtlich gespielt überrascht, »Hallo. Was für ein glücklicher Zufall, dass ich euch hier treffe. Du bist also Laaz. Der Junge, der das Consilium gewarnt hat. Dann bist du sicher«, und damit wand er sich direkt an Serine, »Serine. Es ist mir eine große Ehre euch beide kennen zu lernen.« Er verbeugte sich. Dieses Mal war es keine angedeutete Bewegung, sondern eine ausführliche und perfekt ausgeführte Geste der Höflichkeit. Serine und Lars erwiderten die Geste, wohlwissend, dass Höflichkeit und Freundlichkeit zwei sehr unterschiedliche Dinge sein konnten.

»Und du bist Mortimer aus dem Bluthaus von Ankh«, grüßte Lars schließlich zurück, »es ist uns auch eine Ehre, dich kennen zu lernen.«

»Ich gebe sehr viel darauf, was Lydia von Largaretta sagt«, kam Mortimer direkt zum Punkt, »deswegen fiel die Entscheidung, Vertrauen in deine Vision zu setzen, in meinem Haus auch sehr einfach. Ich traf Lydia gestern und sie hat mir davon erzählt, dass sie dich für einen ganz außergewöhnlichen Vampir hält. Aus ihrem Munde hat das einiges zu bedeuten. Ich werde ein Auge auf deine Entwicklung in unserem Reich haben. Natürlich nur im Guten.« Lars fühlte, dass seine Worte zumindest weitestgehend ehrlich gemeint waren und dennoch glaubte er auch einen versteckten Hintergedanken darin zu spüren. Er konnte ihn nur nicht ganz fassen.

»Ich halte auch sehr viel von Großmutter Lydia und es freut mich sehr, dass sie eine so gute Meinung über mich hat«, gab Lars schließlich zurück. Mortimer lächelte und wand sich wieder an

Serine: »Von dir hält sie im Übrigen auch sehr viel. So wie ich dich einschätze, wärst du bestimmt auch ein gutes Mitglied in meinem Hause geworden.« Serine nickte höflich. Sie wusste wovon er sprach. Lars erinnerte sich an das, was sie ihm über die Menschen im Waisenhaus gesagt hatte und daran, wie sie das junge Pärchen im Hotel hatte töten wollen. Er konnte sich denken worauf Mortimer anspielte.

»Die Largaretta sind sehr gut zu mir. Dort bin ich zuhause«, sagte sie dann auf eine sehr abschließende Art.

»Gewiss«, reagierte Mortimer mit einer leichten Verzögerung, »es war nicht meine Absicht, dich von ihnen zu entfernen. Das heißt allerdings nicht, dass die Pforten des Bluthauses für dich geschlossen wären. Du bist uns jederzeit willkommen. Und sei es auch nur als ein Gast. Das Gleiche gilt natürlich auch für dich, Laaz.« Sie bedankten sich beide mit einer vagen Formulierung, vielleicht einmal auf das Angebot zurück zu kommen. Lars meinte das durchaus ernst. Das Bluthaus hatte sein Interesse geweckt. Dennoch fühlte er auch eine innerliche Unruhe. Eine Art Warnung, die aus seinem Unterbewusstsein stammte. Er wusste was es mit ihm machte, wenn er Blut trank und erinnerte sich an die Euphorie, als er zusammen mit Serine den Mann im Wald gequält und schließlich sein Leben beendet hatte. Bisher war immer eine gewisse Kontrolle geblieben, aber wenn er Gast im Hause von Ankh wäre, wo sie die menschlichen Opfer aus Tradition und Vergnügen heraus quälten, folterten und ermordeten. Was würde das mit ihm machen? Hätte er dann noch die Kontrolle über sich? Wollte er so etwas auf diese Art und Weise überhaut tun? Und was, wenn nicht? Hätten die Vampire im Bluthaus Verständnis dafür, wenn er ihre Traditionen ablehnte?

»Nun«, setzte Mortimer noch einmal an und durchbrach damit Lars Grübeleien, »dann will ich euch auch nicht weiter aufhalten.

Wir sehen uns sicher gleich in der Halle der Zusammenkunft. Habt noch eine schöne Nacht.« Lars und Serine verbeugten sich zum Abschied und Mortimer verschwand lautlos in den angrenzenden Gängen.

»Das war unheimlich«, kommentierte Serine nach einigen Momenten flüsternd und Lars nickte bestätigend. Unheimlich, dachte er, und irgendwie aber auch doch nicht.

7

Sie schlenderten noch ein wenig umher und kehrten schließlich in den Versammlungssaal zurück. Die Plätze füllten sich rasch und es dauerte auch nicht lange, bis der Neutrale an das Pult trat und das Wort erhob:

»Herzlich willkommen zur zweiten Ratssitzung, in dieser Nacht. Die Aufgabe lautete einen Weg zu finden, wie die Entscheidungsgewalt des Consilium sichergestellt werden kann. Zugegeben keine ganz einfache Angelegenheit. Wir haben in der Zwischenzeit in den Archiven Recherchen angestellt, wann zuletzt eine vergleichbare Warnung an das Consilium herangetragen wurde. Die Abschrift, die man mir vorgelegt hat, zeigt, dass das vor knapp 2.600 Jahren der Fall gewesen ist. Damals ging es im Übrigen um die Frage, ob die Errungenschaften der menschlichen Philosophie, besonders durch die im heutigen Griechenland ansässigen Gelehrten, einen für die Gesellschaften der Vampire bedrohlichen Erkenntnisgewinn darstellen würde. Die Warnung bezüglich der Entscheidungsfreiheit des damaligen Consilium wurde von Magnus dem Magier aus dem Hause von Anapiria übermittelt. Ihm lagen Informationen darüber vor, dass ein schwarzer Zirkel das Consilium zu kontrollieren versuchte. Diese

Information fand er in Schriften der Prophezeiung aus der Anderswelt. Das damalige Consilium entschied sich dafür diese Warnung nicht weiter zu beachten, was sich schließlich als fehlerhafter Zug herausstellte. Dieser Pfad resultierte knapp 600 Jahre später in dem Niederbrennen der Bibliothek von Alexandria. Damit wurde versucht die Fehler aus der Vergangenheit zu korrigieren, doch es konnte nur ein Teil des bereits entstandenen Schadens bereinigt werden. Zu einem hohen Preis, denn als Nebeneffekt hatte die Maßnahme die Zerstörung einer Kriegsflotte der Menschen zur Folge, wodurch die Seeüberlegenheit des damaligen römischen Reiches gestärkt wurde. Die Auswirkungen einer solchen Beeinflussung menschlicher Geschichte waren, wie Sie sicher alle wissen, enorm und stellten die Weichen für die Entwicklung der weiteren Historie, welche schließlich zu der Welt führte, in der wir heute leben und nun unsere Entscheidungen treffen müssen. Es wird mittlerweile davon ausgegangen, dass genau dieser Brand und die damit einhergehende Vernichtung der menschlichen Seeflotte, die ursprüngliche Agenda des schwarzen Zirkels darstellte. Sowohl Magnus der Magier, als auch das Haus von Anapiria verschwanden vor über tausend Jahren. Ihr Schicksal ist bis heute unbekannt.« Der Neutrale faltete das Blatt, von dem er seine Notizen abgelesen hatte, zusammen und verstaute es in der Innenseite seiner dunkelgrauen Weste. Dann sah er aufmerksam durch die Reihen und setzte noch einmal an:

»Sie erkennen also, wie wichtig es ist, dass wir guten Gewissens eine Entscheidung treffen können. Ich bin nun sehr gespannt auf Ihre Vorschläge.« Und damit rief er das erste Haus auf. Die Vorschläge, welche vorgestellt wurden, waren von sehr unterschiedlicher Natur. Ein Haus schlug vor nichts zu tun, um einer möglichen Beeinflussung entgegen zu wirken, da gleichgültig welche Gegenmaßnahmen getroffen würden, sie von der beeinflussenden Seite aus vorhergesehen worden sein könnten. Das Consilium würde als Folge davon genau das tun, was aufgrund der Manipulation geschehen sollte. Der Stamm aus der Wüste erklärte, dass die Antwort darauf nur über eine sehr ausgedehnte und häuserübergreifende Visionen Suche in der Anderswelt möglich sei. Lars erkannte die Weisheit in diesem Vorschlag, aber die übrigen Häuser setzten dem entgegen, dass eine solch spezielle und ausgedehnte Suche sehr viel Zeit in Anspruch nehmen würde. Es wurde geschätzt, dass mindestens ein Jahrhundert nötig wäre, damit das finden des richtigen Wegs sichergestellt werden könnte. Ein anderes Haus schlug vor, dass mittels großer Opfergaben, ältere und weisere Wesen kontaktiert und um Rat gebeten werden sollten. Auch dieser Vorschlag wurde aus den Reihen der Vampire zurückgewiesen, da damit eine Beeinflussung durch eben jene Rat gebende Wesen nicht ausgeschlossen werden konnte. Selbst die Idee der Largaretta blieb nicht ohne zurückweisende Kritik. Dann trat der Vertreter des Clans aus dem Norden vor und was er zu sagen hatte, würde das Consilium das erste Mal seit dieser Ratssitzung in ein vollkommenes und nachdenkliches Schweigen hüllen. Wie zuvor wurde der Clan auch jetzt durch den großen, bärtigen Krieger vertreten:

»Der Clan aus dem Norden«, begann er mit mächtiger Stimme, »kam nach intensiver Beratung zu dem Ergebnis, dass nur ein Bluturteil eine klare Antwort geben kann. Das Blut entscheidet alles im Leben eines Vampirs. Es ist heilig, daher soll es uns auch aus dieser misslichen Lage herausführen. Je mächtiger das Blut umso schwieriger fällt die Beeinflussung desselben. Dabei ist es auch gleichgültig welche Form von Beeinflussungsversuch vorliegt, oder welches Wesen es anstrebt. Trifft also das

stärkste Blut eine Entscheidung, so ist die Chance, dass es beeinflusst wurde am geringsten. Genau aus diesem Grund fordern wir das Consilium dazu auf, dass jeder, der Willens ist sein Blut prüfen zu lassen, dies tut. Im Anschluss daran trifft derjenige Vampir, welcher das stärkste Blut in sich trägt die Entscheidung darüber, wie mit dem Fehlverhalten der Herde umgegangen werden soll.«
Es setzte eine vollkommene Stille ein. Die Vampire in der Halle der Zusammenkunft sahen einander an, runzelten die Stirn und nickten vereinzelnd, unsicher aber zustimmend. Die Stille wurde erst durch den Neutralen durchbrochen, der nach einer ungewöhnlich langen Pause das nächste Haus zum Vorbringen ihres Vorschlags aufrief. Auch die übrigen Vorstellungen wurden aus den verschiedensten Gründen heraus abgelehnt. Am Ende war klar, dass die einzige Idee, die weiter diskutiert werden würde, der Vorschlag des Clans aus dem Norden war: Das Bluturteil.

Der schwarze See

1

»Was genau ist das? Ein Bluturteil?«, fragte Lars endlich, als sie zurück in die Halle der Zusammenkunft gekehrt waren. Der Neutrale hatte dem Consilium nur die Aufgabe mitgegeben darüber zu beraten, ob der Vorschlag des Clans aus dem Norden angenommen werden könnte, oder ob nach anderen Lösungen für das Problem gesucht werden sollte. Er wies darauf hin, dass für eine solche Entscheidung mindestens Fünfundsiebzig Prozent der Häuser, gemessen nach den gewichteten Stimmen, sich dafür aussprechen müssten.

»Ein Bluturteil«, erklärte der Baron schließlich mit ernster Stimme, »ist ein Verfahren bei dem der Vampir mit dem mächtigsten Blut einen spirituellen Pfad einschlägt und schließlich eine Entscheidung trifft. Die Macht des Blutes wird dabei über eine besondere Prüfung der teilnehmenden Vampire bestimmt. Die sogenannte Blutprüfung. Es ist ein antikes Ritual, welches früher einmal verwendet wurde um Dispute zu lösen, bei denen sich keine Partei auf normalen Wegen durchsetzen konnte. Heute gilt es in den meisten Häusern als veraltet und äußerst intim, weswegen es unter den Vampiren auch eher umstritten ist. Niemand will wirklich seine wahre Stärke preisgeben. Dafür ist das Wesen des Vampirs viel zu geheimniskrämerisch. Außerdem«, fügte er mit einem Augenzwinkern hinzu, »kann man hinterher nicht mehr vorgeben der stärkste von allen zu sein.« Lars dachte über das nach, was der Baron gesagt hatte. Es stimmte: Vampire lebten ein Leben im Verborgenen. Sie wählten dieses Leben mehr oder weniger intuitiv und von Haus zu Haus in unterschiedlicher Ausprägung. Dennoch: Alle Häuser, Clans, Stämme und Sippen entschieden sich offenbar von Natur aus, sich selbst als ein Geheimnis vor der Welt zu betrachten. Sie waren tatsächlich geheimniskrämerisch und Lars konnte auch nachempfinden, warum es die Vampire vorzogen ihre Stärke für sich zu behalten. Es war eine Sache, die einem innewohnende Macht vor der eigenen Familie offen zu legen oder gegenüber einem anderen Clan vage Formulierungen auszusprechen. Aber die Stärke des eigenen Blutes vollends zu offenbaren… Nein, das war auch für Lars eine Angelegenheit, die er lieber vermeiden wollen würde.

»Dieses Ritual wurde bisher nur in eher kleineren Kreisen durchgeführt«, erklärte der Baron weiter, »zwei bis vielleicht acht große Herrscher fanden sich zusammen und stellten sich der Prüfung, um beispielsweise einen größeren Konflikt zwischen ihren Häusern zu verhindern, oder zu klären, wie mit einer Situation umzugehen sei, die in ihren Ländereien stattfand. Manche Clans nutzen Bluturteile auch, um neue Herrschaftsverhältnisse in den eigenen Reihen zu etablieren. Gerade der Clan des Nordens ist dafür berüchtigt. Aber, dass ein Bluturteil in einer solchen Größenordnung stattfinden soll... Davon habe ich noch nie etwas gehört.« Er gab den Übrigen Zeit, um über das Gesagte nachzudenken, dann wandte er sich an die Großmutter: »weißt du etwas davon?« Sie zögerte kurz, rieb sich nachdenklich die Schläfe und antwortete dann:

»Nein, ich kann mich auch nicht daran erinnern, dass es jemals in einem solchen Umfang durchgeführt wurde. Nichtsdestotrotz: Ich halte die Idee für brauchbar. Das Blut der Vampire kann über eine sehr große Macht verfügen. Eine Macht, die stark genug ist, um die meisten uns vorstellbaren Beeinflussungen zurückzuweisen. Ich glaube sogar, dass dein Philosoph«, und dabei blickte sie

Marek an, »Akrytos, bereits eine Vorform des Rituals in seinem Buch beschrieben hat. Der Weg des Blutes, oder etwas in der Art. Da kannst du gerne einmal nachlesen.« Marek lächelte. Es war kein Geheimnis, dass die Großmutter nicht sonderlich viel von dem Vampirphilosophen hielt. Lars konnte sich das nur durch ihre Nähe zu den alten Göttern erklären. Wenn Akrytos eine andere Lehre vertrat als sie, dann musste einer von ihnen im Unrecht sein und für die Großmutter war klar, wer das wäre.

»Das werde ich bei einer günstigen Gelegenheit tun«, gab der Baron dann zurück und fuhr fort: »Die moderne Blutprüfung funktioniert wie folgt: Alle teilnehmenden Vampire geben eine kleine Menge ihres Blutes in einen Kelch der Wiedergeburt. Ob ein Vampir etwas mehr oder weniger Blut gegeben hat, ist dabei nicht von Bedeutung. Kelche der Wiedergeburt sind jedoch sehr selten. Es handelt sich dabei um Artefakte aus einer lange zurückliegenden Zeit. Ich glaube, es gibt nur fünf solcher Kelche auf der ganzen Welt. Von zweien weiß ich, wer sie besitzt, nämlich ein Kelch der Clan aus dem Norden und der andere gehört den Neutralen. Kelche der Wiedergeburt werden, wie es ihre Bezeichnung schon vermuten lässt, normalerweise dazu verwendet Vampire zu erwecken, die sehr lange geschlafen haben. Sie machen die Prozedur deutlich einfacher, als das Ritual, welches wir bei Gheorghe angewendet haben. Es heißt, dass die Kelche noch ganz andere Mächte freisetzen könnten, doch darüber ist wenig bekannt. Mir zumindest«, er kratze sich nachdenklich am Kinn und setzte dann noch einmal an: »Wie auch immer: Vampire geben also einen kleinen Teil ihres Blutes in den Kelch. Anschließend setzen sie sich etwa drei bis fünf Meter davon entfernt auf den Boden oder auf Stühle, richten ihren Blick darauf und warten bis alle Beteiligten dasselbe getan haben. Wenn es soweit ist, wird der Kelch zu schweben beginnen. Nun müssen die Vampire versuchen ihn nur durch die Kraft ihrer Gedanken auf sich zu zubewegen. Der Vampir, der schließlich aus dem Kelch trinken kann, gilt als der mit dem mächtigsten Blut und darf somit das Bluturteil vollstrecken. Während des Kräftemessens kommt es jedoch zu heftigen, mentalen Auseinandersetzungen. Selbst für Vampire können die daraus entstehenden Verletzungen manchmal gefährlich werden.« Lars war ein bisschen enttäuscht. Er verstand zwar jetzt besser, warum es etwas sehr Besonderes wäre, eine Blutprüfung mit vielen Vampiren gleichzeitig stattfinden zu lassen, aber er hätte sich den Ablauf dennoch etwas eindrucksvoller vorgestellt. Synelle schien ähnliche Erwartungen gehabt zu haben, denn sie platzte heraus:

»Und das ist alles? Ein Kelch kommt zu einem und dann darf man entscheiden was zu tun ist?«, sie zuckte mit den Schultern, »ich mach mit.«

»Das mit dem Entscheiden ist nicht ganz so einfach, aber mehr dazu später. Wenn sich das Consilium dazu entscheidet so vorzugehen, kannst du natürlich teilnehmen. Meines Verständnisses nach sollte die Anzahl der Teilnehmer nicht begrenzt werden, aber dir muss bewusst bleiben, dass es nicht ganz ungefährlich ist.« Er blickte auffordernd in die Runde und fragte dann: »Was denkt der Rest von euch? Sollen wir dafür stimmen, dass ein Bluturteil stattfindet?« Carolin und Valdim nickten gleichzeitig und auch die Großmutter stimmte zu. Lars war sich der Sache jedoch nicht sicher. Nur weil jemand über starkes Blut verfügte, gab ihm das doch nicht automatisch auch die Fähigkeit eine gute Entscheidung zu treffen. Über ihn selbst wurde nun schon mehrfach gesagt, er besäße über bemerkenswert starkes Blut, aber er fühlte sich dadurch nicht einmal ansatzweise dazu in der Lage ein Urteil darüber zu fällen, ob nun unglaublich viele Menschen getötet werden sollten oder nicht. Gerade weil die Konsequenzen daraus so ungeheuer schwerwiegend waren. Also stellte er eine entsprechende Frage und der Baron erklärte:

»Ah, genau dazu wollte ich noch kommen. Die Formulierung, das Bluturteil zu vollstrecken, ist etwas unpräzise. Lass mich das näher erläutern: Jene, die das Bluturteil fällen dürfen, werden zuvor auf eine Reise geschickt. Es ist eine spirituelle Reise, auf der sie ihr Blut zur Wahrheit oder eben zur Entscheidung führen soll. Diese Entscheidung wird also nicht direkt von dem Vampir getroffen, sondern durch die Macht seines Blutes. Im Falle der Herrschaftsverhältnisse im Clan des Nordens, wählte also der mit dem stärksten Blut die entsprechenden Vertreter. Dabei ist es aber keineswegs so, dass dadurch der mit dem stärksten Blut sich selbst auch zum Oberhaupt des Clans wählen muss. Es sei denn natürlich seine spirituelle Reise hat dieses Ergebnis erbracht. Verstehst du?«

»Ich glaube schon«, erwiderte Lars und fügte hinzu: »Mit Visionen verhält sich das genauso, oder? Also, dass das Blut die Vision hervorruft und nicht der Vampir selbst?«

»So ist es in den allermeisten Fällen«, antwortete die Großmutter, »Die Vision, die du erlebt hast, wurde durch dein Blut heraufbeschworen. In meinem Fall verhält sich das aber ein wenig anders. Ich werde bei der Visionen Suche nicht durch mein Blut, sondern durch die alten Götter geleitet.« Lars' Eindruck über das Bluturteil und die vorangehende Prüfung war jetzt schon etwas gefestigter und so stimmte auch er dem Vorschlag zu. Serine schien davon jedoch nicht sonderlich überzeugt zu sein, trotzdem war auch sie einverstanden. Lars war in den letzten Minuten schon ein Verdacht gekommen, dass Serine dem Vorschlag eher zweifelnd gegenüberstehen würde. Sie hatte das, was in der Anderswelt geschehen war, noch immer nicht völlig überwunden. Eines

Tages, das nahm sich Lars ganz fest vor, würde er ihr zeigen, dass ihr Blut in keiner Weise schwach war und die Geister im Wald der Gehängten Lügen strafen.

2

Das Consilium würde erst in der folgenden Nacht fortgesetzt werden. Die Largaretta nutzte die übrige Zeit, bevor sie sich zur Ruhe legten, um gemeinsam in dem angrenzenden Waldstück spazieren zu gehen. Dort stießen sie auch auf Auri, die überglücklich schien sie alle zu sehen. Serine und Lars verschwanden nach dem Spaziergang noch einmal kurz in der Küche. Anders als in der Halle der vielen Pfade, waren die Opfer hier nicht ausschließlich in liegender Position auf Tische gebunden, sondern auch an Wänden und Stahlsäulen gefesselt. Wenn sie in einer aufrechten Position festgehalten wurden, waren sie so geschickt angekettet, dass sie selbst nichts zum Stehen beitragen mussten und sich dabei aber, wenn ihre Körper scheinbar bewusstlos in den Ketten, Seilen und Eisenspangen hingen trotzdem nicht verletzten. Als sie eintraten entfernte sich gerade ein rockig wirkendes Mitglied der Gilde der Freien von einem dort bereitgestellten Opfer. Es war die Japanerin, von der sich die Largaretta in der Nacht zuvor genährt hatten. Seltsam, überlegte Lars, seiner Einschätzung nach waren ihre Überlebenschancen schlecht gewesen. Vielleicht tat der neutrale Orden irgendetwas, dass die Opfer selbst dann am Leben hielt, wenn sie viel Blut verloren hatten. Doch jegliche Hilfe wäre nach ihrer Begegnung mit dem Vampir aus der Gilde der Freien zu spät gekommen. Sie war tot. Ihr Körper hatte jegliche Spannung verloren und Lars konnte das Fehlen eines Pulsschlages sogar auf diese Entfernung spüren. Kurz nachdem ihr Mörder die Küche verlassen hatte, erschienen zwei weitere Personen und lösten die Fesseln des Leichnams. Während Lars und Serine sich an einem stattlich gebauten Mann, mit scheinbar südamerikanischer Herkunft gütlich taten, wurde die tote Japanerin in einen Raum neben der Küche gebracht. Was dort mit ihrer Leiche geschah, konnten sie jedoch nicht mehr beobachten.

»Sie bringen sie unter die Erde im Wald, wo sie von den Bäumen verschlungen wird. Wie so viele vor ihr.« Erschrocken drehten sich Lars und Serine um. Sie hatten nicht bemerkt, dass jemand hinter sie getreten war. Es handelte sich um die Frau, die sie ganz zu Beginn des Consilium kennengelernt hatten: Pricilla. Die Eishexe wollte offenbar ebenfalls vor dem Sonnenaufgang noch einen Schluck Blut zu sich nehmen. Als sie die überraschten Gesichter der beiden sehen konnte, lächelte sie entschuldigend:

»Verzeihung, ich habe nur eure Blicke verfolgt und musste daran denken, dass, als ich das erste Mal hier war, ich mich gefragt hatte, was wohl mit den Toten geschieht.« Ihre Hand strich langsam und sachte über den Oberschenkel des Südamerikaners. Dabei kratzte sie mit dem schwarz lackierten Fingernagel ihres Zeigefingers sanft über die Haut. Sie begann die Bewegung an der Innenseite knapp über dem Knie, führte sie dann über die vordere Seite des Beines und tastete sich schließlich weiter zum Handgelenk, welches auf dieser Höhe herunterhing. Sie griff danach, führte es in einer gleichsam langsamen Bewegung zu ihrem Mund und erklärte:

»Ich bin ihnen damals heimlich gefolgt und habe mir angesehen, was mit den Opfern geschieht. Ich hätte aber auch einfach fragen können.« Damit biss sie in das Handgelenk und schloss die Augen, um das Erlebnis inniger genießen zu können. Ihre Augenlieder waren mit dunklem Lidschatten bedeckt, was einen besonderen Kontrast zu ihren weiß-gräulichen Haaren entstehen ließ.

»Oh«, machte Lars schließlich, in einem etwas hilflosen Versuch in das Gespräch einzusteigen: »Hallo. Und danke. Ich habe mich tatsächlich gerade gefragt, was wohl mit den Toten hier geschieht.« Er fühlte, dass die Unterhaltung eher holprig verlief. Pricilla ließ unterdessen das Handgelenk wieder frei. Die Wunde schloss sich augenblicklich.:

»Schön, dass ich das für dich aufklären konnte, Laaz von Largaretta.« Serine war, während Pricilla gesprochen hatte, näher an Lars herangetreten und hatte eine Hand auf seine Schulter gelegt. Es war eine milde, unterstützende Geste, die ihm gleichzeitig signalisierte, dass sie ihm das Reden überlassen wollte. Also versuchte er die Unterhaltung weiter zu führen:

»Die Largaretta werden morgen für die Durchführung des Vorschlags aus deinem Haus stimmen. Zumindest haben wir das so besprochen.«

»Das freut mich«, kommentierte Pricilla, »aber ich habe auch nichts Anderes erwartet, wenn eine so weise Frau, wie Lydia mitzureden hat.«

»Woher kennt ihr euch eigentlich?«, wollte Lars wissen.

»Wir haben uns vor einigen Jahrhunderten bei einem Clan-Treffen zum ersten Mal gesehen«, erklärte sie und zog eine Zigarette hervor, »Sie war als Gast geladen, um den Clan mit ihrer besonderen Verbindung zur Zukunft zu unterstützen. Später begegneten wir uns auch in der Anderswelt und daraus entsprang schließlich unsere Freundschaft.« Sie entzündete die Zigarette, nahm einen Zug und blies dem Opfer den Rauch ins Gesicht. Da es sediert war, rührte es sich jedoch nicht und ein Hauch von Enttäuschung glitt über Pricillas Gesicht.

»Ich bin froh, dass ihr Freunde geworden seid«, sagte Lars schließlich, »ich bin auch sehr glücklich darüber Großmutter als Freundin zu haben. Ohne sie hätte ich die Vision nicht erhalten können. Und eine große Beachtung hätte sie wahrscheinlich auch nicht gefunden.«

»Dann ist es umso vorteilhafter, dass du im Haus der Largaretta untergekommen bist. So hast du gleich die beste Lehrerin, die man für die Visionen Suche überhaupt haben kann«, erklärte die Vampirin und nahm noch einen Zug von ihrer Zigarette, »ich werde mich bald zur Ruhe legen. Es war sehr schön, dich kennen zu lernen Laaz von Largaretta und ich freue mich auch schon darauf, mich einmal mit dir auszutauschen, Serine. So wie ich hörte, bist auch du eine Wanderin der Anderswelt.« Der Blick mit dem die Eishexe Serine bemaß barg eine leichte Form von Verlangen in sich. Er war etwas frivol und es steckte Begierde darin. Lars konnte diesen Blick jedoch nicht deuten und verstand nicht was sich dahinter verbarg. Doch der Tag an dem Pricilla Serine ein sehr düsteres Angebot machen würde, war nicht mehr weit entfernt. Und dann sollte Lars ganz genau verstehen, was dieser Blick zu bedeuten hatte. Serine nickte einfach mit ehrlichem Lächeln, sagte aber nichts dazu. Stattdessen gab sie Lars wieder zu verstehen, dass er das Reden übernehmen sollte:

»Es war auch schön dich kennen zu lernen. Vielleicht sehen wir uns ja bald einmal wieder. Hab eine gute Ruhe Pricilla vom Clan aus dem Norden.« Sie nickte, schmunzelte und blinzelte Lars zum Abschied noch einmal zu. Anschließend verschwand sie hinter einer Tür, die aus der Küche herausführte.

»Irgendwie ist sie mysteriös«, kommentierte Serine schließlich, als sich die beiden auf den Weg zu ihren Schlafsälen machten. Lars stimmte zu. Pricilla war irgendwie undurchschaubar.

Sie kehrten in dieser Nacht früh in ihr Schlafzimmer zurück. Als Lars die vollkommene Dunkelheit des Sarginneren und die wohlige Kühle umfing, dachte er an die letzten zwei Nächte des Consilium zurück. Er fragte sich, ob sie sich auf dem richtigen

Weg befanden. Er war sich sicher, dass die Blutprüfung stattfinden würde. Etwas tief in ihm wusste es einfach – sah es voraus. Doch ob es die richtige Lösung für das Problem des Consilium wäre… Davon war Lars noch nicht überzeugt. Seine Gedanken glitten zurück zu der Tatsache, dass er sich ganz sicher war, dass das Consilium morgen eine ausreichende Mehrheit für die Durchführung der Blutprüfung bilden würde. Im Geiste vom nahen Schlaf schon leicht benebelt lächelte er. War dies ein erster Schritt dahin Kräfte der Vorhersicht zu entwickeln, so wie sie die Großmutter hatte? Wieder schweiften seine Gedanken ab, wurden wirr und im nächsten Moment war er eingeschlafen.

3

Lars fand sich auf einer kleinen, kargen Insel aus aufgeschütteten Steinen wieder. Um ihn herum sah er einen völlig glattdaliegenden See der aus etwas bestand das wie schwarzes Wasser aussah. Es war unangenehm schwül an diesem Ort. Die Atmosphäre war in eine Dunkelheit getaucht, wie sie entsteht, wenn die Sonne gerade erst hinter dem Horizont verschwand, aber die letzten Lichtstrahlen noch immer über die Oberfläche reflektierten. Lars musste sich stark auf seine Vampirsinne stützen, um sich zu orientieren. War dies schon ein Teil der Anderswelt? Oder war das nur ein Traum? Von Serine fehlte bisher jede Spur. Er sah sich auf der Insel um. Sie hatte die Größe eines kleinen Hauses. Mit Ausnahme der, überwiegend mit diffusen Spinnennetzen überzogenen Steinen gab es nichts. Er hielt nach einem Boot Ausschau, mit dem er die Insel verlassen könnte, doch er fand keines. Gerade dachte er daran, sich einfach zu Serine und ihren gemeinsamen Teil in der Anderswelt zu wünschen und auf diese Weise einen der grauen Soge heraufzubeschwören, der ihn dort hinbringen sollte, als sich plötzlich etwas in dem schwarzen See regte: Etwa fünf Meter von ihm entfernt begann die Wasseroberfläche unruhig zu werden. Erst bildeten sich Kreise auf dem See, so als ob jemand einen Stein hineingeworfen hätte, dann stiegen Blasen auf und es begann zu brodeln. Zunächst leicht, aber dann immer mehr zunehmend. Gleichzeitig schien die Dunkelheit um diesen Fleck noch tiefer und undurchdringlicher zu werden, sodass selbst Lars Schwierigkeiten hatte zu erkennen was vor sich ging. Intuitiv wich er noch zwei, drei Schritte zurück und bemerkte dann, wie sich eine Gestalt in dem Brodeln aufrichtete. Sie schien aus dem See heraus zu wachsen und dann erkannte er sie: Es war Rosamunde, die Pförtnerin des Theaters der Alpträume, welche sich schließlich zu ihrer vollen Größe von etwa zweieinhalb Metern aufrichtete:

»Hallo, Laaz von Largaretta«, grüßte sie ihn, in einer Tonlage als würde sie zu einer schon verlorenen geglaubten Beute sprechen, über deren Wiederauffinden sie sich ganz besonders freute, »es ist so schön dich hier wieder zu sehen. Aber sage mir, was verschlägt dich hierher? Bist du wieder auf der Suche nach einer meiner Visionen?« Als sie sprach war sie über den See und auf Lars zu geglitten, hatte das Ufer allerdings nicht übertreten. Ihr Körper schwebte dabei konstant eine Handbreit über dem nun wieder glattdaliegenden Wasser. Wie schon im Theater der Alpträume hatte ihre Erscheinung und alles was sie tat etwas Grauenerregendes an sich, doch Lars ließ sich nicht einschüchtern und antwortete mit fester Stimme:

»Ehrlich gesagt weiß ich nicht einmal wo ich hier gelandet bin, aber es ist schön ein bekanntes Gesicht zu sehen.« Rosamunde lachte auf. Es war das Lachen einer Hexe, der gerade ein neues, ahnungsloses, verlorengegangenes Kind in die Fänge gestolpert war:

»Wo wolltest du denn herauskommen?«, fragte sie weiter, als sie sich nach einem kurzen Moment wieder beruhigt hatte und Lars antwortete wahrheitsgemäß:

»In dem Teil der Anderswelt, der einer Freundin und mir gehört.«

»Eine Freundin hast du also, so so«, kommentierte Rosamunde, so als wüsste sie nichts von Serine, legte mit einer übernatürlich wirkenden, ruckartigen Bewegung den Kopf zur Seite und sagte: »Ganz und gar verkehrt bist du hier dann gar nicht gelandet. Immerhin sind wir ja auch schon so etwas wie Freunde, oder nicht?« Freunde, dachte Lars, irgendwie passte das Wort nicht so recht zu Rosamunde. So wie eine Spinne niemals freund mit der Fliege sein könnte, die ihr ins Netz gegangen war. Trotzdem nickte er vorsichtig, als Rosamunde ihren Kopf wieder geraderückte und noch einmal ansetzte:

»Von mir hast du auf jeden Fall nichts zu befürchten«, sagte sie auf eine Art, als hätte Lars sehr wohl und so einiges von ihr zu befürchten, »es wäre doch sehr schade, wenn wir zwei nicht gut miteinander auskämen, oder?« Es lag beinahe der Unterton einer Drohung in ihrer Stimme, aber vielleicht, überlegte Lars weiter, war das einfach ihre Art und sie meinte es in Wirklichkeit genauso wie sie es sagte und nicht so wie sie es hervorbrachte. Trotzdem fühlte er sich etwas naiv, als er nickend zustimmte. Er wurde aus Rosamunde einfach nicht richtig schlau. Was wollte sie von ihm? Es blieb ihm nicht viel Zeit um darüber nachzudenken, denn seine unheimliche neue »Freundin« verzog ihre Lippen zu einem Grinsen, entblößte dadurch ihre haifischartigen Zähne und sagte dann:

»Wie ich höre, will das Consilium über die Durchführung einer Blutprüfung abstimmen. Sie werden dafür stimmen, das kann ich schon einmal preisgeben, aber die Entscheidung wird sehr knapp.« Sie sprach in der Tonlage einer Frau, die ein belangloses

Gespräch führen wollte, aber Lars fühlte, dass es das nicht war. Es war ein wichtiges Gespräch:

»Ja«, stimmte er schließlich zu, »ich habe das vor dem Einschlafen auch so gefühlt. Also, dass sich das Consilium morgen für die Blutprüfung entscheiden wird, meine ich.« Rosamundes Lippen formten noch einmal ihr Zähne entblößendes Grinsen. Dann beugte sie sich nach vorne, wie um Lars besser sehen zu können, was aufgrund ihrer ausgekratzten Augen natürlich unmöglich war. Dabei übertrat sie jedoch nicht die Grenze zur steinernen Insel, auf der er sich befand. So entstand für ihn der Eindruck, dass sie sie gar nicht übertreten konnte. War sie an die Schatten und an den unheimlichen schwarzen See gebunden? Sie sog in kurzen aufeinander folgenden Stößen die Luft durch die Nase ein, als ob sie jeden noch so kleinen Duft in sich aufnehmen wollte und grinste dann mit wissendem Ausdruck auf dem Gesicht noch etwas breiter:

»Dein Blut ist wahrlich mächtig. Ich habe mich nicht getäuscht. Ich kann auch riechen«, sagte sie mit einiger Freude in der Stimme, »dass du getan hast, was ich vorhergesagt habe. Du hast jemanden getötet, Laaz. Du bist zu einem Mörder geworden. Wie war es?« Die letzten drei Worte hatte sie deutlich schneller ausgesprochen. Es lag eine ehrliche und brennende Neugierde darin.

»Es war großartig!«, platzte Lars, glücklich darüber davon erzählen zu können heraus, »es war in einem Wald, zusammen mit der Freundin von der ich dir erzählt habe. Wir haben einem Mann aufgelauert, ihn angefallen und sein Blut getrunken, bis er sich nicht mehr wehren konnte. Dann haben wir ihn vom Weg hinuntergebracht und uns in einem Versteck weiter von ihm genährt, bis er gestorben ist. Das war ein ganz tolles Gefühl! Als wäre alles genauso wie es sein sollte.« Lars konnte seine Aufregung während er davon erzählte gar nicht zurückhalten, so sehr freute es ihn darüber reden zu können. Es war so aufregend, dass er gar nicht bemerkt hatte, dass Rosamundes unheimliches Grinsen noch breiter geworden war und sie sich auch noch ein weiteres Stück zu ihm hinuntergebeugt hatte. Ihre Gesichter waren jetzt nur noch etwa einen halben Meter voneinander entfernt, als sie mit einer leichten Erregung in der Stimme flüsterte:

»Ich wäre nur zu gerne dabei gewesen. Das erste Mal töten ist für die meisten Vampire etwas ganz besonders – und nicht nur für sie.« Die ausgekratzten Überreste ihrer Augen schienen direkt in die von Lars zu starren, als sich ihr Gesicht dem seinen noch etwas weiter näherte. Es war fast schon hypnotisch. Lars konnte Rosamunde noch immer nicht einschätzen. Hatte sie das bisherige Gespräch nur geführt, um ihn abzulenken? Wollte sie ihn vielleicht nur in Sicherheit wiegen, damit sie ihm nahe genug kommen konnte, um ihn überraschend und schnell anzugreifen, ihn zu packen und ihn anschließend wie eine Gottesanbeterin bei lebendigem Leibe zu verspeisen? Lars spürte ein Hindernis, einen fußballgroßen Stein an seiner Ferse. Damit er weiter auf die Insel zurückweichen hätte können, hätte er hinter sich sehen müssen, um nicht zu stolpern. Damit würde er aber Rosamunde für einen Moment aus dem Blick verlieren und außerdem deutlich zeigen was er vorhatte. Also entschied er sich dazu, nicht zurück zu weichen und hoffte gleichzeitig inständig, dass sie seine Gedanken weder gelesen noch gerochen hatte. Falls sie das getan haben sollte, ließ sie es sich jedoch nicht anmerken:

»Es wird nicht der letzte Mensch gewesen sein, den du getötet hast«, fuhr Rosamunde schließlich fort, »es werden noch viele folgen. Freust du dich schon darauf, wieder zu morden?« Die ehrliche Antwort war: ja. Er freute sich darauf. Das Machtgefühl, der Blutrausch… Beides war absolut überwältigend. Dazu kam auch noch dieses Empfinden des richtigen Handelns. Als würde er seiner Natur als Vampir folgen. Wieder nickte er vorsichtig zur Antwort und Rosamunde setzte noch einmal an:

»Gut. Sehr gut sogar. Du bist wahrlich dazu gemacht ein Vampir zu sein.« Da wurde ihr Blick plötzlich nachdenklich und sie richtete ihren Körper auf, sodass sich ihre Gesichter nun wieder deutlich voneinander entfernten. Lars fühlte sich augenblicklich und sehr deutlich entspannter:

»Was hast du?«, fragte er, als Rosamunde einen Augenblick lang nachdenklich ins Leere starrte. Da drehte sie ihren Kopf wieder auf diese übernatürliche, ruckartige Art und Weise zu ihm und zischte in für ihre Verhältnisse beinahe schon aufgeregter Tonlage:

»Ich frage mich, wie du wohl abschneiden würdest…«

»Ich? Abschneiden? Wobei?«, fragte Lars nun ziemlich verwirrt.

»Bei der Blutprüfung des Consilium.« Sie bewegte ihren Oberkörper wieder auf ihn zu, sog erneut stoßweise die Luft durch die Nase ein und sagte dann grüblerisch und wie aus weiter Ferne: »Ich kann es nicht sehen. Ich kann es nicht erriechen.« Und damit schoss ihr rechter Arm nach vorne und packte Lars linkes Handgelenk. Ehe er überhaupt daran denken konnte sich zu wehren oder wenigstens zu protestieren, hatte Rosamunde seine Hand schon zu ihrem Gesicht bewegt, ihren riesigen Mund geöffnet und ihre, schwarze, schlangenartige Zunge zum Vorschein gebracht. Ihr kalter Griff um das untere Ende von Lars Unterarm war so fest, dass er unweigerlich die Hand öffnen musste. Gerade in dem Moment, als Rosamundes glitschige Zunge seine Handfläche berührte erwachte Lars aus seiner Erstarrung und versuchte seine Hand aus ihrem Griff los zu reißen. Mit beinahe peinlich anmutendem Misserfolg. Der Griff seiner unheimlichen »Freundin«

war eisern und so fest wie der eines Schraubstocks. Ihre Zunge glitt Zentimeter für Zentimeter langsam und genussvoll über seine gesamte Handfläche, dann ließ Rosamunde ihn wieder frei. Lars landete von der plötzlichen und unerwarteten Befreiung überrascht und unsanft auf seinem Hinterteil, massierte sich das Handgelenk und sah ärgerlich zu Rosamunde hoch:

»Was sollte das?« Sie beachtete ihn nicht, sondern schmeckte voller Konzentration das was sie von seiner Handfläche aufgenommen hatte. Wären ihre Augen nicht ausgekratzt und völlig verkrustet gewesen, hätte sie sie zusammengekniffen, um sich besser auf den Geschmack fokussieren zu können. Einen Moment später war ihre Analyse beendet und sie drehte den Kopf wieder in Lars Richtung:

»Oh, Entschuldige«, sagte sie auf wenig entschuldigend und stattdessen beinahe spöttisch klingende Art, »ich war nur so furchtbar neugierig.«

»Warne mich nächstes Mal wenigstens vor«, beschwerte sich Lars, wischte sich die Hand am Hosenbein ab und richtete sich wieder auf, »Also: Was sollte das?»

»Ich habe versucht ein genaueres Bild über eine mögliche Zukunft zu erhalten«, gab Rosamunde zurück, »deiner Zukunft, wenn du an der Blutprüfung teilnehme würdest.«

»Und was hast du herausgefunden?«, fragte Lars immer noch etwas verärgert.

»Nichts von Bedeutung«, gestand Rosamunde ein und fuhr dann fort, als würde sie zu sich selbst sprechen: »ich wollte einen ganz bestimmten Moment wahrnehmen. Den, in dem die Blutprüfung zu Ende geht, doch die Entwicklung dieses Schicksals bleibt selbst für mich verborgen.« Zum ersten Mal seit Lars Rosamunde an diesem düsteren Ort getroffen hatte, passte ihre Stimmlage zu dem was sie tatsächlich sagte. Wenn sie zuvor bei umgekehrtem

Sachverhalt immer die Wahrheit von sich gegeben hatte: log sie dann jetzt? Lars versuchte auf sein Inneres zu hören, doch es wollte ihm nicht gelingen, die Frage für sich zu beantworten. Rosamunde blieb ihm weiterhin ein Rätsel.

»Was hältst du davon, wenn du an der Blutprüfung teilnimmst«, fragte sie schließlich und richtete ihre Aufmerksamkeit wieder auf Lars.

»Ich? Teilnehmen? Auf gar keinen Fall«, platze es aus ihm heraus, denn bis zu diesem Moment war er felsenfest davon ausgegangen, dass es sich um eine rein hypothetische Fragestellung gehandelt hatte.

»Ich möchte, dass du daran teilnimmst«, wiederholte sie stur ihr Anliegen, »weil ich wissen will, wie stark dein Blut im Vergleich zu den anderen Teilnehmern ist. Was soll schon passieren«, fügte sie nach einer kurzen Pause nun wieder in spöttischer Tonlage hinzu, »dass die Blutprüfung dein Blut am Ende für das mächtigste ernennt?« Verwundert dachte Lars einen Moment darüber nach und stellte dann fest, dass sie Recht hatte. Er konnte dieses Ritual gar nicht für sich entscheiden. Natürlich hatte man ihm jetzt mehrfach zu verstehen gegeben, dass er ganz außergewöhnlich mächtiges Blut in sich trage, aber erstens hatte er nie gelernt damit richtig umzugehen und zweitens, was viel entscheidender war: Andere Vampire trugen sehr sicher, sehr viel mächtigeres Blut in sich als er. Alleine schon Carolin oder Marek. Oder dieser Mortimer aus dem Bluthaus von Ankh, die mächtige und edle Skjal Helsdottir und viele andere Teilnehmer des Consilium, die er gesehen hatte.

»Du denkst darüber nach, nicht wahr«, drang Rosamunde weiter: »Was hältst du davon: Du nimmst an der Blutprüfung teil und ich schulde dir im Gegenzug einen kleinen Gefallen? Auf diese

Weise bleiben unsere Schicksale auf angenehme und übersichtliche Art miteinander verbunden. Was denkst du dazu?«, wieder hatte sie den letzten Satz schneller ausgesprochen, als die vorangegangenen und wieder brannte die Neugierde darin. Dieses Mal meinte Lars aber auch Ungeduld und einen schwachen, drohenden Unterton darin zu erkennen. Es musste Rosamunde fast wahnsinnig machen, dass sie nicht vorhersehen konnte, wie die Blutprüfung ausgehen würde, wenn er teilnähme. Ein Gefallen, dachte Lars weiter nach, von einer Frau wie Rosamunde, der Pförtnerin des Theaters der Alpträume war viel Wert – auch wenn es nur ein kleiner Gefallen wäre. Also stimmte er zu:

»Na gut«, sagte er schließlich, »ich mache bei der Blutprüfung mit. Aber nur, wenn Marek und die Anderen nichts dagegen haben.« Rosamunde grinste breit und auf unheimliche Weise ehrlich erfreut. Wieder entstand in Lars Gedanken der Vergleich mit der Fliege, die einer Spinne ins Netz gegangen war.

»Einverstanden«, sagte sie schließlich nach einem kurzen Moment, »sie werden nichts dagegen haben.« Und damit verblasste ihre Gestalt vor seinen Augen, bis sie schließlich ganz verschwunden war. Auch der schwarze See und die steinerne Insel verschwanden. Lars fiel in einen tiefen Schlund des Nichts und im nächsten Moment erwachte er. Er war zurück in der gewohnten Welt, in den Gewölben des Consilium wo sein Ausflug zu diesem dunklen Gewässer begonnen hatte, als er eingeschlafen war.

4

Mit einem Satz sprang er aus seinem Sarg heraus und sah gleich nach dem von Serine. Er war bereits geöffnet und seine Freundin befand sich nicht mehr darin. Als er sich auf die Suche nach ihr machen wollte und den Gemeinschaftsraum ihrer Unterkunft betrat, bemerkte er überrascht, dass nicht nur Serine, sondern auch fast der ganze Rest der Familie bereits anwesend war. Nur Valdim fehlte, da er zu dieser Zeit meistens mit Auri im Wald spazierte.

»Du hast heute aber lange geschlafen«, begrüßte ihn Carolin lächelnd, »ist alles in Ordnung?« Sie hatte seinen ernsten Gesichtsausdruck bemerkt und es lag eine leichte Besorgnis in der Frage.

»Ich muss mit euch reden«, begann Lars und erhielt schlagartig die Aufmerksamkeit des gesamten Raumes. Serine bot ihm den Platz neben ihr an und auch die Übrigen gesellten sich an den Tisch. Lars erzählte von seinen Erlebnissen am schwarzen See und davon wie er Rosamunde getroffen hatte. Er erklärte, dass sie sich ganz sicher war, dass die Blutprüfung stattfinden würde und wie sie ihm daraufhin vorgeschlagen hatte, im Gegenzug für seine Teilnahme daran, ihm einen kleinen Gefallen schuldig zu sein. Die Familie hörte ihm aufmerksam zu und schwieg nachdenklich, als er am Ende seiner Erzählung angekommen war. Endlich erhob der Baron das Wort:

»Nun, entweder diese Rosamunde hat die Wahrheit gesagt und sie weiß wirklich nicht wie die Blutprüfung ausgeht, oder sie hat gelogen und möchte eben genau deshalb, weil sie weiß was geschehen wird, dass du, Laaz, daran teilnimmst. Das könnte genau *die* Manipulation des Consilium sein, vor der dich die Vision gewarnt hat«, er wand sich an den Rest und fragte: »was denkt ihr dazu?« Carolin nickte nachdenklich, aber die Großmutter schüttelte bestimmt den Kopf:

»Nein, Rosamundes Motiv ist nicht so roh, so stumpf, als dass sie eine Zusammenkunft wie das Consilium Noctis beeinflussen wollen würde. Wäre das der Fall, hätte sie Laaz nicht ins Theater der Alpträume hineingelassen, oder zumindest seine dort erlebte

Vision beeinflusst. Rosamunde interessiert sich hauptsächlich dafür, wie Dinge ausgehen, oder ausgehen würden, wenn etwas anders wäre. Wie man eine bestimmte Zukunft jedoch herbeiführt, ist für sie nur von geringem Interesse.«, die Großmutter unterbrach sich kurz, lächelte dann und fügte hinzu: »Ich glaube es ist eher ein gutes Zeichen, dass sie es nicht sehen kann. Wenn selbst sie nicht vorhersehen kann, was die Blutprüfung ergeben wird, so werden es auch nur wenige andere Wesen können. Ein guter Schritt, um der Beeinflussung des Consilium entgegenzutreten.«
Lars war sich nicht sicher, ob Großmutters Erklärung stimmte. Für ihn wirkte Rosamunde durchaus wie eine Spinnenkönigin, die ihr Netz geschickt und mit Bedacht flocht und auf diese Weise genau wusste was geschehen würde, wenn sie an einem ganz bestimmten Faden zog. Doch die Großmutter kannte sie sicher besser als er, also vertraute er ihrem Urteil.

»Dennoch«, gab Lydia nach einer Pause zu bedenken, »es ist durchaus möglich, dass sie gelogen hat, als sie deine Hand ableckte und vorgab noch immer nicht zu wissen, wie die Blutprüfung ausgehe. Ihre Fähigkeit, Bilder der Zukunft zu beschwören, übertrifft selbst die Visionen, welche mir die alten Götter zuteil kommen lassen. Aber wenn schon? Was hätte sie davon, wenn du an der Blutprüfung teilnimmst und als Bestehender daraus hervorgingest. Die Beeinflussung der Geschicke dieser Welt ist einfach nicht ihre Sache. Ihre Macht reicht auch nicht aus, um das Blut der Vampire zu verwirren.« Sie legte eine Mine auf, die zeigte, dass sie sich sicher war und schloss dann ab: »Ich sage es ist ungefährlich, wenn du an der Prüfung teilnimmst. Diese mentalen Auseinandersetzungen zu denen es dabei kommen wird, können zwar äußerst rau werden, aber du wirst ganz bestimmt keine bleibenden Schäden davontragen. Im besten Falle gehst du als Träger des mächtigsten Blutes daraus hervor und in allen anderen Fällen hast du trotzdem noch einen Gefallen bei Rosamunde gut. Und so etwas ist immer ein Gewinn. Besonders dann, wenn man durch die Anderswelt wandelt.«

»Ich bin auch dafür, dass du teilnimmst«, stimmte Serine zu, »einmal, weil ich glaube, dass du dabei sehr gut abschneiden wirst und außerdem bin ich jetzt auch etwas neugierig, wie es ausgehen wird.«

»Ich auch!«, platzte Synelle hervor und der Baron kommentierte:

»Dann ist es beschlossen. Wenn du an der Blutprüfung teilnehmen möchtest, so hast du unser Wohlwollen dabei.«

Lars und Serine verbrachten den frühen Abend ähnlich, wie in der Nacht zuvor: Sie stillten ihren Durst in der Küche und spazierten etwas in dem an die Gewölbe angrenzenden Waldgebiet herum. Als es endlich soweit war, dass sich das Consilium Noctis für die Entscheidung zusammenfand, kehrten auch sie zurück in die Halle der Zusammenkunft und setzten sich auf ihre gewohnten Plätze am Rand. Die Vampirfamilien waren für die letzte Entscheidung gekommen, die sie in diesem Consilium treffen würden. Nach dieser Nacht läge die Frage nach dem, was nun geschehen sollte, nicht mehr in ihren Händen. Es dauerte nicht lange bis der Neutrale das Podium betrat. Er begann mit einer sehr ausführlichen Zusammenfassung von all dem, was im bisherigen Verlauf des Consilium festgestellt und beschlossen worden war, dann richtete er seine Aufmerksamkeit auf die Teilnehmer:

»Die Entscheidung, die heute hier getroffen wird, kann von historischem Ausmaß sein. Nie zuvor hat ein Consilium eine solche Blutprüfung durchgeführt. Da das erwähnte Ausmaß einer Zustimmung von derart großer Bedeutung ist, geben die Neutralen vor, dass mindestens zwei von drei aller gewichteter Stimmen sich für diesen Weg entscheiden müssen«, so wie es seine Art war, hielt der Redner inne und sah prüfend durch die Reihen um zu kontrollieren, ob es Widerspruch gegen das Gesagte gab. Als kein Widerspruch geäußert wurde, fuhr er fort:

»Ich bitte nun die jeweiligen Vertreter aus den einzelnen Häusern nach vorne, sodass sie ihre Stimmen abgeben können. Es sind keine Erklärungen notwendig. Wenn Sie jedoch den Drang danach empfinden doch eine abzugeben, so fassen Sie sich bitte kurz.« Und so geschah es dann auch. Lars blieb während der Sitzung sehr entspannt. Er wusste bereits, wie diese Entscheidung ausgehen würde. Als die Abstimmung schon in vollem Gange war, hörte Lars auf einmal Schritte. Zuerst konnte er ihren Ursprung nicht einordnen, doch als sie nach und nach lauter wurden, erkannte er, dass sie von außerhalb der Halle, aus dem Korridor heraus, entsprangen. Auch die anderen Vampire schienen sie wahrzunehmen, denn sie warfen vereinzelt neugierige Blicke in Richtung der großen, mächtigen Flügeltüren. Die Schritte waren schwer, langsam und immer deutlicher zu hören. Dann, als schon anzunehmen war, dass der Verursacher langsam einmal auftauchen müsste, erstarb das Geräusch. Nur einen Augenblick später öffneten sich die großen Türen zum Korridor. Sie wurden mit jeweils einer Hand aufgeschoben. Und das von einem Mann, der seit ihn Lars das letzte Mal gesehen hatte, kaum wieder zu erkennen war: Es war der rote Ritter. Gheorghe erhob seine mächtige Stimme und erklärte feierlich:

»Ich spreche für den Drachen.« Der Neutrale, welcher gerade zum Rednerpult zurückgekehrt war, um den nächsten Vertreter aufzurufen sah ihn nachdenklich, fast ein wenig herablassend an und sagte dann in gelangweilter Tonlage:

»Das ist ein sehr bemerkenswerter Auftritt. Der Drache ist schon lange tot«, er sah Gheorghe noch einmal abschätzend an und fügte schließlich hinzu, »aber in seinen Ehren soll deine

Stimme gehört werden. Bitte nimm Platz. Du wirst zu gegebener Zeit sprechen dürfen.« Als der rote Ritter zur Familie Largaretta aufschloss, konnte Lars einen besseren Blick auf ihn werfen: Gheorghe trug eine mittelalterlich wirkende, tief-dunkelrote Tunika, die aus Baumwollstoff gefertigt war. Darüber lag ein schlichter, rustikaler Ledergürtel. Seine Hose war schwarz und ebenfalls aus Baumwolle angefertigt. Dazu passend hatte er schwere, lederne Stiefel an, die auch jetzt noch die lauten Geräusche seiner Schritte verursachten. Die größte Änderung war jedoch in seinem Gesicht zu erkennen. Es war nicht länger ausgemergelt oder wirkte gar mumifiziert. Stattdessen war es voll und lebendig. Diese Effekte hatten sich auch auf seine schwarzen, lockigen Haare und den dichten, verworrenen Bart übertragen. Alles in allem strotze er vor Lebenskraft und Energie. Er setzte sich auf die steinernen Stufen, neben den Bereich der Largaretta, denn es war kein weiterer Sitzplatz frei.

»Wo warst du denn so lange?«, flüsterte der Baron so leise, dass selbst Lars, der sich in unmittelbarer Nähe zu ihm befand, ihn kaum noch hören konnte.

»Ich bin meinen persönlichen Angelegenheiten nachgegangen«, antwortete der rote Ritter ebenso leise und fragte dann: »Wo stehen wir?« Marek erklärte was bisher geschehen war. Als Gheorghe schließlich überrascht die Augenbrauen hochzog, wusste Lars, dass ihm der Baron von der Blutprüfung erzählt hatte. In der Zwischenzeit war die Abstimmung darüber weiterhin im Gange. Langsam zeigte sich, dass eine Mehrheit für den Vorschlag vorhanden war. Und dennoch: Lars Einschätzung nach würde es knapp werden. In diesem Punkt sollte Rosamunde recht behalten. Als alle Clans inklusive der Familie Largaretta abgestimmt hatten, befürchtete Lars einen Moment lang, dass es doch zu wenige Zustimmungen geben könnte. Der Neutrale trat noch einmal an das Rednerpult, sah in ihre Richtung und sagte dann:

»Ich rufe nun den Vertreter des Drachen nach vorne. Gheorghe, bitte gib deine Stimme ab.« Der rote Ritter erhob sich, trat auf die Bühne und erklärte:

»Für den Drachen war und ist es Tradition Stärke zu würdigen. Und so soll es auch jetzt sein. Derjenige Vampir unter uns, der über das mächtigste Blut verfügt, soll uns führen.« Kurz und schmerzlos, dachte Lars und hoffte, dass die Stimmen nun ausreichen würden. Einen Moment später – der Neutrale besprach sich kurz am Rande der Bühne mit einem seiner Ordensbrüder, welcher ein Papier mit den entsprechenden Berechnungen in der Hand hielt – wurde das Ergebnis bekannt gegeben:

»Der Mitschrift und Berechnung des neutralen Hauses zufolge haben ganz genau zwei von drei der gewichteten Häuserstimmen die Durchführung der Blutprüfung bewilligt. Damit steht es fest: Die Entscheidung, wie mit der Herde weiter verfahren werden soll, obliegt von hier an dem Teilnehmer mit dem mächtigsten Blut. Die Neutralen werden alle nötigen Vorbereitungen treffen. Diese historische Austragung wird hier in den Gewölben des Consilium stattfinden. In fünf Nächten soll die Blutprüfung beginnen. Bis dahin können sich die Teilnehmer bei uns dafür eintragen. Da es das stärkste Blut von allen ist, welches gesucht wird und nicht das stärkste Blut unter den Vertretern der einzelnen Häuser, wird es keine Einschränkung der Teilnehmerzahl geben. Ein jeder, der es möchte, wird durch den Orden der Neutralen also nicht daran gehindert teilzunehmen.« Im Saal war es sehr still geworden. Alle anwesenden schienen das Ergebnis mit Respekt und Würdigung zu akzeptieren. Gleichzeitig waren viele nachdenkliche Gesichter zu sehen. Selbst unter jenen, die für die Durchführung der Blutprüfung und des daran anschließenden Urteils gestimmt hatten, gab es einige die sich mit dem Gedanken daran, die Entscheidung über das weitere Schicksal der Menschheit völlig aus ihren Händen gegeben zu haben, unwohl fühlen. Dennoch schien es im Rahmen der Gegebenheiten die einzige Lösung zu sein. Auch wenn das bedeuten konnte, dass vielleicht eine finale Entscheidung getroffen würde, die eine Zeitenwende darstellte. Eine Entscheidung, die die menschliche Zivilisation, so wie sie gegenwärtig bestand, auslöschen könnte. Welchen Weg würde das mächtigste Blut unter ihnen vorgeben? Mit dieser Frage kehrten viele der Vampire am Morgen in ihre Särge zurück.

Brennendes Blut und dröhnende Schatten

1

Es war ein Traum. Es musste ein Traum sein. Lars Gedanken waren vernebelt und wirr. Die Dinge passten nicht zusammen und erschienen doch auf merkwürdige Art und Weise logisch. Dann verschwand der Schleier um sein bewusstes Denken und er fand sich in der Rolle eines unsichtbaren Beobachters wieder. Er sah auf ein mittelalterliches Schlachtfeld hinunter. Die Kämpfe waren seit einer halben Stunde endgültig zum Erliegen gekommen und in dem Schlamm lagen die gefallenen Soldaten, Krieger und Ritter. Manchen fehlte eine Hand oder ein Arm, anderen war der Kopf abgeschlagen worden und wieder andere wirkten auf den ersten Blick völlig unversehrt. Einige der Männer waren dem Pfeilhagel zum Opfer gefallen. Ihre improvisierten Schilder und die dick gepolsterte Kleidung, hatte sie vor den Geschossen nicht schützen können. Diejenigen, welche durch den Einschuss selbst zu Tode gekommen waren, hatte das glücklichere Schicksal ereilt, als jene die nur dadurch verwundet wurden. Letztere waren mittlerweile im Lazarett untergebracht, wo christliche Nonnen und Mönche sie zu heilen versuchten. Sie würden scheitern. Die Wunden sollten sich sehr bald entzünden und ihre Patienten würden eine tödliche Krankheit ereilen, denn die Pfeile des Feindes waren vor der Schlacht in Exkremente getaucht worden. Hier und da bewegte sich etwas auf dem von Leichen übersäten Schlachtfeld. Eine längliche Fahne aus blauem und gelbem, verdrecktem Stoff wehte im Wind. Überlebende, aber schwer verwundete Soldaten versuchten sich mit letzten Kräften irgendwo hin zu ziehen. Wohin konnte nicht bestimmt werden. Klar war nur, dass sie nirgendwo mehr ankämen. Am Rande des Feldes standen zwei Gestalten. Eine davon war Gheorghe, der rote Ritter. Seine mächtige Plattenrüstung war fast vollkommen in Blut getaucht. Er hatte den Helm abgelegt und so war sein Gesicht gut zu erkennen. Schweiß, Schmutz und noch mehr Blut waren darauf zu sehen. Seine Miene blieb düster. Er war erschöpft, denn die Schlacht war auch für ihn sehr anstrengend gewesen. Die zweite Gestalt konnte Lars nicht richtig wahrnehmen. Sie schien von einem undurchdringlichen Schleier umgeben zu sein. Wie ein dunkler Vorhang, der sie vor seinem Blick abschirmte. Trotzdem wusste Lars, dass es dieselbe Person war, wie schon in seinen Träumen, die von der Verurteilung im Thronsaal handelten. Derselbe Herrscher, der in Lars‘ Träumen während der Pfählung so grauenerregend gelacht hatte. Der Mann winkte Gheorghe zu, wie um ihm eine Erlaubnis zu erteilen oder ihn zu etwas aufzufordern. Obwohl das Handzeichen eine banale Geste darstellte, lag eine ungeheure Macht und Eleganz darin. Der rote Ritter nickte nur knapp zur Antwort und trat dann auf das Schlachtfeld hinunter. Er legte die Hände fester um das große Schwert, das er trug. Es war ein Sattelbaumschwert mit ungewöhnlich breiter Klinge, welches sonst aber eher von schlicht wirkender Machart schien. Weder Verzierungen noch Edelmetalle waren darin eingearbeitet worden. Das Schwert existierte nur für einen einzigen Zweck: Um in die Schlacht geführt zu werden. Und diese Aufgabe erfüllte es meisterhaft. Gheorghe trat auf einen der Verwundeten zu. Der Soldat war in einem sehr schlechten Zustand, rollte sich mit letzter Kraft auf den Rücken, als er die schweren Schritte des roten Ritters auf sich zukommen spürte und sah zu ihm auf. Für einen kurzen Moment wich das Elend, der Schmerz und das entsetzliche Leid aus seinen Gesichtszügen und machte Erkennen Platz. Es folgte der Anflug von Hoffnung. Hoffnung nun von den eigenen Leuten gerettet und versorgt zu werden. Seine Mimik wandelte sich zu Verwirrung, als Gheorghe die Spitze seines Schwertes über dem Herz des Soldaten in Stellung brachte. Dann wurde aus der Verwirrung Todesangst und als der rote Ritter die Klinge mit einem Ruck in den Brustkorb des Verwundeten rammte, kehrte schließlich der Schmerz zurück auf sein Gesicht. Mit dem letzten Atemzug des Mannes entwichen sämtliche Gefühlsregungen aus seiner Mimik. Übrig blieb der leere Ausdruck eines Toten. Der rote Ritter zog sein Schwert aus dem Brustkorb des Soldaten und stapfte weiter über das Feld. Er wiederholte das Vorgehen bei den übrigen Überlebenden. Manche, die sich vor Schmerz eingerollt hatten, trat er dabei zunächst derb in die Seite, sodass er auch bei Ihnen auf den Brustkorb zielen konnte. Bei anderen hatte er weniger Geduld und schlug ihnen kurzerhand die Köpfe ab. So fuhr er fort, bis schließlich auch der letzte verwundete Kämpfer von seinem Leid erlöst war. Obwohl Lars den geheimnisvollen Herrscher, der den roten Ritter zu diesem Vorgehen aufgefordert hatte, noch immer nicht erkennen konnte, wusste er doch, dass dieser jeden einzelnen Todesstoß mit Zufriedenheit beobachtete und sein Lächeln dabei immer breiter wurde. Lars‘ Perspektive des Traumes änderte sich von einem Augenblick zum anderen. Er fand sich plötzlich selbst auf dem Schlachtfeld liegend wieder. Seine Beine gehorchten ihm nicht und so versuchte er sich mit den Armen über den Boden zu ziehen. Wohin wusste er nicht. Da hörte er hinter sich auf einmal die schweren Schritte des roten Ritters. Er drehte sich auf den Rücken und sah in das grimmig auf ihn herabblickende, von Blut und Dreck verschmierte Gesicht.

»Gheorghe«, flüsterte Lars schwach, als der rote Ritter sein mächtiges Schwert über seinem Herz in Stellung brachte. »Ich bin es«, beschwor Lars ihn noch einmal, »erinnerst du dich nicht an mich?« Dann stach Gheorghe mit einem einzigen Ruck zu und Lars versank in einem Meer aus Schmerz und Dunkelheit.

2

Verwirrt und zitternd schlug Lars die Augen auf. Er lag in vollkommene Dunkelheit getaucht im Inneren des Sarges. Er fühlte, dass es noch sehr früh war, wusste aber auch, dass er jetzt keinen Schlaf mehr finden würde, denn in dieser Nacht sollte die Blutprüfung stattfinden. Also öffnete er vorsichtig den Deckel des Sarges und kletterte noch vorsichtiger heraus. Er gab sich große Mühe das Holz dabei nicht zum Quietschen oder Knarzen zu bringen, sodass er Serine im benachbarten Sarg nicht wecken würde. In der Dunkelheit des Raumes, indem er sich mittlerweile auch buchstäblich blind orientieren konnte, tastete er sich lautlos zu Tür, öffnete sie und schloss sie hinter sich wieder mit Bedacht. Der Gemeinschaftsraum war leer. Lars setzte sich für einen Moment an den Tisch und dachte über seinen Traum nach. Er fragte sich, ob das, was er geträumt hatte, wirklich einmal geschehen war. Lange bevor sich der rote Ritter in seiner Gruft hatte einmauern lassen. Vielleicht war sein Traum eine weitere Form von Vision gewesen. Etwas, das ihn in die Zeit vor seiner Geburt zurücksehen ließ. Er nahm sich fest vor Gheorghe einmal darauf anzusprechen, aber dass er ihn im Traum genauso getötet hatte, wie all die anderen verwundeten Soldaten, würde er dabei lieber verschweigen. Der rote Ritter hatte die vergangenen Tage etwas Zeit mit Lars verbracht. Dabei war es ihm ein spezielles Anliegen gewesen, sich noch einmal für die Ehre zu bedanken, durch Lars' Mitwirken und ganz besonders sein Blut erweckt worden zu sein.

Außerdem hatte er Lars zur Anmeldung bei der Blutprüfung begleitet und anschließend von der alten Zeit erzählt. Bevor Gheorghe ein Krieger wurde und als »Der rote Ritter« bekannt geworden war, hatte er sein Leben mit dem Schmieden von Waffen und Rüstungsteilen zugebracht. Zu diesem Zeitpunkt wusste er natürlich schon von seiner vampirischen Natur und wie er sich daher richtig zu ernähren hatte, denn sonst hätte er die schwere körperliche Arbeit nicht bewerkstelligen können. Er erzählte Lars von seiner ganz eigenen und besonderen Technik, Schwerter zu schmieden. Gheorghe war zwar nicht zu sehr ins Detail gegangen, aber der Stolz auf seine damalige Arbeit war dennoch unüberhörbar. Seine Orientierung als Krieger begann mit dem Vormarsch des osmanischen Reiches in das Territorium der Walachei. Er erzählte Lars von der Schlacht von Rovin, in der er im Jahr 1394 (christlich-menschlicher Zeitrechnung) zum aller ersten Mal in dieser Form kämpfte. Damals war er ein einfacher Fußsoldat gewesen, der seine Heimat verteidigte. Doch seine Leistungen auf diesem und den folgenden Schlachtfeldern fielen auf, bis eines Tages der Drache selbst auf ihn aufmerksam wurde. Irgendwie war es Gheorghe gelungen, Lars‘ Fragen zu dem Drachen weitestgehend so zu beantworten, dass es ihm nicht möglich war, sich ein klares Bild von diesem mystischen Mann zu machen. Eines war ihm jedoch aufgefallen: Der rote Ritter empfand mehr als nur tiefen Respekt und Ehrfurcht vor diesem Herrscher. Er fürchtete ihn auch. Es war eine subtile Furcht. Etwas schwer greifbares und Lars suchte nicht danach, dem tiefer auf den Grund zu gehen. Etwas, dass ein Mann wie Gheorghe fürchtete, sollte man besser nicht weiter verfolgen.

Lars und der rote Ritter hatten sich auch zusammen in der Küche an einem frischen Opfer genährt. Wie schon bei seiner Erweckung hatte Gheorghes Art sich zu nähren etwas brutales, raubtierhaftes und durch und durch Ursprüngliches. Rücksichtslos riss er den Kopf des Mannes an dem sie sich nährten zur Seite und grub seine Zähne mit unnötig viel Gewalt tief in seine Halsschlagader. Lars bewunderte ihn für diese Art. Bisher war er selbst immer sehr darauf bedacht gewesen, möglichst heimlich und unauffällig vorzugehen. Sodass ein schlafendes Opfer nicht geweckt oder nahe Personen nicht alarmiert würden. Hier in den Hallen des Consilium Noctis war diese Vorgehensweise jedoch nicht notwendig. Und so nahm er sich an dem roten Ritter ein Beispiel und versuchte es ihm gleich zu tun, als er mit viel Schwung seine Reiszähne in das Fleisch ihres Opfers rammte. Dabei prellte er sich gehörig die Lippen, ließ sich aber nichts anmerken und löste sich auch erst wieder von dem Opfer, als der Schmerz vorbeigegangen war. Nachdem sie beide von ihrer Beute abgelassen hatten, packte Gheorghe den Kopf des Mannes mit beiden Händen und verdrehte ihn mit einem heftigen Ruck, sodass das Genick brach. Die Bewegungen des roten Ritters wirkten dabei überaus routiniert. Mit blutverschmiertem Gesicht und Bart lächelte er Lars zu, zuckte mit den Schultern und kommentierte nur:

»Er wäre sowieso gestorben. So ging es einfach nur etwas schneller.«

3

Lars stand von dem Tisch im Gemeinschaftsraum auf und verließ den Bereich, der für die Largaretta zugedacht war, um ein wenig zu spazieren. Sein Weg führte ihn durch die Halle der vielen Pfade und wieder einmal in die Küche. Wie immer waren einige Opfer an Stangen und Halterungen gefesselt. Es waren jedoch auch einige Angehörige des neutralen Ordens anwesend und prüften die

Qualität und die Lebenszeichen der Entführten. Jene, die sie als zu schlecht, oder als zu tot empfanden befreiten sie von ihren Ketten und wuchteten sie auf einen Karren. Damit würden sie, so wie es Pricilla erklärt hatte, in den Wald gefahren, sodass sich die Bäume an ihren Leichnamen nähren konnten. Lars fühlte sich nicht durstig. Was er fühlte war Nervosität. Die Blutprüfung machte ihm einige Sorgen. Es kümmerte ihn nicht, wenn er verlieren würde. Und das, da war er sich sicher, würde er ganz bestimmt. Es war eher die Art, wie er verlieren würde, die ihn sorgte. Und ob man davon herleiten könnte, dass er doch nicht über so mächtiges Blut verfügte, wie man bisher behauptet hatte. Oder ob man daran erkennen könnte, dass er irgendetwas auf ganz dumme Art und Weise falsch gemacht haben würde. Er versuchte die Gedanken daran zu verdrängen. Selbst wenn das alles so kommen sollte, Serine und der Rest der Familie würden ihn deswegen ganz bestimmt nicht gleich verstoßen. Alles was heute Schlimmes passieren könnte, wäre damit leicht zu ertragen.

Sein Weg führte ihn weiter in die Halle der Zusammenkunft. Dort erlebte er eine kleine Überraschung. Das Ritual der Blutprüfung wurde bereits vorbereitet. Man hatte das Rednerpult zur Seite verlagert und in der Mitte der Bühne einen kleinen Tisch platziert. Darauf stand der Kelch der Wiedergeburt. Es war kein prunkvoll verziertes Gefäß, sondern ein aus dunklem Material gefertigter, schlichter Pokal. Das Material wirkte wie Holz, doch Lars fühlte, dass es das nicht war. Es war etwas sehr viel Düstereres, doch er konnte nicht erfassen was genau. Um den Kelch herum standen vier Vampire des neutralen Ordens Wache. Sie alle trugen Schwerter und ihren Gesichtsausdrücken zu Folge, waren sie dazu bereit sie zu benutzen, wenn sich ein Unbefugter dem Kelch nähern würde.

»Weißt du wie es funktioniert?« Lars zuckte zusammen. Er hatte nicht bemerkt, dass jemand seitlich hinter ihn getreten war. Dann zuckte er noch einmal zusammen, als er die Person erkannte. Die Gestalt tat noch einen weiteren Schritt nach vorne und stand nun neben ihm. Es war Skyal Helsdottir, die Herrin des Clans aus dem Norden. Die große Vampirin lächelte verzeihend, um Lars doppelte Überraschung beiseite zu kehren.

»Entschuldigt bitte«, reagierte er schließlich und suchte verzweifelt nach der korrekten Anredeform. Bei all der Glorie, die von dieser Frau ausging und ihrer alles beherrschenden Aura rettete er sich intuitiv mit seiner Anrede in die zweite Person im Plural: »Was meint Ihr mit wie es funktioniert?« Die Herrscherin lächelte erneut. Wieder auf diese verzeihende Art:

»Es gibt keinen Grund, mich zu Ihrzen. Ich weiß von deiner Rolle in Gheorghes Wiedererweckung. Dein Blut ist mächtig und daher sehe ich dich, wenn auch nicht als gleichrangig, doch zumindest als ebenbürtig an. Mein Name ist Skyal und ich erlaube dir, mich damit anzusprechen.« Lars wusste nicht, welches Ausmaß diese Ehre hatte, denn es gab Mitglieder im Clan aus dem Norden, die Jahrhunderte darauf warteten ein solches Angebot von ihrer Herrscherin zu erhalten. Dennoch verstand er, dass diese Geste einen hohen Stellenwert hatte und er nickte dankend, als sie weitersprach und in Richtung des Kelches deutete:

»Ich rede von der Blutprüfung. Weißt du wie sie funktioniert?«

»Nicht genau«, gab Lars ehrlich zurück, »ich kenne den Ablauf, aber mehr weiß ich nicht.«

»Die Blutprüfung hat in meinem Haus einen besonderen Stellenwert. Daher habe ich die Gelehrten und die Skalden aufgefordert die alten Legenden zu durchforsten, um den Ursprung dieses

Rituals zu bestimmen. Es hat lange gedauert, bis sie fündig wurden, doch eine der Legenden erschien mir schlüssig. Möchtest du, dass ich dir davon erzähle?« Lars nickte neugierig und Skyal begann zu erklären: »Die Suche nach dem Ursprung des Rituals führte die Skalden zunächst auf die Spur der Entstehung unserer Gattung, die der Vampire.« Lars wurde auf einmal sehr hellhörig. Bisher war er in dem Glauben gestanden, dass die Vampire mehr oder weniger von den alten Göttern erschaffen wurden. So wie es die Großmutter in ihrem Teil der Geschichte der Largaretta angedeutet hatte. Wie er jetzt erfahren sollte, war das jedoch nur ein Teil der Wahrheit. Zumindest, wenn die Skalden aus dem Clan des Nordens mit ihrer Forschung Recht behalten würden.

»Es gibt zu unserer Entstehung die verschiedensten Legenden. Die meisten haben jedoch eines gemeinsam, nämlich, dass ein mächtiges Wesen, welches außerhalb unserer Welt – ja sogar außerhalb unserer Dimensionen – existiert geopfert wurde, sodass wir entstehen konnten. Ob sich dieses Wesen dem Ritual freiwillig unterzogen hat, ist je nach dem wer die Geschichte erzählt, unterschiedlich. Im Clan des Nordens glaubt man, dass es das durchaus freiwillig getan hat und dass es sich bei diesem Wesen um einen alten Gott handelte.« Lars' Neugierde war plötzlich so groß, dass er die Nervosität vor der heutigen Blutprüfung vollkommen vergessen hatte:

»Ein alter Gott?«, fragte er mit großen Augen.

»Ja«, bestätigte Skyal freundlich, »die Largaretta und mein Haus – wir teilen eine gewisse Nähe zu diesen besonderen Göttern. Sie sind Teil eines in Rivalität zueinanderstehenden Göttergeschlechts. Da sie sich gegenseitig nicht direkt bekämpfen konnten, nutzen sie andere Wesen, wie die Menschen zum Beispiel, um ihre Kriege auszutragen. Unter den Menschen gab es einige, die mit Gaben und Fähigkeiten belohnt wurden. Doch um einen vollkommenen Agenten zu erschaffen, reichte das Beschenken mit herkömmlichen Gaben nicht aus. Und so wurde einer der alten Götter geopfert, um die *dunklen Gaben* zu erschaffen. Die Fähigkeiten, die wir Vampire erhalten haben und durch die wir geworden sind, wie wir heute existieren: Unsterblich, mächtig und in vielerlei Hinsicht selbst göttergleich. Der Grund dafür ist, dass die dunklen Gaben buchstäblich einen Teil des geopferten alten Gottes darstellen. Jeder Vampir trägt also ein Fragment dieses Gottes in sich. Oder genauer: Er trägt es in seinem Blut. Dieser heilige Teil bindet sich untrennbar an unsere Seelen. Deshalb kann ein Vampir einem anderen Vampir auch nicht seine Fähigkeiten, oder seine Macht stehlen, nur indem er dessen Blut trinkt. Umgekehrt aber kann ein Vampir durchaus sein Blut, seine dunkle Gabe, benutzen um einen anderen Vampir zu stärken. Genauso wie du es getan hast, als du den roten Ritter erwecktest.«

»Woher weißt du eigentlich davon?«, wollte Lars wissen und Skyal lächelte amüsiert, wobei man ihre spitzen Eckzähne sehen konnte:

»Pricilla hat es mir erzählt und sie weiß es von deiner lieben Großmutter«, dann setzte Skyal ihre Erklärung fort, »Wenn ein Vampir einen anderen Vampir nährt, bleibt das Fragment des geopferten Gottes jedoch erhalten. Es kann nicht übertragen werden. Während die dunklen Gaben die Fragmente der Seele des geopferten Gottes darstellen, so sind die Kelche der Wiedergeburt den Legenden nach aus seinen körperlichen Überresten geformt worden. Deshalb liegt eine so ungeheure Macht in ihnen und deshalb können sie auch genutzt werden, um mit sonst sehr einfachen Mitteln Vampire zu erwecken, die seit Jahrhunderten geschlafen haben. Und auf diese Weise funktioniert auch die Blutprüfung: Der Kelch bewahrt den winzigen Splitter des göttlichen Fragments, welches sich in dem Blut befindet, das hineingegeben wird. Wenn nun das übrige Fragment in unseren Seelen danach ruft, dann will der abgetrennte Teil zurückkehren. Da sich der Kelch aber nur in eine Richtung bewegen kann, wird er dorthin gehen wo der Ruf am stärksten ist: Zu dem Vampir mit dem mächtigsten Blut. Und wenn dieser Vampir schließlich den Pfad des Bluturteils beschreitet, so ist das Ergebnis buchstäblich göttlicher Natur.« Lars fand, dass das alles sehr schlüssig klang. Ob es aber so stimmte und ob wirklich einer der alten Götter geopfert werden musste, sodass die Vampire entstehen konnten… davon war er noch nicht vollständig überzeugt. Er würde einige Zeit darüber nachdenken und auch mit Serine und der Großmutter darüber reden müssen, bevor er zu einer abschließenden Antwort für sich kommen konnte. Trotzdem fühlte er sich geehrt, dass die Herrin des Clans aus dem Norden ihm all dieses Wissen weitergegeben hatte, also sagte er:

»Danke, dass du mir das alles erzählt hast. Ich finde auch, dass die Gelehrten aus deinem Haus sehr glaubwürdige Legenden zusammengetragen haben.« Skyal sah ihn kurz nachdenklich an und antwortete dann:

»Ich fühle, dass du noch Zweifel an den Legenden hast, aber das ist in Ordnung. Du musst die Wahrheit darin für dich selbst erkennen«, sie unterbrach sich kurz und beendete damit das Thema, bevor sie fortfuhr:

»Wie dem auch sei. Es wird mir eine Ehre sein mein Blut mit dem deinen zu messen. Unser Duell wird glorreich werden.« Und damit nickte sie Lars zum Abschied zu. Dieser erwiderte die Geste und zeigte auch, dass er es ebenfalls als Ehre ansah sein Blut mit dem ihren zu messen. Erst als Skyal verschwunden war, fiel ihm auf, welchen Wortlaut sie verwendet hatte: »Unser Duell« Seltsam, dachte Lars, es würde doch gar kein Duell werden, da doch ganz viele andere Vampire auch an dem Ritual teilnahmen.

4

Später am noch immer frühen Abend, begegnete er Serine in der Halle der vielen Pfade. Sie beschlossen sich zusammen in der Küche zu nähren und anschließend etwas im Wald spazieren zu gehen. Dort trafen sie auf Auri und Valdim und Lars erzählte ihnen beiden, was er von Skyal erfahren hatte. Dabei ließ er kein Detail aus. Valdim nickte bestätigend und erklärte, dass der Clan aus dem Norden schon seit mehreren Jahrhunderten diese Legenden in ihre Kultur eingearbeitet hatte. Er selbst hätte sie ebenfalls als wahr akzeptiert. Außerdem bemerkte er, dass es wirklich eine außerordentliche Ehre gewesen sei, dass Skyal Helsdottir in dieser Art auf Lars zugetreten sei. Serine dagegen wirkte eher nachdenklich. Ihr schien es genau wie Lars zu ergehen. Auf der einen Seite waren die Legenden schlüssig, doch um sie vollends zu überzeugen brauchte es noch etwas mehr.

»Wusstet ihr«, begann Valdim nach ein paar Momenten der Stille, »dass die Herrin des Clans aus dem Norden manchmal nackt auf die Jagd geht?«

»Nackt?«, fragten Serine und Lars verwundert.

»Ja«, bestätigte Valdim, »Splitterfaser-nackt. Sie sagt, es würde sie mehr mit der Natur – also ihrer eigenen und der um sie herum – verbinden und dass es für sie wohl etwas sehr Ursprüngliches hätte.« Er grinste und fügte dann hinzu: »Klar, wenn man an sie in all ihrer Herrlichkeit denkt, ist das ein sehr aufreizendes Bild. Aber stellt euch nur mal vor, ich würde so etwas machen.« Sie lachten über die Vorstellung. Lars konnte diese Praktik der Herrin des Clans aus dem Norden nicht verstehen. Er würde sich dabei wahrscheinlich einfach nur unwohl fühlen. Doch als sein Blick zufällig den von Serine traf, da sah er darin, dass sie diese

Eigenheit der glorreichen Herrscherin deutlich besser nachempfinden konnte. Sie spazierten noch etwas in dem Wald umher, hingen ihren Gedanken nach und machten sich dann wieder auf den Weg zurück in die Gewölbe des Consilium. Kurs bevor sie es erreicht hatten, flüsterte Serine wie zu sich selbst:

»Ob man einen Kelch der Wiedergeburt wohl nutzen könnte, um die Macht des Blutes von einem auf einen anderen Vampir zu übertragen?« Noch bevor Lars oder Valdim den Gedanken aufgreifen konnten, hatten sie die Pforten zu den Gewölben durchschritten. Dort trafen sie auf den Rest der Familie, welcher ebenfalls einen Spaziergang im Wald anstrebte. Sie begrüßten einander, lachten über den Zufall ihres Treffens und sicherten sich gegenseitig zu, dass sie später bei der Blutprüfung alle anwesend sein würden. Als sich die beiden Gruppen wieder voneinander trennten hatten Lars und Valdim das Kommentar von Serine schon wieder vergessen. Nur die Vampirin selbst dachte noch immer daran.

5

Der übrige Abend verging überraschend schnell. Serine verstand sich darauf Lars von seinen Zweifeln und Gedanken abzulenken und so fand er sich plötzlich umgeben von seiner Familie, zurück in der Halle der Zusammenkunft. Auch die übrigen Häuser und Clans hatten sich bereits versammelt. Auf der Bühne waren weitere Vorbereitungen durchgeführt worden. Man hatte für die Teilnehmer der Blutprüfung Stühle aufgestellt, die so angeordnet waren, dass sie einen Halbkreis um den Kelch herum bildeten, welcher zur Seite der Sitzreihen hin geöffnet war. Zu Lars‘ Überraschung waren es nur dreiundzwanzig Stühle. Er hatte deutlich mehr Teilnehmer erwartet, da doch jedes Haus so viele Wettstreiter stellen konnte, wie es wollte. Außerdem fiel Lars auf, dass bei den aufgestellten Stühlen an den unteren Teilen der Sitzlehne eiserne Schellen angebracht waren. Bevor er weiter darüber nachdenken konnte, weshalb man sich für diese Zusätze an den Stühlen entschieden hatte, betrat der Neutrale die Bühne. Es war derselbe Vampir, wie in den Nächten zuvor. Ohne Umschweife begann er seine Moderation:

»Meine sehr verehrten Damen und Herren. Wir alle wissen zu welchem Zweck wir uns heute hier versammelt haben. Heute findet das denkwürdigste Ereignis statt, dass seit einer sehr langen Zeit in den Behausungen des Consilium veranstaltet wurde. Nach der heutigen Nacht wird es keinen Zweifel mehr darangeben, wessen Blut das mit der größten Macht ist. Die Verantwortung jenes Vampirs, der dieses Blut führt, lastet schwer, denn er oder sie wird die Frage danach beantworten, wie mit der Herde verfahren werden soll.« Er unterbrach seine Rede und lies seinen Blick auf die für ihn so typische Weise prüfend durch den Raum gleiten. Als er nichts sah, das er hätte adressieren müssen, setzte er noch einmal an: »Darf ich nun die Teilnehmer nach vorne bitten?« Und damit begann er sie einzeln aufzuzählen. Lars wurde nun doch ziemlich nervös und griff nach Serines Hand, wie um sich festzuhalten. Die Vampirin fühlte – so wie sie es immer tat – was in Lars vor sich ging. Sie umfasste seine Hand, begab sich zu ihm hinab in die Hocke und legte auch noch ihre übrige Hand auf die seine. Dann sah sie ihn an und flüsterte mit sehr ernstem Ausdruck in der Stimme:

»Du wirst das gut machen. Du hast schon schwierigere Herausforderungen geschafft. Und ich werde hier immer in deiner Nähe sein.« Er bedankte sich mit einem Kopfnicken und wollte auch noch etwas sagen, aber da fiel auch schon sein Name:

»Laaz von Largaretta!«, rief der Neutrale aus. Lars verabschiedete sich mit einem letzten Blick von Serine und trat auf die Bühne hinauf. Man bat ihn zu dem Kelch hin, wo ein weiterer Neutraler seine Hand entgegennahm. Er ritze Lars mit einem sehr edel wirkenden Messer in den Zeigefinger, hielt seine Hand über den Kelch und drückte so, dass sich ein Tropfen seines Blutes vom Finger löste. Noch bevor dieser Tropfen den Kelch erreicht hatte, war die Wunde wieder geschlossen. Seltsam, dachte Lars, es hatte gar nicht weh getan und die Heilung war auch deutlich schneller geschehen als sonst. Bevor er sich weiter darüber wundern konnte, wies man ihm auch schon einen eigens für ihn ausgewählten Platz zu. Auf dem Weg zu seinem Stuhl sah er, dass Skyal Helsdottir bereits anwesend war. Sie saß auf einem Platz, den er passieren musste, um den ihm zugewiesenen zu erreichen. Ihre Handgelenke waren von den eisernen Schellen umschlossen, sodass sie sich nicht bewegen, oder von dem Stuhl hätte aufstehen können. Trotzdem wirkte sie in keiner Weise, als wäre ihr unbehaglich dabei. Sie saß da und es schien als sei das für sie eine bequeme oder zumindest eine gewohnte Position. Dazu kam auch noch, dass sie Lars zulächelte, als er an ihr vorbeiging. Es war ein irgendwie verschmitztes und ganz leicht herausforderndes Lächeln. Lars erwiderte die Geste, allerdings eher unsicher und vorsichtig. Dann hatte er seinen Stuhl erreicht und der Neutrale schloss nun auch die eisernen Schellen um seine Handgelenke. Er fühlte sich nicht wohl dabei, so angeschnallt zu sein. Sein Blick suchte den Serines, die beim Rest der Familie und dem roten Ritter in den Reihen der Zuschauer geblieben war. Sie in seiner Nähe zu wissen und auch sehen zu können beruhigte ihn etwas und es gelang ihm sogar sich ein wenig zu entspannen. Von Gheorghe wusste er, dass er nicht an der Blutprüfung teilnehmen würde. Als der Krieger Lars zu seiner Anmeldung bei dem Ritual begleitet hatte, hatte er ihm erklärt, dass es für ihn keinen Sinn ergeben würde anzutreten. Er hätte bei seiner Erweckung klar erfahren, wozu Lars‘ Blut in der Lage war und daher sei es auch keine Schande zuzugeben, dass sein eigenes Blut dem seinen unterlegen sein musste. Lars war von dieser Erkenntnis zwar nicht überzeugt, aber er wollte dem Krieger auch nicht widersprechen. Die Tatsache aber, dass der rote Ritter eine so hohe Meinung über ihn und sein Blut vertrat, gab ihm weiter Mut und so langsam fühlte sich Lars der Aufgabe – der Blutprüfung – auch gewachsen. Als schließlich Synelle, als einer der Letzten vortrat um sich dem Ritual zu stellen, empfand er es so, als würde er Rückendeckung erhalten und sein Kampfgeist erwachte zu voller Blüte. Synelle trug zum Anlass dieses alten und ehrwürdigen Wettkampfes ihr Lieblingskleid. Das, welches an die Mischung aus Feenkostüm und Ballerina erinnerte. Als der Neutrale ihren Finger ritzte, brach sie spontan, in ein so überzeugend dargestelltes Schauspiel eines völlig übertriebenen Schmerzes aus, dass ihr vermeintlicher Peiniger erschrocken zusammenzuckte. Einen Moment später war ihr Spiel ebenso spontan wieder beendet. Sie ignorierte die Anweisung des armen Neutralen, welcher sie zu dem für sie vorgesehen Platz verwies und steuerte, so als wäre nie etwas gewesen, anstelle dessen direkt auf den noch freien Stuhl neben Lars zu. Mit Resignation im Gesicht schloss der Neutrale die eisernen Schellen um ihre Handgelenke und kehrte Kopfschüttelnd zum Kelch zurück.

»Verflixt!«, fluchte sie einen Augenblick später und es klang wirklich ernst.

»Was ist?«, fragte Lars alarmiert und drehte sich, so gut es in dem fest geschnallten Zustand ging, zu ihr.

»Ich habe vergessen deine Nase zu klauen, als ich an dir vorbei gegangen bin«, gab sie bekümmert zurück, »die Gelegenheit wäre perfekt gewesen!« Lars wollte laut loslachen, doch als er sah, dass sie bereits von allen angestarrt wurden, riss er sich zusammen und rettete sich in ein Grinsen. Die Leichtigkeit mit der Synelle selbst die ernstesten aller Situationen nahm, war ansteckend. So fühlte Lars nicht nur seinen Kampfgeist geweckt, sondern empfand obendrein sogar eine gewisse Entspannung und Leichtigkeit. Egal was kommen mochte. Synelle war hier, Serine und auch der Rest der Familie achteten auf sie und befanden sich auch nicht weit entfernt. Alles andere würde auf die eine oder andere Art schon geschehen. Der moderierende Neutrale trat, nachdem auch der letzte Teilnehmer an seinen Platz geschnallt war, erneut an das Rednerpult:

»Das Ritual wird nun in Kürze beginnen. Die zusammengekommenen Zuschauer bitte ich während der Durchführung um Ruhe. Ein Vertreter meines Ordens wird die Beschwörungsformel rezitieren und im Anschluss ist es die Aufgabe der Teilnehmer sich auf den Kelch zu konzentrieren. Dieser wird schließlich zu schweben beginnen und sollte sich dann auf jenen Vampir unter ihnen zubewegen, dessen Blut und Konzentration die mächtigsten sind.« Es folgte ein letzter prüfender Blick in Richtung der Teilnehmer, ein Nicken zu seinem Ordensangehörigen und schließlich die Verkündung: »Nun lasst uns beginnen.« Lars warf nun erstmals einen genaueren Blick auf die übrigen Teilnehmer der Blutprüfung, während der benannte Vertreter der Neutralen auf die Bühne trat. Neben Synelle und der Herrin Skjal erkannte er nur noch Mortimer aus dem Bluthaus von Ankh. Ihm fiel auf, dass vom Stamm aus der Wüste – dem sogenannten Haus der Toten – kein Vertreter anwesend war. Dafür aber waren gleich drei Wettstreiter der Gilde der Freien an die Stühle der Teilnehmer geschnallt. Außerdem sah er eine der Schönheiten aus dem edlen Haus von Laal. Die übrigen fünfzehn Vampire konnte Lars keinem der Clans zuordnen. Der Neutrale hatte den Kelch der Wiedergeburt endlich erreicht. Das ohnehin schon schwache Licht wurde noch weiter gedämpft, sodass nur noch der Kelch selbst erhellt schien und der Ordensangehörige begann die Beschwörungsformel. Lars konnte die Worte nicht verstehen. Sie schienen derselben Sprache zu entspringen, welche auch die Großmutter verwendete, als sie den roten Ritter erweckt hatten. Noch bevor er Enttäuschung darüber empfinden konnte, dass er die Beschwörungsformel nicht verstehen würde, hörte er plötzlich eine Stimme, die aus den Schatten hinter ihm zu entspringen schien. Es war eine Stimme, die nur er hören konnte, die er bereits kannte und deren Urheberin der Grund war, warum er an diesen Stuhl geschnallt an der Blutprüfung teilnahm. Rosamundes unheimliches, krächzendes Flüstern übersetzte die Worte des Neutralen. Wie immer lag ein subtiler, bedrohlicher Unterton in ihren Silben und mit jedem vollendeten Satz schien sie einem tiefen, Ur-bösen Verlangen zu widerstehen zuschnappen zu wollen:

»Tief in seinen Adern. Tief in seinem Tal.
Da liegt ein Schatten. Entsprungen aus unserer Qual.
Mächtiger Schatten. Komm und zeige an.
Wer von uns ist würdig, dass er dich empfangen kann?«

So wie der Neutrale, wiederholte auch Rosamunde die Verse drei Mal. Dann entfernte sich der Vampir von dem Kelch und das Ritual begann.

6

Lars lenkte seinen Fokus auf den Kelch. Gleichzeitig versuchte er die übrigen Teilnehmer zu beobachten. Sie alle starrten auf das

Relikt und dann löste sich der Kelch von dem Tisch und begann in die Höhe zu schweben. Dort verharrte das Gefäß für einen Moment. Lars sah wie es ganz leicht schwankte, dann bewegte es sich langsam in die Richtung eines asiatisch aussehenden Vampirs. Aus den Augenwinkeln bemerkte er wie Skjal lächelte. Er betrachtete sie ganz kurz genauer und erkannte, dass es ein wissendes Lächeln war. Ihre vorangegangenen Erfahrungen mit Blutprüfungen schienen ihr jetzt einen Vorteil zu verschaffen. Lars richtete seinen Blick wieder auf den Kelch, welcher sich immer noch langsam in Richtung des Asiaten bewegte. Dann, als Lars seine Bemühungen verstärkte, den Fokus auf das Gefäß zu lenken stoppte es. Es hing einfach in der Luft, hielt inne und plötzlich schien eine dunkle Schattenwelle von ihm auszugehen. Eine Schattenwelle, die nur Lars wahrnehmen konnte und die auch nur für ihn bestimmt war. Der Kelch drehte sich in der Luft. Obwohl alle seine Seiten weitestgehend gleich aussahen, fühlte Lars, dass sich der Kelch ihm zuwandte. Hätte das Relikt ein Gesicht gehabt, es hätte Lars nun direkt in die Augen gesehen. Ganz langsam bewegte es sich in seine Richtung. Doch er fühlte, dass da ein Widerstand war. Etwas, das den Kelch von ihm wegziehen wollte. Es war der Wille des asiatischen Vampirs, der ihn zurückhielt. Doch als Lars an dem Kelch vorbeischielte, bemerkte er, dass der Asiate zu zittern begonnen hatte. Es strengte ihn körperlich an. So sehr versuchte er sich auf den Kelch zu konzentrieren. Als das Relikt sich langsam weiter auf Lars zubewegte und die von ihm ausgehenden Schatten irgendwie lauter, dröhnender zu werden schienen, da steigerte sich das Zittern des Mannes noch weiter. Seine Augen verdrehten sich und seine Nase begann zu bluten. Er zitterte immer stärker, keuchte und brach dann schließlich in sich zusammen. Anstelle davon aber, dass sich der Kelch, jetzt losgelöst von dem mentalen Griff des Asiaten, schneller auf Lars zubewegt hätte, hielt das Gefäß wieder inne. Eine weitere Macht griff danach und versuchte es zu sich zu ziehen. Neugierig und gleichsam vorsichtig lockerte Lars seinen eigenen Griff, um zu sehen was geschah. Er fühlte, dass sich sein Geist dabei entspannte. Je mehr er lockerließ, umso langsamer wurde der Kelch. Bis er schließlich wieder zum Stehen gekommen war. Lars fühlte die Verbindung zu dem Kelch noch immer, auch wenn die Schatten jetzt wieder deutlich leiser geworden waren. Dieses Mal bewegte sich das Relikt auf ein Mitglied der Gilde der Freien zu. Kurz bevor es ihn erreichte, griff eine weitere Macht nach dem Kelch. Lars fühlte, dass es Skjal war, die endlich ihren Geist entfesselte. Die Herrin des Clans aus dem Norden griff mit solcher Kraft nach dem Kelch, dass dieser keine Zeit hatte sich, wie bei Lars Herangehensweise, zu ihr umzudrehen. Sie kontrollierte das Gefäß, riss es mit klarer Überlegenheit von dem anderen Vampir hinfort, sodass dieser samt Stuhl nach vorne geschoben wurde. Gleichzeitig verlor er sämtlichen Halt zu dem Kelch, erbrach einen Schwall Blut und sank dann, so wie schon der Asiate vor ihm, bewusstlos in sich zusammen. Nach diesem initialen Ruck verharrte der Kelch und Lars spürte, wie der nächste Teilnehmer der Blutprüfung danach griff. Es war wieder ein Mitglied der Gilde der Freien und so wie Lars zuvor löste nun auch Skjal ihren mentalen Griff um den Kelch. Stattdessen fand Mortimer in den Wettstreit und so hart der Griff der Herrin Helsdottirs gewesen war, so bösartig schien die Umarmung des Vertreters aus dem Bluthauses von Ankh zu sein. Und es war eine Umarmung. Wie ein finsterer Schatten, der einen Bereich auszukühlen vermochte, legte sich Mortimers Aura um den Kelch. Er zog das Relikt in seine Richtung und gleichzeitig griff eine unheimliche Kälte nach den anderen Teilnehmern. Selbst Lars, der seinen Griff deutlich gelockert hatte, fühlte die Feindseligkeit und die Boshaftigkeit in Mortimers Vorgehen. Der direkte Konkurrent aus der Gilde der Freien erlebte weit schwerere Auswirkungen. Er wurde von Schüttelkrämpfen gepackt, die so stark waren, dass der Stuhl an den er geschnallt war, bedrohlich zu wackeln begann. Blut rann ihm sowohl aus der Nase, als auch aus seinen sich verdrehenden Augen. Das Schauspiel wurde schlimmer und schlimmer, bis der Stuhl tatsächlich kippte und der Vampir bewusstlos auf dem Boden landete. Lars fragte sich, warum er und die anderen Teilnehmer nicht losgelassen hatten, als sie merkten, dass sie den Kampf nicht gewinnen konnten. Er fürchtete sich davor, dass auf ihn ein ähnliches Schicksal warten würde, wenn der Wettstreit weiter voranschritt. Rosamundes verschlagenes Flüstern, das ihm eine Antwort auf seine unausgesprochene Frage gab, schürte diese Furcht weiter an:

»Weil sie es nicht können. Ihr Blut ist an den Kelch gebunden, solange das Ritual andauert. Genau wie deines!« Das war neu, dachte Lars etwas hysterisch. Warum hatte ihm das vorher niemand gesagt? Das war, fand er, durchaus eine nennenswerte Information. Eine Information, die seine Entscheidung sehr wohl hätte beeinflussen können. Vorsichtig versuchte er Rosamundes Erklärung zu überprüfen und wollte seinen ohnehin schon schwachen Griff um den Kelch etwas weiter lösen. Er konnte es nicht. Rosamunde hatte wieder einmal nicht gelogen. Während sich zwei ihm unbekannte Vampire duellierten, versuchte er sich panisch eine Strategie zu überlegen. Er entschied sehr schnell, dass er nur um den Kelch kämpfen würde, wenn er es musste. Also nur dann, wenn niemand sonst verhinderte, dass der Kelch an einen der anderen Teilnehmer ging. Es dauerte nicht lange, da verstieß er gegen sein Vorhaben. Synelle, die die ganze Zeit über ziellos in der Luft umhergesehen hatte, so als ob sie eine unsichtbare Fliege verfolgte, wurde von der Schönheit aus dem edlen Hause von Laal herausgefordert. Synelle leistete – weiterhin abgelenkt von der unsichtbaren Fliege – nur wenig Widerstand, doch ihr Körper wurde dennoch erheblichen Krämpfen ausgesetzt. Kurz bevor sie das Bewusstsein verlor, schien sie erst zu begreifen, was eigentlich geschah und sie gab ein leises, irgendwie verloren klingendes »Oh« von sich. Dann hing sie leblos in ihrem Stuhl und das Blut, welches nun auch aus ihrer Nase lief, besudelte ihr schönstes Feenkostüm. Was Lars endgültig aus seiner passiven Haltung herausriss, war das Lächeln von Synells Gegnerin. Ein Außenstehender hätte es vielleicht anders beurteilt, aber für Lars wirkte es selbstherrlich und schadenfroh. Sein Blick traf den ihren und ihr Gesichtsausdruck wurde augenblicklich wieder ernst. Ihre Schönheit, ihr Charme und ihr Intellekt würden sie nicht davor bewahren können, was nun auf sie zukam. Lars Griff um den Kelch wurde mit einem Mal stärker. Er fühlte, wie die noch übrigen Teilnehmer ihren Halt lockerten, sodass seine Herausforderung nicht gestört wurde. Nur die Vampirin aus dem edlen Haus von Laal verstärkte nun ebenfalls ihren Griff. Lars fühlte, dass ihre Macht der seinen nicht gewachsen war. Im Gegensatz zu seinem ersten Duell war er sich jetzt ganz sicher, mit dem was er tat. Niemand fügte Mitgliedern seiner Familie ungestraft Leid zu. Egal ob man an einem altehrwürdigen Ritual teilnahm oder nicht. Die Aura um den Kelch wurde zusehends kälter. Wieder dröhnten die Schatten um ihn. Es wurde so kalt, dass ein physisch existierender Reif das Relikt umzog. Auch an der Stelle, über der der Kelch schwebte, entstand Frost. Dieser breitete sich in die Richtung von Lars Gegnerin aus, welche hoffnungslos versuchte ihren Halt um den Kelch zu festigen. Als der Frost ihre Füße erreicht hatte, begann ihre Nase zu bluten. Wenig später zitterte ihr Körper und in ihrem Gesicht konnte man lesen, dass sie wusste, wie das Duell ausgehen würde. Aus dem Zittern wurden unkontrollierte Krämpfe, der Frost kletterte an ihrem Körper empor und das Bluten aus der Nase wurde immer schlimmer. Lars fühlte, wie eine Träne aus seinem linken Auge trat und über seine Wange lief. Sie hinterließ eine rote Spur. Einen Moment später erbrach seine Gegnerin einen gewaltigen Blutstrom in ihren Schoß. Kurz bevor sie endgültig die Bewusstlosigkeit umfing, wurde sie von einem harten Schlag getroffen, der sie samt Stuhl fünf bis sechs Meter weit nach hinten in die Dunkelheit schleuderte. Niemand, absolut niemand würde einem Mitglied der Largaretta ungestraft Schaden zufügen, solange Lars in die Geschehnisse eingreifen konnte.

Es dauerte etwas länger als bisher, bis sich die nächsten Duellanten fanden. Sowohl Mortimer, als auch Skjal behaupteten sich ein weiteres Mal in dem Wettstreit. Lars verlor etwas den Überblick und dann waren plötzlich nur noch sie drei übrig. Skjal, Mortimer und er. Lars fühlte wie die Herrin Helsdottir den Vertreter des Bluthauses herausforderte. Letzterer akzeptierte mit noch finsterer Miene als bisher. Seine dunkle Aura breitete sich rasend schnell aus und griff nach Skjal. Mehr noch: Es war, als trat aus dem Schatten ein Arm hervor, der nach ihrem Hals griff. Wie die Klaue eines Dämons schlossen sich die Finger der Schatten um Skjals Luftröhre und drückten erbarmungslos zu. Deutlich in die Defensive gedrängt, japste die Herrin des Clans aus dem Norden nach Luft. Ihre Nase begann zu bluten und auch aus ihrem rechten Mundwinkel trat Blut hervor. Mortimers Blick wurde immer gnadenloser. Es schien offensichtlich, wer nur allzu bald Lars‘ Gegner sein würde und dementsprechend war Mortimer auch siegessicher. Bis: Plötzlich entspannten sich Skjals Gesichtszüge, sie rang nicht länger nach Luft und ein dünnes, furchtbar böses und wissendes Lächeln entstand, wo sie vorher Verzweiflung vorgetäuscht hatte. Ihre Augen wurden hart, ihr Muskulatur spannte sich und mit einem Mal wich die finstere Aura von ihr. So, als würde sie vor ihr fliehen. Die Aura wurde zurückgedrängt, bis sie den Kelch erreicht hatte. Dort verharrte sie kurz und setzte ihren Rückzug schließlich weiter fort. Mortimers Gesicht wurde kreidebleich. Es war klar, dass seine Macht nicht ausreichen würde. Wie ein Schutzmantel legte sich das Böse um seine Präsenz, doch Skjal kannte keine Gnade. Ihre Macht hieb nach ihm. Wieder und wieder trafen ihre Schläge, bis sein Schutzmantel schließlich brach. Zuerst begann das Blut aus seinem linken Nasenloch zu laufen. Dann folgte das rechte Nasenloch und kurz darauf bluteten auch seine Augen. Seltsam war jedoch, dass sein Körper ganz ruhig blieb. Auch sein Gesicht verlor jegliche Regung. Und dann war es vorbei. Skjals Schläge endeten. Mortimers Griff um den Kelch erlosch und der Vampir saß einfach nur reglos da und starrte das Relikt an. Wäre er ein Mensch gewesen, hätte der Eindruck entstehen können, er wäre tot.

7

Es kehrte eine Ruhe in der Halle der Zusammenkunft ein, wie sie Lars noch nie zuvor vernommen hatte. Nicht nur hier an diesem Ort, sondern in seinem ganzen Leben. Als Vampir und auch zuvor hatte er nie eine Stille wahrgenommen, die so sehr von Spannung durchzogen war. Er und die Herrin des Clans aus dem Norden waren die letzten Teilnehmer der Blutprüfung, die noch übrig waren. Um sie herum lagen einundzwanzig bewusstlose Vampire, deren Gesichter ausnahmslos vom eigenen Blut überströmt waren. Selbst ihre Kleider waren teilweise mit roten, dunklen Flecken bedeckt und so entstand ein Bild, welches nur mit dem Ausdruck »Horror« beschrieben werden kann. Auch Lars und Skjals Gesichter waren blutig. Man sah ihnen die Anstrengungen der Prüfung an. Dennoch lächelte die Herrin aus dem Norden plötzlich. Alles schien sich genauso gefügt zu haben, wie sie es erwartet und gewollt hatte. »Unser Duell wird glorreiche sein«, halten ihre Worte durch Lars Erinnerung. Glorreich, dachte er noch einmal und festigte seinen Fokus auf den Kelch. Auch Skjals Griff um das Relikt gewann an Stärke. Der Kelch zitterte zwischen den beiden Mächten. Ihre Blicke trafen sich und sie gaben sich gegenseitig zu verstehen, dass sie nun für das Duell bereit waren. Eine Sekunde später traf Lars der erste Schlag. Der Schlag kam mit einer solchen Wucht, dass er wortwörtlich für einen Moment Sterne sah. Sein Griff um den Kelch lockerte sich ebenso kurz und das Relikt bewegte sich in Richtung der Herrin Helsdottir. Als Lars die Taubheit abschüttelte, fand er gerade Zeit genug, um einen Mantel aus Schatten um sich zu ziehen. Letzterer bewahrte ihn zwar nicht vor dem zweiten Hieb, doch er nahm ihm zumindest so viel Wucht, dass er nicht wieder Sterne sah. Es folgte ein dritter Schlag, mit ähnlicher Wucht wie der Zweite. Lars fühlte, wie ihm Blut aus dem linken Nasenloch lief. So hatte es auch bei Mortimer angefangen, dachte er und versuchte seinen Schattenmantel zu stärken, während er gleichzeitig den Fokus auf den Kelch richtete. Wieder traf ihn ein Schlag und er fühlte, wie sein Körper zur Seite geschleudert worden wäre, hätten ihn die eisernen Schnallen nicht an den Stuhl gebunden. Der Kelch bewegte sich noch ein kleines Stück weiter auf die Herrin des Clans aus dem Norden zu. Lars fühlte, wie er all seine Kräfte sammeln musste, nur um bei Bewusstsein zu bleiben. Seine Nase blutete immer heftiger. Er fand in diesen Kampf keinen Halt und konnte die Initiative nicht ergreifen. Alles was er tun konnte war die Schläge einzustecken. Es war ein fürchterliches Gefühl, Skjal so ausgeliefert zu sein. Er erinnerte sich an seine Zeit bei den Menschen und wie es ihm dort genauso ergangen war: Als ihn seine Mitschüler verprügelten und er nichts hatte tun können, als zu warten, bis es vorbeigehen würde. Hoffnungslos unterlegen, hielt er sich mit der Kraft der Verzweiflung an dem Kelch fest und verhinderte so, dass er weiter auf Skjal zu schweben konnte. Wieder traf ihn ein Schlag und wieder benebelte er kurz seine Sinne. Dunkelheit auf allen Ebenen griff nach ihm, doch noch hielt er ihr Stand. Die Bilder seiner schwächlichen Existenz unter den Menschen nahmen weiter an Gestalt zu. Er erinnerte sich daran, wie er sich nachts in den Schlaf geweint hatte und dann… dann hörte er sie:

»Twinkle twinkle little star, how I wonder what you are…« Es war Serine! Wie damals, war sie auch jetzt hier. In seinem Geist, in der Anderswelt. Sie war da und sie griff nach ihm. Sie gab ihm Rückhalt und das Gefühl von ewiger Sicherheit. Langsam öffnete Lars die Augen. In seinem Gesicht lag ein böser, grimmiger Trotz. So leicht würde er Skjal nicht den Sieg überlassen. Dies war das erste Mal, dass er in ihrem Gesicht so etwas wie Verunsicherung lesen konnte. Die Vampirin, war sich ihrem Triumpf schon sicher gewesen, doch Lars Blick alleine schien sie zurückweichen zu lassen. Dennoch holte sie zu einem weiteren Schlag aus, doch dieses Mal nutzen Lars seinen Schattenumhang aktiv, um ihn abzufangen. Auch dieser Schlag traf, doch mit nur noch deutlich abgeschwächter Wucht. Endlich fand Lars eine Möglichkeit um Skjals Initiative zu stoppen. Er sammelte dieselbe Dunkelheit, die noch vor wenigen Momenten gedroht hatte ihn zu verschlucken und richtete sie gegen die Herrin Helsdottir. Der Effekt hätte kaum verheerender sein können. Wie eine gigantische Geisterfaust krachte die Dunkelheit auf sie hernieder. Sie durchflutete ihren gesamten Körper und riss ihren Kopf nach unten. Als sie den Kopf unter sichtbarer Anstrengung wieder hob, erkannte Lars, dass es

nun sie war, die sich verzweifelt an dem Kelch zu halten versuchte. Letzterer war ein gutes Stück auf ihn zugekommen, verharrte dann aber wieder, als Skjals Blick sich erneut verhärtete. Ihr Gesicht war nun vollkommen blutverschmiert, doch Lars gönnte ihr keine Pause. Er hatte erlebt, wozu sie in der Lage war, wenn sie erst einmal die Oberhand erhalten hatte. Noch einmal beschwor Lars die Mächte der verschiedenen Ebenen dieser merkwürdigen Dunkelheit. Er ignorierte ihr Flüstern, ihre Aufforderung sich ihr hinzugeben. Er ignorierte das Versprechen der Finsternis, dem Leid, dem Schmerz, der Anstrengung zu entkommen, wenn er sich ihr nur für einen Augenblick hingeben würde und konzentrierte sich stattdessen nur auf Serines wunderbaren Gesang:

»*When the blazing sun is gone, when he nothing shines upon...*« Sein Schlag traf mit der Macht eines Orkans. Ein Strudel aus Schwärze durchflutete Skjals Körper. Sie verdrehte die Augen. Blut rann aus ihren Mundwinkeln. Sie würgte, als Lars die Schatten nutze, um sie um ihren Hals zu legen. Ihr Körper begann zu zittern. Er drückte noch fester zu. Das Zittern wurde immer heftiger, bis ihr ganzer Leib von unkontrollierten, verkrampften Bewegungen heimgesucht wurde. Das Einzige, was sie noch auf dem Stuhl hielt, waren die um ihre Handgelenke geschnallten Schellen. Und dann brachen ihre unnatürlichen, unkontrollierten Krämpfe abrupt ab. Ihr Körper spannte sich ein letztes Mal an und sank dann in sich zusammen. Ihr edles, silbrig-weißes Kleid war über und über mit Blutflecken bedeckt. Trotz des fürchterlichen, geschundenen Anblickes den sie bot, konnte man noch immer die ihr innenwohnende Glorie wahrnehmen. Sie hatte gekämpft wie eine wahre Kriegerin. Wie eine wahre Herrscherin. Sie hatte gekämpft und sie hatte verloren. Als ihr Bewusstsein endgültig in die Finsternis glitt, löste sich auch ihr Griff um den Kelch. Das

Relikt wandte sich Lars zu, der sich selbst nur noch mit großer Mühe wachhielt. Die Strapazen der Prüfung verlangten ihren Tribut. Mit letzter Kraft sah er den Kelch auf sich zukommen und über ihn emporschweben. Lars lehnte sich nach hinten und ließ zu, dass sein Kopf in den Nacken fiel. Unendlich erschöpft bemerkte er, wie der Kelch zu kippen begann. Ohne bewusstes Zutun öffnete sich Lars‘ Mund und das in dem Relikt gesammelte Blut fand seinen Weg dorthin. Die Blutprüfung war beendet. Er hatte sie bestanden. Von all den Teilnehmern trug er das mächtigste Blut in sich. Mächtiger als das Blut des Vertreters aus dem Hause von Ankh und auch mächtiger als das von Skjal Helsdottir, die sich da einst vor ihrem eigenen Haus in einer Blutprüfung bewiesen hatte. Wäre Lars nicht kurz vor der Ohnmacht gestanden, so wäre ihm bereits jetzt in den Sinn gekommen, welche Konsequenz sein Sieg für ihn haben würde. Welche schwierige Entscheidung er nun treffen müsste. So aber fühlte er nur, wie irgendwo hinter ihm, in einer ganz besonders tiefen Finsternis Rosamunde zufrieden lächelte.

Würdig in den Augen von Ankh

1

Blut. Es war so viel Blut, welches Lars geradezu ins Gesicht strömte. Alles was er tun musste, war seinen Mund zu öffnen und zuzulassen, dass das Leben in ihn hineinfloss. Die Neutralen hatten Opfer bereitgestellt, um den verwundeten, teilweise dem endgültigen Tode nahenden Vampiren neue Kraft zu schenke. Um Lars Zustand zu heilen, hatte man (Serine) sich kurzerhand entschlossen, die Kehle des Opfers zu öffnen, sodass möglichst viel Blut in möglichst kurzer Zeit den Weg in seinen Mund finden konnte. Lars fühlte wie eine Hand seinen Nacken stützte. Es war Valdim. Er sprach Lars gut zu und beschwor, dass bald alles wieder gut sein würde. Währenddessen hielt Serine den, dem Tode geweihten Menschen, so über ihn, dass dessen Blut weiter in Lars‘ Mund floss. Aus den Augenwinkeln sah er, dass sich der Baron und Carolin in ähnlicher Weise um Synelle kümmerten. Lars litt unter den Folgen des Wettstreits, aber gleichzeitig fühlte er auch, wie sich langsam die Wärme in seinem Körper ausbreitete. Und mit der Wärme kam auch ein Teil seiner Kraft zurück. Jemand öffnete die Schellen, welche ihn an den Stuhl geschnallt hatten. Er versuchte sich aufzurichten, kippte aber bei dem Versuch mehr oder weniger kontrolliert in Serines Arme. Die Vampirin hielt nun sowohl Lars als auch das sterbende Opfer und sorgte weiter dafür, dass die geöffnete Kehle durchgehend in Richtung von Lars‘ Mund zeigte. Schließlich erreichten seine Zähne den Hals und er verbiss sich darin. Gleichzeitig legte Serine ihre Arme um ihn und um das Opfer. Ohne all das Blut und abseits der Tatsache, dass der sterbende Mensch in der Mitte noch immer vereinzelnd, schwache zuckende Bewegungen ausführte, wäre es ein friedlicher Anblick gewesen. Trotz der Erschöpfung genoss Lars diesen Moment. Er fühlte, wie das Leben aus seinem Opfer wich und erinnerte sich an die Nacht als sie in dem Waldstück zwischen Brânceni und Ştorobăneasa waren, wo sie das erste Mal gemeinsam töteten. Dies war das zweite Mal und er wollte jede Sekunde davon so tief einsaugen, wie er nur konnte. Dabei vergaß er für einen Augenblick den Raum um sich, vergaß die Blutprüfung und in seiner Wahrnehmung legte sich ein wohliger, warmer Schatten um Valdim, Serine, ihn selbst und das Opfer. Ihm war, als wären sie alleine in dem großen Saal und als wäre um sie herum nichts als eine behütende Dunkelheit und eine vollkommene, wohltuende Stille. Alles was er hörte, war der immer schwächer werdende Herzschlag des sterbenden Menschen. Er hörte es und fühlte es auch an seinem ganzen Körper. Die schwache Gegenwehr des Opfers war schließlich zum Erliegen gekommen und es hatte das Bewusstsein verloren. Sein Herz tat noch ein paar langsamer werdende Schläge – dann erstarb es. Lars‘ Durst war gestillt. Serine ließ den frisch Verstorbenen achtlos zu Boden gleiten und Lars versank noch tiefer in ihren Armen.

»Danke, dass du bei mir warst«, flüsterte er schwach, »und wieder für mich gesungen hast.« Zur Antwort drückte sie ihn nur noch ein wenig fester an sich und begann leichte, wippende Bewegungen auszuführen. Langsam kehrte seine Wahrnehmung für die Umgebung, in der sie sich noch immer befanden zurück. Die schützende Dunkelheit und die wohlige Stille schwanden und er fand sich wieder auf der Bühne, auf der der Wettstreit um die Blutprüfung stattgefunden hatte. In der Halle der Zusammenkunft waren noch immer all die Zuschauer. Die anderen Teilnehmer der Blutprüfung wurden ebenfalls versorgt und der Neutrale, welcher bisher die Moderation übernommen hatte, wartete geduldig am Rednerpult.

Aus den Augenwinkeln sah Lars, wie Skjal sich wacklig von ihrem Stuhl erhob und auf ihn zu torkelte. Sie versuchte aus eigener Kraft zu gehen, doch hin und wieder musste einer der ihren sie stützen, sodass sie nicht fiel. Als sie Lars erreicht hatte, sank sie schließlich doch auf ein Knie herab, blickte ihm tief in die Augen und sagte dann:

»Es war ein guter Kampf. Der Clan aus dem Norden wird dir folgen. Ich vertraue auf dein Urteil. Wie auch immer es ausfallen mag.« Als man ihr aufhalf nickte Lars ihr dankbar zu. Obwohl sie sich während des Wettkampfs so sehr verletzt hatten, waren sie keine Feinde geworden. Kurz nachdem die Herrin Helsdottir fortgeleitet wurde, um weiter versorgt zu werden, erschien Mortimer. Er brauchte keine Hilfe beim Gehen und wirkte auch ganz allgemein in einem vergleichsweise guten Zustand. Ernst und nachdenklich sah er zu Lars hinunter, sagte aber nichts. Er sah ihn nur an. Lars hatte Schwierigkeiten seinen Blick zu deuten, aber irgendetwas schien ihn zu beschäftigen – ja sogar zu beunruhigen.

2

Die Versorgung der Wettbewerbsteilnehmer dauerte noch eine halbe Stunde an. Dann waren sie alle zumindest soweit wiederhergestellt, dass sie ohne Hilfestellung laufen konnten. Sie versammelten sich in den Reihen der Zuschauer und als Ruhe eingekehrt war, erhob der Neutrale am Rednerpult das Wort:

»Die Blutprüfung ist beendet. Laaz von Largaretta hat sie bestanden und wird daher mit der Aufgabe betraut die Entscheidung zu suchen, wie mit der Herde verfahren werden soll. Damit wird das Bluturteil vollstreckt.« Wieder einmal ließ er seinen Blick auf diese ihm eigene Art und Weise, durch den Raum gleiten. Dieses Mal aber blieb er auf halben Wege haften und sah auf einen Vampir herab, der die Hand gehoben hatte. Der Neutrale gab ihm zu verstehen, dass er sprechen durfte und als sich der Vampir erhob, erkannte Lars, dass es Mortimer war. Er trat auf die Bühne und vor das Rednerpult:

»So sehr ich die Macht im Blute des jungen Laaz von Largaretta würdige und respektiere«, begann er, »komme ich doch nicht umhin festzustellen, dass sowohl die Warnung vor einer potentiellen Beeinflussung des Consilium Noctis, als auch die Lösung für das darin verborgene Problem nun beides von ihm ausgeht. Es ist zwar wahr, dass der Vorschlag der Blutprüfung aus dem Clan des Nordens herstammt, doch kann ich nicht an einen Zufall glauben, dass Laaz sowohl die Vision erhalten hat, als auch das lösende Bluturteil vollstrecken soll. Daher wird das Bluthaus von Ankh Laaz Anspruch auf das Fällen desselben erst dann akzeptieren, wenn er sich noch einmal gesondert unserem Haus als würdig erwiesen hat.« Damit endete seine Ansprache und Mortimer kehrte auf seinen Platz zurück. Lars fühlte, dass trotz des harschen Inhaltes keine Feindseligkeit in den Worten des Vampirs lag. Sie entsprangen auch nicht der Eifersucht wegen des verlorenen Wettstreits. Ihr Ursprung schien die ernsthafte Besorgnis über diesen Zufall zu sein. Lars gestand sich ein, dass ihn eine solche Situation, wenn es gerade nicht ihn selbst beträfe, ebenso misstrauisch machen würde. Er war jedoch zu müde um den Gedanken weiter zu verfolgen, außerdem ergriff der Neutrale erneut das Wort:

»Der Einwand des Bluthauses von Ankh wurde gehört, doch waren die Regeln vorab der Blutprüfung klar formuliert und Laaz von Largaretta wird daher keinerlei Verpflichtung auferlegt, sich ein weiteres Mal würdig erweisen zu müssen.« Der Neutrale stockte kurz, deutete dann in die Reihen der Versammlung und sagte: »Ich sehe, es gibt eine weitere Meldung.« Die Schönheit aus dem edlen Haus von Laal, welche Lars während des Wettstreits buchstäblich aus der Blutprüfung katapultiert hatte, betrat die Bühne. Sie nahm den Platz hinter dem Rednerpult ein und erklärte dann:

»Ich habe die Macht des Blutes seitens Laaz von Largaretta am eigenen Leib erfahren…«

»Hehe, ja das hat sie«, kommentierte Valdim flüsternd und die Schönheit fuhr fort:

»...und daher kann ich auch sagen, dass es für mich durchaus schlüssig erscheint, dass ein Vampir, der solch mächtiges Blut führt gleichzeitig auch der Vampir ist, der eine dem gerecht werdend, mächtige Vision finden kann. Das Haus von Laal erkennt Laaz Anspruch auf das Fällen des Bluturteils daher ohne weitere Bedingung an.« Lars war überrascht, dass sich die schöne Vampirin und ihr Haus so offen auf seine Seite stellte. Immerhin hatte er sie während der Blutprüfung nicht nur im Sinne des Wettstreits attackiert. In seinem Angriff war Zorn gelegen und er hatte sie verletzen *wollen.* Irgendwie aber beruhigte es ihn auch zu hören, dass es nicht nur Zweifel an ihm gab. Die schöne Vampirin war inzwischen auf ihren Platz zurückgekehrt und der Neurale ergriff erneut das Wort:

»Sofern es keine weiteren Meldungen gibt, gehe ich davon aus, dass auch die übrigen Häuser Laaz Anspruch anerkennen. Ihm ist es freigestellt, ob er sich gegenüber dem Bluthaus von Ankh ein weiteres Mal beweisen möchte – außerhalb dieser Verließe und des Consilium. Unabhängig davon wird er sich auf eine Reise des Geistes begeben, an deren Ende er die Weisheit erlangt haben wird zu wissen, wie mit der Herde verfahren werden soll. Bis zu diesem Tage wird das Consilium Noctis ruhen. Diese Gewölbe und auch die übrigen Einrichtungen des Ordens der Neutralen stehen ihm fortan offen.« Er unterbrach sich, tastete den Raum ein letztes Mal mit den Augen ab und schloss dann schließlich: »Alle Anwesenden sind eingeladen noch einmal in der Halle der vielen Pfade zusammen zu kommen, sich zu nähren und weiter zu besprechen. Ihre Abreise wird im Verlauf der nächsten Tage erwartet.«

3

Und das war es. Das Consilium Noctis war vorerst beendet. Die Gesellschaft der Vampire machte sich ein letztes Mal geschlossen auf den Weg in den angrenzenden Saal. Dort waren wie üblich menschliche Opfer bereitgestellt und die Largaretta nahmen an einem Tisch platz, auf den ein junger Mann von augenscheinlich europäischer Herkunft gebunden war. Alle Mitglieder der Familie hatten ihren Stolz über Lars‘ Erfolg mehrfach zum Ausdruck gebracht und auch jetzt sahen sie mit erhellten Gesichtern zu ihm. Er lächelte, griff nach dem Handgelenk des Opfers und biss gierig hinein. Da auch der rote Ritter anwesend war, legte er mehr Kraft und Brutalität in seine Bewegung als unbedingt nötig gewesen wäre. Während warmes, süßliches Blut seine Kehle hinunterlief dachte er daran, dass er sich bald wieder daran gewöhnen müsste sich in Heimlichkeit zu nähren, sodass seine Opfer nicht erwachten. Auch die übrigen Mitglieder der Familie nährten sich an dem jungen Mann. Zuletzt trank nur noch Gheorghe in seiner üblichen gierigen und kruden Art. Lars‘ Finger lagen wie zufällig auf dem Handgelenk ihres Opfers. So konnte er spüren wie dessen Puls immer schwächer wurde. Auch wenn er selbst den Mann nicht tötete, genoss er doch wie er starb. Das Gefühl konnte nur mit dem eines Musikers verglichen werden, der sein Instrument nicht selbst bediente, sondern entspannt den Klängen der Melodie eines anderen lauschte. Als der rote Ritter schließlich sein von Blut verschmiertes Gesicht erhob war das Opfer verstorben. Zufrieden schlug er mit beiden Fäusten auf die Bank, rülpste laut anhaltend und sagte dann voller Zufriedenheit:

»Das tat gut!«, dann wand er sich an Lars: »Weißt du schon, ob du die Herausforderung aus dem Bluthaus annehmen wirst?« Tatsächlich hatte Lars sich bisher große Mühe gegeben nicht darüber nachzudenken. Ein Teil von ihm empfand die Forderung als unangebracht, da er sich doch bereits behauptet hatte und die Regeln auch vorab klargestellt waren. Ein anderer Teil konnte den Zweifel nachvollziehen. Außerdem war er auch neugierig geworden. Mortimer und sein Bluthaus von Ankh übten eine immer größer werdende Faszination auf ihn aus. Er wusste nicht was er tun sollte, also teilte er seine Gedanken mit der Familie und fragte dann:

»Was denkt ihr denn, was ich machen soll?« Lars sah in die nachdenklichen Gesichter seiner Familie. Nur Gheorghe brauchte keine Zeit, um darüber nachzudenken:

»Du solltest die Herausforderung annehmen. Um der Ehre willen und außerdem gibt es dann keine offenen Angelegenheiten.« Es war die pragmatische Ansicht eines Ritters, befand Lars.

»Ich denke auch«, begann nun der Baron, »dass du die Herausforderung annehmen solltest. Es ist eine gute Gelegenheit für dich dieses Haus kennen zu lernen und die Bande zwischen ihnen und uns zu stärken. Außerdem«, fügte er nach einer kurzen Pause hinzu, »deine Suche nach einer Antwort, auf das was nun geschehen soll, muss irgendwo beginnen. Warum nicht dort?« Die Großmutter, Carolin und Valdim nickten zustimmend. Serine äußerte nichts dazu und Synelle beugte sich nach vorne, wie um etwas sehr Wichtiges zu sagen. Dann streckte sie ihren Arm nach Lars Gesicht aus und tat so, als wolle sie etwas in seinem Geist lesen. Blitzschnell schlossen sich ihr Zeige- und Mittelfinger um Lars Nase. Sie zog die Hand zurück und schob gleichzeitig ihren Daumen in die entstandene Lücke zwischen ihren Fingern, wo zuvor seine Nase den Platz eingenommen hatte. Dann sprang sie vom Tisch auf, rannte quer durch die Halle der Zusammenkunft und rief lauthals:

»Ich habe die Nase des Vampirs mit dem mächtigsten Blut geklaut!«

»Sehr hilfreich«, kommentierte Gheorghe lachend und sein Blick folgte der durchgegangenen Vampirin.

»Dann nehme ich die Herausforderung an«, beschloss Lars schließlich, stand auf und sah sich nach den Vertretern des Bluthauses um. Er fand sie am anderen Ende des Saales und ging hinüber. Neben Mortimer war nur noch ein weiterer Vampir an dem Tisch. Letzteren bedeutete er jedoch mit einer knappen Geste zu gehen, als er sah, dass Lars auf ihn zutrat. Wie schon in den Nächten zuvor, war das Opfer an dem Tisch des Bluthauses nicht sediert, sondern nur geknebelt. Es war ein junger Mann, dessen Herkunft zumindest teilweise vom afrikanischen Kontinent herrührte. Gedankenverloren drückte Mortimer mit einem Finger auf der weichen Stelle seines Halses herum, die sich unterhalb des Kehlkopfes befand. Der Druck war stark genug, dass die Augen des Mannes zu tränen begannen und er durch den Knebel hindurch nach Atem rang.

»Ich bin hier um die Herausforderung des Bluthauses von Ankh anzunehmen«, begann Lars das Gespräch und Mortimer forderte ihn mit seiner freien Hand auf sich zu setzen:

»Ich bin froh, dass du dich dazu entschieden hast, auch wenn ich es keine Herausforderung nenne würde. Sieh es einfach als eine besondere Art der Prüfung an«, er deutete auf das Opfer vor ihnen: »Bitte trink, wenn du noch durstig bist. Die Blutprüfung war sicher sehr anstrengend für dich.« Das erinnerte Lars daran, dass Mortimer, trotz seiner Niederlage gegen Skjal einen deutlich weniger zerschlagenen Eindruck gemacht hatte, als die Blutprüfung beendet war. Er fragte den Vampir danach und Mortimer lächelte:

»Die Mitglieder des Hauses von Ankh haben eine, wie soll ich sagen, besondere Verbindung zum Blut und zu Schmerz.« Lars schluckte in böser Vorahnung, doch wieder lächelte sein Gegenüber:

»Keine Sorge, die Prüfung, die ich für dich vorgesehen habe beinhaltet keine Folter *deines* Körpers.« Er drückte dem Opfer noch etwas fester auf den Hals und der Mann bäumte sich auf, soweit es die Fesseln zuließen. Er bekam keine Luft mehr und drohte zu ersticken, doch Mortimer beachtete ihn gar nicht:

»Im Gegenteil. Ich möchte mit dir zusammen auf die Jagd gehen. Ich möchte sehen, wie du dich von den Menschen ernährst und was du mit ihnen anstellst, wenn sie dir ausgeliefert sind.« Als der Mann heftig zu würgen begann und sich eine Ohnmacht anbahnte löste der Vampir endlich seinen Finger von dem Hals. Gierig sog das Opfer die Luft ein, doch Mortimer gönnte seiner Seele keine Pause. Er zog ein dünnes, fein verarbeitetes Messer hervor und bewegte die Klinge in langsamen, und dennoch wie beiläufig wirkenden Bewegungen so über den Kopf des Opfers, dass er sie sehen musste. Eine unglaubliche Furcht ergriff Besitz von seinen Augen. Es weinte jetzt durchgehend, schluchzte und gab seltsame quietschende Geräusche durch den Knebel hervor.

»Das ist alles?«, fragte Lars verwundert, »Wir gehen zusammen auf die Jagd und das ist die ganze Prüfung?«

»Das ist alles«, bestätigte Mortimer und ließ die Spitze der Klinge so über die nackte Haut des Opfers gleiten, dass sie zwar keinen richtigen Schnitt verursachte, aber zumindest einen leichten Kratzer hinterließ, »Die Art, wie ein Vampir jagt«, setzte Mortimer noch einmal an, »sagt viel über ihn aus. Ich möchte sehen, was für ein Vampir du bist...«

4

Sie hatten sich für eine Jagd in Giurgiu verabredet. Mortimer wollte Lars im Hotel in Țigănești abholen und von dort aus gemeinsam mit ihm in die Stadt an der Donau fahren. Der Vampir hatte klargestellt, dass sie zu zweit jagen würden. Weder aus seinem Haus, noch aus dem Hause der Largaretta sollte ein Begleiter anwesend sein. Als sie die Vereinbarung abgeschlossen hatten, war Mortimer dazu übergegangen seinem Opfer Schnitte zuzufügen und es systematischer zu quälen. Lars hatte Schwierigkeiten damit festzustellen, wie er sich bei dem Anblick fühlte. Sicher war nur, dass es ihn nicht abstieß und auch, dass sich sein Mitleid mit dem jungen Mann in Grenzen hielt. Dennoch war ihm auch nicht danach, dieser Folter, welche aller Wahrscheinlichkeit nach mit dem Tod enden würde, bis zum Ende beizuwohnen. Also verabschiedete er sich freundlich von Mortimer und kehrte an den Tisch der Largaretta zurück. Natürlich besprach Lars alles noch einmal mit seiner Familie. Sie schienen zu verstehen, was Mortimer mit seiner »Prüfung« bezweckte und wirkten in Anbetracht des Vorhabens allgemein eher gelassen. Nur in Serines Augen lag ein Schatten, doch Lars fühlte, dass sie es sich nicht anmerken lassen wollte. Er konnte ihre Bedenken nachvollziehen. Wäre die Situation umgekehrt und sie würde alleine mit einem Vampir wie Mortimer jagen gehen, so wäre Lars auch etwas nervös. Nach allem was er wusste, begrenzte sich Mortimers sadistisches Verhalten weitestgehend auf Menschen – ganz sicher sein konnten sie sich jedoch nicht. Lars machte sich keine Sorgen um seine eigene Sicherheit. Er wusste nun, dass sein Blut stärker war als das des Vertreters aus dem Bluthaus. Außerdem hatte er in Mortimers Worten keinerlei Anzeichen für einen drohenden Verrat spüren können.

Die Largaretta reisten bereits in der folgenden Nacht ab und kehrten zunächst in das Hotel in Ţigăneşti zurück. Dort wollten sie bleiben bis Mortimer und Lars zusammen auf die Jagd gegangen waren. Anschließend würden sie dorthin weiterziehen, wohin Lars‘ spirituelle Reise sie leitete. Wohin auch immer das sein mochte. Obwohl der Pfad seiner Suche mit dem gesonderten Beweis seiner Würde gegenüber dem Bluthaus von Ankh beginnen sollte, suchte Lars auch nach anderen möglichen Startpunkten. Beim Geige spielen mit Carolin, dachte er darüber nach, welchen Pfad wohl Skjal gegangen war, als sie die Blutprüfung in ihrem Haus bestanden hatte. Ihm kam der Gedanke, den Clan aus dem Norden zu besuchen und ihn um Rat zu fragen. Doch er legte diese Überlegung zunächst zu Seite. Skjal war eine mächtige Kämpferin aus einem Clan, der nach einem alten Krieger-Codex handelte. Lars war das nicht. Ihr Weg musste daher von dem seinen so weit abweichen, dass er sich daran nicht mehr orientieren könnte. Daher fragte er die Großmutter um Rat. Sie empfahl ihm auf Visionen Suche zu gehen, um einen guten Start für seine Aufgabe zu finden. Lars war dankbar für ihren Rat, doch er fühlte auch, dass eine Visionen Suche in diesem Fall die falsche Herangehensweise war. Außerdem wollte er seinen hart erkämpften Gefallen bei Rosamunde nicht gleich wieder eintauschen. Noch dazu nicht gegen ein vages, kryptisches Bild über die Zukunft. Dazu kam auch noch, dass er überhaupt erst durch eine Vision in diese Lage geraten war. Als er in der folgenden Nacht mit dem Baron auf die Jagd ging, fand er zu seiner eigenen Überraschung wieder viel Freude an der heimlichen Art und dem vielen Schleichen. Auf dem Rückweg fragte er Marek schließlich, was er nun tun sollte. Den Baron stimmte diese Frage nachdenklich:

»Mir hat die Lektüre von Akrytos Werken in der Vergangenheit gute Dienste erwiesen, wenn ich einmal nicht weiterwusste. Ich bin jedoch nicht sicher, in wie weit sie dir helfen könnte.« Der Baron schwieg und dachte eine Weile über seine eigenen Worte nach, dann fügte er hinzu: »Es heißt, dass das Original des Buches noch immer irgendwo existiert und dass es Passagen beinhaltet, die nur von außergewöhnlich mächtigen Vampiren gelesen werden können. Mit diesem Buch würdest du bestimmt eine Antwort finden. Nur weiß ich leider nicht wo deine Suche nach diesem Original beginnen sollte.« Es waren gut gemeinte Worte, befand Lars, doch leider brachten sie ihn nur wieder zurück zu seiner ursprünglichen Frage: Wo sollte er beginnen? Denn, ob er nun den Startpunkt zur Suche nach dem Pfad des Bluturteils nicht finden konnte, oder den Startpunkt nach der Suche der Originalfassung des Werkes von Akrytos war einerlei.

5

Mortimer traf in der dritten Nacht nach Ende des Consilium Noctis in dem Hotel bei Ţigăneşti ein, um Lars für die gemeinsame Jagd abzuholen. Er fuhr einen sehr modern wirkenden, schwarz lackierten Sportwagen mit offenem Verdeck. Lars war noch nie zuvor in einem Cabrio mitgefahren und so gestaltete sich die Reise nach Giurgiu als etwas Besonderes. Die Fahrt dauerte etwa eine Stunde. Dabei war die Strecke oftmals in einem so schlechten Zustand, dass ein Sportwagen nicht unbedingt als eine kluge Fahrzeugwahl gewertet werden konnte. Sie passierten mehrere Ortschaften und näherten sich Giurgiu schließlich aus südwestlicher Richtung. Während der Fahrt sprachen die beiden Vampire wenig miteinander. Trotzdem waren die langen Phasen des Schweigens zwischen ihnen nicht unangenehm. Dies, dachte Lars, war sicher auf ihre vampirische Natur zurück zu verfolgen. Es war ihm bereits während der Besprechungen in der Halle der Zusammenkunft aufgefallen, dass der Saal trotz der vielen Personen, die er beinhaltet hatte, weitestgehend still geblieben war. Vampire schätzen die Stille anders, als es die Menschen taten und genau deswegen hatte das Schweigen für sie auch einen höheren Stellenwert. Der Abend war noch jung, als Mortimer den Sportwagen auf einen Parkplatz lenkte, um ihn abzustellen. Zu dieser Zeit könnte es schwierig werden ein Opfer zu finden, zu dem sie leichten Zugang hatten und das sich auch noch in einem tiefen Schlaf befand. Noch dazu war es ein Freitag und da blieben viele Leute länger wach als gewöhnlich.

»Lass uns folgendes tun«, schlug Mortimer vor, als sie das Fahrzeug verließen, »wir jagen zuerst auf deine Weise, trinken uns dabei aber nicht ganz satt und jagen danach noch einmal auf meine Art. Was hältst du davon?« Lars stimmte zu. Er war schon sehr neugierig, wie Mortimers Art zu jagen aussehen würde. Schließlich wusste er, dass die Angehörigen des Bluthauses ihre Opfer gerne leiden ließen und sich an ihren Schmerzen ergötzten – nur wie würde er jemanden diese Qualen antun und gleichzeitig die Heimlichkeit bewahren? Lars konnte sich nicht vorstellen, dass sie das geheime Element ihrer Art einfach über Bord werfen würden. Aber wie sollten sie eine Form der Folter anwenden, ohne dabei entdeckt zu werden?

Sie schlenderten, wie es bei der Jagd Art der Largaretta üblich war, zunächst scheinbar ziellos durch die Stadt. Abseits der großen Hauptstraße, war der Teer in eher schlechtem Zustand – wenn er denn überhaupt vorhanden war. Die Straßen waren übersäht mit Rissen, Schlaglöchern und notdürftigen Flicken. Einen ähnlichen Eindruck machten die meisten Grundstücke und Gebäude. Nur hier und da fand Lars auch das ein oder andere Haus, um das sich offenkundig jemand in regelmäßigen Abständen kümmerte. Es waren Gebäude, an denen die Wände nicht teilweise mit Moos oder Schimmel bedeckt waren und an denen der Putz auch nicht bröckelte. Außerdem gefiel Lars an der Stadt, dass hier viele Bäume angepflanzt worden waren. In einigen Straßen gab es zwischen den Gehwegen und den Fahrbahnen grüne Streifen mit Wiese, Büschen und Bäumen. Der Anblick dieser Pflanzen weckte in ihm ein Gefühl der Vertrautheit. Sie spazierten gerade über eine Schotterstraße, an der sich kleinere Grundstücke reihten, als Lars ein Haus entdeckte, in das sie leicht einsteigen könnten. Es handelte sich um ein kleines Gebäude inmitten eines überschaubaren Gartens, welcher von porösen Zaunlatten umringt war. An das Haus grenzte eine kleine Veranda, aus ebenfalls porös wirkenden Holzlatten. Die gläserne Tür, welche die beiden Objekte miteinander verband, war zwar verschlossen, doch daneben befand sich ein geöffnetes Fenster. Lars schätzte, dass es etwa 23 Uhr sein musste. Da keine Lichter brannten, standen die Chancen gut, dass die Bewohner bereits zu Bett gegangen waren. Lautlos gab er Mortimer ein Zeichen und ebenso lautlos kletterten sie dann über die hüfthohe Gartentür. Ungesehen näherten sie sich dem geöffneten Fenster. Lars spähte hinein und erkannte, dass sich dahinter eine kleine Küche befand. Direkt hinter dem Zugang war eine Ablagefläche. Offenbar diente dieses Fenster als Durchreiche. Lars zog sich vorsichtig hinein und prüfte – ebenso vorsichtig – die Belastbarkeit der Ablagefläche, bevor er sein Gewicht vollends darauf verlagerte. Sie war stabil und knarzte nicht einmal. Mit einem Nicken gab er Mortimer zu verstehen, dass er ihm auf diese Weise folgen konnte. Nachdem Lars sich auf den Boden geschwungen hatte, tat er dies dann auch. Mortimer stellte sich sehr geschickt an. Auch im Bluthaus von Ankh waren schleichen und klettern die primären Mittel, um an die Beute zu gelangen. Die Küche grenzte an das Wohnzimmer. Letzteres war mit Teppichen ausgelegt und mit alten Polstermöbeln, sowie einigen Regalen, einer Kommode und einem Fernseher bestückt. Lars lauschte hinein, doch es blieb still. Vorsichtig schlich er über die Teppiche in das Wohnzimmer und versuchte sich zu orientieren. Er sah die Tür, die nach draußen führte, eine weitere Tür war halb angelehnt und mündete in einem Badezimmer und dann gab es noch einen verschlossenen Durchgang. Diesem näherte er sich, griff nach der Klinke und drückte sie nur soweit hinunter, dass er die Tür einen Spalt breit öffnen konnte. Er lugte durch den Spalt hinein und lächelte, als er erkannte, dass es das Schlafzimmer war. Darin lagen eine Frau und ein Mann mittleren Alters. Vorsichtig drückte Lars die Tür etwas weiter auf und sie schlichen hinein. Wortlos stellte er Mortimer vor die Wahl, an wem der beiden er sich nähren wollte. Er wählte die Frau und so machte sich Lars an dem Handgelenk des Mannes zu schaffen. Sachte ließ er seine Zähne in die Blutgefäße eintauchen und genoss wie das süße Leben über seine Zunge glitt. Aus den Augenwinkeln sah er, wie sich Mortimer ebenso verhalten nährte wie er. So wie es der Plan war, trank Lars sich nicht vollkommen satt. Stattdessen löste er seinen Biss um das Handgelenk und lies zu, dass sich der Mann im Schlaf zu seiner Gefährtin drehte. Als Mortimer von der Frau abließ, erkannte Lars, dass sie ihr Gesicht verzogen hatte. Sie schlief noch immer, doch schien sie nun von Alpträumen heimgesucht zu werden. Mortimer lächelte böse und zog ein Messer hervor. Es war dieselbe Klinge, mit der er auch schon den Mann in der Halle der vielen Pfade gequält hatte. Fragend und herausfordernd deutete er mit der Spitze auf die Kehle der Frau, doch Lars schüttelte nur den Kopf. Sie jagten hier so wie es die Largaretta üblicherweise taten. So sehr es Lars auch genossen hatte einen Menschen zu töten und ein paar anderen beim Sterben zuzusehen, war es etwas, dass er lieber nicht mit allzu großer Selbstverständlichkeit tun wollte. Außerdem konnte er sich schon denken, wie ihre zweite gemeinsame Jagd in dieser Nacht enden würde und ein einzelner Mord wäre ihm schon genug. Mortimer zeigte keine Anzeichen von Enttäuschung. Sein Gesichtsausdruck spiegelte eher wider, dass etwas eingetreten war, womit er bereits gerechnet hatte. Ohne also ein Blutbad anzurichten, verließen die beiden Vampire wieder das Haus.

6

Als sie die Schotterstraße erreicht hatten fragte Lars schließlich:

»Und was machen wir nun?« Auf Mortimers Gesicht schlich sich ein verschlagener Ausdruck:

»Nun jagen wir so, wie wir es im Bluthaus von Ankh tun.«

Wie schon zu Beginn ihrer ersten Jagd in dieser Nacht, schlenderten sie auch jetzt scheinbar ziellos umher. Die Straßen waren mittlerweile schon deutlich weniger belebt, doch hin und wieder begegneten ihnen noch einige Passanten. Manchen sah Mortimer nach, wie um zu beurteilen ob sie geeignet waren. Offenbar waren sie es aber nicht, denn er ließ sie ziehen. Sie überquerten den Kanal Plantelor als Mortimer genussvoll ausatmete und bemerkte:

»Es ist manchmal wirklich ein überaus angenehmes Gefühl Vampir zu sein, findest du nicht?« Lars sah fragend zu ihm auf und Mortimer erläuterte weiter: »All diese Menschen, denen wir heute begegnet sind. All diese armen Tröpfe, die uns nicht weiter beachtet haben, wissen nicht, dass wir sie, wenn wir nur wollten, jederzeit vernichten könnten. Mein Haus hat unter den Clans teilweise einen zweifelhaften Ruf, aber gemessen an dem was wir tun könnten, sind wir eigentlich gnädig. Wie viele Menschen haben wir heute gehen und leben lassen. Im Vergleich dazu ist ein einzelnes Opfer doch wirklich nicht zu viel. Ein Opfer als Tausch dafür, dass so viele andere unbehelligt leben dürfen«, er lachte, zuckte dann mit den Schultern und fuhr fort »und was macht das schon. Die Menschen sterben doch die ganze Zeit. Sie haben Unfälle und sterben, sie werden alt und sterben, sie leiden an Krankheiten und sterben. Ein toter Mensch mehr oder weniger am Tag, fällt dabei doch gar nicht mehr ins Gewicht« Die beiden Vampire bogen um eine Ecke und sahen einige Meter vor ihnen eine junge Frau, die in dieselbe Richtung ging wie sie selbst. Sie hatte einen durchschnittlichen Körperbau, trug sehr knappe, sommerliche Kleidung und offenes, dunkelbraunes, glattes Haar.

»Ahhhhh«, machte Mortimer als hätte er endlich gefunden, was er gesucht hatte und deutete auf sie: »Spürst du es?« Verwundert sah Lars ihn an:

»Was soll ich spüren?«

»Das Leben in ihr«, begann Mortimer, »die Krankheit von der sie selbst noch nichts weiß, das Leiden, welches sie ihr ganzes Leben lang begleiten wird und der grausame Tod, der sie durch ihren verräterischen, fragilen, kaputten Körper ereilen wird.« Lars konzentrierte sich auf die junge Frau vor ihnen. Selbst auf diese Entfernung konnte er ihren Puls spüren. Er erahnte wie sich ihre Haut und ihr Haar anfühlen mussten und er bildete sich sogar ein zu wissen, wie ihr Blut schmecken könnte. Aber von dem was Mortimer erzählt hatte, fühlte er nichts. Er versuchte sich noch tiefer auf die Frau zu konzentrieren und in ihr Inneres zu sehen. Doch er fühlte wieder nichts.

»Nein«, gestand er schließlich, »ich kann diese Dinge nicht sehen.«

»Nun«, kommentierte Mortimer und klopfte ihm freundschaftlich auf die Schultern, »du hast eben andere Gaben. Mach dir nichts daraus.« Sie folgten der jungen Frau weiter und Mortimer erklärte: »Im Vergleich zu dem Leid, welches sie in ihrem Leben erwarten würde, ist das was wir ihr heute antun werden wirklich eine Gnade. Wüsste sie, welche Qualen ihr in ihrem Leben bevorstünden, ließe sie es uns, wenn sie klug wäre, sogar freiwillig tun. Unglücklicherweise«, fügte er nun wieder böse lächelnd hinzu, »gibt es keine Möglichkeit ihr das zu zeigen und so wird sie unwissend darüber, was wir ihr alles ersparen, sterben.« Seine Worte stimmten Lars nachdenklich, allerdings nur für einen Moment, denn Mortimer hatte noch einen kleinen Anhang zu dem bisher Gesagten: »Versteh mich nicht falsch. Ich würde sie so oder so töten, egal ob sie Leid oder Glück in ihrem Leben erwartet. Sie ist einfach eine gute Kandidatin, eine gute Beute und ein gutes Opfer. Dass ihr Leben voller Pain wäre, wenn wir sie es leben ließen, ist nur etwas, das dir vielleicht mit deinem schlechten Gewissen hilft.«

»Ich habe kein schlechtes Gewissen«, protestierte Lars.

»Ach nein?«, fragte Mortimer scherzend und zog eine Augenbraue hoch, »vielleicht ändert sich das noch, wenn wir angefangen haben ihr weh zu tun.« Sie folgten ihrer Beute weiter bis sie die Donau erreicht hatten. Dort betrat die junge Frau ein hellblau gestrichenes Restaurant mit dunkelblauen Ziegeln. Das Lokal wurde Abends als Bar betrieben. Die beiden Vampire gingen an dem

Gasthaus vorbei. Es hatte keinen Sinn ihrem Opfer dort hinein zu folgen, denn zum einen würde sie es ohnehin früher oder später wieder verlassen und zum Anderen konnten sie auch keine Bestellungen aufgeben, da menschlichen Speisen und Getränken sie nicht interessierten. Also suchten sie sich eine Sitzgelegenheit in unmittelbarer Nähe zum Gasthaus. Durch die Fenster fanden sie ihre Beute wieder und beobachteten, was drinnen vor sich ging. Die junge Frau hatte sich mit Freunden getroffen und es würde wohl einige Zeit dauern, bis sie das Lokal wieder verließ. Doch Vampire waren geduldige Jäger. Dies war, wie es Serine Lars einmal erklärt und wie sie es selbst von Carolin gelernt hatte, eine natürliche Folge ihrer Unsterblichkeit. Vampire sahen in der Zeit, in der sie auf der Lauer lagen keine Verschwendung. Es war eine wohl überlegte Vorbereitung und ebenso Teil der Jagd, wie es die Suche, das Klettern oder das Schleichen war. Die Bank, auf der Lars und Mortimer Platz genommen hatten, war zur Donau hin ausgerichtet. Links von ihnen befand sich das Restaurant und zu ihrer Rechten konnten sie einen Ankerplatz für ein Touristenschiff ausmachen. Um diese Zeit war der Schiffsbetrieb bereits eingestellt und so lag es verlassen und ruhig im Wasser.

»Siehst du das Land dort«, fragte Mortimer schließlich und deutete mit dem ausgestreckten Arm ans andere Ufer. Lars nickte und der Vampir fuhrt fort: »Für die Menschen beginnt dort ein anderes Reich, welches sie Bulgarien nennen. Die Donau markiert einen sehr großen Teil ihrer Landesgrenzen. Für die Gesellschaft der Vampire aber verläuft hier keine Grenze. Beide Länder gehören zum selben Reich.«

»Das wusste ich gar nicht«, bemerkte Lars überrascht und Mortimer erläuterte weiter:

»Durch die andauernden Grenzstreitigkeiten der Menschen, den ständigen, lächerlichen Eroberungsfeldzügen und der Tatsache, dass sie sich häufig selbst nicht einig sind, wo welche Grenze verläuft, ist es für uns sehr viel zweckdienlicher eigene Karten zu zeichnen. Außerdem: Warum sollte schon ein so einfältiges Wesen wie der Mensch entscheiden, wie die Welt aufzuteilen ist.«

»Weißt du schon, was wir mit ihr machen werden?«, fragte Lars nach einer Weile des Schweigens und deutete mit einem Kopfnicken in Richtung ihres Opfers, welches sich noch immer im Gasthaus befand.

»Hm«, grübelte Mortimer laut, »Ich werde dir die Grundlagen der Folter, wie sie im Hause von Ankh studiert und praktiziert werden, lehren. Es wird nichts Herausragendes sein, aber für eine Anfängerfolter unter freiem Himmel soll es reichen. Ich habe, wie du vorhin bemerkt hast, ein Messer mitgebracht. Es ist ein simples Werkzeug für unser Vorhaben, aber mit der richtigen Vorgehensweise hochgradig effektiv«, er unterbrach sich kurz, schmunzelte Lars dann schelmisch zu und sagte: »Ich habe gesehen, was du mit Marie, das war die Vertreterin aus dem Hause von Laal in der Blutprüfung, gemacht hast. Das war eine exzellente Demonstration deiner Macht. Man könnte meinen, du hättest Gefallen daran gefunden, sie so zuzurichten.«

»Dass mit der Frau aus dem Haus von Laal war etwas anders«, verteidigte sich Lars, »sie hat Synelle weh getan.«

»Weißt du was die meisten Vampire gemeinsam haben?«, entgegnete Mortimer und ging nicht weiter darauf ein. Lars schüttelte, in ehrlichem Unwissen darüber worauf er hinauswollte, den Kopf und Mortimer erklärte:

»In der Zeit bevor sie gelernt haben, dass sie Vampire sind, werden sie von den Menschen gequält. Sie werden verachtet, ausgestoßen, verspottet und geschlagen… Ging es dir denn anders, als du dachtest du wärst einer von ihnen?« Lars konnte dem nicht widersprechen. Die Menschen hatten ihm bei zahlreichen Gelegenheiten weh getan. Er nickte, doch er verstand noch nicht, was das mit ihrem Gespräch zu tun hatte. Glücklicherweise erläuterte Mortimer weiter:

»Wir erleben von Anfang an Leid. Es ist nur natürlich, dass wir uns später eine Art Ablassventil suchen, um mit diesem Leid angemessen umzugehen. Du magst ehrlich davon überzeugt sein, dass du Marie aufgrund deines Beschützerinstinktes gegenüber deiner Familie so brutal aus der Blutprüfung befördert hast. Aber die Wahrheit ist, dass tief in dir ein Schmerz ruht, der sich in diesem Moment manifestiert hat. Ein Schmerz, der aus deiner Zeit bei den Menschen und daraus wie sie dich behandelt haben, entsprungen ist«, Lars wollte etwas erwidern, denn er sah die Situation ein wenig anders als Mortimer, doch der Vampir machte eine wegwischende Handbewegung, wie um das Thema zu wechseln und sagte dann: »Wie wäre es, wenn du es ihnen mit gleicher Münze zurückzahlst? Sieh unser heutiges Opfer einfach als die Stellvertreterin für alles Leid, was man dir angetan hat. Da fällt dir doch sicher etwas ein, was du mit ihr machen möchtest, oder nicht?«

Lars hatte auf Mortimers letzte Frage nicht geantwortet. Sie und das Gesagte zuvor hatten ihn nachdenklich gestimmt. Sein Blick ruhte auf dem Wasser der Donau, als er darüber nachdachte, was er mit ihrem Opfer tun sollte. Er lauschte in sich hinein und fühlte, dass er wenig Interesse daran hatte, ihrer Beute in besonderem Maße Schmerz anzutun. Sie während der Jagt zu töten, dabei das in dieser Sache liegende Leid des Opfers zu genießen und die Angelegenheit vielleicht auch ein bisschen schmerzhafter zu gestalten als es unbedingt nötig war, war das Eine. Aber eine tatsächliche, geplante Folter auszuführen war etwas ganz anders.

Dann aber erinnerte er sich auch daran, wie er sich im Blutrausch fühlte. Insbesondere, als er zusammen mit Serine den Mann im Wald ermordet hatte. Vielleicht musste er einfach nur in diese Ekstase geraten und der Rest ergäbe sich dann von alleine. Serine, dachte er wehmütig, sie wüsste ganz bestimmt, was sie mit ihrem Opfer anfangen sollte.

7

»Es ist so weit«, unterbrach Mortimer seine Gedanken, »unsere Beute verlässt das Gasthaus.« Sie standen auf, umrundeten das Lokal und hielten einige Meter Abstand zur Eingangstür. Ihre Beute trat zusammen mit zwei ihrer Freunde auf die Straße. Sie scherzten und es war ihnen anzusehen, dass sie alle ein wenig zu viel getrunken hatten. Die beiden Vampire folgten den drei Personen mit einigem Abstand, sodass kein Verdacht aufkam. An einer Kreuzung verabschiedete sich der erste Begleiter des Opfers und kurze Zeit darauf ging auch der Zweite eine andere Straße entlang. Gut, dachte Lars, auf diese Weise mussten sie sich schon einmal nicht mehr um ihre Aufpasser kümmern. Die Straßen waren menschenleer. Lars schätzte, dass es etwa zwei Uhr in der Nacht sein musste. Eine gute Zeit für die Jagd. Dies war der spannende Teil ihres Vorhabens, denn sie mussten abschätzen, wann sie zuschlagen sollten. Die Umgebung musste passen, damit sie ihr Opfer schnell an einen von Blicken geschützten Ort bringen konnten. Dabei durften sie aber nicht zu lange warten, denn wenn ihr Opfer erst bei sich zuhause angekommen war, könnte es schwerfallen, unauffällig Zugriff zu ihr zu bekommen. Und wer wusste schon, ob sie alleine lebte.

Die Landschaft, in der sie der jungen Frau nachstellten, entwickelte sich zu ihrem Vorteil. Zu ihrer Linken befanden sich eine stillgelegte Bahnschiene und dahinter ein kleines Industriegebiet. Auf der rechten Seite gab es Wohnhäuser. Nach einer Weile endete jedoch das Industriegebiet und machte, kurz bevor sie den Kanal Plantelor erreichten, einer freien Wiese mit allerhand Büschen und vereinzelnd wachsenden kleinen Bäumen platz. Mortimer und Lars sahen einander an und verständigten sich mit einem gegenseitigen Kopfnicken darauf, dass dies der richtige Zeitpunkt war, um die Frau zu überwältigen. Lars' Blick glitt prüfend über die angrenzenden Wohnhäuser. Alle Lichter waren erloschen. Das reduzierte die Wahrscheinlichkeit darauf, dass sie jemand durch Zufall entdecken würde. Die beiden Vampire beschleunigten ihre Schritte, achteten dabei aber darauf so wenig Geräusche zu verursachen wie möglich. Die Frau schöpfte keinen Verdacht, bis es zu spät war. Wie ein unheilvoller Schatten erschien Mortimer plötzlich hinter ihr, griff mit dem linken Arm um ihren Oberkörper und mit der rechten Hand bedeckte er ihren Mund. Auf diese Weise kontrollierte er beide ihrer Arme und hinderte sie daran um Hilfe schreien zu können. Nur ihre Beine waren noch frei. Der Vampir lehnte seinen Oberkörper nach hinten, sodass das Opfer nach oben gezogen wurde und so den Kontakt zum Boden verlor. Instinktiv begann ihre Beute mit den Beinen zu strampeln, doch Lars griff nach ihnen und klemmte sie sich unter die linke Achsel, während er mit dem rechten Arm von unten den Griff darum schloss. Wie schon bei seinem ersten Mord zusammen mit Serine in dem Waldstück, überraschte es ihn auch jetzt wieder, wie viel stärker er im Vergleich zu ihrer Beute war. Die Frau strampelte, versuchte sich zu befreien, wollte mit den Beinen ausschlagen, doch Lars Griff war eisern. Trotz der heftigen Gegenwehr hatten die Vampire wenig Mühe ihre Beute auf die Wiese zu bringen und dort mit ihr abseits der Straßenlaternen im Dunkeln zu verschwinden. Wieder einmal zeigte sich der große Wert der Fähigkeit auch in der Nacht sehen zu können. Lars erkannte jede Unebenheit in der Wiese und konnte so seine Schritte lenken, ohne auch nur ein einziges Mal ins Stolpern zu geraten. Sie drangen einige hundert Meter in die Wiese ein und fanden schließlich eine geeignete Stelle für ihr grausames Vorhaben. Es war ein Baum von der Größe eines einstöckigen Hauses, der in einigem Abstand beinahe vollständig von Büschen umringt war. Dort angekommen setzte Lars die Beine des Opfers wieder ab, behielt sie aber weiter mit den Armen fest im Griff. Mortimer hatte mit einigem Geschick ein Tuch aus seiner Jacke gezogen, während er weiterhin mit demselben Arm den Oberkörper der Frau umschlungen hielt. Er formte das Tuch zu einem faustgroßem Knäul und stopfte es der Frau so schnell und tief in den Mund, dass sie es nicht schaffte einen Schrei auszustoßen. Dann zog der Vampir ein fingerbreites Band hervor und schnürte es so fest darum, dass ihre Beute den Knebel nicht mehr ausspucken konnte. Als das geschafft war nutzte der Vampir seine überlegene körperliche Kraft und zwang die Frau sich so hinzusetzen, dass sie mit dem Rücken an dem Baumstamm lehnte. Er zog ein weiteres Band hervor und schnürte es um ihren Hals und um den Baumstamm. Er knotete es so zu, dass das Opfer ihren Kopf kaum noch bewegen konnte. Dann bedeutete er Lars, dass er die Beine nun nicht mehr halten müsste. Die zwei Vampire setzten sich zu beiden Seiten ihrer Beute auf den Boden. Lars im Schneidersitz und Mortimer in der Hocke. Die Frau erkannte, dass das Strampeln mit ihren Beinen keinen Effekt haben würde und schlug stattdessen mit beiden Armen aus. Lars griff in einer beiläufigen Bewegung ihr Handgelenk aus der Luft und führte es mit sanfter Gewalt auf den Boden, um es dort zu fixieren. Mortimer nahm sich daran ein Beispiel und die Gegenwehr erlahmte. Lars sah Tränen aus Angst und Verzweiflung in den Augen ihres Opfers. Er wusste noch immer nicht, was er mit ihr machen sollte, aber da begann Mortimer zu erklären:

»Also, es gibt ein paar verschiedene Komponenten, wenn es darum geht Menschen richtig – also auf sachliche Weise zielführend – weh zu tun«, begann er in der Tonlage eines Vaters, der seine Erfahrungen im Angeln an den Sohn weitergab, »diese Komponenten können wiederum in unterschiedliche Ebenen oder Schweregrade aufgeteilt werden. Nehmen wir als Beispiel einmal die psychologische Komponente«, Mortimer zog sein Messer hervor und bewege es – ähnlich wie in der Halle der vielen Pfade – vor den Augen ihres Opfers herum »Dies ist die erste Ebene. Unsere Beute sieht ein Instrument, welches sie als Bedrohung wahrnimmt. Die zweite Ebene befasst sich mit den Dingen, die wir unserer Beute sagen könnten. In unserem Fall ist das natürlich etwas umständlich, da sie kein Deutsch spricht. Aber wenn du möchtest, dann kann ich übersetzen. Wir können diesen Teil für heute aber auch einfach überspringen.«

»Was ist denn die letzte Ebene?«, wollte Lars wissen.

»Die letzte Ebene der psychologischen Komponente ist es, das Opfer dazu zu zwingen beim Verbrennen seiner abgeschnittenen Körperteile oder Organe zuzusehen. Diese Technik zielt auf zwei Ergebnisse: Erstens wird damit der letzte Hoffnungsanker des Subjekts gebrochen, dass es jemals wieder in einen Zustand vor der Behandlung zurückkehren kann und zweitens führt die unumkehrbare Zerstörung von Körperteilen zu einer sehr tiefen Realisierung der eigenen Vernichtung. Letzteres muss ich etwas genauer erklären: Die Menschen denken – gleichgültig welcher Religion sie angehören und häufig sogar dann, wenn sie eigentlich gar nicht gläubig sind – aus einem Schutzkonzept ihrer Psyche heraus an eine Existenz nach dem Tod. Und da ihr Denkvermögen sehr begrenzt ist, sehen sie sich in dieser Existenz oft so als würden sie mit ihren Körpern darin herumlaufen. Wenn man aber Teile ihres Körpers – also z. B. eine Zehe, eine Hand oder ein ganzes Bein – vor ihren Augen verbrennt, kann man dieses Schutzkonzept zerschlagen. Sie können sich dann nicht mehr sehen, wie sie mit ihren Körpern im Jenseits umherwandeln und erhalten so den tiefen Glauben daran, für immer aus dem Sein aus der Existenz, aus dem Weltenplan herausgenommen zu werden.« Er lächelte, als er Lars verständnisvoll nicken sah und setzte dann noch einmal an, »wie du schon siehst hängen die tieferen Ebenen der psychologischen Komponente mit denen der körperlichen Komponente zusammen. Lass uns doch damit einmal beginnen.« Und mit diesen Worten reichte er Lars das Messer.

8

Der polierte Griff fühlte sich kalt an und es lag gut, aber irgendwie auch überraschend schwer in der Hand.

»Wenn du einem Subjekt länger Schmerzen zubereiten möchtest«, erklärte Mortimer weiter, in dieser väterlichen Art, »musst du dir überlegen wo du anfängst. Es gibt Stellen, da tut ein einfacher Schnitt mehr weh, als an anderen Stellen. Mit der Zeit entwickeln die Subjekte eine Art Gewöhnung gegenüber dem Schmerz. Es tut ihnen zwar immer noch weh, aber wenn du möchtest, dass ihr Leiden auf einer konstanten Ebene bleibt, dann solltest du ihnen zuerst dort weh tun, wo sie weniger empfindlich sind. Alternativ kannst du ihnen natürlich auch erst oberflächliche Wunden zufügen und später dann tiefergehende, aber das würde jetzt etwas zu weit führen.« Er legte der Frau sanft seine freie Hand auf den Oberschenkel. Sie wimmerte, als er sachte darüberstrich: »Versuch es doch einmal hier.« Lars setzte sich auf und brachte sein linkes Knie so in Position, dass es oberhalb der Kniescheibe das Bein ihres Opfers auf seiner Seite fixierte. Er setzte die Spitze der Klinge kurz unterhalb des Endes ihrer aus Jeansstoff gefertigten Hotpants an. Die Frau quiekte und schrie in ihren Knebel hinein, als Lars die Klinge einen halben Zentimeter tief in ihr Fleisch trieb. Mortimer hielt ihr beiläufig die Nase zu, sodass sie weder atmen noch Schmerzenslaute von sich geben konnte, während er Lars weiter ermunterte:

»Du kannst ruhig noch etwas tiefer schneiden. Das hält sie schon aus.« Der Körper ihres Opfers bebte. Sie versuchte sich wieder mit aller Macht zu befreien, doch der Griff der Vampire und die Fessel um ihren Hals waren zu stark. Lars tat wie ihm geheißen und trieb die Klinge noch tiefer in das Fleisch.

»Du hast jetzt das Muskelgewebe erreicht«, erklärte Mortimer weiter, »in dieser Tiefe kann man schon ziemlichen Schaden anrichten.« Der Vampir löste seine Finger um die Nase ihres Opfers und die Frau sog gierig die Luft ein. Sie wimmerte als Lars langsam begann das Messer den Oberschenkel hinunter zu ziehen. Trotz der meisterhaft geschliffenen Klinge, hatte er etwas Schwierigkeiten damit den Schnitt sauber auszuführen, doch auch hier wusste Mortimer Rat:

»Versuche es mal mit leichten, sägenden Bewegungen. Manchmal bleibt die Klinge an altem Narbengewebe oder so etwas hängen, dann braucht es etwas mehr Kraft.« Wieder gehorchte Lars und das schmerzerfüllte Quieken der Frau steigerte sich in der Frequenz so sehr, dass Mortimer ihr wieder die Nase zuhielt, um es zu unterbinden. Er ließ sie erst wieder los, als sich ihr Gesicht aufgrund des Sauerstoffmangels schon zu verfärben begann. Lars führte den Schnitt weiter bis er etwa fünf Zentimeter lang war. Natürlich fühlte er so etwas wie Macht und Überlegenheit, doch er erkannte auch, dass diese Art mit seinen Opfern umzugehen nichts war, dass er dauerhaft machen wollte. Die Befriedigung, die Mortimer aus dem Leid dieser Frau zog, stellte sich bei ihm nicht ein. Es war eher ein gegenteiliger Effekt. Er fühlte, wie sich nun doch so etwas wie ein schlechtes Gewissen ausbreitete. Langsam, aber dennoch spürbar. Doch er ließ sich nichts anmerken, zog die Klinge heraus, betrachtete stolz den außerordentlich geraden Schnitt und fuhr mit dem Finger durch das Blut, welches über den Oberschenkel ihrer Beute rann. Er führte den Finger zum Mund und kostete es. Es war anders. Er konnte nicht sagen was es war, doch es war irgendwie anders. Mortimer lächelte, als er Lars verwunderten Gesichtsausdruck sah und klärte ihn auf:

»Durch den Stress, den die Opfer erfahren, verändert sich der Geschmack des Blutes. Die Mitglieder meines Hauses sind geschlossen der Ansicht, dass es den Geschmack deutlich aufwertet.« Lars fand dahingehend für sich noch kein abschließendes Urteil. Er fühlte ein gewisses Interesse darüber, dass auf diese Weise der Geschmack verändert wurde, aber was er für besser befand, konnte er noch nicht sagen.

»Ah, da gibt es noch etwas«, bemerkte Mortimer und fuhr nun seinerseits mit dem Finger durch das Blut, um es zu kosten, »irgendwann kommt bei fast allen Subjekten der Moment, an dem sie die Kontrolle über ihre Blase verlieren. Das kann zu einem fürchterlichen Gestank führen, der einem die ganze Stimmung versaut.« Er leckte das Blut an seinem Finger ab, gab ein genießerischen Laut von sich und fuhr fort: »In den Räumlichkeiten meines Hauses ist so etwas unproblematisch, da wir die Sauerei hinterher leicht bereinigen können, aber hier draußen im Freien müssen wir etwas vorausdenken. Stell dir nur vor«, erklärte er und machte eine lässige Handbewegung durch die Luft, »sie würde die

Kontrolle jetzt verlieren. Ihre ganze Hose wäre durchnässt und alles würde danach stinken.«

»Und was kann man da tun?«, fragte Lars, dem so spontan keine Idee kam, wie das zu umgehen sei. Ein abgrundtief böses Lächeln schlich sich auf Mortimers Gesicht und er zog ein weiteres Band hervor. Dies nutzte er, um die Hände der Frau hinter den Baum zu fesseln. Auf diese Weise hatten sie beide wieder jeweils einen Arm mehr frei. Dann bat er Lars ihm das Messer für einen Moment zurückzugeben. Als er es bekommen hatte, machte er sich an der Hose ihres Opfers zu schaffen und sagte:

»Das mache ich lieber selbst. Man braucht etwas Übung darin und für dich wäre das vielleicht noch etwas zu schwer.« Als die Frau merkte, was er vorhatte, entbrannte ihre panische Gegenwehr erneut. Sie quiekte schrill in ihren Knebel hinein, doch Mortimer hielt ihr blitzschnell das Messer an die Kehle und warf ihr einige, unfassbar düster klingende Worte in rumänischer Sprache an den Kopf. Ihre Gegenwehr erstarb augenblicklich und übrig blieb nur ein hoffnungsloses, verzweifeltes Wimmern. Mit ein paar geschickten Schnitten trennte der Vampir die Hotpants so auf, dass er sie hinterher leicht entfernen konnte. Anschließend zerschnitt er auch die Unterwäsche und nahm sie ebenfalls weg. Er reichte dem einigermaßen verwundert dreinblickenden Lars das Messer zurück und grub mit der Hand eine kleine Mulde in die Stelle der Erde, welche zwischen ihren Beinen lag.

»So,« kommentierte er als sein Werk vollbracht war, »wenn sie jetzt die Kontrolle verliert, sollte sich die Sauerei in Grenzen halten. Wir können dann einfach etwas Erde darauf tun und dann riecht man es kaum noch.« Er klopfte sich den Dreck von den Händen und setzte sich wieder neben das Opfer. Lars begann nun doch sich deutlich unwohl zu fühlen. Dies war so gar nicht die Art, wie er jagen wollte.

»Die Entblößung des Opfers«, erklärte Mortimer weiter, der offenbar keinerlei Notiz von Lars Empfinden dazu nahm, »ist im Übrigen die dritte Ebene der psychologischen Kategorie. Es hat einen erstaunlichen Effekt auf die Menschen, wenn du ihnen ihre Kleidung nimmst. Als könnte sie das bisschen Stoff tatsächlich vor irgendetwas beschützen«, er schüttelte spöttisch und ungläubig den Kopf und kam dann zurück auf die aktuelle Situation zu sprechen: »Wollen wir einmal versuchen sie an den Punkt zu bringen, an dem sie die Kontrolle über ihre Blase verliert?« Lars wollte nicht. Er wollte sich an der Frau nähren, bis sie starb, sie dann hier liegen lassen und zurück zu seiner Familie gehen. Aber er respektierte die Gebräuche des Bluthauses von Ankh, also nickte er zögerlich und in dem Versuch, sich seine wahren Gedanken nicht anmerken zu lassen.

»Dann lass uns das Messer doch einmal an einer Stelle ansetzen, die etwas empfindlicher ist als der Oberschenkel. Wie wäre es mit«, Mortimer zögerte und verzog unschlüssig das Gesicht, bevor er sich entschieden hatte, »mit dem Solarplexus?« Er deutete etwa mittig auf ihren Oberkörper, da wo ihre unteren Rippenbögen auf das Brustbein zuliefen. Lars schluckte seinen Widerwillen hinunter, schob das bauchfreie Shirt der Frau etwas nach oben und setzte die Spitze der Klinge an. Er versuchte sich an seine Zeit bei den Menschen zu erinnern und daran, was sie ihm alles angetan hatten. Wie sie ihn bloßgestellt und entwürdigt hatten. Er versuchte so zu tun, als wäre ihr Opfer schuld an all dem gewesen. Es half ein bisschen und schürte sein schwaches Verlangen danach jemanden weh zu tun. Die Frau zitterte am ganzen Leib und gab ein hysterisches, durch den Knebel aber ersticktes Kreischen von sich, als das Metall die Haut durchstieß und in den Körper eindrang.

»Vorsichtig,« mahnte Mortimer, »wir wollen sie doch nicht zu schnell in eine Ohnmacht treiben. Ich glaube diese Tiefe ist in Ordnung, zieh die Klinge jetzt langsam hinunter.« Der Schmerz steigerte sich so sehr, dass ihre Beute die Augen verdrehte.

»Oh, warte kurz«, befahl Mortimer hektisch und achtete darauf, dass ihr Opfer nicht vollends das Bewusstsein verlor. Er klatschte ihr drei Mal leicht ins Gesicht und der Blick der Frau klarte sich wieder auf. »Wir müssen aufpassen, dass sie uns nicht entgleitet. Aber da ist noch ein Fallstrick, dem wir Rechnung tragen müssen. Es dauert jetzt nicht mehr lange, dann wird sie drohen zu erbrechen. Durch den Knebel könnte sie daran ersticken aber, wenn wir ihn ihr abnehmen, dann schreit sie vielleicht zu laut und der Spaß wäre vorüber«, er machte eine schulterhebende Geste, wie um das Dilemma zu unterstreichen, löste es dann aber auf: »Wenn sie also zu würgen beginnt, müssen wir sehr schnell und geschickt handeln. Wir müssen ihr den Knebel entfernen, so dass sie brechen kann. Kurz nachdem sie sich übergeben hat, wird sie zu schwach sein um zu schreien und ohnehin eher nach Luft ringen. Diese Zeit nutzen wir, um ihr den Knebel wieder anzulegen. Damit sich ihr Erbrochenes aber nicht über ihren ganzen Körper verteilt, halten wir ihr während sie sich übergibt eine Tüte vor den Mund, die wir danach zuknoten können. Du siehst also, es müssen viele Sachen beinahe gleichzeitig passieren«, er lächelte gutmütig, »für heute brauchst du dir keine Gedanken darübermachen. Ich werde das übernehmen. Keine Sorge: Ich habe schon ein wenig Übung darin.« Lars zog die Klinge noch etwas weiter nach unten und da geschah es, genauso wie Mortimer vorhergesagt hatte: Die Frau begann zu würgen. Es war ein trockener, erstickter Laut. Lars hielt inne und Mortimer zog einen kleinen schwarzen Plastikbeutel aus seiner Tasche und faltete ihn auf. Mit der rechten, hielt er den geöffneten Beutel vor den Mund ihres Opfers, seine Linke machte sich am Knebel zu schaffen. Sie tauschten einen abstimmenden Blick aus und Lars zog das Messer weiter in Richtung Bauchnabel.

»Jetzt ist es bald soweit«, schätzte Mortimer die Situation ein und tatsächlich: Die Klinge fuhr nur ein wenig tiefer und ihr Opfer begann ein weiteres Mal zu würgen. Dieses Mal deutlich heftiger. Blitzschnell öffnete Mortimer den Knebel, zog ihn weg und die junge Frau erbrach sich in den Plastikbeutel. Sie übergab sich in drei kurz aufeinanderfolgenden Stößen. Dazwischen rang sie, wie Mortimer vorausgesagt hatte, nach Luft. Ein beißender Geruch stieg Lars in der Nase auf. Er kannte den Geruch und fühlte sich unangenehm daran erinnert, wie er sich nach der Aufnahme von menschlichen Lebensmitteln oft selbst hatte übergeben müssen. Mortimer wischte mit einem Taschentuch über den Mund der jungen Frau, warf es mit in den Beutel und knotete ihn zu. Dann brachte er den Knebel wieder an. Lars war froh, dass der Gestank nach Erbrochenen sich wieder verflüchtigte. Doch die Erinnerung, welche er heraufbeschworen hatte, hatte etwas in ihm ausgelöst. Er konnte nicht klar abgrenzen was es war, doch sein Widerwille darüber ihrem Opfer weh zu tun schwand dadurch. War es Zorn oder Verzweiflung? Oder war es Schmerz? Vielleicht war es auch nichts davon und er fand nun doch endlich Gefallen an dem, was er da tat. Er hatte keine Zeit weiter darüber nachzudenken, denn Mortimer unterbrach seine Gedanken:

»Du machst das wirklich sehr gut. Stech‘ ihr die Klinge in den Bauch.« Lars setzte die Klinge drei Zentimeter oberhalb des Bauchnabels an:

»Und wenn sie nochmal brechen muss?«, fragte er besorgt.

»Ich glaube nicht, dass sie das tun wird«, fachsimpelte Mortimer, »normalerweise erbrechen sich Subjekte nur einmal, dann ist der Magen leer und im schlimmsten Falle würgen sie nur noch etwas Magensäure hoch. Daran wird sie aber nicht ersticken. Also«, setzte er noch einmal freundlich an: »Stech' ihr die Klinge in den Bauch. Ich möchte wissen, ob wir sie damit dazu bringen, dass sie Wasser lassen muss.« Mit einem Ruck rammte Lars die Klinge in das Fleisch. Die Frau gab einen entsetzten Schrei von sich, der erneut von dem Knebel verschluckt wurde. Ihr Körper krampfte sich zusammen, doch die Vampire hinderten sie weiterhin daran eine Schutzhaltung einzunehmen.

»Nochmal«, verlangte Mortimer und Lars stach ein weiteres Mal zu. »Und nochmal«, forderte er und sein Gesichtsausdruck wandelte sich zu einem ekstatischen Grinsen. Die Muskulatur der Frau krampfte am ganzen Leib, sie verdrehte die Augen, stand kurz vor der Ohnmacht und dann konnte Lars es hören: Sie hatte die Kontrolle verloren und in der kleinen Kuhle, die Mortimer zwischen ihren Beinen ausgegraben hatte, sammelte sich die Nässe. Es stank fürchterlich erbärmlich, aber als es aufgehört hatte und Mortimer Erde darüberlegte, verflüchtigte sich auch dieser Geruch.

»Sehr gut!«, lobte der Vampir euphorisch, »wirklich sehr gut. Du hast es geschafft. Wir könnten sie zwar noch ein bisschen mehr quälen, aber ich denke für heute ist es genug. Lass sie uns ins Bewusstsein zurückholen und aussaugen.« Mortimer schlug der Frau mit der flachen Hand und mit leichter Gewalt wiederholt ins Gesicht. Ihr Blick war verschwommen und obwohl sie teilweise das Bewusstsein zurückerlangte, blieb ein nebliger Teil darin zurück. Sie war nun endgültig zu schwach, um noch Gegenwehr zu leisten, also durchtrennte Lars das Band, mit dem ihre Arme hinter den Baum gefesselt waren und griff dann nach ihrem Handgelenk. Er wollte den letzten Akt dieser Jagd genießen und fühlen, wie sich der Puls der Frau entwickelte, je näher sie dem Tod kam. Mortimer tat es ihm gleich, schlug ihr Opfer aber immer wieder mit der flachen Hand ins Gesicht, wenn sie drohte, wieder vollends das Bewusstsein zu verlieren. Lars ließ seine Zähne vorsichtig in die Adern gleiten. Er wusste, dass sie durch seinen Biss keine Schmerzen erlitt. Darauf kam es jetzt zwar auch nicht mehr an, aber für ihn war es die Geste, die zählte. Die Frau hatte genug gelitten und sich somit die Erlösung durch den Tod redlich verdient. Lars hielt das Messer nur mit drei Fingern fest. Mit den beiden freien Fingern tastete er nach dem Puls in der Ellenbeuge. Wie es die natürliche Folge vorgab, wurde er schwächer und schwächer. Irgendwann gab Mortimer es auf die Frau ins Bewusstsein zurück holen zu wollen. Ihr Körper verlor mit jedem Moment an Spannung und dann war der Pulsschlag verschwunden. Sie war tot.

9

Die Vampire hatten die Arme der jungen Frau fallen gelassen und so lehnte sie, nur noch gestützt durch das Band um ihren Hals, an dem Baum. Mortimer stützte sich auf beiden Händen auf und atmete genussvoll ein und aus:

»Das war wirklich eine ganz hervorragende Jagd. Es ist lange her, dass ich die Grundlagen über das Verursachen von Schmerz weitergegeben habe. Das war fast schöner, als ihr selbst weh zu tun!« Er lachte ausgelassen und schien sich ganz und gar wohl zu fühlen. Lars teilte seine Euphorie nicht, aber verbarg seine wahren Gedanken dazu auch weiterhin. Die Ereignisse sorgten ihn ein wenig. Erst hatte er die junge Frau gar nicht foltern wollen, aber nachdem sie sich übergeben hatte, waren andere Gefühle in ihm erwacht. Würde er bald so werden wie Mortimer? Das wollte er nicht. Er wollte weiterhin so jagen, wie man es ihm bei den Largaretta beigebracht hatte, aber von all dem sagte er nichts. Also nickte er nur, lächelte und reichte Mortimer das Messer zurück.

»Behalt es«, entgegnete der Vampir, »du hast es dir verdient. Ich weiß, dass diese Art zu jagen nicht deiner Präferenz entspricht. Trotzdem hast du es ganz wunderbar gemacht.« Dann setzte er mit ernsterer und auch etwas nachdenklicher Miene noch einmal an: »Du hast mir gezeigt, was für eine Art Vampir du bist und nun erkenne auch ich deinen Anspruch darauf an, das Bluturteil zu vollstrecken. Trotzdem: mir gefällt es noch immer nicht, dass sowohl die Warnung, als auch die Lösung des Problems beides von dir ausgeht. Wie dem auch sei… Unsere gemeinsame Jagd hat mir eines klar gemacht: Du bist nicht der Teil, der das Consilium täuschen möchte. Zumindest nicht wissentlich. Und da dein Blut erwiesenermaßen das stärkste ist, liegt darin auch die beste Chance, eine Täuschung auszuschließen.« Mortimers Worte erleichterten Lars, der das Messer in die Hülle steckte und anschließend in seiner Hosentasche verstaute. Es wäre ärgerlich gewesen, diese Frau in den Tod gefoltert zu haben und dann damit den eigentlichen Zweck zu verfehlen. So aber wurde die Bande zwischen den Largaretta und dem Bluthaus von Ankh gestärkt und darüber hinaus gab es keine Opposition mehr gegenüber Lars‘ Suche nach Wegen aus dem Dilemma, welches über dem Consilium Noctis stand.

»Komm«, sagte Mortimer schließlich mit einem Anflug von geschäftlichem Unterton in der Stimme, »wir klären alles Weitere auf dem Weg zurück.« Geschickt löste der Vampir die Fesseln und den Knebel der Verstorbenen, verstaute die Materialien in seiner Jacke und klaubte nach den zerschnittenen Kleidungsstücken und dem Plastikbeutel. Als er sich erhob, packte er mit der freien Hand den Schopf der Frau. Sie verließen ihr Versteck in nördlicher

Richtung und bewegten sich so zunächst nicht auf die Straße zu, auf der sie ihr Opfer überfallen hatten. Mortimer schleifte die Frau achtlos an den Haaren gepackt hinter sich her, als wäre sie ein Sack verfaulter Kartoffeln.

»Weißt du schon, wo du mit deiner Suche beginnen möchtest?«, fragte der Vampir, so als wäre das was sie gerade taten, das Normalste der Welt.

»Ich bin nicht ganz sicher«, gestand Lars ehrlich, »Marek hat vorgeschlagen, dass ich nach dem Original von diesem Vampir-Philosophen-Buch suchen soll.«

»Erkenntnisse des unsterblichen Raubtiers und der Weg aus der selbstverschuldeten inneren Leere des Vampirs«, zitierte Mortimer den Titel des Buches mit einigem Spott in der Stimme, »ich habe nie viel auf die Lehren des Akrytos gegeben.«

»Warum?«, wollte Lars wissen und Mortimer antwortete:

»Einer seiner so genannten Erkenntnisse und Grundpfeiler für den darauffolgenden Verhaltenscodex für die Vampirgesellschaft ist, dass Menschen einen unbedingten Wert und eine Würde besäßen. Dies ist die Folge einer Argumentationskette, die in Kurzfassung etwa so wiedergegeben werden kann: Der Vampir hat einen unbestreitbaren und heiligen Wert, da es ein Geschöpf ist welches von den Göttern berührt wurde. Das wiederum fußt auf dem Glauben, die dunklen Gaben kämen von den Göttern. Da alle Vampire von Menschen geboren werden, bringen diese somit etwas Heiliges zur Welt. Dementsprechend besitzen sie ebenfalls Wert und Würde«, er schnaubte, »Völliger Quatsch, wenn du mich fragst. Weder hat der Vampir, noch hat der Mensch irgendeinen Wert im großen nicht vorhandenem Weltenplan. Daher braucht es auch keinen Codex für die Gesellschaft der Vampire. Wir sind Raubtiere und wir sind mächtig. Wir sollten uns dementsprechend verhalten.« Lars dachte über die Worte nach. Die Kette war schlüssig, wenn man akzeptierte, dass die Vampire ihre Fähigkeiten tatsächlich von den Göttern erhalten hatten. Es erinnerte ihn an Skjals Erklärung über die Funktionsweise der Blutprüfung. War es möglich, dass der Clan aus dem Norden Teile ihrer Kultur und ihres Glaubens aus den Werken von Akrytos gezogen hatten? Oder waren sie vielleicht über andere Wege auf ähnliche Erkenntnisse gekommen?

»Ich verstehe«, kommentierte Lars schließlich, »aber ich weiß einfach nicht wo ich sonst anfangen sollte zu suchen.« Sie hatten mittlerweile eine weitere geschotterte Straße überquert und den Kanal Plantelor erreicht. Mortimer warf die Kleidung der Frau ins Wasser und machte sich dann daran, auch den Körper hineingleiten zu lassen. Der Kanal hatte keine Strömung, aber der Schwung, mit dem ihr Opfer ins Wasser gestoßen wurde, reichte aus, um sie weiter hinein zu treiben. Den Plastikbeutel warf er in einen nahen Mülleimer, nachdem sie zur Schotterstraße zurückgekehrt waren. Dann machten sie sich auf den Weg zur Brücke, von wo aus sie weiter zum Auto gingen.

»Es ist nicht an mir über den Weg zu urteilen, den du beschreiten möchtest. Wenn du also das Original des Buches finden willst, so hast du meine Unterstützung.«

»Kannst du mir denn weiterhelfen?«, frage Lars mit schwacher Hoffnung. Mortimer dachte einen Augenblick nach. Dann kratzte er sich am Hinterkopf und sagte:

»Ich nicht, aber ich kenne jemanden, der dir vielleicht helfen könnte. Eine Eishexe aus dem Clan des Nordens. Sie wollte nach dem Consilium Noctis einige Zeit, in einem unserer«, er räusperte sich, »*Erholungszentren* verbringen. Sie ist was alte, mystische Bücher angeht sehr bewandert. Ihr Name lautet Pricilla, Tochter Helsheims. Kennst du sie?«

»Ja das tue ich«, stieß Lars begeistert hervor, »sie ist eine gute Freundin von Großmutter und ich habe sie auch einmal in der Küche des Consiliums getroffen.«

»Sehr schön«, kommentierte Mortimer, »das macht es vielleicht etwas leichter. Wenn sie ihre Pläne umgesetzt hat, dann befindet sie sich bereits in unserem Haus nahe Rapla in Estland. Du bist herzlich eingeladen uns dort zu besuchen«, er zögerte kurz und fügte dann hinzu, »aufgrund der dort stark begrenzten Räumlichkeiten kann ich diese Einladung jedoch nur auf ein weiteres Mitglied deiner Familie ausweiten.«

»Dann nehme ich Serine mit«, beschloss Lars, ohne weiter darüber nachzudenken.

»Ich hatte gehofft, dass du sie auswählen würdest«, entgegnete Mortimer, »sie ist eine ganz erstaunliche Dame, die sicher einen großen Wert aus ihrem Besuch bei uns ziehen kann.« Sie liefen weiter die Straßen entlang und in Richtung des Parkplatzes, an dem sie das Fahrzeug abgestellt hatten. Kurz bevor sie es erreichten setzte Mortimer noch einmal an:

»Ach, bevor ich es vergesse. Ich weiß zwar nicht ob es stimmt, aber es heißt, der Vorschlag zur Durchführung einer Blutprüfung im Consilium Noctis, sei in den Besprechungen des Clans aus dem Norden ursprünglich von Pricilla ausgegangen.«

Willkommen in der Wiege der Schmerzen

1

Mortimer hatte Lars wieder zurück nach Ţigăneşti gebracht. Am Hoteleingang wartete schon Serine auf sie. Die Erleichterung darüber Lars unbeschadet wiederzusehen, stand ihr förmlich ins Gesicht geschrieben. Mortimer verabschiedete sich mit knappen Worten und erklärte, dass er sich auf das Wiedersehen in Rapla freuen würde.

»In Rapla?«, fragte Serine, als Mortimers schwarz lackierter Sportwagen schon um eine Ecke gebogen war, »was ist dort?«

»Pricilla«, antwortete Lars und nahm Serine in die Arme. Es tat ihm gut endlich wieder bei ihr zu sein, ihren Schutz zu spüren und ganz allgemein die Gegenwart dieser für ihn so wichtigen Freundin wahr zu nehmen. »Sie ist dort in einem Entspannungszentrum des Bluthauses und weiß vielleicht, wo ich die originale Fassung von Akrytos‘ Buch finden kann«, erklärte Lars weiter, ohne dabei die Umarmung zu lösen und wechselte dann das Thema:

»Das war eine ganz blöde Jagd mit Mortimer.«

»Erzähl mir davon«, bat Serine und Lars berichtete ihr alles. Als er an der Stelle angekommen war, an der sie die Frau mit dem Messer verletzten, lächelte die Vampirin plötzlich. In ihrem Blick stand geschrieben, dass sie sich dabei nicht so unwohl gefühlt hätte wie Lars. Doch als seine Erzählung beendet war, legte sie ihm nur sanft die Hand auf die Schulter, schmunzelte erneut und sagte:

»Du bist ein Largaretta durch und durch. Morgen können wir wieder gemeinsam jagen. So wie man es in unserem Haus tut.«

In dieser Nacht lag Lars noch lange wach. Das Bett in ihrem Hotelzimmer war zwar eine bequeme Abwechslung und die Tatsache, dass Serine neben ihm schlief beruhigte ihn, doch ging ihm vieles durch den Kopf: Das panische, erstickte Kreischen der jungen Frau, die nun tot im Kanal Plantelor umhertrieb und vielleicht bald von Passanten entdeckt würde. Ihr schrecklicher Gesichtsausdruck, als Lars ihr das Messer wieder und wieder in den Bauch gerammt hatte… Dann dachte er an Rosamunde und die Worte, die sie damals bei ihrer ersten Begegnung im Theater der Alpträume ausgesprochen hatte: »Du bist ein Mörder, Laaz von Largaretta. Weil du existierst müssen viele Menschen sterben.« War es das was sie damit gemeint hatte? Unruhig drehte sich Lars auf die Seite und sah Serines Schlaf zu. Seine Freundin behielt Recht mit dem was sie ihm vorhin am Hoteleingang gesagt hatte: Er war ein Largaretta. Und damit verbunden war er ein Vampir. Und Vampire töten nun einmal von Zeit zu Zeit. Doch ein großer Foltermeister, wie es die Angehörigen des Bluthauses von Ankh waren, würde Lars nicht werden. Das nahm er sich zumindest ganz fest vor und mit diesem Gedanken gelang es ihm endlich Schlaf zu finden.

In der nächsten Nacht erzählte er der ganzen Familie seine Erlebnisse mit Mortimer und welche Schritte als nächstes anstünden. Als Lars das Messer, welches er von dem Vampir erhalten hatte hervorzog, staunten sie nicht schlecht. Sie erklärten ihm, dass ein solches Messer eine besondere Anfertigung des Bluthauses sei und als Vertrauensbeweis galt. Es verhielt sich ähnlich wie die Ringe der Largaretta nur, dass deren Bedeutung im Vergleich deutlich höher lag. Bei der Erwähnung von Pricilla, stahl sich ein Lächeln auf Großmutters Gesicht und bei der Erläuterung, dass Lars nur eine einzelne Person mit in das Erholungszentrum nehmen dürfte, flog wiederum ein Schatten auf das des Barons. Carolin schlug vor, dass Lars die Großmutter mitnehmen sollte, da sie Pricilla bereits länger kannte, doch Lydia lehnte ab. Sie argumentierte, dass sie sich zu alt für solche Erholungszentren und dergleichen Unternehmungen fühlte und dass es an den jungen Vampiren sei, dieses Abenteuer zu bestreiten. Lars erkannte zwar die Weisheit, welche in Carolins Vorschlag steckte, doch insgeheim war er froh darum, dass die Großmutter ablehnte, denn es war ihm wichtig, Serine an seiner Seite zu wissen, wenn er mit mehreren Mitgliedern des Bluthauses von Ankh konfrontiert wurde. Die Vampirin hatte nun einmal eine deutlich wohlwollendere Einstellung zu deren Praktiken und Gepflogenheiten – insbesondere zu Tisch. Marek schlug vor, dass sich die übrigen Mitglieder der Familie gesondert ein Hotel in der Nähe Raplas suchen könnten, um Lars so dennoch weiter zu begleiten. Lars war sehr dankbar für das Angebot. Es untermauerte einmal mehr, wie sehr sie ihn in die Familie aufgenommen hatten und wie wichtig er für sie geworden war. Dennoch fühlte er auch, dass sie ihm in Rapla nicht helfen könnten. Er würde sich auf Serine und seine eigenen Fähigkeiten verlassen müssen. Also erklärte er, dass dies nicht nötig sei und dass er sich freute, wenn sie stattdessen die Restaurationen der Villa Largaretta weiter voranbrächten, bis Serine und er zurückkehren würden. Marek und Carolin sahen ihn an, als seien sie zwei liebende Eltern, die erkannten, dass ihr Kind nun eigene Wege gehen würde. Es gab noch ein paar Vorwände, die diskutiert wurden und aufgrund derer eine Begleitung der Familie vielleicht doch sinnvoll wäre, doch schlussendlich akzeptierten sie, dass Lars und Serine ohne ihre Hilfe auskommen müssten.

Später am Abend, Lars hatte in dem vom Speisesaal separierten Teil etwas Geige geübt, bemerkte er wie der Baron mit Serine sprach. Sie hatten den Speisesaal gerade erst betreten und befanden sich daher noch einige Meter entfernt. Ihre Stimmen waren leise, doch als sich ihr Gespräch dem Ende zuneigte, da hörte Lars trotzdem genau was Marek an Serine gewandt sagte:

»Egal was du tust und egal wie du dich entscheidest, du wirst immer meine Tochter bleiben.« Er lächelte sie väterlich an, dann umarmten sich die beiden Vampire. Anschließend trat Serine freudig auf Lars zu. Irgendwie wirkte sie erleichtert. So als wäre ihr eine schwere Last vom Herzen genommen worden. Lars dachte daran sie danach zu fragen, entschied sich dann jedoch dagegen. Vielleicht wäre es ihr nur unangenehm und wenn sie es für richtig hielt, würde sie es ihm früher oder später ohnehin erzählen.

Noch in derselben Nacht brachen die beiden Vampire auf. Der Baron hatte wieder einen Leichenwagentransport organisiert. Nachdem sie sich ein letztes Mal in Ţigăneşti genährt hatten, waren sie zurück in ihre Särge im Hotelzimmer gekrochen. Letztere wurden schließlich in einen dafür vorgesehenen Leichenwagen verfrachtet. Lars war nicht, so wie beim letzten Mal als er auf diese Weise reiste, sofort eingeschlafen, sondern lang noch wach, als sich das Fahrzeug in Bewegung setzte. Er drehte sich auf die rechte Seite, von der er wusste, dass sie in Richtung von Serines Sarg zeigte und strich mit seinen Fingern über das Holz der Wand, wie um sie zu berühren. Eine Woge des Glücks durchfuhr ihn, als er darüber nachdachte, wie froh und dankbar er war, dass ihn diese wunderbare Frau gefunden hatte. Er war glücklich darüber, dass sie ihm schon damals, als er noch klein und verletzlich bei den Menschen hatte leben müssen, mit ihrem Gesang beigestanden und später in die Familie Largaretta eingeführt hatte. Lars dachte daran, wie sie ihm das Jagen lehrte und wie sie nach wie vor immer zu ihm stand. Egal, ob es sich um eine Reise durch die Anderswelt, eine Blutprüfung, oder einen Besuch bei den Angehörigen des Bluthauses von Ankh handelte. Sie war immer für ihn da. Glücklich lächelnd drehte er sich zurück auf den Rücken, verschränkte die Hände auf dem Bauch und schlief fast augenblicklich ein.

2

Rote Flüsse und rote Wasserfälle umgaben Lars. Egal wo er hinsah überall floss Blut. Er stand auf einem Knochenberg inmitten des roten Chaos. Leblose Körper trieben an ihm vorbei und verschwanden in dem Sog eines weiteren Wasserfalls. Der Himmel war wie Feuer und von irgendwo her dröhnte ein furchtbares Lachen. Es war krächzig und rau, so als hätte die Person, die es ausstieß, ihre Stimmbänder damit überlastet, dass sie zu lange und zu laut hatte schreien müssen. In dem Lachen lag ein Wahnsinn, wie er nur zustande kam, wenn der Geist unter einer nicht enden wollenden, grauenerregenden Folter brach. Lars kannte dieses Lachen und er wusste, wer es ausstieß. Doch Rosamunde zeigte sich nicht. Nur ihr fürchterliches Lachen war zu hören. Lars konnte nicht sagen, ob er in einem Teil der Anderswelt gestrandet und Rosamunde dort tatsächlich anwesend war, oder ob sein Unterbewusstsein sich in seinem eigenen Geist verirrt hatte und er nur von ihr träumte. Er wusste im Grunde gar nichts über diesen Ort. Ihm war nur eine Sache klar: Er wollte hier nicht sein. Also schloss er die Augen, atmete langsam durch den Mund aus und sammelte seinen Fokus. Das Rauschen der Wasserfälle vermischte sich mit einem anderen, irgendwie künstlich wirkenden Störgeräusch. Dieses andere Geräusch schwoll an, wandelte sich zu einem Dröhnen und Lars fühlte, wie um ihn herum ein mächtiger, grauer Sog entstand. Er wartete darauf, von ihm erfasst zu werden, das Gleichgewicht zu verlieren und unkontrolliert empor zu steigen. Doch es geschah nicht. Stattdessen fühlte er plötzlich, wie sich eine Hand auf seine Schulter legte, ihn packte und aus dem Sog hinauszog. Erschrocken öffnete er die Augen: Die Knochen, Blutflüsse, leblosen Körper und das Rauschen der Wasserfälle: All das war verschwunden. Stattdessen fand er sich in einem wunderschönen Wald wieder, dessen Bäume teilweise auffällig dunkle Blätter trugen. Und als er sich umdrehte, da sah er, dass die Großmutter hinter ihm stand:

»Da hast du dich aber ganz schön verlaufen«, spöttelte sie in gutmütiger Tonlage.

»Ja«, gestand Lars etwas kleinlaut ein, »irgendwie habe ich noch Schwierigkeiten da heraus zu kommen, wo ich eigentlich will, wenn ich in die Anderswelt gehe. Danke, dass du mich da rausgeholt hast.«

»Ach«, lenkte die Großmutter ein, »das hast im Grunde ganz alleine geschafft. Den grauen Sog hast du ja selbst beschworen. Ich habe deine Reise nur hier her gelenkt.« Als Lars nicht antwortete, sondern sie stattdessen nur fragend ansah, fügte sie noch hinzu: »Serine ist auch hier.«

Sie spazierten zusammen den Pfad entlang, der zu Großmutters Hütte führte. Lars genoss die vielfältigen, sanften Geräusche der Blätter und den besonders frischen Duft des Waldes. Genau wie bei seinem letzten Besuch in Großmutters Reich erwartete Serine ihn auch jetzt freudestrahlend auf der Bank vor der Hütte.

»Weißt du wie es ausgehen wird?«, fragte Lars ohne viel Hoffnung, als sie es sich im Inneren von Großmutters Hütte gemütlich gemacht hatten.

»Dein Bluturteil?«, fragte sie rhetorisch und fuhr fort: »Nein. Das kann ich leider nicht sehen. Wenn es jemand kann, dann sind es die alten Götter, doch sie lassen mich in dieser Sache nicht an ihrem Wissen teilhaben.«

»Wie funktioniert das eigentlich?«, wollte Serine wissen, »also ich meine wie können die alten Götter und die Vampire in die Zukunft sehen?« Die Großmutter lächelte, lehnte sich in ihrem Schaukelstuhl zurück, griff nach ihrem Strickzeug und begann zu erklären:

»Um das zu verstehen, muss man zunächst wissen, um wen es sich bei den alten Göttern eigentlich handelt. Ich nenne sie die alten Götter, da es jene Wesen waren, welche die Menschen angebetet haben, bevor sie von dieser neuen Religion vor etwa eintausend Jahren aus dem Glauben des Volkes vertrieb wurden. Ihren Platz nahm ein Götze ein, den Manche Jehova, Adonai oder Allah nennen. Dieses Wesen existiert jedoch nicht. Die alten Götter dagegen, welche früher auch als Naturgeister verehrt wurden, sind aber sehr wohl wahrhaftig. Nun«, sie unterbrach sich und wischte die Gedanken, in welche sie abzuschweifen drohte, mit einer Handbewegung zur Seite und setzte noch einmal an: »Das ist also der Grund, warum ich sie die *alten Götter* nenne. Tatsächlich handelt es sich aber um ganz normale Götter, welche wiederum Teil eines Göttergeschlechts sind und das wiederum Teil eines Göttervolkes und so weiter. Dieses Göttergeschlecht ist aus ihrer Natur heraus sehr mächtig.«

»Aus ihrer Natur heraus?«, hakte Lars nach.

»Ja«, bestätigte die Großmutter und erklärte: »Wenn wir als Vampire, Menschen oder Tiere auf der Erde wandeln, dann durchqueren wir vier Ebenen. Manche beabsichtigt und manche unweigerlich und ob wir das nun wollen oder nicht. Freiwillig gehen wir nach vorne und zurück, nach links oder rechts. Genauso können wir wählen ob wir nach oben oder unten gehen.«

»Es sei denn«, unterbrach Serine die Erklärung, »wir wenden von einem Turm geschubst, dann ist das mit dem nach unten doch eher unfreiwillig.« Die Großmutter lächelte gutmütig und wickelte gedankenverloren Wolle auf ihren Finger:

»Diese ersten drei Ebenen sind also die räumlichen Ebenen. Wir durchqueren sie – üblicherweise – mit Bedacht, Motiv und Plan. Die letzte der vier Ebenen ist die Zeit.« Die Großmutter setzte eine kurze Pause ein, in der sie eine Masche ansetzte und die nächste Reihe zu stricken begann. Dann fuhr sie fort: »Wir tun immer so, als verginge die Zeit einfach, aber in Wahrheit ist es so, dass wir sie genauso durchqueren, wie die räumlichen Ebenen.«

»Das verstehe ich nicht ganz«, gestand Lars und die Großmutter ging geduldig darauf ein:

»Stell dir einmal vor, es gäbe einen Künstler. Ein Mann, der innerhalb von einer Sekunde ein Bild von dem malen könnte, was er sieht. Dieser Mann malt also jede Sekunde ein Bild. Wenn jemand sein Sichtfeld durchquert, so malt er diesen Jemand und wenn in seinem Sichtfeld eine Pflanze wächst, so malt er jede Sekunde ihrer Entwicklung. Wenn der Künstler gestorben ist, hängen wir seine Bilder in einer großen Galerie hintereinander und in der Reihenfolge ihrer Entstehung nach auf. Und dann laufen wir an ihnen vorbei und betrachten jedes einzelne davon. So können wir sehen, was der Künstler in seinem ganzen Leben lang gesehen hat. Wir durchqueren die Ebenen seiner Zeit.«

»Ahhhh«, machte Lars, der jetzt verstand. Die Großmutter nickte zufrieden, aber ihre Erklärung war damit noch nicht beendet:

»In der Galerie, können wir wählen ob wir nach vorne gehen oder zurück. Also in die Vergangenheit, oder in die Zukunft aus der Perspektive jenes Bildes, welches in der Mitte hinge. Wenn wir auf der Erde wandeln, dann können wir das nicht tun. Wir können nur nach vorne gehen. Und das auch nur in der Geschwindigkeit, wie es durch die Natur vorgegeben ist. Die alten Götter jedoch, können auch auf der Erde nach vorne und nach hinten in der Zeit gehen. Auf diese Weise ist es ihnen möglich die Zukunft zu sehen.« Wieder setzte die Großmutter eine kurze Pause ein, um das Gesagte etwas setzen zu lassen. Dann begann der nächste Teil ihrer Erklärung: »Jetzt wisst ihr also, wie die alten Götter in die Zukunft sehen können. Wenn Lars oder ein anderer Vampir aber auf Visionen Suche geht, dann verhält sich das ein wenig anders. Erinnerst du dich an das was Skjal Helsdottir dir vor der Blutprüfung erklärt hat? Wie ein alter Gott sich opferte, um die dunkeln Gaben zu erschaffen?«

»Ja«, gab Lars zurück und auch Serine nickte bestätigend.

»Sehr gut«, befand die Großmutter, »dann ist der Rest der Erklärung etwas einfacher. Die dunklen Gaben sind also aus der Essenz eines Wesens entsprungen, welches unter anderem dazu in der Lage war, so durch die Zeit zu reisen, genau wie wir es durch die räumlichen Ebenen tun. Und da die dunkeln Gaben Teil unseres Wesens sind, kann es sein, dass Vampire die Fähigkeit entwickeln in die Zukunft zu sehen. Natürlich nicht im Ansatz so gut, wie es die alten Götter selbst tun können, doch für einen Blick reicht es aus. Das was der Vampir, welcher in die Zukunft sieht schließlich wahrnimmt, wird von seinem Geist in Bilder umgewandelt, die er verstehen kann. Und genauso entsteht schließlich die Vision. Zumindest ist das die grobe Erklärung.« Lars Kopf rauchte, bei dem Versuch alles ganz genau zu verstehen. Eine Sache begriff er aber immer noch nicht:

»Und was hat dann Rosamunde damit zu tun?«

»Rosamunde?«, fragte die Großmutter, wieder ohne eine Antwort zu erwarten, »Rosamunde hat wenig damit zu tun. Das Theater der Alpträume dagegen schon, denn es ist ein Ort, der die Fähigkeit Visionen zu empfangen deutlich verstärkt. Nun ja und Rosamunde wacht über diesen Ort, da sie selbst ein sehr großes Interesse an der Zukunft hat.«

»Was ist denn bei dem Theater der Alpträume, dass es diese Wirkung schafft«, wollte Serine wissen.

»Tja«, setzte die Großmutter an, »das weiß niemand so genau. Manche sagen, es sei ein Tempel, in dem einer der Götter lebt. Andere behaupten an dieser Stelle der Anderswelt sei ein alter Gott gestorben. Wer weiß? Vielleicht ist es sogar der Ort an dem er sich geopfert hat, um die dunklen Gaben und damit die Vampire zu erschaffen?« Stille kehrte in die Hütte ein. Sie alle dachten darüber nach was wohl an dem Ort, an dem sich das Theater der Alpträume befand, tatsächlich sein könnte, sodass dort die Visionen Suche erleichtert war.

»Ach«, unterbrach die Großmutter schließlich ihre Gedanken und wandte sich an Lars, »bevor ich es vergesse. Der Grund weshalb du Serine damals in der Villa Largaretta erwecken konntest, hängt auch damit zusammen, dass dunkle Gaben im Blut der Vampire liegen.«

»Wie meinst du das?«, wollte Lars wissen und auch Serine sah gespannt zur Großmutter.

»Du hast ihr doch«, erklärte sie, »bei einem eurer ersten Treffen hier in der Anderswelt einen Tropfen von deinem Blut gegeben. Und später dann im Keller der Villa Largaretta noch einmal.«

»Ja«, bestätigte Lars, der immer noch nicht ganz verstand, aber die Großmutter erklärte schon weiter: »Durch die dunkle Gabe, kannst du hier in der Anderswelt umhergehen. Dein Körper aber liegt in einem Sarg auf dem Weg nach Rapla. Dein Körper und dein Blut durchqueren also die räumlichen Ebenen und die Zeit auf der Erde. Die Essenz deines Wesens, dein Geist ist aber hier in der Anderswelt. Die dunkle Gabe, welche an dein Blut gebunden ist, ist das notwendige Zwischenstück, damit das alles möglich ist.« Die Großmutter wartete, bis ihr die beiden Vampire signalisierten, dass sie verstanden hatten und führte dann weiter aus: »Wenn ein Vampir sein Blut teilt, so teilt er – zumindest außerhalb einer Blutprüfung – nicht seine dunkle Gabe, sondern nur die Erinnerung daran.«

»Die Erinnerung?«, fragten Lars und Serine gleichzeitig und die Großmutter betätigte:

»Ja. Es ist wie der Klang eines Instruments. Wir hören den Ton, aber die Macht ihn zu erschaffen, geht von dem Instrument aus. Der Ton ist sozusagen die Erinnerung an das, was das Instrument getan hat.« Wieder signalisierten sie der Großmutter, dass sie verstanden hatten und die alte Frau fuhr fort: »Du hast Serine also erst in der Anderswelt die Erinnerung an dein Blut weitergegeben und dann noch einmal in den Kellern der Villa Largaretta. Dort erkannte dein Geist, Serine, die Erinnerung und du konntest erwachen. Diese Art der Erweckung war also etwas anders als die Vorgehensweise, die wir bei Gheorghe wählten. Aber man muss bedenken, dass du auch nicht so lange geschlafen hast wie der rote Ritter und dazu kommt auch noch, dass Gheorghe kein Wanderer der Anderswelt ist. Wenn sein Geist hier also herumirrt, dann könnte er uns nicht erkennen und so fiele es auch schwer, ihm vorab die Erinnerung des Blutes einzugeben.«

»Deshalb also«, kommentierte Serine in verstehendem Ton und Lars sah sie fragend an. Sie drehte sich zu ihm und erklärte: »Großmutter hat mir damals gesagt was ich tun sollte, damit du mich erwecken kannst. In der Aufregung habe ich das zu dieser Zeit gar nicht weiter hinterfragt.«

3

Serine und Lars verbrachten noch einige Zeit bei der Großmutter, dann aber kehrten sie in ihren Teil der Anderswelt zurück. Dort spazierten sie etwas umher und versuchten selbst ein paar Bäume zu pflanzen. Lydia hatte ihnen erklärt, wie sie dabei vorzugehen hatten und dass auch diese Fähigkeit mit der dunklen Gabe – jenem göttlichen Teil in ihrem Blut – zusammenhing. Natürlich war die Fähigkeit der Götter, die Umgebung um sie herum zu verändern, um ein Vielfaches gewaltiger. Sie bräuchten keine Jahrhunderte, bis ein dichter Wald gewachsen wäre. Lars dachte darüber nach, ob das damit zusammenhing, dass die Götter auch durch die Zeit reisen konnten. Vielleicht, überlegte er, bräuchten sie *ja doch* Jahrhunderte bis der Wald gewachsen wäre, doch könnten sie diesen Vorgang aus dem Blickwinkel, den er und Serine einnahmen, einfach abkürzen. Er bemerkte wie sein Kopf erneut zu rauchen begann und verscheuchte die Gedanken daran.

Als sie sich einen Platz zum Sitzen gesucht hatten, erinnerte sich Lars an das was der Baron im Hotel zu Serine gesagt hatte: »Egal was du tust und egal wie du dich entscheidest, du wirst immer meine Tochter bleiben.« Zu dem Zeitpunkt hatte Lars sich zwar vorgenommen, Serine nicht danach zu fragen, aber nun war er doch neugierig geworden, also sprach er sie darauf an.

»Ach«, begann sie zögerlich, »ich habe mit Marek darüber gesprochen, wie sehr mich die Traditionen und die Kultur des Bluthauses faszinieren«, sie zögerte merklich, wie aus Sorge etwas zu sagen, dass Lars abschrecken könnte, »und darüber wie sehr es mich selbst danach verlangt den Menschen weh zu tun…« Lars griff nach ihrer Hand um ihr zu signalisieren, dass er kein geringeres Urteil über sie fällte. Serine würde für ihn immer eine ganz besondere Vampirin bleiben. Sie war die Frau, die ihn aus der Tyrannei der Menschen befreit hatte. Von ihr hatte er gelernt Vampir zu sein. Lars lächelte um seine Geste zu untermauern und Serine fuhr fort:

»Ich habe mit Marek auch darüber gesprochen, dass ich darüber nachgedacht habe einmal einige Zeit beim Bluthaus von Ankh zu leben. Nicht jetzt«, fügte sie hastig hinzu, als sie Lars überraschten Gesichtsausdruck sah, »aber vielleicht in ein paar Jahrzehnten, wenn du den Pfad des Bluturteils gegangen bist und es vollstreckt hast.« Lars streichelte ihr über die Hand, um ihr weiter zu verstehen zu geben, dass er sie dafür nicht verurteilte. »Weißt du«, erklärte sie dadurch sichtbar ermutigt, »ich möchte mehr über dieses Haus in Erfahrung bringen und auch mehr über mich selbst und mein Verlangen danach Schmerz zuzufügen lernen. Ich möchte wissen wie es ist, jemanden auf diese Weise weh zu tun und«, wieder zögerte sie und wieder sah Lars in ihrem Blick die Sorge davor etwas Falsches zu sagen, doch ihr Vertrauen zu ihm überwog also erklärte weiter, »und ich möchte auch wissen, wie es sich anfühlt, wenn ich auf der anderen Seite bin. Wenn ich es bin dem man auf diese Weise weh tut.« Irgendwie überraschte Lars das nicht. Ihm war zwar das Ausmaß dessen, was Serine gerade preis gegeben hatte nicht ganz bewusst, doch ihr genereller Wunsch danach, auch selbst Schmerz zu erfahren, kam für ihn nicht unvorhergesehen. Auch wenn er sich nicht ganz erklären konnte warum das so war. Er rückte näher an Serine heran und nahm sie in den Arm. Die Vampirin erwiderte seine Umarmung und für eine Weile saßen sie einfach nur so da. Dann aber durchbrach Lars das Schweigen und flüsterte:

»Du wirst immer meine Serine bleiben, egal was du tun wirst. Aber bitte lass mich dich auf deinem Weg begleiten. Für immer.«

4

Lars schlug die Augen auf. Um ihn herum war Dunkelheit. Links und rechts von ihm fühlte er Holzleisten. Der Untergrund auf dem er lag war gepolstert. Langsam fand er seine Orientierung wieder und erinnerte sich daran, dass er sich in einem Sarg befand. Der Leichenwagen hatte sein Ziel erreicht: Rapla. Zumindest ging Lars davon aus, denn das Fahrzeug war offenbar zum Stehen gekommen. Falls er sich denn überhaupt noch in dem Fahrzeug befand. Er überlegte, ob es denn sicher sei den Sargdeckel zu öffnen. Was, wenn sich der Fahrer noch im Sichtfeld befand? Angestrengt lauschte er durch die Wand des Sarges hindurch und konzentrierte sich darauf irgendetwas von draußen wahrzunehmen. Stille. Vorsichtig hob Lars die Arme und lehnte seine Finger mit gleichmäßigem Druck gegen den Sargdeckel. Langsam und behutsam drückte er ihn auf und schob ihn so zur Seite, dass er sich aufrichten konnte. Verwirrt sah er sich um. Neben seinem Sarg, war auch der von Serine aufgebahrt worden. Doch anstelle davon, dass sie sich in einem Hotel oder zumindest in einer Leichenhalle befanden, konnte Lars nur den freien Nachthimmel sehen. Sie waren auf einer Wiese nahe eines Waldrandes und einige Meter entfernt sah er eine alte, heruntergekommene Scheune stehen. Ihm fiel auf, dass die Luft nun deutlich kühler als in Ţigăneşti war. Trotzdem fror er nicht. Er streckte sich und gähnte herzhaft, dann rappelte er sich auf und kletterte aus dem Sarg heraus. Vorsichtig stich er über das Holz von Serines Sargdeckel und schob ihn dann sachte zu Seite. Die Vampirin lag da, als sei sie tot. Er betrachtete sie einen kurzen Moment liebevoll, dann zog er das Messer, welches er von Mortimer erhalten hatte, aus der Hosentasche. Er nutzte die Spitze der Klinge, um sich in den linken Zeigefinger zu schneiden. Dann führte er den Finger so über Serines Mund, sodass ein paar Tropfen seines Blutes zwischen ihre Lippen glitten. Die Erinnerung an seine dunkle Gabe, wie es die Großmutter erklärt hatte, verfehlte ihren Zweck nicht. Langsam schlug die Vampirin die Augen auf und leckte sich mit der Zunge über die Lippen:

»Hmmnn«, machte sie genießerisch, »ich hätte gerne mehr.« Lars lachte und half ihr sich im Sarg aufzurichten:

»Vielleicht später. Lass uns jetzt erst einmal herausfinden wo wir hier gelandet sind.« Auch Serine sah sich einigermaßen orientierungslos um. Als sie keinen anderen Weg entdeckten, der unmittelbar irgendwo hin zu führen schien, entschieden sie sich zur Scheune zu gehen. Das Gebäude war aus Stein gebaut und mit einem hölzernen Dach versehen. Es war unübersehbar, dass sie die beste Zeit bereits hinter sich hatte und schon beinahe verzweifelt nach einer Restaurierung schrie. Doch im Großen und Ganzen wirkte sie dennoch robust und stabil. Ihnen fiel auf, dass das Tor nur angelehnt war. Davor lag in einem Halbkreis von etwa zwei Metern, nach außen hin weniger werdend Stroh und einige Zigarettenstummel. Lars drückte das Scheunentor vorsichtig auf und spähte hinein. Das Innere war beinahe völlig leer. Auf dem Boden lag mehr Stroh verteilt und in der Mitte des Gebäudes war ein Mann, der dunkle Kleidung trug und auf einem schlichten Holzstuhl saß. Neben ihm befand sich ein kleiner Tisch, auf dem eine längliche Kerze in einer verschnörkelten Messinghalterung flackerte. Als der Fremde sie bemerkte, blickte er von dem Buch auf, welches er gelesen hatte und winkte sie heran:

»Ihr seid also erwacht«, begann er mit tiefer und doch leicht kehliger Stimme, »man wird sich um eure Särge kümmern, sofern ihr Einlass erhaltet.«

»Dann sind wir hier also richtig?«, fragte Serine fordernd, »dies ist das Erholungszentrum des Bluthauses von Ankh, nahe Rapla?«

»Das kommt ganz darauf an wer fragt«, schnauzte der Fremde, doch als er das Feuer in Serines Augen sah, lenkte er ein, »Mortimer hat mir gesagt, dass ihr auftauchen würdet. Tatsächlich sitze ich einzig und allein aus dem Zweck hier, um euch zu empfangen. Zeigt mir euren Vertrauensbeweis, dann lass ich euch ein.« Den zweiten Teil, das mit dem Einlassen, begriff Lars nicht ganz, denn sie befanden sich doch bereits in der Scheune. Den ersten Teil, die Angelegenheit mit dem Vertrauensbeweis, begriff er jedoch sofort. Ohne zu zögern zog er Mortimers Messer hervor und zeigte es dem Fremden.

»Na schön«, kommentierte er knapp, »dann folgt mir. Ich bringe euch zu eurem Gastgeber.« Er stand auf, tauschte das Buch mit dem Kerzenhalter aus und führte sie dann in den hinteren Teil der Scheune. Dort war eine große, rostige, rote Falltür in den Boden eingelassen. Geschickt griff der Fremde nach dem Griff und zog sie auf. Darunter lag eine Treppe, die geradeaus in die Tiefe führte. Der Fremde bedeutete ihnen einzutreten und begab sich dann hinter sie auf die Stufen. Anschließend ließ er die rostige Falltür über sich sanft zu Boden gleiten.

»Nach euch«, forderte er sie auf und deutete die Treppe hinunter. Lars sah in etwa dreißig Metern Entfernung eine weitere Tür. Sie war aus schwerem, dunklem Holz gefertigt und wirkte massiver als jedes Burgtor, dass er je gesehen hatte. Als sie sich nährten erkannte er feine Maserungen in den dunklen Einkerbungen, doch er konnte die Formen nicht völlig erfassen. Der Fremde lehnte sich an ihm vorbei und klopfte drei Mal gegen das Holz. Kurz darauf wurde die Tür von innen aufgezogen und was Lars dahinter sah, überraschte ihn: Es war ein großer Raum mit erstaunlich hohen Decken, der durch und durch aussah wie der Eingangsbereich eines noblen Hotels. Es war eine Lobby. Nur ein wenig düsterer und das buchstäblich: Da sich das Gebilde unter der Erde befand, gab es keine Fenster und so stammte das Licht von, durch den Ruß bereits gedämmten, Öllampen und einigen schwach flackernden Kerzen. Für einen Menschen war es in dieser zwielichtigen Atmosphäre schwierig, einen genaueren Eindruck des Raumes zu erhalten, doch Lars Vampirsinne taten ihm gute Dienste. An den freien Flächen der Wände zu ihrer Linken, waren Gemälde aufgehängt worden. Sie alle zeigten Bilder des Grauens: Folterungen, Exekutionen und Leichenberge. Zu ihrer Rechten waren stattdessen, um ein Vielfaches vergrößerte, Fotografien derselben Art von Motiven zu finden. Auch Bilder von auf makabre Art und Weise und dennoch kunstvoll aufbereiteten, einzelnen Toten, waren dort aufgehängt worden. Unter diesen Bildern waren vergoldete Plaketten angebracht, welche die jeweiligen Künstler und das Datum ihrer Werke betitelten. »Mortimer de Lorelié« las Lars unter der frontalen Ablichtung einer Frau, welche an den Armen mit Ketten aufgehängt war, so dass diese eine Kelchform ergaben. Ihr Kopf hing schlaff nach unten. Das Bild war dabei aus einem Winkel aufgenommen worden, dass ihre gesamte obere Schulterpartie sichtbar blieb. Ihre langen, dunklen Haare verdeckten ihre sonst frei liegenden Brüste. Die Stellen ihres Oberkörpers, welche dadurch nicht bedeckt wurden, waren über und über mit Schnitten und Stichen verletzt. Man hatte ihr ein beiges Tuch um die Hüfte gewickelt, welches kurz über ihren Knien endete. An ihren Fußgelenken waren ebenfalls Ketten befestigt. Letztere standen unter Zug, sodass der Körper insgesamt leicht gestreckt wurde. Die Frau musste furchtbare Qualen erlitten haben, bevor sie verstorben war.

Vor ihnen erstreckte sich ein dunkelroter Teppich, der an einer Rezeption endete. Zwischen dem Teppich und den Wänden war jedoch noch genug Raum für kleinere Aufenthaltsmöglichkeiten.

Dort fanden sich mit Leder überzogene Stühle, Sessel und Canapeés, sowie entsprechend edel wirkende, tiefe Tische. Einige dieser Sitzgelegenheiten waren sogar besetzt. Vereinzelnd sahen die Vampire von ihren Büchern oder Weingläsern, in denen sich ganz sicher kein Wein befand, auf und warfen neugierige Blicke auf die Neuankömmlinge. Der Fremde, der sie die Treppe hinuntergeleitet hatte, bedeutete ihnen sich zur Rezeption zu begeben. Dort würde man sich um ihre Angelegenheiten kümmern. Anschließend verabschiedete er sich knapp und verschwand in den hinteren Teilen des Raumes. Serine und Lars taten wie ihnen geheißen. Die Rezeption war schlicht gehalten und hinter der jungen Frau, welche dort ihre Funktion ausübte, befand sich ein Regal mit allerhand Schlüsseln, Briefen und anderen kleineren Gegenständen darin.

»Will…kommen«, stotterte sie ängstlich und Lars erkannte überrascht, dass sie erstens kein Vampir, sondern ein Mensch war, und sie zweitens ihn und Serine in seiner Muttersprache begrüßte, »Willkommen«, versuchte sie es noch einmal und dieses Mal klang ihre Stimme schon ein kleines bisschen fester, »in der Wiege der Schmerzen, dem Erholungs- und Entspannungszentrum des großen Bluthauses.« Ihre Stimme war brüchig. Es war eindeutig erkennbar, dass der Horror um sie herum sie in Schock und Schrecken versetzte. Trotzdem fand sie die Kraft weiter zu sprechen: »Wie kann ich Ihnen dienen?«

»Wir kommen auf Einladung von Mortimer«, erklärte Lars, »kannst du ihm sagen, dass wir hier sind?« Die junge Frau zuckte bei der Erwähnung von Mortimers Namen zusammen. Dann sah sie Lars an und schien erst jetzt zu erkennen, dass er das äußeres eines Kindes hatte, welches sich gerade auf der Schwelle zum Jugendlichen befand. Sie stockte für einen Moment, zuckte dann noch einmal zusammen, als ob sie sich an etwas sehr Wichtiges erinnerte und antwortete schließlich:

»Wie Sie wünschen. Ich werde ihn gleich benachrichtigen. Wen darf ich melden?« Lars und Serine nannten ihre Namen, dann drehte sich die Frau nach rechts. Sie griff mit zitternden Händen nach einem Hörer. Dieser war an eine alte Telefonanlage, wie sie früher in Hotels verwendet wurden, angeschlossen. Bevor sie den Hörer anhob steckte sie ein Kabel um, welches an eine der vielen Buchsen der Anlage angeschlossen war. Ihre Hand zitterte so sehr, dass sie mehrere Versuche benötigte, bis sich der Stecker in der entsprechenden Buchse einklinkte. Dann führte sie den Hörer zu ihrem Ohr. Es dauerte nicht lange bis Mortimer abhob. Lars konnte nicht sagen, ob es an dem alten Hörer lag, oder an seinen übernatürlichen Sinnen doch er verstand jedes Wort, das der Vampir auf der anderen Seite sagte:

»Ja?«, fragte Mortimer mit ruhiger, entspannter Stimme.

»Ihre Gäste: Lars und Serine von Largaretta sind angekommen«, erklärte die Rezeptionistin brüchig. Im Hintergrund des Gesprächs konnte Lars vereinzelnde Schmerzensschreie und keuchende Laute hören.

»Ah. Sehr gut, ich komme gleich hoch«, entgegnete Mortimer freundlich und legte auf. Die junge Frau bot Lars und Serine an in der Lounge Platz zu nehmen und auf sein Erscheinen zu warten. Das taten sie dann auch und wenige Minuten später erschien ihr Gastgeber aus dem hinteren Teil des Raumes.

5

»Es ist schön euch hier begrüßen zu dürfen«, begann er und seine Freude über ihr Erscheinen schien ehrlich zu sein, »Die

Wiege der Schmerzen ist zwar nicht unsere größte Entspannungseinrichtung, doch es ist einer meiner Liebsten.« Er unterbrach sich kurz, machte dann eine auffordernde Handbewegung und fügte hinzu: »Kommt. Ich führe euch ein wenig umher.« Serine und Lars bedankten sich für die freundliche Begrüßung und folgten Mortimer in den hinteren Teil der Lounge. Dort sahen sie zum Einen den Weg in ein Treppenhaus und zum Anderen einen Fahrstuhl, der aus derselben Zeit zu stammen schien, wie die Telefonanlage, welche von der Rezeptionistin bedient worden war: Anstelle von automatischen Türen war die Kabine durch ein goldfarbenes Gatter vom Flur abgetrennt. Das Gatter war dabei so gestaltet, dass es sich in sich selbst zusammenfaltete, wenn man es öffnete. Im geschlossenen Zustand formte sich auf diese Weise ein Rautenmuster. Vor dem Fahrstuhl stand ein junger Mann, in der Kleidung eines Pagen. Die Grundfarbe dabei war dunkelrot und die schlichten Stickereien so wie das Gatter golden. Auch der lächerliche Pagen-Hut, den er trug war auf diese Weise gestaltet. Bei dem Mann handelte es sich ebenfalls um einen Menschen und genau wie die Frau am Empfang, sah man ihm die Verängstigung deutlich an. Seine Körperhaltung war gebückt und er scheute den Blickkontakt. Stattdessen starrte er, beinahe krampfhaft konzentriert, auf den Boden. Die drei Vampire wählten jedoch das Treppenhaus. Dort führte eine breite Treppe im Zick-Zack weiter nach unten. Als sie die erste Etage nach unten nahmen, signalisierte eine Nummer an der Wand, dass sie sich nun auf der Ebene Minus Eins befanden. Mortimer erklärte, dass die angrenzenden Gänge hier, so wie auch in den folgenden beiden Ebenen in die Hotelzimmer führten. Als sie weiter nach unten stiegen und schließlich die Ebene Minus Vier erreichten, sprach ihr Gastgeber davon, dass hier nun das Entspannungsangebot des Erholungszentrums begann. Er bedeutete ihnen jedoch ihm weiter zu folgen.

Als sie weitere zwei Stockwerke hinunter gegangen waren bogen sie in einen breiten Flur hinein und dann noch einmal um eine Ecke. Dort durchquerten sie eine Tür, die sie wiederum in einen weiteren Gang mit noch mehr Türen leitete.

»Hier befindet sich mein persönlicher Bereich«, eröffnete Mortimer stolz, »als meine Gäste werdet ihr Zugriff auf alle Räume haben, die nicht abgesperrt sind. Kommt. Ich zeige euch ein paar meiner Experimente.« Er öffnete eine der Türen und was sie dahinter sahen hätte als Kontrast zu dem bisherigen Stiel und der architektonischen Bauart des Gebäudes nicht gegensätzlicher sein können. Grell leuchtende Neonröhren warfen kaltes, weißes Licht auf einen ebenfalls weiß gefliesten Raum. Auch die Wände waren mit Ausnahme eines Lüftungsschlitzes mit Fliesen bedeckt. In der Mitte des etwa fünf Quadratmeter großen Zimmers befand sich ein Bett, indem ein uralter Mann lag, der an allerhand Geräten und Schläuche angeschlossen war. Der Gestank, wie er nur von alten Menschen, deren Körper langsam verfielen herstammen konnte, drang Lars mit ungeheurer Intensität in die Nase. Davon angewidert gab er sich mühe flach zu atmen und möglichst wenig Luft zu holen. Neben dem Bett saß eine Frau mit kantigen Gesichtszügen und der Kleidung einer Pflegerin. Sie wirkte weniger eingeschüchtert als die anderen beiden Bediensteten, welche sie bisher gesehen hatten. Sie grüßte die Vampire nur mit einem Kopfnicken und überwachte dann weiter die Vitalfunktionen des Mannes, indem sie sich den Geräten zuwandte.

»Der Inspiration für dieses kleine Experiment«, erläuterte Mortimer, »liegt eine Einrichtung der Menschen zu Grunde. Menschen haben – das müsst ihr Wissen – seit einigen Jahren Institutionen erschaffen, in die sie ihre Alten bringen und in denen man sie dann nach Möglichkeit heraus nicht sterben lässt.« Er lächelte mit Begeisterung in den Augen und erklärte leidenschaftlich weiter: »Das ist wirklich ganz erstaunlich und macht mir die Menschen fast schon wieder sympathisch. Denn: Egal wie kaputt und geschunden die Körper und Seelen ihrer Alten sind, egal wie sehr sie leiden und wie sehr sie sich den Tod wünschen: Das Personal in diesen Institutionen tut alles nur Erdenkliche, um sie weiter am Leben zu erhalten. Sie nennen es: Respekt vor dem Alter. Das hat mich dazu inspiriert, anstelle davon wie üblich ein Leben zu nehmen, Eines zu erhalten. Die Versorgung meines Subjekts ist auf dem höchsten Stand der menschlichen Technik. Gleichzeitig nutze ich milde Mittel, die nur uns Vampiren zur Verfügung stehen, um das Überleben sicher zu stellen. Wie ihr sehen könnt, steht ausgebildetes Pflegepersonal zu jedem Zeitpunkt an seinem Bett. Auf diese Weise kann sofort reagiert werden, wenn mein kleines Experiment Anzeichen einer Zustandsverschlechterung zeigt.« Der Stolz auf sein Werk war kaum zu überhören: »Wollt ihr einmal raten, wie alt er geworden ist?«, fragte er schließlich und sowohl Serine als auch Lars gaben ihre Vermutungen ab. Mit 89 und 96 Jahren lagen sie beide falsch. Mortimer schüttelte nur den Kopf und löste die Frage schließlich auf: »Er ist kürzlich einhundertzweiundzwanzig Jahre alt geworden. Im menschlichen Maßstab ist das bestimmt so etwas wie ein Rekord. Leider«, fuhr er nach einer kurzen Pause fort, »hat er vor einigen Jahren die Fähigkeit zu sprechen verloren. Aber bevor das geschehen ist, hat er mir regelmäßig davon erzählt, wie furchtbar es ihm ginge und dass er sehr leide. Er fragte mich einmal warum Gott ihn nicht erlöse und weshalb er nicht sterben dürfte. Offenbar wäre ihm der Tod lieber gewesen, aber«, und damit wandte er sich direkt an den alten Mann und änderte seine Stimme so, als würde er mit einem kleinen Jungen im Sandkasten reden, »das lasse ich nicht zu. Wir wollen doch das Leben so lange erhalten wie nur möglich. Es ist ja schließlich heilig, also werden wir das auch genauso tun.« Mortimer atmete genussvoll ein und aus, drehte sich dann wieder zu seinen Gästen und sagte: »Ich bade so gerne in seinem Leid. Es ist wirklich einmal etwas ganz anderes, als die üblichen Schmerzen, die die Menschen sonst so ertragen müssen, wenn sie mir erst einmal in die Hände gefallen sind.« Dann führte er, wie schon in der Lounge, eine einladende Handbewegung aus und forderte Lars und Serine auf ihm weiter zu folgen, sodass sie sich ein weiteres seiner Experimente ansehen könnten. Lars war froh, als sie den Raum wieder verlassen hatten und die Tür erneut verschlossen war. Der Gestank, den der Alte aufgrund seiner Behandlung von sich gab, war ihm unerträglich. Er spürte ihn noch immer an seiner Kleidung und in seinen Haaren haften. In ihm entstand der dringende Wunsch nach einer ausgiebigen Dusche, doch das muss noch etwas warten.

»Kommt, ich zeige euch noch eine Besonderheit des Hauses«, erklärte Mortimer und sie folgten ihm durch eine weitre Tür des Ganges. Sie betraten einen Raum, indem das Licht deutlich gedämmter schien. Hier gab es weder einen Patienten noch ein anderweitiges Folteropfer. Nur eine dafür vorgesehene Apparatur. Auch in diesem Raum waren Wände und Boden mit Fließen bedeckt. In der Mitte befand sich ein Abfluss. Direkt darüber stand eine Art Liege, die Lars an einen alten Zahnarztstuhl erinnerte. Nur, dass an diesem Exemplar lederne Riemen angebracht waren, welche den »Patienten« fixieren sollten. Neben dem Stuhl stand eine Maschine. Lars erkannte eine Pumpe, welche augenscheinlich eine Flüssigkeit in einen matt-durchsichtigen Kanister befördern sollte. Letzterer hing in einer Halterung knapp über der Höhe, in der sich normalerweise das Zahnarztlicht befand. Von dem Kanister aus führte eine ebenfalls durchsichtige Röhre, deren Durchmesser etwa fünf Zentimeter betrug, fort. Die Röhre endete an der Stelle, wo sich der Mund des »Patienten« befinden würde. An diesem Ende war auch eine Art Riemen angebracht, den die Röhre durchstieß, sodass man die Höhe der Befestigung variieren konnte.

»Dieses Gerät«, erklärte Mortimer erneut mit einigem Stolz in der Stimme, »gibt es auf der ganzen Welt nur ein einziges Mal. Es ist ein Prototyp. Die Idee dahinter ist folgende: Man schnallt ein Subjekt auf den Stuhl und fixiert die Röhre mit dem Riemen um den Kopf herum an seinem Mund. Man muss ein bisschen darauf achten, dass man sie weit genug hineinschiebt, sonst funktioniert es unter Umständen nicht so gut. Als nächstes füllt man eine Flüssigkeit seiner Wahl in diesen Bottich hier«, Mortimer deutete auf einen eimerförmigen Gegenstand nahe der Pumpe und fuhr fort: »ein entsprechender Schalter startet die Pumpe und die gewählte Flüssigkeit gelangt in den Kanister hier oben«, er deutete darauf und erklärte weiter: »Ein zweiter Schalter macht, dass die Flüssigkeit durch die Röhre in den Mund des Subjekts fließt, aber das ist noch nicht alles. Man kann den Druck, mit dem die Flüssigkeit gepumpt wird, beliebig steuern. Auf diese Weise wird das Subjekt gezwungen zu schlucken. Sogar der Takt, die Frequenz in der es schlucken muss, kann damit gesteuert werden. Aber«, fügte er nach einer kurzen Pause – in der ganz besonders Serine die Raffinesse der Apparatur offen bewunderte – böse grinsend hinzu: »auch das ist noch nicht alles. Nehmen wir einmal an, ich entscheide mich dafür, das Subjekt ein bis zwei Liter Milch von einer Kuh trinken zu lassen. Das wird ihm sicher nicht gut bekommen und es muss sich übergeben. Wenn das passiert habe ich die Wahl: Ich kann entweder weiter Milch nachpumpen und die Macht der Maschine gegen den Würgereiz laufen lassen: Das Ergebnis ist ganz und gar fantastisch«, schwärmte der Vampir, »aber kurzweilig. Deswegen kann ich mich auch dazu entscheiden die Pumpe abzustellen und das Subjekt brechen zu lassen. Nur wo geht das Erbrochene hin?«, fragte er rhetorisch, hob gespielt ahnungslos die Hände, wobei er zeitgleich mit den Schultern zuckte und gab schließlich selbst die Antwort dazu: »Zurück in die Röhre und in den Kanister. Und von da aus beginnt es erneut. Wieder und wieder und wieder.« Mortimers Grinsen bei dem Gedanken daran war unbeschreiblich. Lars versuchte sich seine Überlegungen dazu nicht anmerken zu lassen, doch Serine schien weiterhin hellauf begeistert von der Apparatur. Nach einem Moment setzte Mortimer noch einmal an:

»Stellt euch nur vor, was man alles damit machen kann. Das Subjekt zu zwingen Milch zu trinken ist nur ein recht harmloses Beispiel. Benutzt doch mal eure Phantasie, seid ein wenig kreativ und überlegt, was ihr es noch so alles schlucken und wieder und wieder erbrechen lassen könntet.« Lars dachte daran, es Blut trinken zu lassen. Es hätte irgendwie, so spann er den Gedanken weiter, eine ausgleichende Gerechtigkeit an sich. Als er bei den Menschen gelebt hatte, hatten sie ihn mehr oder weniger dazu gezwungen menschliche Nahrung zu sich zu nehmen. Davon war ihm fast immer schlimm schlecht geworden und nicht selten hatte er davon auch brechen müssen. Dieses Leid jetzt in gleicher Münze zurück zu zahlen erschien ihm nur fair. Doch nur dafür Rache zu üben, entschied er schließlich, wäre es eine zu große Verschwendung an Blut.

6

Als sie sich wieder auf dem Gang befanden wandte sich Mortimer schließlich direkt an Serine:

»Für dich, edle Serine aus dem Hause von Largaretta, habe ich noch eine Kleinigkeit vorbereiten lassen. Bitte verzeih mir schon einmal im Voraus, die winzig kleine Unvollkommenheit meiner Geste, aber es war wenig Zeit für die Organisation vorhanden.« Gleichermaßen überrascht folgten Lars und Serine Mortimer tiefer in den Gang hinein, bis sie an einer Tür angekommen waren, vor der zwei schlichte Holzstühle, mit ebenso schlichten Kissenbezügen standen. Der Vampir öffnete die Tür und sie betraten einen fast baugleichen Raum, wie den, aus dem sie gerade gekommen waren. Nur anstelle der Apparatur in der Mitte, befand sich dort eine Art mittelalterliche Folterbank. Sie war aus dunklem Holz gefertigt, in einem fünfundvierzig-Grad-Winkel aufgebockt und darauf befand sich ein gefesselter und geknebelter Mann mittleren Alters. In der Sichtlinie des Gefesselten waren allerhand Werkzeuge aufgestellt worden, deren Zweck offensichtlich der Folter dienten: Haken, Bohrer, Nägel, Hämmer, eiserne Spangen mit angebrachten Schrauben, Messer, Beile und vieles mehr. In den Augen des Mannes stand eine unglaubliche Furcht geschrieben. Es gab auch einen Gartenschlauch, der aufgerollt an der Wand hing und in einem Wasserhahn mündete. Durch das gemeinsame Abenteuer mit Mortimer in Giurgiu wusste Lars wozu der Gartenschlauch hier angebracht worden war: Er diente dem Wegspülen ungewollter Ausscheidungen. Er und Serine sahen zuerst das Opfer und dann Mortimer fragend an. Letzterer lächelte freundlich und erklärte:

»Dieser Mann ist für dich, Serine. Du kannst mit ihm tun und lassen was du möchtest und solange du es möchtest. Ich bin mir sicher, dass du deinen Spaß mit ihm haben wirst, denn bevor er mir in die Hände gefallen ist, war er ein Internatsdirektor für menschliche Schulkinder. Ich glaube, zu dieser Sorte Mensch hast du eine ganz besondere Verbindung.«

»Woher weißt du das?«, stieß Serine aus und wich überrascht einen Schritt zurück.

»Du hast die deinen dunklen Gaben«, erklärte Mortimer gelassen und in sanftem Tonfall, »und ich habe die meinen. Schmerz und Leid sind Dinge, von denen ich mich genauso ernähre, wie von dem Blut der Menschen. Daher weiß ich auch ganz genau wo sie zu finden sind. Mein Geschenk an dich«, er deutete auf den gefesselten Mann, »fürchtet sich übrigens am meisten davor, dass man seine Männlichkeit entfernt. Mit einem Messer. Da wäre es doch ein hübscher Start für seine Behandlung, wenn du ihm versprichst, dass du das auf jeden Fall tun wirst. Oh und«, fügte er noch hinzu und sah in die nun vor schierer Panik geweiteten Augen des Mannes, »lass dir Zeit damit.« Er reichte Serine ein Messer. Während die Vampirin es aus der Hülle zog, bemerkte Lars, dass es sich um eine exakte Kopie des Exemplars handelte, welches Mortimer ihm in Giurgiu überreicht hatte und das sich nun in seiner Hosentasche befand. Das Zeichen der Freundschaft des Bluthauses von Ankh. Serine betrachtete das Werkzeug mit großen Augen, dann sagte sie:

»Danke das ist… Es ist wirklich eine große Ehre.«

»Es ist mir ein Anliegen, deinen Aufenthalt gebührlich zu gestalten. Wie ich schon einmal sagte: Du wärst auch ein gutes Mitglied meines Hauses geworden und die Pforten desselben stehen dir immer offen.« Noch einmal bedankte sich die Vampirin, dann wandte sie sich dem gefesselten Internatsleiter zu und Lars sah, wie das Feuer in ihren Augen zu lodern begann:

»Du und ich, werden eine wunderschöne Zeit zusammen haben«, sagte sie und ließ die Spitze des Messers an der Innenseite seines linken Oberschenkels entlang gleiten, bis sie seinen Schritt erreicht hatte: »und am Ende unserer gemeinsamen Zeit«, flüsterte sie in unglaublich sanfter und zugleich furchtbar boshafter Tonlage, »wirst du kein Mann mehr sein.« Mortimer lächelte. Es war ein sehr väterliches Lächeln, wie es entsteht, wenn der eigene

Sprössling etwas besonders gut machte. Anschließend richtete er sich an Lars:

»Komm, wir lassen den beiden etwas Privatsphäre.« Lars war dankbar darum. Er konnte dieser ganzen Folter-Angelegenheit wenig abgewinnen und verfolgte diese, wenn es schon sein musste, lieber aus der Distanz. Eines hatte er aber noch nicht ganz verstanden, also fragte er, als Mortimer die Tür hinter den beiden schloss:

»Warum hast du gesagt, dass deine Geste etwas Unvollkommenes hat? Es passt doch sehr gut.« Der Vampir sah ihn mit einem Anflug von Überraschung an. Der Ausdruck wich jedoch so schnell wie er gekommen war und machte wieder etwas Sanftem Platz, als er erwiderte:

»Serines Schmerz hängt an einem Waisenhaus. Die Leiterin einer solchen Institution wäre perfekt gewesen, doch in der Eile konnte ich nur einen Internatsleiter auftreiben. Dafür aber«, er lächelte wieder böse, »versteht er ihre Sprache und kann so ganz genau begreifen, was sie sagt und dadurch auch was sie ihm antun wird.«

Vampire tun sehr böse Dinge

1

Die entsetzlichen Schreie des Mannes waren durch die Tür hindurch und bis in den Gang hinaus zu hören, als Mortimer und Lars sich zurück zum Treppenhaus bewegten. Offenbar hatte Serine ihr Opfer von dem Knebel befreit und mit ihrer »Behandlung« begonnen. Lars wollte sich gar nicht ausmalen, was seine Freundin mit dem bedauernswerten Mann alles anstellen würde. Zum Glück musste er das auch nicht. Stattdessen führte Mortimer ihn noch ein Stockwerk tiefer, wo sie ein weiterer Gang erwartete, dessen Türen ebenfalls zu Werkstätten des Leidens führten. Als sie den Flur auf der Ebene minus Sieben betraten, nahm Lars tiefe, ruhig schwingende Töne war, die ihren Ursprung irgendwo hinter der Tür am gegenüberliegenden Ende hatten. Als sie den Gang durchquerten und darauf zutraten erkannte er, dass es sich um die Klänge eines Cellos handelte. Lars konnte nicht sagen, welches Stück es war, nur, dass die Melodie gleichsam etwas Düsteres, wie melancholisches an sich hatte. Kurz bevor sie die Tür erreichten hielt Mortimer inne und erklärte:

»Hier befindet sich der große Ruhesaal. Dort ist nur Flüstern gestattet, um die Entspannung der Gäste nicht zu stören.« Lars nickte bestätigend und Mortimer öffnete die Tür. Der dahinterliegende Saal hatte annähernd die Größe eines Fußballfeldes. Was für einige Vampire den perfekten Entspannungsort darstellte, glich für die meisten Menschen dem Gegenteiligen, nämlich einem absoluten Alptraum. Letzteres galt umso mehr für jene Menschen, die in diesem Raum anwesend waren. Denn diese befanden sich in Apparaturen gesperrt, die Lars aus dem Geschichtsunterricht als mittelalterliche Foltermethoden kennen gelernt hatte. Ein Mann war mit den Armen hinter dem Rücken aufgehängt. An seinen Füßen befanden sich Gewichte, sodass die Schultergelenke unweigerlich ausgekugelt worden waren. Auf seinem ganzen Körper konnte Lars die Striemen von Peitschenhieben sehen. In einer anderen Konstruktion hing eine vollkommen unbekleidete Frau, deren Hände ebenfalls hinter dem Rücken zusammengebunden waren. Die Seile, die sie in der Luft hielten, liefen über Rollen hinweg und waren schließlich etwa eineinhalb Meter über den Boden an der Wand befestigt. Auf diese Weise konnte die Höhe in der sie hing verändert werden. Ihr Becken ruhte auf einem pyramidenförmigen Eisenteil, dessen Kanten man offenbar scharf angeschliffen hatte. Lars konnte sehen, dass an den dreieckigen Flächen Blut hinunterlief. Wieder ein anderes Opfer befand sich auf einer Streckbank und ein weiteres saß auf einem mit Stacheln besetzten, eisernen Stuhl, wo mit Gewinden besetzte Holzteile den Druck auf den Körper erhöhten. Es gab noch weitere Männer und Frauen, die in schreckliche Folterapparaturen gespannt ihr Leid ertrugen. Am Fuße derselben sah Lars große, goldfarbene Plaketten. Im Vorbeigehen erkannte er, dass dort die Hintergründe zu den jeweiligen Methoden beschrieben waren: In welchem Jahrhundert der Menschen wurden sie entwickelt, was hatte jemand tun müssen, um diese Behandlung zu verdienen und mit welcher Häufigkeit wurden sie verwendet. Alle Opfer waren geknebelt und befanden sich in einem tiefen Stadium der Agonie. Offenbar wurden sie bereits seit mehreren Tagen auf diese Weise gefoltert und es hatte sich eine Art grausame Gewöhnung an die furchtbaren Leiden eingestellt. Sie gaben keuchende und stöhnende Laute von sich, welche jedoch das wahre Ausmaß ihrer Schmerzen niemals widerspiegeln konnten. Zwischen den furchtbaren Folterkonstruktionen standen moderne, wellenförmige und gepolsterte Entspannungsliegen. Darin lagen vereinzelt Vampire, die ein Buch lasen oder in tiefer Ruhe die Augen geschlossen hatten. Manche fixierten auch ein Opfer, wie als ob sie sich auf den Schmerz fokussierten und ihn in sich einsogen. In der Mitte des Saales befand sich der Cello-Spieler. Es war derselbe Vampir, der Lars und Serine den Eingang in die Wiege der Schmerzen geöffnet hatte. Von seiner griesgrämischen Art fehlte nun jede Spur. Seine Augen waren, genau wie die einiger Gäste, geschlossen und er konzentrierte sich voll und ganz auf sein Spiel. Mortimer beugte sich zu Lars hinunter und flüsterte:

»In Giurgiu habe ich dir doch kurz erklärt, dass sich die Subjekte beim Ausbleiben einer entsprechenden Reizsteigerung in gewisser Art und Weise an die Schmerzen gewöhnen würden.« Lars nickte erneut und erinnerte sich daran, wie Mortimer ihm erklärt hatte, dass man den Schmerz auf einem konstanten Level halten konnte, wenn man erst oberflächliche und dann tiefergehende Wunden zufügte. »Genau das«, flüsterte Mortimer weiter, »haben wir uns hier zu Nutze gemacht. Die Subjekte befinden sich in einem unglaublich hohen Stadium des Schmerzes, der aber schon seit vielen Stunden – teilweise sogar schon seit Tagen – nicht mehr angepasst wurde. Auf diese Weise entsteht im gesamten Saal hier eine Hintergrundatmosphäre menschlicher Qual, die auf subtile Art der Entspannung zuträglich ist. Warum probierst du es nicht einfach einmal? Ich werden Serine wissen lassen, dass du hier bist. Mit etwas Glück erscheint auch noch Pricilla. Sie verbringt häufig Zeit hier und schmökert in einem ihrer Bücher.« Lars stimmte zu. Er legte sich auf eine der Entspannungsliegen, schloss die Augen und versuchte sich auf die Aura des Raumes zu konzentrieren.

»Gut so«, kommentierte Mortimer weiter im Flüsterton, »ich wünsche dir eine gute Ruhe. Ich werde mich in der Zwischenzeit um alles Weitere kümmern.« Lars fühlte, wie sich der Vampir von ihm entfernte. Nun war er auf sich alleine gestellt. Er konzentrierte sich auf die leisen Schmerzenslaute und versuchte der Aura des Raumes etwas abzugewinnen. Irgendwie, fand er, passten die Klänge des Cellos dazu. Nicht nur, dass die Melodie die gesamte Atmosphäre unterstrich – sie komplementierte das Stöhnen, Winseln und Keuchen, als wäre beides in einer Sinfonie zusammengefasst worden. Ein Klavier, überlegte Lars weiter, würde ebenfalls eine gute Ergänzung dazu darstellen.

Nach einigen Minuten des stillen Daliegens stellte sich tatsächlich so etwas wie Entspannung ein. Es wäre ihm nie in den Sinn gekommen, dass er in einem Raum wie diesem wirklich eine Form der Erholung erfahren konnte und er verstand es auch noch immer nicht. Diese übermäßige Brutalität und Grausamkeit stießen ihn eigentlich ab. Trotzdem tauchten die Qualen, welche hier erduldet werden mussten, den Raum in eine Atmosphäre, die er als Vampir als wohltuend empfand – auch wenn er sich das einfach nicht erklären konnte. Bis zu diesem Zeitpunkt hatte er nicht erwartet, dass er diese Ruhe und Entspannung auch nötig haben würde, denn seit er wusste, dass er ein Vampir war und wie er sich als ein solcher verhalten musste, war er immer voller Energie gewesen. Jetzt aber fühlte er wie die Anstrengungen der letzten Tage und Wochen ihren Tribut einforderten. Lars dachte über die vielen neuen Eindrücke nach, die er gesammelt hatte, seit er zusammen mit seiner Familie zum Consilium Noctis aufgebrochen war. Er dachte an die Anderswelt, an seine Vision, den roten Ritter und wie er zusammen mit Serine den Mann im Wald ermordet hatte. Serine, die ein Stockwerk über ihm ihrer Version der Traumabewältigung nachging. Er dachte an die vielen Vampirhäuser, -clans und -familien, mit ihren unterschiedlichen Kulturen und Traditionen, an die Blutprüfung und daran, wie er kurze Zeit darauf mit Mortimer diese junge Frau in Giurgi zu Tode gefoltert hatte. All das war geschehen, um ihn jetzt hier her zu führen: In den großen Ruhesaal des Entspannungszentrums in der Wiege der Schmerzen. Er war müde – das spürte er jetzt deutlich. Getragen von den Klängen des Cellos und den dumpfen, halb erstickten und leidenden Lauten der Opfer verfiel er in einen dösigen Zustand. Er schlief nicht, doch war er auch nicht weit davon entfernt. Seltsame Gedanken formten sich in seinem Geist und flogen davon, bevor er sie richtig zu greifen bekam. Wohltuende, schutzspendende Schatten zogen an ihm vorbei, gaben ihm neue Kraft und kurz bevor sie ihn vollends umarmten, hörte er, wie die Tür zum Saal geöffnet wurde.

2

Leicht benommen blinzelte er, drehte seinen Kopf zur Tür hin und sah, dass es Pricilla war. Ihre Augen tasteten durch den Raum und blieben schließlich auf Lars hängen. Ihr üblicher, desinteressierter Blick wandelte sich in Erkennen und auch verhaltener Freude, als sie ihn bemerkte. Sie kam auf ihn zu, rückte lautlos eine der Entspannungsliegen neben die Seine und legte sich schließlich ihm zugewandt darauf:

»Es war sehr beeindruckend, wie du die Blutprüfung bestanden hast«, flüsterte sie schließlich, »ich hätte nicht gedacht, dass du meine Herrin bezwingen könntest.«

»Ich auch nicht«, gestand Lars schüchtern.

»Und doch hast du es getan«, bekräftigte Pricilla und setzte nach einer kurzen Pause noch einmal an: »Mortimer gab mir zu verstehen, dass du nach einem alten Buch suchst. Die Originalfassung des Werkes von Akrytos.« Lars nickte bestätigend:

»Ja, ich suche die verloren gegangenen Schriften, die nur darin zu finden sein sollen. Mortimer meinte, du kannst mir vielleicht helfen es zu finden.«

»Vielleicht…«, wiederholte Pricilla, »es ist auf jeden Fall eine kluge Vorgehensweise, Rat in der Weisheit des Akrytos zu suchen. Vieles von dem was er geschrieben hat, wird auch in meinem Clan hoch verehrt. Ich weiß, wo du es finden kannst, aber dafür, dass ich dir es verrate möchte ich eine Gegenleistung.«

»Eine Gegenleistung?«, hakte Lars nach.

»Ja«, bestätigte die Vampirin, »ich möchte dafür ein wenig Zeit mit deiner Freundin verbringen. Sie wirkt auf mich wie eine ganz und gar reizende Person.«

»Du möchtest Zeit mit Serine verbringen«, vergewisserte sich Lars misstrauisch, »was willst du denn mit ihr machen?« Pricilla lächelte verschlagen:

»Wir sind in einem Entspannungszentrum des Bluthauses von Ankh. Was glaubst du denn, dass ich mit ihr machen möchte?« Lars erstarrte und flüsterte mit einem Anflug von Entsetzen:

»Du willst sie foltern!« Der Blick der Vampirin wurde nachdenklich:

»Etwas in der Art, ja. Ich würde eher sagen, dass ich mit ihr ein bisschen spielen möchte.« Unter normalen Umständen hätte Lars die Eishexe sofort und vehement zurückgewiesen. Niemand durfte seiner Familie weh tun, geschweige denn foltern! Und ganz besonders durfte niemand Serine weh tun. Doch dies waren keine normalen Umstände. Lars erinnerte sich an dass, was seine Freundin in der Anderswelt zu ihm gesagt hatte. Das, was er bis jetzt noch immer nicht richtig begreifen konnte, nämlich ihren Wunsch danach die Qualen, die das Bluthaus anzubieten hatte, selbst erleben zu wollen. Also schluckte er die feindselige Antwort, die ihm auf der Zunge lag herunter und sagte nur:

»Es ist Serines Wahl, ob sie das tun möchte. Nicht meine.« Ein gutmütiger Spott legte sich auf Pricillas Züge. So als hätte Lars etwas sehr kindisches und unglaublich Naives gesagt:

»Du bist süß«, kommentierte sie schließlich, »aber, wenn ich deine Serine richtig einschätze, dann wird sie mein kleines Angebot annehmen.« Lars konnte zwar nicht nachempfinden, warum ihn seine vorangegangene Antwort »süß« machte, aber er beschloss einfach es als ein Kompliment aufzunehmen. Einen Moment lang dachte er darüber nach, es aus der Höflichkeit heraus zu erwidern, aber stellte dann fest, dass ihm jegliche Grundlage dazu fehlte. Pricilla war schön, wirkte erhaben und ein bisschen hochnäsig, aber sie war nicht süß. Zumindest nicht in der Form, wie Lars das Wort verstand. Daher verwarf er den Gedanken an ein Gegenkompliment und sagte stattdessen:

»Vielleicht. Wenn wir hier warten, können wir sie gleich fragen. Mortimer richtet ihr aus, dass sie hierherkommen soll, wenn sie oben fertig ist.« Wieder lächelte Pricilla. Dieses Mal weniger spöttisch und flüsterte:

»Dann lass uns hier zusammen warten und noch ein bisschen entspannen. Die Atmosphäre in diesem Saal tut so gut.« Lars nickte zustimmend und die Vampirin drehte sich in eine gerade Position und schloss ihre, mit dunklem Liedschatten verzierten Augen. Lars Blick wanderte stattdessen durch den Raum und verharrte auf der Frau, die man über dem pyramidenförmigen Gegenstand mit den scharfen Kanten aufgehängt hatte. Er versuchte sich in die Denkweise von Mortimer und anderen Vampiren aus dem Bluthaus von Ankh einzufühlen und damit zu begreifen, weshalb der Anblick dieser, in ihrem furchtbaren Elend hängenden Frau seiner Entspannung zuträglich sein sollte. Er sah die Tränen, welche ihr über das Gesicht liefen, den Speichel, der an ihrem Knebel nach außen quoll und das Blut, das an der eisernen Pyramide hinablief. Er erkannte, wie sehr sie sich anstrengte keinerlei Bewegung zu verursachen, da sie sich sonst an den scharfen Kanten noch tiefer schnitt. Er lauschte ihrem teilweise unterdrückten Wimmern und begriff plötzlich, dass sie panische Angst davor hatte, was passieren würde, wenn sie sich nicht mehr kontrollieren könnte. Wenn sie vor Schmerz in ihren Knebel hineinschreien müsste. Wenn sie damit also weitaus mehr als nur ein Wimmern und Keuchen von sich geben würde. Lars wusste auf einmal ganz genau, was dann geschah. Er las es in ihrem Schmerz und sah, dass es schon einmal so gekommen war. Man hatte die Seile, welche sie in der Luft hielten etwas gelockert, sodass mehr von ihrem Körpergewicht auf die Spitze der Pyramide verlagert wurde und diese schreckliche Form der Pfählung weiter voranschritt. Er fühlte ganz deutlich, dass genau das geschehen war und auch, dass es wieder so kommen würde. Was er jedoch immer noch nicht sehen und was er einfach nicht begreifen konnte war, warum der Anblick all dessen zur Entspannung mancher Vampire beitrug. Doch bald würde er auch das noch lernen.

Es dauerte noch eine dreiviertel Stunde bis die Tür zum Ruhesaal erneut aufschlug und Serine hineintrat. Blutspritzer zierten ihr natürlich blasses Gesicht und dunkle Flecken waren über ihr ganzes, ausgeblichenes schwarzes Kleid verteilt. Ihr Haar war durchwühlt und sie lächelte glücklich, aber auch etwas erschöpft. Sie schob eine freie Entspannungsliege – so wie Pricilla zuvor – an die noch übrige Seite jener, auf der sich Lars befand und machte es sich gemütlich.

»Wie war es?«, fragte er mit einem verschmitzten Grinsen, da er die Antwort bereits erahnte. Serine so ausgelassen und gleichzeitig so freudevoll zu sehen, tat ihm gut. Auch sie hatte viel hinter sich und da war es umso ersichtlicher, wie wohl die Erholung auf sie wirkte.

»Es war großartig«, flüsterte sie ausgelassen: »ich glaube, ich habe mich noch nie so gut gefühlt – und sein Blut! Der Geschmack hat sich verändert je mehr ich ihm weh getan habe. Es ist wirklich ganz erstaunlich, wie viel besser es schmeckt. Oh und«, schwärmte sie weiter, »er hat so wunderbar geschrien. Es ist wirklich toll, wenn man sich nicht zurückhalten muss. Unglaublich! Und weißt du was das Beste ist?«, sie legte eine kurze Spannungspause ein und strahlte dann über das ganze Gesicht: »er hat es überlebt. Ich kann fühlen, wie er oben in seinem Leid dahinsiecht. Ich hätte nie für möglich gehalten, dass ich so etwas kann!« Lars freute sich sehr für Serine. Das Erlebte im Wald der Gehängten war etwas, das sie bisher nicht hatte abschütteln können. Jetzt zu spüren, wie mächtig sie in Wirklichkeit war, vertrieb die Verunsicherung, welche ihr die Geister der Anderswelt eingepflanzt und die sich seither wie ein Gift in ihrem Selbstwertgefühl ausgebreitet hatte. Durch ihre Adern floss sehr wohl mächtiges Blut. Zumindest wenn es nach Lars ging – und ihre Fähigkeit den Schmerz ihres Opfers noch immer zu spüren, obwohl sie bereits räumlich voneinander getrennt waren, erkannte er als einen Beweis dafür an. Er grinste ihr ins Gesicht und erwiderte:

»Ich freue mich wirklich sehr darüber, dass du so viel Spaß an dem Besuch hier hast.« Serine bestätigte seine Bemerkung freudevoll, wurde dann aber wieder ernst:

»Ich sehe, dass du Pricilla bereits gefunden hast.«

»Ja«, gab Lars ebenfalls ernst zurück, »sie hat ein Angebot an dich, oder an uns… Aber vielleicht reden wir besser wo anders darüber. Irgendwo, wo wir nicht flüstern müssen.« Serine sah ihn einigermaßen verwundert an, doch Lars bat sie nur knapp um etwas Geduld. Dann drehte er sich zu Pricilla und berührte sie vorsichtig an der Schulter. Ihre Haut war kalt. Selbst für einen Vampir fühlte sie sich eisig an. Eine Eishexe durch und durch, dachte Lars und sagte:

»Serine ist hier und…«

»Ich weiß«, unterbrach ihn Pricilla freundlich, »wir können in meinem Gastzimmer ungestört sprechen.« Also folgten sie der Vampirin hinauf in den minus zweiten Stock und dort einige Gänge entlang, bis sie ihr Zimmer erreicht hatten. Pricillas Kabine war schlicht. Ein Bett, das zwar kein Doppelbett war, indem man aber trotzdem bequem zu zweit hätte schlafen können, ein kleiner Tisch und zwei Stühle. Pricilla drehte letztere so, dass sie dem Bett zugewandt waren und nahm dann auf der Matratze Platz. Lars und Serine setzten sich ihr Gegenüber und die Eishexe wiederholte ihr Angebot:

»Lars hat mir erzählt, dass er die Original Fassung des Werkes von Akyrtos sucht und ich bin bereit ihm zu helfen. Als Gegenleistung aber möchte ich etwas Zeit mit dir verbringen, Serine«, dabei sah sie der Vampirin direkt in die Augen. Sie hatte sehr sachlich gesprochen, wie als würde sie die Einzelheiten eines Kaufvertrags vorstellen. Serine wirkte ein wenig perplex:

»Mit mir… aber…«

»Sie will dich foltern!«, platzte es aus Lars heraus, der den Gedanken nicht ertragen konnte, seine Freundin in einer dieser schrecklichen Apparaturen zu wissen. Serine errötete und sah für einen Moment verlegen zur Seite. Lars verstand das nicht. Sie verhielt sich ja gerade so, als ob Pricilla ihr ein romantisches Angebot gemacht hätte. Aber das Angebot lautete unsagbarer Schmerz!

Wie, als wüsste die Eishexe was in Lars Kopf vor sich ging, lenkte sie beschwichtigend ein:

»Nicht Folter im herkömmlichen Sinne. Ein wenig, ja, aber ich habe nicht vor dir glühende Eisenstäbe durch den Leib zu rammen oder dergleichen.«

»Was hast du denn dann vor?«, fragte Serine mit ehrlicher Neugierde in der Stimme. Pricilla lächelte augenzwinkernd:

»Das verrate ich nicht. Sonst wäre es ja auch keine Überraschung mehr, wenn es dann passiert. Lässt du dich darauf ein?« Serine nickte zögerlich:

»Und wie lange willst du das – was auch immer – mit ihr tun?«, fragte Lars nach einer kurzen Pause. Er war nicht damit einverstanden, dass es überhaupt geschehen würde, aber er konnte auch nicht über Serines Kopf hinweg eine andere Entscheidung treffen. Pricilla überlegte und schien ein bestimmtes Für und Wider abzuwägen, bevor sie antwortete:

»Eine halbe Stunde.«

»Zehn Minuten!«, konterte Lars, ohne darüber nachzudenken und griff nach Serines Hand, wie um sie zu beschützen. Die Vampirin zeigte ein verhaltenes Schmunzeln, wie als ob sie es innerlich genießen würde, dass die Beiden sich so um sie – und besonders um das was mit ihr geschehen sollte – stritten.

»Fünfundzwanzig«, handelte Pricilla gelassen weiter und Lars reagierte zähneknirschend mit:

»Fünfzehn.«

»Zwanzig«, setzte die Eishexe noch einmal dagegen und fügte hinzu: »und du darfst dabei sein.« Lars überlegte kurz. Das Angebot war gut. Würde sie mit dem was auch immer sie vorhatte zu weit gehen, könnte er jederzeit einschreiten. Seit er die Blutprüfung bestanden hatte, zweifelte er nicht mehr so sehr an seiner

Macht und traute es sich zu, sich im Notfall auch mit einem anderen Vampir anzulegen. Er sah zu Serine hin und fragte:

»Was denkst du dazu?« Die Vampirin lächelte freudestrahlend – was Lars nur noch weiter verwunderte, denn hier ging es darum, dass man ihr weh tun würde. Schlimm weh tun würde! Sie nickte schließlich und sagte:

»Ich bin einverstanden.«

3

Nachdem der Handel abgeschlossen war, kehrten sie gemeinsam zur Rezeption im Erdgeschoss zurück. Die verängstigte Frau, welche sie schon beim ersten Mal begrüßt hatte, war noch immer da und Pricilla reservierte einen Raum für sie. Sie forderte einen speziellen Stuhl mit eisernen Schnallen für die Beine und die Handgelenke an, auf dem später Serine sitzen sollte und einen weiteren Stuhl ohne Accessoire für Lars. Die Empfangsdame versprach mit zitternder Stimme sich um alles zu kümmern und, dass Raum 535 in zwanzig Minuten für sie bereitstünde. Pricilla lächelte zufrieden und erklärte, dass sie bis dahin noch einmal an die frische Luft gehen wollte. Lars und Serine sahen sich nach einer der bequemen Sitzgelegenheiten in der Lobby um und beschlossen auf die Eishexe zu warten.

»Du musst das nicht tun«, versuchte Lars die Freundin noch einmal davon abzubringen, »es gibt andere Wege. Vielleicht soll ich das Buch auch gar nicht finden.«

»Ich möchte es so«, versicherte Serine mit sanfter Stimme und Lars nickte resignierend. Obwohl er ein Vampir war, war er doch auch immer noch ein Kind. Obwohl er schon gemordet, sogar gefoltert hatte, war ein anderer Teil seiner Seele noch voller Unschuld und wahrlich unbefleckt. Ein Zustand, den die Zeit sicher nicht unangetastet lassen würde. Unter diesen Bedingungen konnte er jedoch nicht verstehen, warum sich Serine willentlich Schmerz, Erniedrigung und der sehr zweifelhaften Gnade einer anderen Person aussetzen wollte. Er malte sich furchtbare Dinge aus, die Pricilla mit seiner Freundin tun würde. Das Bild der Frau im großen Entspannungssaal, welche auf diese schrecklich langsame Art gepfählt wurde tauchte vor seinem Geist auf.

»Bitte«, drang Serine Stimme in seine Gedanken, »egal was dort unten geschieht. Bitte unterbrich es nicht. Ich will es so.«

»Ja, aber warum denn?«, fragte Lars einigermaßen verzweifelt. Sie strich ihm sachte durchs Haar und küsste ihn auf die Stirn:

»Es ist besser, wenn du das noch nicht verstehst. Vielleicht kommt der Tag, an dem du es kannst. Vielleicht möchtest du es dann selbst, aber«, fügte sie so ernst hinzu, wie Lars sie nur selten zuvor erlebt hatte, »ich bete dafür, dass du es nie verstehen musst.« Vorsichtig legte er seinen Arm um die Vampirin und drückte sie an sich. Er hatte begriffen, dass dieses Thema für sie etwas sehr Besonderes war. Etwas, das er nicht weiter unvorsichtig antasten sollte. Seine Sorge über das was mit Serine in Zimmer 535 geschehen würde blieb, doch er nahm sich fest vor – ihr zu liebe – den Dingen ihren Lauf zu lassen und Pricilla nicht zu unterbrechen. Egal was sie mit seiner Freundin anstellen würde...

Zimmer 535 war, genauso wie Lars es befürchtet hatte, einer dieser gefliesten Räume mit gedämpftem Licht. In der Mitte stand ein Stuhl, der beinahe baugleich war, wie jene die während der Blutprüfung verwendet wurden. Nur anstelle von eisernen Schellen, waren Lederriemen angebracht um die Hände zu fixieren. Außerdem gab es noch Lederriemen, die um die Sprunggelenke gebunden werden konnten. Wie bestellt, befand sich noch ein zweiter Stuhl ohne diese Vorrichtungen im Raum. Darüber hinaus sah Lars auch einen großen, hölzernen Schrank. Pricilla ging darauf zu und öffnete die Flügeltüren. In dem Schrank befanden sich, fein säuberlich aufgehängt, allerhand Werkzeuge und Gerätschaften, deren Verwendungszweck offensichtlich dazu gedacht war Schmerz und Unbehagen hervorzurufen. Lars sah brachial geformte Zangen, Messer aller Formen und Größen, Haken und einen birnenförmigen, eisernen Gegenstand mit einer dicken Schraube am unteren Ende, dessen Funktion er lieber gar nicht erst wissen wollte. Außerdem erkannte er stählerne Stäbe von etwa einem Meter Länge mit zu geschliffenen Spitzen an einem der Enden. Pricilla machte sich an letzterem zu schaffen und schien ihre Einsatzbereitschaft zu prüfen.

»He!«, beschwerte sich Lars, »du hast gesagt, dass du ihr keine Eisenstangen durch den Körper rammen willst!« Pricilla sah ihn böse lächelnd an:

»Ich habe gesagt keine glühenden Eisenstangen«, dann lachte sie und erklärte: »ich mache nur Witze. Ich werde die Stangen nicht verwenden. Versprochen!« An Serine gewandt sagte sie: »Setz dich doch schon mal auf den Stuhl, dann schnalle ich dich fest.« Sie hatten im Vorfeld ausgemacht, dass Pricillas zwanzig Minuten in dem Moment begannen, wenn Serine festgeschnallt, -gefesselt oder -gekettet war und die Eishexe die erste Form der Folter anwendete. Dazu gehörte auch, mit einem der entsprechenden Werkzeuge vor ihrem Gesicht herum zu wedeln. Lars fühlte sich auf einmal furchtbar unwohl. Zu sehen, wie seine Freundin an den Stuhl geschnallt wurde und sich ab jetzt nicht mehr wehren könnte, wenn es zu schlimm käme… Er bereute es jetzt ihr zugesagt zu haben, dass er die Folter nicht unterbrechen würde, egal was auch geschah. Warum tat sie sich das nur an? Das fragte er sich wieder und wieder – überlegte sogar, ob er irgendwie mit dafür verantwortlich sein konnte. Hätte er sie besser schützen müssen, als er es noch konnte? Hätte er vielleicht ein anderes Mitglied der Largaretta als seine Begleitung zu diesem fürchterlichen Ort wählen sollen? Nun war es zu spät. Pricilla war mittlerweile zum Schrank zurückgekehrt und betrachtete die große Auswahl an Messer mit fachmännischem Blick. Sie entschied sich schließlich für einen Dolch mit glatter, silbrig glänzender und auffällig dünner Klinge. Letztere hatte eine Länge von etwa fünfzehn Zentimetern. Die Waffe war schlicht, aber offenbar gut gepflegt, denn die Klinge war sauber und Lars konnte sogar erkennen, dass beide Kanten scharf gehalten wurden. Er fühlte eine sonderbare Form der Übelkeit in ihm aufkommen, als er daran dachte, was dieses metallene Ding seiner Freundin antun würde. Pricilla führte den Dolch in langsamen Bewegungen vor Serines Gesicht herum. Die Vampirin folgte der Klinge mit großen Augen. In ihren Zügen stand keine Angst, sondern, wie Lars weiterhin verwundert feststellte, Vorfreude geschrieben. Trotz seiner Verwunderung über diesen Ausdruck in Serines Gesicht, vergaß er nicht, was Pricillas Vorführung des Dolches zu bedeuten hatte: Ab jetzt liefen ihre zwanzig Minuten.

4

Es waren zwanzig Minuten von denen Lars sich innig wünschte, sie wären bereits vorüber. Er sah auf seine kindliche Armbanduhr, die ihm damals in der Villa Largaretta vor einer gefühlten Ewigkeit so peinlich gewesen war, dass er seinen Blick darauf vor Serine zu verheimlichen versucht hatte. Jetzt störte ihn das urzeitliche Motiv des Ziffernblattes und die Dinosaurierknochen-Zeiger nicht mehr. Das Einzige was er wollte war, dass die Zeit vorüberging. So schnell wie möglich. Doch der Sekundenzeiger sprang so langsam weiter, dass es schien, als wolle er Lars damit verhöhnen. Pricilla zog die Klinge langsam über Serines linke Wange.

Der Schnitt war tief genug, so dass es blutete. Sie gab ein eigenartiges Stöhnen von sich. Es war ein Laut, der in Lars Ohren nicht zu dem passte, was hier gerade geschah. Ganz allgemein konnte er diesen Klang nicht so richtig einordnen. Der Sekundenanzeiger war gerade einmal drei Sekunden weiter gesprungen, als sich die Wunde an ihrer Wange wieder zu schließen begann. Pricilla wiederholte das Vorgehen auf Serines rechter Wange und auch hier heilte die Verletzung innerhalb von Sekunden. Als nächstes fuhr der Dolch über ihre Kehle – jedoch so sanft, dass nur ein sehr oberflächlicher Schnitt entstand. Pricilla sammelte die vereinzelnd daraus hervorquellenden Blutstropfen mit dem Zeigerfinger auf und steckte sich diesen anschließend in den Mund. Ein genießerischer Ausdruck machte sich auf ihren Zügen breit, als sie den Finger wieder herauszog und das Blut auf der Zunge schmeckte. Lars kochte innerlich. Niemand durfte Serines Blut einfach so probieren. Es war seine Freundin und nicht die der Eishexe. Lars bemerkte, dass in Serines Augen noch immer keine Qualen, sondern nach wie vor dieser merkwürdig, erwartungsvolle Blick lag. Ihr Entgegenfiebern auf das, was als nächstes mit ihr passieren sollte, war sogar so stark, dass ihr Körper leicht zu zittern begann. Dann geschah das Erste von drei Dingen, mit denen Lars in dieser Folter-Sitzung niemals gerechnet hätte: Pricilla beugte sich über Serine und stützte ihre Hände gleichzeitig auf der Lehne des Stuhles ab. Dabei folgte Serines Gesicht dem ihren, wie als stünde sie unter einem magischen Bann, bis sich die Gesichter der beiden Frauen auf horizontaler Ebene nur wenige Zentimeter direkt gegenüberstanden. Fast wie bei Liebenden, die einander küssen wollten, doch anstelle von Küssen entsprangen Pricillas Lippen nur Worte in einer altertümlich klingenden, leicht abgehakten Sprache. Es war nur ein Flüstern, aber der Zauber tat seine Wirkung. Ganz langsam öffnete Serine ihren Mund. Sie begriff, dass die Bewegung nicht aus ihrer Kontrolle heraus entstand und zum ersten Mal, seit die Folter begonnen hatte, konnte Lars Verunsicherung und auch ein leichtes Erschrecken in ihren Augen sehen. Sie versuchte sich dieser unsichtbaren Macht zu widersetzten, doch es war vergebens. Gebannt sah Lars zu, wie sich der Kiefer seiner Freundin immer mehr auftat und schließlich weit geöffnet verharrte. Pricilla warf Lars einen spöttischen Blick zu und sah dann boshaft lachend zurück auf Serine hinab:

»Jetzt wirst du alles schlucken, was ich dir gebe!« Lars fühlte sich an diese furchtbare Maschine erinnert, die ihm Mortimer erst vor ein paar Stunden so stolz vorgestellt hatte. Das was hier geschah, war genauso schlimm. In Serines Augen trat ein Ausdruck von Angst. Angst vor dem was Pricilla ihr einflößen würde. In Lars formten sich schlimme Gedanken: Würde sie ihr Abfälle der Menschen, welche an diesem Ort gefangen waren, zu trinken geben oder Gift? Irgendetwas von dem sie brechen müsste und würde sie Serine dann mit derselben unheimlichen Macht dazu zwingen ihren Mund geschlossen zu halten, sodass das Erbrochene nicht entweichen könnte? Ja: dies *war* ganz genauso schlimm, wie Mortimers höllische Apparatur, bestätigte Lars seine vorangegangene Einschätzung und sah auf seine Uhr. Es waren noch nicht einmal ganz fünf Minuten vergangen. Dann geschah das Zweite womit er niemals gerechnet hatte: Pricilla hob die Hand, in der sie den Dolch nach wie vor umklammert hielt von der Lehne, sodass das Gewicht ihres Oberkörpers nur noch auf einem Arm stütze. Dann führte sie, ohne dabei den Blickkontakt mit Serine zu unterbrechen, die Waffe so mittig unterhalb ihres eigenen Rippenbogens hin, dass die Spitze auf ihren Bauch zeigte. Dort ruhte die Waffe für einen Moment, den die Eishexe nutzte, um das Heft umzugreifen. Noch bevor Lars begriffen hatte, was hier eigentlich geschah, rammte sich Pricilla die Klinge in den Bauch. Der Stahl durchbohrte ihren Körper genau an der Stelle, wo sich ihr Magen befand. Ein Ruck durchfuhr Pricillas Körper und Lars sah, dass es ihr schlagartig deutlich schwerer fiel, sich auf den Beinen zu halten. Doch die Eishexe blieb standhaft. In ihrem Gesicht stand unterdrückte Qual. Sie versuchte mit aller Macht keine Miene zu verziehen und ihre Schmerzenslaute weiter zurück zu halten – doch anstelle davon, dass sie die Klinge wieder aus ihrem Bauch herauszog und so ihrem Körper eine Gelegenheit gegeben hätte zu heilen, drehte sie das Helft des Dolches. Sie drehte es und rührte geradezu daran herum. Ihr Wille keine Schmerzlaute von sich zu geben zersprang schließlich doch. Sie keuchte, wimmerte abgehackt und ihr entfuhren sogar ein paar, kurze, leise Schreie. Während all dem hielt sie ihr, mittlerweile heftig zitterndes Gesicht, ungebrochen weiter direkt über das von Serine. Pricilla rüttelte und rührte mit immer stärkeren Bewegungen am Heft des Dolches herum, bis sie schließlich vor Schmerz und der Irritation des Magens zu würgen begann. Der erste Würgereiz endete mit einem Husten, gefolgt von einem gequälten Schlucken. Feuchtigkeit sammelte sich in Pricillas Augen und sie begann sichtbar zu schwitzen. Noch immer drückte und rührte sie am Heft der Waffe und es folgte ein zweiter, deutlich massiverer Würgeanfall. Im Gleichen Moment zog sie den Dolch mit einer raschen Bewegung aus ihrem Bauch heraus, drehte die Waffe, griff um und rammte sie so schnell, dass Lars nicht einmal blinzeln konnte, Serine an derselben Stelle in den Bauch. Ihr von Schmerz und Überraschung hervorquellender, durch den zwanghaft geöffneten Mund irgendwie seltsam klingender Schrei hallte nur kurz durch den Raum. Pricillas heftiger Würgereiz zwang sie schließlich zu brechen. Ein Schwall Blut hatte seinen Weg von ihrem Magen, über ihre Speiseröhre gefunden und ergoss sich nun aus dem Mund der Eishexe. Der dunkelrote, breiartige Schwall traf Serines Gesicht zielsicher auf der Höhe ihres eigenen Mundes, sodass ihr zuvor ausgestoßener Schmerzensschrei erstickt wurde, als Pricillas roter Mageninhalt nun ihre Kehle passierte. Lars Hände verkrampften sich in der Sitzleiste seines Stuhls, während er sich unter Aufbietung seiner gesamten Willenskraft weiter zurückhielt. Auf der Uhr war noch viel zu viel Zeit übrig. Er wusste nicht, wie er sich noch so lange an Serines ausdrücklichen Wunsch und seine eigene verdammten Zusage sich nicht einzumischen halten könnte. Pricilla würgte unterdessen wieder und wieder. Ein Schwall nach dem andern traf Serines Mund und die Vampirin begann nun ihrerseits zu würgen. Sie schluckte gezwungen, würgte erneut, röchelte, schluckte wieder und rang nach Atem. Während die Eishexe ihren Mageninhalt in Serines Mund erbrach, gab sie neben den, dem konstanten Speien geschuldeten Tönen, noch andere Laute von sich. Sie versuchte zu sprechen. Lars verstand nur qualvoll hervorgepresste, gurgelnde, glucksende Silben: »Agkh, Gäh`, Orugh`, Ka´Ha«, doch er war sicher, dass es sich um Worte oder zumindest zielgerichteten Silben handelte. Oder wenigstens das was davon übrigblieb, wenn sie hervorgewürgt wurden, während man sich erbrach. Es klang fast wie eine unheimliche Beschwörung. Nach dem siebten Schwall endete es endlich. Pricillas Brechanfall war vorüber und sie sank erschöpft, gleichwohl aber sadistisch lächelnd zu Boden. Kraftlos stützte sie sich auf die Hände und wartete darauf, dass ihr Bauch aufhörte zu krampfen und sich das Zittern wieder legte. Serine kämpfte derweilen immer noch mit Pricillas erbrochenem Blut, das sich in ihrer Speiseröhre hinauf und hinunterbewegte. Die Folter war perfide. Neben dem Ekel, der für die Meisten Grund genug gewesen wäre das Blut wieder hervor zu spucken, steckte in Serines Magen noch immer der Dolch. Dadurch wurde der Reiz brechen zu müssen noch weiter verstärkt. Gleichzeitig wurde Serines Gesicht, weiter von dieser unsichtbaren Macht ergriffen, so fixiert, dass sie an die Decke starren musste. Auch ihren Mund hatte sie noch nicht wieder schließen können. Tränen liefen über ihre Schläfen und verschwanden in ihrem Haaransatz. Sie litt entsetzliche Qualen, doch Lars war noch weitere zehn Minuten an sein elendiges Versprechen gebunden. Er durfte – er konnte – ihr hier nicht helfen. Und da kam ihm plötzlich ein Einfall: Die Anderswelt! Er hatte Serines Stimme gehört, wann immer es ihm schlecht ergangen war. Zuletzt bei der Blutprüfung. Er schloss die Augen, konzentrierte seine Gedanken auf Serine und öffnete seinen inneren Blick in die Anderswelt. Eine schwarze Fläche breitete sich aus soweit das Auge reichte, doch nur einige Meter von ihm entfernt sah er seine Freundin. Auch in der Anderswelt war sie an einen Stuhl gefesselt und starrte nach oben. Er rannte auf sie zu, doch kurz bevor er sie erreichte, tauchte plötzlich Pricilla – wie aus dem Nichts erschienen – vor ihm auf. Sie streckte ihren Arm aus, zeigte ihm die Flache Hand und rief:

»Nein! Sie gehört mir für zwanzig Minuten. In der Wiege der Schmerzen genauso wie hier in der Anderswelt! Wenn du ihr hier beistehst oder hilfst, platzt unser Handel.« Lars verfluchte die Eishexe, beugte sich aber voller Abscheu und Wiederwillen ihrer Abmachung. Er hätte es wissen müssen. Großmutter hatte sie bei ihrer ersten Begegnung als Wanderin der Anderswelt vorgestellt. Natürlich hatte sie auch an diesem Ort Macht. Als er die Augen öffnete und sich zurück im Folterraum, der Wiege der Schmerzen wieder fand kam ihm ein entsetzlicher Gedanke: Die Zeit in der Anderswelt verhielt sich oft, anders, als sie es in der Wirklichkeit tat. Was, wenn Serine hier nur zwanzig Minuten erdulden musste, aber in der Anderswelt waren es Stunden oder Tage! Er verfluchte sich dafür, dass er diesen Handel zugelassen hatte. Dafür, dass er

Serine versprochen hatte sich nicht einzumischen und dafür, dass er ihr jetzt nicht einmal in der Anderswelt beistehen konnte. Sie war dort immer für ihn dagewesen und er konnte es jetzt nicht für sie sein. Diese Folter war weit aus grausamer, als er es erwartet hatte. Böse und spöttisch lächelte Pricilla ihm zu, als sie sich vom Boden erhob und sich noch einmal über Serines weiterhin geöffneten Mund beugte. Abfällig spuckte sie hinein und betrachtete den weiter fortlaufenden Prozess des gezwungenen Schlucken, Röcheln, Hervorwürgen, nach Atem ringen und erneutem gezwungenen Schlucken. Dann griff sie nach dem Dolch und zog ihn mit einem Ruck heraus. Lars fühlte, wie seine Freundin schreien wollte, doch konnte sie es nicht. Pricilla leckte über die flache Seite der Klinge. Ihr Liedschatten war durch die, während des Erbrechens entstandenen Tränen, nach unten hin verlaufen. Die Tränenspuren passten nicht zu diesem bösen, triumphalen Lächeln. Die Eishexe setzte sich mit breiten Beinen so auf Serines Schoß, dass sie einander zugewandt waren. Dann führte sie ihr den Dolch erneut vor die Augen:

»Weißt du was ich jetzt machen werde?«, fragte sie in ausgelassenem Ton, »ich schneide dir mit dem Dolch die Kehle durch und dann stoße ich ihn dir durch den Hals.« Lars schäumte. Die Ankündigung dessen, was Pricilla seiner Freundin weiterhin antun würde, trieb ihn schier in den Wahnsinn. Er fühlte, wie sich die Schatten hinter ihm auftaten. Dröhnende Schatten, die Pricilla packen und durch die Luft schleudern würden, genauso wie sie es mit der bedauerlichen Vampirin aus dem edlen Haus von Laal während der Blutprüfung getan hatten. Sie würden die Eishexe vierteilen, buchstäblich zerreißen, wenn er die Kontrolle nur für einen einzigen Augenblick verlor. Er hörte Rosamundes schreckliches, heiseres Lachen in der Dunkelheit. Lars fühlte, wie ihm die Situation zu entgleiten drohte – doch dann – wie aus dem Nichts, traf ihn ein furchtbarer Gedanke: Wenn er Pricilla stoppte, dann wäre ihr Handel geplatzt und alles Leid, was Serine bisher ertragen hatte, wäre umsonst gewesen. Das durfte er nicht zulassen. Er schloss die Augen, atmete tief durch und versuchte sich zu entspannen. Beim dritten Versuch lösten sich die Schatten hinter ihm langsam auf und als er das fünfte Mal ausatmete, fühlte er, dass er die Kontrolle über sich selbst zurückgewonnen hatte. Wie kurz er davor gewesen war einzugreifen und welcher Kampf soeben in ihm stattgefunden hatte, schien Pricilla nicht bemerkt zu haben. Sie saß noch immer auf die gleiche Weise auf Serines Schoß und fuhr mit dem Dolch vor ihrem Gesicht herum. Sie ergötzte sich an der Übelkeit ihres Opfers, dem unkontrollierten Würgen und dem gezwungenen Schlucken. Auf der Uhr waren noch sieben Minuten übrig, als Pricilla die scharfe Klinge an Serins Hals ansetzte, Druck darauf ausübte und langsam über die Kehle laufen ließ. Serines Körper bebte. Ihr Gesicht blieb weiterhin dazu gezwungen an die Decke zu starren und so stand das Hautgewebe auf Spannung, was die ohnehin schon schreckliche Wunde noch weiter aufgehen ließ. Als die Eishexe den Schnitt zu Ende geführt hatte, setzte sie die Spitze des Dolches in dessen Mitte an und trieb die Klinge Zentimeter für Zentimeter hindurch. Es lief so viel Blut aus der Wunde, dass Serines Hals unterhalb der Verletzung bis zu dem Kleidungsansatz binnen Sekunden vollkommen rot war. Ihr Röcheln veränderte sich. Es wurde irgendwie abgehackter und langsamer. Lars wusste, dass sie als Vampirin an diesen Verletzungen zwar nicht sterben konnte, doch fühlte es sich in ihm trotzdem genauso an. Tränen der Wut und der Ohnmacht liefen über sein Gesicht. Auch wenn Serine nicht sterben würde: Etwas in ihm tat es. Nun verstand er es endlich. Er verstand den Wunsch danach einem anderen Wesen vernichtende Schmerzen zuzufügen. Genau dieser Wunsch entsprang in ihm, als eben jenes Wesen – als Pricilla – ihren Mund an Serines abscheuliche Schnittwunde legte und mit weit herausgestreckter Zunge das Blut leckte, welches unter großem Druck daraus hervorsprudelte. Serine hatte aufgehört zu röcheln, zu würgen, zu schlucken und sich wieder zu erbrechen. Auch bebte und zitterte ihr Körper nicht mehr. Sie starrte nur noch mit leerem Ausdruck an die Decke, während sich Pricilla weiter an ihrem Blut und ihrem Schmerz labte. Es waren noch drei Minuten auf der Uhr, als sich die Eishexe endlich vom Hals ihres Opfers löste, den Dolch mit einem Ruck herausriss, aufstand und den magischen Bann aufhob, der Serine die ganze Zeit über dazu gezwungen hatte, an die Decke zu starren. Die Vampirin sackte in sich zusammen, als wäre sie eine Marionette, deren Fäden durchtrennt worden waren. Nur die Fesseln hielten sie noch auf dem Stuhl.

»Ich bin fertig«, verkündete Pricilla mit einem spöttischen Blick auf Lars gequältes Gesicht, »du kannst sie jetzt wiederhaben.«

5

Mit einem Satz war Lars bei Serine und stützte ihren Kopf. Ihre Augen waren immer noch leer. Aus ihrem Mund floss, nun da ihr Gesicht schlaff zu Boden zeigte, träge das erbrochene, breiartige Blut. Sorgsam sah er nach der Verletzung an ihrem Hals. Die Wunde heilte sehr langsam, aber trotzdem schloss sich der Schnitt nach und nach. Unterdessen setzte sich Pricilla, vollkommen blutverschmiert wie sie war, auf den Stuhl, auf dem zuvor Lars gesessen hatte und sah genussvoll dabei zu, wie er sich verzweifelt um seine Freundin zu kümmern versuchte. Lars öffnete die ledernen

Riemen und stützte dann Serines schlaff hängenden Körper, sodass sie nicht vom Stuhl fiel. Daraufhin fuhr ein Ruck durch die Vampirin und sie übergab sich lange und heftig. Sie hustete, würgte noch ein paar Mal nach, blinzelte sich die Tränen aus den Augen und dann war es endlich vorbei. Schwer atmend und schluckend sah sie zu Pricilla hin, dann sagte sie stockend und noch immer furchtbar schwach:

»Das war... das war unglaublich… unglaublich befreiend.« Dies war das Dritte und letzte Ereignis dieser Foltersitzung mit dem Lars nicht gerechnet hätte – und es war auch das was ihn mit Abstand am meisten überraschte. Die Folter, diese unglaublichen Höllenqualen, die Serine in den letzten zwanzig Minuten erduldet hatte, wirkten nach ihrem eigenen Wortlaut hin: *befreiend* auf sie. *Befreiend!*

»Danke«, fügte die Vampirin noch hinzu und schlug damit den letzten Nagel in Lars‘ Sarg des vollkommenen Unverständnisses. Pricilla lächelte. Dieses Mal war es ein wohlwollendes Lächeln ohne jeglichen Spott darin:

»Es war auch für mich sehr befreiend, schöne Serine aus dem Hause Largaretta.« Serine sah errötend und auch etwas verschüchtert zu Boden, als sich die Eishexe an Lars wand:

»Ihr zwei habt euren Teil des Handels erfüllt. Nun bin ich an der Reihe.« Damit griff sie sich ins Dekolleté, wo sie zwischen ihrer Brust und dem Büstenhalter einen zusammengefalteten Zettel geklemmt hatte. Sie reichte ihn an Lars weiter. Das Papier war kalt. Genauso kalt, wie es Pricillas Schulter gewesen war, als er sie im großen Entspannungssaal berührt hatte. Er faltete den Zettel auf und sah auf die feine, geschwungene, schwarze Schrift hinunter. Obwohl es einer der ordentlichsten Schriften war, die er je gesehen hatte brauchte er einen Moment um die Adresse, die darauf notiert war, zu entziffern. Dann stutzte er, las die Adresse noch einmal, stutze erneut und stellte dann erstaunt fest, dass er sich nicht geirrt hatte: Der Zettel beschrieb eine Adresse in seiner Heimatstadt.

Eine Seele mit bleibenden Schäden

1

Pricilla hatte einen Menschen herbeigeschafft, von dem Serine sich nähren konnte, sodass sie genug Kraft zum Gehen wiedererlangte. Anschließend geleitete Lars sie zum großen Ruhesaal, wo sie sich weiter von der Tortur erholen wollte. Danach war er in die Lobby und von dort aus nach oben in die Scheune gegangen. Er brauchte Abstand zur Wiege der Schmerzen und zu allem, was in der letzten Stunde geschehen war. Eine ungeheure Verwirrung hatte sich in ihm breitgemacht. Es war ihm unmöglich seine Gefühle einzuordnen oder auch nur festzustellen, ob das, was er fühlte, nun gerechtfertigt war oder nicht. Als er die Scheune verlassen hatte und sich dem Wald zuwenden wollte, damit er etwas frische Luft bekam, stieß er auf Mortimer. Der Vampir lehnte an den Planken, so als hätte er nur auf ihn gewartet. Er lud Lars mit einer knappen Armbewegung und einem Kopfnicken zu einem kleinen Spaziergang ein und sie gingen zusammen den Trampelpfad in Richtung des Waldrandes entlang.

»Du kannst es nicht verstehen, oder?«, fragte Mortimer, als sie den Wald betraten, wie als würde er ein bereits begonnenes Gespräch wiederaufnehmen. Er hatte sehr sanft gesprochen und es lagen weder Spott noch Vorwurf in seiner Stimme.

»Was meinst du?«, hakte Lars nach, der sich zwar bereits denken konnte worauf sich Mortimers Frage bezog, doch er wollte jeden Zweifel ausräumen.

»Warum Serine und auch viele andere Vampire – und hier ist ganz besonders auf die Mitglieder meines eigenen Hauses zu blicken – sich selbst freiwillig so etwas antun lassen: Folter.« Lars schüttelte traurig den Kopf, bog einen herunterhängenden Zweig bei Seite, damit er ihn ungehindert passieren konnte und sage schließlich:

»Nein, das verstehe ich wirklich nicht. Ganz und gar nicht.«

»Ich möchte versuchen es dir zu erklären«, begann Mortimer mit geduldiger und verständnisvoller Miene, »ich mag Serine. Ich fühle, dass sie für mich fast so etwas wie eine verwandte Seele ist. Daher möchte ich nicht, dass etwas zwischen euch beiden steht. Um ihren Willen, aber auch deinetwegen. Sie braucht dich und du brauchst sie. Jetzt mehr denn je. Daher ist es wichtig, dass du zu begreifen versuchst, was körperlicher Schmerz, was die Folter des eigenen Leibes für einen Vampir bedeuten kann.« Lars nickte um zu signalisieren, dass er bereit war zuzuhören. Er war dankbar um Mortimers Worte. Seine erfrischende Offenheit und sein Versuch an dieser Stelle Klarheit zu schaffen war nichts Selbstverständliches. Seit Lars Zimmer 535 verlassen hatte, konnte er keinen klaren Gedanken mehr fassen. Sein Verständnis gegenüber seinen eigenen Gefühlen war verloren gegangen und so irrte er innerlich in einem Chaos von Emotionen herum. Während Pricilla Serine so sehr gequält hatte, war in ihm der übermächtige Wunsch entstanden der Eishexe ebenfalls auf diese Weise Schmerz zuzufügen. Dieses Verlangen war auch noch geblieben, doch Seriens Dank für das *»wohltuende«* Erlebnis an Pricilla, hatte die vorherige Klarheit, über seine Gefühle gegenüber der Eishexe gehörig durcheinandergebracht. War es nun richtig, dass er Pricilla auf eine Folterbank schnallen und wieder und wieder mit einem Messer auf sie einstechen wollte? War es richtig, dass er sie für das, was sie Serine angetan hatte bestrafen wollte? Es war offenbar nicht richtig, denn seine Freundin hatte sich doch bedankt. Warum also fühlte er diesen Wunsch dann immer noch? Um sich das zu erklären, war er gedanklich zurück zum Anfang gegangen und hatte sich gefragt, warum Serine sich das überhaupt hat antun lassen wollen. Doch er begriff es einfach nicht, egal wie sehr er sich darüber den Kopf zerbrach. Das einzige Ergebnis seiner Bemühungen bisher war eine noch tiefere emotionale Verwirrung. Vielleicht konnte Mortimer hier tatsächlich etwas helfen.

»Du bist noch sehr jung«, setzte der Vampir nach einigen Momenten erneut an, als sie eine alte, verfallene Holzhütte passierten, »selbst, wenn du kein Vampir, sondern nur ein Mensch wärst, wärst du auch nach ihrem Standard noch sehr jung.« Auch jetzt lag keine Herabsetzung in seiner Stimme. Lars fühlte, dass Mortimer nicht von oben herab mit ihm sprechen wollte, sondern ihn wie einen Gleichberechtigten behandelte:

»Einige Aspekte der Seele offenbaren sich einem erst, wenn man schon eine Weile gelebt hat, aber ich bin sicher, mit der richtigen Erklärung kannst du diese Aspekte trotzdem verstehen.« Mortimer fuhr sich nachdenklich über das Gesicht, wie als überlegte er, wo er beginnen sollte. Dann sagte er: »Wenn ein Vampir in eine menschliche Gesellschaft geboren wird, hat er zunächst ein Problem: Er ist anders als sein *soziales* Umfeld«, Mortimer betonte das Wort »soziales«, als sei es etwas furchtbar Abscheuliches, »gleichzeitig ist er in dieser ersten Phase seines Lebens noch sehr schwach. Die Menschen, bei denen unser junger Artgenosse lebt, spüren das. Ganz besonders seine Andersartigkeit. Da es sich bei Menschen üblicherweise um schrecklich einfältige und unfassbar begriffsstutzige Kreaturen handelt, beginnen sie den jungen Vampir in ihrer Mitte genau deswegen sehr schlecht zu behandeln. Ich habe das schon einmal angesprochen«, erinnerte der Vampir, »vor ein paar Nächten in Giurgi, bei unserer gemeinsamen Jagd.« Lars erinnerte sich daran, etwas in der Art von Mortimer gehört zu haben, als sie zusammen auf der Bank über die Donau hinweg in Richtung Bulgarien geblickt hatten und darauf warteten, dass ihr Opfer das Lokal wieder verlassen würde. Das Opfer, dachte Lars, welches die Begegnung mit ihnen nicht überlebt hatte und das vor seinem Ableben so viel Schmerz hatte ertragen müssen. Doch seine Folter war nichts im Vergleich dazu, was sich Serine in dieser Nacht freiwillig hatte antun lassen.

»Nun ja«, fuhr Mortimer fort und durchbrach damit Lars Gedanken, »dies ist der erste Teil, der dazu führt, dass sich einige Vampire später selbst der Folter aussetzen. Als Vampire, die wir unter Menschen aufwachsen, ist das Erste was wir lernen nicht etwa, dass wir die Sonne eher meiden sollten, weil sich durch ihre Strahlen unsere Haut so schnell entzündet. Wir lernen auch nicht, dass wir uns von Blut, statt von menschlichen Speisen ernähren sollten. Wir lernen ja nicht einmal, dass wir Vampire sind«, in Mortimers Stimme lag eine schwere Verbitterung. Es war offenkundig, dass es ihm auch einmal so ergangen war: »Das Erste was wir als Vampire lernen ist, dass wir anders sind, dass man uns daher schlecht behandeln darf und wir ganz generell einen geringeren Wert besitzen als die Anderen. Wenn man uns überhaupt einen Wert zugesteht… Weißt du«, fragte er nach einer kurzen Pause, »warum im Tierreich verkrüppelte oder missgestaltete Tiere nicht überleben? Warum Wölfe mit nur drei, statt vier Läufen keinen Platz in einem Rudel finden?« Lars schüttelte den Kopf und Mortimer beantwortete die Frage selbst: »Weil sie gleich nach ihrer Geburt von ihren Artgenossen zerfleischt werden. So gesehen«, setzte er nach einer weiteren Pause, nun wieder deutlich gefasster, noch einmal an: »handeln die Menschen nur natürlich, wenn sie die krankhaften Wesen, die wir nach unserer Geburt erst einmal sind, quälen und verstoßen.« Das Stichwort »Wölfe« weckte eine Erinnerung in Lars. Serine hatte es auch verwendet, um ihm zu erklären weshalb Menschen mit jungen Vampiren so schlecht umgingen. Mortimers Erklärung deckte sich mit der ihren, nur seine Perspektive war eine andere. Er sah den jungen Vampir nicht als das Raubtier, welches getötet werden musste solange es noch schwach war, sondern im generellen Sinne als ein schutzloses Opfer. Trotzdem. Die dahinterliegende Aussage war im Grunde die gleiche. Lars verlor den Gedanken, als Mortimer erneut ansetzte:

»Aber ich schweife ab. Das wichtige ist, dass der Vampir also zunächst seinen eigenen Unwert erlernt bekommt. In dem Moment, in dem das geschieht, ist er noch viel zu jung und seine intellektuellen Fähigkeiten sind noch nicht im Ansatz so weit ausgeprägt, dass er diese Erfahrung entsprechend verarbeiten könnte. Das Erlebte und das Erlernte wird verdrängt und als eine Art unverarbeitete Emotion vergräbt es sich in seinem Geist, wo es sich festbeißt und abwartet. Später dann, wenn der Geist etwas weiterentwickelt ist, taucht diese Emotion plötzlich erneut auf. Aber der Vampir kann sie zunächst nicht einordnen und weiß nicht, woher sie kommt. An dieser Stelle passiert etwas Bemerkenswertes. Der immer noch junge Vampir – lassen wir ihn einfach einmal zwischen fünfzehn und fünfundzwanzig Jahren alt sein – hat bereits gelernt und begriffen, dass bestimmte Ereignisse als Folge bestimmte Gefühle oder Emotionen hervorrufen. Er hat auch gelernt, dass bestimmte Handlungen, die entsprechenden Emotionen besänftigen können. Als Beispiel: Das Verlangen Macht auszuüben – in dieser Lebensphase übrigens oft ein Resultat der schlechten Behandlung durch sein menschliches Umfeld als Kind – kann besänftigt werden, indem er jemanden foltert, oder zwingt etwas zu tun, dass dieser nicht tun will. Bei der gelernten Emotion aus Kindertagen, die sich in seinem Geist verbissen hat aber«, Mortimer hob zur Unterstreichung seiner Gedanken den linken

Zeigefinger, »stellt sich keine oder nur eine sehr kurzweilige Befriedigung ein. Egal was der junge Vampir auch tut. Schlimmer noch: Manchmal tut er sogar Dinge, von denen er sich erhofft diese seltsame, ihm im Ursprung noch immer unbekannte Emotion zu befriedigen, doch allzu oft geschieht das Gegenteil. Die Emotion verbeißt sich noch tiefer. Im schlimmsten Fall schafft er sogar eine neue emotionale Lage, die zu einem späteren Zeitpunkt auftreten und ihn quälen kann, während er erneut nicht versteht woher diese nun wiederkommt. Bei manchen genügt das bereits dafür, dass sie sich selbst später der Folter aussetzen.« Lars dachte über das Gehörte nach. Er gestand sich ein, dass er es nicht ganz begreifen konnte, aber das, was er verstand, erschien ihm auf unheilvolle Art schlüssig. Er war auch gehänselt und ausgestoßen worden. Er hatte auch gelernt, dass man ihm in seinem Umfeld keinen Wert beimaß. Würde er selbst auch eines Tages darum bitten gefoltert zu werden? Nein, dachte er, das konnte er sich einfach nicht vorstellen.

»Bis zu diesem Punkt«, erklärte Mortimer weiter, »unterscheiden wir uns gar nicht einmal so sehr von den Menschen. In ihnen gehen ganz ähnliche Dinge vor, wenn sie vergleichbaren Situationen ausgeliefert waren. Manche schneiden sich selbst, andere suchen Streit mit ihren Artgenossen bis es zu einer Prügelei kommt. Es gibt keinen großen Unterschied zwischen diesen Dingen. Doch die menschliche Gesellschaft hat für diese erkrankten Seelen eine äußerst interessante Strategie entwickelt. Sie senden sie nämlich zu einer besonderen Gattung von Heiler. Diese wiederum erklären der kranken Seele wo ihre, für sie ebenso unerklärlichen Emotionen, ihren Ursprung haben und was sie bedeuten. Sie geben der kranken Seele gedankliche Strategien mit, führen helfende Gespräche und ganz besonders: Sie überreichen ihnen Substanzen.«

»Substanzen?«, fragte Lars nach. Natürlich kannte er das Wort, doch verstand er nicht, was Mortimer ihm damit sagen wollte. Der Vampir erklärte geduldig weiter:

»Ja. Die Menschen haben gelernt Dinge aus der Natur, aber auch ganz eigenen chemischen Kombinationen zu nutzen um Emotionen und Gefühle zu unterdrücken, sie hervorzurufen, zu verstärken oder abzumildern. Das ist wirklich bemerkenswert. Damit, sowie mit den anderen erwähnten Strategien, zeigen sich tatsächlich nennenswerte Erfolge und die allermeisten der kranken Seelen sind dadurch in der Lage ihr Leben zumindest weitestgehend ungestört fortzuführen. Für uns Vampire«, bemerkte er traurig, »kommt insbesondere die Strategie mit den Substanzen jedoch nicht in Frage.«

»Wieso denn nicht«, fragte Lars einer inneren Verzweiflung folgend, denn ihm schien so ziemlich alles besser, als die Vorstellung sich selbst der Folter auszusetzen:

»Weil unsere Körper«, begründete Mortimer, »nur mit Übelkeit auf diese Substanzen reagieren würde, oder aber die Mittel gar keinen Effekt auf uns hätten. Übrig bleibt also«, fuhr er nach einer weiteren Pause in leicht resignierendem Tonfall fort: »nur der Schmerz. Denn wenn wir große Schmerzen erleiden, dann scheint es so, dass wir diese seltsame Emotion in uns für einen Moment ausschalten könnten. Für einen Moment finden wir Frieden.« Sie gingen eine Weile weiter nebeneinander her, bevor Mortimer ein weiteres Mal ansetzte: »Wenn das aber alles noch nicht reicht, dass sich der Vampir freiwillig foltern lassen möchte, gibt es noch eine weitere Sache, die dazu führen kann: Die Zeit.«

»Die Zeit?«, fragte Lars ungläubig nach, denn er verstand nicht wieso die Zeit etwas damit zu tun haben könnte. Lautete das Sprichwort nicht:

»Die Zeit heilt alle Wunden«? Er war sich zumindest sicher, dass es ganz bestimmt nicht lautete: »Die Zeit macht alles nur noch schlimmer«.

»Ja«, bestätigte Mortimer, »Vampire leben ewig und obwohl wir alle mit vielen Gaben gesegnet sind, gehört die Reinheit der Seele nicht dazu. Tatsächlich muss ich zugeben, dass unsere Fähigkeit, schlimme Ereignisse aus unserer Kindheit zu verarbeiten nicht besser ist als die der Menschen. Vielleicht ist sie sogar noch schlechter. Die Wunden unserer Körper«, überlegte Mortimer laut, »heilen beinahe augenblicklich – doch scheint es so, als hätten wir im Tausch dafür die Fähigkeit eingebüßt unsere Seelen zu heilen.« Er seufzte leise uns setzte dann noch einmal an:

»Obwohl ein Vampir irgendwann den Ursprung dieser so qualvollen Emotionen lernt und auch versteht, kann er sie doch nicht abstellen. Seine Vernunft begreift was geschehen ist, doch seine Seele tut es nicht und sie gibt keine Ruhe. Und so«, leitete Mortimer den Abschluss seiner Erläuterung ein, »wirkt die Seele Jahr um Jahr über die Jahrhunderte hinweg auf den Vampir. Er weiß, dass die Ewigkeit vor ihm liegt und er diesem Schicksal nicht entkommen kann. Er denkt darüber nach, was ihm widerfahren ist. Solange, bis er irgendwann daran zerbricht. An einem gewissen Punkt im Leben eines jeden Vampirs landet er auf einer Folterbank. Auf der aus Holz und Stahl, oder auf der seines eigenen Geistes. Wir Vampire«, schloss er verbittert, »sind wahrlich verflucht. Und das wortwörtlich bis ans Ende aller Zeiten.« Wäre Lars schon ein wenig älter gewesen und hätte somit über etwas mehr Lebenserfahrung verfügt, so hätte er wahrscheinlich die Frage danach gestellt, ob Vampire nicht auch gleichzeitig ihre Seelen verletzen würden, wenn sie dasselbe mit ihren Körpern taten. So aber tat sich diese Frage erst viele Jahre später auf – zu einem Zeitpunkt an dem er nicht zum ersten Male glaubte, seinen eigenen Abgründen gegenüber zu stehen und zu dem er nicht wusste, ob er Mortimer oder irgendeinen anderen Vampir je wiedersehen würde.

»Du kannst es immer noch nicht ganz nachempfinden, habe ich recht?«, bemerkte Mortimer, als sie die Scheune wieder erreicht hatten und er in Lars grüblerisches Gesicht sah.

»Naja…«, druckste Lars herum, aber Mortimer schmunzelte nur gutmütig und geduldig:

»Das ist nicht schlimm. Es ist ein sehr schwieriges Thema und noch dazu eines, dass man, wenn man jung ist auch gerne versucht zu vermeiden. Der Geist scheint sich fast intuitiv dagegen zu sperren.« Der Vampir hielt inne, wurde nachdenklich und sagte dann: »Vielleicht gibt es eine Möglichkeit, es dir noch etwas näherzubringen, aber es ist nicht ganz ungefährlich. Zumindest nicht für einen so jungen Vampir wie dich, der obendrein auch noch so sehr der Blutlinie Largaretta entspringt«, fügte er mit einem nicht ganz spottfreien Lächeln hinzu. Natürlich taten sich in Lars gleich wieder eine Reihe von Fragen auf. Gerade zu dem Wortlaut »Blutlinie«, aber vielleicht war es besser, wenn er dazu zur gegebenen Zeit den Baron befragen würde und nicht Mortimer. Er war sich nicht sicher, ob Mortimer ihn mit diesem Satz tatsächlich anstacheln wollte, aber in Lars erwachten dennoch kämpferische Gefühle, also antwortete er:

»Ich bin alleine durch den Wald der Gehängten gegangen, habe das Theater der Alpträume betreten und in der Blutprüfung gekämpft. Was soll da denn sein, dass für einen Vampir meiner Blutlinie nicht ganz ungefährlich wäre?«

»Die Abgründe und Wunden deiner eigenen Seele«, gab Mortimer sehr ernst zurück, ohne den leicht kämpferischen Tonfall in Lars Stimme zu beachten, »Angehörige meines Hauses lernen damit umzugehen, sodass sie diese Abgründe besichtigen, ja sogar in gewisser Weise zelebrieren können. Aber sie lernen auch wieder daraus hervorzutreten. Wenn ich dich auf eine Reise, in die tiefsten Spalten deiner Seele mitnehme, bestehet durchaus die Möglichkeit, dass ein Teil von dir nie wieder daraus zurückkehren kann. Selbst wenn der Ausflug nur ganz kurz dauert.« Nun war Lars doch ein wenig verunsichert. Wieder dachte er zurück an die Zeit, die er bei den Menschen verbringen hatte müssen und daran, wie er von den anderen Kindern geschlagen und gequält worden war. Er erinnerte sich, wie ihn die Erwachsenen nicht schützen konnten oder wollten und wie er wieder und wieder zu seinen Peinigern zurückkehren musste. Hatte das Abgründe in ihm aufgetan, von denen er selbst noch nicht wusste, dass sie in dieser Form existierten? Und wenn ja, was würde er dort vorfinden?

»Gut«, bemerkte Mortimer, der offenbar fühlte, was in ihm vorging, »du verstehst worum es geht. Auch wenn ich weder den Wald der Gehängten, noch das Theater der Alpträume kenne, kann ich trotzdem feststellen, dass die Gefahren, denen du dich bisher gestellt hast von außen herkamen. Wenn du dich mit mir zusammen auf diese Reise begibst, dann wirst du Gefahren aus deinem Inneren begegnen – und noch einmal: Es ist nicht gewiss, dass du so zurückkehren kannst, wie du jetzt bist.« Lars überlegte, dann fragte er:

»Wie funktioniert es denn? Diese Reise, meine ich.«

»Es ist so eine Art Meditation«, erklärte Mortimer, »wir trinken – nun, nennen wir es einfach speziell aufbereitetes Blut, setzen uns in einen freien Ruheraum und gehen in uns. Wir fokussieren uns auf die Dinge, die in deinem Leben schiefgegangen sind und dann werden wir schon sehen, woran wir sind. Das besondere Blut wirkt für diese spirituelle Reise verstärkend.«

»Und du kannst mich begleiten, wenn ich diese Reise machen würde?«, vergewisserte sich Lars immer noch unsicher,

»Wenn du mir einen Tropfen deines Blutes gestattest, kann ich dich finden, ja.« Die Erinnerung an das Blut, fiel Lars die Erklärung der Großmutter ein. Er betrachtete den in sich verwrungenen Ring an seinem Finger, strich mit der freien Hand darüber und dachte nach. Er war ein Largaretta, daran hatte er keine Zweifel. Das, was Mortimer vorschlug, war eine Praktik aus seinem eigenen Haus. Genauso wie es die übermäßige Folter war. Lars dachte an Serine und daran, wie sehr sie diese Praktiken faszinierten. Er fühlte, dass er es immer noch nicht greifen – *begreifen* – konnte, bemerkte jetzt aber auch, dass er genau das wollte. Er wollte es für Serine verstehen, da er den Gedanken nicht ertragen konnte, sie eines Tages an das Bluthaus zu verlieren.

»Ich möchte diese Reise machen«, entschied er schließlich, »ich will meine Abgründe sehen, damit ich verstehen kann warum jemand… warum Serine foltern will und warum sie auch will, dass man ihr das antut.« Mortimer nickte ernst:

»Dann machen wir es so.«

»Gleich jetzt?«, fragte Lars überrascht nach und Mortimer antwortete:

»Ja, gleich jetzt.«

2

Sie waren in die Lobby zurückgekehrt und auf die junge Frau am Empfang zugetreten. Sie zitterte vor Angst, als sie Mortimer sah und hatte große Mühe ihre Panik unter Kontrolle zu halten, als der Vampir einige Bestellungen bei ihr abgab. Es war eine ganz besondere Furcht, die sie ihm gegenüber empfand. Das bemerkte sogar Lars. Ein Teil in ihm fragte sich, wo diese besondere Furcht wohl ihren Ursprung hatte. Ein anderer Teil in ihm wollte es lieber nicht wissen.

»Es ist alles soweit fertig«, wandte sich Mortimer schließlich wieder an ihn, »komm, wir gehen in den Ruheraum. Auf dem Weg erkläre ich dir alles Weitere.«

Mortimer führte ihn nicht zum großen Ruhesaal, sondern in einen kleinen Entspannungsraum, der Teil seines persönlichen Bereiches im Minus sechsten Stockwerk war. Auf dem Weg beschrieb er, dass das besonders aufbereitete Blut von einem Spender herstammte, der über einen sehr langen Zeitraum starken Schmerzen ausgesetzt gewesen war. Natürlich, dachte sich Lars bitter, etwas Anderes hätte es an diesem Ort auch nicht sein können. Doch irgendwie ergab es auch Sinn: Wenn das Blut der Vampire über ein Gedächtnis verfügt, oder zumindest eine Erinnerung hinterlassen konnte… vielleicht verhielt es sich mit dem Blut der Menschen dann ähnlich. Vielleicht wirkte das Blut einer Person, die lange furchtbaren Qualen ausgesetzt gewesen war, genau deshalb verstärkend für ihr Vorhaben, weil sich die Erinnerung an den Schmerz so tief in ihre Essenz gegraben hatte.

»Ein paar Schlucke dieses Blutes, sollten reichen«, erklärte Mortimer weiter. Anschließend würde er einen Tropfen von Lars Blut zu sich nehmen und dann konnte die Reise beginnen.

Ihr Meditationsort erinnerte stark an einen stielvoll eingerichteten Herrenraum aus vergangenen Zeiten. Es gab ein großes Regal, welches voller alter Bücher war und eine ganze Wand, die das sehr geräumigen Zimmer ausfüllte. Zwei, mit dunkel glänzendem Leder überzogene Sesselstühle standen vor einem tiefen, edel verzierten Holztisch. An den übrigen Wänden hingen Gemälde und Fotografien. Sie bildeten die vergangenen »Kunstwerke« aus diesem Hause in all ihren schmerzhaft schrecklichen Details ab. Den Boden zierte ein edler Teppich. Als sie den Raum betraten, waren bereits zwei Personen anwesend. Der Erste war ein nur zur Hälfte bekleideter Mann, dessen Hand und Fußgelenke stark gerötet waren. Er schien mittleren Alters zu sein, hatte aber bereits ergrautes Haar und viel zu viele Falten in dem ganz leicht dem Wahnsinn anheimfallenden Gesicht. Der zweite Mann trug die dunkelrote Pagenkleidung der Einrichtung. Er war jung und gut frisiert – nur in seinen Augen lag ein großer Zwiespalt. Lars spürte, dass es ihn quälte zu tun, was er tat, aber aus Furcht nicht wagte aufzubegehren. Der Page hielt die Ketten, mit denen der erste Mann wie ein Hund an der Leine herumgeführt werden konnte. Mortimer gab die Anweisung, dass sie den Raum sofort verlassen mussten sobald er und seine Begleitung sich genährt hatten. Dann drehte er sich wieder zu Lars:

»Das was du sehen und hören wirst, ist nicht die Wahrheit. Es ist also nicht das, was wirklich passiert ist. Du wirst erleben was dein Geist daraus gemacht hat – also genau das, was später einmal diese vermeintlich unerklärliche Emotion heraufbeschwören würde, von denen ich dir erzählt habe.« Mortimer zögerte kurz und setzte dann noch einmal an: »Es ist nicht leicht zu erklären, denn auch wenn das, was du sehen wirst nicht dem entspricht, was wirklich geschehen ist, so ist es doch tief in deiner Seele verankert und für diesen Teil deiner selbst ist es wahr. Dieser Teil deiner selbst zieht daher auch für sich reale Schlussfolgerungen aus dem, was es fühlt das passiert sei.« Der Vampir sah in Lars nun vollends verwirrtes Gesicht, seufzte dann ratlos und forderte ihn schließlich mit einer Handbewegung dazu auf, sich von dem Mann in den Ketten zu nähren: »Es ist leichter, wenn ich es dir einfach zeige.« Lars tat wie ihm geheißen, trat auf den Mann zu, packte dessen Unterarm und biss hinein. Das Blut schmeckte salzig. Viel zu salzig. Es war überhaupt nicht nach Lars Geschmack. Trotzdem schluckte er es tapfer herunter, während Mortimer sich am anderen Arm des Mannes zu schaffen machte. Die Wirkung setzte sofort ein. Lars wurde schwindlig und er ließ den Arm des Mannes wieder fallen. Der Raum um ihn herum schien zu verschwimmen. Starke Hände griffen nach seinen Schultern und lotsten ihn zu einem der Sesselstühle. Er fühlte, wie jemand nach seinen Fingern griff und ihm in den Daumen schnitt. Mortimers Zunge glitt über die kleine Verletzung. Es brannte entsetzlich, doch eigenartigerweise war der Schmerz von einer vollkommen gleichgültigen Natur. Mortimer setzte sich in den noch übrigen Sesselstuhl und schloss die Augen, wie als würde er versuchen sich zu entspannen. Lars tat es ihm gleich und konzentrierte sich, so gut es in diesem merkwürdigen Zustand nur irgend ging, auf die schlimmen Ereignisse, die sein Leben unter den Menschen geprägt hatten.

3

Lars entglitt in einen Traum, so wie ein Opiumsüchtiger in einen Traum »entgleitet«. Er fühlte sofort, dass dies nicht die Anderswelt war – auch wenn er nicht hätte sagen können, woran er diese Erkenntnis festmachte. Vielleicht war es die fehlende Verwirrtheit, die ihn manchmal ereilte, wenn er in den Schlaf fiel und die Anderswelt betrat. Der Übergang fühlte sich einfach anders an. Er öffnete die Augen und fand sich umringt von lauter Ödland und Verfall. Einige hundert Meter entfernt konnte er völlig heruntergekommene Gebäude, die teilweise sogar nur noch aus Ruinen bestanden, erkennen. Bei einigen von ihnen hatte er das eigenartige Gefühl, dass sie ihm bekannt vorkamen. Bekannt – aber nicht wohlgesonnen, wie ein düsteres, unheilverkündendes Déjà-vu. Er bemerkte ein deutliches Unwohlsein, als er darüber nachdachte, woher er diese Gebäude wohl kennen mochte.

»Hier bist du also«, hörte er plötzlich Mortimer hinter sich.

»Wo sind wir hier?«, fragte Lars.

»Dies ist das Abbild eines besonderen Teils deines Unterbewusstseins. Gedanken und Gefühle, die du sonst nicht greifen kannst sind hier verborgen.« Mortimer trat neben ihn und legte ihm in einer kraftspendenden Geste die Hand auf die Schulter: »Nur, dass es sich hier ausschließlich um tragische und schmerzhafte Gedanken und Gefühle handelt.« Lars schluckte. Nun war er also in seiner persönlichen Hölle gelandet. Viel lieber, dachte er, würde er jetzt noch einmal durch den Wald der Gehängten gehen, als sich diesem Teil seiner Seele zu stellen.

»Komm«, forderte ihn Mortimer auf, »lass uns sehen was uns erwartet. Sie gingen auf eines der Gebäude zu. Mit jedem Schritt den Lars tat steigerte sich sein Unwohlsein. Er fühlte, dass er dort nicht hingehen wollte. Etwas wartete an diesem Ort auf ihn, da war er sich ganz sicher. Etwas, dessen Begegnung ihn schaudern ließ. Erst als sie nur noch knapp einhundert Meter davon entfernt waren, erkannte er das Gebäude: Es war das Haus seiner Eltern. Seiner menschlichen Eltern. Dadurch, dass die Nachbarschaft hier nicht existierte, das Haus derart verfallen war und seine Erinnerung obendrein wie aus einem anderen Leben zu sein schien, hatte er es fast nicht mehr erkennen können. Lars wollte hier nicht sein. Er hatte dieses Leben, aus seiner Wahrnehmung heraus, vor einer Ewigkeit hinter sich gelassen und seither war es ihm besser ergangen. Mit diesem Ort verband er nur Schmerz und Übelkeit und Schüttelfrostanfälle und alles was seine damalige kränkliche Existenz noch so mit sich gebracht hatte. Doch er blieb standhaft. Für Serine, dachte er, als er das Grundstück betrat und die, in diesem verzerrten Abbild der Wirklichkeit, nur noch lose in den Angeln hängende Tür aufschob. Als er mit klopfendem Herzen die

Türschwelle übertrat, fühlte er sich schlagartig, als wäre er in Gefangenschaft geraten. Das Innere des Hauses befand sich im selben Zustand wie sein Gemäuer.

»Hier hast du also gelebt, als dein Blut noch nicht erwacht war«, kommentierte Mortimer, dessen Fähigkeit so schnell die korrekten Rückschlüsse zu ziehen Lars in Erstaunen versetzte. Sie durchquerten den Flur und traten auf das verzerrte Abbild des Wohnzimmers zu. Da schallte plötzlich eine Stimme durch den Raum. Lars erkannte sie als die seiner Mutter:

»Du bist schon wieder krank?«, sagte sie und klang dabei überrascht und ein bisschen verwundert. Dann wiederholte sich das Gesprochene, so als ob jemand ein Aufnahmeband zurückgespult, die Tonspur bearbeitete hatte und erneut abspielte:

»Du bist schon wieder krank?«, Überraschung und Vorwurf langen in der Stimme und das eben erlebte Phänomen wiederholte sich noch einmal:

»Du bist schon wieder krank?«, jetzt war der Vorwurf deutlich gefestigt und es lagen auch Abscheu und sogar Wut in der Stimme: »Wegen dir müssen wir jetzt wieder zum Arzt.« Lars fühlte sich auf einmal ganz klein:

»Das ist so nicht passiert«, stammelte er und Mortimer legte ihm besänftigend die Hand auf die Schulter. Wieder spendete die Geste Kraft:

»Ich weiß. Es ist das, was dein Unterbewusstsein daraus gemacht hat. Vielleicht hat deine menschliche Mutter an einem schlechten Tag einmal etwas gesagt oder getan, was ihr selbst gar nicht aufgefallen ist. Etwas, dass sie so gar nicht beabsichtigt hatte. Dein Unterbewusstsein aber hat es bemerkt, es als etwas feindseliges aufgefasst und als ein solches in deine Seele gebrannt.«

»Das ist nicht fair«, jammerte Lars, aber die deformierte Stimme seiner Mutter tobte ungehindert weiter:

»Du bist daran schuld, dass wir jetzt wieder zum Arzt müssen! Wegen dir verbringen wir die nächsten Stunden in diesem verdammten Wartezimmer! Hätte ich nicht einfach ein gesundes Kind bekommen können?« Wäre Mortimer nicht hier gewesen, wäre Lars wahrscheinlich einfach in Tränen ausgebrochen und davongelaufen. Er hatte so viel erlebt und war als Vampir – als Person – unglaublich schnell gewachsen. Doch dieses bizarre Ebenbild der Stimme seiner Mutter, welche ihm so schlimme Vorwürfe machte: Das war einfach zu viel für ihn. In diesem Moment fühlte Lars, wie der Nebel, der zwischen ihm und dem Verständnis darüber lag, warum manche Vampire eine Befreiung in der Folter fanden, sich langsam lichtete. Wenn er genau in diesem Moment hätte wählen sollen, ob er weiter dieser schlimmen, verzerrten Stimme seiner Mutter lauschen, oder sich auf eines der Foltergeräte in der Wiege der Schmerzen spannen lassen müsste: Er hätte ohne zu zögern letzteres gewählt. Mortimer schien zu spüren, was in ihm vorging, denn er zog sachte an Lars Schulter und sagte:

»Wir haben genug gehört. Lass uns einen anderen Ort aufsuchen.« Lars schluckte, nickte und drehte sich um, sodass sie das Haus wieder verlassen konnten. Er war dankbar darum, dass er nicht weiter auf das Wohnzimmer hatte zugehen müssen, wo er möglicherweise dem grotesken Ebenbild seiner Mutter begegnet wäre. Es kostete ihn enorme Willenskraft, nicht einfach loszurennen. Mit einem letzten, hasserfüllten, kreischenden:

»Du bist daran schuld!«, verabschiedete sich die verfälschte Stimme der Mutter und die Vampire traten ins Freie. Lars fühlte sich, als fiele eine schwere, körperliche Last von ihm. Doch eine vollkommene Erleichterung stellte sich nicht ein. Das Unwohlsein, welches er wahrgenommen hatte, seit er sich in diesem Teil seines zerrütteten Unterbewusstseins befand, blieb nach wie vor. Mortimer ließ ihn kurz wieder Kraft sammeln, dann deutete er auf ein anderes, deutlich größeres Gebäude, welches erneut einige hundert Meter entfernt lag:

»Lass uns dort hingehen. Ich habe das Gefühl, dass du dann begreifen wirst, warum Serine fühlt was sie fühlt und tut was sie tut.« Lars nickte voller Unbehagen. Er hatte Angst. Der Besuch in diesem verdrehten Abbild seines einstmaligen Zuhauses war fast mehr gewesen, als er ertragen konnte. Was würde als nächstes auf ihn zukommen und könnte er das auch noch aushalten, oder wäre es dann endgültig zu viel? Und wenn es so wäre, was würde dann geschehen? Würde ein Teil von ihm, so wie Mortimer ihn versucht hatte zu warnen, für immer hier gestrandet sein?

Lars erkannte das große Gebäude, trotz des stark verfallenen Zustands bereits auf die Entfernung: Es war die Grundschule, in der er so schlimme Hänseleien erlebt hatte. Augenblicklich formte sich ein Kloß in seinem Hals. Wenn sein Unterbewusstsein ihm ein so verdrehtes Abbild seiner Mutter vorgaukelte, also eine Person, die ihm eigentlich wohlgesonnen war, was würde es dann erst aus den Kindern machen, die ihn gequält hatten. Als sie sich dem Schulgebäude näherten, änderte sich ihre Umgebung. Alles, was sich um sie herum befand, schien zu verschwimmen, ordnete sich dann neu und war anschließend wieder klar zu sehen. Der Weg repräsentierte nun die Strecke, die Lars täglich zur Schule gegangen war. Er erkannte, dass es sich um den Abschnitt handelte, den seine damaligen Widersacher häufig für ihre Übergriffe auf ihn ausgenutzt hatten. Sie waren nur noch wenige Meter von der Biegung entfernt, die auf eine Weise uneinsehbar dalag, dass niemand je bemerkt hatte, was dort vor sich gegangen war. Dann hörte Lars die Jungen schon lachen:

»Schau an, wer da kommt«, höhnte die Stimme des Anführers der Bande. Es war eine Stimme, die sich in Lars Gedächtnis gefressen hatte und die er noch in hundert Jahren sofort wiedererkennen würde. Augenblicklich überrollte Lars ein ganzer Schwall an Emotionen: Angst, Übelkeit, Scham und Wut. Ihm wurde schwindlig, als er den Anführer weitersprechen hörte:

»Hast du uns dein Taschengeld mitgebracht? Nein? Kein Taschengeld? Tja, dann musst du den Wegzoll eben anders bezahlen.« Lars und Mortimer traten um die Biegung und sahen auf die Szenerie hinab: Fünf Jungen hatten einen Schubs Kreis um ein schwaches, kränkliches, dürres Wesen gebildet. Lars hätte dieses jämmerliche Ebenbild seiner selbst nicht wiedererkannt. Doch er wusste, dass es ihn darstellen sollte. Auch die fünf Jungen erschienen nicht ganz so, wie sie ihm in Erinnerung geblieben waren. Sie wirkten deutlich größer und ihre Gesichter waren nicht wie die menschlicher Kinder, sondern starrten als brutale Fratzen auf ihr Opfer hinab. Sie entwanden Lars Ebenbild den Schulranzen und verteilten den Inhalt auf dem geteerten, leicht brüchigen Weg. Die Seiten der Hefte und Bücher knickten und Lars sah, wie sein Abbild versuchte nicht auf die Schulmaterialien zu treten, während er verzweifelt, unter den immer heftiger werdenden Stößen seiner Peiniger, um sein Gleichgeweicht kämpfte. Auch den Inhalt seines Federmäppchens entleerten die Jungen auf der Straße. Lars konnte beinahe fühlen, wie die Mienen der Bunt- und Bleistifte, die er so sorgsam einsortiert hatte, brachen, als sie klirrend auf dem Asphalt aufschlugen. So wie seine Seele gebrochen war. Wieder und wieder. Stoß für Stoß und Erniedrigung für Erniedrigung. Sein Ebenbild taumelte immer heftiger und dann erklang ein hässliches knacken. Es war die Plastikabdeckung des Füllers, die sich bei dem Aufprall am Boden von der Feder gelöst hatte und unter dem Schuh des armen Abbildes von Lars brach, als dieses hoffnungslos um Halt bemüht darauf trat. Er erinnerte sich noch genau daran. Ungeachtet der Tatsache, dass sich das Erscheinungsbild der fünf Jungen etwas verändert hatte, war es genau so geschehen. Lars erinnerte sich auch daran, dass es zu Hause und in der Schule Ärger wegen der Schäden an den Schulmaterialien gegeben hatte. Damals war seine Angst vor den Jungen zu groß gewesen, als dass er die Wahrheit über das was wirklich geschehen war gesagt hätte. Trotz der Tatsache, dass Lars nun um seine Macht als Vampir wusste und die Jungen heute ohne Mühe buchstäblich hätte in Stücke reißen können, fühlte er sich so schwach und wehrlos, wie selten zuvor in seinem Leben. Die Widersacher in der Erinnerung, welche sich vor seinen Augen abspielte, warfen nun allerhand Beleidigungen nach seinem traurigen Abbild, stießen es endgültig zu Boden, traten nach ihm und zogen schließlich grölend davon. Der Anführer spuckte im Gehen noch ein:

»Wertloses Opfer«, auf ihn hinab, dann löste sich die Szenerie auf. Lars zitterte am ganzen Leib. Er verarbeitete Erinnerung und Gefühl. Er wusste, dass dies nicht das Schlimmste war, was ihm die Jungen je angetan hatten, doch auch jetzt wagte er es nicht tiefer in den Scherbenhaufen seiner Seele hineinzugreifen. Stattdessen aber griff der Scherbenhaufen nach ihm: Ohne, dass er irgendetwas dagegen hätte tun können zogen Bildfetzen der Vergangenheit an ihm vorbei. Eine Plastiktüte war über seinem Kopf gebunden und er drohte zu ersticken. Die Jungen lachten. Sein Gesicht wurde unter Wasser gedrückt und wieder fühlte er die Todesangst. Die Jungen lachten. Sie schlugen und traten nach ihm, stopften ihm Dreck und Abfall aus der Mülltonne in den Mund. Die Jungen lachten. Einer von ihnen griff nach Hundekot… Lars sackte zu Boden und zwischen all dem Hass, der Wut, der Angst und der Übelkeit fand er plötzlich noch ein weiteres Gefühl in sich. Es war etwas, dass sich rasend schnell in ihm ausbreitete und alles zu verschlingen schien. Das ging so weit, dass plötzlich alles andere, was er empfand und je empfunden hatte, nur noch als darunterliegende Schatten wahrzunehmen waren. Es war das Gefühl eines grenzenlosen, unerträglichen Abscheus gegenüber sich selbst. Er verachtete sich selbst für das, was er einmal gewesen war. »Wertloses Opfer«, hallte die Stimme des Anführers in seinem Geist nach. Genau das war es, was er war: Ein kleines, dreckiges, wertloses Opfer, welches Schuld daran war, dass die Eltern immerzu mit ihm zum Arzt hatten gehen müssen und dass er es nicht anders verdiente als gedemütigt und gequält zu werden. Und damit lichtete sich der Nebel um sein Verständnis vollends und er begriff nun, warum sich manche Vampire – warum sich Serine – freiwillig foltern ließen. Er erkannte, dass es das Gefühl des Abscheus gegenüber sich selbst war, dass sich eine Ewigkeit lang durch ihre Seelen fraß und sie schlussendlich dazu brachte sich selbst der Folter zu unterwerfen. Er begriff, dass es der Hass auf die Welt und alle Menschen war, dass das Verlangen danach schürte selbst unerträgliche Schmerzen zu verursachen. Nun verstand er es endlich und damit kehrte auch sein Verständnis für seine eigenen Gefühle wieder zurück. Es war ihm nun wieder möglich seine Empfindungen gegenüber Pricilla, die seiner Freundin so furchtbare Dinge angetan hatte, einzuordnen. Das, was sie mit Serine in Zimmer 535 getan hatte, waren, in diesem neuen Lichte betrachtet, eben doch keine furchtbaren Dinge gewesen. So bizarr es für Lars trotz allem noch immer wirkte: das, was Pricilla seiner Freundin angetan hatte waren für beide Frauen befreiende Dinge gewesen. Der Hintergrund dessen lag darin, dass Serine ähnliche, wahrscheinlich sogar noch viel schlimmere Erlebnisse in sich trug, wie Lars selbst. Und aus diesen Erlebnissen entsprang wiederum ein brutaler Abscheu gegenüber sich selbst. Nur die körperlichen Schmerzen konnte sie für einen Moment daraus befreien. Und Pricilla, die die Folter ausgeführt hatte, tat dies voller Leidenschaft, weil sie damit den Hass auf die Welt, der aufgrund ihrer eigenen Erlebnisse entstanden war, verarbeitete. Lars erschien das alles auf einmal so klar, dass es ihm nun völlig unbegreiflich war, wie er es vorher nicht hatte verstehen können. Nur welchen Preis hatte er für diese, plötzlich so banal wirkende, Erkenntnis gezahlt? Würde er bald selbst voller Leidenschaft foltern, oder sich willens derselben hingeben? Würde er ebenso dankbar wie Serine sein, wenn man ihm die Kehle durchschnitt, sodass er das Gefühl erleben müsste am eigenen Blut zu ersticken, nur um dann aufgrund seiner vampirischen Eigenschaften heraus nicht sterben zu können? Vor seinem inneren Auge sah er, wie Pricilla nun ihn anstelle von Serine das Messer durch den Hals jagte und sich an seinem Blut labte, während seine Kraft Abscheu vor sich selbst oder irgendetwas sonst zu empfinden immer weiter schwand. Wäre das etwas Gutes?

»Das genügt jetzt!«, Mortimers Stimme klang streng. So streng, wie er sie noch nie gehört hatte. Doch sein Blick fiel sanft – ja sogar besorgt auf Lars, als er ihm aufhalf, »lass uns von hier verschwinden. Wir haben genug gesehen«, sagte er in schon wieder etwas gelassenerem Ton. Dann legte er seine Arme so um Lars, dass er damit dessen Achseln stützte. Im nächsten Moment verlor er den Boden unter den Füßen und sie flogen mit unglaublicher Geschwindigkeit in den Himmel hinauf.

Die Hexe mit dem roten Haar

1

Lars erwachte wie aus einem Alptraum. Er zitterte und brauchte einen Moment, um seine Orientierung wieder zu finden. Er saß noch immer in dem ledernen Sesselstuhl und hatte seine Finger krampfhaft um die Armlehnen gekrallt. Wie aus weiter Entfernung bemerkte er, dass letztere von tiefen Kratzern durchzogen waren. Kratzer, die von Fingernägeln herstammten. Offenbar war er nicht der Erste, der in diesem Stuhl einen Ausflug in die düstere Klamm der eigenen Seele erlebt hatte. Nach ein paar Augenblicken beruhigte sich seine Atmung endlich wieder und Mortimer half ihm aufzustehen:

»Ich denke, du hast für heute genug geschafft. Komm, wir gehen etwas trinken, dann kannst du dich erholen.« Lars stimmte zu. Dieses Entspannungszentrum der Vampire hatte ihm an seinem ersten Tag dort schon einiges geboten. Doch der Entspannungsteil war ihm, für seinen Geschmack, deutlich zu kurz gekommen. Er hatte nun verstanden, was sich hinter dem dunklen Verlangen mancher Vampire verbarg, doch war ihm zeitgleich eine schwere Lektion über sich selbst erteilt worden. Für jetzt schob er die sich daraus ergebenden Folgen für sein weiteres Leben erst einmal von sich weg. Er wollte einfach nicht darüber nachdenken. Schweigend folgte Lars seinem Gastgeber ins Treppenhaus und von dort in eines der oben gelegenen Stockwerke. Ein angrenzender Flur führte in einen Speisesaal in dem, ganz ähnlich wie in der Küche des Consilium Noctis, menschliche Opfer an Stangen und Tische gekettet waren. Als nennenswertesten Unterschied erkannte Lars, dass diese Menschen nicht sediert und auch nur teilweise geknebelt waren. Das tauchte den Saal in eine Atmosphäre des Wimmerns und des Wehklagens. Gut so, dachte Lars, die hier Anwesenden hätten ihn auch gequält und verachtet, als er noch schutzlos und schwach bei den Menschen lebte. Sie verdienten es nicht anders. Mit einer einladenden Geste bedeutete Mortimer ihm, dass er die freie Auswahl habe. Lars wählte einen Mann mittleren Alters, der dem Anschein nach kaukasischer Abstammung, war und trank von dessen Handgelenk. Das Opfer gab nur unterdrückte Schmerzenslaute von sich, als Lars zubiss und machte keine Anstalten sich irgendwie zur Wehr zu setzten. Sehr wahrscheinlich wusste der Mann, dass ihm in der Wiege der Schmerzen weitaus schlimmere Schicksale erwarten konnten, als das, dass sich ein junger Vampir von ihm nährte. Während Lars trank setzte Mortimer zu einer weiteren Erklärung an:

»Ich möchte versuchen das, was du heute gelernt hast abzurunden«, begann er, »die Menschen haben in Bezug zu ihrem Leid andere Sichtweisen entwickelt. Es gibt Menschen, die ihren Schmerz nur deshalb ertragen können, weil sie sich vornehmen ihr eigenes Leben zu beenden, wenn die Qualen nur zu groß werden sollten. Diese Strategie ist für uns Vampire etwas schwieriger umsetzbar, denn uns ist bekannt, dass unsere Seelen und der darin liegende Schmerz selbst dann überlebt, wenn unsere physische Existenz zerstört wurde. Unser Leid endet also nicht nur, weil unsere Körper aufgehört haben zu funktionieren. Ein anderer Teil der Menschen glaubt – und hinter diesem Gedanken hat sich eine ganze Weltreligion entwickelt – dass alles, was sie erleben und alles, was besteht vergänglich ist. Sie finden Trost und Kraft in dem Gedanken, dass alles, was um sie herum passiert – also auch ihre eigenen Leiden – eines Tages vorübergehen. Das ist ein mächtiger Glaube, von dem wir als Vampire allerdings wissen, dass er falsch ist. Wir wissen um die Existenz der Geister, der Anderswelt und vielen anderen Reichen, in denen auch körperlose oder verstorbene Gestalten bestehen können. Daher müssen wir andere Lösungswege entwickeln, um mit unserem Leid umzugehen. Den des Bluthauses hast du heute kennen gelernt, aber«, Mortimer schmunzelte gutmütig, als er weitersprach: »andere Kulturen unseres Volkes haben unterschiedliche Strategien gefunden. Große Schmerzen zu verursachen, oder zu erleben ist also nur eine Vorgehensweise. Ich und viele Anderen sind der Ansicht, dass es die Einzige ist, die wirklich hilft, aber vielleicht findest du im Laufe deiner Jahre einen für dich besser geeigneten Weg. Und wenn nicht«, Mortimer zuckte belanglos mit den Schultern, »stehen dir die Einrichtungen des Bluthauses von Ankh jederzeit offen.« Lars hatte seinen Durst inzwischen gestillt und war auch im Allgemeinen etwas zur Ruhe gekommen. Er fühlte sich satt, entspannt und zu einem großen Teil auch wieder im Reinen mit sich selbst. Die schlimmen Gefühle aus seinem Unterbewusstsein lasteten kaum mehr auf ihm:

»Danke, dass du mir geholfen hast zu verstehen«, sagte er schließlich, »Jetzt kann ich nachempfinden, was in Serine vorgeht und bin auch nicht mehr böse mit Pricilla.«

»Ich bin froh, dass ich helfen konnte«, bemerkte Mortimer mit ernster Stimme.

2

Der Vampir geleitete Lars zurück in den großen Entspannungssaal, wo Serine noch immer friedlich dösend auf einem der Liegen lag und die Atmosphäre genoss. Es wunderte Lars kaum, dass auch Pricilla bei ihr war. Die Beiden schienen sich in der Zwischenzeit angefreundet zu haben, denn die zwei Frauen hielten die jeweilige Hand der Anderen. Lars ging zuerst auf Pricilla zu, die ihm mit ihrem üblichen, leicht hochmütigen Blick gefolgt war, begab sich in die Hocke, so dass sein Kopf auf Höhe des ihren war und flüsterte ihr ins Ohr:

»Ich verstehe das mit der Folter nun und bin nicht mehr böse.« Die Eishexe lächelte ihr typisches, spöttisches Lächeln und antwortete dann:

»Vielleicht solltest du doch noch ein bisschen böse mit mir sein, Laaz. Als ich meinen Spaß mit Serine hatte, hatte ich auch sehr viel Freude mit dir.« Lars sah sie verwirrt an und sie führte weiter aus: »Deine Verzweiflung und deine Qual darüber, Serine so sehen zu müssen und ihr nicht helfen zu können, waren so unglaublich süß. Ich habe es ebenfalls sehr genossen das in mich aufzunehmen.« Lars lagen so einige unschickliche Ausdrücke auf der Zunge, mit denen er Pricilla in diesem Moment gerne bezeichnet hätte. Gleichzeitig fühlte er aber auch Nachsicht mit ihr. Irgendwie schien es seine Richtigkeit zu haben, dass sie auch sein Leid genossen hatte. Also lächelte er nur und bekräftigte:

»Nein. Ich bin dir nicht böse.« Pricilla schmunzelte. Dieses Mal ohne Spott in den Gesichtszügen. Anschließend wandte sie sich an Serine, die Lars Erscheinen bisher noch nicht bemerkt hatte:

»Schau doch mal wer da ist«, hauchte ihr die Eishexe zu und die Vampirin schlug die Augen auf. Sie war noch immer erschöpft, das war eindeutig zu sehen, doch Lars erkannte auch, dass es eine gute Erschöpfung war. So, als hätte sie eine große Last über einen langen Zeitraum mit sich herumgetragen und dann endlich ablegen können. Serine lächelte schwach, als ihre müden Augen ihn erkannten. Lars nahm eine der freien Liegen und platzierte sie neben der ihren. Er legte sich darauf, drehte sich zu ihr und flüsterte:

»Mortimer hat mit mir gesprochen und mir gezeigt, wie es kommt, dass manche Vampire Schmerzen erleiden wollen… damit sie andere Gefühle verarbeiten können. Ich verstehe das jetzt viel besser.« Wieder lächelte Serine. Ein Stück ihrer Kraft war zurückgekehrt und es lag Freude darin. Sie zog ihn zu sich heran und küsste ihn auf die Stirn:

»Ich bin froh, dass du mir das gesagt hast«, flüsterte sie und bat dann: »erzähl mir davon.« Lars holte aus und berichtete alles. Er erklärte, wie er nach Pricillas Folter so verwirrt umherirrte und an die frische Luft gehen wollte, wie er in der Scheune dann auf Mortimer getroffen war und dieser ihn zu einem Spaziergang eingeladen hatte. Er erzählte wie Mortimer es ihm nahe zu bringen versuchte, damit aber gescheitert war und er sprach von dem Ausflug in sein eigenes Unterbewusstsein. An dieser Stelle ließ er die Details ein wenig schleifen, da er sich nicht zu sehr an das Erlebte erinnern wollte. Auf Serines Gesicht hatten sich besorgte Falten gebildet, als er ihr beschrieb, auf welche Weise er das Verständnis schließlich entwickeln konnte.

»Und wie geht es dir jetzt?«, fragte sie vorsichtig, denn auch ihr war bewusst, dass Lars Erlebnisse nicht so einfach an ihm vorbeiziehen würden. Doch er versicherte ihr – und das entsprach in diesem Moment sogar der Wahrheit – dass es ihm gut ging. Daraufhin strahlte Serine, drückte ihn noch etwas fester an sich heran und flüsterte:

»Danke, dass du dich dem gestellt hast, nur damit du mich besser verstehen kannst. Ich werde dir das niemals vergessen.« Lars wusste, dass Serine das Ausmaß seiner Erkenntnissuche nur aufgrund ihrer speziellen Bindung zueinander so einfach und so tiefgehend verstehen konnte und dass es dieses Verständnis war, welches jene ehrliche, dankbare Reaktion in ihr auslöste. Er sah sie ernst an und erwiderte:

»Es war mir wichtig und wenn ich daran denke, was du schon alles für mich gemacht hast, war es auch das Mindeste, was ich tun konnte. Außerdem«, fügte er nach einem kurzen Moment der Ruhe hinzu: »möchte ich nach wie vor für immer bei dir sein und das geht nur, wenn ich dich auch verstehen kann.« Wieder drückte sie ihn fest an sich und küsste seine Stirn. Jetzt dachte Lars, während er bemüht war nicht von der Liege zu kippen, waren die Dinge wieder in Ordnung. Nichts stand mehr zwischen ihm und Serine.

Sie blieben noch drei Nächte als Gäste in der Wiege der Schmerzen, bevor sie die Heimreise antraten. In dieser Zeit gelang es endlich auch Lars, etwas Erholung zu finden. Er versuchte sich sogar selbst noch einmal ein bisschen im Foltern, aber auch diese Mal bemerkte er, dass es nicht wirklich seine Sache zu sein schien. Was er jedoch etwas mehr zu würdigen gelernt hatte, war die Atmosphäre im großen Entspannungssaal. Der in diesem Raum eingefangene Schmerz und die unterdrückten, leidenden Laute der Gepeinigten, hatten etwas an sich, dass sich irgendwie im Einklang mit seiner eigenen Seele zu befinden schien.

Mortimer war, ihren gesamten Besuch über, ein ausgezeichneter Gastgeber gewesen. Zum Abschied überraschte er sie mit einem ganz besonderen Leichentransport zurück zur Villa Largaretta. Die dafür vorgesehenen Särge waren überaus nobel ausgestattet. Außen ein edel, glänzend, poliertes Schwarz und innen sanft-weiche, dunkel-lilafarbene Polsterung. Mortimer erklärte, dass, wenn sie je das Verlangen danach verspürten zurück in die Wiege der Schmerzen zu kehren, sie sich nur in den jeweiligen Sarg zu legen brauchten, nachdem sie diesen vor der Villa Largaretta platziert hätten. Der Rest würde sich schließlich von ganz alleine ergeben. Lars und Serine bedankten sich für die Großzügigkeit, doch der Vampir winkte nur ab. Es sei ihm eine Ehre gewesen und er freue sich darauf sie eines nachts wieder begrüßen zu dürfen.

3

Lars träumte von dem schwarzen See – jenem Ort, an dessen Ufer Rosamunde ihn zur Teilnahme an der Blutprüfung überredet hatte. Dieses Mal war er jedoch nicht auf einer kleinen, mit Spinnenweben überzogenen Insel gestrandet, sondern trieb in Rückenlage auf der Oberfläche. Das Nass, welches seinen Körper umgab, war beinahe unangenehm warm. Lars wusste – auch wenn er sich nicht erklären konnte woher – dass es genau siebenunddreißig Grad Celsius waren. Die Körpertemperatur des Menschen. Er lag in dem See, als sei er tot. Er konnte sich nicht bewegen, wusste nicht wo sich das nächste Ufer befand und auch von Rosamunde fehlte jede Spur. Er wollte um Hilfe rufen, doch er bekam keinen Ton hinaus. Die Oberfläche des Sees lag ganz glatt um ihn herum und doch fühlte er die Anwesenheit eines… Er wusste nicht was es war, nur, dass es ihn mit seiner Anwesenheit bedrohte. Es war irgendwo unter ihm, wo es sich mit lautlosen Bewegungen an ihm vorbeischlängelte – und es war groß. In Lars‘ Geist entstanden Bilder von schwarzen, mit schrecklichen Saugnäpfen überzogenen Tentakeln und einem mit dolchartigen Zähnen gespicktem Maul. Etwas platschte nicht weit weg von ihm. Spielte dieses bedrohliche Etwas mit ihm? So wie die Katze es mit einer Maus tut? Lars fühlte einen schwachen Sog, der an seinem Arm vorbeizog. Dann einen zweiten deutlich stärkeren Sog unter seinem Rücken. Wieder platschte etwas – lauter und näher. Panik machte sich in ihm breit. Dann spürte er wie ihn etwas packte und noch bevor er erneut versuchen konnte einen Schrei auszustoßen, wurde er in die unendliche Tiefe des schwarzen Sees gezogen.

Er erwachte wieder einmal schweißgebadet. Völlige Dunkelheit umgab ihn. Er spürte ein Schaukeln und Rucken und schlug reflexartig um sich bis seine Hände auf Holz trafen. Sein Atem ging schnell und sein Herz schlug wild in seiner Brust. Er erinnerte sich jetzt, dass er in einem Sarg lag. Einem Sarg, der unterwegs nach Hause war. Der Gedanke beruhigte ihn. Dann fragte er sich, wie lange er wohl schon unterwegs sein mochte und wann er ankommen würde. Trotz der Ungewissheit über die noch vor ihm liegende Dauer seiner Reise, fühlte sich Lars nicht unwohl. Zumindest nicht unwohler als über das Maß des noch immer nachwirkenden Alptraums hinaus. Der Sarg war sehr bequem und er genoss die friedfertige Einsamkeit. Er hatte über vieles nachzudenken. Seine Gedanken kreisten um Serine und darüber, was er tun könnte, um ihr zu helfen, wenn ihre Abgründe sie wieder einmal einholten. Er dachte daran ihr anzubieten sie genauso zu behandeln, wie es Pricilla getan hatte. Oder zumindest ähnlich, da er keine Hexerei anwenden konnte, die sie dazu zwang den Mund zu öffnen und an die Decke zu starren. Nachdem, was er von Mortimer gelernt hatte, schien es das Richtige zu sein. Trotzdem gefiel ihm die Überlegung nicht. Er empfand viel für Serine und obwohl er nun ein tieferes Verständnis über ihr Leid und die Wahl ihres Umgangs damit errungen hatte, sträubte sich etwas in ihm dagegen, ihr Schmerzen zuzufügen. Gleichzeitig wollte er so nicht denken. Es fühlte sich irgendwie menschlich an, körperliche Tortur so einzuordnen. Serine und er aber waren Vampire. Und das bedeutete auch eine andere Sichtweise in Bezug auf Schmerz zu haben. Er nahm sich vor es ihr vorzuschlagen – aber vielleicht nicht gleich, sondern irgendwann später einmal. Dann schloss er das Thema gedanklich ab und konzentrierte sich auf das, was vor ihm lag. Das Buch des Akrytos befand sich in seiner Heimatstadt. Von allen Orten auf der Welt, an denen es hätte versteckt sein können, lag es beinahe wortwörtlich vor seiner Tür. Natürlich konnte das kein Zufall sein. Auf seine Frage dazu war Pricilla mit einigem Erfolg ausgewichen. Das Einzige, was er noch aus ihr herausgebracht hatte war, dass es wohl bei einer noch recht jungen Bekannten von ihr lag und er würde dann schon sehen. Lars hielt es für unwahrscheinlich, dass sich weitere Vampire in seiner Heimatstadt aufhielten, ohne dass die Largaretta davon wussten. Anderseits musste auch eingeräumt werden, dass die Familie erst seit ein paar Monaten erwacht und dort hin zurückgezogen war. Dennoch, überlegte Lars weiter, Großmutter oder Serine hätten die Anwesenheit weiterer Vertreter ihrer Art mit Sicherheit gespürt. Er hatte gelernt, dass sich Vampire unter anderem auf diese Weise vernetzten. Sich vor den eigenen Artgenossen zu verbergen war zwar grundsätzlich möglich, wurde aber eher selten tatsächlich angewendet. Es gab schlicht und ergreifend keine Notwendigkeit dafür. Wenn ein Vampir keinen Kontakt zu anderen wünschte, so bemerkte das der Artgenosse und ließ ihn üblicherweise in Frieden. Lars schloss auch diesen Gedanken ab. Es würde nicht mehr lange dauern und dann käme Klarheit in die Sache. Er hoffte nur, dass er das Buch für seine Zwecke auch nutzen durfte. Immerhin handelte es sich um ein einzigartiges Artefakt. So etwas händigte man nicht einfach so irgendwem aus und schon gar nicht einem kleinen Jungen, wie Lars einer war. Doch damit würde er sich beschäftigen, wenn es soweit wäre. Für jetzt freute er sich erst einmal darauf, seine Familie wieder zu sehen.

4

Die Fahrt dauerte noch einige Stunden, in denen Lars immer wieder weg döste. Als der Wagen endlich vor der Villa Largaretta vorfuhr und zum Stehen kam, hielt er es kaum noch aus. Trotzdem zwang er sich dazu ruhig zu bleiben und wartete, bis sein Sarg, sowie auch der von Serine entladen worden war. Es fühlte sich merkwürdig an, so durch die Gegend getragen zu werden. Trotzdem bewunderte er die Stärke der Männer, welche die Särge verluden. Aus Film und Fernsehen wusste er, dass Särge normalerweise mindestens zu viert getragen wurden. Die Fahrer waren nur zu zweit – und es waren Menschen, daher konnten sie nicht auf die gleiche Stärke zugreifen, wie es die Vampire taten. Lars hörte, wie die Tür zur Villa geöffnet und fühlte wie sein Sarg auf dem Boden des Eingangsbereichs abgestellt wurde. Er wartete, bis er wahrnehmen konnte, dass auch Serines Sarg dort abgestellt worden war und die Männer das Gebäude wieder verlassen hatten. Zur Sicherheit hielt er es sogar noch so lange aus, bis er hörte, dass das Fahrzeug gestartet und weggefahren wurde, dann öffnete er endlich den Sargdeckel. Dazu war es nötig, kleine, metallene Hakenverschlüsse, die zwischen dem Deckel und dem Rest des Sarges angebracht worden waren, aufzudrücken. Diese innen angebrachten Verschlüsse waren Teil der Sonderanfertigung von Särgen, welche extra für Vampire hergestellt wurden. Die Hakenverschlüsse hatten zwei Funktionen: Erstens, dass der Deckel von außen nicht einfach so abgenommen werden konnte, oder durch unvorsichtige Handhabung herabfiel und Zweitens, dass der Vampir von innen heraus die Kiste bequem öffnen konnte. Als Lars den Deckel endlich zur Seite geschoben und sich ausgiebig gestreckt hatte, bemerkte er, dass Serine ebenfalls wach war.

»Es tut gut zurück zu sein«, lachte die Vampirin und einen Moment später flog die Tür des Ganges auf, der zum Speisesaal führte und Synelle stürmte freudestrahlend auf sie zu:

»Willkommen zuhause!« begrüßte sie die Beiden, fiel ihnen in die Arme und drückte sie fest an sich, so als hätten sie sich eine Ewigkeit nicht mehr gesehen. Nach und nach stieß auch der Rest der Familie zu ihnen und hieß sie ebenfalls willkommen zurück – jedoch etwas maßvoller als Synelle. Mit Ausnahme von Auri, die sowohl Lars, als auch Serine beinahe umrannte. An der großen Tafel, an der sie auch die bisherigen Familienzusammenkünfte in der Villa abgehalten hatten, erzählten Lars und Serine von ihren Erlebnissen in der Wiege der Schmerzen. Bei dem Teil, in dem Lars erklärte, wie Mortimer sein Verständnis zum Thema Folter und Schmerz erweitert hatte, bemerkte er wie Schatten in die Gesichter von Carolin und Marek flogen. Es war äußerlich kaum zu bemerken, aber Lars sah deutlich, dass sie Mortimers »Aufklärung« nicht für gut befanden, oder dem zumindest mit etwas Sorge gegenüberstanden. Den restlichen Familienmitgliedern war jedoch nichts dergleichen anzumerken.

Nachdem Lars Erzählung geendet hatte, legte sich eine nachdenkliche Stimmung über die Versammlung.

»Nun«, begann der Baron schließlich mit nachdenklicher Miene, »das ist eine Reihe interessanter Entwicklungen. Dass das Buch des Akrytos hier auf dich wartet… Was das wohl zu bedeuten hat?«, nach einer kurzen Pause fügte er noch die Frage hinzu:

»Kann ich die Notiz mit der Adresse bitte noch einmal sehen?« Lars reichte ihm Pricillas Zettel. Dann erhob sich der Baron, ging zu einer Kommode und öffnete die oberste Schublade: »Als wir wieder hierhergezogen sind, habe ich einen aktuellen Stadtplan besorgt, sodass wir uns leichter zurechtfinden können.« Marek kehrte zum Tisch zurück und entfaltete die Karte. Sein langer, dünner Zeigefinger fuhr suchend über den Plan. Dabei entstand ein leichtes, schabendes Geräusch, wenn der juwelenbesetzte Ring, der über denselben Finger gezogen war, an der Oberfläche entlangglitt.

»Hier ist es«, sagte er schließlich, als er die Straße gefunden hatte. Es war eine Adresse im südwestlichen Teil der Stadt. Lars hatte Schwierigkeiten die schematische Darstellung des Stadtplans zu interpretieren, doch irgendetwas rührte sich in seiner Erinnerung. Er war sich beinahe sicher schon einmal dort gewesen zu sein, aber er konnte nicht sagen wann, oder zu welchem Anlass. Er schob die Überlegungen beiseite. Bestimmt war es irgendeine Jagd gewesen, die ihn einmal in diesen Teil der Stadt geführt hatte und nichts weiter mehr.

»Es scheint nichts Besonderes an diesem Ort zu sein«, überlegte Marek laut, »Kein Museum, keine Universität, keine Bibliothek oder staatliche Einrichtung. Also kein Ort, an dem man ein so besonderes Buch vermuten würde.«

»Von unserer Art lebt hier, soweit ich es weiß, auch niemand«, kommentierte Carolin und die Anderen nickten zustimmend. Großmutter hatte die Augen geschlossen und schien für einen Moment stark in sich gekehrt zu sein. Als sie sie wieder öffnete erklärte sie:

»Ich fühle keine besondere Macht oder Gefahr von diesem Ort ausgehend.« Lars wurde nachdenklich. Hatte Pricilla sie belogen? Hatte sie nur vorgegeben zu wissen, wo das Buch verborgen sei, um so einen Weg zu finden mit Serine ihren Spaß zu haben? Das konnte sich Lars einfach nicht vorstelle, aber wenn es so wäre dann würde sie es ihm büßen. Neu gewonnenes Verständnis gegenüber dem Verlangen nach Folter hin oder her. Da würde ihr auch ihre unheimliche Magie nichts mehr helfen. Was aber, überlegte Lars weiter, wenn das Buch tatsächlich dort gewesen war, sich aber nun schon wieder an einem anderen Ort befand? Er verwarf auch diese Gedanken. Er würde Klarheit finden, wenn er die Adresse erst einmal aufgesucht hätte.

»So gehe nun«, stieg jetzt auch Synelle mit vollkommener Theatralik und der Stimmlage einer Priesterin in das Gespräch ein, »zu diesem absolut nicht bemerkenswerten Ort und nehme an dich, was du benötigst, um deine schwere Aufgabe zu erfüllen.« Während sie sprach, hatte sie die linke Hand auf ihr Herz gelegt und den rechten Arm weit von ihrem Körper abgewinkelt, so als sei sie eine Theaterschauspielerin, welche gerade eine ganz besonders dramatische Stelle proklamierte. Lars liebte die Art, wie Mareks Schwester, selbst die Situationen mit dem größten Ernst, einfach nur durch ihre Art aufheitern konnte und verkniff sich das Lachen. Auch Valdim schmunzelte, sodass die vergoldeten Teile seiner Zähne im Zwielicht des Saales blitzten. Dann nickte er bekräftigend:

»Synelle hat recht. Geh dorthin und hol‘ das Buch. Aber vielleicht wartest du damit besser bis morgen. Es ist schon spät.«

Bevor sie alle zu Bett gegangen waren, hatte Marek Lars noch einmal bei Seite genommen. Es war nur ein sehr kurzes Gespräch, aber Lars fühlte, dass es ihm am Herzen lag. Er erklärte ihm, dass Mortimers Ansicht der Dinge keine allumfassende Wahrheit darstellte. Nicht alle Vampire würden in ihrer ersten Lebensphase gequält werden und nicht alle Vampire, die so etwas erlebt hatten, trugen dadurch bleibende, schwere, seelische Verletzungen davon. Als Beispiel nannte er den mystischen Stamm aus der Wüste, deren Vertreter Lars während dem Consilium Noctis gesehen hatte und über dessen Kultur nicht allzu viel bekannt war. Doch es gab vereinzelnde Informationen, die bekannt waren. Darunter lag auch die, dass sie neu geborene Vampire in ihrem unmittelbaren Revier sofort erkannten und schon als Säuglinge zu sich holten. Sie wurden von Anfang an mit Blut genährt und in die Kultur der Vampire integriert. Daher wäre auch der Besuch eines Mitglieds des Stammes aus der Wüste, oder dem Haus der Toten, wie dieser auch genannt wurde, in einer Entspannungseinrichtung des Bluthauses von Ankh eine absolute Seltenheit. Lars dachte an seinen Aufenthalt in der Wiege der Schmerzen und seine Erinnerung untermauerte das: Er hatte dort allerhand Vertreter aus den verschiedensten Häusern gesehen, doch niemanden bemerkt, der dem Stamm aus der Wüste zugehörig schien.

Es tat gut, wieder neben Serine im »eigenen« Bett zu liegen. Lars fühlte eine Vertrautheit und Sicherheit, wie er sie seit ihrer Reise zum Consilium Noctis nicht mehr wahrgenommen hatte. Gegen Ende der Nacht war er so müde gewesen, dass ihm die Veränderungen auf dem Weg in Serines Zimmer nicht mehr aufgefallen war. Er schwebte, getragen von ihrer sanften, kühlenden Umarmung, in einen traumlosen, erholsamen Schlaf hinein und erwachte erst als die Sonne am folgenden Abend wieder unterging.

Wie in so vielen Nächten zuvor, lag er noch eine Weile im Bett und lauschte den Klängen der Geige, welche zweifelsohne von Carolin unten im Saal gespielt wurde. Lars rieb sich die Augen, streckte sich ausgiebig und gähnte dabei herzhaft. Anschließend setzte er sich auf die Bettkante und lauschte noch eine Weile weiter dem Geigenspiel. Es war fehlerfrei und in sich absolut perfekt vorgetragen. Serine schien bereits vor ihm erwacht zu sein, denn sie lag nicht mehr im Bett. Es kostete Lars ein kleines bisschen an Überwindung, aber er schaffte es schließlich doch noch sich völlig aus dem Bett zu schwingen und sich auf den Weg in das Erdgeschoss zu begeben. Dabei fiel ihm auf, dass die Restaurierungsarbeiten der Villa, während seiner Abwesenheit stark vorangeschritten waren: Die Holzverkleidung des Ganges war komplett erneuert worden und auch den Boden hatte man nicht unbehandelt gelassen. Verwundert stellte Lars fest, dass man dort einen Teppich ausgelegt hatte und an den Wänden hingen allerhand Bilder. Es waren hauptsächlich Ölgemälde: Eines zeigte ein Schloss, auf das silbriges Mondlicht fiel. Ein anderes bildete einen Wald ab, auf den der Künstler wohl hinabgesehen hatte und durch den sich ein breiter Fluss schlängelte. Lars bemerkte auch, dass eines seiner vielen Versuche Serine zu zeichnen aufgehängt worden war. Die Geste freute ihn – doch natürlich stachen ihm sofort sämtliche Unvollkommenheiten seines Kunstwerks ins Auge. Er wünschte sich, dass er besser zeichnen könnte aber immerhin, dachte er, hätte er ja eine Ewigkeit lang Zeit, um diese Fähigkeit zu meistern. Eines Tages, da war er sich ganz sicher, wäre er dazu in der Lage seine Freundin so aufs Papier zu bringen, dass ihr Abbild vollkommen sein würde. Genauso, wie sie es in Wirklichkeit für ihn war, seit dem Zeitpunkt an dem sie ihm das erste Mal im Traum vorgesungen hatte.

»Guten Abend, Schlafmütze«, begrüßte ihn Carolin, als er es endlich ins Wohnzimmer geschafft hatte.

»Guten Abend«, grüßte Lars zurück. Auch jetzt bemerkte er, wie gut es ihm tat wieder zuhause zu sein. Die Stadtkarte lag noch immer auf dem Tisch ausgebreitet und Lars sah sich den Ort der Adresse erneut an. Dabei plante er schon einmal den Weg, den er nehmen wollte, um die Adresse zu erreichen. Da fühlte er, wie sich eine Hand auf seine Schulter legte:

»Na, hast du ausgeschlafen«, fragte Serine, die völlig lautlos hinter ihn getreten war. Lars nickte und legte einen Arm um ihre Hüfte, sodass er sie näher an sich heranziehen konnte:

»Begleitest du mich, wenn ich dort hingehe?«, fragte er mit einer Kopfbewegung in Richtung der Karte.

»Aber natürlich!«, entgegnete Serine, so als ob das gar nicht erst zur Debatte stehen würde. Nach und nach gesellten sich auch noch einige der anderen Familienmitglieder zu ihnen. Valdim und Marek erklärten, dass sie sich diese Nacht vorsichtshalber im selben Viertel der Stadt aufhalten wollten. Sollten er und Serine in Schwierigkeiten geraten, würden sie es spüren und ihnen schnell zu Hilfe eilen können. Die Tatsache, dass dieses unvorstellbar wertvolle Artefakt an einem so unscheinbaren Ort verborgen sein sollte, verunsicherte die Largaretta, doch mit ernsthaften Gefahren rechnete niemand. Mit einer Ausnahme: Marek erinnerte Lars daran, dass er aus Sicht der Menschen hier erst vor einigen Monaten verschwunden war und bat ihn darum, sein Gesicht verborgen zu halten und ganz allgemein nach Möglichkeit so tief in den Schatten zu wandeln, dass menschliche Augen ihn nicht entdecken könnten. Lars versprach vorsichtig zu sein. Er konnte die Sorge des Barons nachvollziehen und sie rührte ihn auch ein wenig. Gleichzeitig empfand er sie aber auch als etwas überachtsam. Immerhin war Lars ein mächtiger Vampir und seine Erlebnisse machten ihn auch nicht mehr ganz so unerfahren. Menschen dagegen waren einigermaßen dumm und aus seiner Sicht heraus vergleichsweise blind – selbst für die Dinge die unmittelbar vor ihnen lagen. Für Lars wäre es ein leichtes, sich an ihnen vorbei zu schleichen.

5

Marek, Valdim, Auri, Carolin, Serine und Lars verließen die Villa gegen 1:00 Uhr morgens gemeinsam. Auf Höhe des Waldrandes gingen sie schließlich getrennt weiter. Serine und Lars, der seine Kapuze in diesem Moment tief über den Kopf zog, um ganz sicher nicht erkannt zu werden, hatten sich den Weg ganz genau eingeprägt. Die Straßen der Stadt verliefen dabei so günstig zwischen den Gebäuden entlang, dass sie sich nur vier Kreuzpunkte hatten merken müssen. Als sie sich eine halbe Stunde später der Adresse näherten, stutzte Lars. Er war tatsächlich schon einmal hier gewesen: Seine erste Jagd zusammen mit Serine hatte ihn genau in diese Straße geführt. Lars zählte die Hausnummern ab und das Ziel war das Gebäude mit dem Balkon, dessen Türen auch heute wieder offenstanden und den man so leicht erklettern konnte. Dieses Mal stand ein Fahrzeug in der Einfahrt. Ein schwarzer Kleinwagen, der nichts Besonderes darstellte. Nur das Nummernschild war auffällig: »HE-XE-666«. Damit fiel auch der letzte Zweifel daran, ob er hier richtig war. Er tauschte einen vielsagenden Blick mit Serine, dann schlichen sie sich in die Einfahrt. Auch dieses Mal bewunderte Lars die Eleganz und die Mühelosigkeit ihrer Bewegungen. Bevor er sich selbst ans Klettern machte, vergewisserte er sich, dass nicht wieder ein Auto und ganz besonders keine Polizeistreife in der Nähe war. Er stellte sich schon viel geschickter an, als bei ihrem ersten Besuch in dieser Wohnung. Lautlos schwang er sich über die Brüstung und sah dann noch einmal zu Serine. Mit einem Kopfnicken signalisierte sie ihm, dass sie bereit war. Vorsichtig betraten sie das Wohnzimmer des ersten menschlichen Opfers, von dem sich Lars als Vampir je genährt hatte. Dann waren sie ertappt! Das Erste was geschah, als sie beide die Schwelle zur Wohnung übertreten hatten war, dass sich die Tür zum Balkon blitzschnell und wie von Geisterhand schloss. Noch bevor Lars und Serine sich vor Überraschung umdrehen konnten erklang eine ganz leicht heisere, aber immer noch deutlich feminine Stimme aus dem Sessel, der sich einige Meter tief auf der rechten Seite des Raumes befand:

»Hallo ihr zwei.« Dann ging – ebenfalls wie von Geisterhand – das Licht an und die beiden Vampire sahen auf die junge Frau hinab, die es sich im Sessel gemütlich gemacht und offenbar auf sie gewartet hatte. Es *war* Lars erstes Opfer: Die Verkäuferin von der Wursttheke, mit den roten Haaren, den Tattoos und dem Septum in der Nase. Sie trug getreu ihres sonstigen Stils ein schwarzes, löchriges Top mit einem roten Schriftzug darauf: »Unheil!«. Dazu hatte sie eine Netzstrumpfhose an, war aber sonst barfuß, sodass Lars sehen konnte, dass die Strumpfhose nur irgendwie zwischen den Zehen mit den schwarz lackierten Nägeln festgemacht wurde. Darüber trug sie einen rot-schwarz karierten, ebenfalls löchrigen Minirock, der mit einer Kette, anstelle eines Gürtels um ihre Hüfte befestigt war. In der linken Hand hielt sie ein zur Hälfte gefülltes Weinglas. Das also war die junge Bekannte von der Pricilla gesprochen hatte, dachte Lars, als er vorsichtig: »Hallo«, antwortete. Er hatte nicht erwartet, dass das Buch seinen Weg zu einem Menschen gefunden hatte.

»Ich erinnere mich an dich«, erklärte die junge Frau und hatte dabei ihr freundliches und erstaunlicherweise auch echtes Verkäuferinnen-Lächeln aufgesetzt. Von Angst fehlte in ihrem Gesicht jede Spur: »Deine Mutter hat dich zum Einkaufen immer mitgenommen. Du heißt Lars, oder?«

»Laaz ist mir lieber«, gab Lars zurück und trat weiterhin vorsichtig einen Schritt auf sie zu.

»Ah. Soso«, machte sie anerkennend, »Laaz der Vampir also. Ich beobachte dich schon eine ganze Weile, weißt du? Ich wusste, dass du ein Vampir bist, lange bevor man es dir gesagt hat.«

»Aber woher?«, fragte Lars sichtlich verwundert.

»Blut ist sozusagen mein Geschäft«, gab die Rothaarige zurück.

»Dein Geschäft?«, fragte Lars weiter, »ich dachte du arbeitest in der Metzgerei. Du hast mir doch immer eine Scheibe Wurst umsonst gegeben.« Sie zwinkerte:

»Das ist nur eine Art Job. Von der Position im Supermarkt kann ich den Überblick behalten und komme leichter an die Zutaten für meine Hexereien.« Sie zwinkerte ihm noch einmal zu und sagte dann: »Ist dir aufgefallen, dass dir von der Wurstscheibe, die ich dir gegeben habe niemals übel geworden ist?« Lars nickte. Es war ihm aufgefallen. Zu diesem Zeitpunkt in seinem Leben war es eine echte Besonderheit, wenn ihm zur Abwechslung einmal nicht von etwas schlecht geworden war. »Ich habe diese Wurst auf spezielle Art und Weise hergestellt. Nur für dich«, erklärte die junge Frau.

»Aber warum?«, wollte Lars wissen, der sich nicht sicher war, ob er sich geschmeichelt fühlen sollte, oder ob er in irgendeine Art Falle getappt war. Die Hexe lächelte jedoch nur, legte den Kopf zur Seite und wich der Frage aus:

»Alles zu seiner Zeit. Ich glaube wir haben uns noch gar nicht richtig vorgestellt. Mein Name ist Vera und ich arbeite hauptsächlich mit Blutmagie. Das ist mir so zusagen in die Wiege gelegt. Von dir weiß ich, dass du Laaz der Vampir bist, aber«, und damit wandte sie sich an Serine, »dich kenne ich noch nicht. Wer bist du?«

»Serine«, gab die Vampirin schlicht und auch etwas kühl zurück und tat dann einen Schritt zu Seite. Auf diese Weise war es für Vera nicht mehr so leicht sowohl sie, als auch Lars gleichzeitig im Auge zu behalten. Trotzdem blieb das Gesicht der Hexe weiterhin entspannt – so als führte sie ein ganz normales Gespräch und hätte nicht gerade zwei Vertreter des mächtigsten Raubtieres vor sich, welches die Welt je gesehen hatte:

»Du warst auch schon einmal hier, nicht wahr?«, fragte sie in eher rhetorischer Art, »du hast dich von meinem«, sie unterbrach sich kurz, »ähm, Freund genährt, oder?« Serine nickte und tat noch einen Schritt zur Seite, sodass sie nun ganz nah an der Wand stand. »Und du hast auch ein paar Schlucke von meinem Blut genommen.«, grinste die Rothaarige verschlagen und drehte sich dann wieder zu Lars hin, »Glaubst du, dass es ein Zufall war, dass ausgerechnet deine erste Jagd bei mir endete und du als erstes Menschenblut meines zu dir genommen hast?« Lars schüttelte den Kopf. Was wollte diese Frau nur von ihm? Es war ihm unmöglich festzustellen, ob sie ihm nun freundlich oder feindselig gesonnen war.

»Nein, war es nicht«, bestätigte die Hexe, »die Wurstscheiben, die ich dir gegeben habe, haben es mir erlaubt dein Handeln so zu beeinflussen, dass du hier bei mir gelandet bist. Was glaubst du, was ich alles anstellen kann, jetzt, wo du mein Blut in dich aufgenommen hast?« Lars wurde bleich. Die Entwicklung dieses Gesprächs gefiel ihm gar nicht. Trotzdem ließ er sich nicht weiter verunsichern:

»Ich bin doch Serine gefolgt. Also hat sie uns doch hierhergeleitet und nicht ich. Deine Wurstscheiben hatten nichts damit zu tun.« Wieder lächelte die Hexe:

»Du hast sie geführt und es nicht einmal bemerkt, glaub mir. Sie hat vielleicht die offene Balkontür gesehen, aber ihr Vampire habt nun einmal scharfe Augen. Den Weg hierher – zu mir – hast jedoch du gefunden.«

»Und warum wolltest du, dass ich meinen Weg hierherfinde und von deinem Blut trinke?«, fragte Lars, der ihre vorangegangene Erklärung nur mit einem Schulterzucken quittierte.

»Ich behalte gerne den Überblick«, setzte Vera mit ernster werdender Stimme an, »und bei einem so mächtigen Vampir, wie du einer werden kannst, würde ich gerne wissen, wo er sich so herumtreibt. Ich konnte die Macht in deinem Blut spüren, seit wir uns das erste Mal begegnet sind. Mir war klar, dass das etwas besonders ist und seither habe ich ein Auge auf dir ruhen. Nachdem du nun mein Blut getrunken hast, fällt mir das auch etwas leichter.« Sie machte eine ausholende Handbewegung und fuhr fort: »Ich weiß, dass du in Rumänien warst und dann in Estland. Heute Nacht habe ich gespürt, dass du dich genau auf mich zubewegst. Was willst du also von mir? Vielleicht noch etwas mehr von meinem Blut?« Sie hielt ihm spielerisch den Unterarm hin und verzog das Gesicht so, dass ein übertrieben geschauspielerter Mitleidsausdruck darin entstand. Was Lars spürte, war das Verlangen all ihr Blut auf einmal zu trinken und die Hexe tot in der Wohnung zurück zu lassen, doch er beherrschte sich. Vera zeigte nach wie vor nicht das geringste Anzeichen von Angst – und das, dachte Lars, hatte sicher seinen Grund. Es gefiel ihm ganz und gar nicht, dass sie ihn so leicht hatte manipulieren können. Über die Tatsache, dass sie seine Bewegungen nachverfolgte, wollte er gar nicht erst nachdenken. Großmutter würde dagegen sicher etwas tun können. Sie war schließlich die deutlich erfahrenere Hexe.

»Ich bin wegen dem Buch hier«, erklärte Lars und tat noch einen Schritt auf Vera zu. Nun lagen zwischen ihm und ihr nur noch etwa zwei Meter: »Pricilla, eine Freundin, hat gesagt, es wäre hier.«

»Pricilla also«, schmunzelte Vera und zog ihren Arm zurück, »dann bist du wegen Akytos Werk hier. Was willst du damit?«

»Es lesen«, gab Lars kühl zurück und die Rothaarige fragte: »Warum?«

»Weil ich wissen möchte was darinsteht«, stellte sich Lars dumm, fügte aber noch hinzu als er merkte, dass diese Strategie nicht aufgehen würde: »Die Ausgabe des Buches, die hier ist, soll verborgene Passagen haben.«

»Es ist ein Buch der Vampire«, mischte sich nun Serine mit ein, »und es gehört nicht in menschliche Hände.« Den letzten Teil des Satzes hatte sie sehr abfällig betont. Bluthexe hin oder her. Serine mochte keine Menschen. Erst recht dann nicht, wenn einer von ihnen Lars übel mitspielte. »Gib es uns!«, forderte sie mit einem lodernden Feuer in den Augen. Vera sah die Vampirin einigermaßen unbeeindruckt an, dann sagte sie mit gelassener Stimme:

»Bei euch Vampiren dreht sich alles nur um Blut und das, was sich darin verbirgt. Ihr nehmt es ungefragt von den Menschen und gebt viel auf die Macht, welche eurem eigenen innewohnt. Dumm nur«, fügte sie nach einer kurzen Pause böse lächelnd hinzu, »wenn sich diese Macht plötzlich gegen euch wendet. Willst du herausfinden, was ich mit meiner Magie – mit meinen Bluthexereien – alles anstellen kann?« Sie murmelte ein paar fremdartig klingende Worte, hob den rechten Arm und deutete mit der freien Handfläche zu Serine hin. Eine unsichtbare Macht griff mit sanfter Gewalt nach der Vampirin und drückte sie gegen die Wand. Durch Pricillas *»Behandlung«* in der Wiege der Schmerzen, hatte Serine das Phänomen von unsichtbaren Kräften, die ihren Körper beeinflussten bereits kennen gelernt. Dadurch behielt sie die Beherrschung und wusste auch, dass ein körperliches Ankämpfen gegen die Magie keinerlei Effekt zeigen würde. Lars begriff nun, dass die Quelle ihrer eigenen Macht, gegenüber Vera zu ihrer größten Schwäche geworden war. Gewaltsam würden sie an dieser Stelle nicht weiterkommen. Aber vielleicht, dachte Lars, wäre das auch gar nicht nötig. Pricilla hatte die Bluthexe als »junge Freundin« beschrieben. Vielleicht könnten sie zu einer Einigung kommen. Er hoffte nur, dass dieses Mal nicht wieder jemand gefoltert werden müsste. Veras eher verhaltene Machtdemonstration stimmte ihn dahingehend zuversichtlich:

»Bitte lass sie los«, versuchte Lars die Situation aufzulockern. Er fühlte, dass sich Serine gerade noch nicht in ernsthafter Gefahr befand, doch die Tatsache, dass jemand auf diese Weise mit ihr umging, konnte er dennoch nicht akzeptieren.

»Süß«, kommentierte die Bluthexe mit einem Anflug von Spott in der Stimme, löste dann aber ihren Griff um Serine, sodass sich die Vampirin wieder frei bewegen konnte. Lars führte eine dankende Kopfbewegung aus, doch innerlich empfand er Veras Erfüllen seiner Bitte als nur noch größere Machtdemonstration. Es war unbestreitbar, dass sie durch zwei frei herumlaufende Vampire in ihrem Wohnzimmer keinerlei Bedrohung empfand.

»Du bist noch ein sehr junger Vampir, Laaz«, erklärte Vera ruhig, »das macht es ziemlich ungewöhnlich, dass du dich mit sowas ödem wie Philosophie auseinandersetzen willst. Noch dazu ausgerechnet mit der Philosophie des Akrytos und dann auch noch aus dem Original. Was steckt dahinter?« Lars hatte das sehr dringende Gefühl, dass eine Lüge zumindest in der direkten Form, also dem Behaupten einer Unwahrheit, zu nichts führen würde. Er war sicher, dass Vera ihn durchschauen könnte, wenn er es versuchte. Also probierte er es erst einmal mit herumdrucksen:

»Ich muss verstehen, was ein Vampir tun soll. Was ich tun soll.«

»Was ein Vampir tun soll«, wiederholte die Bluthexe nachdenklich, »Ein Thema der Ethik. Die Ethik der Vampire. Ich kann mir vorstellen, dass du, so jung wie du bist, noch Schwierigkeiten damit hast, deine Natur zu akzeptieren und zu tun was ihr Vampire nun einmal so tut: Blut trinken, hin und wieder ein Leben nehmen… solche Sachen.« Lars hatte zwar absolut keine Probleme mit den aufgezählten Dingen, trotzdem erkannte er eine Chance darin. Er nickte bestätigend – dann schüttelte er plötzlich und auch zu seiner eigenen Überraschung den Kopf und hörte sich sagen:

»Das ist es nicht.« Verwundert sah er zu Serine. Auch in ihrem Blick lag Überraschung, da er gerade einfach so die perfekte Ausrede warum er das Buch so dringend brauchte, aufgegeben hatte. Perplex bemerkte Lars, dass er die Bluthexe auch gar nicht erst belügen wollte – nein: konnte! Er fühlte es nun ganz deutlich: Er konnte Vera nichts vorschwindeln.

»Was ist es dann?«, fragte sie geduldig weiter.

»Ich muss eine schwierige Entscheidung treffen«, plapperte Lars aus. Und da verstand Serine was vor sich ging und protestierte:

»Du hast ihn verhext! Irgendwie hast du ihn so verhext, dass er nicht frei sprechen kann!«

»Schuldig«, gestand die Hexe grinsend und zuckte gleichgültig mit den Schultern, »es ist schon erstaunlich, was ich alles machen kann, wenn erst einmal ein Vampir von meinem Blut getrunken hat.« Das Wesen der Vampire war, wie Lars erst vor kurzem gelernt hatte, auf natürliche Art und Weise tief geheimniskrämerisch. Das machte das Verbrechen – und es war ein Verbrechen – der Bluthexe umso perfider. Genauso gut hätte sie einen hungrigen Löwen zwingen können das wehrlose Lamm in Frieden zu lassen, oder die Schlange dazu nicht zuzubeißen, wenn man sie reizte.

»Also wo waren wir«, Vera kehrte ihre Aufmerksamkeit zu Lars zurück, »ach ja: Du musst eine schwierige Entscheidung treffen. Welche denn?« Ob ich dir zuerst die Beine oder die Arme ausreiße, dachte Lars aus einem Impuls heraus, dem das Ausmaß der Beeinflussung nun immer stärker bewusst wurde. Auch Serine schäumte, doch sie hielten sich weiter zurück. Nach wie vor würde Gewalt ihnen in dieser Situation nicht helfen.

»Was mit den Menschen passieren soll«, presste Lars nun gefühlt vollständig seines freien Willens beraubt hervor, »sie zerstören die Erde, weil sie mit ihren eigenen Erfindungen nicht umgehen können. Ich muss entscheiden, was die Vampire dagegen tun sollen.«

»Du?«, fragte Vera in beinahe hysterisch-skeptischer Tonlage, »du sollst das entscheiden. Es gibt Vampire, die die Weisheit von Jahrtausenden in sich tragen und man hat festgelegt, dass ausgerechnet du, der jüngste Vampir, der mir je begegnet ist, diese Entscheidung treffen soll. Das ist doch absurd!«

»Hey!«, beschwerte sich Lars. Natürlich war ihm bewusst – und er sah es in einem gewissen Rahmen auch genauso – dass er für diese Aufgabe noch zu unerfahren war, aber es wäre schön gewesen, wenn Vera das etwas diplomatischer ausgedrückt hätte.

»Entschuldige«, bat sie und es klang schon etwas weniger hysterisch, »ich war nur überrascht. Wie kam es denn dazu, dass diese Verantwortung nun auf deinen Schultern lastet?«

»Es fand eine Blutprüfung statt«, plapperte Lars weiter, ohne, dass er etwas dagegen hätte tun können, »und meines wurde als das mächtigste anerkannt.« Vera zog überrascht eine Augenbraue nach oben:

»Interessant. Ich habe gefühlt, dass die dunkle Gabe in dir mächtig ist – aber so mächtig? Das ist sehr interessant.«

»Es haben aber nur ein paar der Vampire an der Blutprüfung teilgenommen«, erklärte Lars weiter, nach wie vor ohne jegliche Kontrolle darüber was er preisgab und was nicht.

»Interessant«, wiederholte sich die Hexe noch einmal nachdenklich, dann trat ein eher geschäftlicher Ausdruck auf ihr Gesicht: »Ich habe einen Vorschlag für dich. Du gibst mit etwas von deinem Blut – und ich überlasse dir dafür das Buch.« Lars schüttelte entgeistert den Kopf, froh darüber, zumindest diese Entscheidung noch eigenständig treffen zu können und Serine schnaubte spöttisch:

»Niemals!«

»Du hast so schon viel zu viel Macht über mich«, erklärte Lars mit einem leichten Aufbrausen in der Stimme, »ich will gar nicht darüber nachdenken, was du alles tun könntest, wenn du auch noch mein Blut hättest.«

»Oooch«, machte Vera. Ihr schien das alles viel Freude zu bereiten: »und wenn ich verspreche es nicht zu benutzen, um dich weiter zu kontrollieren?«

»Nein!«, fuhr Serine die Hexe nun böse funkelnd an, »ein einziger Tropfen seines Blutes ist mehr Wert, als es dein Leben ist. Selbst, wenn du tausend Mal dafür sterben müsstest, wäre es nicht genug!«

»Zu schade nur, dass mit dir niemand verhandelt«, zickte Vera in ihre Richtung und fügte mit furchtbarer Bosheit in der Stimme hinzu: »Wer würde dein Blut auch schon wollen.« Lars wusste, dass diese Worte Serine sehr schwer getroffen hatten. Die Vampirin wirkte für einen Moment auch so verletzt, dass sie nicht darauf reagieren konnte und ihr Gesicht hinter einem Schleier ihrer Haare verbarg. Vera wand sich wieder an Lars:

»Das mächtigste Blut in der Gesellschaft der Vampire, gegen die Original Fassung des Werkes von Akrytos. Und ich verspreche, dass ich es nicht gegen dich einsetze. Das klingt doch fair, oder?«

»Nein«, gab Lars, mit einem besorgten Blick in Serines Richtung, stoisch zurück. Er wusste, dass ihr Veras Bemerkung noch einige Zeit lang zu schaffen machen würde.

»Dann befürchte ich«, erwiderte die Bluthexe ernst, »kommen wir nicht ins Geschäft. Außer deinem Blut hast du mir nichts weiter anzubieten, dass dem Wert dieses Buches gerecht werden könnte.«

»Das genügt jetzt!«, erklang plötzlich eine strenge und keinerlei Widerspruch duldende Stimme vom Balkon her. Es war der Baron, der wie aus dem Nichts erschienen war und lautlos die Tür geöffnet hatte: »Du wirst ihm das Buch geben und deinen elendigen Zauber von ihm nehmen.« Lars hatte den Baron noch nie zuvor auf diese Art erlebt. Selbst er empfand bei seinem Anblick Furcht. Mareks Macht strahlte regelrecht durch den Raum und lies keinen Zweifel daran, dass er jegliche, unausgesprochene Drohung wahrmachen würde. Vera stellte ihr Weinglas auf den Abstelltisch neben sich und richtete sich auf. Das erste Mal, seitdem ihre Unterhaltung begonnen hatte, sah Lars Anspannung, ja sogar Sorge in ihrem Gesicht.

»Warum habe ich nicht gefühlt, dass du kommst«, sagte sie und es gelang ihr nicht vollkommen die aufkeimende Angst in ihr zu verbergen. Es war als stünden sich zwei Gladiatoren in einem entscheidenden Kampf gegenüber. Beide konnten die Macht des jeweils anderen abschätzen, aber es schien, als wäre keiner von ihnen dazu in der Lage vorherzusehen, wer wem überlegen war. Die Beiden verharrten einen Moment in dieser Position, dann aber bröckelte die Haltung der Hexe. Es war eine kaum merkliche Bewegung, aber aus dem aufrechten Sitz wurde eine leicht zurückgezogene, sich selbst schützende Positionierung:

»Wieso habe ich nicht gespürt, dass du hierherkommst?«, fragte sie noch einmal. Dieses Mal lag ein ganz leichter Anflug von Hysterie in ihrer Stimme. Auch die Haltung des Barons hatte sich etwas entspannt. Er war als Sieger ihres scheinbar unsichtbaren Duells hervorgegangen und das wusste er auch. Dennoch würdigte er den Mut und die Macht der Hexe und so klang seine Stimme nicht mehr feindselig und streng, sondern in einer diplomatischen Art gemäßigt als er antwortete:

»Du hast deine Kräfte und ich die meinen. Dein Anspruch darauf Macht über das Blut auszuüben ist bei weitem nicht absolut. Blut wird immer die Domäne der Vampire sein und nicht die der Menschen.« Die Hexe nickte, doch es war ihr anzusehen, dass ihr das vollkommene Verständnis gegenüber dem Gesagten noch nicht gegeben war. Offenbar zerbrach in ihr gerade eine Illusion, welche sie sich über einige Jahre hinweg aufgebaut hatte.

»Du kannst das Buch haben«, wandte sie sich sichtlich niedergeschlagen an Lars, »und ich löse meine Hexerei über dich auf.« Lars nickte ebenfalls, dann erhob sich Vera, ging auf ein Regal mit verglasten Türen zu, öffnete es und zog ein Buch heraus. Als sie sich zu den Vampiren zurückdrehte sah Lars das erste Mal die Original Fassung des Werkes von Akrytos. Das Buch war so groß und schwer, dass die Bluthexe es mit beiden Händen trug, um sicherzustellen, dass es nicht herunterfiel. Es war in dunkelbraunes Leder gebunden und umfasste etwas mehr als die Maße eines normalen Blockblattes mit der Tiefe, die Lars nur von sehr dicken Wörterbüchern her kannte. Der Ledereinband wirkte abgegriffen, aber sonst konnte er keinerlei Verschleißerscheinungen erkennen. Als die Hexe das Buch aus dem Schrank genommen hatte, empfand Lars jedoch noch etwas Anderes. Etwas Eigenartiges: Es war, als sei eine neue Präsenz in den Raum getreten. Eine Präsenz von solcher Glorie und Würde, dass es Lars für einen Moment voller Ehrfurcht den Atem verschlug. Und als Vera schließlich mit dem Buch in den Armen auf ihn zutrat, da spürte er noch mehr. Das Buch *wollte* zu ihm. Es war für ihn bestimmt, geschrieben allein für ihn. Es hatte die Jahrtausende überdauert, nur dafür, dass er es jetzt lesen konnte. Behutsam nahm er es entgegen und drückte es sich ebenfalls mit beiden Armen schützend gegen die Brust. Er hatte das unerklärliche Gefühl, dass er nach einer Ewigkeit mit einer ihm geliebten Person wiedervereinigt würde. Was auch immer dieses Buch beinhaltete: er fühlte, dass es ihn vervollkommnen würde – als Vampir und als Person. Unter der Woge des Glücks und der vielen anderen Emotionen, die er empfand, als er das Buch zum ersten Mal fest in den Armen hielt, bemerkte er jedoch eine Sache nicht. Tief im Inneren, verborgen unter Einband, Papier, Tinte und Blut lag etwas in den Eingeweiden dieses Artefakts, was dort nicht hingehörte. Es war eine schreckliche Wunde, die trotz ihrer Tiefe selbst von den sensibelsten Gemütern unbemerkt geblieben wäre.

6

Sie waren auf direktem Wege in die Villa zurückgekehrt. Nun wussten sie von der Bluthexe, die sich in ihrer unmittelbaren Nachbarschaft befand. Auf dem Rückweg hatte der Baron erklärt, dass er es für die weisere Entscheidung hielt, Vera am Leben zu lassen – trotz der Gefahr, die von ihr ausgehen konnte. Denn ob sie es sich nun eingestehen wollten, oder nicht: Die Hexe war dazu in der Lage ganz bestimmte Aspekte des Blutes zu beeinflussen, welche Vampiren weitestgehend verborgen blieben. Diese Fähigkeit könnte sich eines Tages noch als sehr nützlich erweisen.

Lars umklammerte das Buch auf dem ganzen Weg so fest er konnte. Er war so sehr in den Bann dieses mystischen Artefakts geraten, dass er seine Wut auf die Hexe beinahe vergessen hatte. Ihr übles Spiel mit Hilfe von Blutmagie Lars‘ freien Willen fast vollständig zu nehmen, schien ihm nun so unbedeutend im Vergleich zu der Präsenz des Buches. Wäre Veras Kommentar gegenüber Serines Blut nicht so furchtbar abfällig gewesen, hätte Lars wahrscheinlich gar keine bösen Gefühle mehr ihr gegenüber gehabt. Dann hätte er auch die Weisheit im Handeln des Barons, die Bluthexe am Leben zu lassen, besser zu schätzen gewusst. So aber empfand er wenig dafür, dass ihr Leben verschont geblieben war und er wusste, dass Serine genauso fühlte. Obwohl sie nebeneinander liefen, fiel es Lars schwer den Worten der beiden anderen zu folgen, als sie ein Gespräch miteinander begannen. Das Buch zog ihn so sehr in den Bann, dass alles andere ihn nur noch wie durch einen dichten Nebel erreichte. Er fühlte, dass es den anderen nicht so erging. Für sie war es offenbar nur ein Artefakt, ohne besondere Wirkung.

»Wie konntest du dich eigentlich so vor der Hexe abschirmen, dass sie dein Erscheinen nicht bemerkt hat?«, fragte Serine und ihre Stimme wirkte auf Lars eigenartig dumpf, als sei der Klang übermäßig gedämmt. Auch Mareks Stimme erschien ihm auf diese Weise, als er antwortete:

»Es gibt da einen hübschen kleinen Trick, mit dem wir Largaretta unsere Macht verbergen können. Ich habe gelernt die Erinnerung meines Blutes auf Schattenpfade in die Anderswelt zu senden, während mein Bewusstsein aber weiter in meinem Körper verweilt. Auf diese Art würde ich auf eine Bluthexe wirken, als sei ich ein ganz normaler Mensch«, er grinste gutmütig, bevor er weitersprach: »Sie hat jedoch keinen Menschen erwartet und so blieb ich von ihr unentdeckt. Jetzt wo wir wissen, dass eine so mächtige Hexe ihr Unwesen in unserer Nachbarschaft treibt, wäre es wohl das Beste, wenn ich euch diesen Trick bei günstiger Gelegenheit einmal beibringe.« Serine nickte dankend und zustimmend. Auch Lars nickte, aber seine Geste wirkte – zumindest auf ihn selbst – wie fremdgesteuert. Natürlich hatte auch er ein Interesse daran diesen Trick zu lernen. Ganz besonders nach dem was ihm heute widerfahren war. Doch das müsste warten, denn zunächst wollte er einzig und alleine dem Geheimnis des Buches auf den Grund gehen. Und genau das würde er auch tun.

In der Villa angekommen, machte es sich Lars auf einem der Sessel nahe dem Kamin gemütlich. Er war einer merkwürdigen Intuition gefolgt und hatte den anderen vorerst verschwiegen, welche starken Gefühle das Buch in ihm auslöste. Irgendwie, dachte er, war das eine Sache zwischen ihm und dem Buch. Also behielt er es für sich. Behutsam klemmte er es zwischen Armlehne und seinen Beinen, schlug es auf und begann zu lesen. Als er es nach einigen Monaten des Studiums, des Lernens und der Erkenntnis wieder schloss verstand er endlich. Lars legte das Buch auf den runden, hölzernen Beistelltisch und stand auf. Nun wusste er was zu tun war, wusste, was mit den Menschen geschehen sollte und welchen Schritt er als nächstes unternehmen würde. Das Bluturteil war gefallen. Lars würde es vollstrecken und im Anschluss daran sollte die Welt der Menschen nicht mehr dieselbe sein.

ENDE

Dank & Wertschätzung

Meiner ersten Korrekturleserin Lena, die sehr sorgfältig viele Rechtschreib- und Satzzeichenfehler gefunden hat und auch den Anstoß dazu gab, das Buch noch einmal so zu überarbeiten, dass es von den erzählten Situationen her ein runderes Bild ergibt.

Meinem Freund Joshi, der mir eine Gedankentechnik zum Finden des Titels näherbrachte. Dieses Buch hatte zuvor einige Arbeitstitel. Keiner davon war so passend wie »Die Erinnerung des Blutes«.

Meiner ersten echten Leserin Ina, die mit ihrer wohlwollenden Kritik meinen Ansporn danach förderte dieses Buch zu veröffentlichen. Danke, dass du dir die Zeit genommen hast das Buch so schnell zu lesen.

Eine der ersten Leserinnen und seit einigen Jahren fester Bestandteil meines Freundeskreises, Wiebke, die mich mit ihrer ehrlichen Kritik dazu motiviert hat, stilistische Unvollkommenheiten auszubessern. Diese Unvollkommenheiten kann ich dank ihr auch in Zukunft vermeiden.

Meiner Beraterin in Sachen Werbetexte Tine, durch deren Ideen, Anmerkungen und Verbesserungen dieses Buch hoffentlich genau in die Hände jener Leser und Leserinnen fällt, für die es bestimmt ist.

Allen Freunden, denen ich von diesem Projekt erzählt habe und die mit ihren Zusagen darüber, das Buch lesen zu wollen, wenn es fertig ist, meinen Glauben in diese Arbeit kräftigten.